너희들의 몸이 궁금하다

작가의 말

집 정리를 하다가 오래된 사진첩을 발견했습니다. '찌지직' 소리를 내며 기지개를 켜는 사진첩 속에는 오랫동안 잠자고 있던 어릴 적 '내' 가 있었어요.

긴 시간을 거슬러 만나게 된 빛바랜 사진 속의 나! 지금의 나와는 많이 달랐지요. 딸이기를 원했던 부모님 덕분에 여자 아이처럼 양 갈래로 머리를 땋은 나, 초등학교 1학년 첫 소풍을 가서 김밥을 먹는 나, 두 손을 든 채 벌서고 있는 찡그린 나가 있었어요. 그런 내 모습을 지금의 나는 지긋이 바라보았습니다.

울고 있는 모습인데도 슬며시 미소가 지어졌어요. 마음 한 구석이 따듯해졌어요. 자랑할 만한 사진도 아닌데 괜히 누군가에게 보여 주고 싶어서 주위를 둘러 보았어요. 저쪽에서 아이들이 텔레비전을 보고 있길래 불렀죠.

"애들아, 이리 와봐. 여기 아빠 어릴 때 사진 있는데, 한번 볼래?"

도시에서 자란 사람이 어릴 적 꿈을 쫓아서 봉화 산골에 온지 오랜 시간이 흘렀습니다. 처음에는 두렵고 낯설었어요. 깜깜한 밤이 무서워서 잠도 설쳤고요. 하지만 내가 있었던 작은 학교와 그곳에서 만난 산골아이들은 나를 포근하게 안아주었습니다. 정말 특별한 경험이었고, 소중한 만남이었어요.
그곳에서 그 아이들과 함께 한 많은 것들이 추억으로 남아있습니다. 빛바랜 사진처럼 말이에요. 힘이 들거나 내 마음이 예전 같지 않다고 느껴질 때 가끔 나는 이 추억들을 떠올려요. 그리면 이상하게 웃음이 지어져요. 마음 한 구석이 따듯해져요. 힘도 나요.
초등학교 교사로 지금의 '나'를 만들어준 빛바랜 사진과 같은 이야기를 책으로 엮게 되었습니다. 자랑할 만한 이야기도 아닌데, 이 책도 괜히 보여주고 싶어요. 슬쩍 주위를 둘러보니 저기 당신이 있네요. 살며시 다가가서 말 한번 건네 봐야 겠어요.

"저기요. 혹시 시간되시면 제 이야기 한번 읽어봐 주실래요?"

가을이 깊어가는 날,
봉화에서 송명원

목 차

너희들의 봄이 궁금하다

도서관에서 먹는 미역국

그날도 여느 날과 똑같았다. 초등학교교사가 된지 사 년째 접어든 그 해, 어느 날이었다. 하루를 마감하는 오후 4시 30분에 학교 앞 건물에 있는 도서관으로 발길을 옮겼다. 매주 화요일 목요일 두 번, 저녁 8시까지 '달빛도서관'을 운영하는 날이었다. 전교생이 20명이 채 되지 않는 소규모 학교였지만, 아이들이 편하게 책을 읽을 수 있는 작은 도서관을 만들고, '달빛도서관'을 운영한지도 3개월째 접어들었다.

어릴 적부터 나는 책 읽는 것을 좋아했다. 많은 책을 읽지는 않았지만 가방에는 항상 읽을 책 한 권 정도는 넣어 다녔다. 그래서 그랬는지 교육대학교를 다닐 때는 저절로 이런 상상을 하곤 했었다. 나중에 진짜 선생님이 되어 시골 학교에 발령을 받으면 그곳 아이들과 함께 밤이 깊도록 교실에 앉아서 책을 읽을 거라고. 지금 생각하면 참으로 터무니없는 소망이었던 것 같다. 하지만 오랜시간 동안 꿈꾸어왔던 일이었던 만큼 짧더라도 한번 실천해 보고 싶은 마음이 들었다. 또 책을 잘 읽지 않는 시골 아이들을 조금이라도 책과 친해지게 하고 싶었고, 책을 읽는 재미도 느끼게 해 주고 싶었다. 이런 막연한 생각을 가지고 달빛도서관이라는 것을 시작했다.

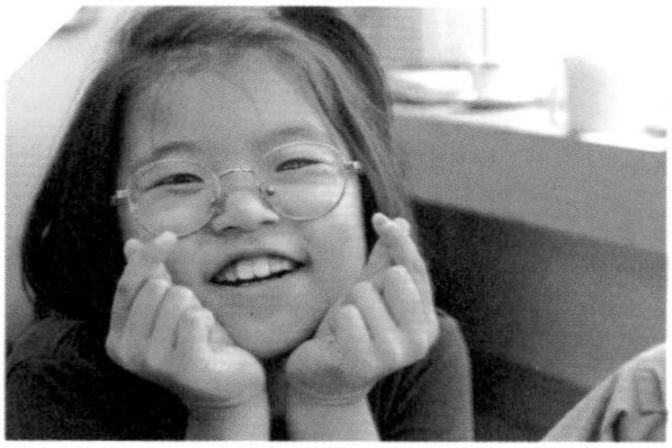

처음 시작할 때는 걱정이 많았다. 무엇보다 아이들의 집이 학교와 멀었다. 마을 가운데 학교가 자리하지 않고 마을과는 뚝 떨어져 있었다. '아이들이 한 명도 안 오면 어떻게 하지?' 하는 걱정이 들었다. '나 같아도 저녁밥 먹고 집에서 편하게 쉬고 싶지 학교에 남아서 책을 읽고 싶을까?' 하는 생각도 들었다. 하지만 이왕 마음먹은 거 한번 부딪혀보기로 했고, 막상 시작해보니 걱정과는 달리 적지 않은 아이들이 함께해 주었다. 아이들은 대부분 책을 읽는 것 보다는 밤늦게까지 학교에 남아 친구들과 놀 수 있다는 것을 더 좋아했지만 괜찮았다. 비록 책 읽는 시간보다 노는 시간이 많았지만 아이들과 함께하는 책 읽는 시간만큼은 참 좋았다.

달빛도서관에 참가하는 아이들은 많지 않았다. 보통 3~4명의 아이들이 참가했다. 많을 때는 8명, 적을 때는 1명이 참가한 적도 있었다. 그래도 한 가지 위안이 되었던 것은 한 번이라도 참가 했던 아이들은 별다른 일이 없으면 꾸준히 참가한다는 것이었다. 그날도 다른 날처럼 아이들을 모아놓고 그림책 한 권을 읽어주었다.

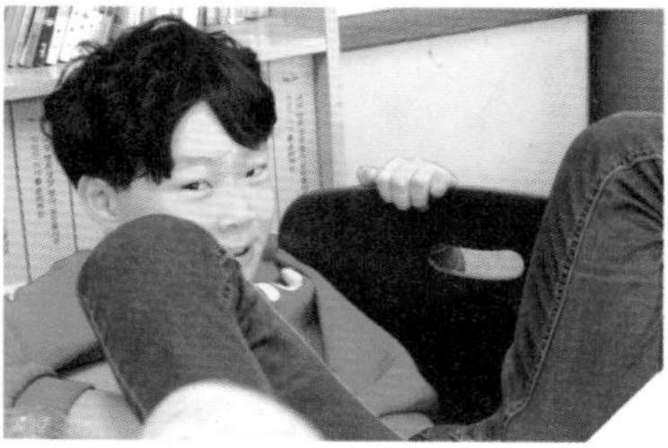

그리고 각자 읽고 싶은 책을 골라서 조용히 책 읽는 시간을 보내고 있었다. 나도 도서관 한쪽 벽에 기대앉아 저번에 읽다가 다 읽지 못한 책을 읽고 있었다. 달빛도서관을 처음 시작했을 때는 책 읽는 것을 지겨워하고 힘들어하던 아이들도 3개월이라는 시간 동안 적응이 되었는지, 책 읽는 시간만큼은 조용히 집중을 해서 책을 읽었다. 30분의 책 읽는 시간을 마치고 쉬는 시간이 되었다. 미리 준비해 둔 간식을 아이들과 나누어 먹었다. 간식이라고 해 봐야 과자 몇 봉지와 음료수가 전부였지만 아이들은 그 시간을 무척이나 기다렸다. 내가 시키지 않아도 스스로 준비도 하고 둥근 탁자에 모여앉아 간식을 나눠먹었다. 뒷정리까지 완벽하게 했다. 쉬는 시간을 마치고 다시 책 읽는 시간을 가졌다. 방금 전까지 읽다가 둔 책을 손에 들고 다시 책장을 펼쳤을 때였다. 도서관 바깥쪽 현관문 열리는 소리가 났다. 이 시간이면 더 이상 도서관에 올 사람은 없다. 간혹 마치는 시간보다 일찍 아이를 데려가기 위해 오시는 부모님이 계시기는 했다. '아이를 데리러 오셨나?' 읽던 책을 내려놓고 바깥으로 나가보려고 일어섰다. 그때

도서관 뒷문이 열리면서 학부모님 세 분이 도서관 안으로 들어오셨다. 손에는 아이들에게 줄 간식인지 과자며 음료수가 잔뜩 든 봉지와 분홍색으로 싼 보자기를 들고 계셨다. 아이를 데려가기 위해 오신 건 아닌 것 같았다.

"어서 오세요, 어머님. 그런데 이 시간에 어쩐 일로 오셨어요?"

"얼마 전에 우리 현지가 오늘이 선생님 생신이라고 하더라구요. 그래서 아이들이랑 같이 선생님 생신 축하해 드리러 왔어요."

"매번 이렇게 우리 아이들을 위해 노력해 주시는데 우리 형편에 따로 해 드릴 건 없고..."

말을 얼버무리신 부모님들은 준비해 온 음식을 도서관 책상 위에 올려놓으시며, 잠깐 밖에 나가 있으라고 하셨다. 난데없이 도서관 밖으로 쫓겨난 나는 얼핏 본 분홍 보자기가 갑자기 궁금해졌다. '저 안에 뭐가 들어있을까?' 가끔 아이들과 나눠 먹으라고 넣어주시던 피자나 치킨은 아니다. 그런 건 보자기에 쌀 필요가 없을 뿐더러 냄새만 맡아도 척 알아맞힐 수 있는 그런 냄새가 나지 않았다. 케이크도 아니다. 아무리 시골이지만 케이크 상자를 놓아두고 보자기에 싸오는 경우는 없다. '틀림없이 생일과 관련이 있는 건데...' 창 밖에는 이미 어둠이 내렸다.

드르르르륵. 잠시 후 도서관 문이 열리고 현지와 혜선이가 나왔다. 아이들 손에 이끌려 불을 꺼서 깜깜해진 도서관에 들어갔다. 어둠 속에서 생일초가 빛을 내고 있었다. 케이크 앞에 서서 부모님과 아이들이 불러주는 생일축하노래를 들었다.

평소 생일이나 기념일을 잘 챙기지 않는 성격이라 이 노래가 끝나고 나면 어떤 표정을 지어야할지 고민되었다. 손으로 입을 막으며 동그랗게 눈을 뜨고 놀란 표정을 지어야 하나, 아니면 감동을 했다는 표시로 눈물이라도 흘려야 하는지 머릿속으로 오만가지 리액션을 생각했지만 모두 다 멋들어지게 내가 잘 해낼 수 있는 행동은 아니었다. 그러면서도 또 한편으로는 보자기에 싼 것이 무언인지 계속 궁금했다. 노래가 끝나고 '후' 불어서 촛불을 껐다. 도서관에 불이 켜졌다. 내 머릿속을 궁금함으로 가득 채웠던, 보자기에 싸여있던 것이 제일 먼저

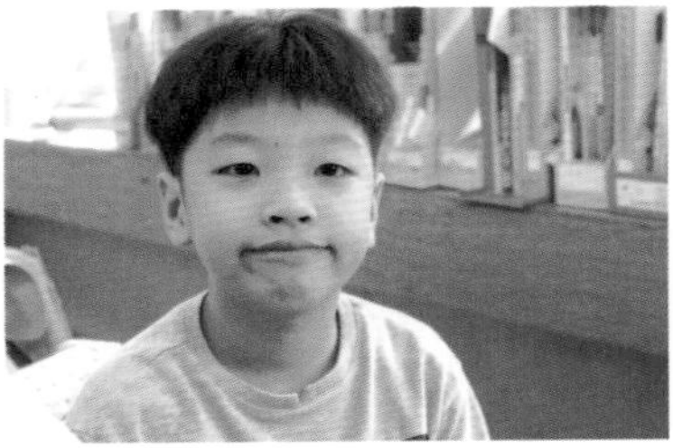

눈에 들어왔다.

'아, 저거였구나.'

케이크 옆에는 하얀 쌀밥과 함께 미역국과 수저가 얌전히 놓여있었다.

그날은 여느 날과 달랐다.

달빛도서관을 마치고 사택으로 돌아오는 내내 가슴 한쪽에는 말로 표현하기 어려운 무언가가 느껴졌다. 예전부터 꼭 한번 해 보고 싶었던 나의 소망, 아이들과 학교에서 밤이 늦도록 책을 읽고 싶었던 소망이 소중한 선물을 가져다 준 날이었다.

달빛도서관을 운영한지 3개월이 넘어가면서 밤늦은 시간까지 책을 읽는다는 활동에 조금씩 지쳐가고 있었고, 1학기까지만 하고 그만할까 하는 마음이 들기도 했었다. 때마침 먹은 미역국 한 그릇. 부모님들의 격려와 응원이 담긴 그 미역국 한 그릇 덕분에 그 해 마지막 날까지 아이들과 함께 달빛도서관을 무사히 마무리 할 수 있었다.

생 일

소천초 분천분교 4학년 장현빈

내 생일인데
엄마가 미역국만 끓여주고
케이크와 선물은 없다.

다음 주 스키장 갈 때
스키복이랑 간식 사야 된다고
소중한 내 생일에
파티도 못하고 그냥 지나갔다.

꽃향기에 취하다

'요즘도 그런 아이가 있을까?'

매년 스승의 날만 가까워오면 생각나는 아이가 있다. 바로 민선이다. 동그랗고 커다란 눈에 빼빼 마른 몸, 까무잡잡한 피부에 단정하게 뒤로 묶은 머리카락. 좀 독특하기는 했다. 아니, 참 순수하고 맑은 아이였다. 5학년이었는데도 농담을 건네기가 어려웠다. 다른 아이들은 그냥 웃고 넘어갈 농담도 그 아이는 진지하게 받아들였다. 처음에는 이런 아이의 모습에 당황했다. 몇 번 하다보면 적응하겠지 하며 장난을 몇 번 더 걸어 봤지만 아이는 여전히 진지했다. 결국 나 스스로 조심했다. 내가 건넨 말 한마디에 동그랗게 뜬 눈으로 빤히 쳐다보며 고개를 갸웃거렸다. 항상 그랬다. 더 이상의 농담이나 장난을 치면 안 되겠다는 생각이 들었다. 평소 아이들과 드러나지 않게 장난치는 것을 좋아하는 나였지만, 민선이와 이야기 할 때만큼은 조심을 하게 되었다. 그런데 평소 생활과 다른 삶을 살려니 그게 참 쉽지가 않았다.

나도 모르게 툭툭 튀어나오는 장난과 농담들. 아이가 어이없어하기도 하고, 울기도 하고, 삐치기도 하면 하루 종일 뒤를 졸졸 따라다니며 사과하며 달래주느라 진땀을 뺀 적도 많다. 그러면서 다짐했다. '민선이에게 다시는 농담하거나 장난치지 말아야지.'

그런데, 스승의 날이 되면 저절로 그 아이가 떠올

려 지는 일이 생겼다. 그해 스승의 날, 아직 '김영란법'이 시행되기 한참 전이었다. 한 반 아이들이 여섯 명인 5학년 교실. 출근해서 여유롭게 아침시간을 보내고 있었다. 그런데 등교 시간이 지났는데 그 아이가 오지 않았다. 다른 아이들은 평소와 다름없이 장난치고 떠든다고 정신없었다. 평소에는 늦지 않게 학교에 오던 아이여서 '무슨 일이 있나?' 하는 걱정이 들었다. 민선이집이 멀었기 때문에 조금 더 기다려보기로 했다. 민선이집은 학교에서 한 시간 정도를 걸어가야 하는 산 중턱에 외떨어져 있었다. 부모님이 차로 태워다주실 때도 있지만 농사일로 바쁠 때는 아이 혼자 걸어다닐 때도 있었다. 한 해 농사를 시작하는 바쁜 5월이라 걸어서 오고 있겠지 하며 기다렸다. 10분이 더 지났다. 오지 않았다. 아이들에게 물어보았다.

"오늘따라 민선이가 늦네. 혹시 민선이가 왜 늦는지 아는 사람?"

"몰라요, 선생님. 우리가 알면 벌써 말씀드렸죠."

툭 한마디 던지고는 다시 논다고 정신이 없다. 이제 곧 수업시간인데, 민선이를 걱정하는 건 우리 교실에서 나 혼자 뿐이다. 이 녀석들을 보니 민선이가 걱정되기 보다는 잘하면 1교시 수업을 하지 않고 놀 수도 있겠다는 기대로 가득한 것 같다. 우리 반은 여섯 명이라 그래도 많은 편이지만 분교에서는 한 학년에 두세 명인 경우가 많다. 학급 학생 수가 얼마 되지 않기 때문에 몸이 아프거나, 일이 있어서 결석을 하는 아이가 있으면 수업을 하기가 힘들었다. 진도 때문에 이런 날은 다른 활동을 하거나 아이들과 그냥 놀면서 보내곤 했다. 아이들도 이 상황을 너무나 잘 알고 있었다. 그래서 어떤 때는 친구가 결석을 하면 남아 있는 아이들이 좋아하는 경우도 있다. "야, 친구가 아프다는데 넌 걱정도 안 되냐?"라고 핀잔을 주기도 하지만 공부를 안 하고 논다는데 싫어할 아이는 없을 것이다. 십 분이 더 지났다. '민선이도 없는데 1교시에 뭐 하지?', '집에 전화라도 해 봐야겠다.' 하고 생각하며 수업을 막 시작하려고 할 때, 드르르르륵 교실 문이 열리며 민선이가 들어왔다. 한껏 차오른 숨을 내뱉으며 내 앞으로 오더니 뭔가를 불쑥 내밀었다.

"선생님, 늦어서 죄송합니다. 이거요."

아이는 헉헉 거리며 계속해서 거친 숨을 쉬었다. 아이가 건네는 것을 받았다. 둘둘 말려진 신문지에는 이름 모를 꽃들이 한 다발 싸여있었다. 신문지에 싸여진 꽃 한 다발. 책상 위에 올려놓고 아이에게 먼저 늦은 이유에 대해 물었다.
"와 이래 늦었는데? 걱정했잖아. 그리고 이건 또 뭐고?"
좀 진정이 되었는지 아이가 씩 웃었다.
"오늘이 스승의 날이잖아요. 꽃을 드리고 싶은데 살 데가 없잖아요. 우리 집 가는 길에요 밭에 보면 이 꽃이 엄청 많이 폈거든요. 예쁘길래 몇 개 꺾어왔어요."
"남의 밭에 있는 걸 그냥 꺾어 와도 되나? 그리고 이 신문지는 뭐고?"
"괜찮아요. 동네 아저씨네 집인데 저녁에 가서 말씀드리면 되요. 아, 그리고 이 신문지는 꽃을 그냥 드리면 이상하잖아요. 집에 돌아가서 깨끗한 것으로 가져왔어요. 학교에 안 늦으려고 계속 뛰어왔는데 늦었네요. 죄송합니다."
민선이가 죄송하다는 뜻으로 다시 한 번 고개를 꾸벅 숙였다. 이런 아이를 앞에 두고 나는 할 말을 찾지 못했다. 어떤 말을 해야 할지 생각이 나지 않았다. 그냥 고맙다는 말만 했다. 아이를 자리에 앉히고 책상 위에 올려놓은 꽃다발을 다시 안았다. 얼마나 뛰어왔는지 신문지로 돌돌 쌓인 꽃은 학교로 오는 내내 이리 치이고 저리 치이느라 힘들었는지 고개를 푹 숙이고 있었다.

"근데 이거 이름이 뭐고?"

"이름요? 저도 잘 모르는데. 엄마가 저번에 뭐라고 했는데 까먹었어요. 그런데 꽃은 크고 엄청 예쁘죠?"

아이의 행동에 감동을 받아 잠깐 동안 나가 있던 정신이 다시 돌아왔다. 순간 장난치고 싶은 마음이 생겼다. 솔직히 그 꽃은 예쁘지 않았다. 꽃봉오리는 엄청 크고, 색깔도 진한 자주색인 것이 마음에 썩 들지 않았다. 거기다 이미 학교로 오다가 이리 치이고 저리 치이느라 시들시들해져 있었다. 꽃봉오리만큼 수술도 컸고, 짙은 노란색인 꽃가루가 바닥에 뚝뚝 떨어져있었다. 거기다 진한 자주색 꽃잎과 노란색 수술의 색이 영 어울리지 않았다. 농담을 좀 알아듣는 다른 아이들 같았으면 "야, 이게 뭐고. 이쁘기는 한데 좀 징그럽다야. 그래도 엄청 고마워."라고 내 방식대로 감사의 말을 했을 건데, 상대가 누군가? 장난이라고는 전혀 먹혀들지 않는 청정 산골 순수 소녀 김민선이다. 장난치고 싶은 마음을 꾹꾹 참으며 이 말만 했다.

"그러네. 엄청 이쁘다. 고마워."

민선이가 씩 웃었다. 아이의 마음이 고맙고, 웃는 모습이 예뻐서 평소에 잘 하지 않는 행동을 하나 더 했다. 꽃다발을 코에 바싹 가져가서 꽃향기를 한껏 들이마셨다. 장미나 국화, 개나리, 진달래꽃의 향기를 생각하며 한 행동이었는데, 꽃향기를 들이마시는 순간 괜한 짓을 했다는 후회가 밀려왔다. 머리가 핑 돌았다. 세상에 무슨 이런 꽃향기가 있나 싶을 정도로 알싸하면서도 씁쓰럼했다. 꽃향기가 아니라 독한 약초를 씹었을 때 나는 그런 냄새가 났다. 저절로 인상이 찌푸려지려는 것을 참으며 억지로 표정관리를 했다.

"야, 이게 뭐고. 이게 꽃이가 풀이가. 아이고, 나 죽네."

다른 아이들 같았으면 토하는 흉내도 내가며 엄살도 부려

봤겠지만 상대가 상대인지라 억지로 웃음을 지었다.

"향기가 좀 진하기는 하지만 좋네. 내가 딱 좋아하는 향기야."

내 말에 그 아이가 더 환하게 웃었다. 자기도 이 꽃을 좋아한단다. 교실 구석에 놓여있던 작은 꽃병에 꽂아 내 책상에 두었다. 진한 향기가 교실 가득 채워졌다.

그 날, 꽃향기 때문에 하루 종일 머리가 어질어질했다. 다른 아이들은 괜찮은지 평소처럼 생활했지만 코를 바짝 대고 꽃향기를 들이마신 나는 급식도 잘 먹지 못했다. 오후에는 진한 꽃향기 때문에 교실 창문을 활짝 열어 놓았다. 살랑살랑 봄바람이 창문으로 불어왔다. 바람에 꽃잎이 흔들렸다. 꽃잎이 흔들릴 때마다 꽃향기가 코 속으로 파고들어 머리가 어지러웠다. 다른 일을 할 수가 없었다. 꽃병에 꽂힌 꽃만 바라보았다.

산작약! 목단이라고도 불린단다. 꽃말이 '부끄러움' 이다. 나와 참 닮은 꽃이라는 생각이 들었다. '민선이는 내가 부끄러움이 많다고 생각 했을까?', '그래서

산작약을 주었나?' 꽃 이름을 찾아보고, 꽃말을 보고는 웃음이 났다. 신문지에 둘둘 싸여진 꽃 한 다발, 숨을 헐떡거리며 웃던 그 아이. 내가 교직에 몸담고 있는 동안 아니 살아있는 동안 5월 15일이면 두고두고 생각날 그날. 그 때부터 나에게 스승의 날 하면 떠오르는 꽃은 작고 앙증맞은 붉은색 카네이션이 아니라 커다랗고도 약간은 징그럽게 생긴 진한 자주색의 산작약이 되었다.

계간 〈〈동시 먹는 달팽이〉〉 2019년 여름

자두 전문가 황초원

이건 대석인데요 달콤하면서도 씹으면 부드러워요
이건 후무사고 새콤하면서 아삭아삭 씹히는 맛이 좋아요
이건 피자두, 보기에는 징그러워도 새콤하고 달콤해요.
대석 후무사 피자두 나름 다 맛있는데요
저는 가을에 나오는 추희가 제일 좋더라구요.

선생님, 뭐 드실래요?
우리 과수원에 다 있어요.

"얘들아, 밥 먹으러 가자"

"선생님, 배고파요. 뭐 먹을 거 없어요?"

3교시를 마칠 때 쯤이면 자주 들려오는 말이다. 처음 교직에 발을 디딘 시절만 해도 나름 친절하고 다정다감했었다. "배고프니? 그런데, 어떡하지. 지금 먹을 게 하나도 없는데. 조금 있으면 급식 먹을 수 있으니 힘들겠지만 참고 공부하자." 비슷한 시간에, 같은 말을 십오 년 넘게 듣다보니 초임 시절의 풋풋함은 사라진지 오래다. "야, 너만 배고프냐? 나도 배고프다. 조용하고 수업하자." 물론 웃으면서 하는 말이다. 나의 대답에 익숙한 아이들도 투덜투덜거리

기는 하지만 저희들이라고 왜 모를까. 대통령이 와도, 태풍이 와도 급식시간은 정해져 있다는 것을. 선생님도 급식시간만큼은 어쩌지 못한다는 것을. 그렇다고 아이들의 그 마음을 무시할 수만은 없지 않은가. 4교시 수업 마치기 오 분 전, 다른 반보다 일찍 급식실로 가서 줄 서는 센스 정도는 발휘해 줘야 된다. 아이들을 위해서? 아니다. 아침도 제대로 먹지 않고 출근하는 나, 바로 나를 위해서!

남회룡 분교의 급식은 아마 전국에서 가장 특별할 것이다. 해발 오백 미터, 사방이 산으로 둘러싸인 단층 건물의 학교. 교사 두 명에 남학생만 다섯 명. 학교 자체 급식이 이루어지지 않았다. 이런 경우엔 본교에서 차로 배달하는 배달급식을 하곤 하는데 본교와의 거리도 차로 삼십분을 넘게 와야해서 배달급식도 되지 않았다. 그렇다고 아이들이 도시락을 싸서 다니지도 않았다.

남회룡 분교만의 특별한 급식이 있었는데, 바로 학교 담장 너머에 살고 계시는 연세 지긋한 할머니가 아이들과 선생님의 점심밥을 해 주시는 것이었다. 처음 밥 먹으러 간 3월 2일의 그날을 잊을 수 없다. 현관에 가지런히 신발을 벗어놓고 들어간 거실에는 동그란 상이 두 개 놓여 있었다. 아이들은 벌써 상 하나에 모여앉아 밥을 먹고 있었고, 다른 상은 나와 다른 선생님 한 분을 위한 상이었다. 김이 모락모락 피어오르는 따끈한 밥이 커다란 밥그릇에 고봉으로 담겨 있었고, 국그릇에는 구수한 냄새가 솔솔나는 청국장찌개가 담겨 있었다. 계란프라이와 각종 나물, 자반고등어 구이까지. 정갈하면서도 먹음직스러운 밥상이었다. 흔히 하는 말로 시골할머니가 차려준 밥상 그대로였다. 밥 한 숟가락을 크게 떠 넣고 반찬을 먹는 순간, 맛은 얼마나 좋은지 고봉으로 담아주신 밥을 깨끗하게 다 먹었다. 따끈한 거실에 엉덩이를 붙이고 앉아서 먹은 따듯한 밥 한 그릇에 첫 날의 낯설음도 남회룡의 매서운 추위도 잊어버렸다.

할머니의 급식은 정말 맛있었다. 다른 학교

처럼 영양사가 메뉴를 정해주지 않아 급식 메뉴는 늘 할머니 '마음대로' 였다. 하루에 버스가 두 번 밖에 오지 않는 외진 곳인데다 농사일이 바쁘거나 할머니 몸이 편찮으셔서 간혹 춘양장날에 장을 보러 가지 못하실 때가 있었다. 그럴 때는 며칠 동안 같은 메뉴의 반찬이 올라오기도 했다. 집에서라면 진작에 반찬 투정을 했겠지만 이상하게 할머니 밥상 앞에만 앉으면 반찬 투정 없이 밥 한 그릇을 깨끗하게 비웠다. 아이들도 마찬가지였다. 아니 아이들은 오히려 그런 날을 더 좋아하고 기다렸다. 밥상 위에는 커다란 냄비에 끓인 라면과 김치, 찬밥을 담은 밥통이 통째로 놓여있기 때문이었다. 김치, 파, 달걀이 들어간 라면을 보면 저절로 침이 삼켜질 만큼 먹음직스러웠다. 가끔은 라면에 떡이나 만두가 들어갈 때도 있었는데 그런 날은 냄비를 채로 들고 라면을 들이켜고 싶을 정도였다. 하지만 안타깝게도 나는 한 번도 할머니표 라면을 먹어보지 못했다. 아이들의 상에 올라와 있는 라면이 선생인 우리 밥상 위에는 올라오지 않았다. 선생님들에게 점심밥으로 라면을 주는 것이 미안하셨는지 할머니께서는 우리 밥상

위에는 항상 밥과 국, 텃밭에서 키운 친환경 반찬들을 준비해 주셨다. 언제 먹어도 맛은 있었지만 이상하게도 그런 날은 밥 먹는 속도가 느려지면서 아이들 밥상 위로 눈길이 계속 갔다. '후루룩, 후루룩' 소리를 내며 라면 그릇에 코를 박고 먹는 아이들의 모습이 마냥 부러웠다. 라면에 들어있는 계란을 숟가락 위에 척하니 올리고 먹는 모습은 내 정신을 쏙 빼 놓았다. 라면 국물에 찬밥 한 덩이는 세상 어떤 음식보다 맛있어 보였다. 저 국물 한 모금 얻어 마실 수 있다면 더 이상 바랄 것이 없을 것 같았지만 소심한 성격과 선생이라는 체면 때문에 차마 그렇게까지는 못했다. '사람은 밥심으로 지내는데 밥을 먹어야 든든하지.' 하며 스스로를 위로했다.

하지만 참을 수 없을 만큼 라면을 먹고 싶었을 때가 있었다. 6월이 되면서 장마가 시작됐고 비가 오는 날이 많아졌다. 비가 오면서 남회룡의 기온도 뚝 떨어졌다. 옷에 묻은 빗물을 털어내며 할머니 집 거실로 들어서던 날, 향기로운 라면 냄새가 코 속을 파고들었다. 저절로 눈이 돌아가면서 밥상 두 개를 번갈아 쳐다봤다. 오른쪽에 놓여진 아이들 밥상에 앉아서 후루룩 후루룩 라면을 먹고 싶었다. 어느새 아이들은 옹기종기 모여앉아 라면을 먹고 있었다. 다른 선생님도 아이들 밥상을 쳐다보고 있었다. 갑자기 떨어진 기온과 추적추적 내리는 비, 이런 날은 진수성찬이 필요 없다. 따끈한 라면 국물에 밥 말아서 묵은 김치 올려 먹는 것이 최고라는 것을 알지만, 그런 음식을 옆에 두고도 국물 한 모금 못 먹었다. 점심을 먹고난 뒤, 커피를 마시며 그 동안 하지 못했던, 가슴 속에만 꾹꾹 담아둔 말을 어렵사리 꺼냈다.

"할머니, 아이들 라면 끓여 주실 때 저희도 라면 주시면 돼요. 괜히 따로 밥상 차린다고 고생하지 마시고 저희도 아이들처럼 라면 먹을게요."

할머니는 아무 대답도 하지 않으신 채 빙그레 웃기만 하셨다. 그런데 할머니가 내 말 뜻을 알아듣지 못했다는 것을 아는데 오랜 시간이 걸리지 않았다. 그날도 비가 내렸다. 장마가 꽤 길었다. 우산을 세워두고 거실 문 앞에 서는 순간 코를 찌르는 라면 냄새에 침이 넘어갔다. 옆에 있던 선생님과 눈빛을 주고받았다. '드디어 오늘은 우리도 라면을 먹을 수 있겠구나!' 하며 서로를 쳐다보면서 씩 웃었다. 한껏 부푼 마음을 안고 밥상을 보는 순간, 이런! 아이들 밥상에는 라면이, 우리 밥상에는 밥과 국, 고등어 찜이 차려져 있었다. 이미 아이들은 정신없이 라면을 먹고 있었다. '밖에 비도 오는데...', '이런 날은 따끈한 라면 국물에 찬밥 말아먹는 것이 불문율인데...', '저번에 말씀드렸는데...' 안타까운 마음과 라면 한 젓가락 먹고 싶은 마음이 가슴 속에 꽉 차 올랐지만 결국 또 먹지 못했다. 저번에 우리가 드린 말씀이 괜히 하는 말이라고 생각하신 것 같다는 생각이 들었다. 커피를 마실 때 다시 한번 말씀드렸다. 이번에는 진지하게!

"할머니, 뭐 하러 밥상을 두 번 차리세요. 저희도 라면 좋아하니까 그냥 라면 주시면 돼요. 아이들 먹는 거 보니까 맛있을 것 같아요. 그러니까 다음에는 저희도 라면 주세요."

그때처럼 또 빙그레 웃으셨다. 하지만 라면을 먹고 싶다는 나와 다른 선생님의 간절한 바람까지는 모르셨던 것 같다. 밥상은 또 다시 다르게 차려졌다. 이번에는 국물이라도 남았으면 좀 얻어먹을까 했는데 이놈들은 밥은 잘 남기면서 라면이 나온 날은 국물 한 방울 안 남기고 싹싹 긁어 먹었다. 한 번 더 도전했다. 실패했다. 한 번 더 해볼까 하고 생각은 했지만 결국 포기했다. 할머니 생각에는 '선생님들'에게 밥으로 라면을 드린다는 것은 상상도 할 수 없는 일이었을 것이다. 나이가 많고 적고를 떠나서 젊은 선생들도 할머니에게는 '선생님'이었던 것이었고, 할머니가 하실 수 있는 정성을 다해 밥상을 차리신 것이었다. 그렇다고 할머니의 선생님 대접이 싫지만은 않았다. 가을이 되자 라면에 대한 그리움이 조금은 사그라들었다. 물론 아이들이 먹고 있는 라면을 보면 여전히 침이 꼴깍 넘어갔지만 이런 생각을 떨치게 된 일이 있었다.

봉화는 송이가 많이 나는 지역이다. 특산물이 송이버섯이고, 가을이면 송이축제를 할 만큼 송이로 유명한 고장이다. 하지만 송이는 날씨의 영향을 많이 받는다. 날이 조금만 덥거나 추워도, 비가 조금만 많이 오거나 적게 와도 잘 나지 않는 특성이 있다. 그전 몇 해 동안 송이버섯은 흉작이었고, 가격은 천정부지로 치솟았었다. 봉화에 살지만 송이 구경을 제대로 하지 못했다. 그런데 그 해 송이버섯은 대풍이었다. '봉화에서는 개도 송이를 물고 다닌다.' 는 말이 있을 정도로 풍년이었다. 할머니네 산에도 송이가 많이 났다. 할머니는 점심 상 위에 매일 송이를 올려주셨다. 송이밥, 송이국, 송이전, 송이불고기 등

가을 동안 밥상 위에서 송이가 떠나질 않았다. 아이들이 라면을 먹을 때도 우리 밥상 위에는 송이밥과 송이국이 올라왔다. 그때는 라면을 먹는 아이들을 봐도 그전처럼 먹고 싶다는 생각이 안 들었다. 라면 냄새도 좋았지만 입 안 가득 퍼지는 송이 향이 더 좋았다. 능이버섯도 먹었다. 까만 능이무침은 정말 맛있었다. 능이를 넣고 끓인 백숙은 보기만 해도 몸이 건강해지는 것 같

았다. 라면에 대한 미련이 조금 더 떨어져 나갔다.

남회룡 분교를 떠날 때까지 결국 할머니표 급식에서 라면은 먹지 못했다. 아이들이 라면을 먹은 날 저녁에는 사택에서 혼자 라면을 끓여 먹은 적도 있었지만 이상하게 점심 밥상 위 라면을 볼 때만큼의 맛은 나지 않았다. 손맛 때문일까? 아니면 여럿이 모여 먹는 음식과 혼자 먹는 음식의 차이일까? 요즘도 가끔씩 할머니표 급식이 생각난다. 급식 시간이 되면 교문을 벗어나 걸어가던 기억, 따끈한 거실 바닥에 앉아 먹던 점심밥, 밥 먹을 동안 한쪽 옆에 앉아서 지켜보시던 할머니, 그 할머니가 즐겨보시던 텔레비전 프로그램, 막내아들 뻘 되는 교사들을 선생님으로 대접해 주신 할머니의 정갈한 밥상, 귀한 송이와 능이를 푸짐하게 먹었던 기억까지. 하지만 그때를 생각할 때면 언제나 마지막은 라!면! 아~, 오늘 저녁에는 라면 하나 끓여서 밥이나 말아먹어야겠다.

계간 〈〈동시 먹는 달팽이〉〉 2018년 여름

점심 시간

소천초 남회룡분교 6학년 권순태

우리 학교 전교생 다섯 명이
학교 밖으로 우르르 달려간다.
운동장 맨 끝에 있는 할머니 집
따뜻한 점심이 우리를 기다린다.

“우아, 라면이다.”

정성껏 만들어 주시는 할머니
다른 학교에서는 볼 수 없는
우리 학교 특별 메뉴

『내 입은 불량 입』(크레용하우스, 2013)

겨울방학 이야기

"겨울방학 어떻게 보냈어? 누구 이야기 해 볼 사람?"

개학날 첫 째 시간이면 항상 하는 질문이다. 보통 개학식은 9시 30분이나 10시부터 하는 경우가 많아 1교시가 시작되는 9시부터 개학식을 한다며 강당으로 모이라는 방송이 나올 때까지는 딱히 할 일이 없다. 어떤 때는 그 시간에 책을 읽으라고 하거나 자유 시간을 주어 아이들은 아이들끼리 보내고, 나는 나대로 방학 때 밀린 업무를 처리할 때도 있지만, 그래도 개학날 첫 수업시간은 반 아이들과 함께 방학 때 있었던 일을 이야기하며 시간을 보내곤 한다.

"저는 별일 없이 심심하게 보냈어요."

"저는 그냥 집에만 있었어요. 학원 때문에 봉화에 잠

깐씩 갔다 왔고 가족여행은 안 갔어요."
"저번에 눈이 많이 왔을 때 있잖아요. 그때는 교회에서 눈싸움하고 놀았어요."
"선생님은 뭐 하셨어요? 방학이 지나도 여전히 못생기셨네요."
"나도 그냥 보냈지. 나도 그렇지만 너도 여전히 못생겨서 큰일이다. 좀 있으면 5학년 되는데 말이야. 근데 방학이 너무 짧지 않냐?"
"맞아요. 무슨 방학이 이렇게 짧아요? 한 일 주일, 아니 한 달만 더 했으면 좋겠어요."
"내 말이. 우리나라는 방학이 너무 짧은 게 흠이라니까. 적어도 겨울방학이라면 두 달 정도는 해 줘야 방학 같지. 그런데 승래야, 승래는 방학 때 뭐 했어?"
'저 녀석이 오줌이 마렵나?' 뭔가 할 말이 있는 것 같았다. "선생님, 화장실 갔다 와도 돼요?"라는 말 외에는 조용히 듣기만 하고, 항상 말없이 씩 웃기만 하던 승래가 손을 들까 말까 망설인다. 그 모습이 눈에 딱 들어왔다.
"저요? 저는 뭐 그냥..."

승래가 말 꼬리를 흐렸다. 어, 그런데 가만히 보니 저 녀석, 방학 전과는 뭔가 달라진 것 같았다.

"선생님, 승래는요. 방학 때 외갓집에 갔다왔어요. 방학 다음 날 가서 아마 얼마 전에 왔을 걸요."

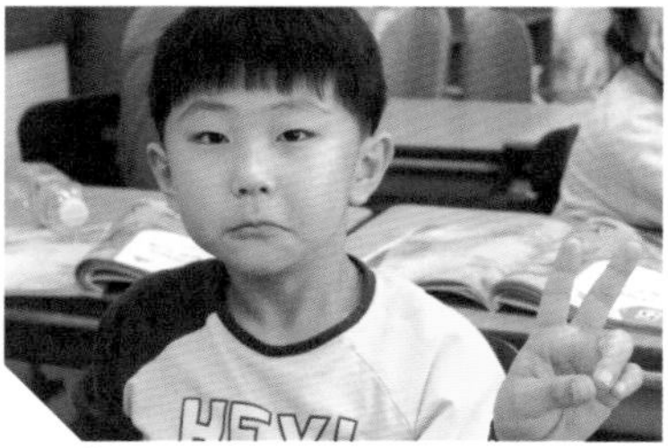

같은 동네에 살고 있는 예슬이가 말했다. 예슬이의 말을 듣고 보니 오늘따라 승래의 모습이 달라 보인 이유를 알게 되었다. 나도 모르게 피식 웃음이 났다.

승래의 외갓집은 베트남에 있다. 승래는 엄마가 베트남 분으로 국제결혼을 한 다문화가정이다. 승래가 장남이고 밑으로는 세 살 어린 동생인 정래가 있다. 엄마가 동남아에서 오신 다문화가정이라고 하면 흔히들 우리나라 사람보다 까무잡잡한 피부와 우리말을 서툴게하는 모습을 떠올리고는 하는데 승래는 전혀 그렇지 않았다. 부끄러움이 많아서 그렇지 말도 잘 했고 피부색도 다르지 않았다. 누군가 "재네 집은 다문화 가정이에요."라고 말하기 전에는 승래가 다문화가정의 아이라는 것을 전혀 눈치 채지 못할 정도였다. 이런 승래가 외갓집이 있는 베트남에 다녀온 것이다. 그것도 한 달 넘는 겨울방학 내내. 다른 아이들은 겨울방학 대부분을 집 안에서 생활하다 보니 방학 전보다 얼굴이 하얘지고 살도 조금 올랐는데, 승래는 얼굴이 까맣게 타서 온 것이었다. 얼마나 신나게 보냈는지 살도 쏙 빠졌다. 여름방학이 지나고 나면 볼 수 있는 이곳 아이들의 '까맣게 탄' 모습을 겨울에 봤으니 승래가 낯설게 느껴진 것도 이상한 일은 아니었다.

"승래! 외갓집 갔다 왔어? 우와, 좋았겠다. 언제 갔었어?
"방학 전에 가서요, 지난 주에 왔어요."
"이번에 처음 간 거야?"
"아니에요. 저는 아주 어릴 때 한 번 갔었는데 정래는 처음 갔어요."
"그럼, 이번이 두 번째네. 외갓집이 어디야?"
"베트남 어디라고 했는데 자세한 이름은 잊어버렸어요. 엄마가 알려 줬는데..."

부러운 마음을 가득 담아 승래를 쳐다봤다. 평소 모습과 달리 승래는 신이 나서 이야기를 했다. 이쯤 되면 배턴을 아이들에게 넘길 차례다. 베트남 외갓집에 갔다왔다는 말을 들은 순간부터 반 아이들은 모두 승래를 쳐다보고 있었다.

"승래에게 궁금한 거 있는 사람?"

수학시간이나 국어시간이었다면 고개 푹 숙인 채 아무 말도 않았을 아이들이 먼저 질문하겠다며 난리가 났다.

"베트남 쌀국수 먹어 봤어? 맛이 어땠어?"

"응, 진짜 맛있어. 우리나라에서 먹는 것보다 훨씬 맛있어."

"망고는?"

"먹었어. 시장에 가면 망고를 파는데 정말 싸. 외할머니가 사 줘서 실컷 먹었어."

"여행도 갔었어? 어디가 좋았어?

"따로 여행은 가지 않았는데 수상시장에 간 것은 재미있

었어. 배 위에서 물건을 팔기도 하고 사기도 하는데 우리는 배를 타고 다니며 그 사람들한테 물건을 샀어. 산 음식도 배 위에서 바로 먹었는데 재미있었어."

질문이 끝이 없었다. 아이들의 질문이 줄어들 때쯤 나도 승래에게 궁금한 걸 하나 더 물어 보았다.

"승래는 진짜 좋았겠다. 베트남에서 제일 좋았던 건 뭐야?"

"외할아버지, 외할머니, 외삼촌, 이모들 만난 거요. 다들 엄청 잘해 주셨어요. 전에는 아기였을 때 가서 기억이 나지 않았는데 이제는 기억할 것 같아요. 그리고 이번에 만나보니까 저를 엄청 귀여워해주셨어요."

"그런데 승래야, 그렇게 좋은 데 갔다 왔는데 우리한테 줄 선물 같은 건 없어?"

승래가 가방에서 무엇인가를 주섬주섬 꺼냈다. 까만 비닐봉지에 베트남 과자가 가득 담겨 있었다. 반 아이들과 함께 승래가 가져온 과자를 나누어 먹으며 과자 파티를 했다. 승래는 자랑스러운 듯 씩 웃고 있었다.

승래 때문에 그날은 온통 베트남 이야기로

교실이 떠들썩했다. 베트남 외갓집에 갔다왔다는 말 한마디에 승래는 우리 반 스타가 되었고, 승래의 이야기를 들으며 베트남과 승래의 외갓집을 머릿속에 그려보았다. 그곳에는 외가 친척들과 함께 신나게 뛰어노는 승래가 있다. 베트남에 대한 아이들의 호기심은 그날 하루로 끝났지만, 내 눈길은 며칠 동안 승래에게 가 있었다. 다른 이유는 없다. 아마 추운 겨울에 까맣게 그을린 얼굴 때문이었을 것이다. 겨울방학 동안 얼굴이 까맣게 그을려 돌아온 승래. 그을린 얼굴만큼 외갓집에서 보낸 방학이 승래에겐 소중한 추억이 되었을 것이다. 한국과 베트남의 먼 거리 때문에 오랜 시간 받지 못한 외할아버지와 외할머니, 외가 친척들의 사랑을 듬뿍 받고 돌아왔을 것이다. 승래에게 눈길이 자꾸 간 이유가 하나 더 있다. 그것은 까맣게 그을린 얼굴 너머로 행복한 승래의 얼굴을 볼 수 있었기 때문이다.

계간 《동시 먹는 달팽이》 2018년 겨울

우리 가족을 부르는 말

유치원 때는 혼혈 가족
2학년 때는 코시안 가족
5학년인 지금은 다문화 가족

뉴스나 신문에서
우리 가족을 부르는 말

동네 할머니들은
내가 태어날 때부터
쭉
성일이네 가족

『짜장면 먹는 날』 (크레용하우스, 2016)

직업병

한 명은 초등학교를 졸업하고 몇 달 만에 중학교를 그만 두었다. 건강상의 이유였다. 또 한 명은 아예 중학교 진학 자체를 하지 않았다. 학교를 다니는 대신 다른 경험을 하며 자신만의 인생을 설계해보고 싶다고 했다. 작은 분교에서 만난 아이들 두 명이 학교 밖 청소년이 되었다. 이유야 어찌 되었든 이 아이들을 통해 공교육을 벗어난 다른 길을 볼 수 있는 기회이기도 했다. 두 아이는 세 살 차이가 났다. 둘 다 나름의 계획을 세워 학교 밖 생활을 그럭저럭 잘 해 나가는 것처럼 보였다. 그런데 만나는 어느 순간부터 조금 무기력해져 있다고 해야 하나? 말이야 쉽지, 스스로 무엇을 한다는 것이 어디 그리 쉬운 일이랴. 선생의 직업병이 또 발동했다. 이 아이들과 무언가를 해 보고 싶었다. 첫 시작은 이랬다.

영주시내에 있는 작은 커피숍 구석 탁자에 모였다. 다들 비장한 각오를 한 것까지는 아니었지만 '책 한번 읽어보자.' 는 마음을 가지고 모인 것이다. 탁자 위에는 음료 4잔과 그 옆에는 책이 한 권씩 놓여있었다. 아무도 선불리 먼저 말을 꺼내지 않았다. 서로의 얼굴을 보며 씩 웃기만 했다. 하기사 나도 이런 상황이 어색했다. 책은 혼자 읽는 것이 편했다. 그런데 이 모임에 내가 진행자로 앉아 있으니 어색할 수밖에. 하지만 무슨 말이라도 하기는 해야 했다. 내가 말을 안 하면 아이들은 더더욱 안 할 것이고, 이대로 보내기에는 아까운 시간이었다.

"저기... 책은 다 읽어왔지?"

교실 안과 교실 밖은 정말 달랐다. 교실에서는 어떤 말이든 술술 잘도 나왔는데, 무슨 말을 어떻게 해야 될지 생각나지 않았다.

"혹시 마음에 드는 부분이 있었거나 책에 대해서 하고 싶은 이야기가 있으면 말해보자."

최대한 자연스럽게 말을 꺼냈지만 반응은 예상했던 대로다. 학교 수업 시간마다 있는 익숙한 상황이다. 말을 먼저 꺼내는 것이 쉬운 일은 아닐 것이다. 이번에도 내가 먼저 했다.

"나는 이 책에서 '닮지 않는 손' 이라는 시가 참 좋았어. 한번 읽어줄 테니 잘 들어봐."

책에 미리 표시해 둔 곳을 펼쳐서 크지 않은 목소리로 시를 읽었다. 고개를 끄덕이는 아이들의 모습이 보였다. 옆자리에 앉아있던 한결이가 이때다 싶었는지 얼른 말을 꺼냈다.

"저도 이 시가 좋았어요."

"그치? 이 시 좋지? 한결이는 왜 좋았어?"

"음... 그냥요. 그냥 좋았어요."

초등학생 아이들 대답 같은 말이 한결이 입에서 나왔다. '그냥'. 모든 이유를 아우를 수 있는 대답이면서 허무한 대답이다. 그냥 좋단다, 그냥. 딱히 더 물어볼 말도 없고 할 말도 생각나지 않았다. 나도 그냥 고개를 끄덕였다. 자기 차례는 끝났다고 생각했는지 한결이는 싱글싱글 웃고

있었고, 아직 차례를 기다리고 있는 다른 두 아이는 무슨 말을 해야 할지 고민하는 모습이 보였다.

'아, 내가 생각한 건 이게 아닌데, 이게 뭐람.'

우리가 만난 시간이 몇 년인가. 무려 7년이다. 알 만큼 알고, 친할 만큼 친하다고 생각했다. 농담하는 것처럼, 수다 떠는 것처럼 책 이야기를 하면 되겠구나 하고 생각을 했는데 그게 아니었던 것 같다. 첫 번째 책모임이 그렇게 끝났다.

그래도 아이들이 책은 열심히 읽었다. 한 달에 한 번 모이기로 계획을 세웠는데 일 주일이 지나자 문자가 왔다.

"선생님, 저희 책 다 읽었는데 언제 모일까요?"

책을 잘 읽지 않던 아이들이었다. 초등학생 때는 "제발 책 좀 읽어라." 그렇게 잔소리를 퍼부어도 꿈쩍도 하지 않던 아이들이었다.

'이게 뭐야? 벌써 다 읽었다고? 난 아직 절반도 못 읽었는데...'

'난 아직 다 못 읽었어. 다 읽고 연락할게.' 라고 문자를 보내려다 다 지웠다. 그리고 다시 썼다. 이왕 시작한 책모임인데 확실하게 한번 해 보자는 생각이 들었다.

'이번 주 토요일 11시. 저번에 만났던 그 카페'

마음이 급했다. 이틀 남았다. 화장실 갈 때도 책을 들고 갔고, 막내 아이를 등에 업고 재우면서도 책을 읽었다. 모임을 만들고 이끌어가는 내가 책을 덜 읽은 채 갈 수는 없는 일이었다. 더군다나 내가 누군가? 그 아이들의 선생이었지 않은가. 차마 숙제를 하지 않고 아이들 앞에 나갈 수는 없는 노릇이었다.

모임은 잘 굴러갔다. 2주라는 시간은 금방 지나갔다. 아이들은 책을 잘 읽어왔고, 처음의 어색함도 없었다. 이제는 편한 친구들끼리 모여서 이야기하는 것처럼 책 이야기를 했다. 모든 것이 잘 되어간다고 생각할 때쯤 한샘이가 툭 한 마디 던졌다.

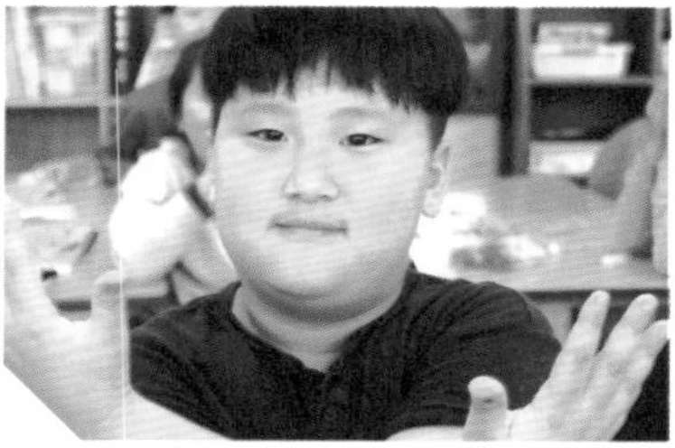

"선생님, 저 아무래도 다음부터는 못 나올 것 같아요."
우리 모임의 세 번째 회원이었던 한샘이는 누리의 동생이다. 누나와 달리 중학교를 다니면서 모임에 참여하고 싶다고 해서 함께 했었다. 봉화에 있는 작은 중학교를 졸업하고 영주에 있는 고등학교 진학을 앞두고 있었다.
"고등학교에서 제대로 공부 한번 해 보고 싶어요."
예상했던 일이었다. 한샘이가 고등학교 진학을 하면 모임에 나오지 못할 수도 있겠다는 생각을 하고 있었다. 대학 진학을 목표로 삼고 있는 우리나라 인문계 고등학교를 다니며 수능시험과 관계없는 책을 읽는다는 것은 사치라는 것을 잘 알고 있기 때문이다. 책을 읽는다고 성적이 오르는 것도 아니고, 대학 진학에 도움이 되는 것도 아니었다. 우리끼리 모여서 이야기하는 책모임이 뭐라고 공부를 해 보고 싶다는 한샘이의 의지를 꺾을 수 있겠는가. 아쉬운 마음이 들긴 했지만 그렇게 한샘이가 떠났다. 가끔 방학 때라도 나오겠다는 약속을 남긴 채.

"선생님, 저 농사지으러 가기로 했어요. 일 년 뒤에나 돌아올 것 같아요"

"갑자기 왜?"

"엄마랑 이야기했는데요. 홍성에 협업농장이 있대요. 거기 가서 농사도 배우고 공부도 하려구요. 제 꿈이 농사짓는 거잖아요."

한결이의 말에 힘이 쭉 빠졌다. 누구 때문에 시작한 모임인데... 지난 2년 동안 어떻게 여기까지 왔는데... 라는 생각. 농사는 여기도 배울 데가 많은데 굳이 그 먼 곳까지... 조금 더 커서 농사 배우고, 지금은 책이나 열심히 읽지... 하는 생각이 들었다. 서운한 마음이 들었지만 어쩔 수 없었다. 한결이가 누군가. 자신만의 인생 경험을 쌓겠다고 공교육도 마다하고 학교 밖으로 뛰쳐나온 아이 아닌가. 더 넓은 세상에서 더 많은 경험을 하겠다고 하는데 응원해 줘야지.
"언제 가는데?"
"다음 주에 갈 거 같아요. 가끔 연락드릴게요."
"그래, 가서 아프지 말고, 실컷 원 없이 배우고 와라. 책도 꾸준히 읽고."

2019년 3월 2일
쉰세 번째 모임. 누리와 둘이 한 책모임이 일 년이 다 되어간다. 한샘이는 고등학교 2학년이 되었다. 한결이는 일 년 농사공부를 마치고 왔다. 오던 날, 또 한 번 툭 던지는 말로 나를 놀래 켰다.
"선생님, 저 고등학교 가기로 했어요. 가서 좀 더 배우고, 친구들도 사귀려구요."
자기에게 부족한 것이 무엇인지 알게 되었다며, 인근에 있는 고등학교에 진학했다. 책모임에 들어와서 함께 할 것을 권했지만 고등학교 생활을 해 보고 적응이 되면 다

시 모임에 들어오겠다고 했다. 급하지 않게 천천히 일을 추진해 나가는 모습에서 많이 성장했음이 느껴졌다.

"천국의 열쇠가 뭘까? 그 신부님은 천국에 가실 수 있을까?"

"당연하죠. 그 신부님이 못 가시면 아무도 못 갈 걸요"

"맞다. 맞아. 그렇겠지?"

책모임을 시작했던 그 때가 생각난다. 중학교와 고등학교를 다니지 않는 한결이와 누리에게 책이라도 읽히고 싶다는 단순한 생각으로 시작하게 된 책모임. 회원이 두 명 밖에 되지 않은 이것을 모임이라고 말해도 되는지 모르겠지만 나에게는 더 없이 소중한 만남이다.

책 읽는 시간

아빠는 언제 오신대요?
저녁 반찬은 뭐예요?
주말에 영화 보러 갈 거예요?
이 책 다 읽으면 장난감 사주시는 거 맞죠?

책을 읽으면 생각도 많아진다는 말이
진짜가 봐요, 엄마!

텔레비전 볼 때도
컴퓨터 게임할 때도
친구랑 장난칠 때도
안 나던 생각들이 막 떠올라요.

너희들의 봄이 궁금하다

날라리 선생

또 나왔다. 처음 만났을 때처럼 당혹스럽지는 않지만 여전히 마음 한 구석은 찜찜하다. 이리저리 머리를 굴려보지만 딱히 답도 안 나온다. 지금까지 하던 대로 하는 수 밖에.

"야들아, 이거 또 나왔다. 뭐... 우짜겠노? 안 해도 되제?"

"네, 그냥 넘어가요."

반응도 한결같다. 아이 스스로 생각해도 딱히 다른 방법이 있는 것도 아니고, 더군다나 공부를 조금이라도 적게 할 수 있는데 굳이 다른 방법을 생각해서 학습량을 늘릴 필요는 없을 것이다.

"그치? 그냥 넘어가자."

수업을 하다보면 가끔 이런 경우를 만난다. 생각해보니 가끔이 아닌 것 같다. 자주 만난다. 수학, 과학은 거의 만나지 않는다. 그런데 다른 과목은 만날 수 밖에 없다. 한 명 또는 두세 명의 아이와 함께 했던 교실의 수업 모습을 잠깐 소개하겠다.

『국어시간』

'친구들 앞에서 시를 낭독해 봅시다.' 뭐, 이 정도는 괜찮다. 들어줄 친구는 없지만 낭독은 충분히 할 수 있으니 상관없다. 아이가 낭독할 때 내가 들어주면 된다. '글을 읽고, 주인공에 대한 내 생각과 친구의 생각을 비교해 봅시다.' 이 수업은 아이가 자신의 생각을 적는 것까지만 하면 된다. 왜냐고? 생각을 말해 줄 친구가 없으니까! 그렇다고 그냥 넘어

가기 찜찜할 땐 친구의 자리에 교사인 내가 들어간다. 내 생각을 불러주고 아이가 받아 적는다. 그런데 친구의 생각을 적는 칸이 세 칸이다. 나머지 두 칸은 비워놓고 다음 차시로 넘어간다.

복식수업(학생 수가 적어서 한 명의 교사가 두 학년을 가르치는 경우)을 할 때는 옆에서 공부하고 있는 다른 학년 아이의 생각을 적어 넣기도 한다. 2 · 5학년 복식수업을 할 때 5학년 수업에 2학년 아이를 발표 시킨 적이 있다. 그런데 그 아이가 5학년 아이보다 더 정확한 답을 하는 게 아닌가. '설마 영재?' 그 순간은 2학년 아이가 영재처럼 보였다. 그래도 이 정도 수업은 양호하다.

가장 곤혹스러울 때는 토론수업이다. 이건 기본적으로 최소 3명은 필요하다. 사회자, 찬성측 토론자, 반대측 토론자! 교사인 나까지 2명이서 뭘 할 수가 없다. 토론을 한다고 해도 재미가 없다. 교과서에서는 3명이 한 팀이 되는데 한 명이 한 팀이 되어서 토론하면 이야기할 것이 뭐가 있을까. 토론 주제에 대해 한 번 이야기하면(그것도 아주 짧게) 토론은 끝이 난다. 5분도 안 걸린다. 말 그대로 교과서 진도를 나가기 위한 수업 더 이상을 진행하기가 힘들다. 결국 토론 동영상만 멍하니 보았다.

『사회시간』

그림지도를 그려야 한다. 교과서에 나와 있는 그림지도의 경찰서, 소방서, 지하철역, 은행, 병원, 우체국? 없다. 뭐가 있어야 그리든지 하지. 학교는 사방이 산과 들로 둘러싸여 있다. 그림지도를 그리기 위한 조사를 하러 아이와 함께 학교 앞으로 나 있는 길을 따라 걸어갔다. 산모퉁이를 돌아 조금 가다보니 저쪽에 집이 한 채 있었다. 조금 더 밑에 집이 한 채 더 있었다. 그것도 사람이 살지 않고 버려진 집. 그게 전부다. 만약 더 아래까지 걸어가서 그림지도를 그린다면 범위가 너무 넓어진다. 학교로 돌아와서 아이와 함께 그림지도를 그렸다. 도화지의 가운데 큼지막하게 학교를 그리고, 산과 들, 띄엄띄엄 있는 집 몇 채와 그 옆에 있는 비닐하우스 몇 개를 그렸다. 끝 났 다.

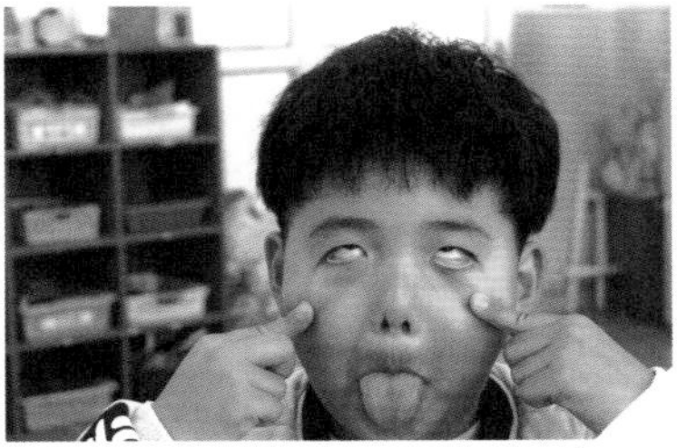

『영어시간』

단원의 마지막 부분에 역할극을 해 보는 시간이 있다. 수업시간 마지막에 쉽게 할 수 있도록 등장인물도 몇 명 안 되는 짧은 역할극이다. 하지만 이것도 쉽지 않다. 학생 수보다 등장인물이 훨씬 많다. 내가 2~3개의 배역을 하고, 아이가 2~3개의 배역을 맡아서 할 때도 있다. 역시나 별 재미없다. 쾌활한 성격의 아이가 아니라면 아이가 먼저 제안할 때도 있다. "선생님, 그냥 했다고 해요." 이것도 동영상을 보여주고 패스!

다른 수업시간도 비슷하다. 음악시간에는 아이와 함께 노래를 불러야 한다. 노래를 잘 부르지 못하고 노래하는 것을 좋아하진 않지만 어쩔 수 없다. 목소리 높여 노래 불러야 한다. 아이가 덜 부끄러워하면서 수업을 하도록 도와주어야 한다. 하지만 기악합주, 2부 합창은 참고용 음악을 들려주거나 악기를 따로따로 연주해 보는 것으로 끝낸다. 아이와 내가 부르면 2부 합창은 가능하기는 하지만 소프라노와 알토를 정확하게 해낼 만큼 나의 노래 실력이 좋지 않기 때문에 이것도 각 파트별로 따로 불러보는 것으로 수업을 마무리한다.

체육시간에는 아이와 함께 공을 차고 달려야한다. 그나마 아이 혼자 할 수 있는 활동은 달리기인데 터덜터덜 혼자서 운동장을 달리고 있는 것을 보고 있으면 마음 한구석이 짠할 때가 있다. 그럴 때는 운동화 끈을 조여매고 함께 달린다. 단체경기인 야구나 축구는 무조건 아이들과 함께 해야 된다. 아홉 명, 열한 명이 하는 경기를 두 명, 세 명이 한다. 정말 이상한 것은 그래도 아이들은 재미있어하고 좋아한다는 것이다.

서울과 대구 같은 대도시에서 근무하는 선생님들과 만날 기회가 있어서 이야기를 나누다 보면 선생님들이 이렇게 말씀하실 때가 있다. "아우, 좋으시겠어요. 몇 명 안 되는 아이들과 생활하면 가르칠 것도 없겠어요.” 그 말 속에는 도시 아이들을 가르치기가 쉽지 않다는 푸념이 섞여 있는 것 같다. 조금 삐딱하게 생각하면 “우리는 30명이나 되는 아이들을 가르치느라 힘든데 정말 편하시죠?” 이렇게 들리기도 한다. 하지만 그분들이 모르는 것이 있다. 한두 명의 아이들을 가르치기 위해 가르치는 것과 함께 수업에 참여도 해야 된다는 것을. 책도 번갈아 가며 읽어야 하고, 내 생각을 발표해야 될 때도 많다는 것을. 목소리 크게 노래도 불러야 하고, 몸이 아픈 날도 아이들이 축구를 하자고 하면 아픈 몸을 이끌고 같이 나가서 골키퍼라도 해야 된다는 것을. 학생 수가 적은 소규모 학교의 교사인 나는 단순히 가르치는 교사의 역할만 하는 것이 아니라 축구 경기 할 때의 후보 선수처럼 친구의 빈자리를 메워 줄 사람으로 언제든지 수업에 참여할 만반의 준비를 하고 수업에 들어간다는 것을.

오늘도 나는 내 차에 아이를 태우고 체험학습을 간다. 옛날 물건과 오늘날 물건을 비교하는 교과서의 내용을 공부하면서 지역에 있는 박물관을 직접 가보면 좋을 것 같아 계획을 세웠다. 그리고 박물관에 가는 김에

미술교과서에 나오는 미술관 견학 수업까지 함께 할 생각이다. 비록 다양한 그림이 걸려있는 그림 전시회는 아니지만 박물관에도 옛날 사람들이 그린 그림 한 두 장 정도는 걸려 있지 않을까? 교과서에 있는 내용을 다 가르치고 공부할 필요는 없지만, 교과서에 나오는 내용을 하나라도 더 가르치고 배운 날은 기분이 좋다. 나는 선생님이니까.

계간 《동시 먹는 달팽이》 2019년 봄

우리 마을 그림지도

아파트도 없고
병원도 없고
은행도 없고
백화점도 없고
버스 정류장도 없고
지하철도 없고
슈퍼도 없고
찜질방도 없고
소방서도 없고
경찰서도 없어요.

고추밭이 있고
배추밭이 있고
밭 가운데 움집이 있고
비닐하우스가 있고
과수원이 있고
산이 있고
산소가 있고

개울이 있고
다리가 있고
남회룡분교가 있어요.

『짜장면 먹는 날』 (크레용하우스, 2016)

잘못된 만남

키도 적당하고, 덩치도 적당하고, 생긴 것도 적당하다. 그냥 겉모습만 봤을 때 난 적당한 사람이다. 어디 내놓으면 빠지지도 않고 그렇다고 눈에 띌 정도도 아닌 말 그대로 평범하다. 하지만 겉으로 보여지는 것과는 달리 내겐 드러나지 않는 단점이 있다. 바로 일 년 내내 골골거린다는 것이다. 어릴 때부터 목 상태가 좋지 않았다. 조금만 크게 말을 하거나 무리한 일을 했다 싶으면 예외 없이 목에서 먼저 신호가 왔다. 편도가 붓기 시작하고, 몸살이 찾아왔다. 말 그대로 약골, 허약체질이다. 병원을 내 집처럼 드나들었고, 약을 밥 먹듯이 먹고 있다. 그래야 아픈 목과 몸살 기운을 가라앉히고 아이들과 장난치며 수업도 할 수 있기 때문이다. 답답한 마음에 의사 선생님께 편도 수술과 관련하여 상담도 받아봤다. 돌아오

너희들의
봄이
궁금

는 답은 모두 같았다. "그냥 무리하지 마시고 이대로 사세요."

의사 선생님 말씀을 잘 들어야 된다. 다른 사람도 아니고 학교 선생인 내가 의사 선생님 말을 안 들으면 되겠는가. 그래서 그냥 그대로 살고 있다. 목이 안 좋으면 병원 가서 주사 맞고 약 먹으면서. 그 날도 학교를 마치고 자주 가던 동네 병원에 갔다. 진찰을 받고 들어간 주사실. 많이 맞아봐서 괜찮아질 때도 되었건만 적잖이 긴장되는 곳이다. 간호사가 문을 열고 들어왔다. 주사기에 약을 넣고 있는 간호사를 곁눈으로 쳐다봤다. 처음 보는 간호사다. 새로 온 모양이다. 나이도 어려보이는 것이 간호사가 된지 얼마 안 된 것 같았다. 갑자기 걱정이 되었다. '잘못 찌르면 어쩌지?', '아프게 놓으면 안 되는데...' 내 걱정을 알아차렸는지 간호사가 나를 쳐다봤다. 어색해서 씩 웃어주었다. 또 쳐다봤다. 그냥 바지를 살짝 내리고 주사 맞을 준비를 했다. 고개를 갸웃거리던 간호사가 손바닥으로 엉덩이를 세게 때리고는 주사를 놓았다. 무지하게 아픈 주사였다. 주사약에 따라서 정말 아픈 주사가 있는데 그날 따라 주사는 정말 아팠다. 알코올 솜으로 엉덩이를 몇 번 주물러 주던 간호사가 말했다.

"주사가 좀 아플거예요. 엉덩이 많이 주물러 주시구요. 알코올 솜은 저기 박스에 버리시면 됩니다."

그 정도는 나도 안다. 경험상 이런 주사는 엉덩이에 멍이 들 수도 있다. 마음 놓고 엉덩이나 주무르게 간호사가 빨리 나가주었으면 좋겠다. 그런데 이 간호사, 내가 안쓰러웠는지 나가지도 않고 돌아서서 다시 나를 쳐다봤다.

"그런데 혹시... 송명원 선생님 아니세요?"

한껏 인상을 쓴 채 한 손으로 엉덩이를 주무르며 간호사를 바라봤다.

"네, 맞는데, 누구세요????"

"아, 선생님. 저 지혜예요. 지혜."

헉, 이런. 바로 바지부터 끌어올리고 벨트를 채웠다. '왜 하필 지금, 이런 곳에서...' 주사 맞은 곳이 눈물 쏙 빠지도록 아팠지만 웃어야 했다. 어색해하는 나에게 지혜가 말했다. 취직한지 며칠 안 되었단다. 이렇게 선생님을 만나게 될 줄 몰랐다며 지혜는 싱글싱글 웃었다. 나도 그렇다고 말했다. 어떻게 이런 곳에서 이렇게, 엉덩이를 내 놓은 채 예전의 제자를 만나게 될 줄 꿈에도 생각 못 했다. 취직한 것 축하한다, 앞으로 가끔 연락하면서 지내자는 말로 인사를 하고 후다닥 병원을 나섰다. 뒤도 돌아보지 않고 쌩하니 나왔다. 그 동안 자주 갔던 병원이었는데 그 날 이후로는 다른 곳으로 병원을 옮겼다. 나한테 딱 맞는 병원이었는데 아쉬웠다. 하지만 어쩌랴, 제자에게 계속해서 엉덩이를 보여줄 수는 없지 않겠는가.

우연히 지혜를 만난 것처럼 봉화라는 규모가 작은 곳에 살다보면 좋은 점이 있다. 가르쳤던 아이들이 중학생이 되고, 고등학생이 되어 생활하는 것을 가끔씩 볼 수 있다는 것이다. 면 단위의 마을에서 생활하다 보면 아이들이 다닌 초등학교 바로 옆이나 인근에 중학교가 있는 경우가 대부분이다. 초등학교에서 운동회를 할 때나 학예회를 할 때면 중학생이 된 아이들이 매년 구경하러 온다. 초등학교에 다니는 동생이 있으면 아예 점심시간에 맞춰 와서 운동장 한쪽에 앉아 밥을 먹고 가기도 한다. 어떤 곳에서는 중학교 급식을 초등학교에서 함께 먹는 경우도 있다.

점심시간이 되면 초등학교 교문을 들어서는 중학생들의 늠름한 모습을 볼 수 있기도 하다. 대학진학을 목표로 하는 인문계 고등학교는 읍내에 하나 밖에 없다. 더 넓은 곳에서 공부하기 위해 인근에 있는 더 큰 도시로 진학을 하는 경우가 아니면 봉화 아이들은 봉화고등학교에 진학을 한다. 읍내에 출장이 있거나 볼일이 있어서 다니다 보면 가끔 달려와서 인사를 하는 아이들도 있다. 아이들이 무탈하게 성장하는 것을 보는 것은 분명 교사에게는 보람이고 의미 있는 일이다. 하지만 이런 장점이 단점으로 바뀔 때도 있다. 지혜의 경우처럼 만나지 않았더라면 좋았을 장소에서 아이를 만나 당혹스러운 경우도 있었고, 몰랐으면 차라리 더 나았을 아이의 소식을 전해듣게 되는 경우

도 많다.

담임을 맡지는 않았지만 분교에서 생활하며 함께 지낸 옆 반 일 학년 여자 아이가 있었다. 평소 말도 잘 하지 않았고, 즐거운 일이 있어도 슬쩍 입 꼬리만 올라가는 것이 고작인 아이였다. 보통 일 학년 아이들은 재잘거리느라 쉴 틈이 없는데, 같이 지낸 일 년이라는 시간 동안 말하는 것을 한번도 못 봤을 만큼 조용하고 수줍음이 많은 아이였다. 함께 지낼 당시 그 아이는 아빠와 엄마가 이혼을 하고 할머니와 갓난아기 때부터 살아오고 있었다. 그 아이에게는 여섯 살 많은 언니가 한 명 있었는데, 그 언니가 문제를 좀 일으켰다. 스마트폰을 이용하여 이 사람, 저 사람을 만나고 다니기도 하고, 다른 사람의 돈에 손을 대기도 했다. 그 아이와 함께 생활했던 분교를 떠난 다음 해, 그 아이가 고아원으로 보내졌다는 이야기를 들었다. 몸이 불편하신 할머니가 손녀 두 명을 보살피기가 힘들어지자 친척들이 한 명을 보육시설에 보내기로 했는데, 언니가 자기는 절대로 못 간다고 해서 어린 동생을 보냈다는 것이었다. 그 아이의 소식을 듣고 한동안 일이 손에 잡히지 않았다. 자그마한 몸으로 버스가 다니는 길 한쪽에 멀찍이 서서 차를 기다리던 아이, 혹시 내 차라도 타고 학교에 가는 날이면 항상 창밖만 바라보던 아이, 강원도 어딘가에 있는 고아원에 갔다는 아이가 아는 사람 한 명도 없는 그 곳에서 어떻게 지낼까 걱정이 되었다. 그렇다고 내가 해줄 수 있는 일은 아무것도 없었다. 작은 도움이라도 줄 수 있었다거나 문제를 해결해 줄 수 있었다면 덜 힘들었을지도 모르겠지만, 그 상황을 지켜보고만 있어야했기에 더 힘들었는지도 모르겠다. 낯선 곳에서라도 그 아이가 잘 적응해서 바르게 성장하기를 마음속으로 빌어줄 뿐이었다.

흔히 하는 말로 우리 집 숟가락 개수까지 마을 사람들이 다 알고 있다는 이 곳은 즐거움과 불편함이 함께 존재하는 곳이다. 지혜를 만났을 때의 즐거움과 반가움이 병원도 많지 않은 이 곳에서 다른 병원을 찾아가야 하는 불편함이 되기도 한다. 아이들을 만나거나 소식을 전해 듣고 좋아할 수 있는 반면 차라리 듣지 않고 몰랐으면 하는 소식도 많다. 하지만 그게 사람 사는 일인 것 같다. 함께 기뻐하고 함께 마음 아파하며 지내고, 그 속에서 함께 생활하며 나도 조금씩 성장하고 있다. 선생으로뿐만 아니라, 어른으로, 더 나아가서는 하나의 사람으로.

나도 이제 우리 동네 스타야

– 경 축 –

화랑문화제 운문 금상 6학년 권영광

물야 장이 열리는 삼거리 입구에
현수막 하나 높게 걸렸다.

물야 면사무소 면장님도 봤겠지?
물야 우체국장님도 봤겠지?
물야 파출소 경찰관 아저씨도 봤겠지?
마을버스 기사 아저씨도 봤겠지?
농약 사러 온 민섭이 엄마도 봤겠지?
보건소에서 약 타던 현정이 할아버지도 봤겠지?
장에 고추 팔러 나온 누리 할머니도 봤겠지?
경우기 몰고 가던 홍빈이 아빠도 봤겠지?
물야 장에 장 보러 온 사람들 모두 모두 봤겠지?

어제 상장 보고도 아무 말 안 하던 우리 아빠
오늘은 집에 가면 칭찬해 주겠지?

『짜장면 먹는 날』 (크레용하우스, 2016)

장날마다 찾아가는 맛집

누리네 부모님은 오일장을 다니시며 김을 구워서 파신다. 누리와 함께 지낸 것은 2011년이었는데 그 이후로도 꾸준히 연락을 하면서 지내고 있다. 어느 날 누리와 만나서 이런저런 이야기를 하던 중 알게 되었다. 원래는 귀농을 해서 블루베리 농사를 지었는데 이제는 김 장사를 한다는 이야기를 들었다. 김 장사는 부모님이 하시지만 김은 누리가 직접 굽는다고 했다. 금방 구운 김이 맛있다며 한번에 많은 김을 구워 보관하지 않고, 반드시 장에 가져갈 만큼의 김을 전날 밤에 굽는다고 했다. 오일장의 규모에 따라

맛있는 구운 김

서 다르지만 보통 2,000장 정도를 굽는다는데 김 굽는 시간만 두세 시간 정도 걸린다고 했다. 힘들지 않냐고 하니 힘들기는 하지만 할 만하단다. 다음 날이 마침 봉화 장날(2일, 7일)이라서 김을 사러 갔다. 그 날부터였다. 밥을 먹을 때면 우리 집 식탁 위에는 누리가 직접 구운 김이 꼭 올라왔다. 평일에는 아침과 저녁 반찬으로, 주말이면 점심때까지 부지런히 김을 먹었다. 김 맛이 좋기도 했지만 사온 김을 빨리 먹어야 김을 또 살 수 있다는 생각에 열심히도 먹었다. 간단한 선물도 김으로 했다. 친한 사람을 만나거나 어디를 방문할 일이 생기면 꼬마병에 담겨있는 음료수나 빵을 사가지 않고 누리가 직접 구운 김을 검은 봉지에 담아서 달랑달랑 들고 갔다. "이거 내 제자가 구워서 파는 김인데 참 맛있어."라는 말과 함께 봉지를 건네면 다들 좋아해 주셨다. 다음에 만났을 때면 어김없이 "김이 참 맛있었어."라는 말을 해 주기도 하셨다. 그 말 한마디에 뿌듯한 마음이 들었다.

생각해보니 내가 좋아하는 음식은 참 많이 바뀐 것 같다. 지금은 김을 즐겨먹고 있지만 전에는 전병

과자를 열심히 먹은 적도 있었다. 또 언젠가는 계란만 꾸준히 먹은 적도 있었고, 블루베리를 실컷 먹은 적도 있었다. 자두, 사과, 빵도 한때 열심히 먹은 음식들이다. 이런 음식들에는 공통점이 있는데 그것은 바로 우리 반 아이네 집에서, 또는 내가 가르쳤던 아이들 집에서 농사를 짓거나 파는 것들이라는 것이다. 교직 경력이 이십 년이 가까워지는 요즘은 아이들이 성인이 되어 직접 만들어 파는 것들도 있다. 정말 신기한 것은 어찌된 일인지 이런 음식들은 내 입맛에 딱 맞다는 사실이다. 맛이 있다 보니 계속 먹게 되었다. 맛이 있으니 내 가족들도 먹게 되고, 주위 사람들에게도 조금씩 나누어 함께 먹게 되었다. 먹어본 사람들의 대답도 항상 같았다. “저번에 주신 거 참 맛있었어요.”, “그거 어디서 팔아요?” 내가 파는 것도, 내가 만든 것도 아닌데 그 말 한마디가 왜 그렇게 고맙고 기분이 좋아지는 것일까?

“선생님은 어떤 음식을 좋아하세요?”

이 질문을 받으면 한참 생각해야 한다. ‘이거요!’ 하면서 딱 집어서 말할 수 있는 음식이 없다. 먹는 것에 별로 관심이 없기 때문이다. 때가 되면 배고프지 않게 한 끼 때우면 된다는 것이 내 생각이다. 누군가와 식사 약속이 있어서 밥 먹을 일이 있으면 메뉴를 정하는 것이 여간 곤혹스럽지 않다. 내가 뭘 먹고 싶은지도 잘 모르는데 다른 사람의 입맛까지 고려해야 되니 메뉴 정하는 일은 내게 어려운 숙제 중 하나이다. 그런 면에서 볼 때 교직은 내게 딱 맞는 직업이다. 전국 대부분의 학교에서 급식을 하기 때문에 점심시간이 되어도 딱히 메뉴를 걱정할 필요가 없다. 또 영양사 선생님이 먹는 사람들의 영양까지 고려해서 매일 다른 메뉴로 식단을 짜 주시고, 한식조리사 자격증을 갖춘 조리사님들이 정성들여 음식을 해주시니 학교 급식은 맛이 없을래야 없을 수가 없다. 보통 한 달치 식단표를 영양사 선생님께서 미리 작성해서 나누어주시는데 혹시나 내가 먹고 싶은 음식이라도 포함되어 있는 날이면 그날은 아침부터 급식시간을 기다리게 된다. 혹 급식실이 교실 바로 옆이거나 아래층에 있기라도 하면 급식실에서 풍겨오는 음식 냄새로 오전 내내 침을 꿀꺽 삼키며 급식

시간을 기다리기도 한다. 학교 급식을 빼고는 어쨌든 나는 먹는 것에 별 관심이 없는 편이다. 이런 내가 요즘 김은 끼니때마다 빠뜨리지 않고 먹고 있다. 집집마다 있는 음식. 반찬이 마땅찮거나 간단하게 한 끼 밥을 먹을 때 함께 먹으면 딱 좋은 음식. 딱히 좋아하는 음식이 아니었는데 먹어보니 맛있었다. 맛만 좋은 게 아니라 몸에도 좋은 것 같다. 몸에만 좋은 게 아니라 마음까지 뿌듯해진다. 김! 아무리 생각해도 그 집 김은 정말 맛있다.

오천 원에 네 봉지인데 내가 사면 언제나 한 봉지를 더 얹어준다. 덤이다. 단골이기 때문에? 아니다. 단골은 맞지만 김 팔아서 얼마 남는다고 살 때마다 한 봉지를 더 주겠는가. 한 봉지 더 받을 때마다 미안하기는 했지만 특별대우를 받는 것 같아 마음은 뿌듯하다. 오천 원어치를 샀다. 집에 와서 김에 싸서 저녁밥을 먹었다. 역시나 맛있다. 소금간도 알맞게 되었고, 고소한 참기름 냄새도 좋다. 바삭바삭한 것이 금세 밥 한 공기을 비웠다. 밥을 다 먹고도 아쉬워 김만 몇 장 더 집어 먹었다. 김 한 봉지를 금방 먹었다. 누리의 김 굽는 솜씨가 나날이 발전하

고 있는 것 같아 흐뭇해지기까지 한다.

어떤 음식을 좋아했었고, 앞으로 또 어떤 음식을 좋아하게 될지 모르겠지만 지금 내가 자주 먹으면서 제일 잘 먹는 음식은 김이다. 그것도 누리가 직접 구운 김이다. 이렇게 맛있는 김을 전에는 먹어본 적이 없을 만큼 맛이 좋다. 밥상을 치우며 달력을 봤다. 내일은 영주 오일장(5일, 10일)날이다. 저번에 사온 김이 몇 봉지 남았는지 봤다. 두 봉지. 오늘 저녁과 내일 아침에 먹으면 다 먹을 것 같다. 내일은 퇴근길에 영주 장에 잠깐 들러 김을 사와야겠다. 참, 내일 저녁에는 동네에 살고 계시는 선생님이랑 차 한 잔 하기로 했다. 그분에게도 김을 사드려야겠다. 만 원어치는 사야겠다. "선생님, 어떤 음식 좋아하세요? 좋아하실지 모르겠는데 이거 한번 드셔보세요. 내 제자가 구워서 파는 김인데 참 맛있어요. 맛이나 한번 보세요."라는 말과 함께 김 몇 봉지 선물로 드려야겠다.

계란 장사

물야초 북지분교 6학년 김누리

아빠가 계란 장사하기 전에는
자주 먹지 못했던 계란을
아빠가 계란 장사를 하면서
많이 먹게 되었다.

팔고 남은 계란이
우리 집 밥상 위에 올라온다.

계란말이, 계란찜, 계란후라이
삶은 계란, 계란 장조림, 계란국…

'어, 이러다 우리 집 망하는 거 아닐까?'

맛있는 계란 그만 먹어도 좋으니
아빠 장사가 잘 되었으면.

『내 입은 불량 입』 (크레용하우스, 2013)

꿈 이야기

석 달쯤 되었다. 포털 사이트 검색 순위 1위를 장식한 것이. 그날 하루 동안의 일이었다. '동명이인일까?' 혹시나 하는 마음에 검색 순위 1위에 올라와 있는 이름을 눌렀다. 관련 뉴스가 여러 개 떴다. 비슷비슷한 내용의 뉴스였지만 하나도 빠뜨리지 않고 꼼꼼하게 읽었다. 순간 내 마음 속에서 '아~' 하는 짧은 감탄사가 나왔다. 무명의 여자 프로 골프 선수가 오랜 도전 끝에 KLPGA에서 생애 첫 우승을 차지했다는 기사였다. 그 아이가 맞았다. 2004년 3월, 봉화에 있는 전교생 50여명의 작은 학교 3학년 교실에서 처음 만났던 아이, 첫 제자로 내 기억 속에 남아있는 아이. 훌쩍 자라 성인이 된 그 아이가 어릴 적 모습을 간직한 얼굴로 우승 트로피를 들고 환하게 웃고 있었다.

너희들의 봄이 궁금하다

생각해보니 꿈도 많았고, 열정도 많았다. 모든 일에 적극적이었다. 그 아이가 초등학교 때 그랬냐고? 맞다. 그 아이는 꿈도, 열정도 많았다. 그 아이만 아니라 나도 그랬다. 신규 발령을 받은 많은 교사들처럼 나름 큰 포부를 가지고 교직에 첫발을 내디뎠다. 형 같은, 삼촌 같은 선생님이 되어 아이들과 잘 놀고, 잘 가르치고 싶었다. 고민 상담도 해 주고, 휴일에는 함께 놀러 다니며 그들의 삶에 긍정적인 영향을 줄 수 있는 교사가 되고 싶었다. 훗날 "저 사람이 옛날 내 제자였어."라고 자랑삼아 이야기할 수 있는, 많은 사람들에게 명성이 알려진 인재가 몇 명은 나왔으면 하는 바람을 가지고도 있었다.

내가 즐겨보던 텔레비전 프로그램이 있었다. 'TV는 사랑을 싣고' 라는 프로그램이었는데, 나는 그 프로그램을 볼 때마다 이런 생각을 했다. 수업 중인 교실로 카메라를 앞세운 리포터가 찾아와 내게 묻는다. "○○

○가 찾고 싶어하는 그 선생님이 맞으세요?" 화면은 방송국 스튜디오로 바뀌고, 내가 그 곳에서 옛 제자와 감격적인 재회를 하는 장면 말이다. 그런데 오 년, 십 년 교직 생활을 하다 보니 그때 나를 미소 짓게 했던 그 생각이 '참 허황된 생각이었구나.', '부질없는 바람이었구나.' 라는 것을 조금씩 깨닫게 되었다.

아이들과 장래희망에 대한 이야기를 할 때가 있다. 요즘 아이들은 우리 때와는 달리 축구선수, 연예인, 프로게이머를 꿈꾸는 아이들이 많다. 그런 아이들을 보며 생각했었다. 아이돌 가수들의 노래에 맞춰 춤을 곧잘 추는 아이가 연예인이 되고 싶다거나, 프로게이머가 꿈인 아이가 지역 게임대회에서 입상을 했다는 소식을 들으면 '혹시 유명해지면 나를 찾아오지 않을까?' 라는 생각을 하며 내 꿈에 맞춰 아이들의 꿈을 응원했었다. 하지만 눈에 들어오지 않는 아이들에 대해서는 그러지 못했던 것 같다. 장난을 잘 치고, 공부에도 그닥 흥미가 없는 아이가 있었다. 그 아이는 농부가 되고 싶어 했다. '그래! 요즘 취직하기도 어려운데 공부하느라 기운 빼지 말고 속 편하게 농사지으며 사는 것도 괜찮지.' 라는 생각을 하며 형식적으로 '왜' 라는 말을 물었다. "그냥요." 늘 그렇듯 이런 말로 넘어가던 아이가 나를 그 자리에서 멈추게 만들었다.

"저는 사과 농사를 지어서 사과 상자 옆에 아빠처럼 제 이름을 큼지막하게 새기고 싶어요."

그 아이 앞에서 고개를 들지 못했다. 껍질째 먹을 수 있는 사과를 키우기 위해 노력하시는 아빠를 보면서 자기도 아빠처럼 되고 싶다는 생각이 들었단다. 되도록이면 농약을 사용하지 않고 친환경으로 사과 농사를 지어보고 싶다고 했다. 부끄러웠다. 교사로서 어떤 직업이든 소중하고 가치 있다고 가르쳤지만 정작 나 스스로는 유명인에 대한 선망을 갖고 있었던 것이다. 공장 노동자나 길거리의 청소부, 농부, 택배 기사, 평범한 회사원이 되는 아이들이 아닌 텔레비전 프로그램에 나올 수 있을 정도가 되려면 유명한 연예인, 유명한 운동선수, 유명한 의사, 유명한 작가, 유명한 변호사 정도는 되어야한다고 생각했다. 지금까지 내가 만났던 아이들에게 성공을 이야기하며 공부를 강요하지는 않았지만, 나도 모르게 흔히 말하는 '유명한' 아이가 나오기를 속으로는 바라고 그런 자질이 보이는 아이들을 더 적극적으로 응원하고 있었던 것이었다. 그런데 유명한 노동자, 유명한 청소부, 유명한 택배기사, 유명한 농부…왜 그들에게는 그 단어를 떠올리지 않았을까? 유명해진다는 건 무엇일까? 그 아이가 내게 많은 생각을 던져 주었다.

다행인 것은 나의 오만한 생각을 깨우쳐 주려고 한 것인지 지금까지 내가 바라는 '유명한' 아이는 나오지 않았다. 무명의 프로 골프 선수가 우승을 하면서 매스컴에 잠깐 나오기는 했지만 그 아이에게 난 찾고 싶을 만큼 그리운 선생님은 아니었다. 남들이 알아봐 주고 돈을 많이 벌어야만 성공한 삶이 아니다. 사과 상자 옆에 자기 이름을 떡 하니 새기고 싶다는 그 아이처럼 자기 일을 열심히 하며 착실하게 살아가는 삶만큼 빛나는 삶이 또 어디 있겠는가. 그런 생각을 하게 해 준 아이였다. 수많은 제자들을 가르치고 떠나보내면서 '유명'이라는 말에 집착한 내 생각도 바뀌었다. 예전의 허황된 꿈 대신 지

꿈동이들의

금은 작지만 소박한 꿈을 가지고 있다. 지금까지 내가 만난 아이들 중에서, 또 내가 만날 아이들 중에서 나의 말과 행동으로 인해 작은 상처라도 받는 아이가 생기지 않게 하는 것이 남은 교직 생활 동안 이루고 싶은 내 꿈이다. 나로 인해 성공한 아이가 열 명, 백 명 나오는 것보다 나로 인해 상처받은 아이가 한 명도 없다면 교사로서의 내 삶은 성공했다고 말할 수 있을 것 같다. 하지만 그것을 어찌 알겠는가. 결과는 내가 알 수 있는 일이 아니니 매순간 노력하는 방법 밖에. 어쩌면 'TV는 사랑을 싣고'에 나오는 초임 시절의 꿈보다 지금 꿈이 이루기 더 힘들고 어려울지도 모르겠다.

무명의 여자 프로골프 선수의 우승 소식을 접하며 생각이 많은 날이었다. "이 선수가 3학년 때 내 제자야. 나랑 얼마나 친하게 지냈는데..."라며 같은 학교 선생님들에게 제자 자랑도 하고, 괜찮았던 교사인 척 뽐내고 싶은 마음도 있었지만 조용히 혼자 간직하기로 했다. 솔직히 말해서 "내 제자야."라며 자랑할 만큼 나는 괜찮은 교사가 아니었고, 그 아이에게 잘 해주지도 못했으니

까. 그 아이가 골프를 처음 시작할 때 그 아이의 꿈을 진심으로 응원해 주지도 못했으니까. 대신 앞으로 응원해 줄 것이다. 그 아이 뿐 아니라 내가 만났던 모든 아이들의 꿈을 응원할 것이다. 유명하지는 않지만, 지금도 각자의 자리에서 다양한 색깔의 빛을 내는 삶을 살아가고 있을 아이들이기 때문이다. 고마움과 그리움과 미안한 마음을 담아서 그 아이의 신문기사에 조심스레 댓글을 남겼다.

"우승을 축하합니다. 자기의 꿈을 위해, 결과에 후회가 없도록 최선을 다하는 멋진 선수가 되길 항상 응원하겠습니다."

계간 《동시 먹는 달팽이》 2018년 가을

통역사

2학년 한결이의 꿈은
통역사가 되는 것입니다.

통역사가 되어서
말이 통하지 않는 사람들에게
서로의 말을 전해주고 싶습니다.

통역사가 되고 싶은 한결이는
오늘도 열심히 말합니다.

돼지 팔러가는 아빠 따라 가
아빠가 하는 말 대신 전해 줍니다.

"20만원 이하는 안 된대요."
손가락 움직이며 열심히 전해줍니다.

[너희들의 봄이 궁금하다]

오는 봄이 궁금하다

2018년 분천분교 학생은 다섯 명이었다. 며칠 후면 현빈이, 건영이, 건모가 졸업을 하고 두 명이 남는다. 그나마 다행인 것은 머지않아 봄이 오면 1학년이 한 명 입학을 한다는 것이다. 1학년 입학은 이 년만의 일이다. 6학년이 되는 수정이와 3학년이 되는 혜진이, 1학년이 되는 채환이가 분천분교의 주인이 되어 학교 이곳저곳을 뛰어다닐 것이다. 비록 학생 수가 세 명 밖에 되지 않지만 1학년 입학생이 있다는 것은 희망적인 일이다. 봄이 되면 새싹이 올라오듯 학교에 입학하는 채환이가 분천분교를 밝고 예쁘게 가꾸어나갈 것만 같다. 비록 나는 올해를 마지막으로 이 학교를 떠나지만 세 명의 아이들이 만들어갈 분천분교의 봄이 궁금해진다.

하지만 머지않아 찾아올 봄이 궁금해지는 진짜 이유가 있다. 바로 전교어린이회장 때문이다. 대도시에 위치한 규모가 큰 학교는 전교어린이회장 선거로 3월 내내 학교가 떠들썩하다고 들었다. 하지만 분교의 전교어린이회장 선거는 좀 다르다. 물론 분교에도 전교어린이회장이 있다. 큰 학교나 본교의 전교어린이회장과는 달리 하는 일이 거의 없고, 이름뿐인 경우가 많다. 당선이 될 때부터 졸업할 때까지 대부분 아무 일도 하지 않는다. 가끔 본교에서

교장, 교감 선생님이 격려차 분교에 오시면 '차렷', '경례'를 외치며 인사를 주도하는 일 외에는 딱히 대표성을 띠는 일도 없다. 그래도 한 학교를 대표할 전교어린이회장은 3월이 되면 분교에서도 선거를 통해 뽑는다. 우선 6학년이 한 명인 경우는 그 학생이 무투표 당선이다. 전교어린이회장은 어느 학교나 6학년 학생이 하는 경우가 대부분이기 때문이다. 한 명뿐인 6학년이 후보자로 등록을 하면 전교생이 교실에 모여서 당일 바로 찬반 투표를 한다. 전교생을 모아놓고 선거공약을 하는데 선거공약도 별것 없다.

"저를 전교회장으로 뽑아주신다면 동생들을 잘 이끌어 좋은 분교로 만들겠습니다."

끝이다. 그리고 이 정도면 충분하다. 이제 종이를 나누어주고 투표를 한다. 100% 찬성으로 회장에 당선 되는 경우가 대부분이다. 동네 친한 누나, 학교에서 제일 큰 형이 나왔는데 반대할 동생들은 없기 때문이다. 6학년이 두 명이나 세 명이면 후보자 등록을 받는다. 한 명만 등록하면 위의 경우와 같다. 두 명이나 세 명이 등록을 하면 후보자번호를 부여하고 선거공약 연설을 듣는다. 별다른 선거운동 같은 건 없다. 가끔 선거운동기간을 두기도 하지만 도시의 학교들처럼 그렇게 시끄럽거나 유별나지 않다. 평상시와 다름없이 조용하다. 종이를 나눠주고 투표를 한다. 당선자가 정해지면 당선 소감을 듣는 것이 보통이다. 혹시나 전교어린이회장 선거에 떨어졌다고 해서 걱정하거나 실망할 필요는 없다. 전교어린이회장에 선출된 아이가 겸직을 할 수 없기 때문에 떨어진 아이가 학급 회장을 한다. 6학년이 세 명이라면 한 명은 그럼 어떻게 하느냐고 걱정할 수도 있지만 그런 걱정은 안 해도 된다. 그 중 한 명은 임원자리에 관심 없는 아이가 있기 때문이다. 모든 분교가 이렇지는 않지만 내가 근무했던 분교에서는 학생 수가 몇 명 되지 않아서 이렇게 이루어졌다. 지금의 경우면 내년에는 6학년인 수정이의 무투표 당선이 확실한 상황이었다. 그런데 문제가 발생했다. 수정이가 전교어린이회장 자리를 안 하겠다고 선언한 것이다.

"수정아, 6학년 되면 전교어린이회장 하겠네? 좋겠다. 잘해!"

"전교어린이회장요? 아우 귀찮아요. 저는 그런 거 안 할 건데요."

쉬는 시간이라 핸드폰 게임을 하고 있던 수정이가 여전히 핸드폰에 눈을 떼지 않은 채 심드렁하게 말했다.

"그게 무슨 소리고? 6학년인 니가 해야지. 그럼 누가하는데?"

눈은 여전히 핸드폰에 고정한 채, 옆에서 놀고 있는 혜진이를 손가락으로 가리킨다.

"혜진이 있잖아요. 혜진이 보고 하라고 그래요. 그거 뭐 중요하지도 않은 거 아무나 하면 어때요."

수정이 다운 대답이었다. 남들이 봤을 땐 이해가 안 되는 말이겠지만, 평소 수정이 성격을 너무나 잘 알고 있는 내가 봤을 때는 충분히 이해가 되었다. 수업을 비롯한 다른 활동하는 것을 상당히 귀찮아하는 아이였다. 처음 만났을 때는 수업시간에 공부를 잘 하다가도 귀찮아지면 그대로 엎드려서 당혹스러울 때도 있었다. 달래보기도 하고, 협박도 해 봤지만 결국 내가 졌다. 있는 그대로의 수정이를 받아들이는 수밖에. 가끔은 밥 먹는 것도 귀찮다고 해서

여전히 이해가 안 될 때도 있지만 상에 대한 욕심, 그런 것도 없다. 교내 행사를 할 때 제출만 하면 상을 준다고 꼬셔도 “그거 상 받아서 뭐해요?” 하며 되물었다. 이런 상황이니 전교어린이회장 자리라고 해도 수정이에겐 별 흥밋거리가 되지 않는 것이 당연했을 것이다.

‘그래, 세상에 6학년만 전교어린이회장 하라는 법은 없잖아. 지가 하기 싫다는데 뭐. 6학년이 없을 땐 5학년이 회장이 되기도 했는데 뭘’

한번 안 한다고 하면 진짜로 하지 않는 수정이였기에 옆에 있던 혜진이에게 물어보았다.

“혜진이는 좋겠네. 수정이 언니가 안 하면 혜진이가 전교어린이회장 하겠네. 축하해.”

혜진이가 수정이를 쓱 쳐다봤다. 언니한테 배웠는지 언니 말을 그대로 따라했다.

“전교어린이회장요? 수정이 언니가 안 하면 저도 안 할 건데요.”

배울게 없어서 저런 걸 배우나? 하는 생각이 들면서도 기가 찼다. 그게 뭔지도 잘 모르면서 언니가 안 하니까 자기

도 안 하겠단다. 평양감사도 자기가 싫다면 안 하는 것이니 할 수 없다.

그래도 혜진이는 수정이와는 다르니까 한 번 더 꼬셔봤다.

"혜진아, 전교어린이회장 되면 좋은 점 진짜 많아. 한번 해 봐. 잘하면 3학년 때부터 졸업할 때까지 혜진이가 4년 동안이나 전교어린이회장 할 수 있겠네."

좋다고 하니 약간 고민하는 눈치였다. 고개를 갸웃거리기는 했지만 말이 없다. 썩 안 내키는 모양이다. 다음은 누구지? 한 명이 남긴 남았다. 아직 입학도 하지 않은 1학년 채환이! 6학년과 3학년을 두고 1학년이 전교어린이회장을 하게 생겼다. 상당히 획기적인 일임에는 틀림없다. 전국에 있는 그 많은 초등학교 중에서 1학년이 전교어린이회장을 하는 학교는 아마 없을 것이다. 뉴스에 나고 신문에 날 일이다. 그런데 초등학교에 대해서 아무것도 모르는, 이제 갓 입학한 아이가 회장을 할 수 있을까? 받아쓰기 하면서 이제 덧셈과 뺄셈을 배우는 1학년 아이가 6학년과 3학년에게 "이것 좀 해", "저것 좀 해"라고 뭘 시킬 수 있을까? 수정이와 혜진이는 회장의 말에 잘 따라서 움직일까? 하지만 이런 걱정도 앞선 일이다. 우선은 채환이에게 물어봐야 된다. 채환이까지 안 하겠다고 하면 분천분교의 전교어린이회장은 할 사람이 없다. 나랏일로 말하자면 대통령이나 국회의원 자리가 있는데 모든 사람들이 다 하기 싫다고 해서 아무도 안 하는 경우가 되고 마는 것이다. 뭐 그렇게 한다고 해도 상관은 없겠다. 우리나라 국회의원들을 생각해 봤을 때 아무도 안 하는 것이 오히려 나랏일이 더 잘될 수도 있을 것 같으니까.

며칠 후면 분천분교를 떠나 다른 학교로 옮겨가지만 분천분교 전교어린이회장이 누가 되었는지는 꼭 알아봐야겠다. 수정이? 혜진이? 채환이? 아니면 아무도 없을까? 누가 되든지 폐교 위기에 놓인 분천분교를 아이들의 웃음소리로 가득 채우고, 행복하게 생활하도록 이끌 수 있는 전교어린이회장이 되었으면 좋겠다. 정든 분천분교를 떠나는 것이 못내 아쉽다. 그래서 시간이 천천히 흘러갔으면 좋겠지만, 머지않아 찾아올 봄소식은 진짜 궁금하고 기다려진다.

회장

물야초 북지분교 6학년 김한샘

전교생이 6명인 우리학교는
6학년이 나 밖에 없다

내가 전교 회장, 학급 회장
다 한다

그런데, 회장이라고 불러줄 사람은
하나도 없다

소천초등학교
분천분교장

마지막은 언제나

궁금했다. '분교를 영어로 뭐라고 하지?' 초등학교는 elementary school이라고 하니 small elementary school이라고 하나? 분교 교문을 처음으로 들어서던 날, 내가 가졌던 궁금증이었다. 왜 그게 궁금했는지는 모르겠다. 영어도 가르쳐야 하는 초등 교사의 직업병이 또 발동했던가 보다. 학교 건물 옆에 차를 세우고, 운동장으로 걸어갔다. 봄이 시작되는 삼월이라고는 하지만 산으로 둘러싸인 이곳의 바람은 매서웠다. 불어오는 바람을 등으로 막으며 걸었다. 운동장 앞쪽 게양대 높이 태극기가 펄럭였다. 빛바래고 낡을 대로 낡았다. 태극기 끝 부분이 떨어져나가 있었다. 처음 봤다. '도대체 관리를 하는 거야, 안 하는 거야? 저 모양이 되도록 태극기 교체도 안 하고

그냥 보고만 있었다니...'

운동장에서 바라본 학교 건물의 모습이 을씨년스러웠다. 생기가 느껴지지 않았다. 사람이 살지 않는 빈 집처럼 느껴졌다. 쉴 새 없이 펄럭이는 태극기의 소리가 요란했다. 세찬 바람 속에서 아이들 셋이서 축구공을 차고 있었다. 다가가서 인사를 했다.

"안녕, 반가워. 몇 학년이야?"

처음 보는 사람이었지만 아이들도 알았을 것이다. 새로 오신 선생님이라는 것을. "안녕하세요?" 인사를 끝으로 별 말이 없었다. 아이들이 멀뚱멀뚱 잠시 나를 쳐다보더니 지네들끼리 계

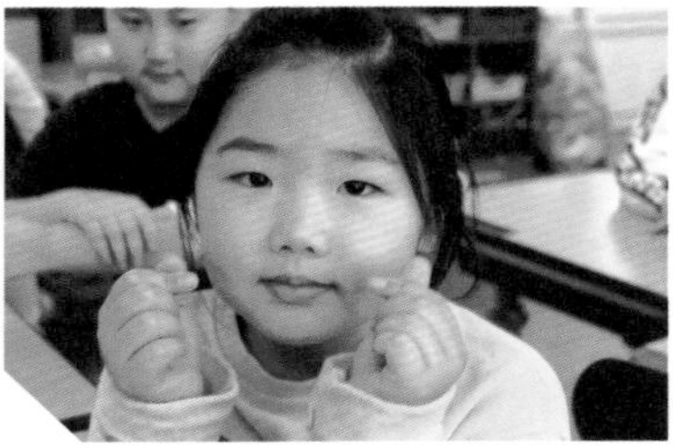

속 공을 찼다. 춥기도 춥고 무안하기도 해서 그냥 교무실로 들어갔다.

기다리고 기다렸던 분교 생활이었다. 여러 선생님들이 쓴 글을 통해 만난 분교는 말 그대로 천국 같았다. 아이들과 가족처럼 지내며 평소 가지고 있던 교육활동들을 마음껏 실천해 볼 수 있는 곳, 순수하고 착한 아이들과 즐겁고 재미나게 일 년을 보낼 수 있을 곳이라는 생각을 했었다. 교사가 되면 꼭 한번 근무해 보고 싶었던 곳이었다. 하지만 첫 인상은 좋지 않았다. 막상 경험한 현실도 그랬다. 교장, 교감 선생님이 안 계셔서 생활이 조금 편한 것 빼고는 전에 있던 학교와의 차이를 느끼지 못했다. 건물은 오래되어 낡았고, 시설은 열악해 근무환경은 더 안 좋았다. 그렇게 1년을 흘려보냈다.

그로부터 분교에서 근무한 햇수만 9년이다. 전생에 어떤 인연이 있던 것이 틀림없다. 그렇지 않고서는 다른 선생님들은 평생에 한 번 할까 말까한 분교생활을 9년이나 할 리가 없다. 예전부터 '분교'라는 이름만 들어도 가슴이 막 뛰면서 설레곤 했었다. 지금 생각해보니 가슴이 괜히 뛴 것이 아닌 것 같다. 참, 지금은 분교 생활이 어떠냐고? 이제는 두말할 필요가 없다. 서당개도 3년이면 풍월을 읊는다는데 무려 3년씩 세 번을 겪었다. 분교 전문 교사라고 할 정도로 이제는 분교 생활이 편안하고 익숙해졌다. 분교와의 전생 인연을 곰곰이 생각해봤다. 아름다운 인연이 있다면 참 좋겠는데 인연은 무슨, 아마 교사로서의 내 능력 문제라는 생각이 들었다. 보통, 일 잘하고 업무에 능통한 선생님들은 본교에서 근무하는 경우가 많기 때문이다. 그렇게 보면 주구장창 분교 생활만 한 나는 분명 다른 선생님들에 비해 업무처리능력이 떨어지는 게 틀림없다. 썩 유쾌하지 않은 결론이다. 분교를 영어로 하면 'branch'다. 짧은 영어실력을 가진 내게 branch는 '가지'라는 뜻으로 읽혔다. 줄기에서 뻗어 나온 가지. 그래서 일 잘하고 업무 능력이 있는 선생님들은 줄기에, 나 같이 업무처리능력이 조금 떨어지는 교사는 가지인 분교에 근무하는 것이 아닌가라는 실없는 생각도 했었다. 줄기는 자르면 안 되지만 가지는 있어도 되고, 없어도 되는... 게다가 또, 때가 되면 잘라주어야 더 튼튼한 나무가 된다. 이런 얼토당토 않는 생각과 함께 나는 또 다른 생각도 했다.

열매는 가지에서 맺힌다. 사과나 감 같은 나무는 줄기가 아닌 가지에서 꽃이 피고 열매를 맺는다. 내 분교 생활을 돌이켜보니 이런 내 생각이 틀린 것만은 아닌 것 같다. 분교는 내게 많은 것을 선물해주었다. 연애도 제대로 못하고 사택에서 외롭게 지내던 나는 처음으로 근무하게 된 분교에서 옆 반 선생님의 소개로 지금의 아내를 만났고 그 해에 결혼까지 했다. 아들과 딸, 세 명의 아이를 모두 분교에서 낳고 아빠가 되었다. 인생에서 가장 큰 선물을 받았다. 하지만 선물은 계속 주어졌다. 여름방학을 끝내고 개학하던 날, 내 삶을 바꾸어 놓은 전화를 한 통 받았다. 방학동안 무성하게 자란 학교 텃밭의 풀을 뽑고 있을 때였다.

"여보세요? 송명원 선생님 되시죠? 아, 여기는 푸른책들 출판사인데요, 저번에 응모하신 푸른문학상에 선생님 작품이 뽑히셨습니다. 축하드립니다."

오랜 바람이었던 등단을 한 곳도 분교였다.

"선생님, 오래 기다리셨죠? 오늘 드디어 선생님 첫 동시집이 나왔어요. 아마 내일쯤 받아보실 거예요."

내 이름으로 된 책 한 권 내고 싶다는 소원을 이룬 곳도 분교였다.

"선생님, 저번에 내신 어린이시집 있죠? 『내 입은 불량 입』에 실린 글이 초등학교 국어교과서에 실리게 되었어요. 정말 축하드립니다."

아이들의 글을 묶은 어린이시집도 냈고, 내가 직접 지도한 아이의 글이 3학년 국어교과서에 실리는 기쁨을 누린 곳도 분교였다.

이뿐만이 아니다. 처음으로 농사를 지어본 곳도, 농사의 소중함을 알게 된 곳도 다름아닌 분교였다. 하지만 가장 중요한 것은 분교에서 그 곳의 아이들을 만

삶의 힘을 키우는 따뜻한 경북교육

난 것이다. 교사라면 당연히 만나는 아이들이었지만 분교에서 만난 아이들은 달랐다. 특별하다고 해야 할까? 순박하고 착했지만 무엇보다 이 아이들에게는 사람의 마음을 스르르 열리게 하는 무언가가 있었다.

'도대체 그게 뭘까?' 지금도 난 그게 뭔지 모르겠다. 하지만 아이들과 이야기를 나누다 보면 웃음 짓게 되고, 그 아이들에게 마음이 끌렸다. 내가 먼저 달라졌던 것 같다. 가르치고 배우는 교사와 학생의 만남이 아니라, 성숙한 어른과 미성숙한 아이의 만남이 아니라, 사람과 사람으로서 아이들을 만났다. 함께 이야기하고, 함께 웃고, 함께 장난도 치고, 함께 땀 흘렸다. 많은 것을 함께 했다. 학년이 바뀌어도, 학교를 졸업해도 그 아이들과 함께 할 수 있었다. 그런 시간들이 조금씩 쌓이면서 교사로서 나도 성장했고 단단하게 바뀌어가는 것이 느껴졌다. 이런 내 생활을 돌아보건대 업무처리능력이 조금 떨어진다는 것이 반드시 나쁜 것만은 아닌 것 같다. 교사의 업무적인 능력은 조금 떨어질지 모르나 다른 내 재능을 발견하게 해준 곳이 분교였고, 순간순간 주어진 선물들을 분교에서 나는 마음껏 누렸다.

'이젠 진짜 떠날 시간이구나.'
퇴근 시간이 가까워졌다. 오늘이 분교에서의 마지막 날이다. 신기하게도 분교 생활을 처음 시작한 곳에서 분교 생활의 마지막 날을 보내게 되었다. 이것도 분교가 준 선물이리라. 첫 급식을 먹은 분교에서 마지막 급식을 먹었고, 첫 아이들을 만난 곳에서 마지막 아이들을 만났다. 첫 날, 낯설게 바라보았던 창밖의 산들을 오늘 하루 아쉬움 가득한 눈으로 바라보았다.

정말 나는 분교와의 전생 인연이라도 있는 것일까? 분교 생활을 처음으로 시작하며 들어섰던 그 교문을 나왔다. 자꾸 뒤돌아보게 된다.
아! 나의 분교들이여, 안녕.

슬픈 졸업식 날

혜림이 언니가 졸업장을 받았습니다.
상도 네 개나 받았습니다.
장학금도 두 개나 받았습니다.
교장 선생님의 축하도 받았습니다.
졸업식장이 떠나갈 듯 박수도 받았습니다.
꽃다발도 한 아름 받았습니다.
우리가 불러주는 졸업 노래도 받았습니다.
내가 준비한 선물도 받았습니다.

"오늘 노래 잘 불렀네."
나는 선생님께 칭찬을 받았습니다.

분천분교 여자는 이제부터
나 혼자입니다.

'느티나무 아래 상추씻는 풍경'

박혜선(아동문학가)

취미는 책 읽기. 특기는 글쓰기. 아니 취미가 글쓰기? 특기가 책 읽기? 뭐가 취미고 뭐가 특기인지는 모르겠지만 그는 책만 펴면 행복하고 무슨 글이든 쓰고 있는 그 순간을 즐기고 사랑한다. 아이들처럼 그도 여름방학, 겨울 방학을 좋아하는데 늦잠을 자고 싶어서? 아니다. 방학이 되어도 학교 가듯 일찍 일어나 일곱 시에 문을 여는 집 앞 빵집으로 출근을 한다. 이 일은 토요일 일요일에도 반복된다. 책을 읽고 글을 쓰는, 오롯이 자신을 위한 두 시간의 아침 시간, 잠과 바꾼 그 시간이 제일 좋다는 그는 집으로 돌아오면 세 아이의 아빠가 되고 학교를 가면 21명 아이들의 선생님이 되어 정신없이 하루를 시작한다.

내가 그를 만난 건 상암동 출판문화진흥원에서 주최한 2009년 초등교사 직무 연수에서 선생님과 강사로 만났다. 넓은 강의실을 가득 채운 선생님들 사이에 유독 눈에 띄었던 건 혼자 남자 선생님이셨기 때문이다. 글쓰기 지도 관련 강의였는데 쉬는 시간에 그가 나를 찾아왔다.

"저, 저는 경북 봉화에서 아이들을 가르치고 있는 데요, 혹시 저희 학교 아이들 시 쓰기 강연 한 번 해 주실 수 있는지…"
머리를 긁적이며 경상도 사투리로 말을 잇는데 왜 그리 웃음이 나오던지, 벌어지는 입술에 힘을 꽉 주고
"아, 네."
하며 웃음을 참고 있었다.
"산골 작은 학교라서 전교생이 몇 명 안 되는데…"
마알간 송아지 눈을 하고 수줍은 표정으로 사투리를 섞어가며 말하는 그의 모습에 간신히 참은 웃음은 산골 작은 학교라는 말에 입술 힘이 풀리면서 저절로 입 꼬리가 올라갔다. 너무 좋아 흥분한 내 모습을 들키고 만 것이다.
그 해 10월에 처음으로 선생님이 있는 봉화 소천초등학교를 찾아갔고, 그 다음 해 7월에 나는 또 다시 그를 만날 수 있는 기회가 생겼다.
"선생님, 정말 죄송한데요. 저희 학교에 한 번 더 와 주실 수 있을까요?

봉화에서 제일 오지에 있는 분교인데 학생들이 다섯 밖에 안 되어서…"

"분교요?"

분교! 말이 주는 로망 같은 것이 있잖은가. 내 꿈이 분교 선생님이 되는 것이었다. 꿈이라서 그냥 꿈으로 담고 살지만 그 꿈같은 일을 하고 계신 선생님이 지금 그곳으로 나를 초대하고 있었다.

"일단 시간 한 번 맞춰보겠습니다."

맞춰보긴 뭘, 없으면 만들어서라도 가야지. 겉으로는 그렇게 말했지만 속으로는 만세를 불렀다. 그렇게 그해 7월, 소천초등학교 남회룡 분교로 그를 다시 찾아갔다.

그날 교문 앞에서 본 풍경을 지금도 잊지 못한다. 운동장을 가운데 두고 정면으로 1층짜리 아담한 교사가 있고 오른 쪽으로 운동장 울타리 너머 집 한 채가 있었다. 왼 쪽으로 단층의 작은 집 한 채가 있었는데 교

사 사택이라고 했다. 사택과 교사 사이에는 큰 느티나무가 있었고 그 느티나무 사이로 산으로 이어진 오솔길이 있었다. '분교' 라는 이름에 딱 맞는 소박하고 아담한 풍경. 그런데 교사 지붕 위에서 망치를 들고 지붕을 고치고 있는 누군가가 보였다.

"아,"

순간 머리를 스치는 어떤 영화의 한 장면, 맞다. 영화 '선생 김봉두' . 이어 나타난 다섯 아이들과 키에 비해 좀 짧은 바지, 고동색 슬리퍼를 신고 여전히 그 마알간 송아지 눈으로 수줍게 나를 반기는 그, 바로 송명원 선생님이다. (송명원 선생님을 알고부터 나는 '선생님' 이라는 단어를 들으면 바로 '송명원' 이 떠오르고 그 이름을 떠올리면 저절로 '존경' 이라는 단어가 함께 붙어 떨어지지 않는다.) 이토록 소박한 학교에 이토록 잘 어울리는 캐릭터들은 없으리라 감탄하고 감탄했다.

자, 다시 남회룡 분교의 풍경을 떠올려보자.
운동장 왼 쪽 사택, 이곳에서 송명원 선생님이 3월부터 머물렀다고 한다.
"책을 많이 읽었어요. 밤도 길고 무섭기도 하고 그래서 책에 빠져 살았어요."
이 곳에서의 생활이 지금 선생님의 문학적 자양분이 되었음은 당연하다. 읽다보니 쓰고 싶고, 쓰다 보니 오늘의 송명원 시인이 되었기 때문이다. 아직 등장하지 않은 또 한 분의 주인공. 바로 느티나무 아래서 상추를 씻고 있던 정이동 선생님이다. 수업이 끝나고 운동장에 남아 축구하는 아이들을 향해 씻고 있던 상추를 흔들며 심판을 보던 선생님의 흐뭇한 웃음까지(그 상추로 뭘 먹었는지는 기억나지 않지만) 나는 아직도 그 눈물 나도록 아름다운 풍경을 잊을 수가 없다. 그리고 운동장 오른쪽에 있는 집 한 채, 이곳은 학교를 들어섰을 때 지붕을 고치고 있던, 앞에서 잠깐 등장한, 그러나 강렬한 시작을 알리던 남용욱 주무관님의 집이다. 이 학교 아이들은 이곳에서 급식을 먹는다. 송명원 선생님의 글에도 나오지만 남주무관님의 어머니가 차려주는 집 밥을 나도 두세 번이나 얻어먹었다. 두레상에 둘러앉아 아이들과 함께 먹던 점심밥. 그 밥처럼 이곳 풍경은 따뜻하고 소박하다. 그 가운데 송명원 선생님이 서 있다.

그렇게 그를 따라 나는 해마다 그가 있는 학교로 강연을 갔다. 남회룡 분교를 시작으로 물야초 북지분교, 수식분교, 소천초 분천분교... 나는 그 인연으로 지금도 한결이, 한샘이, 누리, 성규, 민선이, 현정이, 영광이, 민섭이, 성일이, 청일이, 본희, 진한이, 성지... 그 이름을 기억하고 그들의 안부를 묻곤 한다.

"성규가 취직을 했어요. 정말 잘 됐어요. 성규 할머니가 아주 좋아해요."

"지금 추천서 쓰고 있어요. 민선이 꿈 장학금이라도 받게 하려고."

"선생님, 서울에 일러스트학원 같은 데 좀 알아봐주실 수 있어요. 누리 말이에요. 그림에 아주 뛰어나요. 누리가 전문적으로 좀 배워봤으면 해서요."

"대학 방학했다고 현정이가 빵 사들고 인사 왔어요. 이런 거 받으면 안 되는데 기특하잖아요. 그래서 우리 반 아들 나나주면서 자랑했어요. 선생님 제자가 사온기라고."
"선생님, 김 좋아하세요? 진짜 맛있는 누리네 김인데 오늘 봉화 장날이라 누리 아버님도 뵐겸 있다 김 사러 갈 낀데. 서울 올라갈 때 선생님 맛보여드릴 게요."
나는 송명원 선생님을 존경한다. 그가 선생님이어서 참 다행이라고 생각한다. 그가 산골 분교 선생님이어서 더 다행이고 그가 시를 쓰는 시인이어서 더더 다행이고 마음이 놓인다.
그가 만난 아이들과 그 곳 사람들의 이야기가 책으로 나온다. 나는 그를 좋아하는 만큼 그의 시를 좋아하고 그의 글을 좋아한다. 어떤 날은 시를 쓰고, 어떤 날은 독서 강연 원고를 쓰고, 또 어떤 날은 대학 간 제자가 아르바이트하는 닭갈비집 사장님께 잘 부탁한다는 편지를 쓰고 또 어떤 날은 장학재단에 제자의 추천서를 쓴다. 그가 쓰는 글은 시든 추천서든 편지든 강연 자료든 혹은 그가 만난 사람들의 이야기든 그 속에 송명원만의 냄새가 있다. 나는 그 냄새를 좋아한다. 느티나무 아래 상추 씻는 풍경처럼 소박하지만 아름다운 그의 글을 많은 사람들이 함께 읽으면 좋겠다.

너희들의 봄이 궁금하다

2019년 11월 5일 초판1쇄 발행

글 쓴 이 송명원
그 린 이 김누리
펴 낸 이 김성민
편집디자인 김경자
책 임 편 집 임수현
사 진 김동휘
펴 낸 곳 도서출판 브로콜리숲
출 판 등 록 제2018-000025호
주 소 42019 대구광역시 수성구 달구벌대로 지하2410
범어아트스트리트 스튜디오6
전 화 010-2505-6996
팩 스 053-581-6997
홈 페 이 지 www.broccoliwood.com
인스타그램 broccoliwood_
전 자 우 편 gwangin@hanmail.net

ISBN 979-11-89847-02-9 03810

*이 도서는한글출판문화산업진흥원의 '2019년 우수출판콘텐츠 제작 지원' 사업 선정작입니다.

*책값은 뒤표지에 표시되어 있습니다.
*이 도서의 국립중앙도서관 출판사도서목록(CIP)은 서지정보유통지원시스템 홈페이지(http://seoji.nl.go.kr)와 국가자료공동목록시스템(http://www.nl.go.kr/kolisnet)에서 이용하실 수 있습니다.(CIP제어번호: CIP2019043967)

한국철도사

前 철도박물관장의 한국철도역사 이야기

2021년 9월 15일 초판 인쇄
2021년 9월 20일 초판 발행

지은이 | 손길신
교정교열 | 정난진
펴낸이 | 이찬규
펴낸곳 | 북코리아
등록번호 | 제03-01240호
주소 | 13209 경기도 성남시 중원구 사기막골로 45번길 14
우림2차 A동 1007호
전화 | 02-704-7840
팩스 | 02-704-7848
이메일 | sunhaksa@korea.com
홈페이지 | www.북코리아.kr
ISBN | 978-89-6324-809-7(03900)
값 32,000원

前 철도박물관장의 한국철도역사 이야기

한국철도사

韓國鐵道史

손길신 지음

북코리아

추천사

한국철도는 이제 120년이 넘은 비교적 짧은 역사이지만, 조선왕조부터 시작되어 일제강점기를 거쳐오면서 많은 부분을 잘못 알았거나 또는 의도적으로 왜곡된 기록들을 남기게 됨으로써 역사적으로 오해와 혼란을 초래하는 경우가 때때로 발생하고 있어 안타까움을 금할 수 없는 것이 현실입니다.

이러한 가운데 반세기를 넘기며 철도에 몸담아온 저자는 현직 근무 때부터 철도대학 강의를 맡아왔고, 퇴직 후 철도대학 초빙교수를 거쳐 철도박물관장으로 11년을 봉직하면서 철도역사에 많은 흔적을 남겼습니다. 또한 현직에서 은퇴한 후에도 신문 기획칼럼과 인터넷 포털사이트에 철도역사 이야기를 연재 중이며, 대학 특강과 국토부, 문화재청 등 교육기관에서 한국철도사와 근대철도문화유산의 올바른 이해를 위한 강의를 계속하고 있어 60년 역사를 지닌 철우회의 자랑스러운 회원입니다.

현직 재직 시 많은 역경을 거치면서도 교통카드 시스템을 세계 최초로 개발하고 도입하는 데 주도적인 역할을 했고, 철도박물관장 재직 시에는 미국, 영국, 프랑스, 독일, 스위스, 일본 등이 함께한 세계철도박물관 콘퍼런스에 참여하여 국위 선양에도 크게 기여했습니다. 그런 사실을 잘 알고 있는 사람으로서, 저자로부터 본서 출판에 앞서 대한민국 철도청의 마지막 청장과 한국철도공사 초대 사장을 역임한 현직 철우회 회장이 먼저 내용을 검토해보고 평가해달라는 부탁을 받고, 평가의견을 대신하여 전·현직 철도인은 물론 철도역사에 관심 있는 모든 분에게 철우회 전 회원을 대신하여 본서를 적극 추천합니다.

그리고 계속될 철도역사의 속편을 기대합니다.

2021년 2월

사단법인 철우회 회장 신광순

축사

한국철도교통문화협회 전국 2천여 회원이 좋아하는 손길신 명예회장님의 이야기로 엮은 『한국철도사』 출간을 진심으로 축하드리며, 철도를 사랑하는 사람들과 철도사를 연구하는 사람들에게 큰 도움이 될 수 있는 귀중한 자료라 생각됩니다.

저자는 철도청 재직 중 유라시아 각국을 벤치마킹하는 등 연구를 통해 수도권전철 운영제도 정비와 세계 최초의 교통카드 탄생에 기여했고, 1937년 일제가 제정한 철도국 기념일인 9월 18일, 모든 철도인이 신사참배 했던 아픈 역사를 밝혀내어 철도의 날을 1894년 철도국이 처음 설치된 6월 28일로 변경케 하는 등 철도의 발전과 역사 정립에 앞장서 왔습니다.

퇴임 후 11년간 철도박물관장 재직기간에는 철도박물관학교를 개설하여 많은 어린이와 학부모님들에게 철도역사 교육과 철도 사랑의 마음을 전파하여 새로운 박물관의 역할을 선보였으며, 설·추석 명절마다 TV와 라디오에 출연하여 재미있는 철도 이야기로 시청자를 흥미롭게 해주었습니다.

지금도 계속되고 있는 신문과 인터넷 칼럼 연재를 통해 일부 잘못 알려진 철도역사를 바로잡아 소개하여 철도에 대한 오해와 편견을 다시 생각해볼 기회를 제공하고 있으며, 재미있는 이야기로 엮은 철도 역사책이 모든 독자에게 좋은 선물이 될 것임을 확신하면서 축하의 메시지를 올립니다.

2021년 6월

한국철도교통문화협회 회장 박순구

머리말

역사는 그때그때 사실의 기록이지 지나간 기억이 아니며, 역사는 기록된 사실 그대로일 뿐 이를 판단하거나 추정해서는 안 된다. 그럼에도 일제강점기에 정치적인 이유로 의도적으로 왜곡한 기록을 확인 없이 수용하거나 역사기록을 자신의 생각에 따라 평가하고 확대 또는 축소하는 사례가 늘고 있어 철도역사를 연구하는 입장에서 난감해하던 중 북코리아 이찬규 대표님으로부터 한국철도의 역사책으로 재구성해보면 좋겠다는 말씀을 들었다. 너무 많은 부분이 왜곡되어 있는 한국철도 역사를 바로잡는 데 조금이나마 보탬이 되지 않을까 하는 생각에서 검토를 시작했다.

한국철도 역사의 많은 부분이 일제강점기이다 보니 일본 중심으로 판단하고, 일본 위주로 정리한 역사기록만 남겼다. 많은 사설철도의 경우 기록이 거의 남아 있지 않아 기록을 참고하여 우리 역사를 정리함에 따라 왜곡과 오류는 피할 수 없음이 현실이라 판단된다.

일례로 필자는 현직 근무 시 철도학교의 시작이 '철도이원양성소'였다는 역사기록에서 '왜 이원양성소일까?' 하는 생각이 들어 원인을 찾다 보니 그 시작이 일본어 '鐵道吏員養成所'였음을 알게 되었다. '鐵道'나 '養成所'는 일본이나 우리가 같은 의미로 사용하여

문제가 없지만, '吏員'은 일본어 'りいん(리인)'으로 우리말로 번역하면 '관리'라는 단어다. 최초 번역할 때 '철도관리양성소'라 했으면 오해가 없었을 텐데 하는 것이 필자의 생각이다.

또 하나 최초의 경인철도 역명 중 '杻峴驛' 문제다. 당시는 한자 위주로 기록되어 '杻'의 경우 '뉴(유)' 또는 '축'의 두 가지로 읽을 수 있는 한자다. 일부 서적에는 '유현역'으로, 일부 서적에는 '축현역'으로 기록되어 있어 혼란이 가중된다. 필자는 개통 당시 한글 전용 신문인 1899년 9월 16일자 독립신문에 최초의 화륜거(기차) 시간표 기사에서 유현역만 '유현(杻峴)'이라고 한자와 병기하여 당시도 '축현'이라 읽을 가능성을 염두에 두고 의도적으로 한자를 병기했다는 판단이지만, 많은 사람이 현재의 동인천역의 옛 이름을 '축현역'이라 부르고 있음이 현실이다.

오래전 필자가 철도박물관에 근무할 때 미국인 관람객이 일본을 다녀와 한국철도는 모두 일본사람이 만들어놓은 것이라 하여 일부러 철도박물관을 방문했는데, 모두 한국유물이라며 혹시 다른 곳에 별도로 보관하고 있는 것인지 알려달라는 어이없는 질문을 받았던 기억도 있다.

최근에는 1950년 7월 19일 미군 제24사단장 딘 소장 구출작전에서 순직한 김재현 철도기관사 관련 기록이 1953년 당시 교통부 발행 『한국교통동란사』와 1962년 동료 직원들이 경부선 철도변에 세운 순직비에 남아 있음에도 사망 일자는 7월 20일이 맞는다는 주장과 6.25 당시 많은 국민이 처참하게 희생되었는데 왜 그분만 영웅시하는지 모르겠다는 글을 보고, 지금은 역사보다는 개인별 주관적인 생각이 앞서는 것 같아 아쉬움을 감출 수 없었다.

I

조선왕국의 철도사

1 조선왕국의 철도소사

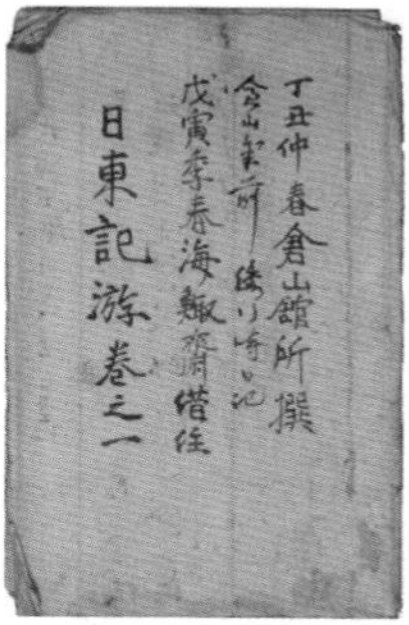

일동기유

- 1877년 2월, 1876년 예조참의 김기수가 수신사로 임명받고 일행 76명과 함께 5월 7일 일본 요코하마(橫濱)에 도착하여 5월 27일 도쿄(東京)를 출발할 때까지 20일간 일본에 체류하면서 경험한 견문록『일동기유(日東記游)』에 최초로 철도를 '화륜거(火輪車)'라고 소개
- 1882년과 1885년 영국과 일본이 한국에 철도부설 신청
- 1889년 주미 대리공사 이하영이 철도 모형을 반입하여 궁중에서 모형 기차가 철길을 달리는 모습을 보여주며 철도의 필요성에 대해 역설
- 1892년 3월 25일, 고종은 미국인 제임스 모스(James R. Morse)를 초청하여 경부철도 건설에 대해 협의했으나 정병하 등의 반대로 무산
- 1892년 8월, 일본인 철도기사가 부산-서울 간 철도 도면 작성
- 1894년 6월 28일, 의정부 산하 공무아문에 최초의 철도기구인 철도국 설치
- 1896년 3월 29일, 미국인 제임스 모스에게 경인철도 부설 특허

- 1896년 7월 3일, 프랑스 휘브릴(Fives Lile)사 그릴루(Grille)에게 경의철도 부설 특허
- 1897년 3월 22일, 미국인 제임스 모스가 인천에서 열린 경인철도 기공식 참석(1897년 3월 23일자 독립신문)

2 1882년 최초로 논의된 조선왕국 철도부설 문제

1876년 강화도조약 체결에 따라 수신사로 일본에 다녀온 김기수가 1877년 2월 황해도 곡산군수로 있으면서 정리한 견문록 『일동기유(日東記遊)』에 1872년부터 운행을 시작한 일본철도 승차 소감을 기록한 것이 한국에 철도를 최초로 소개한 것이다. 아래에 그 내용 일부를 간략히 소개한다.

요코하마에서 신바시까지는 화륜거(火輪車)를 탔는데 차가 벌써 역 앞에 기다린다고 하여 역 밖에 있는 복도(複道)를 따라 수십 간을 지나가 복도 끝에 거의 갔는데도 차는 보이지 않았다. 장행랑(長行廊: 긴 복도)이라고 생각하고 걸어간 복도가 바로 차(車: 기차)였다. 앞의 네간(四間) 1차에는 화륜(기관차)이 있어 앞에서 끌고 뒤에는 사람이 타고 있었다. 차마다 세간반(三間半)이나 되니 3간은 옥(屋: 객실)이 되고 반간은 헌(軒: 승강구)이 되었다. 쇠갈고리로서 이를 연결하여 1차가 1차에 연결되어 4, 5, 10차까지 이르게 되니 능히 4, 50간이나 되었다. 밖에는 문목(文木)으로 장식하고 안에는 가죽과 털, 담요 등속으로써 꾸몄다. 양쪽은 의자처럼 높고 가운데는 낮고 편편한데 걸터앉아서 마주 대하니 한 방에 6인 혹은 8인이나 되었다. 양쪽 가에는 모두 유리로써 막았는데 장식이 찬란하여 눈이 부셨다. 차마다 모두 바퀴가 있어 앞차의 화륜이 굴러가면 여러 차의 바퀴가 따라서 모두 구르게 되니 우레와 번개처럼 달리고 바람과 비같이 날뛰었다. 한 시간에 3, 4백 리(120~160km)를 달린다고 하였는데 차체는 안온하여 조금도 움직이지 않으며, 다만 좌우에 산천초목, 가옥, 인물이 보이기는 하나 앞에 번쩍 뒤에 번쩍함으로 도저히 잡아 보기가 어려웠다. 눈 깜짝할 사이에 벌써 신바시까지 도착되었으니 그 거리가 95리(38km)나 왔던 것이다.

당시 김기수 일행이 승차한 화륜거(기차)의 모습

그 후 1881년 조선은 해관을 설립하고자 청국인의 파견을 요청했다. 그러자 청나라 이홍장은 조선에서 일본의 영향력을 줄이기 위해 청인 대신 전 천진 주재 독일 영사 묄렌도르프(Paul Georg von Möllendorff)를 추천했다. 묄렌도르프는 1882년 12월 26일 고종황제를 알현한 당일 조선에 신설된 외교부서 참판으로 임명되었다. 그의 한자식 이름은 목인덕(穆麟德)으로 '목 참판'이라 불리게 되었으며, 참의통리아문사무(參議統理衙門事務), 협판교섭통상사무(協辦交涉通商事務), 전

묄렌도르프(목인덕)

환국총판(典圜局總辦) 등을 역임하고 부대신(副大臣)으로 일본 파견 등 업무를 수행했다. 1901년 중국에서 심장마비로 사망하자 그의 아내 로잘리가 남편의 일기장과 편지를 정리하여 출간한 『묄렌도르프의 수기』에 의하면 "철도 문제는 1882년 내가 조선으로 갔던 직후에 일어났다. 당시 영국과 일본이 조선에 철도부설을 희망했으나 조선 황제에게 국고 부족으로 철도부설은 연기함이 상책이라 하여 이를 차단했고, 1885년 재차 거론되었으나 같은 의견의 제시로 무산되었다"라는 내용을 통해 조선 정부 차원에서 이미 1882년부터 철도 문제가 대두되었음이 추정된다.

주미 초대공사 박정양의 이등서기관으로 수행하여 도미한 이하영은 1887년 대륙횡단열차를 타보고 미국 정부와 외무성 관료들에게 철도에 관해 여러 가지 물어보는 등 철도에 비상한 관심을 가지고 재임 중 철도 토목과 열차 설계까지 일정 부분 기록해뒀다.

1888년 귀국한 박정양 공사 후임으로 임시서리 주미공사가 되어 업무를 계속한 후 1889년 귀국길에 미국 정부로부터 기관차에 객차와 화차를 연결한 정교한 철도모형을 구해와 궁중에서 열차가 달리는 모습을 회람하며, 철도에 관한 조선 조정의 관심을 환기시켰다.

3 1892년 조선왕국의 경부철도 부설협의

이하영은 서리 주미공사 시절 주미 조선공사관에서 도움을 많이 받은 바 있는 미국인 기업가 제임스 모스를 1892년 3월 고종황제에게 소개함에 따라 대신들과 함께 서울-부산 간 경부철도 부설 협의를 시작했다.

고종시대사

『고종시대사』 3집 [고종 29년, 壬辰(1892) 4月 12日(庚子)]에 의하면 "경부 간 철로를 부설하기 위하여 미국인 '모어스'를 초청하여 이완용·이하영과 함께 부설조건을 협의하게 한 바 부설자금을 '모어스'가 출자하여 조설 후 25년 내 자금 회수할 것과 5개 금광 개설권을 주는 것 등이 포함되었으나 정병하 등이 극력 반대하여 철로부설을 중지하게 되어 '모어스'가 미국 공사에게 왕래 여비 및 폐업손해 등 합계 10,000원의 배상을 받아줄 것을 요구하였다"라는 기록이 존재한다. 이로써 조선 정부가 최초로 철도를 부설하기 위해 협의를 시작한 노선이 경부선이었음이 확인된다.

윤치호

당시 경부철도가 부설되고 미국과 교류가 활발해졌다면 우리 역사에 일제강점 36년사는 없지 않았을까 하는 생각이 든다. 당시는 일본, 프랑스, 미국, 영국, 독일, 러시아 등 많은 나라가 한국철도 부설권과 광산개발권 등을 선점하기 위해 경쟁이 치열한 상황이었다. 경부철도 부설을 극력 반대한 정병하는 친일세력으로 1895년 10월 8일(음력 8월 20일) 명성황후 시해사건이 있었던 을미사변 당시 '내장원경(內藏院卿)'으로서 궁궐 당직을 맡고 있었다. 을미사변 후 이틀 만에 민비 폐비를 주장하고 스스로 폐비조칙을 작성했고, 1895년 12월 30일(음력 11월 15일) 단발령 선포 직후 임금이 시범을 보여야 한다고 압박하여 직접 고종황제의 머리카락을 잘랐던 사람이다. 1896년 2월 11일 아관파천(俄館播遷) 당일 성난 군중에 의해 역적으로 처단되어 시신을 종로에 전시했다가 군중이 시신을 다시 찢어서 종로 바닥에 뿌렸다.

1883년부터 1943년까지 60여 년간 거주지에 따라 국문, 한문, 영문으로 쓴 윤치호의 일기 중 1895년 12월 13일(금요일)자 영문일기 내용은 다음과 같다.

> Called on the refugees in the American Legation (李允用, 李完用, 李夏榮, 玄興澤, 閔商鎬). The government, anxious to disperse the refugees in the Foreign Legations, try to persuade 李完用 and Min to return home. Yi is afraid of Tai Won Kun.

4 1896년 경인철도 부설 허가

1896년 2월 11일 아관파천 후 고종은 1896년 3월 29일 러시아 공관에서 경부철도 부설 협의 무산에 따른 손해배상을 청구한 미국인 제임스 모스에게 경성-인천 간 경인철도 부설을 허가함에 따라 손해배상 문제는 해결되었으며, 당시 부설 허가에 따른 특약사항은 다음과 같다.

The Government of Chosen(Korea) decrees and agrees as follow

I. A Concession to build, operate and maintain a railroad from seoul to Chemulpo in the Kingdom of Chosen(Korea) including the right to build a bridge across the Han-River is hereby granted to James R. Morse, an American citizen, and to his assigns under conditions hereinafter named.

II. The line of the said railroad and the location df the said bridge will be hereinafter determined upon by surveys of the country to be made by engineers named said James R. Morse or his assigns. Said bridge shall either be provided with a "draw" for the passage of boats, or it shall be built sufficiently high so as not to interfere with the ordinary navigation of the river.

III. The Government of Chosen will provide a right of way along the entire line of said railroad of proper width for the construction and operation of said railroad including ground for station, warehouses, workshops, switches, and turnouts, which right of way shall be leased to said Company for such a period as the road shall be long tp said Company James R. Morse and his assigns and until the Government of Chosen shall acquire said railroad and its properties by purchase as hereinafter provided for. In consideration of the grant of this lease for the right of way, the said railroad Company agrees to grant free transport for Chosen Mails and the mail agent in charge of the same as well as free transportation for troops and munitions of war of the Chosen Government. It is understood that when the Government of Chosen shall acquire said railroad by purchase, the ground herein leased shall revert to the Government of Chosen. In surveying the line of said railroad due care must be observed to avoid disturbing cemeteries and graves. Further, all crossings other than mere foot paths shall be provided for by the building of necessary approaches and evels over the rails for the passage of wheeled vehicles, and culverts shall be built in embankment is too high for crossing.

IV. Said railroad shall have a station at Seoul, one at Chemulpo, one at the river, and at least three between the river and Chemulpo. The river station shall be at either Mapoo or Riong San.

V. All materials for the construction, equipment and operation of said railroad which it is necessary to import from Foreign countries may be imported free of Customs duties and no taxes will be levied on said railroad or its properties or receipts.

VI. Foreigners and natives may be employed upon said road at the discretion of its managers. Natives shall be given the preference, especially upon earth works, where not more than ten percent. (10%) of other nationals will be employed, unless native labor is hold at such a high price as to render the importation of foreign labor advisable, in which case such laborers may be imported for the work in hand with the explicit understanding that said foreign laborers shall be returned to the country from which they came upon the completion of their work. For this purpose these imported laborers shall be registered at the Customer office upon their arrival and not one shall remain after the work is finished.

VII. For the purpose of carrying out the business, said James R. Morse or his assigns, is authorized to organize a Company and secure the necessary capital. Said Company may make contracts, hold, own and convey all property necessary far the construction, ownership, maintenance and operation of said railroad, and may operate the same and possess all the powers usually exercised and railroad Corporations generally.

VIII. The capital stock of said Company will be hereafter determined by said James R. Morse or his assigns, who shall find the capital necessary for the proper extraction of said work. The Governmen of Chosen shall not be responsible beyond the requirements for the right of way bwfor named.

IX. Said Company shall be organized and the work commenced without unreasonable delay and in any event within twelve months from the date of this decree. If work is not so commenced, this concession shall laps, provided war of other cause over which the Company has no contrl, prevents the work from being so commenced, and an extension shall be granted, Further, the work of building said railroad shall be completed within three years from the commencement of the same, unless prevented by war or other like cause, in which case an extension shall be grated equal to the time sp lost.

X. If difficulties arise between said railroad Company and Government of Chosen as ta any cause, they shall be settled by the decision of an impartial commission of from to fives persons to be appointed as follows:-One commissioner shall be appointed by the Government of Chosen and one by the said railroad Company. In case these two cannot agree they may appoint a third whose decision shall be final unless he should choose to call to his assistance two more commissioners, in which case the Government of Chosen ane the said railroad Company shall each appoint another commissioner to act with the three befor named.

XI. At the end of fifteen(15) years from the completion of said railroad, the Government of Chosen may purchase said railroad and all its properties by paying its then appraised value, which value shall be determined by a commission to be appointed as provided for in Article X. In case the Government of Chosen is unable to purchase said railroad at the expiration of the allotted fifteen(15) years, then this concession shall be binding in favor of said Company for another period of ten(10) years, after which the Government of Chosen shall again have the option of purchase, and so on for other periods of ten(10) years each.

XII. The Government of Chosen agrees not to grant any concession for a similar road to connect two points Seoul and Chemulpo during the life of this concession, or the ownership of said railroad by the herein named railroad Company. This article has no reference to other railroads connecting other parts of the Kingdom of Chosen.

XIII. The English text af this decree or concession and its conditions shall be considered the authorized official version. It shall have attached to it a translation in Chinese.

Seoul, Korea, March 29, 1896.

(Sig.) YE WAN YONG Minister for Foreign Affairs.

(Sig.) CHO PYUNG SIK Minister for Agriculture, Commerce, Public Works.

※ 경인철도 허가서 전문 13조

을 변통할 상기 제임스 모스와 그의 양수인에 의하여 추후 결정될 것이며, 조선 정부는 위 토지사용권 요구조건을 넘어서는 책임은 지지 않는다.

9. 회사는 정당한 사유 없이 이 법령 시행일자부터 12개월 이내에 조직하여 작업을 시작해야 하고, 만약 공사가 착수되지 않으면 상기 특허는 무효가 되며, 공사 착수를 방해하는 전쟁 기타 사유가 있을 때는 연장이 승인된다. 또한 착수 일자로부터 3년 이내에 완공해야 하며, 전쟁 기타 사유에 의하여 방해받아 허비한 시간은 연장이 승인될 것이다.

10. 회사와 조선 정부 간에 분쟁이 발생할 경우 쌍방의 편견을 갖지 않은 5인의 대리인의 결정에 따를 것이다. 대리인 1인은 조선 정부, 1인은 회사에서 지명하며, 이 두 사람이 제3자의 의견에 동의하지 않는 경우 조선 정부와 회사가 제3자인 3인과 일을 같이할 대리인을 각각 지명할 것이다.

11. 철도완공 15년 후에 조선 정부는 철도를 구매할 수 있다. 철도소유물은 그 당시 감정가격에 의하여 지불되며, 그 가격은 전 10조에 규정한 대리인에 의하여 결정될 것이다. 15년 만기에 조선 정부가 매수할 수 없을 경우 회사의 특허권은 10년이 연장되며, 그 후 또한 각 10년간의 만기까지 계속된다.

12. 조선 정부는 서울과 제물포를 잇는 특허권의 존속기간 동안 또는 지명된 철도회사에 소유권이 존속되는 기간에는 어떤 유사한 철도에 대하여도 특허승인을 하지 않을 것을 동의한다. 상기 조문은 조선왕국의 다른 지역을 잇는 타 철도에는

적용되지 않는다.

13. 이 법령 또는 특허 및 조건들에 대한 영자 원문은 당국의 공문번역서로 간주될 것이며, 이는 한문으로 된 번역서가 첨부된다.

서기 1896년 3월 29일 조선왕국 서울

외부대신 이완용

농상공부대신 조병식

5 경인철도 첫 삽은 왜 쇠뿔고개에서?

쇠뿔고개는 인천시 창영동에 있는 고개의 생김새가 소의 뿔처럼 휘어져 있어 붙여진 이름이라고 전해지는 곳이다. '우각현(牛角峴)'이라고도 하며, 근처에는 당시 제임스 모스의 경인철도 부설권 획득에 기여한 주한 미국공사 호레이스 알렌(Horace N. Allen)의 빌라가 있던 곳이다. 경인철도 최초 설계 시부터 우각동역(牛角洞驛: sopple station)이 예정된 지점이었으며, 1897년 3월 22일 우각동역 예정지인 이곳 쇠뿔고개에서 한국 최초의 철도부설 기공식을 거행했다.

일제는 알렌 공사가 자기 집 근처에 역을 설치하도록 하고 그곳에서 경인철도 기공식을 거행토록 했다는 주장을 폈으며, 이러한 주장을 가감 없이 받아들인 사람들은 이 내용을 그대로 우리의 철도역사 기록으로 인용하고 있다. 그러나 역사 속의 알렌의 행적으로 보아 이해하기 어려울 뿐 아니라 시발역 또는 종착역도 아닌 중간지점에서 기공식을 하도록 했다는 주장은 상식을 벗어난 이야기라는 판단에 그 이유를 최초 설계했던 노선과 인천역 위치가 완전히 다른 방향으로 변경된 사유를 연구하던 과정에서 그 해답을 찾아낼 수 있었다.

최초 인천역 예정부지 지주였던 일본인 구치헤이고(口平吾) 등 2명은 토지 가격을 많이 받아낼 계산으로 매각은 물론 사용 자체를

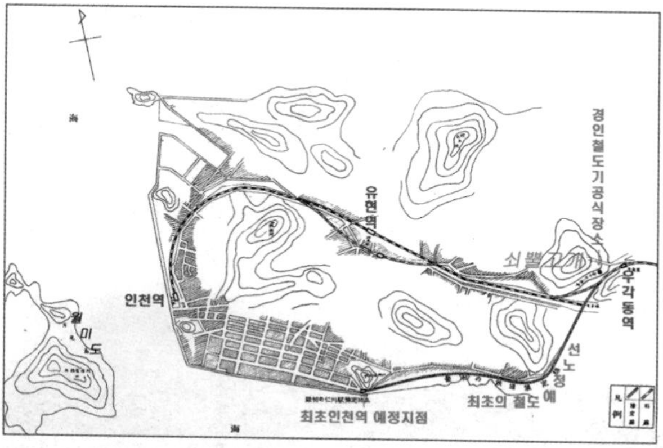

인천 시내 철도 노선도

거부하는 탄원서를 제출했다.

이에 새로운 인천역 부지로 적격한 장소를 선정하여 제2의 노선으로 설계했지만, 새로 선정된 인천역 위치의 부지는 당시 세창양행 지배인인 독일인 볼터(Wolter)와 인천해관 세무사인 영국인 스트리플링(Stripling) 등이었다. 설계변경 소식을 들은 최초 예정지 지주는 이미 제출한 탄원서를 취소하겠다며 가격 흥정을 제안해왔지만, 시급한 문제점은 부설허가서의 "허가 일자(1896년 3월 29일)부터 12개월 내 공사가 착수되지 못하면 특허는 무효가 된다"라는 조항이었다.

기한이 임박하여 더 이상 늦출 수 없는 형편에 기공식 장소는 2개의 예정노선과 관계없이 이미 확정된 우각동역 설치 예정지가 선택될 수밖에 없는 상황이었음을 알 수 있다. 그 후 새로운 인천역 부지 토지 소유주들은 경인철도 부설을 위하여 토지를 무상기증함에 따라 공사는 제2의 노선으로 차질 없이 진행되었으며, 최초 개설된 우각동역은 노선 변경으로 1906년 4월 폐지되었다.

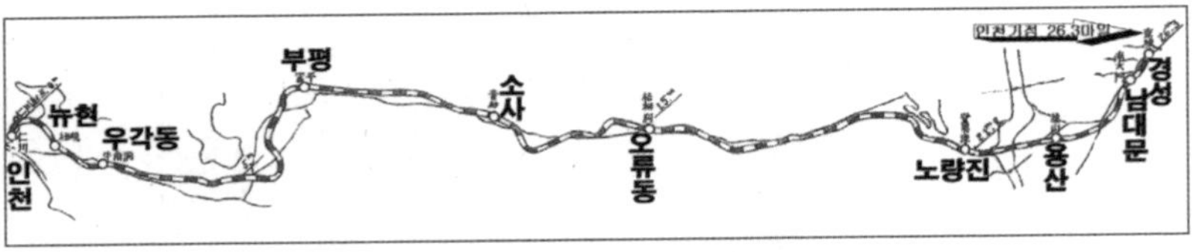

경인철도 설계 노선도

쇠뿔고개로 향하는 경인철도(언덕 위는 알렌의 빌라)

II

대한제국의 철도사

영인본에서 기대 이상의 생생한 기록들을 찾을 수 있었기에 각종 고문헌과 보도자료 등에서 찾아낸 자료들을 정리했다.

최초의 철도 부설계획

한국 최초의 철도가 일본의 필요에 의해 부설한 것으로 잘못 이해하는 사람들을 만나면 안타까운 생각과 함께 철도역사 교육이 필요함을 다시 한번 생각하게 된다.

일본에 수신사로 다녀온 김기수는 1876년 펴낸 『일동기유』에 일본에서 직접 승차해본 경험을 상세히 기록하여 철도를 알렸고, 1887년 2월 28일자 「한성주보(漢城周報)」는 2월 18일자 중국 「선바오(申報)」지에 기차[火輪車]의 속도와 용도, 편리성 및 세계 각국의 철도 현황을 소개한 '서양의 기차 철도(泰西輪車鐵路考)'를 그대로 전재하여 철도에 관한 지식을 전파했다. 또한 주미 대리공사 이하영은 1889년 귀국 시 정교한 철도모형을 들여와 궁중에서 보여줌으로써 왕을 비롯한 대신들에게 철도의 유용성을 소개했다.

고종시대사

『고종시대사』 3집 내용인 "고종 29년(1892) 4월 12일: 앞서 京釜 間 鐵路를 敷設하기 爲하여 美國人 '모어스'를 招請하여 李完用·李夏榮과 함께 敷設條件을 協議하게 한 바 그 가운데에는 敷設資金을 '모어스'가 出資하여 造設한 後 25年 內로 資金을 回收할 것과 '모어스'에게 5個 金礦開設權을 주는 것 等이 包含되어 있었다. 그러나 鄭秉夏 等이 極力 反對하여 마침내 鐵路敷設을 中止하게 되어 '모어스'가 美國公使에게 말하여 이날 美國公使가 督辦交涉通商事務 閔種默에게 照會하여 '모어스'의 往來旅費 및 廢業損害 等 合計 10,000元의 賠償을 要求하다"에 의하면 조선왕조 시 미국 기업인을 초청하여 서울-부산 간 철도부설을 협의한 사실은 한국철도가 한국 사람의 뜻에 의해 시작했음을 증명한다.

쇠뿔고개의 기공식

경인철도 기공식(1897.3.22.)

일본은 당시 주한 미국공사 호레이스 알렌이 쇠뿔고개에 있는 자기 집 근처에 역(牛角洞驛, Sopple Station)을 세우게 하고 그곳에서 기공식을 하도록 했다고 주장하지만, 당시 상황을 살펴보면 그렇지 않다는 결론이 도출된다. 당시의 인천시내 철도 도면을 보면 최초의 인천역 예정지는 지금과는 완전히 다른 위치임을 알 수 있다.

그러면 왜 2개의 철도 노선이 계획되었는지 그 이유를 찾아보면 최초의 인천역 예정지 부지가 구치헤이고 등 2인의 일본인 소유였으며, 그들이 부지사용 협의를 거절함에 따라 제2의 노선이 설계된 것이다. 그런데 제2의 인천역 부지 소유자는 당시 세창양행의 독일인 지배인 볼터와 인천해관의 영국인 세무사 스트리플링 등이었으며, 설계변경 소식을 접한 최초 예정지 지주들은 협상을 제의해왔지만 또 다른 문제가 대두되었다. 특허일인 1896년 3월 29일부터 12개월 내에 착공치 못할 경우 특허가 무효가 된다는 계약 조항은 더 이상 착공을 미룰 형편이 아니었으며, 위치가 확정된 역은 쇠뿔고개에 있는 우각동역 예정지가 유일하여 그곳이 기공식 장소로 선정되었음이 추론된다. 그리고 당시 제2의 인천역 예정지 지주들은 철도건설을 위해 그들의 땅을 무상으로 기증하여 제2의 인천역 예정지에 오늘날의 인천역이 건립된 것이다.

부설공사 실태

『고종시대사』 4집(1897.3.22)에 의하면 "기사는 W. T. Caley, 총지배인은 H. R. Bostwick, 건설자는 Collbran과 Jame's, 특허권 보유자는 James R. Morse"라고 되어 있다. 「하퍼스 위클리」지에 의하면 "당시 철도부설을 맡았던 건설회사는 '미국 동양 건설회사(The American Oriental Construction Company), H. Collbran이 공사 책임자, H. R. Bostwick이 감사로 참여했다"라고 했다. 또 "Chemulpo-Seoul 간 25마일의 거리에 표준궤간(4피트 8인치: 1,435mm)의 철도 부설공사에서 부평 근처의 노반공사가 난공사 구간이며, 미국에서 제작한 한강철교 구조물의 설치가 어려운 작업이라는 것, 그리고 당시 증기기관차와 한강교량 건설용 철재는 이미 한국에 도착했을 것"이라 하여 증기기관차를 포함한 모든 재료가 미국에서 제작되어 보급되고 있음을 밝혀준다.

또한 하루 일당 35센트를 지급받는 인부들이 매우 만족해하고 있음을 밝혀 당시의 화폐가치를 알지 못해 판단하기 어려우나 그들로서는 충분한 대가를 지불하고 있다고 생각했다. 또한 1899년 7월 17일자 「독립신문」의 "선로를 깔기 위하여 막혀 있는 산을 파는 도중 13일 오후 2시에 산이 무너져 대한사람 인부 4명이 즉사하고 1인은 양다리가 절단되어 회사에서 치료를 해주고 있다"라는 기사는 공사 중 인명사고가 있었음을 기록하고 있다.

부설권 매각

『고종시대사』 4집(1899.1.9)에는 "지난 2일 '알렌' 미국 공사와 카토(加藤增雄) 일본 공사가 각각 외부대신 박제순에게 Morse가 자금 부족으로 시부사와(澁澤榮一) 일본금고은행총재에게 부설권을 양수하는 계약이 지난해 12월 31일에 확정되었음을 통보하여 온 바 이날 외부대신 박제순이 양 공사에게 각각 동 계약을 인정하며, 경인철도 담당회사와는 계약을 이어나가기 위한 재계약이 필요함을 통보하였다"라는 기록이 남아 있다.

일본 측에서는 이 문제를 처음부터 모스가 철도부설이 목적이 아니라 특허권을 매각하여 이익을 챙기려 했다는 주장을 폄에 따라 갖가지 설이 제기되고 있다. 철도부설을 위한 모든 자재가 이미 미국에서 수송된 사실과 3개의 한강철교 교각 설치공사까지 마쳤으며, 매각 당시도 철도부설 공사를 끝까지 완공한 후 넘겨주겠다는 조건부 매매계약을 체결하고 공사를 계속 추진했으나 일본 측 관계자가 사사건건 트집을 잡음에 따라 어쩔 수 없이 공사에서 손을 뗐다는 사실 등을 미루어보면 필자는 일본이 부설권 매수를 위해 미국 투자자들에게 한국에 전쟁이 곧 발발한다는 뜬소문을 퍼뜨려 투자를 중단케 했다는 노먼 소프 교수의 주장이 타당성이 있다는 판단이다.

임시개통

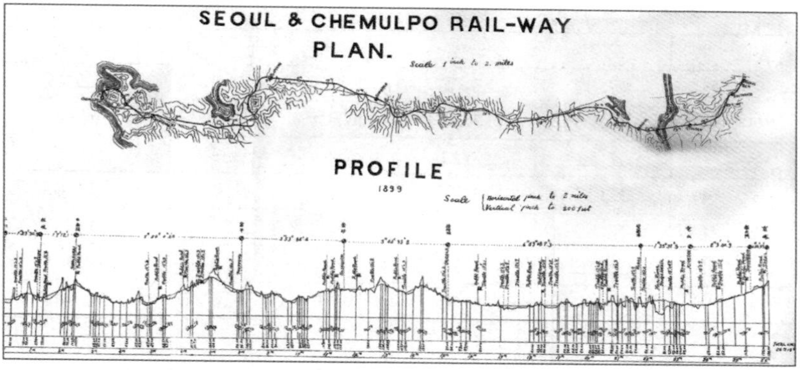

경인철도 최초 설계도

최초의 경인철도 설계도는 경성(Seoul)-인천(Chemulpo) 간이며 계약일(1896.3.29)부터 1년 내(1897.3.28) 착공, 3년 내(1900.3.28) 완공하는 조건이었다.

그러나 특허 계약자의 변동 등 문제가 있었고, 1899년 8월 16일자 「독립신문」에 의하면 1900년 9월 28일까지 6개월간 연장 요청을 함에 따라 당시 농상공부는 이를 받아들여 공사 기간을 6개월 연장해주었다고 한다. 또한 1899년 7월 한강 홍수로 인해 설치해놓은 교각이 떠밀려갔다는 사실은 7월 14일자 「독립신문」에 "그저께(7월 12일) 한강물이 크게 창일하여 사람 5, 6명과 우마가 빠져 죽었다"라는 기사가 증명해준다. 이를 포함한 복합적인 이유로 공사 기간 연장을 요청했고, 한강 이전에 완공된 노량진까지 임시 개통한 것이다.

열차의 운행 시각

1899년 9월 18일 경인철도 최초 열차 시각표					
동 행			서 행		
발 역	오 전	오 후	발역	오 전	오 후
인 천	07:00	13:00	노량진	09:00	15:00
유 현	07:06	13:06	오류동	09:33	15:33
우각동	07:11	13:11	소사	09:51	15:51
부 평	07:36	13:36	부평	10:05	16:05
소 사	07:50	13:50	우각동	10:30	16:30
오류동	08:15	14:15	유현	10:35	16:35
노량진	08:40	14:40	인천	10:40	16:40

그동안 1905년 5월 발행된 열차 시각표에 게재된 자료 외에 경인철도의 열차 운행 상황 등 자료가 없어 아쉬워하던 중 당시 발행된 독립신문과 황성신문의 보도자료와 광고에서 뜻밖에 귀중한 자료를 찾게 되어 그 내용을 정리해본다.

최초의 인천-노량진 간 열차는 하루에 2회 왕복 운행되었으며, 소요 시간은 편도 1시간 40분이었다. 최초에는 열차의 진행 방향에 따라 인천발 노량진행을 '동행열차', 노량진발 인천행 열차를 '서행열차'로 구분했다. 열차의 운행 패턴이 인천에서 먼저 출발하여 노량진에 갔다가 되돌아오는 인천 거주민 중심으로 편성되어 있음을 확인할 수 있다.

1899년 10월 25일자 「독립신문」에 "「륜거시간 개정」 요사이

된다.

또한 1900년 7월 23일자 「황성신문」에 의하면 철도원 민병석 총재가 "칙주임관(勅奏任官)은 열차 승차 시 기차표 대신 당시 신분증이라 할 수 있는 명첩(名帖)만 제시하면 된다고 각부에 통첩했다"라는 내용은 이때부터 관리에게 무임승차의 혜택을 부여한 것이다. 1904년 11월 25일자 「황성신문」 광고에서 처음으로 동행열차를 '상행', 서행열차를 '하행'이라는 표현을 사용했고, 1905년 3월부터는 상행을 '북행', 하행을 '남행'으로 구분했다.

탐구를 마치며

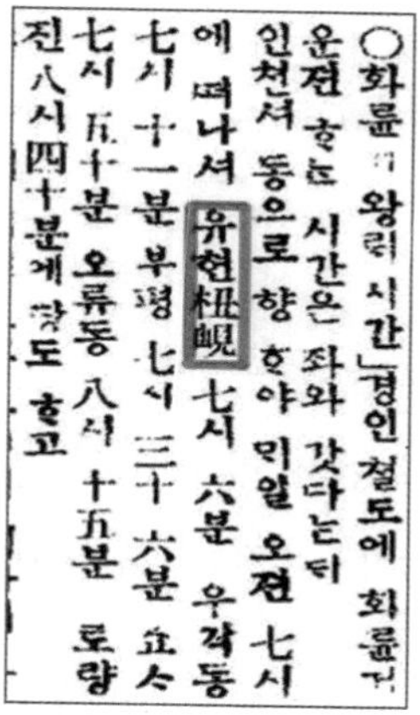
○화륜거 왕래 시간 경인철도에 화륜거
운젼 ᄒᆞᄂᆞᆫ 시간은 좌와 갓다ᄂᆞᆫᄃᆡ
인쳔셔 동으로 향ᄒᆞ야 ᄆᆡ일 오젼 七시
에 ᄯᅥ나셔 유현柛峴 七시 六분 우각동
七시 十一분 부평 七시 三十六분 쇼ᄉᆞ
七시 五十분 오류동 八시 十五분 로량
진 八시 四十분에 당도 ᄒᆞ고

독립신문 기사 내용

최초의 경인철도는 인천(仁川-Chemulpo), 유현(柛峴-Saal-ijy: 1899년 9월 16일 한글 전용 독립신문에 유일하게 한자를 병기하여 '柛'를 '유'로 표기, 1926 상인천, 1955 동인천), 우각동(牛角洞-Sopple: 1906년 폐지), 부평(富平-Poopyong), 소사(素砂-Sosha: 1972년 부천역으로 변경), 오류동(梧柳洞-Oricle), 노량진(鷺梁津-Nodd), 용산(龍山-Yungsan), 남대문(南大門-Southgate: 1923년 1월 경성, 1947년 11월 서울역으로 변경), 경성(京城-Seoul: 1905년 3월 27일 서대문역으로 변경, 1919년 3월 31일 폐지)역 등 7개 역과 모갈-탱크(Mogul-tank)형 증기기관차 4량, 객차 6량, 화차 28량에 전체 종업원 118명으로 영업이 시작되었다.

영업실태는 「황성신문」 1899년 12월 23일자와 1900년 12월 18일자 보도자료를 분석해보면 아래 표와 같다. 12월 18일자 기사는 "불과 경인 간 27리에서 이 많은 수입이 발생했는데 앞으로 경부

300리 철도에서 발생할 이익은 상상을 초월할 것"이라 했다.

이러한 영업수입 증대가 1901년 10월 4일자 「황성신문」의 "미국에서 새로 구입하여 가져온 2대의 기관차는 힘이 강하여 경인간 주행시간이 많이 단축될 것"이라는 보도 내용과 전혀 무관치 않았다는 생각이다.

구분	1899년 12월 23일 보도 1일 수송량	124일간(1900.7.8~11.8) (1일 평균)	1일 평균 대비
여객	300명	97,144명(783명)	261%
화물	14~15돈	10,602,022근(85,500근/51.3돈)	353.8%
수입	-	51,337원 17전(414원 1전)	-

물론 경부선과 경의선 운행에 대비한 조치이기는 하지만, 1901년부터 1905년 사이 도입된 기관차는 푸러형 탱크(증기기관차 자체에 물과 연료 적재) 증기기관차 18량, 소리형 텐더(별도의 물과 연료 적재차량 연결) 증기기관차 6량을 도입한 바 있다.

그리고 영등포역의 경우 1900년 9월 1일자 「황성신문」에 의하면 "9월 5일부터 용산역과 함께 매표소가 설치되었다"라고 하여 경인선 전 구간 개통 당시 영등포역과 용산역은 역사가 건축되지 않았고, 이때부터 역 운영이 시작된 것으로 추정된다.

그러나 1899년 9월 25일자 「독립신문」에 의하면 경인철도 감독 이채연이 영등포역에서 화륜거 운행 모습을 보기 위해 모여드는 관광객의 접촉사고 방지를 위해 많은 순검을 파견시켜 달라는 요청을 한 바 있다. 1900년 2월 10일자 「황성신문」에 의하면 2월 7일 많은 경찰을 영등포역에 파견하여 일본으로 망명했다가 귀국하는 안동수가 영등포역에서 하차할 때 체포했다는 기사가 있다. 동년

4월 9일자 「황성신문」에는 4월 7일 영등포역에서 하차하면서 족보 등 책자를 분실했는데 찾아주는 사람에게 사례한다는 광고 등에 의하면 역 설치 전에도 열차를 정차시키고 승무원이 여객 취급을 하는 간이승강장이었으리라 추정된다.

기록이 남아 있지 않은 철도역사를 탐구하면서 기록보존의 중요성을 새삼 되새겨보며 느낀 아쉬움은 근거 없는 기록이나 추정에 의한 역사 관련 글을 남겨 왜곡과 혼란을 가중시키는 사례들이 너무 많다는 사실이다. 이제라도 역사를 왜곡하는 현상들을 바로잡아야 한다는 생각이 든다.

시발지도 종착지도 아닌 노량진역 구내에 세워진 '철도 시발지

2004년부터 11년간 운영했던 객차 1칸의 철도박물관학교

기념비'나 2007년 김윤식 인천문협회장이 쓴 '고갯길 이야기'에서 밝혔듯이 최초 기공지인 쇠뿔고개와 관계없는 맞은편 황골고개(일면 도원고개)를 철도 시발지라 판단하고 세운 '한국철도 최초 기공지' 기념비 등 역사 왜곡의 현장이 보존되고 있어 안타깝다.

철도박물관을 처음 방문한 어린이가 난생처음 보는 증기기관차를 가리키며 "야! 토마스다!"라고 소리치는 모습을 보면서 철도역사 교육의 필요성을 절감했다. 어린이를 대상으로 매주'철도박물관 학교'를 개설하여 10여 년간 아이들, 그리고 학부모님과 친해졌던 기억이 필자에게는 아름답고 값진 추억으로 기억된다.

III

일제강점기 철도사

1 일제강점기의 철도소사

- 1910년 10월 1일 조선총독부 철도국 설치(8월 22일 한일병합조약)
- 1910년 10월 16일 평남선(평양-진남포 간) 55.3km 개통
- 1911년 11월 1일 압록강 단선철도 철교 개통
- 1912년 3월 6일 군산선(군산-이리 간 24.7km) 개통
- 1912년 6월 15일 부산-신경(新京: 장춘) 간 직통 급행열차 운행개시
- 1912년 7월 15일 부산역 2층 스테이션호텔 개업
- 1912년 8월 15일 신의주역 2층 스테이션호텔 개업
- 1913년 4월 1일 부산잔교(棧橋) 개통 열차 착발
- 1913년 6월 10일 시베리아 경유 구주(歐洲) 주요 도시와 연락운송 개시
- 1913년 9월 17일 용산철도병원 개원
- 1914년 1월 11일 호남선 대전-목포 간 261.7km 개통
- 1914년 8월 16일 경원선 용산-원산 간 223.7km 개통
- 1917년 7월 31일 남만주철도주식회사에 한국철도 위탁운영
- 1918년 10월 31일 대구선 대구-영천 간 38.4km 개통
- 1919년 4월 1일 경성철도학교 개교
- 1922년 6월 1일 충남선 천안-온양 간 19.7km 개통
- 1925년 4월 1일 남만주철도주식회사 위탁경영 해제

- 1925년 10월 25일 경성역사 신축 영업개시
- 1927년 9월 15일 경기선 천안-장호원 간 69.8km 개통
- 1930년 12월 1일 수여선 수원-여주 간 73.4km 협궤선 개통
- 1931년 7월 1일 금강산전기철도 철원-내금강 간 116.6km 개통
- 1931년 8월 1일 충남선 천안-장항 간 144.2km 개통
- 1935년 12월 16일 동해남부선 부산진-포항 간 147.8km 개통
- 1936년 12월 1일 울산-경주 간 41km 협궤선을 표준궤간으로 준공
- 1936년 12월 16일 전라선 이리-여수 간 147.8km 개통
- 1937년 8월 6일 수인선 수원-인천항 간 52km 협궤선 개통
- 1937년 9월 18일 철도국 기념일 제정
- 1937년 11월 1일 혜산선 길주-혜산진 간 141.7km 개통
- 1937년 12월 1일 동해북부선 안변-양양 간 192.6km 개통
- 1939년 2월 1일 만포선 순천-만포 간 299.9km 개통
- 1939년 6월 1일 대구선 대구-경주 간 75.9km 협궤를 표준으로
- 1939년 10월 1일 만포철교 개통 만포선-매집선(梅輯線) 연결
- 1939년 6월 15일 대전-서울 간 복선 준공
- 1939년 7월 25일 경춘선 성북-춘천 간 87.3km 개통
- 1939년 11월 1일 부산-북경 간 급행 1왕복 증설(대륙·흥아호)
- 1940년 8월 1일 영동선 철암-묵호항 간 143.5km 개통
- 1941년 4월 1일 평원선 서포-고원 간 212.6km 개통
- 1942년 4월 1일 중앙선 청량리-경주 간 382.7km 개통
- 1943년 5월 15일 경의선 서울-신의주 간 복선 개통
- 1944년 12월 1일 백무선 백암-무산 간 191.7km 개통

2 한국철도의 역사가 담긴 등록문화재 '레일 한 토막'

철도박물관에서 기념촬영

2015년 3월 한국철도교통문화협회는 박순구 회장의 제안에 따라 오래전부터 미군과 좋은 관계를 맺고 있는 오산시 주민 모임인 '좋은 이웃들(Good neighbors)'의 협조를 받아 주한 미 제7공군 장병 및 가족 등 40명을 초대하여 문화체험 탐방 안내를 하면서 철도박물관을 방문했다.

철도박물관 파노라마 관람

10년 이상 철도박물관장으로 재직한 필자는 이들을 안내하면서 미국이 한국 최초의 철도부설에 관여한 사실과 당시의 유물이 현재까지 보존되고 있다는 사실에 환호를 올리며 많은 관심을 보였다. 그리고 좀 늦었지만 외국인에게 우리 문화를 체험할 기회를 좀 더 확산시켜야겠다는 생각을 하며 2차 계획을 세우기 시작했다.

경인철도 레일(철도박물관 소장)

이날 소개한 문화재 중 '레일 한 토막'에 간직된 철도역사 이야기를 소개한다.

2008년 10월 17일 등록문화재 제424호로 등록된 '대한제국기 경인철도 레일'에 대하여 "1897년 미국 일리노이 스틸사에서 제작한 것으로 1899년 개통된 경인선 부설에 사용된 소형 레일(30kg/m)로 우리나라에 최초로 도입된 철도 레일이며, 1936년 서울 용산의 철도종사원양성소에 철도박물관을 개관할 때부터 전시되었다"라는 설명만으로는 이 유물의 가치를 가늠해보기는 어려운 일이다. 대부분 사람들은 한국철도는 일제강점기 일본에 의해 시작된 것으로 알고 있다. 하지만 이 '레일 한 토막'은 그것이 사실이 아님을 우리에게 증명하고 있는 문화유산이다.

『고종시대사』 3집 내용(고종 29년 4월 12일: 앞서 京釜 間 鐵路를 敷設하기 爲하여 美國人 '모어스'를 招請하여 李完用·李夏榮과 함께 敷設條件을 協議하게 한 바 그 가운데에는 敷設資金을 '모어스'가 出資하여 造設한 後 25年 內로 資金을 回收할 것과 '모어스'에게 5個 金礦開設權을 주는 것 等이 包含되어 있었다. 그러나 鄭秉夏 等이 極力 反對하여 마침내 鐵路敷設을 中止

하게 되어 '모어스'가 美國公使에게 말하여 이날 美國公使가 督辦交涉通商事務 閔種默에게 照會하여 '모어스'의 往來旅費 및 廢業損害 等 合計 10,000元의 賠償을 要求하다)에 의하면 조선왕조 시기인 고종 29년(1892) 4월 미국인 제임스 모스를 초청하여 경부철도 부설협의부터 시작했음을 알 수 있다.

당시 논의는 중단되었지만 고종 33년(1896) 3월 29일 제임스 모스에게 한국 최초의 철도부설권을 허가해주는 결과를 가져왔으며, 모스는 1897년 3월 22일부터 경인철도 부설공사를 시작했다. 물론 1899년 9월 18일 인천-제물포 간 경인철도 가(假)개통식 5개월 전에 일본의 농간(미국인 노먼 소프 교수는 당시 한국에 곧 전쟁이 발발한다는 소문을 퍼뜨려 미국인의 투자를 중단시킴으로써 부설권을 매수했다고 주장)으로 부설권을 매도하고 공사에서 손을 뗐다.

그러나 1898년 1월 29일자 뉴욕에서 발행한 「하퍼스 위클리」에 의하면 경인철도 역사의 설계는 미국 본사에서 직접 했으며, 레일은 물론 한강철교용 철재 등 경인철도 부설공사에 필요한 모든 재료의 수송을 완료했다고 했다. 1898년 1월 27일자 「독립신문」은 동양에서 처음 보는 미국의 큰 풍범선이 경인철도용 자재를 싣고 제물포항에 도착했음을 기사로 게재했다.

한국철도는 1899년 9월 18일 일본이 처음 개통시켰지만 처음 시작부터 대부분 공사는 미국인이 했으며, 여기에 소요된 모든 자재는 미국에서 운반해온 것이었다. 물론 당시 운행된 최초의 기관차 역시 미국의 브룩스(Brooks)사에서 제작한 모갈-탱크형 증기기관차 4량이었다. 한국 최초의 철도 유산으로 유일하게 남아 있는 '대한제국기 경인철도 레일'은 한국철도 최초의 역사를 증명해주는 소중한 문화유산이다.

'레일 한 토막'을 보는 미 공군 일행

일리노이 강철회사와 남부 공장

필자가 관장으로 재직하던 중 많은 미국인 철도 마니아들이 한국에 남아 있는 미국산 철도 장비를 찾아보기 위해 방문했으며, 철도박물관에 전시 중인 '레일 한 토막'을 보며 즐거워했다. 이어서 그들은 등록문화재 제416호로 등록된 한국 최초의 디젤전기기관차 2001호를 만나보기 위해 부산에 소재한 철도차량 정비단으로 향하곤 했다.

모든 문화유산은 품고 있는 역사에 따라 우리만이 아니라 그 역사와 관련된 모든 나라 사람이 찾아보고 즐기고 연구하는 소중한 자료들임을 다시 한번 생각해본다. 그리고 가능하다면 한국에 거주하는 외국인에게도 우리의 문화유산을 체험해볼 기회가 좀 더 많이 주어졌으면 좋겠다는 바람을 가져본다.

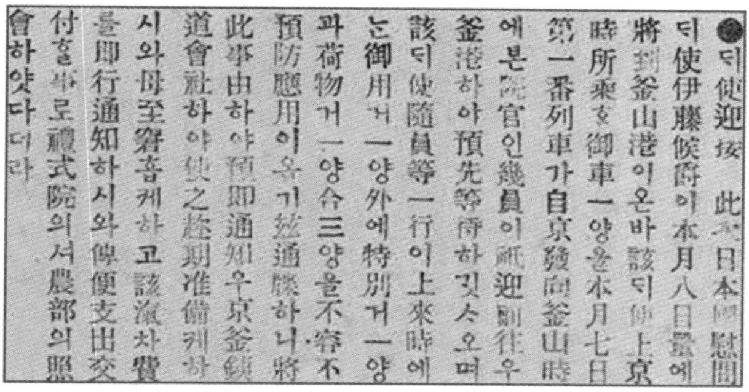

대使迎接 此次日本國慰問
대使伊藤侯爵이本月八日量에
將到釜山港이온바該대使上京
時所乘ᄒᆞᆫ御車一양을本月七日
第一番列車가自京發向釜山時
에본院官인幾員이祇迎前往우
釜港하야預先等侯하깃ᄉᆞ오며
該대使隨員等一行이上來時에
는御用거一양外에特別거一양
과荷物거一양合三양을不容不
預防應用이온기玆通牒하나將
此事由하야預卽通知우京釜鐵
道會社하야使之趁期準備케하
시와毋至窘害케하고該차費
를卽行通知하시와俾便支出交
付ᄒᆞᆯ事로禮式院의서農部의照
會하얏다더라

대한매일신보(1905.11.07)

순행 특별열차(개성역)

황제가 직접 사용한 예는 조선 제27대 왕이자 대한제국의 제2대 황제였던 순종의 기록인 『순종실록(純宗實錄)』에서 찾아볼 수 있다.

순종은 1907년 7월 보위(寶位)에 오른 후 1909년 1월 7일부터 13일까지는 남대문역을 출발하여 부산역까지, 1월 27일부터 2월 3일까지는 남대문역을 출발하여 신의주역까지 황제 특별열차를 이

의 정치적·군사적·경제적 권리를 승인하는 포츠머스조약을 체결했으며, 조선에 대한 우월적 지위를 인정받은 일본은 1905년 11월에 을사늑약(乙巳勒約) 체결을 강압하여 대한제국의 외교권을 박탈하는 결과를 가져왔다.

용하여 순행(巡幸: 임금이 나라 안을 두루 살피며 돌아다니는 일)한 기록을 실록에 남겼다. 그럼 임금은 순행 중 무슨 일을 했을까? 궁금증을 풀기 위해 실록 몇 부분을 소개한다.

(1월 7일) 詣德壽宮, 問候, 仍御南大門停車場, 御汽車, 進發南巡幸路. [덕수궁에 나아가 문안하고, (고종태황제에게) 남대문 정거장에 가서 기차를 타고 남쪽 순행 길을 떠났다.]

(1월 10일) 御汽車, 自釜山進發到馬山行在所. 召見父老八十歲以上十人, 婦人八人. (부산을 출발하여 마산 행재소에서 80살 이상 노인 10인과 부인 8인을 소견하였다.)

(1월 31일) 御汽車, 自新義州進發, 至宣川驛. 少駐, 召見郡守金斗鉉、前祕書丞田錫元等十八人, 仍進發, 至定州驛. 少駐, 召見郡守金相範, 前郡守趙昌均等三十二人, 仍命侍從院卿尹德榮, 勅諭于定州郡縉紳曰: "朕今此巡幸地方, 爲其周察民情也. 有勅語下者, 爾等當見之, 而今見爾等, 尙不變舊日儀容矣. 蓋當現今時代, 苟無維新思想, 其將柰何? 爾等仰瞻朕躬, 啓發新思想可也. 朕雖未及遍諭于小民, 爾等皆簪纓世族, 故首先勅諭矣." 又下勅語于一般人民. (신의주 출발 선천역 도착. 잠깐 머무를 때 군수 김두현과 전 비서승 전석원 등 18인을 소견하고, 정주역에 도착. 잠깐 머무를 때 군수 김상범과 전 군수 조창균 등 32명을 소견하고, 시종원 경 윤덕영에게 명하여 정주군 관리에게 칙유하기를 "짐의 이번 지방 순찰은 백성의 실정을 두루 살펴보기 위한 것이다. 내려보낸 칙서 내용을 그대들은 보았겠지만, 지금 그대들을 보니 아직도 옛날의 모습을 고치지 못하고 있다. 대개 현시대에 와서 만약 새롭게 일신할 생각이 없다면 앞으로 어떻게 하겠는가? 그대들은 직접 새로운 사상을 계발시키는 짐을 보아야 할 것이다. 짐은 모든 백성을 다 깨우쳐주지 못하지만, 그대들 모

영친왕(1918.1.26, 남대문역)

경성역에서 출발하는 덕혜옹주

순행 특별열차(평양역)

두가 대대로 벼슬하는 집안이기 때문에 하유하는 것이다" 했고, 일반 백성에게도 칙유를 내렸다.)

(2월 3일) 御汽車, 自開城驛進發, 至南大門停車場, 遣侍從韓相鶴, 德壽宮問安以來. (개성역을 출발, 남대문 정거장에 이르러서 시종 한상학을 덕수궁에 보내어 문안하고 오도록 하였다.)

그 후 1917년 일본육군사관학교를 졸업한 영친왕이 조선을 방문했을 때 남대문역 구내에서 촬영된 사진이 전해지고 있으며, "황

미 제36대 존슨 대통령이 1966년 11월 방한하여 대통령 전용차에서 하차하는 모습(바로 뒤가 박정희 대통령, 1966.11.1)

족은 일본에서 교육시켜야 한다"라는 일제의 요구에 따라 덕혜옹주가 일본으로 가기 위해 1925년 3월 28일 부산행 열차에 승차한 모습을 촬영한 사진 속의 객차 후부 모양이 현존하는 우리나라 최초의 대통령 전용 객차와 흡사한 형태임을 감안하면 이 차량이 황실 전용 열차였던 것으로 추정되기도 한다.

철도박물관에 전시되고 있는 우리나라 최초의 대통령 전용 객차는 1927년에 제작된 전망 1등 침대차를 1955년 서울공작창에서 개조하여 초대 이승만 대통령부터 박정희 대통령까지 사용한 귀빈차다. 일본은 최초의 황실 전용 열차부터 모두 철도 기념물로 지정되어 보존 전시되고 있는 것을 보면 일제강점기와 한국전쟁 등 불가피한 요인들이 있기는 하지만, 귀중한 역사적 유물인 철도어차(鐵道御車)가 보존되지 못한 것이 못내 아쉽기만 하다.

4 신문외정거장은 최초의 서울역

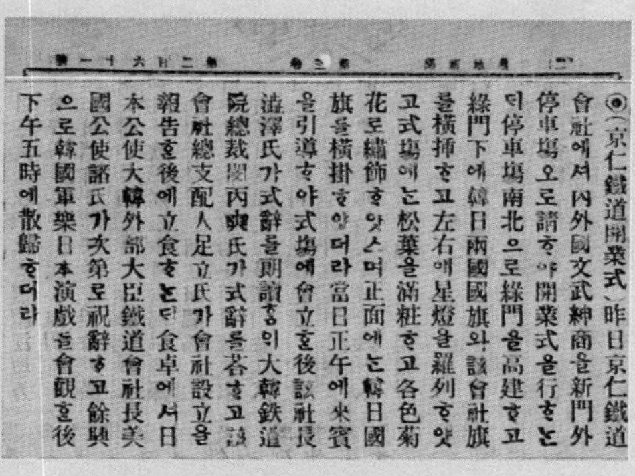

(二) 皇城新聞 第三卷 第二百六十一號

◉(京仁鐵道開業式)昨日京仁鐵道會社에서內外國文武紳商을新門外停車場으로請ᄒᆞ야開業式을行ᄒᆞᄂᆞᆫᄃᆡ停車場南北으로綠門을高建ᄒᆞ고綠門下에韓日兩國國旗와該會社旗를橫揷ᄒᆞ고左右에星燈을羅列ᄒᆞ얏고式場에ᄂᆞᆫ松葉을滿粧ᄒᆞ고各色菊花로繡飾ᄒᆞ얏스며正面에ᄂᆞᆫ韓日國旗를橫掛ᄒᆞ얏더라當日正午에來賓을引導ᄒᆞ야式場에會立ᄒᆞᆫ後該社長澁澤氏가式辭를朗讀ᄒᆞᆷ이大韓鐵道院總裁閔丙奭氏가式辭를答ᄒᆞ고該會社總支配人足立氏가會社設立을報告ᄒᆞᆫ後에立食ᄒᆞᄂᆞᆫᄃᆡ食卓에서日本公使大韓外部大臣鐵道會社長美國公使諸氏가次第로祝辭ᄒᆞ고餘興으로韓國軍樂日本演戲를會觀ᄒᆞᆫ後下午五時에散歸ᄒᆞ더라

1900년 11월 13일자 「황성신문(皇城新聞)」 2면 3단 기사

[경인철도 개업식] 어제 경인철도회사에서 내외귀빈을 신문외정거장(新門外停車場)으로 초대하여 개업식을 거행하였는데 정거장 남북으로 녹색문을 높이 만들고 그 밑에 한일 양국 국기와 철도회사기를 옆으로 세우고 좌우에 등을 나열하였고, 식장에는 소나무 잎으로 치장을 하고 여러 가지 색깔의 국화를 늘어놓았으며, 정면에는 한일국기를 대각선으로 세웠더라. 당일 정오에 내빈을 안내하여 식장에 정렬시키고 사장(澁澤)이 개식사를 낭독하고 대한철도원총재 민병석 씨가 축사를 했고 회사총지배인(足立)이 경과보고한 후 오찬장에서는 일본공사, 대한외부대신, 철도회사사

장, 미국공사 등이 차례로 축사를 하고 여흥으로 한국군악, 일본 연극을 관람한 후 하오 5시에 헤어졌더라.

경인철도 개업식(1900.11.12)

서울역 관련 역사자료를 조사하다가 '신문외정거장(新門外停車場)'이라는 낯선 이름이 눈에 띄어 이를 추적해보니 '경성역(京城驛)'을 가리키는 말이었고, 외국인은 'Seoul Station'이라 부르는 역으로 바로 최초의 서울역을 가리키는 말이었다.

위 신문 기사에 '신문외정거장'이 등장한다. 이는 '새문밖 정거장'이라 할 수 있으며 자세한 내용을 알기 위해서는 '신문(新門)', 즉 '새문'이 무엇인가를 알아야 했다. 이와 관련된 이야기를 소개하고자 한다.

조선왕조 태조 3년(1394) 도읍을 한양으로 옮긴 후 1396년 도성을 축조하면서 도성에 출입할 수 있는 성문을 동쪽에는 흥인지문, 서쪽에는 돈의문, 남쪽에는 숭례문, 북쪽에는 숙정문 등 4개의 대문을 만들어 도성 출입문으로 사용했다.

1917년 7월 말부터 한국철도의 위탁운영을 맡은 남만주철도(주)는 1922년 6월 1일 남대문역 신축공사를 시작했으며, 1923년 1월 1일자로 남대문역을 '경성역(京城驛, Seoul Station)으로 개칭했다. 경성역이 서대문역으로 개칭된 1905년 3월 27일 이후 남대문역이 경성역으로 개칭된 1923년 1월 1일 이전까지는 경성역(Seoul Station)이라는 공식 명칭은 존재하지 않았다는 결론이 도출된다. 남대문역으로 시작된 경성역은 1947년 11월 1일 서울역으로 변경되어 오늘에 이른다.

경성역(서대문역)

호텔 소개 엽서(1906.9)

5 경부철도 부설

경부철도는 조선왕국 시절인 1892년 4월 우리나라 최초로 철도부설을 논의했던 노선이었지만 성사되지 못했다. 1894년 체결된「조일잠정합동조관」을 통해 일본이 욕심을 내어 1896년 4월 26일 고무라(小村) 공사의 문서(京釜鐵道 및 關聯線路許可의 日政府 事前承諾 必要 件), 8월 10일 하라 다카시(原敬) 공사의 부설 허가 촉구 문서(日本 實業人과의 京釜鐵道 敷設條約 締結促求 및 京釜鐵道條約案의 供覽 및 敷設許可 要求), 11월 21일 가토 마스오(加藤增雄) 공사의 문서(京釜鐵道 件 暫定中止한다는 詔勅에 抗議 强請) 등 한·일 양국 간 많은 공방을 거쳐 1898년 9월 8일 대한제국은 전문 15개 조의 '경부철도합동조약'을 체결했다. 일본에 경부철도의 부설을 허가한 내용에는 궤간 1,435mm, 토지 대한정부 제공, 건설자재 관세 면제, 노동 인력 90% 한인 사용(외국인 채용 시 준공 후 본국송환), 지선 부설을 일본이 아닌 외국인에 허가 금지, 3년 내 착공 10년 내 준공, 준공 후 15년 말 대한제국 정부가 매수하되 불가능 시 10년씩 연기, 외국인에게 주권 양도 금지 조항 등이 포함되었다.

1929년 조선총독부 철도국 발행『조선철도사』에 의하면, 경부철도 노선은 1892년 및 1894년의 현지답사에 이어 1899년과 1900년 및 1901년 등 다섯 번의 현지답사를 통해 확정되었다. 필자는 2012년 4월 부산 동구 소재 수정산에서 등산객이 발견한 4개

경부철도 용지 표지석

의 '경부철도 용지' 표지석에 대한 문화재청의 의견 조회를 의뢰받고, "경부선의 부산 시내 선로는 구덕산에 터널을 뚫고 용두산 서쪽을 거쳐 남쪽 바닷가(지금의 남포동)에 해륙연락역을 건설하려는 계획이었으며, 그대로 추진했다면 표지석은 선로가 통과하는 위치와 일치될 수 있었지만 구덕산 터널을 피하기 위해 동쪽 범천동 쪽으로 계획을 변경함에 따라 폐기된 표지석으로 판단된다"라고 회신한 적이 있었다.

선로 궤간은 주도 세력 간에 표준궤간, 1m 궤간, 일본 철도 궤간(1,067mm) 등 세 가지 안으로 격론 끝에 경부철도합동조약을 개정해야 하는 문제와 대륙철도와의 연계를 위해 표준궤간이 결정되었다. 일본 정부의 대장·외무·체신·육군성으로 조직된 경부철도위원회는 1900년 9월 27일 부설지원을 위한 특별보조명령을 내렸으며, 1901년 6월 25일 '경부철도주식회사'를 설립하고 1901년 8월 20일 영등포에서 북부 기공식, 9월 21일 부산 초량에서 남부 기공식과 함께 각각 공사가 시작되었다. 1903년 11월 경부철도주식회사는 경인철도합자회사를 매수하여 경부선과 경인선 모두를 소유케 되었다.

러일전쟁(1904.2.8~1905.9.5) 도발을 앞둔 1903년 12월 28일 경부

경부철도 북부 기공식

철도 개통은 전투함 1척을 구입하는 것이나 1개 사단을 증설하는 것보다 훨씬 중요한 일이라며(1904년 1월 동경경제잡지 제49권 1216호), 앞으로 1년 내 전 구간을 개통하라는 '경부철도속성명령'을 내림과 함께 사장 시부사와 에이이치(渉沢栄一)를 후루이치 고이(古市公威)로 교체하고 속성 보조금을 지원하면서 회사와 철도 공사에 대한 감독을 대폭 강화했다.

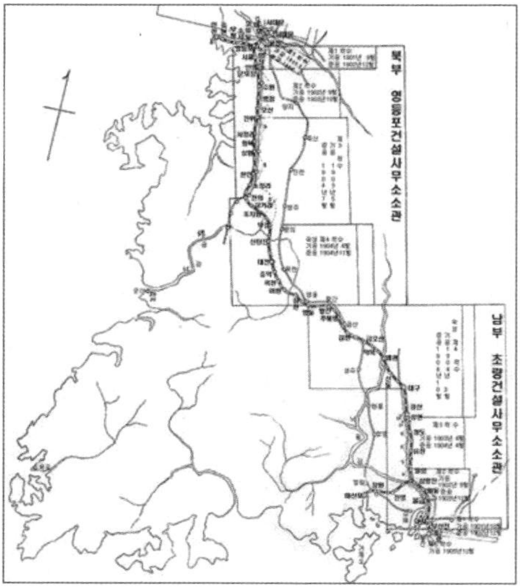

경부철도 건설 약도

철도부설 용지 공여 책임을 진 대한제국은 재정형편이 어려워 일본 은행에서 대출을 받아 토지를 구입하다 보니 용지수용 문제로 각지에서 갈등과 반목이 계속되었으며, 1904년 9월 5일 시흥군에서는 주민이 군수 부자와 일본인 2명을 살해하는 대규모 민요(民擾)가 발생하여 한국인 주모자들에게만 교수형과

종신징역 등 형벌을 선고하고 탁지부는 사망한 일본인 2명과 부상자 4명에게 3,232원의 배상금을 지급했다.

1902년 10월 초량-구포, 영등포-명학 간, 1903년 10월 명학-진위 간, 12월 구포-밀양 간, 1904년 4월 밀양-성현 간, 7월 진위-부강 간, 10월 성현-영동 간 개통에 이어 11월 10일 부강-영동 간 선로를 심천역에서 연결하면서 초량-영등포 간 전 구간이 개통되어 초량-부산진-구포-물금-원동-삼랑진-밀양-유천-청도-경산-대구-신동-왜관-약목-금오산-김천-용호-추풍령-황간-미륵-영동-심천-이원-태천-증약-태전(太田: 대전)-평촌-신탄진-마니포-부강-내판-조치원-갈거리-전의-소정리-천안-직산-성환-평택-서정리-진위-오산-병점-수원-부곡-군포장-안양-시흥-영등포 등 49개 역 267.9마일(431.13km) 전 구간이 준공되어 시험 운행이 시작되었다.

초량-남대문 간 1등 승차권

1905년 1월 1일부터 전 구간 운행이 시작된 경부선 열차는 경성 06:30 발 초량 20:15 착, 초량 08:00 발 경성 21:45 착으로 경성-초량 간 13시간 45분이 소요되었으며, 운임은 3등 4원 15전, 2등 8원 30전, 1등 12원 45전으로 3등 칸의 경우 당시 80kg들이 쌀 한 가마니 값(4원)을 약간 초과하는 금액이었다. 초창기 경부선 열차는 초량-영등포 간 운행으로 영등포-경성 간은 경인선 열차로 환승하다가 상행열차는 1905년 1월 16일, 하행열차는 1월 17일부터 초량-경성 간 직통 운행이 시작되었다(1905년 1월 19일자 황성신문 3면).

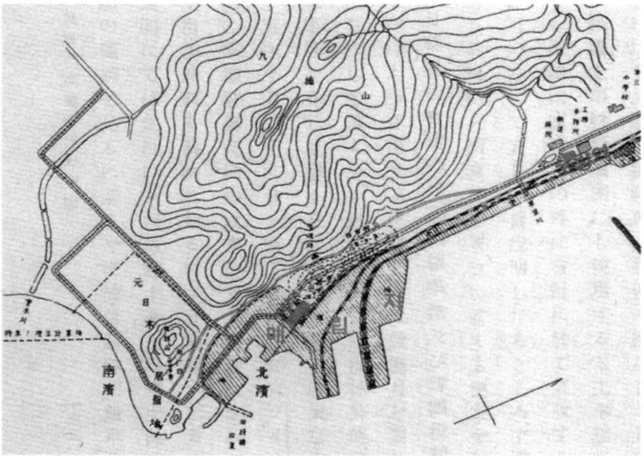

초량-부산 간 매립도

경부철도가 초량까지만 개통되자 부산에 거주하는 일본인 거류민이 초량-부산 간 철도연장 운동을 맹렬히 전개한 결과 1905년 4월부터 영국 영사관 뒷산에 터널을 파고 해면을 매립하는 등 철도 선로 부설공사를 시작했다. 1908년 3월 공사가 끝남에 따라 부산 가역사를 건축하고 1908년 4월 1일부터 부산-신의주 간 개통으로 상행급행 '융(隆)호 열차'(부산 20:00 발 신의주 익일 22:30 착)와 하행급행 '희(熙)호 열차'(신의주 07:00 발 부산 익일 09:30 착) 운행이 시작되었다.[3] 1910년 10월 당시 한국철도의 최신식 건물인 벽돌 2층 구조의 부산역사

3 개통 초기 한국철도에 근무했던 일본인 에쿠치 간지(江口寬治)의 『철도회고록』(1936)에 의하면 당시 철도국 간부회의에서 열차명을 대한제국의 환심을 얻기 위해 순종황제 즉위부터 사용된 연호 '융희(隆熙)'로 결정하고 북행은 '융열차', 남행은 '희열차'로 지었다고 한다.

가 준공되어 1층은 역무실, 2층은 스테이션호텔로 사용되었다. 1913년 4월 1일 부산잔교(棧橋)와 부산잔교역이 준공되어 일부 열차는 부산잔교역까지 연장 운행되면서 부산-시모노세키(下關) 간 부관연락선과 연계수송이 시작되었다.

1910년 부산역

1913년 부산잔교역

부산잔교와 부관연락선

6 경부철도 남쪽 시발역과 부산역

仁川府를 濟物浦市로

市長에 任鴻宰氏

인천군정청에서는 인천부를제물포(濟物浦)로개칭한동시에 十일오후부터 「스틸맨」군정관으로부터 다음과 가치 제물포시장 이하를 임명하엿다고 발표하엿다

△濟物浦市長 任鴻宰
△宗平地區長 순석표
△南洞地區長 尹赫根
△西市地區長 鄭元錫

그리고 農林課長에는 李東相氏가 同時에 被任되엿다

濟物浦를 다시 「仁川」으로

仁川府의 呼稱은 美軍進駐以來「濟物浦市」로 改稱되어나려왓스나 이에 對하야는 아즉 正式의 決定을 보지 안엇음으로 市當局에서는 그 呼稱을 統一할 必要도 잇어서 이것이 正式으로 決定이 잇을때까지 「仁川市」라 부르고 또 市의 各出張所는 市支所으로 改稱할것을 今月二十七日附로써 發表하엿다

1945년 10월 대중일보 기사

한국철도 노선별 시발 역명을 잘못 이해하는 경우가 많다. 우선 최초 철도 개통구간인 경인선의 경우 인천역-노량진역이지만, 당시 인천은 1883년 제물포가 개항되면서 제물포항과 인천항, 또는 제물포와 인천이 같은 의미로 사용되었다. 대중일보(大衆日報: 기사 내용 참조)에 의하면 미군정 당시인 1945년 10월 10일부터 27일까지 18일간은 인천시가 제물포시로 개칭된 사실은 오래전부터 인천과 제물포를 동일시(同一視)했음을 짐작하게 한다. 제물포역-노량진역이라 해도 같은 의미였지만, 1959년 7월 1일 동인천-주안 간에 제물포역이 영업을 개시(1959년 6월 30일자 관보 제2342호 게재 교통부 고시 제560호: 제물포역 신설 1959년 7월 1일부터 운수영업 개시)함에 따라 인천역을 현 제물포역으로 오해하는 경우가 발생하게 되었다.

또 다른 경우 현재의 구 서울역을 최초의 서울역으로 오해하기도 하지만, 1900년 7월 8일 남대문역으로 영업을 개시했다. 남대문역과 같이 영업을 개시한 최초의 경성역(서울역)이 1905년 3월 27일 서대문역으로 개명되었다가 1919년 3월 31일 폐지되고, 남대문역이 1923년 1월 1일 경성역으로 개명한 후 1947년 11월 1일 서울역으로 개칭되었다는 사실이다.

또한 경부선의 남쪽 시발역을 부산역, 부산진역 등으로 오해하는 경우가 있음을 철도문화해설사 양성과정 강의 시간을 통해 알게 되었다. 그래서 여기서는 경부선 남쪽 시발역과 관련된 역사적 사실들을 소개하고자 한다.

본래 경부선의 최초 부설계획 노선은 구덕산에 터널을 굴착하고 용두산 서쪽을 경유하여 지금의 남포동에 해륙연락역(海陸連絡驛)을 건설할 계획이었지만, 경부철도의 부설 기간 단축과 경비 절감이 절실했던 일제는 구덕산 터널 굴착은 난공사로 많은 공사 기간과 자금이 소요됨에 따라 최초 계획노선을 포기하고 선로 방향을 사상과 범천동 쪽으로 변경했다.

해륙연락역 예정위치도

이러한 사유로 경부철도의 남쪽 종착역은 초량역(草梁驛)으로 결정되어 1901년 9월 21일 초량에서 경부철도 남부 기공식이 거행되었다. 당시 용두산 중심의 일본인 거류지에 살던 일본인 일부가 경부철도가 건설될 초량 쪽으로 이주하게 되었고, 다수의 일본인 거류민은 남포동 거류지부터 초량역까지 해면(海面)

을 매립하여 도로를 개설해줄 것을 강력히 요구했다. 이에 경부철도회사는 도로건설 예산 1만 2천여 원을 확보하여 착공하려 했지만, 한국 정부는 철도 아닌 도로 건설은 허가할 수 없음을 알렸다.

경부철도회사는 철도건설을 위한 자재 운반로라는 명분으로 허가를 받아 1902년 12월 착공하여 1903년 3월 도로가 개설되자 경부철도 개통에 따른 인력거와 마차의 통행이 급증하면서 '인력거길'이라는 이름이 붙기도 했다.

초량-부산 간 도로는 개통되었지만 부산 쪽의 일본인 거류민은 부산까지 철도의 연장운동을 맹렬히 벌임에 따라 영등포-초량 간 경부철도 개통 후 초량-부산 간 철도 연장공사를 하기로 결정하게 되었고, 1905년 4월부터 영국영사관 뒷산에 터널을 파고 해면 매립공사를 착공한 후 영국영사관 뒷산의 소유권을 확보함에 따라 1905년 말 영사관 뒷산 터널굴착을 중단했다. 그 대신 일부를 영선산 동북부와 함께 절취하고 그 앞 해면은 매립하여 철도선로를 부설하는 공사에 착수했다. 1908년 3월 공사가 끝남에 따라 부산에 가역사를 건설하고, 1908년 4월 1일부터 부산역이 영업을 개시함으로써 이때부터 부산역이 경부철도의 시·종착역이 된 것이다.

또한 부산 가역사에서 영업개시와 함께 공사비 예산 97만 4,284원으로 부산역 신축 및 잔교선(棧橋線) 연장과 잔교 상옥(上屋) 등

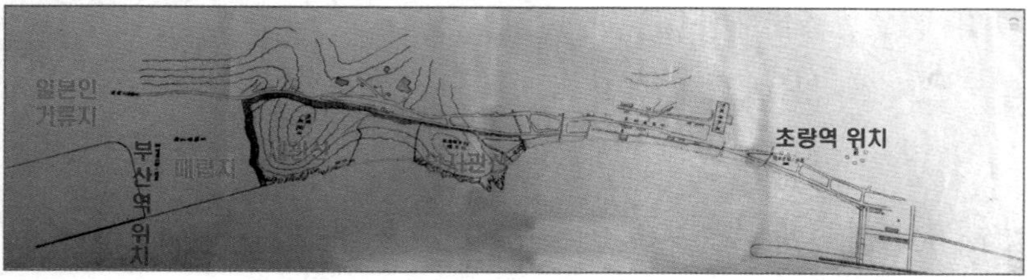

세관산 영사관산 부근 평면도

운수에 필요한 건축공사를 시작하여 1910년 10월 부산역이 준공되었다. 부산역은 매립지 2만 6,723평(88,340㎡)에 일본인 공학박사 다쓰노 긴코(辰野金吾)의 설계로 총 건평 358평(1,183㎡)의 클래식·르네상스식 벽돌 2층 구조로 1층은 역무실, 2층은 호텔로 사용할 계획이었다.

당시 부산역은 한국철도에서는 최신식 건물이었다. 1912년 6월 15일 한·일 간 부관연락선(釜關連絡船)의 발착 지점을 제1 잔교(棧橋)로 변경하여 선박과 열차를 접속하고, 남대문-장춘 간 운행하던 급행열차를 부산-장춘 간으로 연장 운행함으로써 아시아-유럽 간의 연락운송이 가능해짐에 따라 동년 7월 15일 부산역 2층 스테이션 호텔 영업을 시작했다.

그러나 1953년 11월 27일 부산역 앞 대화재로 역사가 전소하여 중앙동 가건물을 역사로 사용했으며, 1965년 11월 1일부터 부산·초량·부산진 3개 역을 부산진역에서 통합하여 영업했다.

1953년 부산역 앞 대화재

그 후 1969년 6월 10일 부산역사를 신축 준공했으며, 2004년 경부고속철도 개통에 맞추어 증·개축되었다.

부산역

7 경부철도의 첫 손님

『I Korea』에 소개된 호기심에 찬 구경꾼

긴 의자가 배치된 초창기 3등 객차

철도 초창기 1등 칸 내부 모습

증기기관차에 급수하는 모습

스웨덴의 신문기자 아손 그렙스트(William Andersson Grebst)가 1904년 12월 24일 부산항으로 입국하여 1905년까지 한국 여행을 마치고 귀국하여 1912년 펴낸 『I Korea』[4]에서 그는 한국에 처음 도착하여 자신이 경부철도의 첫 승객이 되었고, 시각표상 서울까지 16시간이 걸린다는데 30시간 이상 소요될지도 모른다는 부산 우체국장의 충고로 차내에서 먹을 음식을 사 들고 승차했다는 등 당시의 상황을 소개했다.

그동안 철도사를 통해 경부철도는 1905년 1월 1일 초량-경성간 최초로 개통되었다고만 알고 있었을 뿐인데, 이 책을 읽다 보니 개통 직전 상황들이 궁금해져 관련 자료들을 찾아본 결과를 간추려 소개한다.

경부철도의 첫 승객이었음을 내세우는 아손 그렙스트의 승차 경험담을 간추려보면 다음과 같다. 기관차 앞에는 조화와 일장기로 치장되었으며, 객차는 10량이 연결되었다. 객차는 긴 의자와 가운데 난로가 설치되었으며, 백색 옷을 입은 많은 한국인 구경꾼들이 처음 보는 기차를 보고 겁에 질린 눈으로 안절부절못하는 형국이었다.

이들 중 한 사람이 용기를 내어 커다란 기차 바퀴에 손을 대보는 순간 기관사가 장난삼아 증기를 뿜어내자 도망가느라 대소동을 일으키는 그들의 머릿속에는 "그런 짓(바퀴에 손을 댄 것)은 위험해! 도깨비가 장난을 친 것이지! 요란한 숨소리(증기기관차의 엔진소리)를 내는 이 괴물에는 분명히 악귀가 붙어 있어!"라고 소리 지르는 것 같았다.

그리고 아손 그렙스트에게는 난쟁이처럼 키가 작은 일본인 역원들이 한국 사람을 잔인하게 다루고 있는 모습이 신기하게 보였단다.

---

4 스웨덴 웁살라대학에서 북유럽문학을 전공하고 한국외국어대학교 스칸디나비아어과 김상열 교수가 번역하여 '도서출판 책과함께'에서 출간한 『스웨덴기자 아손, 100년전 한국을 걷다』를 참조, 인용했음을 밝혀둔다.

오전 8시 30분 기차는 기적을 울리며 천천히 출발하는데, 부산역(초량역)에서 마지막으로 본 장면은 왜소한 일본인이 키가 크고 떡 벌어진 한국인의 멱살을 쥐고 흔들면서 발로 차고 내동댕이치자 곤두박질을 당한 덩치 큰 한국인이 어린애처럼 징징 우는 모습이었다. 저녁 9시 30분경 어두컴컴한 역에 섰는데, '대구'라 했으며 내일 아침 8시까지는 떠나지 않는단다.

시내에서 잠을 자고 돌아왔지만, 앞쪽 선로에서 탈선사고가 나서 기관차가 복구 요원을 싣고 떠나서 12시 안에는 출발할 수 없다고 한다. 기관차가 11시 30분경 돌아와서 12시에 대구에서 출발하여 오후에 소도시 공주(대전으로 추정됨)에서 상당히 오랫동안 정차했는데, 여기도 흰 옷을 입은 많은 사람이 구경을 나왔단다.

차장은 밤 11시가 조금 지나야 목적지에 도착할 것이며 하룻밤을 더 묵을 필요는 없다고 했는데, 수원에서 기관차를 교체하고 2시간이면 도착할 수 있다고 했다. 하지만 난로의 연료는 모두 소진되고 추위 때문에 견딜 수 없는데, 기차가 또 멈춰 섰다. 급수가 필요하여 급수대 옆에 정차했는데 물탱크는 비어 있고, 급수용 펌프마저 동파되었으며, 기관차에 남아 있는 물은 다음 역까지도 갈 수 없는 양이란다.

할 수 없이 일행(일본군)과 하차하여 두어 시간을 걸어서 영등포 근처 민가에서 추위에 떨며 숙박 후 경인철도 제물포에서 출발한 열차가 도착했다. 최고급 1등 칸에 승차한 뒤 오전 8시 30분에 출발하여 30분 만에 서울에 도착하여 멋지고 품위 있는 스테이션호텔에 여장을 풀었다는 내용이다.

이러한 사실들의 자료를 찾기 위해서는 국사편찬위원회의 한국

8 경부선의 최초 지선 마산선

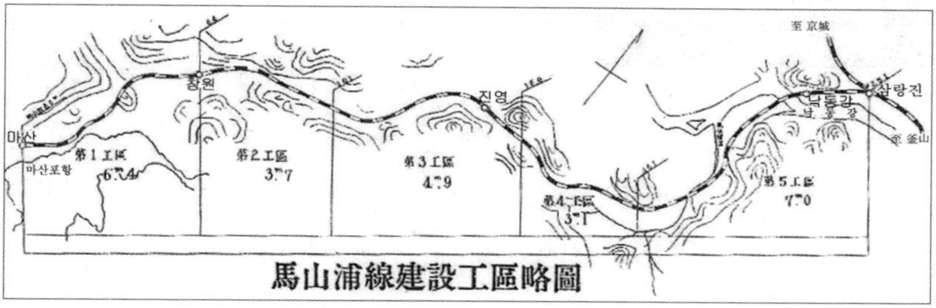

마산포선 건설공구 약도

마산선(馬山線)이라 하면 고개가 갸웃해진다. 지금은 그런 이름의 선로가 없기 때문이다. 1905년 5월 26일 개통된 삼랑진-마산 간의 마산선(또는 마산포선)은 조선철도주식회사가 부설하여 1923년 12월 1일 개통한 마산-진주 간 경남선, 남조선철도주식회사가 1930년 12월 30일 개통한 광주-여수항 간의 순천-광주 간, 역시 남조선철도주식회사가 1922년 7월 1일 개통한 광주-송정리 간 광주선을 1968년 2월 7일 진주-순천 간을 개통하면서 삼랑진-송정리 간을 경전선(慶全線)으로 통합했기 때문에 잊혀가는 선로명이다.

그러나 마산선은 경부선에서 뻗어나간 최초의 지선철도일 뿐만 아니라 당시 아주 중요한 노선이었다. 1927년 자료에 의하면 마산역은 21명의 역 직원이 연간 17만 234명의 승강 인원과 1만

박기종

8,371톤의 착발 화물을 취급했다.

본래 마산선 부설은 한국 사람(박기종)이 출원하여 부설 특허를 받은 노선이다. 박기종(朴琪淙)은 『일동기유』에서 철도를 최초로 소개한 김기수가 1876년 수신사로 일본에 파견될 때 통사(通事)로 동행했던 사람으로 1886년 10월 3일 부산항 경찰관, 1894년 8월 경무관으로 임명되기도 했다. 1895년 5월 부산 최초의 신식 학교로 개교한 개성학교(부산상고의 전신)의 설립자로도 유명하지만, 한국 최초로 민간철도회사를 설립하고, 부산-하단포 간 부하철도, 경부철도 영남지선(마산선), 경의선, 경원선, 함경선 등의 부설 특허를 받고 일부 공사를 진행했던 사람으로 한국철도사에 길이 남을 역사적 인물이다.

박기종은 경부철도 부설이 확정되기 전에 우리나라 최초의 민간철도회사인 부하철도회사를 설립하고 부산에서 낙동강 연안의 하단포에 이르는 9.6km의 철도부설 특허를 받고 공사를 시작했다. 하지만 일본의 경부철도 부설권 장악으로 실패한 후 1902년 영남철도지선회사를 설립하여 삼랑진에서 마산에 이르는 경부선의 영남지선인 마산선 부설 특허를 8월 15일 왕실로부터 받아냈다.

그러나 자금이 부족하여 1902년 12월 30일 일본제일은행과 출자계약을 체결한다. 여기서 짚고 넘어가야 할 사항은 당시 출자계약을 맺은 일본제일은행 사장 시부사와 에이이다. 일본의 전설적인 '경제의 아버지'라 불리는 사람으로 한국 최초의 경인철도 부설권권을 노리고 대한제국에 차관을 제의했다. 그러자 일본은 대한제국 정부에 경의선 건설을 일본이 아닌 다른 어떠한 나라에도 맡길 수 없음을 강력히 주장하고 나섰다.

서북철도국은 프랑스의 요구 조건을 받아들여 프랑스 공사관의 서기관 라 페블을 감독으로 임명하고, 라 페리엘과 브로다라이 등 프랑스인 기사 2명을 채용하여 한성-송도 간 선로측량에 착수했다. 1902년 3월 인부 200명을 채용하여 마포에서 토목공사를 시작한 후 5월 8일 이용익 총재가 내외귀빈을 초대하여 독립관에서 500여 명이 참석한 가운데 협궤철도 부설을 위한 기공식을 성대하게 거행했다. 그러자 일본이 1898년 9월의 대한제국 칙령(철도 궤간을 1,435mm로 확정)에 맞지 않는 처사라며 비판한 것은 경의철도는 광궤선인 경부철도와 접속하여 아시아대륙의 간선철도가 되어야 한다고 한 고무라 외상의 지령이 반영된 비판이었다.

또한 러시아가 경의철도 부설권을 요구하고 있다는 사실을 알게 된 대한철도회사는 1903년 2월 19일 대한제국 정부에 "경의철도는 대한철도회사가 부설 허가를 받은 것이며 작년 서북철도국에서 한성-송도 간 착공한 것은 오직 그 일부의 사업으로 용인했을 뿐임에도 러시아의 경의철도 부설권 요구는 우리 회사의 특허와 중복되는 사안으로 허가해서는 안 된다"라는 진정서를 올리자 대한제국 정부는 3일 만인 2월 22일 "대한철도회사의 부설권을 확인한다"라는 회신을 했다.

일본이 대한철도회사의 주재(主宰) 지위에 있던 완순군 이재완[5]

5 선조(宣祖)의 아홉째 아들 경창군(慶昌君)의 9대손으로 본명은 이을경(李乙經)이었다. 흥완군 이정응의 양자가 되면서 재완으로 개명했으며, 1899년 고조부 사도세자가 왕으로 추존되면서 왕족의 예에 따라 그해 9월 완순군(完順君)으로 봉해졌다. 일본이 대한제국 경제의 예속화를 위한 한성은행(漢城銀行) 설립에 주도적으로 참여하여 1903년 은행장을 맡았고, 친일단체 대

을 이용하여 일본을 자본주로 하는 계약을 체결하여 실질적으로 지배하려 하자 서북철도국 총재 이용익은 대한제국의 자력으로 공사를 해야 한다는 주장으로 맞섰다. 그러나 일본은 간교한 교섭 활동으로 1903년 8월 19일 서북철도국장 이병관(李炳觀)과 대한철도회사 정현철(鄭顯哲) 사장 및 박기종 부사장과의 협정(① 한성-송도 간 철도부설권을 대한철도회사에 전임할 것. ② 공사예산은 답사 후 결정할 것. ③ 공사 대가는 준공 후에 지급하고 지급이 완료될 때까지 철도의 경영을 회사에 허가할 것. ④ 회사에서 제공할 계약보증금은 1만원으로 하고 완공 후 반환할 것. ⑤ 평양-의주 간은 추후 이를 정할 것)을 성사시킴에 따라 서북철도국은 명목상 감독관청으로 전락하고 서북철도국이 착공한 한성-송도 간 철도공사 또한 대한철도회사가 계승하게 되어 일본은 1차 목표를 달성하게 된다.

일본은 다음 단계로 1903년 9월 8일 일본제일은행의 쓰나토 도쿠야(綱戶得哉)를 자본주로 내세워 대한철도회사의 정현철 사장과 전문 13개조의 경의철도 차관계약(일체의 자금은 자본주로부터 차용해야 하고, 차용금을 청산할 때까지 철도의 건설 및 운전에 관한 일체의 공사를 자본주가 전임하며, 매년 순익의 10분의 8을 자본주에게 불입하고, 부지매수, 가옥 이전 등 일체를 자본주의 계획대로 실행하며, 모든 재료의 수입세는 면제하고, 일본인 고문기사와 업무고문을 둔다는 내용)을 체결함으로써 대한철도회사에 차관의 굴레를 씌워 철도부설권을 장악하게 되었다. 회사는 일본의 이익을 대변하기 위해 서북철도국이나 대한제국 정부를 상대하는 교섭 창구에 불과하게 되었으며, 함께 체결된 부수약관(附隨約款)에는 서북철도국이 이미 건설 중에 있던 한성-송도 간 부설공사를 대한철도회사가 넘겨받는 외에 이전에 대한철도회사가 특허받은 한성-원산 간 경원철도까지 자본주와 사채계약 체결을

동구락부 총재가 되는 등 왕실의 종친으로서 친일 행위에 앞장선 인물이다.

규정하여 일본은 사실상의 경원철도 부설권까지 장악했다.

이에 프랑스 대리공사는 1903년 11월 27일 대한제국 외부에 "모국(某國) 정부가 대한제국 황실에 아뢰어 모국(某國) 회사로 하여금 서북철도사업을 인수하려 한다는 설이 있는데, 이 철도는 대한제국 스스로 부설하고, 그 사업은 프랑스 기사의 지휘에 따르며, 필요한 재료는 일체 프랑스 회사로부터 매입한다는 성명이 있었고, 이미 재료의 일부는 프랑스에 매입을 의뢰한 바 있으므로 앞에서 말한 설(說)은 근거가 없으리라 믿고 있지만 다시 확인코자 조회한다"라는 내용의 공문을 보냈다. 이에 대한제국 외부는 서북철도국에 조회해본 후 12월 3일 "이 철도는 지금 서북철도국에서 시행 중에 있고, 타국에 특허 운운은 사실 무근임"이라는 회답을 보낸 사실에서 당시 대한제국의 처지를 짐작할 수 있다.

또한 일본은 자기들이 대한제국과 청국의 보호국인 양 "구미 열강의 세력 경쟁이 동양에 집중되어 세력의 확장과 이권 획득을 위하여 여념이 없는 상황에서 우리 일본은 동양 평화유지의 임무로 대한제국과 청국의 국방과 영토 보전을 위하여 해야 할 일이 많으나 가장 시급한 것은 대한제국 한성-의주 간 및 의주에서 청국 안동현 요동 영구(營口)를 연결하는 2개 철도의 경영이다. … 러시아, 벨기에, 영국, 독일, 미국 등이 청국 영토를 분할하려는 속셈인데 동양 평화의 유지를 임무로 하는 일본이 수수방관할 수 없어 경의, 영의 철도의 창립을 발기하려는 것이다"라는 소위 '경의(京義), 영의(營義) 2개 철도회사 설립취의서'를 발표하고 추진했으나 1903년 12월 경부철도 속성명령에 묻혀 철도회사 설립은 중단되었다.

10 경의철도와 압록강철교 부설

철도대대의 경의철도 부설 모습

1904년 2월 8일 뤼순(旅順) 군항 기습공격으로 러일전쟁에 돌입한 일본은 2월 21일 경의철도 속성 건설을 위한 임시군용철도감부를 설치하고 철도대대를 편성하여 3월 4일 인천에 상륙하여 3월 12일 경의철도 부설 관련 일본의 출자계약에 대해 일방적으로 해약을 통지했다. 이어 삼랑진-마산포 간 철도 노반공사 착공에 이어 서북철도국이 한성-개성 간 착공한 경의철도 노선을 용산-개성 간으로 변경하여 노반공사를 시작했으며, 3월 14일에는 임시군용철도감부를 대한제국 주재 일본군사령관 예하 부대로 전속시켰다. 4월 9일 한성-개성 간에 이어 개성-평양 간 노반공사를 시작했고, 6월 8일 경의철도를 압록강 연안까지 연장할 것을 결정했다.

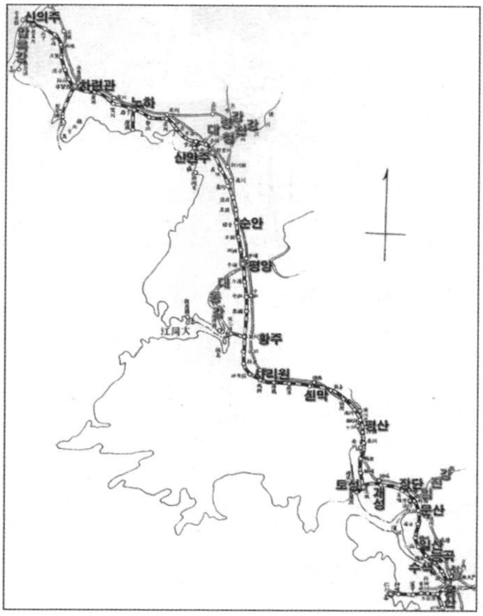

경의선 노선도

자 1905년 3월 10일 철도관리양성소(鐵道吏員養成所)[6]를 인천 구 전환국(典圜局: 현재 인천여고) 터에 설립하고 일본인과 한국인 각 40명씩을 견습생으로 채용하여 운수과(運輸科)와 기차과(汽車科) 2부로 입소시켜 5월 28일 개교식을 거행했다.

1905년 11월 을사늑약 체결에 이어 1906년 2월 1일 일제는 대한제국의 정치와 군사 문제를 섭정하는 통감부를 설치하고, 7월 1일 통감부 산하에 철도관리국을 설치했다. 1906년 4월 3일 청천강과 대령강 철교가 준공됨에 따라 용산-신의주 간 499.3km 전 구간이 개통되었다.

한편 경의철도를 대륙철도와 연결하기 위해 압록강 가교 계획을 세우고 1904년 6월 위치 선정에 이어 계획을 추진하는 과정에

---

6 '鐵道吏員養成所'는 철도학교의 시작으로, 한자 '吏員'은 '관리'를 뜻하는 '린'으로 발음되는 일본어(りいん)인데, 우리 한자 읽는 방식으로 '이원'이라 표기함으로써 '철도이원양성소'라는 희한한 단어가 탄생하여 최초 인천에 설립된 양성소를 이원역(경부선) 근처에 있는 '이원양성소'로 잘못 인식하기도 했다.

경부철도주식회사의 경우 철도종사원 교습을 위해 1905년 7월 초량역 구내에 있는 객차를 개조한 교실에서 일본인 20명을 선발하여 보선, 운전, 조사, 장표, 전기통신, 기관차, 법규를 교육하여 동년 12월에 1기생을 배출하고 폐쇄되었다.

서 1907년 12월 북경주재 미국 공사에 이어 영국 공사가 자국의 선박 통행에 지장이 되는 압록강 가교건설 취소 요구를 받게 되었다. 1908년 4월 1일 경부선의 초량-부산 간이 개통되어 경부선 열차는 부산을 출발하여 신의주까지 직통운행이 시작되었다.

미국과 영국의 항의에 1908년 11월 교량 중간 부분을 회전시켜 개폐할 수 있는 교량으로 설계하여 1909년 9월 신의주 쪽에서 먼저 착공하고, 청국과 건설비를 분담하자는 협의를 시작하여 합의각서를 조인한 후 1910년 4월 안동(지금의 단둥) 쪽에서도 교량 건설공사가 시작되었다.

시운전(위), 보도 설치 철교(가운데), 교량 개폐(아래)

1911년 10월 개폐식 압록강철교가 준공되어 시운전을 거친 후 11월 1일 개통하여 경의선 열차는 청국의 안동까지 연장 운행이 시작되었으며, 용산-신경(지금의 장춘) 간 주 3회의 직통 급행열차 운행을 시작하면서 이때부터 열차장(여객전무)의 승무가 최초로 시작되었다.

철도학교의 변천

1905년 3월 '철도관리양성소'

1941년 4월 '중앙철도종사원양성소'

1943년 12월 1일 '중앙교통종사원양성소'

1946년 5월 15일 '운수학교'

1949년 7월 1일 '교통학교'

1951년 9월 1일 '교통고등학교'

1967년 3월 30일 '철도고등학교'

1977년 3월 30일 '철도전문학교'

1979년 3월 1일 '철도전문대학'으로 개명 및 개편

1999년 3월 1일 '한국철도대학'으로 발전

2011년 9월 26일 충주대학교와 통합

2012년 3월 1일 '한국교통대학교 철도대학'으로 변경

12 조선왕조실록을 통해 본 임금님의 철도 이용 국토 순행

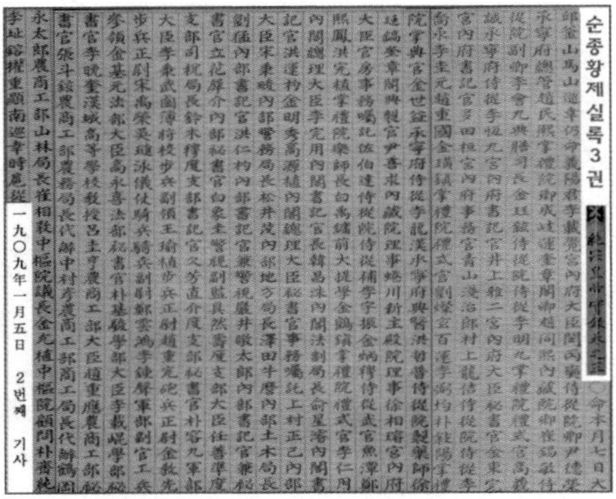
순종황제실록3권

一九〇九年 一月五日 2번째 기사

『순종황제실록』 제3권(1909.1.5 두 번째 기사)

옛날 임금님의 철도를 이용한 전 국토 순행[巡幸: 순수(巡狩)와 같은 뜻으로 임금이 나라 안을 두루 살피며 돌아다니던 일]을 조선왕조실록 중 『순종황제실록』 제3권의 기록을 중심으로 순종황제[7]의 전 국토 순행을 기념하는 그림엽서와 함께 소개한다.

1909년 1월 5일자 기록에 의하면 7일부터 대구, 부산, 마산을 순행한다는 명령과 함께 수행원으로 의양군 이재각, 궁내부대신 민병석 등 85명을 임명했다. 이들 중에는 궁내부 서기관 이노우에 마사지(井上雅二) 등 14명의 일본인 관료가 포함되어 1910년 한일병합 이전 이미 일본인이 많은 요직에 포진되어 있었음을 엿볼 수 있다.

1월 7일 첫 기사는 "덕수궁에 나아가 문안하고 남대문역에서

---

7 순종(純宗, 1874~1926)은 대한제국의 제2대 황제이자 조선 왕조의 제27대 마지막 왕으로 재위 기간은 1907~1910년이었다. 1909년 1월 7일부터 13일까지 남쪽 지방, 1월 27일부터 2월 2일까지 북쪽 지방을 순행했다.

1909년 1월 7일 궁정열차 시각

1909년 1월 8일 궁정열차 시각

1909년 1월 10일
궁정열차 시각

1909년 1월 12일
궁정열차 시각

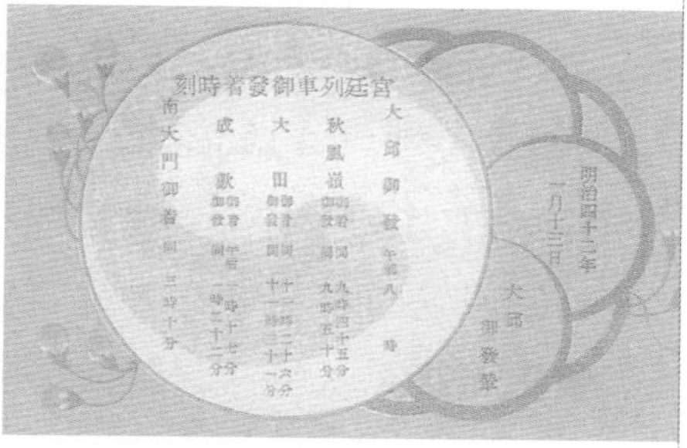

1909년 1월 13일 궁정열차 시각

기차를 타고 남쪽 순행길을 떠났으며, 통감 이토 히로부미(伊藤博文)를 휴게실에서 접견하였다"라고 하여 당시 일제가 고종의 왕위를 순종에게 양위시키고 태황제의 칭호를 부여하여 덕수궁에 머물게 했으니 태황제에게 인사를 드리고, 남대문역으로 향했다. 기사 내용으로 보아 이토 히로부미가 남대문역 휴게실에 나가 순종황제를 접견한 것으로 판단된다.

1월 8일 기사에는 "일본국 천황이 전문을 보내고, 함대를 파송했다"라는 내용이 수록되어 있다. 전문 내용은 "짐은 귀 황제폐하가 이처럼 추운 때 백성의 사정을 살피기 위하여 지방을 순행하신다는 사실을 통감의 보고로 알았으며, 이에 경의를 표하기 위하여 일본의 함대를 부산으로 파송했으니 바다에 파도가 일 우려가 없을 경우 항구 내 기함에 행차하여 주시면 고맙겠고, 짐은 멀리서 경의를 표하는 바입니다"이었다.

이에 순종황제는 답전에서 "짐이 지방을 순행할 때 뜻밖에 폐하의 심심한 전보를 받고 또 귀 함대 파견 명령까지 하여 주시어 영광으로 생각하오며 폐하의 친절한 뜻을 받들어 내일 날씨에 관계 없이 기함을 찾아가 보겠으며, 이번 순행에 귀국의 통감이 극심한 추위도 아랑곳하지 않고 짐을 지성으로 보호하고 있어 감사한 마음을 금할 길 없으며 이에 폐하의 건강을 멀리서 축원합니다"라는 기록으로 보아 당시 날씨가 몹시 추웠으며, 순행 도중 일본함대 방문도 했음을 알 수 있다.

1월 12일 기사 내용은 "경기, 경북, 전북, 전남, 충남, 충북 관찰사와 군수 17명 및 도내 관리 19명 등을 소집하여 임금이 지방을 순찰하는 것은 오로지 백성을 위한 것이니, 그대들도 명심하여 백성을 걱정하는 임금의 마음을 조금이라도 풀어 주도록 하라"라는 칙서를 내렸다.

1월 13일 기사는 "충남북 관찰사와 각 군의 군수 및 관공리 38명, 관리 18명, 노인 1,036명, 효자 8명, 선행자 2명, 열녀 3명 등을 불러모아 '화려한 것을 피하고 이용후생(利用厚生: 풍요로운 경제와 행복한 의식주 생활을 뜻하는 용어)하여 나라의 근본을 견고히 하라"라는 칙유(勅諭)를 내리고, 정2품 관리인 송도순, 정3품 관리인 송종규, 송병학, 김덕수, 송종국을 불러 "짐의 이번 순행은 백성의 실정을 살펴보자는 것인데, 경들은 아직도 이전의 모습을 고치지 못하고 있다. 현시대에 새롭게 일신할 생각이 없다면 앞으로 어떻게 하겠는가?" 하는 칙

철교 개방 모습(완공 전)

통감부를 설치한 뒤 통감부철도관리국은 이 계획을 신중히 재검토하고 미국인 고문기사 의견도 듣고, 도쿄와 교토 제국대학의 설계 자문도 받는 등 만반의 준비를 하고 추진하던 중 예상치 않은 문제가 돌출했다.

1907년 12월 17일 북경주재 미국 대리공사, 12월 18일에는 영국 공사가 북경주재 일본 공사(林權助)에게 “안동은 상업의 발달로 선박이 수시로 입출항 및 정박하는 지역으로 철교 가설은 해상교통을 방해하니 취소 또는 위치를 변경하여 선박 통행에 지장이 없도록 하라”라는 항의 공문을 보내와 국제적인 문제로 전개되어 검토했다. 그 결과 최소한 200여 척의 선박이 항해 또는 정박에 피해를 입는다는 신의주이사청의 보고를 받고 1908년 11월 20일 개폐식 교량으로 설계를 변경할 것을 최종 결정했다. 이에 미국인 기술자의 도움을 받아 1909년 3월 철교 길이 938.8m, 교각 12개의 단선철도 양측에 각각 2.4m의 인도교로 구성된 개폐식 교량 설계를 완성

잠수함 침수작업 현장

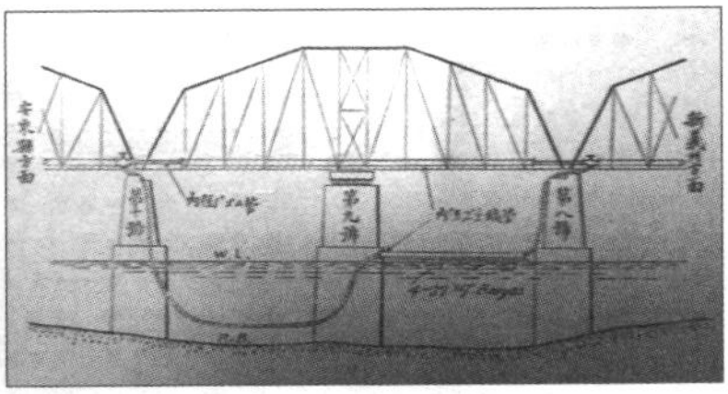

개폐 보 설계도

했다.

총예산 233만여 원으로 계획하고 1909년 9월 한국 쪽부터 본 공사에 착수했다. 일제는 공사비용 일부를 청나라에 부담시키는 협상을 1910년 4월 4일 합의하고, 양국 간 각서에 조인한 후 5월 초 중국 쪽에서도 공사에 착수했다.

교각의 기초는 모두 철근 콘크리트로 통을 만들어 땅속에 묻어 기초를 만드는 잠함(caisson)공법으로 했다. 보(girder)는 활모양으로 하여 한국 쪽에서 잠함공법으로 제작하여 90° 회전하여 십자형으로 열리면 선박이 통과할 수 있도록 했다. 조작상 위험을 방지하기 위해 수동으로 회전시키도록 했고, 보조 장비로 25마력의 석유발동기 1대를 설치했다.

시운전(1911년 10월 하순)

보, 트러스(truss)는 미국에서 제작된 것으로 인천까지는 해상, 인천에서 현지까지는 철도로 수송되었다. 공사에 투입된 연인원은 50만 9천여 명, 공사 중 부상 24명, 사망 1명이 발생했으며, 공사비는 설계보다 58만 원 감소한 175만 3,108원이 투입되었다.

1911년 10월 말 시운전을 거쳐 11월 1일 개통과 함께 경편철도인 안봉선의 광궤 개량공사 및 신의주, 안동의 새 역사가 준공되었다. 남대문역에서 출발한 열차는 신경역(지금의 장춘역)까지 직통열차 운행이 시작되었으며, 1912년 4월 1일 신의주-안동 간 선로 중 한국 쪽 60%를 한국철도선로, 중국 쪽 40%를 만주철도로 정하고 이 비율에 따라 열차 통과 운임을 정산하기로 협정했다. 교량의 개폐는 오전과 오후에 한 번씩 회전 개폐하여 선박이 통과할 수 있도록 했으며, 서양에서는 이 교량을 'Yale River Bridge'라 불렀고, 당시 동양 제일의 국경 명물이었다고 한다.

이후 1932년 통과 선박도 줄고, 교각 안전을 고려하여 교량 개폐를 중단키로 하고 영국과 미국 및 정박 중인 선박 등에 대해 이 사실을 통보하자 거세게 반발했다. 특히 영국은 도쿄주재 대사를 통해 교량의 개폐 중지를 취소해 달라고 요구했지만, 일본은 일만의정서[9]에 의해 국방상 개방이 불가능하며, 교량의 노후로 인해 안전상 개폐는 불가능하다는 주장으로 영미의 요구를 거절하고, 1934년 11월부터 압록강철교의 개폐를 중지시켰다.

또한 경의선 복선공사가 진행됨에 따라 압록강철교도 복선철

9 1932년 9월 일본과 만주국 정부 사이에 맺은 의정서로 일본의 대륙침략에 대한 국제연맹의 비난을 피하기 위해 체결한 협정이다. 일본군의 만주 주둔을 만주국이 인정하는 내용이 포함되어 있다.

압록강철교 폭파(1950.11)

도교가 필요하게 되어 1942년 4월 30일 용산-평양 간, 1943년 5월 15일 평양-신의주 간 경의선 복선 개통과 함께 제2의 압록강 복선 철교도 개통되었다. 이날 용산-안동 간 복선철도가 개통됨에 따라 구교는 그대로 보존하며 평상시 인도교로 사용하고 비상시 철교로 사용할 계획이었다.

신 압록강철교는 재래교 상류 70m 지점에 위치하며, 길이는 943.3m로 복선형 철교이고, 내탄구조(耐彈構造)[10]로 가설된 복선형 철교로 중앙의 교각 위의 탑 높이는 28m, 보의 총 중량은 9,247톤이며, 9,833톤의 강재가 사용되었다.

교각은 영국식 잠함공법으로 1936년 11월 8일 기공하여 1938년 11월 20일 13개를 준공했고, 1943년 5월 15일 준공하여 경의선 복선철도와 함께 개통했다.

10 일본 철도성과 만철에서 폭격에 견딜 수 있는 교량을 극비리에 연구 검토했으며, 일본 육군이 일본 미토(水戶) 사격장에서 실물 교량을 폭격실험하면서 실적 데이터를 군 관계자와 학계의 교량 권위자가 함께 연구하여 고안한 결과를 적용한 것이다.

관광지가 된 압록강철교

1945년 8월 15일 광복, 1948년 8월 15일 대한민국 정부를 수립했지만 1950년 6월 25일 한국전쟁이 발발하여 부산까지 밀렸다. UN군의 도움과 맥아더 장군의 작전으로 1950년 9월 28일 서울을 수복하고 10월 평양까지 탈환했지만, 11월 중공군의 개입으로 다시 후퇴하면서 미 공군은 구 압록강 철교를 폭파했다. 당시 철교 북부는 중국 소유로 전쟁 당사국이 아니어서 남쪽만 폭파했다고 한다. 신 압록강철교는 1990년 중국과 북한이 협의하여 '조중우의교(중국은 중차오유이차오라 부름)'라 개칭했다. 현재 열차와 차량 등이 정상적으로 통행하고 있으며, 6.25전쟁 중 미군에 의해 파괴된 압록강철교는 '압록강 단교'라는 이름으로 개방하여, 중국은 관광자원으로 활용하여 관광수입을 올리고 있다.

14 대륙을 향한 열차

1905년 경부철도 개통 기념행사에서 주한 미국공사 호레이스 알렌(Horace Newton Allen)이 "파리에서 기차를 타고 차장에게 남대문역에서 내릴 수 있게 해달라고 말할 때가 빨리 왔으면 좋겠습니다"라는 축사를 통해 한국철도의 꿈은 처음부터 이미 대륙을 향해 달리고 있었으리라 생각해본다.

압록강철교가 부설되기 전 1911년 4월 열차 시각표에는 열차 시각은 물론 연계된 도선 시각이 함께 수록되어 신의주-중국 안동[安東: 1965년 丹東(단둥)으로 변경. 한국 안동역은 혼동을 피하기 위해 '경북 안동역'이라 함] 간 압록강 도선 운행 시각(편도 20분 소요, 1일 4왕복)을 부산-시모노세키(下關) 간 부관연락선 시각(편도 11시간 30분 소요, 1일 2왕복)과 함께 수록하여 열차와 연계하여 이용할 수 있도록 했다.

1911년 11월 1일 압록강철교가 준공되면서 경의선 열차가 중

신경행 및 부산행 열차 행선판

국 안동역까지 연장 운행되어 한국 열차의 국제 간 운행이 시작되었다. 필자는 오래전 철도박물관에서 개최한 '개인소장 유물전'에서 철도 애호가가 출품한 '新京行' 및 '釜山行' 열차 행선표를 보면서 국제열차 운행을 실감할 수 있었다. 페인트로 제작한 요즈음의 행선표와 달리 1917년부터 한국철도를 위탁 운영했던 남만주철도(주)의 로고와 행선지를 철판에 자기를 입혀 만든 법랑(琺瑯) 제품으로 보존가치가 있다고 판단되어 당시 출품인에게 매입 제의를 해보았지만, 판매를 원치 않았다.

1936년 올림픽 마라톤 종목에서 금메달과 동메달을 딴 손기정, 남승룡 선수가 도쿄 훈련을 마치고 개최지 베를린에 기일 내 도착하기 위해 부산에서 열차를 이용한 사실은 잘 알려진 이야기다. 당시 일본에서 대륙으로 여행하려면 부관연락선을 이용하여 한국에서 열차를 이용해야 했기에 1910년 부산역과 1912년 신의주역 신축 시 2층은 호텔로 설계되었다.

粁程	驛名 ＼ 列車番號	食寢 123 9	食寢 123 3
	釜山發	(大陸) 7 20	(興亞) 19 20
	京城發	15 48	3 37
	安東發	1 40	13 15
.0	奉天發	7 50	19 40
59.8	新民發	↓	20 48
97.2	饒陽河發	↓	21 46
130.4	大虎山着	9 55	22 20
130.4	大虎山發	10 02	22 28
172.2	溝幇子發	10 43	23 10
235.9	錦縣着	11 43	0 13
	錦縣發	11 51	0 21
286.3	錦西發	12 40	1 12
307.3	興城發	↓	1 38
354.6	綏中發	13 49	2 30
419.6	山海關着	14 52	3 42
.0	山海關發	15 22	4 15
17.2	秦皇島發	15 40	4 36
35.2	北戴河發	15 59	4 57
63.0	昌黎發	↓	5 27
100.4	灤縣發	↓	6 08
128.2	古冶發	17 30	6 44
152.5	唐山發	17 54	7 15
197.2	蘆台發	↓	8 08
135.1	塘沽碼頭發	19 35	9 11
282.9	天津着	20 22	10 03
	天津發	20 29	10 16
287.2	天津北站發	20 37	10 26
311.9	楊村發	↓	10 51
348.1	郎坊發	↓	11 29
386.9	黃村發	↓	12 12
403.2	豐台發	22 30	12 30
422.3	北京着	22 50	12.50

부산-북경 간 열차시각표

대륙을 향한 열차는 부산-신경(新京: 지금의 長春) 간 히까리(光)호와 노조미(望)호 열차 및 부산-베이징(北京) 간 대륙호(大陸號)와 흥아호(興亞號)가 있었다.

대륙호와 흥아호의 열차 시각표를 중심으로 운행상황을 추적해보면 다음과 같다.

① 부산-경성 간 경부선 450.5km, ② 경성-안동 간 경의선 499.3km, ③ 안동-봉

대륙호 운행

대륙호 전시

천 간 안봉선 275.8km, ④ 봉천-산해관 간 봉산선 419.6km, ⑤ 산해관-북경 간 경산선 422.3km 등 5개 노선 총 2,067.5km로 주요 역만 정차하는 직통 급행열차였다.

대륙호는 부산역에서 오전 7시 20분 출발하여 다음 날 밤 10시 50분에 도착하여 총 39시간 30분이 소요되었으며, 흥아호는 부산역에서 오후 7시 20분에 출발한 후 대륙호보다 도중에 9개 역을 더 정차하고 이틀 후 오후 12시 50분에 도착하여 41시간 30분이 소요되었다.

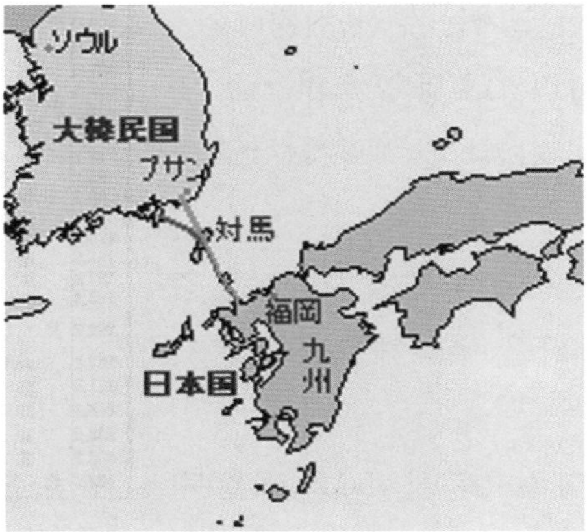

한·일 해저터널 구상도

일본은 신칸센(新幹線) 열차를 대륙까지 운행하는 것이 꿈이며, 오래전 일본의 연구단체가 한국철도박물관에 전시 공간 확보를 협의해온 적도 있었다.

한·일 간 철도연결 사업은 이를 지지하는 국내 학자들도 적지 않아 언젠가는 현실적인 문제로 다가올 가능성을 배제할 수는 없을 것으로 생각된다.

15 평남선(平南線)과 평양탄광선

“우리나라에서 처음 개통된 철도가 경인선이 아닌 진평선(鎭平線)인가요?”라는 질문은 많이 떠도는 왜곡된 철도 이야기 중 하나려니 생각했지만, 인터넷에서 찾아보니 그냥 간략히 대답하고 넘어갈 이야기가 아님을 깨달았다.

‘○○교통역사 연구그룹’, ‘○○○ 현대사’, ‘한국○○사전’, ‘○○○연구소장’, ‘○○매일 칼럼’, ‘Korail 블로그’, ‘문화역서울 284 공간투어’ 등 많은 철도역사 전문가(?)들이 밝힌 내용은 “‘진평선’은 청일전쟁 중 일본이 1895년 2월 진남포-평양 간 80km에 21인치 협궤철도로 부설한 군용철도로 서해를 거쳐 진남포까지 이동된 병력과 군수품을 평양까지 운송한 한국 최초의 철도로 전쟁 종료 후 철거되었다가 1911년 표준궤로 다시 건설하여 ‘평남선’이라고 명칭을 변경하여 평양-진남포 간을 운행하고 있다”라는 것이다.

그리고 ‘진평선’을 한국철도의 효시로 보지 않는 이유는 협궤철도였고, 전쟁을 위한 군사용으로만 사용되었으며, 조선 정부와의 협의나 부설 허가도 없이 건설했으므로 일본인이 쓴 『조선교통사』에도 언급하지 않아 최초의 철도로 인정받지 못한다며 당시 운행된 진평선 열차의 사진까지 첨부된 기록도 발견되었다.

최근 한국에서 9년째 살고 있다는 영국 출신 프리랜서 기자 라

1909년 12월 부산진-온천장 간 열차

파엘 라시드(Raphael Rishid)가 "한국에서는 소문을 믿을 수 없는 이유가 소문의 출처가 어디인지 출처에 대한 팩트 체크는 없고 오히려 부풀리며, 복사와 붙여넣기가 많아 소설 냄새가 난다"라고 했던 말이 생각난다.

먼저 위 '진평선' 열차로 소개된 그림은 1909년 12월 부산진-온천장 간에 운행한 협궤증기기관차 열차 사진을 잘못 인용한 것이다.

1905년 7월 1일 주한일본공사 하야시 곤스케(林權助)가 도쿄 고무라 주타로(小村寿太郎) 외무대신에게 보낸 보고서(기밀문서 제123호)에 의하면 "평남선은 일본에 필요한 노선임에도 한국인이 철도부설 계획을 추진하고 있으며, 프랑스 등 외국인이 가담한다는 정보가 있어 이의 해결책으로 군사상 필요하다는 명목으로 예정선로를 정하여 토지매매를 금지해둘 필요가 있다"라고 했다. 실제로 임시군용철도감부가 평양-조촌-태평-강선-기양-태성-진지동-갈천-진남포 간 55.2km의 철도부설계획을 세운 후 1905년 8월 측량을 마치고 공

2013년 세계철도박물관대회 참석 중 기증받은 진남포역 공사 사진으로, 1909년 10월 1일 기념 스탬프가 찍혀 있다.

사 진행 과정에서 부지 매수가 어려워 중지된 후 일본 자본가들이 계획한 대동강수력전기회사 설립과 평남가도 전기철도로 활용 계획을 추진했지만 이 역시 실현되지 못했다.

그 후 일제는 1908년 예산(188만 원)을 확보하고 1909년 7월 용지매수를 시작했다. 9월부터 선로부설을 시작하면서 빠른 개통을 목적으로 큰 교량과 하수구, 역 설비 등 개통에 지장이 없는 범위 내에서 가설공사로 추진하여 1910년 10월 16일 전 구간을 개통했다. 1910년 말부터 가설공사 부분 보완 및 개축공사를 시작하여 1913년 말 완료했으며, 진남포역의 확장과 항만과의 연락설비는

평양탄광선

1915년 완료했다.

그 후 1938년 7월 8일 조선평안철도주식회사에서 진남포-용강온천 간 개통한 34.7km의 사설철도와 합병했으며, 1980년 평양-남포(진남포) 구간은 전철화되었다.

평양탄광선은 평양역 아래 대동강-선교리-사동-미림-청룡-입석리-승호리에 이르는 23.3km의 노선으로, 본래 평양을 중심으로 한 대동강 연안 지역은 고생대 평안계 지층이 널리 분포하여 평남남부탄전을 이루고 있어 1903년에는 평양 부근의 탄전에서 채굴된 석탄이 중국의 산둥 지방으로 수출된 바도 있었다고 한다.

당시 광산에서 채굴한 무연탄을 대동강변까지 협궤(762mm)의 경편 마차 철길을 부설하여 2~3량의 탄차를 말이 끌어 옮긴 후 겸이포와 남포까지는 배편으로 운반했으나 연변에 매장된 무연탄 개발을 위해 1909년 대동강에서 평양광업소가 소재한 사동까지 선로를 부설하고, 1911년 9월 1일부터 평양-사동 간 10.7km에 일반여객 취급까지 개시했다. 이어 오노다시멘트제조사가 미림-승호리 간 전용선으로 부설한 경편철도 11.4km를 매수하여 1918년 5월 5일 기존의 사동까지 연결하여 개량함으로써 평양-승호리 간 전 구간이 개통되었다.

그리고 2019년 12월 4일 '철도역사 이야기' 제22화에서 소개한 바 있는 1910년 10월 개통된 평남선 이전에는 평양-진남포 간 부설된 철도는 없었다. 이는 1905년 7월 1일 주한일본공사 하야시 곤스케가 진남포 거류민의 진남포-평양 간 철도부설 청원서를 첨부하여 일본 외무대신 고무라 주타로에게 보낸 건의서(주한일본공사관기록 제24권 기밀문서 제123호) 내용에서 확인할 수 있다.

건의 내용 중 "平南鐵道布設ノ端緒トシテ最モ簡易ナル方便ハ目下ノ時機ニ於テ軍事上必要ノ名義ヲ以テ其豫定線路ニ標柱ヲ樹テ其地區內ノ土地 ニ關 シテハ賣買ヲ禁止シ置クニ有之候", 즉 "평남철도 부설의 가장 쉬운 방법은 당장 군사상 필요하다는 명목으로 예정 노선에 표주를 세우고 그 지역 내의 토지거래를 금지하는 것"이라 하여 당시 진남포-평양 간에 철도는 고사하고 철도를 부설할 부지도 준비가 안 된 상태였음이 확인된다.

1910년 10월 5일자 관보에 평양-대평-기양-진지동-진남포 간 34.3마일(55.2km)의 '평남선' 영업개시가 고시(제14호)되어 진남포-평양 간 거리는 80km가 아닌 55.2km임이 확인된다. 경인철도 부설 시 레일이나 교량 등 자재와 차량도 미국에서 도입된 것인데, 어떻게 조선 정부와 협의도 없이 철도를 부설했다는 허무맹랑한 이야기를 확인도 해보지 않고 공공연하게 인용할 수 있는지 안타까움을 금할 수 없다. 외국인 기자 라파엘 라시드의 말대로 소문은 그 출처와 팩트 체크가 습관화되어야 더 이상 역사가 왜곡되는 것을 막을 수 있을 듯하다.

16 역사 속으로 묻혀간 군산선(群山線)

군산선은 호남선과 연계된 이리(현 익산)-군산 간 24.7km로 1911년 6월 9일 착공하여 1912년 3월 6일 국철로 개통된 선로다.

우리나라 최초의 신작로(新作路)인 군산-전주 간 도로[11] 노선 중 군산-이리 간은 철도와 도로의 중복 개설 구간으로 당시로서는 중요한 노선이었음을 짐작할 수 있다.

군산선은 개통 당시 이리, 지경(地境: 1953년 6월 1일 대야역으로 명칭 변경), 군산 등 3개 역으로 시작되어 1924년 6월 1일 이리-지경 사이에 임피역(2005년 11월 11일 등록문화재 제208호로 등록)과 지경-군산 사이에 개정역 등 2개의 역원 배치 간이역이 신설되었다. 1931년 6월부터는 임피-이리 사이에 설치된 오산리 임시승강장에서 일부 열차가 정차하여 여객 취급을 시작했다.

군산은 1899년 5월 개항한 항구도시로 1914년 시[당시 명칭은 부(府)]가 되었다. 주로 호남 곡창지대에서 생산되는 쌀을 일본으로 가져가기 위한 목적으로 일찍 개발된 도시다. 일제는 1899년 개항과 동시에 목포영사관 군산 분실을 설치하여 곧바로 군산영사관으

11 신작로 개설 이전의 도로 노면은 울퉁불퉁, 노폭이 좁아졌다 넓어졌다 하는 조잡한 길이었다. 1907년 조선 최초로 진남포-평양, 목포-광주, 군산-전주, 대구-경주 간 등 4개 신작로를 착공하여 전주-군산 간 46㎞ 구간이 1908년 가장 먼저 완공되어 조선 최초의 신작로가 탄생했다. 1980년대 이후 벚꽃 축제 길로 유명했던 전군도로가 바로 이곳이다.

위에서 차례로 이리(익산)역의 초창기 모습, 오산리역, 대야역(전 지경역), 임피역, 개정역

로 승격시키고 일본인의 이주를 적극적으로 권장했다. 1926년 12월 말 당시 총인구 2만 2,037명 중 일본인이 7,558인으로 34%를 넘어서는 형편이었으며, 일인은 군산을 '쌀의 군산(米の群山)'이라 부르기도 했다.

이처럼 호남평야에서 생산되는 쌀은 군산선 열차 편으로 군산역에 도착하여 해안까지 연장된 화물선을 이용하여 군산항으로 이동해서 선박에 옮겨 싣고 일본으로 가져갔다. 그런 이유로 군산에는 일제강점기 때의 은행 건물 등 근대문화유산으로 지정된 유물이 많이 남아 있다.

광복 이후 군산에는 미군 비행장이 소재하여 군수물자 수송을 위해 군산역부터 비행장이 소재한 옥구까지 11.6km의 옥구선이 UN군에 의해 1952년 착공되어 다음 해 2월 개통되었다. 군산선은 군사 목적상으로도 주요 노선으로 군용열차가 군산에서 대전까지 직통 운행되기도 했다.

1950년대 중반에는 당시 중립국감시위원단인 체코슬로바키아와 폴란드가 철수하라는 데모에 참여하는 시민과 학생들을 군산에서 옥구의 미군 비행장 앞까지 화물열차(객차가 부족하여 화차를 객차로 대용)로 수송하기도 했다.

1950년대 후반까지 군산선에는 당시 한국전쟁 휴전 직후로 모든 것이 부족하다 보니 객차도 부족하여 화차에 구멍을 뚫어 창문을 만들고 나무 의자를 설치한 대용 객차로 편성된 열차가 대부분이었다. 대용 객차는 옆 칸으로 이동하는 통로도 없었고, 통근열차는 여학생 칸과 남학생 칸을 구분하여 운행했다.

초창기 군산역

군산항(1927년 이전 모습)

군산역(1958.12.14)

그래서 뒤늦게 뛰어와 남학생이 여학생 칸에, 또는 여학생이 남학생 칸에 승차하게 되는 경우가 발생했으며, 남녀가 유별한 당시로서는 옮겨 탈 수 있는 다음 역까지 견디기 어려운 부끄러움에 시달려야 했다.

그리고 군산선에서 빼놓을 수 없는 이야기가 있다. 1977년 11월 11일 오후 9시 15분 사망자 59명, 부상자 1,343명, 가옥 파괴로 인한 1,647세대 7,800여 명의 이재민이 발생한 이리(익산)역 화약 적재 화차 폭발사고다.

이 시간에 폭발사고 지점 바로 옆 선로에 도착해야 할 군산 발 이리 착 여객열차가 그 시각에 도착하지 않은 것이다. 나중에 확인된 사실에 따르면, 당시 임피역을 정시에 출발한 기관사는 통표(통표 폐색방식에서 사용한 운전허가증)를 받아오지 않은 사실을 발견하고 열차를 도중에 정차한 후 임피역으로 후진하여 통표를 찾아오느라 열차가 지연되었다는 것이다.

기관차 승무원의 실수로 열차 운행이 지연되면서 수많은 인명 피해를 막은 것이다.

이 이야기는 당시 이 지역을 관할한 순천지방철도청장을 역임한 안창화 전 철도청장님으로부터 들은 내용이다.

인명(人命)은 재천(在天)이라더니 어쩌면 인간의 생사화복은 신께서 지배한다는 종교적인 신념을 다시 생각해볼 대목이다.

군산선은 지난해 초 장항선이 금강을 건너 대야역을 경유하여 익산역까지 연장됨에 따라 옛 군산역은 '군산화물역'으로, 대야-군산 간은 '군산화물선'으로 변경되면서 그 이름이 역사 속으로 묻혀

갔다. 그렇지만 이제 ‘서해안 시대’라고 한다. 새만금의 중심이 된 옛 군산역(지금의 군산화물역)의 역할이 기대된다.

17 호남선철도 부설운동을 벌인 민족 선구자 서오순

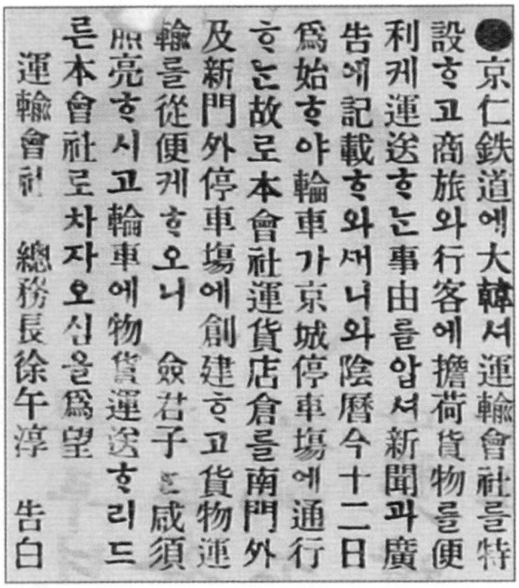
●京仁鐵道에大韓셔運輸會社를特
設ᄒᆞ고商旅와行客에擔荷貨物를便
利케運送ᄒᆞᄂᆞᆫ事由를압셔新聞과廣
告에記載ᄒᆞ와써니와陰曆今十二日
爲始ᄒᆞ야輪車가京城停車場에通行
ᄒᆞᄂᆞᆫ故로本會社運貨店倉를南門外
及新門外停車場에創建ᄒᆞ고貨物運
輸를從便케ᄒᆞ오니 僉君子ᄂᆞᆫ咸須
照亮ᄒᆞ시고輪車에物貨運送ᄒᆞ리드
른本會社로차자오심을爲望
運輸會社 總務長徐午淳 告白

경인철도회사 광고
(1900년 7월 6일자 황성신문)

나라의 발전은 성공한 사람들만의 공로는 아닐 것이다. 을사늑약의 파기를 주장하다가 자결을 단행한 시종무관장 민영환, 1909년 10월 하얼빈역에서 이토 히로부미를 쓰러뜨렸지만 형장의 이슬로 사라져간 우리의 영웅 안중근 의사, 1897년부터 여러 차례 철도 부설을 시도했으나 일본의 방해로 실패한 박기종, 1904년 호남철도주식회사를 설립하여 호남선철도 부설운동을 펼쳤으나 성과를 얻지 못한 서오순(徐午淳) 등 비록 결실을 보지 못하고 역사의 무대에서 사라졌지만 이들이 있었기에 오늘날의 한국이 존재할 수 있다는 생각이다. 철도 선구자 박기종의 이야기는 여러 차례 거론되었지만, 서오순의 이야기는 생소한 편이다. 그에 관한 자료가 거의 전해지고 있지 않기 때문이다.

필자는 고문서 속의 토막 자료들을 모아 서오순을 소개한다.

관보에 등재를 요구하는 고문서에 의하면 1895년 8월 25일 6품인 서오순은 법무주사 판임관[12] 6등에 임명된 사실이 포함되었다. 바로 이어 1895년 9월 2일 의원면직 사실의 기록이 있어 당시 하위직이지만 정부 관료로 봉직했음을 알 수 있다. 『경성부사(京城府史)』에 의하면 서오순은 1899년 9월 내장원경[13] 이용익이 설립한 서북철도회사[14]의 사원으로 등재되어 있어 일찍부터 철도와 관련된 업무에 종사했다. 경인철도 개통에 따라 1900년 경인철도운수회사를 설립하고 철도를 이용한 화물 운송을 하면서 당시 황성신문 등에 광고를 게재했다. 또한 "서대문 밖에 대한운수회사를 설립하고 1900년 11월 11일 개업식을 개최하니 참석해 달라"라는 광고 내용으로 보아 '경인철도운수회사'를 '대한운수회사'로 확대 개편했음이 짐작된다.

이어 1900년 12월 10일부터 황성신문과 제국신문 등에 수 차례 게재한 광고에는 색다른 내용을 볼 수 있다. 대한운수회사 사무원이 외국인과 언어가 통하지 않아 불편하여 이를 해소하기 위해 영어와 일어를 교육하는 특설학교를 설치했으며, 이 학교를 졸업하는 대로 대한운수회사 사원으로 채용하여 월급을 지불하겠으니 많이 입학해 달라는 광고 내용으로 보아 서오순은 사업가 기질을 겸비한 뛰

12 1894년 갑오개혁에 의한 품계표에 의하면 칙임관(勅任官)은 정1품~종2품, 주임관(奏任官)은 3~6품, 판임관(判任官)은 7~9품이며, 판임관의 명칭에는 '주사' 또는 '서지'라는 호칭이 사용되었다.

13 내장원(內藏院)은 조선 후기 왕실의 보물·세전(世傳)·장원(莊園) 등의 재산을 관리하는 관청이며, 내장원의 최고책임자를 '내장원경(內藏院卿)'이라 한다.

14 경의선 철도 부설을 총괄하기 위해 내장원 내에 설치한 회사로, 설립 후 곧바로 '서북철도국'으로 변경

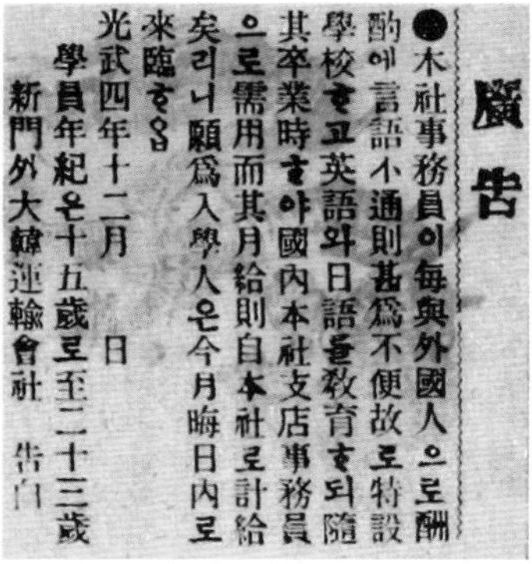
廣告
●本社事務員이每與外國人으로酬酌에言語不通則甚爲不便故로特設學校ᄒᆞ고英語와日語를敎育ᄒᆞ되隨其卒業時ᄒᆞ야國內本社支店事務員으로需用而其月給則自本社로計給矣리니願爲入學人ᄋᆞᆫ今月晦日內로來臨ᄒᆞ옵
光武四年十二月 日
學員年紀ᄋᆞᆫ十五歲로至二十三歲
新門外大韓運輸會社 告白

외국어특설학교 광고(황성신문)

어난 경영인이었다는 짐작이 가능해진다.

당시 국내 상황은 1896년 3월 경인철도 부설권이 미국인에게 주어졌고, 이어 7월에는 경의철도 부설권이 프랑스에 주어지면서 철도 부설은 우리 스스로 해야 한다는 주장이 힘을 얻고 있는 분위기였다. 이러한 가운데 서울-목포 간 경목철도 부설 허가를 신청한 프랑스의 요청을 거절하고 1898년 8월 호남선 관설안(官設案)을 의결하여 독자적으로 호남선을 부설코자 함에 대해 일제는 한국인 스스로는 막대한 철도 부설자금을 마련할 능력이 없다고 판단하고 외국 자본의 유입을 차단하여 자신들이 주도권을 잡기 위해 총력을 기울였다. 그러는 한편 러일전쟁을 계기로 서울-의주 간 대한철도회사의 경의선 부설권을 일방적으로 회수하여 군용철도로 변경하고 임시군용철도감부를 설치한 후 군 병력을 동원하여 1904년 3월 12일 경의선 부설공사를 시작했다.

서오순은 1904년 5월 궁내부 고문 이윤용을 사장으로 추대하여 호남철도주식회사를 설립하고, 1904년 5월 21일 철도원 총재에게 "대한운수회사를 설립하여 국내 철도 화물 운수를 담당한 경험으로 철도업무를 알고 있으며, 경부철도 원선에서 지선으로 직산부터 강경과 군산 및 공주에서 목포까지 철도를 부설하면 편리하고 좋은 효과를 가져올 수 있어 자본을 모아서 철도를 부설코자 하니 허락해 달라"라는 청원을 하여 6월 8일 다음의 조건부로 승인을 받았다.

즉, 첫째 자본을 모아 조속히 착수할 것.

둘째 부설권을 타에 양도할 경우 허가의 무효는 물론 청원인을 법에 따라 처분할 것임.

셋째 준공기일 등은 상세한 규정을 제정하여 따로 제출하여야 한다.

이에 주한일본공사 하야시는 1904년 7월 23일 대한 외부대신 이하영에게 '경부선 연결 지선의 서오순 부설인준 취소요구 공문(제179호)'을 발송했고, 이하영은 8월 5일 회신문서(照覆第145號)에서 경부지선 인준의 타당성을 강조했다. 그러자 거국적인 후원운동이 일어나 주식 모금운동을 시도했고, 범국민적 운동을 바탕으로 호남철도주식회사는 즉시 철도 노선답사에 들어가 1906년 10월에는 조치원에서 강경에 이르는 거리의 측량을 끝내고 노선공사를 착수했다. 그러나 1905년 11월 17일 을사늑약이 체결되고 곧이어 통감부가 설치된 후 목포, 군산 등의 일본 거류민은 '기성동맹회' 또는 '목포번영회'라는 이름으로 '호남철도기성회'를 조직하고 서울, 인천 등 타 지역 거류민단과 합세하여 호남철도 반대운동을 전개했다.

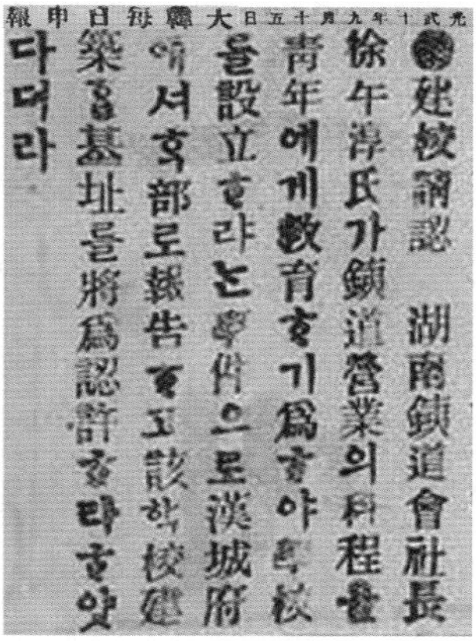
光武十年九月十五日 大韓每日申報

◎建校請認 湖南鐵道會社長 徐午淳氏가鐵道營業의科程을 青年에게敎育ᄒᆞ기爲ᄒᆞ야학校 을設立ᄒᆞ라는事件으로漢城府 에서학部로報告ᄒᆞ고該학校建 築ᄒᆞᆯ基址를將爲認許ᄒᆞᆯ터ᄒᆞ얏 다더라

철도영업과정학교 설립인가 기사
(「대한매일신보」, 1906.9.15)

1906년 9월 15일자 「대한매일신보」에 의하면 "호남철도회사 사장 서오순은 철도영업의 과정을 청년에게 교육하기 위해 학교를 설립코자 해서 인가를 청원했던바 그것이 허가되다"라는 내용의 기사가 게재되어 있으나 그 후의 자

료는 찾아내지 못했다. 앞에서 외국어학교를 특설한 바 있고, 철도부설 후 운영요원을 양성하기 위한 학교설립 허가를 받은 것은 일제의 임시군용철도감부가 1905년 3월 인천에 개설한 철도관리양성소(鐵道吏員養成所)에 못지않은 계획이었다고 판단된다.

共立新報
大韓隆熙二年十二月二十三日
공립신보 1908년12월23일

▲송적의심댱

근일유길쥰냥박등졔씨가쥬댱ᄒᆞ야츙쳥도묘리원으로군창셔지텰도를부셜코져ᄒᆞᄂᆞᆫ졍부에셔허락지아니홈으로호남텰도회샤고본금모집에탁슈ᄒᆞ야젼라남북도관찰사에게권유ᄒᆞ야듀식을방금모집ᄒᆞᄂᆞᆫᄃᆡ니ᄃᆡ송병쥰이가관찰사에게비밀훈령ᄒᆞ야고본모집을져희ᄒᆞᆫ고로유댱량씨가분긔ᄒᆞ야니ᄃᆡ를공격ᄒᆞ기로밀의가잇다더라

송병준 주식모집 방해내용 기사

서오순은 자금압박을 받자 정부에 탄원서를 제출하여 1만 원을 지원받았으며(1907년 1월 4일자 대한매일신보), 주주모집을 통한 투자자 확보가 미흡함에 손가락을 깨물어 호남선 부설이 대한독립의 시작이 된다는 혈서(大韓獨立原因在此湖南鐵道凡我同胞共力竣工俾免列强之貽笑至祝 發起人徐午淳書 光武十一年一月二十九日: 1907년 2월 25일 발행된 대한자강회 월보 8호)를 써 주위를 감동시켰다. 하지만 일제의 앞잡이가 된 내부대신 송병준이 각 관찰사에게 주식모집을 막으라는 비밀지령을 내림으로써(1908년 12월 23일자 공립신보) 실패할 수밖에 없었다. 일제의 압력에 정부는 호남철도부설권인가를 취소했고, 1909년 5월 보상비로 12만 9,435원 99전을 지급받음으로써 민족적 열망이던 호남선 자영의 꿈이 사라지고 말았다.

『한국독립운동사 자료 16』(의병편 IX)에 호남철도 보상비 사용 관련 기록에서 "회사 자산으로 남는 약 1만 원은 본사 경영의 공로자인 서오순에게 교부하여 생활비에 충당케 하고자 함"이라는 내용이 필자가 찾은 서오순 관련 마지막 자료다. 글을 마치면서 서오순 외에도 또 다른 선구자와 공헌하신 많은 분이 한국철도의 역사 속에 묻혀 있으리라는 생각을 해본다.

18 등록문화재 제428호 용산철도병원

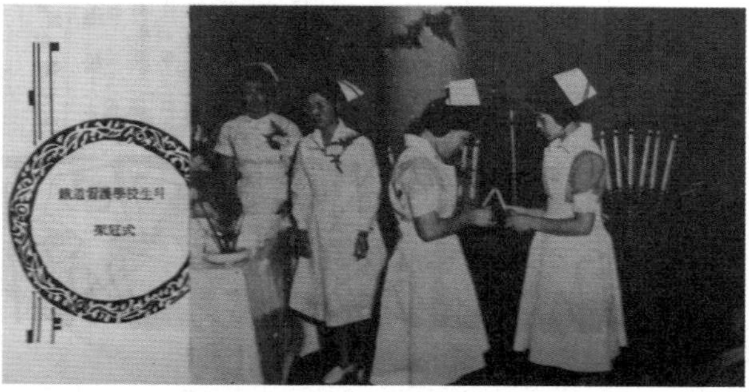

1964년 철도간호학교 가관식 모습

용산철도병원은 본래 1902년 6월 16일 일본에서 조직된 의사단체 동인회(同人會)가 1904년부터 조선 진출을 계획한 후 1907년 12월 조선의 철도국과 협의하여 용산 소재 철도관사를 개조하여 목조 2층의 동인병원을 개원하여 운영을 시작했다. 그 후 1913년 9월 17일 철도국은 동인회와의 계약을 해지하고 병원 명칭을 '용산철도병원'으로 바꾸어 철도종사원과 그 가족을 주 대상으로 하는 외에 일반 환자도 수용하면서 시작된 철도인 전문병원이다. 1914년부터는 간호부양성소(1914년 12월 18일자 관보)를 운영하여 매년 16세 이상 30세 미만의 배우자 없는 고등소학교 이상 졸업한 여자 지망생 10~20명을 모집하여 간호원을 양성했다. 당시 조선총독부병원 다음으로 의료시설이 완비된 병원이 라는 평을 받았다.

1918년 2월 9일자 「매일신보」에 의하면 용산철도병원이 화재로 전소되었지만, 다행히 인명 피해는 없었다고 한다. 1919년 11월 같은 자리에 건평 697m^{2}의 연화조 2층 건물로 전과 같은 규모로 복원하고 의료설비도 확충한 후 1922년 3월 16일 또 한 번의 화재로 병실 2칸이 소실되었지만,

龍山鐵道病院全燒

1918.02.09. 매일신보

매일신보(1918.2.9)

이때도 인명피해는 없었다고 한다(1922년 3월 18일자 동아일보).

1926년 4월 1일 철도병원을 철도국 직영으로 변경하고(1926년 4월 6일자 매일신보) 6월 24일자로 철도의(鐵道醫) 및 철도약제사를 주임관 또는 판임관 대우를 한다는 관제를 공포했다(1926년 6월 26일자 관보). 1928년 3월 9일 대지 10,183.8m^2, 건평 1,255.21m^{2}의 지하 1층, 지상 2층 건물 신축공사에 착공, 9월 준공하여 1929년 3월 설비공사를 완료했다. 이로써 내과, 외과, 이비인후과, 소아과, 치과, 부인과, 피부과 등 8개 진료과와 45병실에 82병상과 전염병실 11실 22병상을 갖춘 종합병원으로 의학박사 7인을 포함 의사 및 조수 33인이 진료를 맡았다.

일요일과 공휴일을 제외하고 매일 진료했으며, 환자는 철도국 직원 및 가족의 직무부상과 각종 질병 환자를 제1종 환자로, 철도 승객 환자를 제2종 환자, 퇴직직원 및 가족 환자를 제3종 환자, 일

용산시가도와 철도병원

반 공중환자를 제4종 환자로 구분했다. 그러고 보니 1964년 필자가 서울역 근무 중 부상으로 철도병원을 이용한 적이 있는데, '어쩌면 그때 제1종 환자 취급을 받았던 걸까?' 하는 생각이 들기도 한다. 1937년 6월에는 본관 뒤편에 3층 병실을 신축하고, 1938년 명칭을 '경성철도병원'으로 개칭했다. 1939년에는 본관을 증축 확장했으며(1939년 7월 27일자 동아일보), 당시 통계에 따르면 경성철도병원의 진료 연인원은 32만 6,500명에 입원 환자는 3만7,700여 명이었음을 알 수 있다.

또한 철도병원은 새로운 의약품 실험에 앞장서서 새로 개발한 적리병 내복 예방약을 최초로 시험 투약했고, 1946년 12월 16일자 「매일신보」에 의하면 결핵 예방을 위한 B.C.G접종을 한국 최초로 시행했으며, 1949년 4월 23일자 「경향신문」은 의대병원에서 시가 수억 원이나 되는 라디움 분실사건을 보도하면서 해방 전까지 전국에 15개밖에 없는 고가의 암 치료 의약품인 라디움을 운수병원은 10개나 보관하고 있다고 보도했다.

해방 후 미군정청 운수부는 경성철도병원을 '서울운수병원'으로 개칭하고, 간호부양성소를 '운수고등간호학교'로 개칭했으며, 1948년 대한민국 정부 수립 후 교통부는 '서울교통병원'으로 개칭했다.

중앙대는 본관 병동 이름을 '옛동'이라 했고,
2008년 등록문화재 지정

1950년대 교통병원은 운영상 어려움으로 민영화를 검토하기도 했으며(1956년 8월 23일자 동아일보), 1963년 교통부에서 철도청이 분리되면서 '서울철도병원'으로 개칭한 후 1973년에는 본관을 전면 개수하고 명칭을 '국립서울병원'으로 개칭하고 1981년에는 지하 1층 지상 9층의 병동을 신축했다. 1984년 중앙대병원에서 임대하여 '용산병원'이라는 이름으로 운영하던 중 본관이 2008년 10월 27일 등록문화재 제428호로 등록되었다. 계속 운영을 희망하는 중앙대와 반환요구 소송에서 2009년 한국철도공사의 승소로 2011년 3월 25일 임대계약이 만료되었다.

2011년 임대계약기간 만료에 따라 폐쇄된 후 한국철도공사는 용산구청과 협의를 거쳐 등록문화재인 본관은 용산역사박물관으로, 나머지 부분은 주거복합단지로의 변경을 현대산업개발이 추진 중인 것으로 전해진다.

용산철도병원 본관

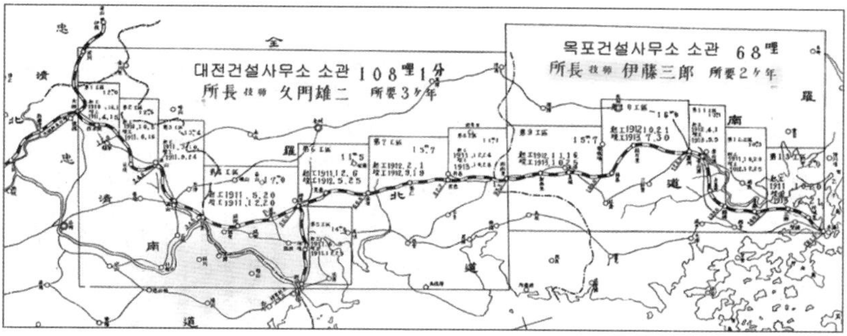

호남선 건설공구 약도

일본은 5개년 공사로 단축하여 1914년 1월 11일 정읍-송정리 구간이 개통됨에 따라 대전-목포 간 293.6km 전 구간이 개통되었다. 그러나 공기를 절반으로 단축시키고 속성건설을 강행함에 따라 부실이 많이 발생하여 1912년 10월부터 개축공사와 함께 대전조차장 등이 추가로 신설되기도 했다.

호남선 부설공사 당시 금강을 따라 강경으로, 바다를 이용하여 군산으로, 이리-정읍 간은 만경강과 동진강과 목포항으로, 양육한 자재는 영산강을 따라 나주 등으로 해로(海路)와 하류(河流)를 이용하

개통 당시 목포역(1913.5)

여 공사 자재를 운반한 특징이 있다.

2004년 3월 24일 호남선 복선전철 준공으로 고속열차가 서울-목포 간 2시간 58분에 주파함으로써 1922년 5월 호남선 최초의 직통열차 7시간 30분에 비하면 2.5배 이상 빨라졌다. 2009년 12월 4일 광주송정역(전 송정리역)에서 오송-목포 간(230.9km) 호남고속철도 기공식이 거행된 후 2015년 제1단계 오송-광주송정(182km) 구간이 개통되었고, 2019년 9월 현재 공사 중인 2단계 광주-목포 간이 완공되면 서해안 시대 호남선 역할은 막중할 것으로 예상된다.

20 철도관광이 시작된 경원선

경기도, 강원도, 함경남도를 거쳐 철령산맥을 가로질러 고원심곡이 많은 세포-고산 간 16마일의 험준한 계곡에 14개의 터널을 뚫고 19개의 교량을 건설했으며, 풍광은 전선에서 으뜸이라며 1914년 8월 개통기념으로 발간된 『경원선사진첩』의 그림 일부와 함께 경원선 이야기를 소개한다.

경원선은 국토를 가로질러 서울과 당시 동해안 제일의 항구였던 원산을 연결하는 간선 철도로 산업·군사상 막중한 위치를 점하는 노선이다. 1896년 9월 30일 프랑스가 부설권을 청구했다가 거절당한 후 1898년 8월 1일 독일 총영사 크리엔(Krien F.)이 한국 외부대신에게 경원선 부설권을 자신들의 세창양행(世昌洋行)에 준허하도록 요구했다. 역시 거절되자 경인선과 경의선의 부설권이 이미 미국과 프랑스에 허여된 사실을 들어 같은 요구를 몇 차례 거듭하다가 마지막에는 철도 부설 자금의 공급권이라도 얻어내려 했다. 그러나 끝내 받아들여지지 않는 등 프랑스와 러시아 및 독일 등 3개국이 부설 허가를 받아내지 못한 노선으로, 1899년 7월 국내철도용달회사가 부설허가를 받고 선로측량을 시작했지만 자금 사정으로 중단되었다.

그런데 1903년 9월 한·일 간 경의철도 부설자금 대부계약에서 부수 약정으로 "경원선 부설자금 차용 시 일본과 협의해야 한다"라고 체결한 내용에 따라 권리를 주장하던 일본은 경원선 군용철도 부설운동이 일어나면서 1904년 8월 27일 일방적으로 결정한 후 "일본 정부는 군사상 필요에 의하여 경성에서 원산까지 군용철도를 부설하고, 필요에 따라서는 두만강까지 선로를 연장할 계획이니 이와 경쟁 또는 병행하는 철도 부설을 금지할 것을 승낙하고, 토지수용

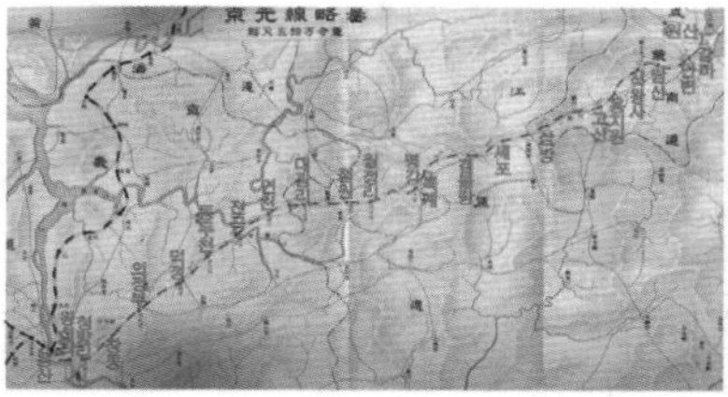

경원선 노선도

1910년 용산 방면(위), 1911년 원산 방면(아래) 측량대

삼방 제5호 터널(남쪽)

삼방 제6호 터널(남쪽)

한탄강 교량공사 중

삼방 제10호 교량과 삼방산

검불랑 대축제 건설현장

삼방천 제15호 교량

총독 승차 건축열차

산악·계곡용 경원선 전용 증기기관차

석왕사

청량리역(위), 원산역(아래)

등 경의철도와 동일한 조건으로 대한제국 정부에서 편의를 제공할 것"을 요구했다. 하지만 당시 대한제국의 형편으로는 속수무책으로 받아들여진 것으로 추정된다.

일본군용철도감부는 용산과 원산에 각각 철도건축반을 설치하고 원산반은 10월 26일 용산을 출발하여 11월 3일 원산에 도착하여 원산-용지원 간 측량에 착수했으며, 용산 쪽에서는 11월 용산-의정부 간 측량을 마쳤으나 토지소유자들의 항거와 결빙기 등으로 공사가 중지되었다.

정치·군사적 필요와 북부지방 물자의 중부지역 반출을 위해 1910년 10월 부설공사가 다시 시작되었지만, 의병들의 공격 대상이 되어 한일병합 시 해산된 대한제국 군인들을 중심으로 하는 의병대는 경원선이 통과하는 삼방관, 철원 등지에 집결하여 철도공사에 참여한 일본인을 공격했다. 이에 무장 헌병의 호위를 받던 일본인은 의병의 공격을 피하기 위해 한국인으로 보이게 하려고 흰옷을 입고 작업을 했다는 기록도 남아 있다.

특히 용산-의정부 및 고산-원산 간을 제외한 구간에서는 길도 없고, 가파른 산과 깊은 계곡, 그리고 교량도 없는 강을 건너야 했는데 비가 많이 오는 계절이나 겨울철에는 우마차를 이용할 수 없어 자재운반에 어려움을 겪었다. 철원 이북 계곡의 검불랑 터널공사에 사용할 벽돌 운반을 위해 세포-삼방을 거쳐 고산에 이르는 약 32km 구간에는 수압궤도(인차철도)를 부설하여 운반했다. 여름철에는 홍수가 심해 1912년의 경우 7월 중순부터 내린 비로 선로 위 1m까지 물에 잠겨 교량과 선로의 유실 사고가 속출했다. 겨울철에는 혹한과 결빙으로 세포 부근에서는 약 5개월에 걸쳐 공사를 중지하기도 했다.

金剛山探勝會
元山觀察團
主催 每日申報社

석왕사, 원산 시찰 및 금강산 탐승단 모집광고

1911년 9월 용산-독도(纛島: 1914년 4월 11일 왕십리역으로 변경)-청량리-창동-의정부 간 31.2km의 완공을 시작으로 1914년 8월 16일 세포-고산 간 개통과 함께 용산-왕십리-청량리-창동-의정부-덕정-동두천-전곡-연천-대광리-철원-월정리-평강-복계-검불랑-세포-삼방-

고산-용지원-석왕사-남산-안변-갈마-원산 간 222.7km에 14개의 터널과 19개의 교량을 건설하여 전 구간이 개통되었다. 주변의 수려한 경관과 금강산 관광이 가능해짐에 따라 매일신보사는 임시 관광열차를 마련하여 석왕사와 금강산행 관광객 모집을 시작하여 이때부터 철도관광열차 운행이 시작되었다.

21 철도의 시작과 한국 철도기구의 변천

철도는 고속철도를 넘어 자기부상열차가 정착되기도 전 시속 700km 이상을 주파하는 진공 튜브열차 연구가 본격적으로 진행되고 있다. 일부 사람들은 '꿈의 탄환열차'라는 표현을 하지만, 필자는 '탄환열차'라는 용어가 마음에 들지 않는다. 이유는 일본이 1941년 시속 200km를 목표로 '탄환열차'(당시 고속철도라는 용어가 탄생하기 전에 탄환열차라는 용어를 사용했다) 개발 예산을 수립하고 1942년부터 개발을 시작했지만, 전세가 불리하게 기울어진 1944년 발행된 일본 책자에서 '우리 탄환열차의 꿈은 사라지는가?'라며 한탄하는 글을 읽은 기억 때문이다. 이제 초기의 철도와 우리나라 철도기구의 변천을 정리해 본다.

나무를 깐 마찻길

철도가 인류문명에 대두되기 전에 사람들은 마차 바퀴가 진흙에 빠지는 것을 방지하기 위해 길에 나무를 깔아 마찻길을 만들었고, 나무 마찻길이 자주 파손되는 것을 방지하기 위해 철길을 깔았다. 철길에서 바퀴의 탈선을 방지하기 위해 플랜지(flange)를 붙인 바퀴를 만들어 사

1724년 광산에서 사용된 화차

용함으로써 오늘날 기차 바퀴의 원리를 개발했으며, 말 대신 마차를 끌어줄 기계인 기관차를 발명하기에 이르렀다.

필자는 여기서 엉뚱한 발상을 해본다. 진흙에 바퀴가 빠지는 것을 방지하기 위해 나무로 마찻길을 만들기보다 도로포장을 먼저 생각했다면 기차는 탄생하지 않았을 것이라는 생각이다.

세계 최초의 증기기관차
페니다렌호(복제품)

이러한 과정을 거쳐 리처드 트레비식(Richard Trevithick)은 1804년 최초의 증기기관차 페니다렌(Penydarren)호를 만들었으며, 그 이후 많은 기관차가 만들어졌겠지만 1814년 윌리엄 헤들리(William Headly)가 만들어 광산에서 사용한 퍼핑빌리(Puffing Billy)호가 런던과학박물관에 보존됨에 따라 지구상에 남아 있는 가장 오래된 증기기관차 자리를 차지하고 있다.

우리가 잘 아는 조지 스티븐슨(George Stephenson)은 1825년 스톡턴(Stockton)에서 달링턴(Darlington)까지 철길을 깔고 증기기관차 로코모션(Locomotion)호를 이용하여 여객과 화물 운송을 시작함으로써 철도운송의 시발점이 되었다. 또한 아들 로버트 스티븐슨(Robert Stephenson)과 함께 증기기관차 로켓(Rocket)호를 만들어 1829년 증기기관차 콘테스트인 레인힐스 트라이얼(Rainhill's Trial)에서 우승하여

세계에서 가장 오래된 증기기관차 퍼핑빌리호

로코모션호

로켓호

리버풀-맨체스터 간 간 철도의 증기기관차로 채택되어 본격적인 철도운송업이 시작되었다. 미국은 1830년 볼티모어-엘리콧 간 최초의 철도가 개통되었고, 1832년 프랑스, 1834년 아일랜드, 1835년 벨기에, 1836년 캐나다, 1837년 이탈리아, 1850년 멕시코의 철도개통에 이어 1953년 동양에서는 최초로 인도에 철도가 개통되었다.

일본은 1872년 9월 12일 요코하마-신바시 간 최초로 철도가 개통되었고, 우리나라는 1876년 2월 26일 병자수호조약 체결에 따라 김기수가 수신사로 일본에 다녀와 1877년 2월 곡산군수로 있을 때 정리하여 펴낸 기행문 『일동기유』에서 화륜거(火輪車)를 승차해본 경험을 소개한 것이 한국에 철도를 알린 최초의 이야기로 알려지고 있다.

그 후 한미수호통상조약 체결 문제로 1880년 일본에 다녀온 수신사 김홍집의 복명서에서도 철도 부설의 필요성이 강조되었다. 1882년 12월 고종으로부터 외무 일체를 관장한 관청인 통리아문(統理衙門)의 참의(參議)직을 제수받은 독일인 묄렌도르프(P. G. Von Möllendorf)의 수기에 의하면 1882년 조선에 간 직후에 영국과 일본의 회사들이 조선 정부에 철도부설권을 신청했다고 밝히고 있다. 일본은 1885년 철도 부설을 위해 사전답사를 시작했지만, 조선은 1887년 주미공사 박정양을 수행했던 이하영이 미국에서 승차해본 철도가 너무 편리하고 좋아 1889년 귀국하면서 궤도 위에서 움직이는 모형철도를 구입해와 고종황제와 대신들에게 보여주며 철도의 편리성과 효용성을 설명하면서 우리나라에 최초로 철도 문제가 거론되기 시작했다.

그 후 이하영은 1892년 고종황제를 설득하여 미국 기업인 제임스 모스를 초빙하여 공식적으로 철도건설 문제를 협의했지만, 대신들의 반대에 부닥쳐 무산되자 모스는 왕복 여비 등 손해배상을 청구하기에 이른다. 이 사건은 후에 한국 최초의 철도 부설 특허를 획득할 수 있는 계기가 되었다.

개화당 집권에 따른 재래의 문물제도를 진보적으로 개혁한 갑오경장의 영향으로 1894년 6월 28일 의정부 공무아문(工務衙門)에 최초의 철도관청인 철도국(鐵道局)이 설치되었다.

1897년 10월 12일 대한제국 성립을 세계에 선포하고 이듬해인 1898년 7월 6일 농상공부에 철도사(鐵道司)를 설치했지만, 철도사는 7월 27일 곧바로 철도국으로 개칭되었으며, 1900년 4월 1일 궁내부 소속 철도원(鐵道院)으로 변경되었다.

1905년 11월 한국통감부(조선총독부 전신)를 설치한 일제는 그 산하에 1906년 7월 1일부터 철도관리국을 두어 철도업무를 총괄했고, 1909년 6월 19일 철도관리국을 '철도청'으로 개칭한 후 같은 해 12월에는 일본철도원 산하 한국철도관리국으로 변경했다.

1910년 8월 29일 한일병합을 이룬 일본은 조선총독부를 설치하여 산하에 철도관리국을 두었고, 1917년 7월 31일 남만주철도주식회사에 한국철도운영을 위탁함에 따라 8월 1일부터 남만주철도주식회사 경성관리국에서 철도업무를 총괄했다.

1925년 3월 31일 위탁계약을 해지하고 4월 1일부터 조선총독부 철도국으로 소속이 변경되었으며, 1945년 8월 15일 일본의 패전과 함께 시작된 미군정과 1947년 6월 3일 잠정적 정부 형태였던 남조선과도정부를 거쳐 1948년 8월 15일 대한민국정부 수립 때까지 운수부 산하에 철도운수국을 두었다.

1945년 8월 15일 대한민국 정부 수립과 함께 교통부가 설치되었고, 1963년 9월 1일 교통부에서 철도분야만 독립시켜 철도청을 신설했으며, 2005년 4월 1일 철도청의 공사 전환에 따라 지금의 한국철도공사(KORAIL)가 탄생했다.

한국철도공사(KORAIL) 사옥

22 한국철도와 남만주철도(주)

효창공원의 이봉창 의사 동상

남만주철도 본사(현 다롄철도국)

1932년 1월 8일 일본 도쿄에서 삼엄한 경호를 받으며 궁성으로 돌아가던 히로히토(裕仁) 일본 국왕에게 폭탄을 투척하여 침략의 수괴 처단 목적에는 실패했지만, 전 세계를 놀라게 했던 이봉창 의사의 경력에는 '만주철도 직원'이었다는 기록이 있다.

이를 어떤 사람은 "독립운동을 하기 위해 만주에서 거주하면서 그곳 철도회사에 근무했나 보다"라고 말하기도 한다. 그러나 사실은 만주가 아닌 용산기관차사무소에 적을 둔 철도인 출신이었다. 그러면 "왜 이봉창 의사를 만주철도 직원이었다고 할까?"라는 의문에 대해 그 답을 찾아보려 한다.

우리가 '만철(滿鐵)'이라 부르는 남만주철도주식회사(南滿州鐵道株式

會社)는 1905년 포츠머스조약(Treaty of Portsmouth)[16]에 의해 일본이 러시아로부터 양도받은 철도 및 부속지를 기반으로 1906년 설립되어 1945년 제2차 세계대전 종료까지 만주에 존재한 일본의 국책회사로 철도사업을 중심으로 했으나 광업, 제조업 등 광범위한 분야에 걸쳐 사업을 전개하여 만주의 식민지화에 중심적 역할을 했다.

처음에는 다롄(大連)에 본사를 두었다가 신징(新京: 지금의 창춘)으로 옮겼으며, 다롄-창춘-하얼빈 간의 철도 노선(남만주 본선 구간) 및 여기에 부속된 각 지선을 운영했다.

한국철도와 남만주철도의 관계는 1909년 10월 21일 남만주철도 주요 역과 여객 및 수송화물의 연락운송을 개시하면서 시작되었고, 압록강 가교공사 준공(1911.11.1)을 앞두고 1911년 10월 24일 만주철도와 직통열차 승차권 관련 규정을 협정했으며, 이어 10월 30일 한·만 간 연락화물 통관 절차를 제정했다.

1912년 4월 1일 신의주-안동(지금의 단둥) 간의 선로 60%를 한국철도선로로, 40%를 남만주철도선로로 정하고 이 비율에 따라 열차통과 운임을 정산하기로 협정하고, 5월 1일 한국철도와 만주철도

---

16 러일전쟁의 결과에 따라 1905년 9월 5일 미국 뉴햄프셔주 포츠머스에서 러일 간 체결한 강화조약으로 주요 내용은 다음과 같다. ① 러시아는 일본이 조선에서 정치·군사·경제적인 우월권이 있음을 승인하고, 조선에 대해 지도·보호·감독에 필요한 조처를 취할 수 있음을 승인한다. ② 러·일 양군은 랴오둥반도 이외의 만주 지역에서 철수하며, 만주에서 청나라의 주권과 기회균등 원칙을 준수한다. ③ 러시아 정부는 청국 정부의 승인을 얻어 랴오둥반도(뤼순, 다롄) 조차권, 창춘-뤼순 간의 철도, 그 지선, 그리고 이와 관련된 모든 권리와 특권을 일본에 양도한다. ④ 양국은 만주의 철도들을 비군사적인 목적으로 경영한다. 단, 랴오둥반도 지역은 예외로 한다. ⑤ 일본이 배상금을 청구하지 않는 대신, 북위 50° 이남의 사할린섬과 그 부속 도서를 일본에 할양한다. 그러나 이 지역은 비무장지역으로 하며, 소야(宗谷), 타타르(Tatar) 해협의 자유항행을 보장한다. ⑥ 동해, 오호츠크해, 베링해의 러시아령 연안의 어업권을 일본인에게 허용한다.

금강산 장안사호텔

개성역

경성철도학교

평양철도호텔

공사 중인 경성역(1924.10)

간 급행열차 승차권 및 침대권의 상호 직통 취급을 시작했다.

1913년 4월 1일 부산 잔교(棧橋)가 준공되어 열차가 부산 부두에서 착발함에 따라 5월 1일 일본-만주 간 여객 연락운송이 시작되었고, 1914년 1월 1일부터는 일본-만주 간 화물의 연락운송도 시작되었다.

특히 일제강점기 일본 정부는 일본, 한국, 중국 3개 지역의 연락운송을 증진하고, 각 노선 운영의 통일을 기할 목적으로 1917년 7월 31일 한국철도 운영을 남만주철도주식회사에 위탁함에 따라 만철이 한국철도의 운영을 시작했다. 그 후 일제는 한국철도를 직영하는 것이 한반도 통치에 유리하다고 판단하고 1925년 4월 1일 조선총독부 직영 체제로 전환했다.

그러나 함경도 북부의 철도에 대해서는 계속 만철의 영향이 미쳤고, 특히 만철 산하 공장에서 제작된 철도 화물차량들은 1980년대까지 흔적이 남아 있었으며, 7년 8개월간의 한국철도 위탁운영을 통해 한국철도사의 한 부분을 차지하고 있다.

1917년 7월 31일부터 한국철도의 운영위탁을 시작한 만철은 '조선총독부 철도국' 관제를 폐지한 뒤 서울에 '만철 경성관리국'을 설치했고, 9월 1일 중국부터 한국철도를 경유하여 일본까지 소화물 연락운송을 시작했으며, 10월 1일 전선 열차 운전 시각을 개정하면서 부산-봉천(奉天) 간 직통열차를 증설했다. 그 이후 1925년 4월 1일 위탁경영 해제 시까지 있었던 주요 사건들을 아래 표에 정리해 보았다. 몇 년 전 하얼빈역과 다롄역을 거쳐 옛날 남만주철도(주) 본사로 사용했던 다롄철도국 건물을 보면서 혹 저곳에 우리 철도역사의 흔적이 남아 있지 않을까 하며 아쉬워했던 생각이 떠오른다.

1918. 2. 1. 열차 1, 2등 객실에 서고 설치하여 독서편의 제공
1918. 7. 1. 금강산 장안사호텔 영업개시
1919. 3.31. 서대문역 폐지[17]

17 서대문역 폐지는 1919년 3월 1일 만세운동의 집결지가 서대문역 광장이었으며, 3월 5일 2차 집결지 역시 서대문역 광장이 이용됨에 따라 3월 31일자 총독부에 의해 전격 폐지된 것으로 추

大正五年二月二十日 每日申報

朝鮮輕鐵設立認可

朝鮮輕鐵株式會社(大邱慶州,慶州浦項「慶州東萊,蔚山長生浦間延長百十五哩二分)은發起者設立認可를受ᄒᆞ고更히輕鐵敷設認可를申請中이더니十八日에此를認可ᄒᆞ얏더라

1916년 2월 20일자 매일신보

경주-포항 간, 울산-장생포 간 부설을 허가 받은 경편철도[22] 경동선(慶東線)과 다른 하나는 조선경동철도주식회사의 수원-여주 간(후에 수여선으로 분리)과 수원-인천항 간(후에 수인선으로 분리)이 경동선(京東線)으로 발음은 같으나 한자가 다르다.

여기서는 앞의 경동선(慶東線)에 관한 이야기다.

경동선은 1917년 2월 착공하여 12월 24일 대구-하양 간, 1918년 7월 18일 하양-금호 간, 1918년 11월 1일 금호-서악 간, 1919년 1월 14일 경주-불국사 간, 1919년 6월 25일 포항-학산 간, 1921년 10월 울산까지 개통되어 각각 영업이 시작되었다.

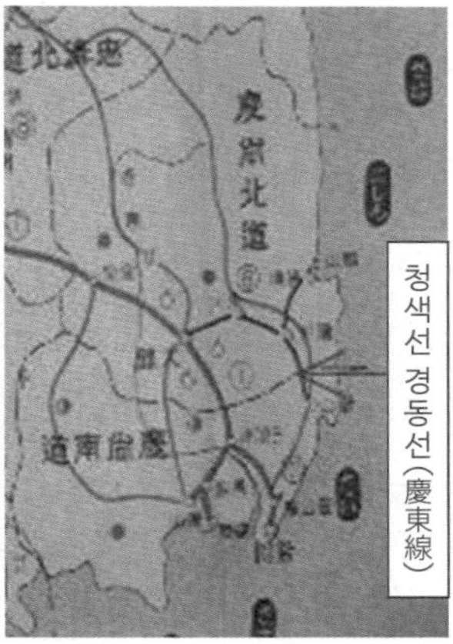

1925년 4월 1일 현재 노선도

우선 장생포역이 언제 만들어졌는지부터 관련 문헌을 통해 검토한 결과를 간추리면 1925년 4월 1일 현재의 노선도(그림 참조)에 대구-울산 및 학산까지만 선로가 있을 뿐이며, 1934년 11월 1일자 열차 운전 시각표 상에도 울산까지만 열차가 운행되었음을 확인할

22 표준궤간(폭 1.435㎜)보다 폭이 좁은 선로를 '경편철도(輕便鐵道)'라 하며, 후에 '협궤철도(挾軌鐵道)'로 용어가 변경되었다. 한국의 협궤철도는 부산진-동래온천 간 610㎜(1931년 이후 1,067㎜로 개궤), 762㎜의 수인선, 수여선, 북한지역의 신흥선, 장진선, 흥남선, 강계선, 운산선, 백무선, 백두산림철도선, 삼지연선 등이 있었다.

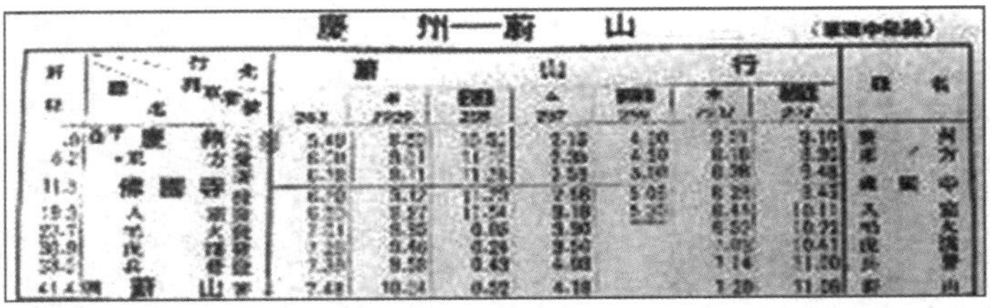
慶 州—蔚 山

1934년 11월 1일 경주-울산 간 열차 시각표

수 있다.

『한국철도사』 제4권(835쪽)의 기록에 의하면 1952년 9월 25일 울산선의 야음신호소에서 분기하여 장생포까지 9km의 해안 수송선인 장생포선이 개통되었다는 기록과 앞에서 언급된 요람집에 장생포역은 1953년 4월 1일 영업을 개시했다는 것이 전부다. 지방 인사들이 장생포 역장에게 제시했다는 조선총독부 관보는 1945년 3월 16일 발행된 제5432호로 조선총독부 고시 제126호에 의거, 울산선 울산역-울산부두 간 8.9km에 철도운수영업(차급화물)을 3월 16일부터 개시한다는 내용으로 장생포역과는 관계가 없으나 1951년 8월 10일 울산선 영업을 개시했다는 『한국철도사』의 역사 기록은 오류일 것으로 추정된다.

『한국철도사』에는 사설철도와 관련된 세부 내용 기록이 없고, 인터넷 자료에 의하면 장생포역이 1928년 7월 1일 보통역으로 영업을 개시했다고 하나 근거 없는 추정일 뿐이어서 고신문(古新聞) 또는 기타 역사자료를 통해 찾아볼 수밖에 없는 실정이다. 『조선철도연선요람』에 의하면 1921년 10월 울산까지만 개통되었으며, 고래잡이로 유명한 장생포는 울산만 중간에 위치하여 울산-장생포 간은 자동차 편, 부산-장생포 간은 기선(汽船) 편을 이용할 수 있다는 기록이 남아 있다.

경동선은 1928년 7월 1일 국유화되어 1939년 표준궤간(1,435mm)으로 개량을 완료하고 동해중부선으로 바뀐 후 대구-영천 간은 대구선, 영천-경주 간은 중앙선, 경주-울산 간은 동해남부선으로 각각 분할되었다.

문헌조사 중 찾아낸 경동선 관련 신문 기사 몇 편을 소개하면, 1925년 8월 16일자 「매일신보(每日申報)」에 의하면 "조선철도회사는 경동선을 개량하고자 노력하지만 경북도청은 도로에만 투자하면서 경동선 연계 도로에는 전혀 관심도 없고 대구-포항 간에만 자동차 영업을 3개 회사에까지 허가하여 경동선 영업에 지장을 주고 있어 비난을 받는다"라는 내용이다. 이와 직접 관련은 없겠지만 동 신문 1927년 10월 30일자에는 국철선보다 세 배나 비싼 경동선 운임 인하를 경주군 유지들의 건의로 경북지사가 직접 조선철도회사에 요청했으나 이에 응하기 어렵다는 회답이 왔다는 보도를 했다.

같은 신문 10월 1일자 기사는 경동선 동촌역 부근에서 밤 줍는 사람[拾栗客]들을 위해 동촌역 인근 율림(栗林: 밤나무 숲) 근처에 임시정거장을 설치하고 지난 9월 25일부터 오는 10월 20일까지 대구 발 09시 25분, 율림(栗林) 착 09시 47분, 율림(栗林) 발 16시 19분, 대구 착 16시 44분 임시열차를 운행하고 있다는 재미있는 내용이 게재되어 있다.

1925년 12월 8일자 「시대일보」는 경동선에 발동차를 구입하여 배치할 예정이며, 평균속도 20마일(32km)로 현재 평균 13마일(21km), 급행 15마일(24km)보다 혁명적으로 좋아진다는 기사에 이어 1926년 4월 6일자 「매일신보」에 의하면 신식 보기차 24량을 새로

들여와 종래보다 소요 시간을 50분 단축하고, 승차정원 26명의 객차를 대형객차로 개조하여 승차정원 60인으로 했으며, 경주역사를 순 조선식으로 개축하여 신라 고도의 인상을 풍길 수 있게 한다는 계획도 발표되었다. 이를 통해 당시의 열차 운행상황이 추정된다.

특히 1927년 4월 19일자 「매일신보」 논평에 의하면 "조선철도 경동선은 업적이 부진하고 사고는 전선(全線) 중 1위로 탈선이나 연착은 다른 노선에도 발생하는 사고이지만 현금(수입금) 이송 중 도난사고나 승무차장이 여승객을 운행 중인 열차 내에서 성폭행을 자행하여 면직처리만 한 것은 문제가 있다"라는 지적 등으로 보아 다음 해 국유화된 사유를 유추할 수 있을 듯하다.

'고래문화특구'이기도 한 장생포는 본래 청어의 명산지였으며, 지금은 유류수송기지로 국가산업 발전에 기여하고 있다.

구 경주역

24 3.1독립 만세운동과 서대문역

1919년 3월 1일 독립 만세운동을 기념하는 날을 우리는 '삼일절'이라 부른다. 삼일절의 배경은 1918년 1월 미국의 윌슨 대통령이 제1차 세계대전 패전 국가의 식민지 처리에 '민족자결주의'[23]를 적용하자고 주창한 데서부터 시작된다.

민족자결주의 발표는 당시 강대국의 지배를 받던 전 세계의 수많은 약소 민족에게 커다란 희망과 용기를 불러일으켜 전 세계로 확산되어 식민지 상태의 약소 민족들이 독립을 쟁취하기 위한 기본권과 정당성을 주장하는 사상적 근거가 되었으며, 이로 인해 많은 민족이 독립운동을 전개하기도 했다. 한국의 3.1운동도 그러한 세계적 추세와 정신의 영향을 받은 것이다.

1918년 11월 여운형·김규식·장덕수 등이 신한청년당을 결성하고 독립청원서를 작성하여 중국에 온 미국 특사에게 전하는 한편, 1919년 1월 김규식을 파리강화회의에 대표로 파견하고 국내외 민족운동가들과 독립운동 방법을 협의한 바 있다. 1918년 12월 미국

23 民族自決主義(National Self-determination)는 제1차 세계대전 승전국 대표 중 한 사람인 미국의 우드로 윌슨(Woodrow Wilson) 대통령이 국회에 제출한 연두교서에서 밝힌 14개 조항의 내용이나 정신이 승전국, 패전국 모두에게 적합하다고 판단하여 승전국 대표회의에서 수용한 것으로 피지배 민족에게 자유롭고 공평하고 동등하게 자신들의 정치적 미래를 결정할 수 있는 자결권을 인정해야 한다는 것

지역의 대한인국민회 총회는 이승만 등을 파리강화회의 파견을 결의했으나 미국이 출국을 허가하지 않자 미국 대통령에게 청원서를 제출했고, 도쿄에서는 1919년 2월 조선인유학생학우회가 중심이 되어 조선독립청원단을 결성하고 민족대회소집 청원서와 독립선언서를 발표하기도 했다(2.8독립선언).

이러한 해외의 움직임을 알게 된 손병희·최린 등 천도교 측 인사들과 이승훈 등 평안도의 기독교계 인사들과 불교계의 한용운 등 천도교·기독교·불교 3개 교단이 주축이 되어 대표 33인이 준비한 운동계획은 독립선언과 일본에 대한 독립청원을 병행하고, 대중화·일원화·비폭력의 3원칙에 따라 운동을 진행하려는 것이었다.

이에 따라 선언서, 파리강화회의 등에 보내는 독립청원서, 일본정부에 보내는 독립의견서 등이 작성되었고, 2월 27일 독립선언서가 인쇄되어 종교 교단을 중심으로 미리 배포되었다. 고종의 장례일인 3월 1일 정오 서울을 비롯하여 평양·진남포·안주·의주·선천·원산 등지에서 동시에 독립선언식이 이루어짐으로써 전국적인 민족해방운동이 전개되기 시작했다.

원래 33인은 독립선언식을 종로 탑골공원에서 거행하기로 학생들과 합의했으나 공원에 모인 학생·시민이 전면적인 시위에 들어가 비폭력 원칙을 깨뜨릴 경우, 일본·미국 등 열강의 호의를 얻어내지 못할까 우려하여 태화관에 모여 독립선언의 취지를 밝힌 다음 바로 일제 경찰에 자수했다. 하지만 학생들은 탑골공원에서 독립선언서를 낭독했고, 군중은 독립만세의 함성을 외치며 시위대열을 이루었으며, 대중의 반일감정이 자연발생적으로 폭발하는 만세시위운동으로 확산되었다.

서대문역

이때 학생시위대가 집결한 장소가 서대문역 광장이었으며, 학생들은 3월 1일 시위운동의 후속 조치로 3월 5일 서대문역 광장에서 다시 모여 시위했다.

3월 22일 서울에서는 노동자대회가 열려 철도와 전차 종업원 등은 파업으로 제국주의에 항의했고, 서울·평양·선천 등지 상인들은 철시(撤市) 투쟁을 벌였다. 농촌에서는 횃불시위와 산에서는 봉화시위가 벌어지는 등 만세시위는 3월 하순부터 4월 상순 사이에 동시다발적이고 격렬한 투쟁 양상을 보이며 5월까지 지속되었다.

일본 측 발표에 의하면 3월 1일 이후 전국 시위운동 상황은 집회 1,542회, 참가인원 202만 3,089명, 사망자 7,509명, 부상자 1만 5,961명, 피검자 5만 2,770명에 교회 47개소, 학교 2개교, 민가 715채가 화재로 소실되었다.

국내 시위운동에 호응하여 간도·연해주·미국 등지에서도 이에 동조하는 시위가 일어나 북간도에서는 3월 13일 용정(龍井)에서의 독립선언식, 서간도에서는 3월 12일 류허현(柳河縣) 싼위안푸(三源堡)에서 독립선언 경축대회로 시위운동을 시작했고, 연해주에서는 3월 17일 대한국민의회 주최로 독립선언과 시위가 시작되었다. 미국에서는 샌프란시스코와 하와이 등지에서 주로 모금 활동을 통해 임시

서대문역 주변 약도

정부의 재정이나 파리강화회의에서의 선전 활동을 지원했다.

서대문역은 1900년 7월 8일 인천-서울[京城] 간 전 구간 개통 시 한국 최초의 서울역이었다. 한국의 공식적인 명칭은 경성(京城)역이었고, 외국인은 'Seoul Station'으로 불렀다. 주변에는 미국, 영국, 프랑스, 독일, 러시아, 이탈리아 등 각국의 영사관과 서양식 호텔이 소재하여 명실공히 수도 서울역의 역할을 하고 있었다. 그런데 1905년 3월 27일 경성역의 명칭이 서대문역으로 변경되었다.

그렇지만 외국인은 서대문역(Westgate Station) 또는 서울역(Seoul Station)으로 불렀다.[24]

당시 선로 상황은 경인선이나 경부선의 시·종착역이 서대문역이었지만, 경의선의 경우 용산에서 수색을 경유하여 신의주에 이르기 때문에 서대문역, 남대문역에서 경의선을 이용하기 위해서는 일단 용산을 경유할 수밖에 없었다. 그렇기 때문에 경부선과 경의선을 연결하는 선로개량이 필요한 시기였는데, 남대문역 이용객은 계속

24 1905년 경성역이 서대문역으로 변경된 후 1923년 1월 1일 남대문역이 경성역으로 변경되기까지는 공식적으로 경성역 명칭을 가진 역이 없었다.

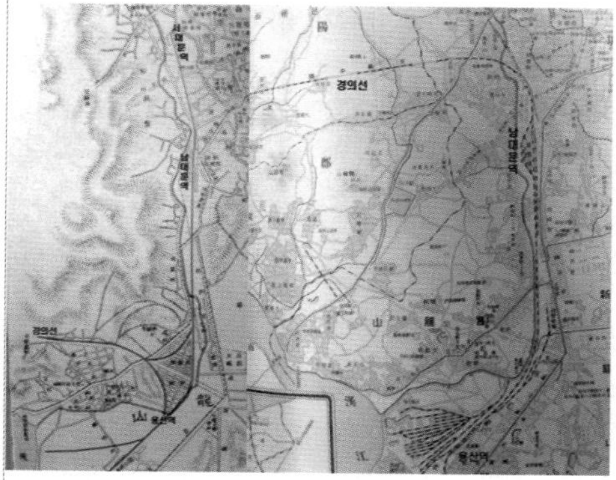

경의선 개량과 서대문역 폐지

옛 서대문역 터의 표지석

증가하는 반면 서대문역 이용객은 감소하고 있었다.

이때 서대문역 광장이 연이어 만세운동의 집결지로 이용되었고, 이러한 와중에 1919년 3월 하순 남대문역에서 용산역으로 내려가지 않고 수색역을 경유하여 경의선과 직결되는 선로개량작업의 일환이라는 이유로 3월 31일 서대문역이 폐지되었다. 그 대신 경의선 직결을 위해 신설된 역은 1921년 7월 11일 영업을 시작한 신촌역이다.

1919년 4월 5일자 「매일신보」에는 "서대문역의 폐지로 인천에서 100명이 넘는 통학생들이 남대문역에서 내려 걸어오려면 학교가 멀어서 불편하겠다는 것과 서대문역은 미국인 콜브랜[25]이 건축한 것으로 미국의 소나무와 벚나무 등 미국의 재료를 사용한 건물이 없어지는 것이 아쉽다"라는 다카하시(高橋) 조역(助役)[26]의 인터뷰

25 콜브랜(Collbran, H.)은 보스트위크(Bostwick, H. R.)와 함께 1899년 말 서대문역에 내화(耐火) 설비를 갖춘 창고를 건설하기도 했으며, 한성전기회사 설립과 서울 시내 전차 궤도 부설, 전기, 수도공사 등을 수행한 미국의 기업인이다.

26 조역은 현 부역장의 당시 직명이며, 폐지된 서대문역 잔무 정리를 위해 4월 15일까지 남았다.

내용이 게재되었다. 필자는 이러한 선로개량공사가 만세운동과 무관하게 계획되고 진행된 것인지, 아니면 시기적으로 필요한 조치였는지 판단할 근거자료를 찾을 수 없음이 아쉬울 뿐이다.

※ '서대문역 주변 약도'와 '경의선 개량과 서대문역 폐지'에 사용된 지도는 서울역사박물관 발행 「서울지도」를 인용했음을 밝혀둔다.

25 경기도 장호원(長湖院)까지 운행된 철도

(9.11.1改正) 天安—長湖院 (京畿線)

粁程	驛名 \ 列車番號	＊31	33	＊35	粁程	驛名 \ 列車番號	＊32	＊34	36
.0	天安 發	9.00	1.50	7.10	.0	長湖院 發	6.00	0.45	5.32
7.0	•石橋 發	9.10	2.04	7.24	6.5	•大西 發	6.13	0.55	5.45
14.1	稷山 發	9.20	2.18	7.38	10.0	•行竹 發	6.20	1.01	5.52
19.7	•古池 發	9.28	2.28	7.48	13.9	注川 發	6.29	1.08	6.02
22.9	薇陽 發	9.34	2.38	7.56	18.6	•梅山 發	6.38	1.15	6.11
28.4	安城 發	9.44	2.51	8.11	21.8	•竹山邑內 發	6.44	1.20	6.17
29.6	•安城邑內 發	9.46	2.54	8.14	22.8	竹山 發	6.49	1.23	6.22
36.4	•麻田 發	9.56	3.07	8.27	25.2	•龍月 發	6.55	1.27	6.28
41.7	•三竹 發	10.05	3.18	8.38	28.1	•三竹 發	7.02	1.33	6.35
44.6	•龍月 發	10.10	3.25	8.45	33.4	•麻田 發	7.11	1.41	6.44
47.0	竹山 發	10.15	3.33	8.53	40.2	•安城邑內 發	7.23	1.50	6.56
48.0	•竹山邑內 發	10.17	3.36	8.56	41.4	安城 發	7.33	1.54	7.06
51.2	•梅山 發	10.23	3.42	9.02	46.9	薇陽 發	7.44	2.03	7.17
55.9	注川 發	10.31	3.52	9.12	50.1	•古池 發	7.51	2.09	7.24
59.8	•行竹 發	10.38	4.00	9.20	55.7	稷山 發	8.04	2.19	7.37
63.3	•大西 發	10.44	4.07	9.27	62.8	•石橋 發	8.18	2.30	7.51
69.8	長湖院 着	10.53	4.18	9.38	69.8	天安 着	8.30	2.39	8.09

(37) 注意 細字は午前 太字は午後 ↓印は通過 特に示したるもの丶外三等車のみ連結 ＊印は汽動車又はガソリン動車 •印は驛員無配置驛

경기선 천안-장호원 간 열차 시각표

위 시각표는 1934년 11월 1일 개정된 경기선 천안-장호원 간 열차 시각표다.

각 역명을 살펴보면 천안-석교-직산-고지-미양-안성-안성읍내-마전-삼죽-용월-죽산-죽산읍내-매산-주천-행죽-대서-장호원역으로 밑줄이 그어진 역은 역원 무배치 간이역이다. 시각표에 의하면 제31, 32, 34, 35열차는 동차열차라는 안내문이 병기되어 있다.

위 시각표에서 직산(稷山)역은 경부선의 직산역과 역명이 같

입장역

아 의아하다. 1923년 12월 13일자 「동아일보」에 "직산면 100여 명의 유지가 모여 경남철도회사가 경기선 건설은 직산면을 경유하도록 설계하여 직산역을 설치해줄 것을 교섭하는 기성회까지 구성했다"라는 기사 내용으로 보아 직산면 유지들의 직산역 개설 운동이 성공했음을 알 수 있다. 1936년 시각표에는 직산역 대신 입장(笠場)역이 표기되어 있다. 경기선은 사설철도로 우리 철도사(鐵道史)에는 기록이 없어 당시 신문자료를 조사해보니 1935년 11월 17일자 「조선중앙일보」에 "오는 12월 1일부터 경부선 천안-성환 간에 직산이라는 간이정거장을 신설하고 역원을 배치한 후 일반승객과 수화물, 소하물 등을 취급하기로 되었다"라는 기사 내용으로 보아 경부선에 직산역이 개설되면서 경기선의 직산역이 입장역으로 변경되었음을 짐작할 수 있을 뿐이다. 특히 이곳은 사금(砂金) 생산지로 '직산금광(주)'이 있었으며, 1919년 3월 100여 명의 금광 근로자가 독립 만세운동에 참여했던 기록도 남아 있다.

1985년 4월 여객 취급이 중지되고 1989년 1월 폐지된 안성선은 아직 많은 사람의 기억에 남아 있다. 필자가 1960년대 말 안성선 차장으로 승무 당시 동차 2량으로 편성된 아침 통근열차가 석교역을 지나면 구배가 심해 열차가 더 오르지 못하고 정지해버린다. 그러면 차내에 있던 통학생들은 누가 시키지 않아도 습관적으로 밖으로 나가 열차를 밀어서 언덕 위까지 밀어 올린 후 아무 일 없었다는

안성-장호원 간 철도 노선

듯이 다시 승차하고 열차는 계속 운행했는데, 지금 생각하면 어이없는 기억이 아직 생생하다. 그러나 장호원까지 운행되었던 경기선을 기억하는 사람은 별로 많지 않으며, 기록마저 남아 있지 않다.

경남철도주식회사는 1925년 11월 천안-안성 간 개통에 이어 1925년 9월 안성-(장호원 경유)-여주까지 부설 허가를 받아 1927년 4월 안성-죽산 간, 1927년 9월 15일 죽산-장호원 간 개통으로 천안-장호원 간 69.8km를 개통하여 영업을 시작했지만, 장호원-여주 간은 공사가 진행되지 않았다.

1931년 2월 21일자 관보 제1237호에는 장호원-여주 간 증기철도 부설 면허는 지정된 기일 내 공사를 시행치 않아 '철도부설면허가 실효' 공고가 게재되어 있다.

당시 각 역의 특징을 살펴보면 석교역은 직산(입장)역 인근 역으로 농산물 외 사금이 생산되었고, 고지역과 미양역은 농산물이 풍부했으며, 안성역은 일본인 300여 명을 포함해 인구 1만여 명이 거주하는 군청 소재지로 연간 승강 인원 약 3만 5천여 명과 착발 화물 약 2만 8천 돈이었다.

마전, 삼죽 역세권 역시 농산물이 풍부했으며, 죽산역은 면 소재지로 보통학교가 있었다. 1934년 1월 3일자 「동아일보」에는 "죽산역에 산적(山積)한 수출미(輸出米)"라는 제목하에 역두에 쌓인 쌀가마니 사진이 게재되어 당시 우리의 쌀이 일본으로 실려 가고 있음을 알 수 있다. 매산역 역시 미곡 생산이 주를 이루었으며, 주천역의 경우 농산물 집산지였고, 행죽역은 황무지가 많은 오지로 비교적 협소했으며, 대서역 역시 작은 시골 역이었다.

종착역인 장호원역은 역세권 내 인구가 1만 7천여 명이었고, 서울-부산 간 도로에 접해 있어 안성 방면과 여주 방면 등 사통팔달 교통의 요지로 자동차와 우마차의 통행이 빈번하여 시장이 발달했으며, 연간 승강 인원 1만 9천여 명, 착발 화물 약 7천 돈으로 수송량이 그다지 많은 노선은 아니었다. 그 결과 1944년 8월 일제 총독의 결재가 된 극비문서 '소화19년도 영업선 기타 철거 전용계획에 관한 건'에 사설철도인 경남철도의 경기선 안성-장호원 간 41.4km, 충남선 홍성-장항잔교 간 81.6km가 철거계획에 포함되었다.

이유는 당시 제2차 세계대전의 전세가 일제에 불리해지고 있었으며, 전쟁물자 부족으로 어려움을 겪던 일제는 수송실적이 저조한 국철 및 사철 일부를 폐지하고 철거한 선로 자재를 활용하려는 계획이었다. 여기서 필자의 관심을 끈 내용은 사철 철거에 대한 보상계획과 철도 폐지에 따른 대체 수송계획이 함께 세워졌다는 사실이다. 경기선 안성-장호원 간의 경우 소요 여객자동차 3량, 화물자동차 18량을 계산한 점이다.

물론 이 계획의 시행 결과는 알 수 없지만, 안성-장호원 간 선로는 1944년 12월 철거되어 철도역사에서 사라져버렸다.

그리고 잔여 구간인 천안-안성 간은 1956년 6월 14일 '안성선'으로 선명이 변경되었고, 도로의 발달과 자동차 운송의 활성화로 1985년 4월 안성선 영업이 중지된 후 1989년 안성선 선로를 철거함에 따라 지금은 일부 철교와 승강장 흔적만이 남아 있을 뿐이다.

안성선 옛 선로 흔적

26 옛날 역사(驛舍) 이야기

한국철도의 옛날 역사는 사적 제284호로 지정되어 있는 구 서울역사를 비롯하여 전라남도 기념물 제183호로 지정된 지방문화재 구 나주역사 그리고 등록문화재로 지정된 역사[27]와 비무장지대 역을 복원한 월정리역사, 철거된 역사를 주민의 뜻을 모아 복원한 함백역사, 지방자치단체에서 철거에 부정적인 동래역사 등 많은 옛날 역사가 남아 있다.

옛날 역사는 첫째 철도부설 초창기의 형태, 둘째 경부철도 부설 시부터 러일전쟁 종료까지의 형태, 셋째 1906년 이후 1917년까지 남만주철도(주)에 위탁운영되기 전까지의 형태, 넷째 1917년부터 1925년까지 남만주철도(주)에서 위탁운영하던 시기의 형태, 다섯째 1925년 이후 1945년까지의 형태로 구분하기도 한다.

한국 최초의 역은 인천역이다. 지금은 사진으로만 전해지고 있지만, 한국 최초의 철도인 경인선의 부설특허를 받아 공사를 시작한 사람이 미국인(제임스 모스)이었음을 증명이라도 하듯 인천역은 미국 역사의 형태를 갖추고 있다.

또 하나 사진으로만 전해지는 남대문역사나 최초의 서울역(京城)

27 가장 오래된 역인 전라선 춘포역사 및 남창, 곡성, 원창, 신촌, 반곡, 진해, 임피, 반야월, 일산, 팔당, 구둔, 심천, 도경리, 남평, 화랑대, 율촌, 송정, 동촌, 가은, 청소, 불정, 하고사리역사

위에서 차례로 구 서울역사, 구 나주역사, 구 인천역사, 서대문역사, 남대문역사, 구 군산역사

이었던 서대문역 역시 미국 역사 형태를 갖추고 있으며, 특히 서대문역은 한국 최초로 전차(電車)를 운영한 콜브랜(Henry Collbran)이 건축한 건물이다.

경부선의 경우 일본식 역사가 도입되기 시작했으나, 러일전쟁의 영향으로 건설 기간 단축과 경비 절감 필요에 따라 목조 단층 지붕에 아연철판(양철지붕)을 얹은 일본식 가건물이 주를 이루었으나, 초창기 경부선의 시발역이던 초량역사만은 경인선 초창기 역사들과 비슷한 형태를 띠었다.

경의선은 임시군용철도감부에 의해 러일전쟁 중 공사가 진행되어 경부선과 크게 다를 바 없이 급조된 목조 가설건물 형태였지만, 군용철도 개념으로 갑(50~60평), 을(48평), 병(38평), 정(30평) 등 4종의 표준설계를 적용했으며, 대표적으로 구 신의주역사가 기본적인 형태를 갖추었다.

1906년 이후 1917년까지

는 초창기 무계획적인 가건물로 건축된 역사들을 임시군용철도감부에서 마련한 갑, 을, 병, 정 유형의 표준설계에 따라 전통적인 일본 역사의 형태를 모방하여 개축 또는 신축이 이루어졌으며, 목포, 군산, 청량리, 연천, 철원, 복계, 고산, 원산역 등이 여기에 해당한다. 당시 특징적인 역사로 경의선의 시발역이 된 용산역사는 목조 3층 서양식 건물로 건축된 연면적 1,587m^2(480평)의 거대한 역사가 건축되었으며, 용산역 구내에는 한국 최초로 선로 위를 횡단하는 구름다리가 건축되기도 했다.

위에서 차례로 구 용산역사, 구 부산역사, 신의주역사, 경주역사, 불국사역사

이 시기에 준공된 부산역사의 경우 경부선 시·종착역이 초량역에서 부산역으로 연장되어 개통된 1908년 4월 영업을 시작한 역으로 연면적 2,238m^2(689평)의 2층 붉은 벽돌 건물로 1층은 역무실, 2층은 호텔로 사용한 한국 최초의 스테이션 호텔(station-hotel)이었으나 1953년 11월 27일 주택 1,250여 채를 불태운 대화재로

함경선 전통 기념 옥제 시계

함경선 전통 기념 재떨이

함경선 전통 기념 일부인

대리석 또는 옥으로 만든 시계 5천 개와 마포제품 식탁보[卓子掛] 5천 매를 제작 주문했고, 축하행사비 6, 7만 원을 투입하여 관민 수천 명을 초대하고 기념품을 증정할 준비를 하고 있다는 기사도 보인다.

1928. 9. 5. 중외일보

咸鏡線直通과 仁川府民의 熱望

仁川을 基點으로하야 直通列車運轉을

중외일보(1928.9.5)

또한 우편국에서는 함경선 전통 기념 소인을 제작하여 사용했고, 함경선 전통 기념 전람회 및 이와 관련된 도시별 축하회 등 많은 신문이 함경선 전통 관련 소식을 실었다. 함경선 개통으로 경성의 상권이 확장되리라는 예측 기사 등과 함께 1928년 9월 5일자 「중외일보」에는 “함경선 직통과 인천부민의 열망”이라는 제목의 기사에서 인천시민은 인천을 출발한 경인선 열차가 경성과 원산 간 경원선을 경유하여 함경선 회령까지 직통열차 운행을 간곡히 희망하며, 직통열차 운행이 실현될 경우 중국과의 무역에도 크게 도움이 되리라는 주장을 펴기도 했으며, 함경선 전 구간 개통 기념식은 1928년 10월 1일 11시에 나남에 주둔

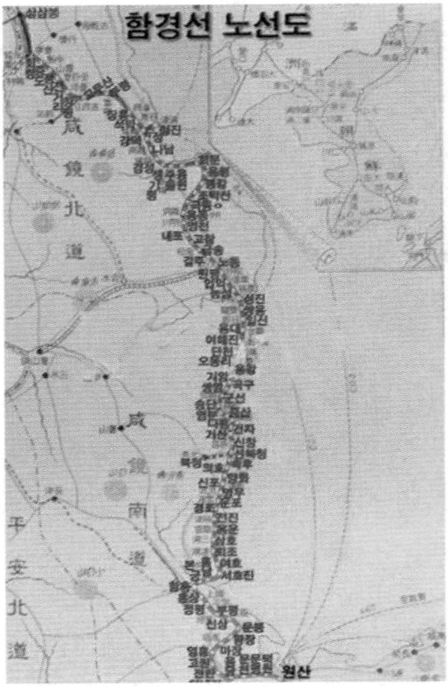

함경선 노선도

하고 있는 일본군 기병대 제27연대 연병장에서 1천여 명이 참석하여 성대히 마쳤다고 한다.

1928년 10월 3일자 「부산일보」에 보도된 함경선 공사보고서에 의하면 원산-회령 간 함경선 건설공사는 1914년 4월 원산과 청진에서 양방향 실지 측량을 시작으로 10월 1일 착공하여 13년 11개월에 걸친 공사 기간 중 물가와 노무 임금의 이상 폭등으로 어려움을 겪었고, 1923년 9월 1일 발생한 일본 관동지방 대지진으로 인한 재정긴축 영향을 받아 공사가 지연되었으며, 총 투입된 공사비는 9천여만 원이었음을 보도했다. 1929년 2월 16일자 「조선시보」에 의하면 경성-회룡 간 직통열차 운행이 시작되었으며, 경선에서 회룡까지 26시간이 소요되었다고 한다.

함경선은 1940년 10월 1일 회령역 북쪽 도문선 구간 중 회령-상삼봉 구간이 함경선으로 편입되었다.

자료조사 중 1932년 4월 21일 함경선 여호역과 퇴조역 간을 달리던 열차의 기관차가 탈선하고 3등 객차 2량이 전복되는 열차 사고가 발생했지만, 다행히도 인명피해는 기관차 화부 1명과 여객 1명만 부상을 입었다. 범인을 잡고 보니 소년 8명의 못된 장난으로 발생한 참사였다는 4월 26일자 「부산일보」 보도 내용이었다. 1960~1970년대까지만 해도 어린이들이 철길에 돌이나 못 등 쇠

붙이를 올려놓거나 달리는 열차를 향하여 돌을 던지는 사고가 많이 발생하여 계몽 활동과 단속이 이어졌던 시절이 새삼 추억처럼 떠오른다.

지금은 함경선 노선 중 원산-고원 구간은 옛 경원선 구간과 통합되어 강원선으로 변경되었으며, 고원-청진(지금은 청진청년역) 구간은 경의선 서포역과 고원역 간의 평원선에 통합되어 평양-나진 간의 평라선으로 변경되었고, 청진-상삼봉 구간은 평라선의 반죽역부터 나진역에 이르는 함북선으로 변경되어 '함경선'이라는 명칭은 역사 속으로 사라졌다.

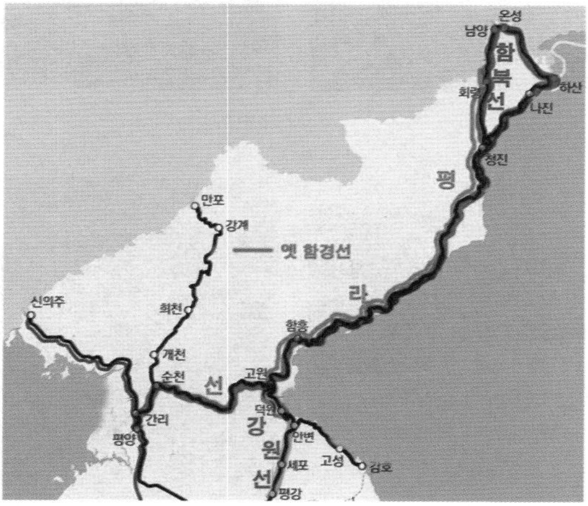

북한의 철도노선

28 제주도의 기찻길 흔적

에코랜드의 기차

제주레일바이크

평양 시내 인차철도

경인선 개통 전 인차철도

요즈음 제주도에 가면 기차를 탈 수 있다. 에코랜드에 가면 40여만 평의 숲속을 조그마한 열차가 달리고 있어 도주역에 내려 호수도 건너보고, 꽃밭에서 아름다운 꽃들을 볼 수 있으며, 달리다 보면 창밖으로 토끼나 노루 등 야생동물이 뛰어다니는 모습도 눈에 띈다.

그리고 구좌읍 쪽으로 가면 레일바이크도 탈 수 있다.

그런데 예전에 제주도에 기찻길이 있었다는 것이다. 물론 증기기관차가 끄는 기차는 아니었지만, 사람이 밀고 다니는 인차철도(또는 수압궤도)가 운행되었다는 것이다.

서양에서 마차철도가 다닐 때 동양에서는 말이 아닌 사람이 끄는 인차철도가 운행되었으며, 경인철도 개통 전에도 인차철도 운행이 먼저 시작되었으며, 전국 여러 곳에서 부설이 허가되어 운행된 기록이 남아 있다.

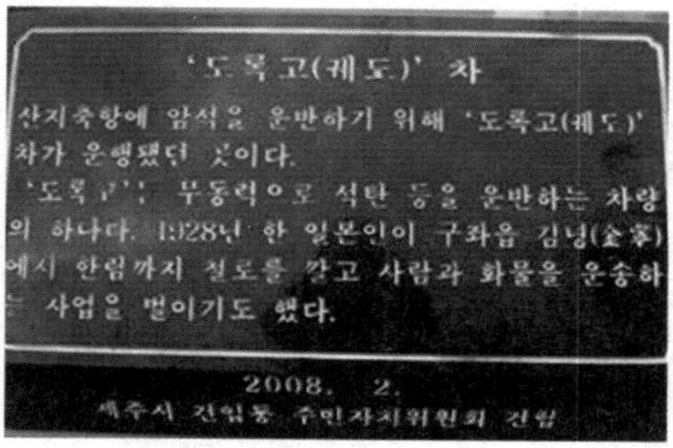

2008년 2월 건립 기념비

제주도에서도 인차철도가 운행되었다는 이야기를 추적해 본다.

제주도순환궤도(濟州島循環軌道)는 협재와 김녕을 잇는 사설 궤도 노선이다. 주로 화물을 운송하며 여객 영업도 했는데, 1931년 폐선되고 지금은 산지천 용진교 옆에 표지석만 남아 있을 뿐이다.

1927년 5월 16일 및 8월 19일자 「동아일보」에 의하면 일본인

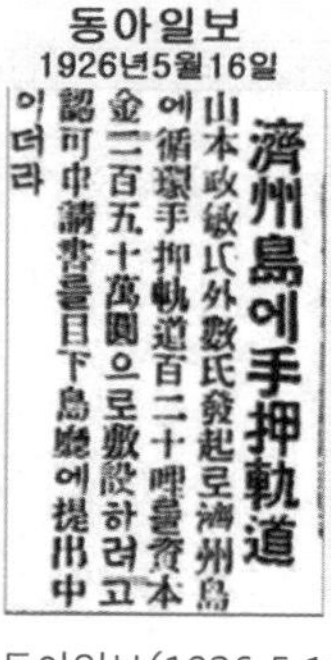
동아일보
1926년5월16일

濟州島에手押軌道

山本政敏氏外數氏發起로濟州島에循環手押軌道百二十哩를資本金二百五十萬圓으로敷設하려고認可申請書를日下島廳에提出中이더라

동아일보(1927년 8월19일)

濟州輪環鐵道

資本金二百五十萬圓으로

百廿六哩를敷設?

絕海孤島濟州島에도全島를輪環할軌道를敷設하야文化的交通의路가열니게되엿다는데元上海日日新聞編輯長中山榮造氏를中心으로此敷設에對하야鐵道局에正式申請을하고資本金二百五十萬圓의合資組織으로하야濟州邑內를起點으로城山浦를지나海岸에沿하야全島를循環할輕便鐵道의建設인데此延長百二十六哩에同島는海產物의豊富한外에農產畜產에도相當하야此計劃은一般의注目의焦點이된바鐵道局도近近認可指令을發할뜻하다하며朝鮮郵船會社에서도同鐵道의聯絡을맺從하야近間具體的協定을하게되리라더라

동아일보(1926.5.16; 1927.8.19)

야마모토 마사토시가 자본금 250만 원을 출자해 제주도순환궤도회사를 설립하고 제주읍내를 기점으로 성산포를 지나 해안을 따라 제주도 전체를 순환하는 길이 126마일의 경편철도로 만들 계획이었으며, 당시 이 철도 부설계획은 주도의 풍부한 해산물과 농축산물의 운송에 큰 도움을 줄 것으로 보아 철도국뿐 아니라 일반 대중도 큰 관심을 보였는데, 조선우선회사(당시 우편선을 운행하던 회사)와 철도국에서 연계 계획을 생각할 정도였다.

濟州島循環軌道
敷設工事着手
去六日起工式擧行

濟州循環軌道는今春以來山地에事務所를設하야測量其他의設計를進行하얏는데去月初旬에東京으로부터山本軌道社長과社員多數가來島함과同時에工事材料도到着하얏슴으로今月五日부터濟州山地港을起點으로軌道敷設의工事를開始하얏는데同社에서는六日午後二時에山地築港廣場에서農民二百餘人을招請하고起工式을擧行하고山本社長의式辭와鈴木島司의答辭로盛況을일우엇다더라

東亞日報
동아일보(1928년11월14일)

東亞日報
동아일보 1929년11월 1일

濟州循環軌道
本營業을開始

濟州島循環軌道는九月七日로부터假營業을開始하야一般運輸營業을하얏는데工事其他가竣工하야目下監査中으로그終了를기다려十一月五日로부터本營業을開始케되엇다더라

동아일보(1928.11.14; 1929.11.1)

당시 신문자료에 의하면 1928년 11월 5일부터 공사를 시작하여 궤간(레일 폭) 610mm 기찻길을 최초 제주 순환 총 193.1km 계획 노선 중 협재-김녕 간 55.2km를 75만 원을 들여 부설하여 '수압식 궤도운수 영업개시' 허가일(조선총독부 관보 1929.10.05 제828호)인 1929년 9월 6일 가영업을 시작한 후 11월 5일부터 본격적인 영업을 시작했으며, 선로를 부설하지 못한 김녕-협재 간 136.1km는 허가 기간 내 부설치 못함에 따라 부설 허가 효력을 상실했다.

당시 운행에 사용한 차량은 흔히 '도로코(トロッコ)'라고 불리는 궤도화차를 이용하여 2량 중 한 칸은 사람, 다른 한 칸은 화물을 실었

궤도화차

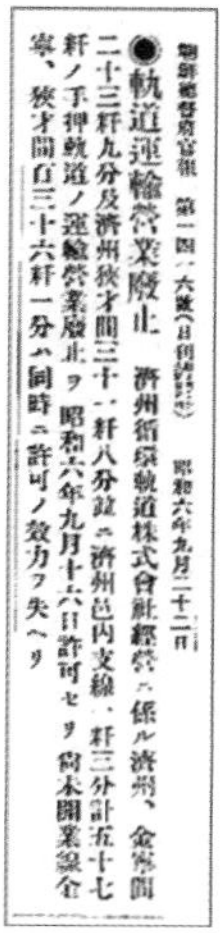

朝鮮總督府官報 第一四一六號 昭和六年九月二十二日

●軌道運輸營業廢止 濟州循環軌道株式會社經營ニ係ル濟州、金寧間二十三粁九分及濟州狹才間三十一粁八分並ニ濟州邑內支線一粁三分計五十七粁ノ手押軌道ノ運輸營業廢止ヲ昭和六年九月十六日許可セリ尙未開業線金寧、狹才間百三十六粁一分ハ同時ニ許可ノ效力ヲ失ヘリ

관보

는데, 사람이 많을 때는 짐 싣는 차에도 사람을 태웠다고 한다. 그 후 제주에서 제주읍내까지 1.3km를 추가 부설하여 운행했으며, 당시 관보(1931년 9월 22일 1416호)에 궤도운수 영업폐지가 실려 있는데 그 이후까지 상당 기간 운영되었다는 기록도 남아 있다.

그리고 한라일보사가 2008년 출간한 김석종의 『포구의 악동들』에 인차철도 이용 사례가 다음과 같이 기록되어 있다.

> "당시의 교통수단으로는 우마차 외에 도로코밖에 없었다. 1928년경 동쪽으로는 김녕, 서쪽으로는 한림까지 설치되어 있었다. 모양은 탄광에서 보는 것과 같다. 두 개의 차량이 있었는데 앞에는 사람이 타고 지붕이 있다. 뒤의 차량은 화물용으로 지붕이 없다. 그러나 사람이 많으면 뒤 칸에도 사람이 탄다. 우리 가족은 겨우 뒤 칸에 올라탔다. 비행기가 온다 하니 너도 나도 구경 가자는 사람들이 도로코 역전으로 몰려온다. 도로코에 탄 우리들은 관덕정을 통과하고 서문을 거쳐 향교까지 기분 좋게 달렸다. 목적지는 '정드르' 지금의 구 제주대학 서쪽까지다. 그러나

서문 한천교까지 동산길(註: 언덕길)이다 보니 손님들보고 전부 내리라 한다. 앞에서 조종하던 사람이 내려와 뒤에서 지정된 도로코 밀고 다니는 두 사람하고 동산 위까지 밀어 올린다. 달려들어 같이 미니 쉽게 동산 위까지 올라갔다. 모두 또 승차하여 달렸다."

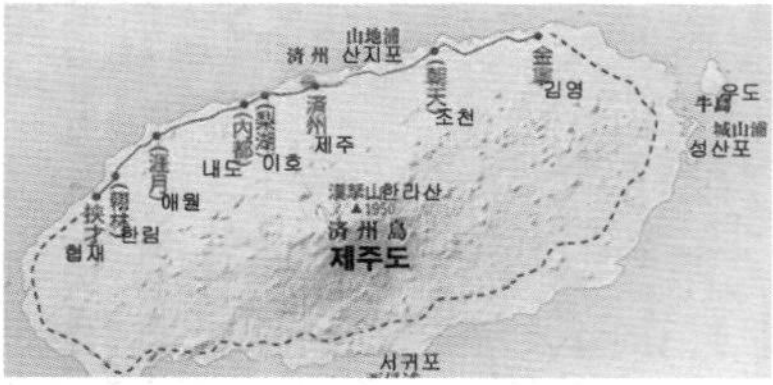

제주순환궤도(점선은 미부설 구간)

옛 제주 산지천 복선 기찻길

P.S.

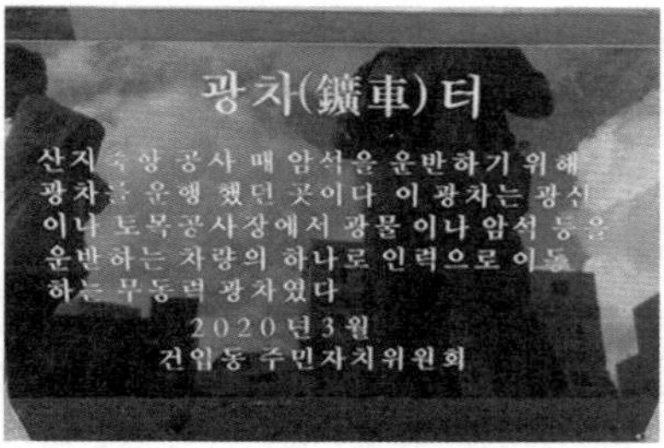

2020년 내용이 변경된 기념비석

필자는 2020년 7월 말 제주여행 중 용진교에 들렀다가 그곳에 설치된 '광차터 표지석'을 보고 깜짝 놀랐다. 어쩌면 일본사람의 역사를 기록해둔 것 같은 예전의 표지석 내용이 마음에 안 들어서 다시 제작한 것으로 생각되지만, 역사가 심히 왜곡된 것 같아 귀가한 후 관계처에 내용 수정을 건의했는데 수용이 될지는 알 수 없다.

〈수정해야 하는 사유(표지석 정정 건의 안)〉

1 우리나라에는 최초 경인철도 개통 이전 경인 구간에 수압궤도

(手押軌道: 일명 人車鐵道) 운행에 이어 1905년 청진-회령 간 91.4km, 1906년 평양 시내 2km, 함흥-서호진 간 13.4km, 1909년 청진-나남 간 16.9km, 1912년 왜관역-낙동강연안 간 1.1km, 1913년 수남-병영 간 7.1km, 1914년 김제역-동진강연안 간 13.2km, 1921년 강경역-강경읍내 간 1.6km 등 많은 곳에서 수압궤도가 운행되었으며,

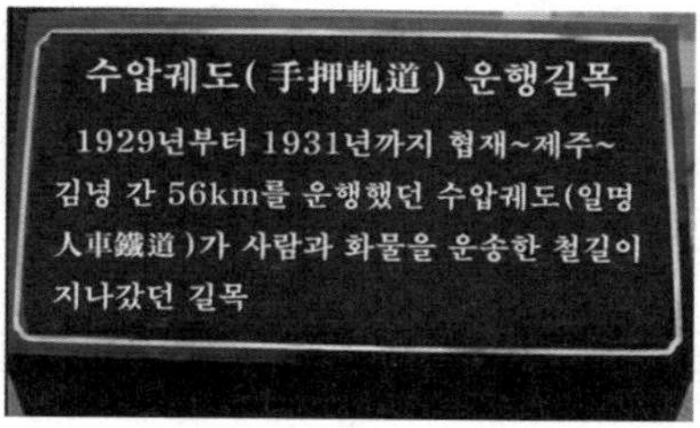

필자가 수정을 희망한 비석 내용
P.S. 일제의 잔재를 기념비로 남기는 데 거부감을 갖는 주민 다수의 의견으로 필자의 요구는 수용되지 못함

2 제주의 경우 191.6km의 제주도 순환 수압궤도 계획을 당국의 승인받아 1928년 11월 6일 산지축항 광장에서 200여 명이 초청된 성대한 기공식과 함께 착공되어 1929년 9월 7일 제주-김녕 간 23.8km, 제주-협재 간 31.7km, 제주-읍내 간 0.4km 구간이 준공되어 가영업을 시작한 후 11월 5일부터 1931년 9월 16일까지 여객과 화물을 운송했으며, 1931년 9월 16일 협재-김녕 간 미개통 구간 136.1km의 부설 허가 취소와 함께 전 구간 운행이 폐지되었지만, 자료에 따르면 지붕이 있는 여객용 칸과 지붕이 없는 화물용 칸 2량이 폐지 후에도 상당 기간 남아 있었다는 기록이 전해지고 있으며,

3 수압궤도의 차량은 영어 Truck의 일본식 발음으로 '도락구' 또는 '도록고'로 불리기도 했으며, 광차(鑛車)는 광산에서 광물을 운반하던 '트럭'을 가리키는 용어로 알고 있는데, 제주에서 운행된 차량을 광차라 부를 수는 없다는 생각이다.

29 서울-용산 교외순환철도(京龍郊外循環鐵道)

明廿五日부터運轉할
京龍郊外循環鐵道
서소문、아현리、연희三역신설
延禧、龍江面交通便利

1930년 12월 25일 「동아일보」 기사 제목

우리는 '서울교외선'이라 하면 1963년 개통된 능곡-의정부 간의 능의선을 떠올리고, 서울을 출발하여 능의선을 경유한 다음 청량리와 용산을 거쳐 다시 서울역으로 복귀한 교외선을 생각하게 된다. '도시철도'라 하면 전철 또는 지하철이나 경전철을 떠올린다. 그러나 도시철도 개념의 서울 교외 순환철도가 1930년대에 운행되었다고 하면 대부분 사람들은 믿으려 하지 않을 것이다.

위 광고는 1930년 12월 25일자 「동아일보」의 기사 제목으로, 이를 풀어쓰면 "명 25일부터 운전할 '경룡교외순환철도' 서소문, 아현리, 연희3역 신설, 연희, 용강면 교통 편리"라는 당시 신문 2면의 주요 기사로 처리된 내용이다.

이 노선을 이해하려면 먼저 용산역 주변 철도 노선의 변화를 알아야 하기에 용산역의 역할 변천과 1930년 운행을 시작한 서울 교외도시철도를 정리하여 소개한다.

용산역은 1900년 7월 8일 최초 경인철도가 경성까지 개통되면서 영업을 시작한 역으로, 1905년 1월 1일 경부선 개통에 따라 경

경룡교외순환철도 노선도(1941)

인선과 경부선의 용산역이 되었다. 1906년 4월 3일 용산-신의주 간 경의선이 개통됨에 따라 경의선의 시·종착역이 되어 당시 용산역 북쪽에 위치한 남대문역과 경성역에서 신의주행 경의선을 이용하기 위해서는 용산역으로 내려와야 했다.

초창기 경의선 열차 운행은 용산-수색-일산-금촌-문산-장단-개성-토성-계정-금교-간포-남천-물개-신막-서흥-흥수-청계-마동-사리원-심촌-황주-흑교-중화-력포-평양-서포-순안-어파-숙천-만성-신안주-영미-운전-고읍-정주-곽산-노하-선천-동림-차련관-남시-양책-비현-백마-석하-신의주로 지금은 역명조차 생소하여 낯설기만 하다.

당시 서울의 중심지인 남대문역과 서대문역(경성역) 쪽에서 경의선을 이용하려면 용산역으로 내려가야 하는 불편을 해소하기 위해 1919년 서대문역을 폐지하고 1920년 12월 남대문역과 수색역 사이에 신촌역을 신설하여 1921년 7월 11일부터 용산-신의주 간 경의선을 남대문-신의주 간 경의선으로 선로를 개량했다.

경성전기에서 당인리에 화력발전소를 건설함에 따라 발전소 내에 당인리역을 신설하고 옛 경의선 선로를 활용하여 1929년 9월 22일 용산-당인리 간 용산선을 개통했으며(1929년 8월 25일자 중외일보), 선로는 용산-원정-미생정-동막-세교리-당인리역으로 연결되어 열차가 운행되었다.[28] 당시 용산선 개통으로 당인리지구 주민의 여객과 화물수송에 크게 기여했으나 열차가 주간에만 운행되어 불편을 느낀 많은 주민이 용산선 야간운전을 위한 기성회를 조직하여 철도국에 건의하는 운동을 벌이기도 했으며, 그 후 열차 시각표에서 22:00 이후 운행 열차를 확인할 수 있어 당시 야간열차 운전을 위한 기성회 활동은 성공한 것으로 추정된다.[29]

1938년 2월 3일자 및 1939년 1월 17일자 「동아일보」에 의하면 철도국은 신규채용 등으로 종사원의 증원에 따른 주택난 해소를 위해 당인리의 100만 평 부지에 45만 원을 투입하여 철도관사 100호를 건축한다고 했다. 당시 서울은 교외로 확장되어 고양군 연희면의 연희전문학교, 신촌과 아현리 쪽 주택 증가 등에 따른 인구 증가로 교통 대책이 필요하게 되어 철도국에서 용산과 서울을 잇는 교외 순환노선을 계획하여 만든 노선이 바로 '경룡교외순환철도'다.

경의선 신촌역과 수색역 사이에 연희역을 신설하고, 용산선의 간이역이던 서강역을 보통역으로 승격시켜 경의선의 신설 역인 연희역과 연결했고, 신촌역과 경성역 사이에는 아현역과 서소문역을 신설하여 용산역과 경성역 간 경부선이 아닌 용산선 경유 순환 노선을 부설했다.

당시 열차 운행 시간표에 의하면 이 노선의 열차는 용산에서 용

---

28 공덕리, 서강역은 용산선 개통 후 추가 신설되어 1929년 12월 1일부터 영업을 개시했고 (1929년 11월 17일자 중외일보 참조), 경성방송국의 방송소 신설에 따라 1932년 10월 16일 방송소앞(放送所前)역이 추가 신설되어 영업을 개시했다.

29 용산선 야간운전기성회를 12월 21일 조직한다는 기사는 1930년 12월17일자 「동아일보」에 게재되었으며, 당시는 사회 각 분야에서 세운 목표를 달성하기 위해 각종 기성회를 조직하여 세력화했다.

금강산전기철도

소 준공, 1927년 2월 판유리(板踰里)발전소, 1928년 11월 향천리 발전소를 준공하여 금강산전기철도 운행에 전력을 수급했으며, 1936년 11월에는 신일리발전소도 준공했다.

금강산전기철도주식회사는 1942년 일제의 전시체제 하 전력통제 강화 계획으로 경성전기주식회사에 합병되었으며, 전쟁물자 부족으로 광분하던 일제의 1944년 선로 공출명령[31]에 의해 창도에 유산철광이 있어 철원-창도 간 선로는 제외하고, 창도-내금강 간 49km의 선로가 철거되었다.

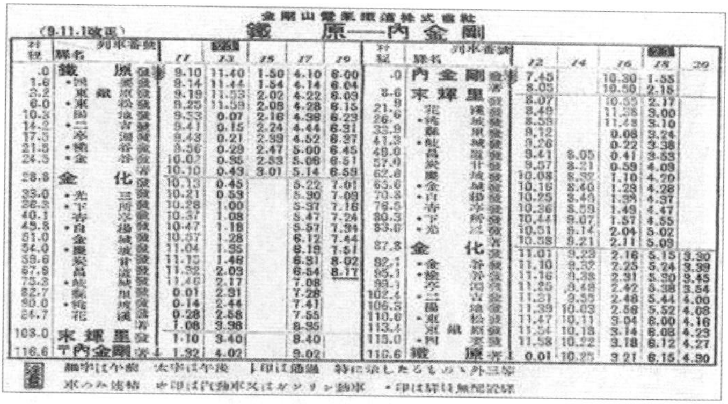

金剛山電氣鐵道株式會社

鐵原—內金剛

(9.11.1改正)

粁程	驛名	11	13	15	17	19
.0	鐵原	9.10	11.40	1.50	4.10	6.00
1.6	[illegible]	9.14	11.44	1.54	4.14	6.04
3.2	[illegible]	9.19	11.53	2.02	4.22	6.09
6.0	[illegible]	9.25	11.59	2.08	4.28	6.15
10.3	[illegible]	9.33	0.07	2.16	4.36	6.23
14.2	[illegible]	9.41	0.15	2.24	4.44	6.31
17.3	[illegible]	9.43	0.21	2.39	4.52	6.37
21.5	[illegible]	9.36	0.29	2.47	5.00	6.45
24.5	[illegible]	10.02	0.35	2.53	5.06	6.51
28.8	金化	10.10 / 10.13	0.43 / 0.45	3.01	5.14 / 5.22	6.59 / 7.01
33.0	[illegible]	10.21	0.53		5.30	7.09
36.3	[illegible]	10.28	1.00		5.37	7.16
40.1	[illegible]	10.37	1.08		5.47	7.24
45.8	[illegible]	10.47	1.18		5.57	7.34
51.0	[illegible]	10.57	1.28		6.12	7.44
54.0	[illegible]	11.04	1.35		6.19	7.51
59.6	[illegible]	11.13	1.46		6.31	8.02
67.6	[illegible]	11.32	2.09		6.54	8.17
73.3	[illegible]	11.46	2.17		7.08	
82.7	[illegible]	0.01	2.31		7.28	
90.0	[illegible]	0.14	2.44		7.41	
94.7	[illegible]	0.28	2.58		7.55	
103.0	末輝里	1.08 / 1.10	3.38 / 3.40		8.35 / 8.40	
116.6	內金剛	1.32	4.02		9.02	

粁程	驛名	12	14	16	18	20
.0	內金剛	7.45		10.30	1.55	
8.6	末輝里	8.05 / 8.07		10.50 / 10.55	2.15 / 2.17	
21.9	[illegible]	8.49		11.38	3.00	
26.6	[illegible]	8.59		11.48	3.10	
33.9	[illegible]	9.12		0.08	3.24	
41.3	[illegible]	9.26		0.22	3.38	
49.0	[illegible]	9.41	8.05	0.41	3.53	
57.9	[illegible]	9.57	8.21	0.59	4.09	
62.8	[illegible]	10.08	8.32	1.10	4.20	
65.6	[illegible]	10.16	8.40	1.28	4.28	
70.8	[illegible]	10.25	8.49	1.39	4.37	
76.5	[illegible]	10.36	8.59	1.49	4.47	
80.3	[illegible]	10.44	9.07	1.57	4.55	
83.6	[illegible]	10.51	9.14	2.04	5.02	
87.8	金化	10.58 / 11.01	9.21 / 9.23	2.11 / 2.16	5.09 / 5.15	3.30
92.1	[illegible]	11.10	9.32	2.25	5.24	3.39
95.1	[illegible]	11.16	9.38	2.31	5.30	3.45
99.1	[illegible]	11.25	9.48	2.42	5.38	3.54
102.4	[illegible]	11.31	9.55	2.48	5.44	4.00
106.5	[illegible]	11.39	10.03	2.58	5.52	4.08
110.0	[illegible]	11.47	10.11	3.04	6.00	4.16
113.4	[illegible]	11.54	10.18	3.14	6.08	4.23
115.0	[illegible]	11.58	10.22	3.18	6.12	4.27
116.6	鐵原	0.01	10.25	3.21	6.15	4.30

1934년 11월 1일 현재 금강산선 시각표

31 태평양전쟁 중 비교적 수송량이 적고 군사적으로 중요도가 낮은 선로를 철거하여 전쟁에 필수적인 선로의 건설 또는 보강에 활용했다.

1944년 이전까지는 서울을 출발하여 경원선 철원에서 금강산 전기철도를 이용하여 내금강역에 도착한 뒤 부근의 많은 호텔과 여관 등에서 묵고 다음 날 내금강을 구경하고, 비로봉에 올라 1만 2천 봉을 둘러본 후 외금강과 삼일포, 해금강을 구경한 다음 장전항에서 여객선을 타고 원산에 도착하여 경원선 열차를 타면 다음 날 아침 서울역에 도착하여 당일 출근이 가능했다고 한다. 학생들의 수학여행 코스로 많이 이용되었고 노인들에게 추억으로 남아 있는 철도이기도 하다.

해방 이후 전 구간이 북쪽에 포함되었고, 남쪽에는 금강산전기철도 교량이 남아 있어 2004년 9월 4일 등록문화재 제112호로 등록되었으며, 철원군에서 관광용으로 보수하여 일반에 공개되고 있다.

이제 우리 철도가 수송 수단의 영역을 벗어나 다목적 산업의 선두주자가 되었으면 좋겠다는 생각을 해본다.

관광용으로 보수된 금강산전기철도 교량

31 협궤철도

철도박물관 협궤열차

협궤철도(狭軌鐵道: narrow gage railway)라고 하면 대개는 옛날의 수여선과 수인선철도를 생각하게 된다. 우선 협궤철도의 구분은 어떻게 하는지 알아보자. 철도의 표준궤간(4ft 8.5inch: 4尺 8寸: 1,435mm)은 미국 클락코던의 글에 의하면 로마 시대 병거(兵車)의 수레바퀴 넓이로, 당시 말 두 마리의 엉덩이 너비를 기준으로 만들어진 수레바퀴가 오랜 세월 길을 달리면서 바퀴 자국 홈을 자연스럽게 만들어놓아 이 홈의 너비와 달리할 경우 이미 홈이 파인 길을 달릴 수 없어 수레바퀴의 너비가 자연히 통일되었다. 이 길에 나무를 깔다가 철을 깔아 철길이 되었고, 1886년 스위스의 베른(Berne)국제회의에서 1,435mm를 국제표준 철도궤간으로 결정함에 따라 이보다 넓은 궤간은 광궤(廣軌)철도, 좁은 궤간은 협궤철도[또는 경편철도(輕便鐵道)]로 분류한다.

물론 각 나라 형편에 따라 광궤철도의 경우 칠레는 1,676mm, 인도·스페인·포르투갈·아르헨티나는 1,668mm, 러시아·핀란드는

1,524mm를 사용한다. 협궤철도의 경우 일본·대만·필리핀·인도네시아·남아프리카공화국·뉴질랜드·오스트레일리아는 1,067mm, 베트남·태국·말레이시아·미얀마·인도 일부, 동아프리카·아르헨티나·케냐는 1,000mm를 사용한다.

표준궤간은 한국·일본(신칸센)·중국·유럽 각국·캐나다·미국·오스트레일리아 일부 등이며, 우리나라 수인선·수여선의 경우는 762mm 궤간이었고, 610mm 궤간을 사용하는 협궤철도도 있다.

세계철도의 궤간이 모두 같으면 좋지 않을까 생각한 필자는 러시아 대륙횡단열차 여행 중 옆을 스쳐가는 화물열차 하중이 우리의 50톤보다 큰 70~75톤으로 표기된 것을 보고 이렇게 광활한 지역에서 많은 물자를 수송하기 위해서는 넓은 궤간과 더 큰 차량이 필요하겠구나 하는 생각과 함께 지형과 형편에 따라 궤간 너비를 달리하는 것이 효율적일 수 있겠다고 깨달았다.

그럼 '우리는 어떻게 표준궤간을 선택하게 되었을까?' 하는 의문이 생긴다. 1896년 7월 15일 고종황제는 "조선의 모든 철도는 원활한 물자수송을 위해 철도 궤간을 4尺 8寸(1,435mm)으로 한다"라는 광무 칙령 31호 '국내철도건설규칙'을 공포하여 한국철도부설권을 따내려 극심한 경쟁을 하는 러시아의 광궤도 아니고 일본의 협궤도 아닌 표준궤간을 선택하여 이들을 제재하려 했다고 한다.

후에 일본 정부가 경부선, 경의선을 부설할 때 일본과의 철도 접속을 위해 일본과 같은 1,067mm를 주장했으나 일본 군부가 이미 부설된 경인철도와 추후 점령할 만주지방 철도와 연결하기 위해서는 표준궤간(1,435mm)으로 해야 한다고 주장하여 결정된 것이며, 마산선 철도도 애당초 협궤철도로 공사를 시작했으나 일본 군부가 표준궤간으로 변경한 것이다.

그럼에도 국내에는 많은 사설철도가 부설되면서 건설비나 운영비가 상대적으로 절감되는 협궤철도가 탄생한 것이다. 경부선 부설 전 박기종의 부하철도, 1927년 1월부터 1960년까지 운행된 함평궤도주식회사의 함평-학교 간 함평선, 1921년 10월 25일 개통되어 1935년 12월 16일 표준궤간으로 개수된 경동철도주식회사의 대구-포항 간 경동선, 같은 경동철도주식회사가 부설한 수여선과 수인선 등 많은 협궤철도가 부설되었다.[32]

필자는 교통부로부터 1963년 8월 17일 수인선 어천역 역무원 발령을 받고 수원에서 버스 편으로 부임지인 어천역까지 가다가 난생처음 보는 작은 기차(화물열차)가 옆에서 달리는 것을 보았다. 광산에서 사용하는 '트러리'로 알고 '근처에 광산이 있나보다'라고 생각했다가 막상 어천역에 도착하여 작은 기차를 보고 깜짝 놀랐던 기억이 지금도 생생하다. 당시 많은 사람이 기차를 이용했고, 신호등에 전기가 연결되지 않아 저녁이면 낮에 닦고 기름을 채워둔 석유등에 불을 켜 들고 사다리를 타고 올라가 신호등에 꽂았던 기억이 생생하다.

안산시 대부도 탄도항에 있는 안산어촌민속박물관에 옛날 소금창고에서 기차에 소금을 싣는 모형을 재현해놓은 것을 보니 옛날 초가을이면 소래포구에서 생산되는 소금을 운반하기 위해 밤새도록 임시화물열차가 운행되어 밤을 새웠던 기억이 새롭다.

안산선 고잔역에 가보면 주차장 옆에 옛 수인선의 좁다란 철길

---

32 함평선의 궤간은 1,067mm로 최초로 경유동력차를 기관차로 사용하였고, 수여선은 1930년 12월 1일 수원~여주간 개통되어 1972년 3월31일 폐선된 762mm궤간이었으며, 수인선은 1937년 8월 6일 수원~남인천간 762mm궤간으로 개통되어 1995년12월31일 폐선되었다.

이 그대로 놓여 있다. 자로 재어 보니 궤간이 정확히 762mm다. 그런데 나무로 만들어놓은 객차 모형은 너무 작아 기차에 앉으면 앞사람과 무릎이 부딪혔다는 좀 과장된 표현을 믿고 정말로 협궤선 기차가 그렇게 작았던 것으로 오해할까 싶어진다.

철도박물관에는 협궤증기기관차(등록문화재 제418호)와 객차, 협궤동차, 협궤무개화차(등록문화재 제421호), 협궤유개화차(등록문화재 제422호)가 전시되어 있다.

인천시 남동구청은 구청 광장에 전시 중이던 협궤증기기관차를 소래포구 광장으로 옮겨 전시하고 매시간 칙칙폭폭 기적이 울리도록 하여 사람들을 즐겁게 했는데, 지금은 소래역사박물관으로 이전하여 전시하고 있다.

소래포구에 남아 있는 옛 수인선 철교를 안전상 문제로 철거를 검토 중이라는 보도를 본 적이 있다. 정확한지는 모르지만 연간

안산어촌민속박물관의 모형

안산선 고잔역 협궤선과 객차모형

소래포구 협궤증기기관차

소래포구 수인선철교

이 철교를 걸어보는 관광객이 1천만 명에 이른다고 한다.

필자는 중국 정저우에 갔다가 황허 강변에서 보았던 철길 생각이 난다. 황허를 가로지르는 철교가 노후되어 철거하고 새로운 전기철도 철교를 가설하면서 강변 일부 옛 철길을 그대로 보존하고 대형 안내판과 함께 관광객 편의를 위해 침목 위에 철길 건널목처럼 보판을 깔아 많은 사람이 철길을 걸어보며 기념촬영을 하던 모습이 너무도 멋있었다. 왜 우리는 옛것을 보존하고 활용하지 않을까 하며 아쉬워했던 기억이 아직도 지워지지 않는다.

1906년 개통된 중국 황하철교

지금은 협궤철도의 역사성을 인정한 서울민속박물관이 수집가로부터 기증받은 협궤용 객차를 복원하여 전시할 계획을 세우고 있다. 서울역사박물관은 어린이대공원에 방치되었던 옛날 전차를 기증받아 복원 전시하여 많은 사람에게 추억을 되돌아보는 여유를 선사하며 이를 등록문화재로 등록하기 위한 현지조사에는 필자도 참여한 적이 있다(2010년 8월 24일 등록문화재 제467호로 지정).

지나간 역사를 다시 만들 수는 없다. 아무리 문명이 발달한다 해도 역사의 흔적은 변함없이 우리 곁에 남는다. 특히 우리네 생활이 풍요로워질수록 지난 과거의 유물 가치가 지속적으로 상승되고 있음을 느끼는 것은 아마 모두의 공통된 생각일 것이다.

32 송충이가 열차를 정지시킨 이야기

옛 신문자료를 뒤적이다 보면 기상천외한 일, 믿어지지 않는 내용을 가끔 접하게 된다.

'송충이가 열차를 정지시켜?' 말도 안 되는 이 이야기는 너무도 어이없는 실화이기에 1937년 5월 22일 「매일신보」 보도 내용을 원문 그대로 옮겨본다.

> 奇! 松虫이 作黨
> 進行列車를 停車
> 貨物車가 二時間以上을 遲延
> 京東鐵道에 넌센스 劇
>
> 미약한 곤충(昆蟲)의 힘이나마 떼를 지어 힘을 합하면 거기에는 현대 과학문명을 자랑하는 기계(機械)의 힘 같은 것은 문제도 되지 않는다고 하는 한 큰 「넌센스」적 실례(實例)가 경기도 용인군하(龍仁郡下)에 있으니 이것은 송충(松蟲)이 떼가 기차길로 이동(移動)을 해 나와서 마침내 돌진하는 기차를 K·O시켰다고 하는 거짓말 같은 참말로서 듣는 사람을 아연케 하고 있다.

奇！松虫이作黨

進行列車를停車

貨物車가二時間以上을遲延

京東鐵道에넌센스劇

협궤열차(위)와 1937년 5월 22일 「매일신보」 기사(아래)

최근 경기도용인군외사면(京畿道龍仁郡外四面) 백봉리(栢蜂里) 박곡리(朴谷里) 근곡리(近谷里) 가창리(稼倉里) 일대에는 송충이가 창궐을 하여 소나무가 말러죽을 지경인데 재작일에는 다시 내사면양지리(內四面陽智里)와 송문리(松門里) 방면으로 이 송충이 떼가 이동을 하여 와서 부근 산야는 물론 이 두 동리를 관통하는 경동철도(京東鐵道) 「레-루」에까지 몰려나와서 기차길을 뒤덮고 있는 괴변을 연출하였다고 한다.

그리하여 20일 오전 아홉시 30분 양지역(陽智驛)을 출발한 화물열차(貨物列車)는 마침내 이 송충이 떼에 막혀 진행을 못하였고 최속력을 놓아 진행을 하려고 애를 썼으나 「레-루」 위에 깔린 송충이가 치어 죽는 관계로 차바퀴가 공전(空轉)을 하여 두시간 동안이나 지체를 하였다고 한다.

그래서 이 소식을 들은 용인경찰서와 부근 양지역에서는 관계자와 인부가 총동원이 되어 부삽과 삼태기를 들고 이 송충이 떼의 토벌대(討伐隊)를 조직해 가지고 활동을 개시한다고 한다.

33 탄환열차부터 고속철도까지

일반적으로 시속 200km 이상으로 달리는 열차를 '고속철도'로 분류한다. 그러나 1950년대 초반까지만 해도 시속 100km 이상의 열차를 고속철도로 분류했다. 머지않아 지금의 분류 기준인 시속 200km는 역사 속으로 사라질 것으로 예측된다. 최초의 고속철도는 1959년 착공하여 1964년 10월 1일 개통된 도쿄-신오사카 간 552.6km의 일본 도카이도신칸센(東海道新幹線)임은 대부분 알고 있는 상식이지만, 옛날 신문의 보도 내용을 살펴보면 '고속철도'라는 용어를 사용하기 전 '탄환열차(彈丸列車)'라는 용어가 사용되었음을 알 수 있다.

1935년 7월 4일자 「조선중앙일보」 및 「매일신보」와 1935년 7월 5일, 7월 17일, 8월 15일자 「매일신보」 보도 내용에 의하면 도

매일신보(1939.11.1)

쿄-경성 간 24시간 연락계획에 의하여 7월 4일 경성-부산 간 파시형 증기기관차에 객차 7량을 편성한 탄환열차 맨 앞에는 속도계, 맨 뒤에는 진동계, 그리고 열차의 전후 연락을 위해 차내 전화까지 설비하고, 관계자 및 각 신문사 기자 8명 등 60여 명이 동승하여 경성-부산 간 도중 대전역, 대구역만 정차하고 6시간 주파(당시 급행열차 히까리호 및 노조미호의 경성-부산 간 소요 시간은 7시간 50분이었다)를 위한 시험 운행에서 경성 오전 07시 35분에 출발하여 시속 75~90km의 괴속력(怪速力: 당시 신문의 표현)으로 달려 계획보다 3분 늦은 오후 01시 38분에 도착했으며, 다음날 오전 07시 정각 부산역을 출발하여 경성 도착 1분 전에 아깝게 탈선했지만 초특급 탄환열차의 경성-부산 간 6시간 주파 기술을 확립했으니 1936년 가을부터는 운행이 가능하다는 내용이 보도되었다.

이어 1935년 12월 15일, 1936년 3월 27일, 5월 8일, 5월 19일, 5월 22일 등 각 신문에 탄환열차의 제2 시험 운행을 소개했고, 5월 24일자 「매일신보」 보도 내용에 의하면 5월 21일 경성-부산 간, 5월 22일 부산-경성 간 각각 6시간 30분 만에 주파한 결과는 시험 운행 성적 100%로 양호한 것이라 평가했다.

평균시속 75km 및 최고속도 92km로 운행한 것은 만주철도의 아시아호가 시속 80km까지 속도를 낸 것에 비해 월등한 성과를 이룩한 것으로 12월 1일부터 정식으로 운행할 수 있을 것임을 보도했다.

1936년 7월 2일과 4일자 「동아일보」 및 「조선중앙일보」에 의하면 탄환열차용 객차, 식당차, 전망차 제작을 시작하여 3등 객차 2량을 먼저 제작 완료했음을 보도했고, 1936년 11월 10일자 「매일신보」는 11월 12일과 13일 경성-대전 간 특급 탄환열차의 시험 운행 결과에 따라 경성-부산 간 공식적인 시험 운행을 할 것임을 보도했다.

이어 1940년의 신문은 그간 탄환열차는 연구와 시험을 거듭하여 탄환열차 아까스끼(曉)호 시험 운행에서 경성-부산 간 4시간 30분 주파에 성공하여 평양까지 연장을 계획한다고 했으며, 1941년 3월 7일자 「매일신보」에 의하면 만철의 특급 '아시아'호는 시속 120km인데, 독일의 함부르크선은 시속 130km를 내고 있어 세계 최고의 속도이지만 도쿄-시모노세키 간 시속 150km를 목표로 연구하고 있어 성공할 경우 세계가 놀랄 것이라는 기사 내용으로 보아 이미 독일도 고속열차 연구를 진행하고 있었음을 알 수 있다.

1941년 각 신문의 보도는 일본이 공사비 5억 6천만 원을 들여 도쿄-시모노세키 간 탄환열차 노선을 15년간 완성할 계획으로 그 노선 7할을 결정했다는 내용이다.

일본인 이카리 요시로가 쓰고 권기안 철도 선배님이 1994년 번역한 『고속철도로 가는 길』에 의하면 1941년 11월 18일 일본 철도 간선조사과 직원들이 기존 간선 철도 노선에 대한 새로운 간선이라는 뜻으로 '신칸센(新幹線) 건설기준'을 만들면서 '탄환열차'나 '초특급열차' 대신 '신칸센열차'라는 용어가 사용되기 시작했다.

세계 최초의 고속철도 신칸센

최초 시속 250km, 총 거리 515km의 고속철도 계획은 세계은행 차관을 받고자 노력했으나 받지 못하고 1959년 4월 20일 일단 착공했다. 그러면서 계속 차관교섭을 진행하여 1961년 5월 2일 1억 달러 신청액 중 8천만 달러를 세계은행으로부터 차관을 받는 데 성공함으로써 1964년 10월 1일 도쿄-신오사카 간 552.6km를 210km/h의 속도로 달림으로써 세계 최초의 고속철도를 탄생시켰다.

프랑스 TGV

두 번째 고속철도인 프랑스의 TGV(테제베: Train à Grande Vitesse)는 1981년 파리-리옹 구간에 처음 개통되었으며, 이때 프랑스 국철 총재는 일본에 신칸센이 생긴 덕분에 국가 예산이 책정되어 프랑스의 고속철도가 실현되었다는 말을 함으로써 예산책정의 어려움을 술회한 바 있으며, 2007년 4월 3일 시험 운행에서는 시속 574.8km로 세계 최고속도 기록을 수립하기도 했다.

독일 ICE

세 번째 개통된 독일의 ICE(이체: Inter City Express)는 1970년 고속철도노선 확충계획을 수립하여 고속철도 차량 개발과 함께 1973년 만하임-슈투트가르트, 하노버-뷔르츠부르크 사이에 고속철도 건설을 착공하여 1991년 5월 완공 개통했다. 이체(ICE)의 특징은 여객 및 화물열차에 적용하고, 열차의 전후에 전기기관차를 연결한 동력집중 방식으로 설계속도는 300~350km/h이며, 운행 최고속도는 250~280km/h였다.

네 번째 개통된 에스파니아(스페인)의 AVE(아베: Alta Velocidad Espanola)는 1987년 10월 착공하여 바르셀로나 올림픽 및 세비야 엑스포 개최와 시기를 맞추어서 1992년 4월 개통했다. 토목 분야는 직접 설계와 시공을 했고, 궤도와 전기시설 등은 독일 설계와 규격을 기준으로 했으며, 차량은 프랑스의 TGV 시스템을 기본으로 제작되었다.

에스파니아 AVE

다섯 번째로 개통된 한국 고속철도 KTX(Korea Train eXpress)는 1989년 5월 경부고속철도 건설 방침을 결정했고, 1990년 6월에는 전 노선이 결정되어 1992년 6월 30일 천안아산역 예정지에서 기공식이 거행되었다. 당초 유치 계획이 확정된 2002년 FIFA 월드컵 대비 목적이었지만 열차 방식 결정, 차량 도입 국가 선정, 문화재 훼손 논란과 잦은 설계 변경, 부실공사 의혹, 외환위기 등 많은 문제점으로 인해 6년 예정 공사 기간을 넘기고 12년의 공사 끝에 2004년 4월 1일 개통되었다.

한국 KTX

중국의 CRH(China Railway Hi-ghspeed, 和諧號, 허시에하오)는 여섯 번째로 2007년 운행을 시작했지만, 현재 세계에서 고속철도의 기술발전이 가장 빠른 나라다.

중국 CRH

운영하고 있는 노선연장도 가장 길고, 운행속도 또한 가장 빠르고 건설 규모가 가장 큰(제12차 5개년 계획이 끝나는 2015년 고속철도망 1만 6천 km 완공) 명실상부한 세계 최대의 고속철도망을 보유한 국가로 부상했다.

34 인차철도 부설 허가 못 받고 협궤철도로 시작된 전라선

최초 계획했던 수압궤도(인차철도)

전라선 철도는 본래 이 지역에서 큰 농장을 경영하던 일본 미쓰비시(三菱) 계열 동산농장의 농산물을 호남선까지 운반하기 위해 고다 나오유키(甲田直行) 등 28명이 1912년 5월 자본을 모아 이리-전주 간 및 도중 만경강변 반월리에서 분기하여 18.8마일(30.2km) 구간에 3피트(914mm) 궤간의 수압궤도(인차철도) 부설을 신청했으나 허가되지 않았다.

이에 전북경편철도주식회사를 설립하고 1912년 9월 이리(지금의 익산)-전주 간 증기철도로 변경하여 건설비 35만 원의 협궤(762mm) 철도 부설을 신청하여 1913년 1월 9일 허가를 받고(1913년 1월 15일 조선총독부 관보 135호) 5월 10일 착공하여 1914년 10월 30일 15.7마일(25.3km) 구간 부설공사를 완료하고 11월 17일부터 여객운송을 시작했다.

옛 대장역(위), 현 춘포역(아래)

구 만경강철교 위의 비비정예술열차

대장(大場)역은 본래 그곳에 큰 시장이 있어 지어진 역명이나 1996년 지역 명칭인 춘포면의 이름을 인용한 춘포역으로 변경한 역사(驛舍)가 지금까지 남아 있어 한국에서 가장 오래된 역사로서 등록문화재 제210호로 지정되어 있다.

사설철도인 전라선이 국철인 호남선 이리역과 접속하게 되어 이리역은 한국 최초의 국철과 사철 간의 공동 역이 되어 국가 보조를 받는 최초의 사철이 되었으며, 1916년 이익이 보조율을 초과하여 보조는 중단되었다.

당시 만경강 교량은 철교가 아닌 262m의 목교(木橋)였으며, 1927년 10월 1일 '조선국유철도 12년 계획'으로 국가가 매입하여 선로 명칭을 '경전북부선'으로 변경하고 협궤선로를 표준궤간(1,435mm)으로 개축하면서 철교로 개량했다. 2011년 복선화에 따른 선로 이전으로 사용이 중지되었으며, 2013년 등록문화재 제579호로 지정된 후 폐객차를 활용하여 인근 조선 시대 정자 비비정 이름을 인용한 '비비정예술열차'를 조성하여 카페, 레스토랑, 갤러리 등을 운영하는 관광지로 활용되고 있다.

1931년 10월 전주-남원 간, 1933년 10월 남원-곡성 간, 1936년 12월 16일 곡성-순천 간이 개통되었으며, 1937년 3월 조선총독부가 사철 남조선철도주식회사의 광려선 구간이던 순천-여수항 간을 매입하여 순천에서 여수항 쪽으로 연결됨으로써 이리-구이리-대장-삼례-동산-덕진-전주-신리-남관-관촌-임실-오류-오수-서도-산성-남원-주생-금지-곡성-침곡-압록-구례구-괴목-학구-동순천-순천-성산-율촌-신풍-덕양-쌍봉-미평-만성-여구-여수항 간 198.8km 전 구간이 개통되었으며, 이때 선로 명칭을 전라선으로 변경했다.

35 철도의 날 유감(有感)

2015년 11월 10일 출간된 『기찻길』에 게재된 이 글로 인해 '철도의 날' 변경 문제가 대두되어 2018년 5월 8일 국무회의를 거쳐 '철도의 날'이 6월 28일로 변경되었다.

2010년 철도의 날 기념식

2010년 9월 20일 한국철도공사 강당에서 거행된 '철도의 날' 기념식에 다녀왔다. 사단법인 한국철도협회장 명의의 초대장이 왠지 낯설었고, 행사를 주관해야 할 한국철도공사 사장은 내빈이고, 정부나 철도기관이 아닌 사단법인체에서 주관하는 기념행사 자체가 불만스러워 '철도의 날'의 역사와 기념일 제정 취지 등을 더듬어본 결과를 간추려 소개한다.

1986년 9월 18일 발행된 『조선교통사(朝鮮交通史)』 219쪽 '철도국기념일 제정(鐵道局記念日の制定)'에 의하면 "1937년 이후 시국이 중차대하게 변해가고 있는 상황에서 철도의 사명은 막중하며 종사원의 기강해이는 잠시도 용서할 수 없는 상황에 이르렀다. 종사원의 정신무장은 막중하며 시국의 급변에 대응할 수 있어야 한다.

이를 위하여 '철도국기념일'의 제정은 조선철도 창설의 뜻을

'철도의 날' 기념식에서 무사고운전 공로자에게 훈장을 달아주는 박정희 대통령

명백히 하고 사명달성을 위하여 1899년 9월 18일 경인철도회사가 인천-노량진 간 조선 최초의 철도 운영을 개시한 날인 9월 18일을 철도국기념일로 정한다.

이날은 경성지방에 있는 철도국 본국과 건설, 개량 각 사무소의 전 직원, 공장, 역, 사무소, 호텔, 식당의 대표가 열을 지어 조선신궁에 참배를 하고, 지방에 소재한 철도, 건설, 개량각 사무소, 공장, 역, 사무소가 다 함께 각 소재지의 신사에 참배하는 행사를 함으로써 철도정신의 앙양에 노력한다"라고 하여 철도직원의 정신무장을 위하여 철도창설 기념일을 '철도국기념일'로 정했다.

그와 관계없이 대한민국 정부 수립 후 해마다 철도창설기념일 행사를 해오던 9월 18일을 1964년 11월 26일 정부는 대통령령 제1992호로 '철도의 날'로 정하고 범국민적인 기념일로 정했다.

1973년 3월 30일 대통령령 제6615호 '각종 기념일 등에 관한 규정'에서 '철도의 날' 9월 18일은 교통부 주관으로 "기간교통 수단으로서의 철도의 의의를 높이고 종사원들의 노고를 위로하는 행사"를 한다고 규정했으며, 2010년 12월 27일 대통령령 제22548호 '각종 기념일 등에 관한 규정'에서는 국토해양부 주관으로 "기간교통 수단으로서의 철도의 의의를 높이고 종사원들의 노고를 위로하는 행사"를 한다고 규정했다.

이 규정에서 거론된 '종사원들의 노고'를 생각해보지 않을 수 없다. 국가로부터 위로를 받아야 할 철도종사원의 노고를 몇 가지

구체적인 사례를 중심으로 살펴보면, 1945년 8월 15일 광복 당시 일본인 1만 7,344명이 거의 모든 철도관리직을 점유하고 있었으며, 광복 이후 철도 운영은 최악의 상황이었다. 1945년 9월 28일 현재 전국에서 운행되는 열차는 서울-인천 간 단 1개 열차뿐이었다는 사실은 당시 상황을 극명하게 드러낸다.

6.25사변 종군기장과 증서

숙련된 철도기술자가 없어 필리핀에 있던 미군 철도대대를 배속 요청하여 1945년 11월 4일 도착한 2개의 철도대대를 1개 대대는 서울지구에, 다른 1개 대대는 부산지구에 배치하여 이들에게서 철도 운영 훈련을 받는 등 철도 운영의 정상화를 위해, 그리고 당시 사상적으로 좌익세력 압력을 받으며 철도종사원들은 전쟁 아닌 전쟁을 치러야 했다.

이어 1950년 6월 25일 북한의 남침으로 철도직원의 2/3인 1만 9,300명이 교통부 산하 전시군사수송본부에 배속되어 군사수송지휘관의 지휘 아래 병력과 군수물자 및 피난민 수송임무 수행 중 287명이 전사했다.[33] 철도종사원은 다른 직장인과 달리 공상과 순직 사고가 많이 발생한다.

차내와 대합실에서 식음료 등을 판매하는 홍익회는 본래 많은 철도업무 종사 중 발생한 순직자 가족과 공상자의 생계에 도움을 주

33 국방일보 2011년 9월26일자 10면 기사 참조

기 위해 일제강점기였던 1936년 재단법인 철도강생회를 설립하여 판매 수익금으로 철도 유공자 및 부상자들을 위한 원호사업을 한 것이 시작이었으며, 1967년 철도강생회를 홍익회로 개칭하여 오늘에 이르고 있다.

순직부원의 비와 위패

충남 옥천군 이원면 윤정리에 위치한 철도성역(극락정사)에 2,456명의 철도종사원 순직자 위패가 안치되어 있다. 어느 직장에 이렇게 많은 순직자가 발생할 수 있을까? 39년의 현직 생활 중 필자는 많은 동료의 순직과 공상을 현장에서 목격해야 했고, 필자의 이마에도 현직근무 중 부상으로 꿰맨 흔적이 기다란 선으로 지금도 선명하게 남아 있다.

모든 직업이 다 그렇겠지만 철도종사원의 업무는 위험하면서도 국가발전에 기여하고 국민 생활에 편익을 제공하는 애국적인 활동임을 필자는 입버릇처럼 자주 말한다.

일제강점기에는 전쟁 수행을 위한 기강 확립 방안으로 제정했지만, 대한민국은 철도종사원의 노고를 치하하고 사기를 돋우기 위해 제정한 '철도의 날'을 철도인 스스로 자위하며 자랑스럽게 맞아왔다. 그런데 어느 날 갑자기 '철도의 날' 행사를 법에 정한 국토해양부가 아닌 '사단법인 한국철도협회'에서 주관하기 시작했다. 마땅히 주인이던 철도인은 손님으로 전락했다. 1년 중 한 번 철도인에게 주어졌던 상(賞)들이 다른 사람들 몫으로 분배되고 철도인은 그 일부를 조금 할당받는 형편이 되었다. 철도인에게 '철도의 날'은 남의 집 잔치가 되어버린 것이다.

'철도의 날'과 비슷한 다른 기념일을 살펴보면 '정보통신의 날'로 바뀐 '체신의 날'도 체신의 중요성과 의의를 높이고 체신사업의 발전을 다짐하며 관계 종사원들의 노고를 위로하는 행사를 체신부에 이어 정보통신부에서 거행했지만, 정보통신부가 폐지되면서 우정사업본부가 있는 지식경제부와 방송통신위원회에서 따로따로 기념식을 거행했다가 지금은 공동 주관으로 하고 있다.

또 다른 기념일인 '바다의 날' 행사를 보자. 바다 관련 산업의 중요성과 의의를 높이고 국민의 해양사상을 고취하며 관계 종사원의 노고를 위로하는 기념행사를 국토해양부 주관으로 거행하도록 규정되어 있어 금년 기념행사에 참석한 국토해양부 장관께서는 "취임식도 하기 전에 바다의 날 기념식에 참석한 것은 우리의 미래가 걸려 있는 바다가 그만큼 중요하기 때문이었다"라고 했다.

그러면 '철도의 날'은 중요치 않아 정부 조직과 전혀 관련이 없는 사단법인에서 주관하고, 심지어 '2011년 정부포상업무지침' 등에 따라 적격자(기관·관련 업체)를 선정하여 포상 관련 자료를 '사단법인 한국철도협회'에 제출'토록 한 절차는 적법한 것인지 의아할 뿐이다. '철도의 날'이 진짜 철도인에게 돌아갈 수는 없는 것일까?

P.S.

사실 '철도의 날' 유래는 1937년 7월 7일 중국 노구교(蘆溝橋: 루거차오)에서 중국 국민혁명군과 일본군이 대치하던 중 한 발의 총성에 놀란 일본군이 병력을 점검한 결과 한 명이 부족한 사실을 발견하고 상부에 보고한 후 전투 개시 명령을 하달받고 전투를 시작했는데, 자리에 없었던 병사가 배가 아파 변을 보기 위해 산에 올라갔다는 사실을 알고 7월 9일 휴전협상을 시작하여 11일 휴전협정을 맺은 사건을 중국에서는 '노구교 사건' 또는 '7·7 사건'이라 하며 청일전쟁의 불씨가 된 사건이다.

최초 병력 부족 보고를 받은 군은 일본군의 대륙침략 통로가 되는 한국에서 특히 병력과 장비수송 임무를 수행할 철도직원의 정신무장의 중요성을 깨닫고, 대책회의 결과 한국에서 처음 철도가 운행을 시작한 9월 18일을 '철도국의 날'로 정하고 이날은 모든 철도직원이 신사참배를 하며 충성을 맹세하는 날로 정했다.

아울러 철도의 날이 변경된 과정을 간략히 소개한다.

『기찻길』을 읽은 경인일보 목동훈 기자의 요청으로 2016년 9월 인터뷰 후 다음과 같은 기사를 보도했다.

[월요기획] 일제 잔재 '철도의 날' 이제라도 바꾸자

목동훈 기자 발행일 2016-09-12 제1면

일제가 만들고 우리가 기념하는 '철도의 날'

중일전쟁 때 군수물자 수송 핵심관련 종사자 기강 확립 위해

제정전쟁 승리 목적 '신사참배'도 강제

9월 18일 '치욕 역사' 그대로 계승일제가 제정해 신사참배를 강제한 철도의 날(9월 18일)이 어김없이 다가왔다. 80년 전 만들어진 그 치욕의 날을 대한민국이 이어받아 기리면서도 조금의 거리낌조차 없는 '통탄의 날'이 바짝 다가왔다. 일제는 1937년 중일전쟁 당시 철도종사원의 기강을 바로잡고자 9월 18일을 '철도의 날'로 정했다. 우리 정부는 그렇게 생겨난 '9월 18일'을 1964년 11월 '철도의 날'로 정해 지금까지 기념하고 있다. 일제강점기 전쟁 승리를 목적으로 일제에 의해 제정된 '철도의 날'을 그대로 이어받아 지금껏 시행하고 있다. 철도의 날을 바꿔야 한다는 지적이 설득력을 얻고 있다. 1937년 중일전쟁을 일으킨 일제는 정세가 긴박하게 돌아가자 철도종사원의 기강이 매우 중요해졌다. 철도는 식량과 무기 등 전쟁에 필요한 군수물자를 수송하는 데 중요한 수단이었기 때문이다. 일제가 철도종사원의 사기 진작 방안으로 내놓은 것 중 하나가 '철도 기념일 제정'이었다. 1937년 일제는 9월 18일을 철도 기념일로 정했다. 경인철도회사가 인천-노량진 구간에서 한국 최초의 철도를 운영한 (1899년) 9월 18일을 철도 기념일로 결정한 것이다. 조선철도 창설 의의를 기념하고자 9월 18일로 한 것인데, 일제의 철도 부설은 식민지화 정책의 일환이었다. 조선을 대륙 침략의 교두보로 삼기 위한 전략이기도 했다. 더욱 큰 문제는 철도 기념일에 신사참배가 이뤄진 일이다. 일본 센코카이(선교회·鮮交會)가 1986년 4월 재단법인 설립 20년을 맞아 발간한 『조선교통사(朝鮮交通史)』에는 이 같은 사실이 기록돼 있다.

"이날(철도 기념일) 경성에서는 철도국 및 철도·건설·개량 각 사무소의 모든 직원, 공장·역·구·호텔·식당 등의 대표들이 모여 조선 신궁을 참배했다. 지방에서도 철도·건설·개량 각 사무소, 공장·역·구마다 각 소재지의 신사를 참배하고 각종 행사를 개최했다." 이 책은 조선철도 경영에 참여했던 임직원의 소장 자료와 진술을 토대로 제작됐다. 하지만 1964년 11월 우리 정부는 일제가 '조선 신궁 참배일'로 정할 만큼 중요하게 기념한 9월 18일을 철도의 날로 정했다. '각종 기념일 등에 관한 규정'을 보면 국토교통부가 주관하는 철도의 날은 "기간(基幹) 교통수단으로서의 철도의 의의를 높이고 종사원들의 노고를 위로하는 행사"로 돼 있다. 철도박물관장 등을 지낸 손길신(73) 한국철도교통문화협회 명예회장은 "철도 기념일은 일제강점기에 전쟁 수행을 위한 기강 확립 방안으로 제정됐다"라며 "일제는 철도직원의 정신 무장을 위해 철도 기념일을 정한 것"이라고 말했다. 또 "서울에 있는 직원들은 남산에 있는 신궁을 참배하고, 지방은 신사를 향해 묵념했다"라며 "철도 기념일이 신사참배를 하는 날이었는지를 아는 사람은 거의 없다"라고 지적했다.

[월요기획] 일제 잔재 '철도의 날' 이제라도 바꾸자(관련)

1964년 제정하고 117주년이라니 "첫 단추부터 잘못"

목동훈 기자 발행일 2016-09-12 제3면

경인철도 임시 개통일·일제기념일 포함 계산한 게 문제

착공·운행·개업식 등 '언제로 변경할지' 연구 고민 필요

'철도의 날'(9월 18일)이 일제강점기에 처음 시행된 '철도 기념일'에서 유래됐다는 것을 아는 사람은 많지 않다. 이날 조선에서 대대적으로 신사참배가 이뤄졌다는 것을 아는 이는 더욱 적다. 그동안 이렇다 할 연구나 큰 고민 없이 '철도의 날'을 이어온 것이다. 일제 잔존 역사를 청산하기 위해 철도의 날을 변경해야 한다는 지적이다.

일제는 한반도를 장악해 식민지를 건설하고 중국대륙을 침략하기 위한 일환으로 조선에 철도를 부설했다. 1937년 중일전쟁을 일으킨 뒤 철도종사원의 기강을 확립하기 위해 '철도 기념일'을 만들었다. 이날에는 신사참배도 이뤄졌다.

그럼에도 1964년 11월 26일 우리 정부는 9월 18일을 '철도의 날에 관한 규정'(대통령령 제1992호)에 따라 '철도의 날'로 정했다. 일제가 정한 '철도 기념일'을 그대로 이어받은 셈이다.

이에 국토교통부 관계자는 "일제 때 철도 기념일이 정해진 것은 안다"라면서도 "일제가 정한 날인지, 신사참배가 있었다는 것은 몰랐다"라고 말했다.

언제부터를 '철도의 날'로 봐야 하는지도 고민이 필요하다. 2016년 9월 8일 서울 엘타워 6층 그레이스홀에서 제117주년 철도의 날 기념식이 열렸다. 오는 18일 열려야 하는데, 추석 연휴 때문에 앞당겨 개최됐다. 기념식에는 강호인 국토부 장관, 강영일(한국철도시설공단 이사장) 한국철도협회 회장, 홍순만 코레일 사장 등이 참석했다.

이상한 점은 철도의 날이 117주년이나 됐다는 점이다. 1899년 9월 18일 경인철도 인천-노량진 33.8km 구간이 개통한 지 117년이 됐다는 것을 뜻하는 듯하다.

하지만 우리 정부가 철도의 날을 정한 것은 1964년으로, 50년이 좀 넘었다. 일제가 정한 '철도 기념일'을 기준으로 해도 79년이다. 경인철도 임시 개통일을 '철도의 날'의 시작으로 본 것도 잘못됐지만, 더욱이 일제가 기념한 '철도 기념일'까지 포함해 계산했다는 점은 큰 문제가 아닐 수 없다.

이에 한국철도협회 관계자는 "(철도의 날 계산 기점이 잘못됐다는) 지적을 몇 번 받은 적이 있다"라면서도 "철도의 역사가 오래됐다는 의미성이 강하다"라고 해명했다. 신사참배 사실에 대해서는 "처음 들었다. 그 정도로 깊이 연구한 사람이 없다"라며 "이런 부분이 널리 알려졌다면 철도의 날을 바꾸려는 움직임이 있었을 것"이라고 말했다.

국토부와 한국철도협회 관계자 모두 사견을 전제로 "신사참배가 사실이라면 철도의 날을 바꿀 필요가 있다"라고 말하기도 했다.

국가 기념일은 민족의 정체성과도 관련이 깊다. 일제는 식민화를 위해 한글날, 개천절, 어린이날 행사를 금지하기도 했다. 그들과는 반대로 우리는 일제가 정한 날을 그대로 따르고 있다.

철도의 날 변경일로는 경인철도 착공일인 3월 22일(1897년), 경인철도 노량진-서대문 선로가 준공돼 경인 간 직통 운행이 시작된 7월 8일(1900년), 서울 서대문역에서 경인철도 개업식(전통식)이 거행된 11월 12일(1900년) 등이 거론된다. 국가 기념일은 아니지만 공사의 창립 기념일을 변경한 사례는 있다. 대한지적공사는 일제강점기 조선총독부 산하 조선지적협회 창립일인 1938년 1월 24일을 공사 창립일로 여겨오다가 일제 잔존 역사를 과감히 청산해야 한다는 목소리가 확산되자 2012년부터 창립 기념일을 공사 설립일인 1977년 7월 1일로 바꿨다. 이에 따라 그해 창립 기념식은 '창립 74주년'이 아닌 '창사 35주년'으로 치러졌다.

日 철도의 날 신사참배 강제… 식민지·병참기지 건설 목적

목동훈 기자 발행일 2016-09-13 제1면

일제가 제정하고 신사참배까지 강제한 '철도의 날'(9월 18일)을 바꿔야 한다는 지적(경인일보 9월 12일자 1·3면 보도)과 관련, 일제가 조선을 '식민지'와 '대륙침략의 병참기지'로 만들기 위해 신사참배 기념일로 삼은 날까지 우리가 계속해서 기념하는 것에 대해 어떻게 생각해야 할까.

1937년 일제는 경인철도 인천-노량진 개통일인 (1899년) 9월 18일을 '철도 기념일'로 정하고, 모든 철도종사원에게 신사참배를 강요했다. 그해 중일전쟁을 일으킨 일제는 전쟁에 조선인을 동원하기 위해 동화정책(同化政策, 일본 문화에 동화시키려는 정책)을 펴고 내선일체(內鮮一體, 일본과 조선은 하나라는 뜻)를 강조했다.

그 방법 중 하나가 신사참배였다. 철도업무에 종사하는 조선인의 정신을 지배하고, 일본인의 단결을 도모하기 위한 목적으로 철도 기념일에 신사참배를 한 셈이다. 당시 철도가 군수물자를 실어 나르는 중요 수단임을 고려하면, 신사참배를 통해 한반도를 병참기지로 삼으려는 목적도 있었다. 일제는 '철도 기념일' 외에도 매달 18일을 '철도 애국일'로 정해 신사참배를 강요했다. 「동아일보」 1938년 1월 19일자 기사를 보면 일제가 철도 기념일과 애국일을 만든 이유를 알 수 있다.

"철도국에서는 작년 9월 18일을 철도 기념일로 하고 국기(局旗)를 제정, 철도보국에 매진하기로 했는데, 다시 매월 18일을 철도 애국일로 하고 통상의 달은 대표자가 조선신궁에 참배하기로 했다."

기사에 따르면 이날 국장과 각 과장, 모든 국원 약 5천 명은 신궁에 참배해 황군(皇軍)의 무운장구(武運長久)를 기원하고, 황국신민 서사 제창과 천황폐하 만세 삼창을 했다.

그해 9월 18일자 「동아일보」에는 "18일은 철도 기념일로서 예년 같으면 여러 가지 행사를 할 것인데, 올해는 전시 하에 처해 모든 행사를 정지하고 아침에 경성에 있는 모든 국원은 조선신궁에 참배할 것"이라는 기사가 실리기도 했다.

일제가 철도 기념일에 신사참배를 강요한 사실은 일본 센코카이(선교회·鮮交會)가 1986년 4월 펴낸 『조선교통사(朝鮮交通史)』에서 찾아냈는데, 이미 우리 신문에도 기록돼 있었다. 우리 정부가 1964년 11월 '철도의 날'을 제정하기 전에 역사적 고민이 부족했다는 지적을 피하기 어려울 것으로 보인다.

[인터뷰]

"철도기념일 신사참배 역사 발견" 손길신 철도교통문화협명예회장

목동훈 기자 발행일 2016-09-13 제3면 "일제 잔재 생각없이 따라서야"

철도박물관장 재직시절 문제의식 느껴 관심, 일본선교회 발간 『조선교통사』서 사실 확인. "현 기념식도 국가 아닌 법인주관 아쉬워"

손길신(73) 한국철도교통문화협회 명예회장은 "1937년은 일본이 전쟁을 준비하면서 위기의식을 느낄 때"라며 "일제는 철도종사원의 기강 확립과 사기 진작 방법으로 경인철도 인천-노량진 개통일인 (1899년) 9월 18일을 '철도 기념일'로 정하고 신사참배를 했다"라고 했다. 손 회장은 1960년대 공무원 시험에 합격해 40여 년 동안 교통부와 철도청에서 근무했다. 2004년부터 2014년까지는 철도박물관장을 지냈다. 박물관장 재직 시절, 철도 역사에 대해 공부하다가 '철도 기념일'에 신사참배가 이뤄졌다는 사실을 찾아냈다고 한다.

"박물관장으로 있을 때 한 미국인이 찾아왔습니다. 그 사람이 묻더군요. '일본사람들이 조선철도는 전부 자기들이 건설했다고 자부심이 대단하던데 맞습니까?'라고요."

그는 "일본사람들이 지금도 우리의 철도를 자기 것으로 알고 있다는 것에 문제의식을 느껴 역사에 관심을 갖게 됐다"라며 "일본 선교회가 발간한 『조선교통사』에서 신사참배 사실을 알게 됐다"라고 덧붙였다.

손 회장은 일제가 9월 18일을 '철도 기념일'로 정한 것은 조선사람의 감정을 건들지 않기 위한 것이라고 했다. 그는 "일본은 경인선을 건설한 뒤 기념탑을 세우려다가 조선인의 감정이 나빠질 것을 우려해 취소한 적이 있다"라며 "조선인의 악화된 감정을 다스리기 위해 부산-신의주 간 열차의 이름을 고종황제의 연호에서 따 '융희호'라고 한 적도 있다"라고 했다.

일제가 철도 기념일을 경인철도 임시 개통일로 정한 것은 조선철도의 시작을 기념하기보다 조선을 자극하지 않으려는 것이었다는 해석이 가능하다.

손 회장은 "철도의 날이 117주년을 맞았다는 것은 말도 안 된다"라며 "우리가 철도의 날을 만든 것은 1964년이다. 117주년이라면 왜정으로 거슬러 올라가야 한다"라고 했다. 이어 "철도 창설 117주년이라고 표현하면 모르겠는데, 사실 그것도 문제가 있다"라고 했다.

그는 "현재 철도의 날 기념식을 국가 기관이 아닌 사단법인 한국철도협회가 주관하고 있다"라며 "법적으로 맞는지 모르겠지만, 모호하고 격하된 것 같은 생각도 든다"라고 아쉬워했다.

국회 "일제 잔재 철도의 날 개정"

이현준 기자 발행일 2016-11-01 제3면

조정식 의원, 촉구 결의안 대표 발의…

"새로 지정" 정부에 요구

국회가 일제의 잔재라는 비판을 받고 있는 '철도의 날'(9월 18일) 변경을 위한 촉구결의안을 발의했다.

국회 국토교통위원장인 조정식(더민주·시흥을) 의원은 '철도의 날 개정 촉구 결의안'을 대표 발의했다고 31일 밝혔다.

국회는 이번 결의안에서 "일제에 의해 처음 기념일로 지정된 이래 지금까지 법정기념일로 이어지고 있는 철도의 날을 개정하라"라고 정부에 촉구했다.

또 "정부가 각계각층의 의견을 수렴해 우리나라 철도의 진정한 역사를 되새길 수 있는 기념일을 찾아 새로운 철도의 날을 지정하라"라고 정부에 요구했다.

조정식 국토교통위원장은 "이번 결의안은 우리나라의 철도 역사를 바로 세우는 의미 있는 첫 발걸음"이라며 "철도의 날이 일제 잔재의 역사가 아닌 우리 민족의 자주적 역사로 기억돼야 한다"라고 했다.

이어 "정부는 철도의 날 재지정을 적극적으로 검토하고 실행해야 한다"라며 "국토교통위원장으로서 국토·교통 분야 역사 바로 세우기에 최선을 다하겠다"라고 했다.

새누리당 이학재, 더불어민주당 박남춘, 윤관석 의원 등 인천지역 국회의원 3명은 이번 결의안 공동발의자로 이름을 올렸다.

일제는 1937년 중일전쟁 수행을 위한 기강 확립 방안으로 경인철도회사가 1899년 인천-노량진 구간에서 한국 최초의 철도를 운영한 날인 9월 18일을 '철도 기념일'로 정했다. 일제는 이날 신사참배를 강제하기도 했다. 그 치욕의 날을 대한민국 정부가 그대로 이어받아 기리는 건 문제가 많다는 비판의 목소리가 크다.

필자가 처음 글을 쓴 목적은 '철도의 날' 변경과는 전혀 관련이 없었지만, 우리나라에 철도 관련 기관인 '철도국'이라는 조직이 최초로 탄생한 1894년 6월 28일로 결정되기 전 필자는 당시 6월 28일은 음력이었으므로 양력 날짜인 7월 30일이 더 타당하지 않을까 생각했다. 하지만 당시는 음력을 공식적으로 사용하던 시기였으며, '개천절'이나 '서울시민의 날' 또는 '바다의 날'이 모두 당시 사용하던 음력 날짜라는 의견이 타당한 것으로 생각되었다.

다만 필자도 옛 '철도의 날'에 많은 표창을 받았으며, 추억이 많은 날로 오랫동안 같이 근무했던 선후배와 동료로부터 '철도의 날'을 바꾸게 했다는 원망과 핀잔을 받게 되었다.

그 후부터 필자가 담당하는 철도역사 강의 때마다 옛 '철도의 날'의 탄생 배경을 포함했고, 기회 있을 때마다 변명 아닌 변명을 통해 많은 이해를 구할 수밖에 없었다.

6월 28일로 변경 후 첫 '철도의 날' 기념식

註: '철도의 날'은 옛 철도청 시절의 철도인에게는 남다른 사랑과 관심의 대상이었기에 철도의 날 변경은 큰 사건이라 해도 무리가 아니었다. 재직 시절 존경했던 시설국장님의 전화를 받고 해명과 함께 몇 가지 자료를 전해 드렸는데, 아래와 같은 장문의 회신을 직접 쓰셔서 보내왔기에 원문 그대로를 여기 싣는다.

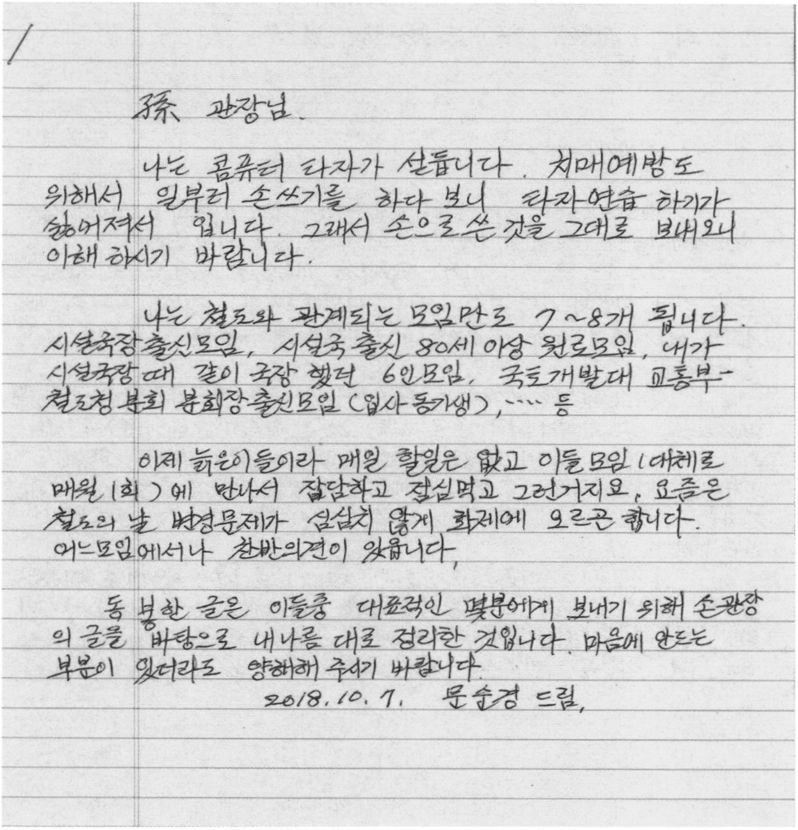
/

孫 관장님.

나는 콤퓨터 타자가 서툽니다. 치매예방도 위해서 일부러 손쓰기를 하다 보니 타자연습 하기가 싫어져서 입니다. 그래서 손으로 쓴 것을 그대로 보내오니 이해 하시기 바랍니다.

나는 철도와 관계되는 모임만도 7~8개 됩니다. 시설국장출신모임, 시설국 출신 80세 이상 원로모임, 내가 시설국장 때 같이 국장 했던 6인모임, 국토개발대 교통부-철도청 분회 분회장출신모임 (입사 동기생), …… 등

이제 늙은이들이라 매일 할일은 없고 이들모임 (대체로 매월 1회) 에 만나서 잡담하고 점심먹고 그런거지요. 요즘은 철도의 날 변경문제가 심심치 않게 화제에 오르곤 합니다. 어느모임에서나 찬반의견이 있읍니다,

동봉한 글은 이들중 대표적인 몇분에게 보내기 위해 손관장의 글을 바탕으로 내나름 대로 정리한 것입니다. 마음에 안드는 부분이 있더라도 양해해 주시기 바랍니다.

2018. 10. 7. 문순경 드림,

—1—

정부의 '철도의 날' 변경 배경을 살펴본다.

글 쓰는 순서.

1. 들어가는 말.
2. 철도의 날 자정 역사
3. 철도의 날을 변경하게 된 경위
4. 鮮交會의 朝鮮交通史에 실린 '철도기념일 제정' 내용.
5. 당시 철도기념일에 관한 동아일보 기사.
6. 9월18일 철도의 날을 그대로 존속해서는 안되는 이유.
7. 최연혜 의원의 철도의 날 변경반대 발표문
8. 맺는 말.

1. 들어가는 말

철도의 날은 국가 基幹 교통수단인 철도의 意義를 되새기고, 철도 종사원들의 노고를 위로하기 위하여 정한 法定 기념일이다.

그동안은 경인선 인천-노량진간 개통일인 9월18일을 철도의 날로 정해 기념해 오던 것을 금년(2018년) 5월 정부는 6월28일을 철도의 날로 변경하였다. 그리고 지난 6월28일 변경한 날에 기념행사를 치렀다.

철도의 날 변경에 대해 일부에서는 우리나라로서는 경인선 개통일이 실질적 철도운행의 시작이므로 이를 그대로 철도의 날로 기념하는 것이 의의가 있는건데 정부가 부질없이 변경하였다고 못마땅하게 생각하는 의견이 있는가 하면, 또 한편에서는 변경할 사유가 충분하다, 일제 잔재를 그대로 두어서는 안된다. 너무 늦은감이 있다면서 변경을 찬성하는 의견도 많다.

나(필자)는 이글을 쓰기 위해 철도의 날 변경 動因을 제공한 것으로 알려진 손길신 전 철도박물관장(孫吉信, 현 철도교통문화협회 회장, 철우회 중앙위원)에게 전화해 그 경위를 설명 들었다. 손관장과는 평소 친분을 가지고 지나왔기 때문이다. 손 관장은 전화통화

-2-

를 하고도 또 무려 21쪽의 증빙자료도 복사해서 택배로 보내주었다, 무척 고맙게 생각한다.

오늘 여기서는 손 관장이 보내준 자료를 위주로 하여 철도의날 변경 경위 (배경)을 살펴 보고자 한다,

2, 철도의 날 지정 역사,

o. 1937년, 일제의 조선 총독부는 경인선 개통일 (9월18일)을 철도의 날로 제정하였다, 경인선을 개통한지 무려 38년 뒤 이다, 이것이 우리나라 최초의 철도기념일 이었다.

o. 1964년, 그러므로 해방후 대한민국 정부가 수립되고, 1963년 철도청이 교통부 외청으로 분리된 다음해 11월26일 박정희 대통령은 대통령령 제1992호로 9월18일을 그대로 철도의 날로 지정하였다,

o. 1973년, 「각종 기념일등에 관한 규정」이 제정 되고, 거기에 철도의 날도 게상되므로서 이때부터 철도의 날은 정부주관 법정 기념일로 등록 되었다. 그리하여 작년 (2017년) 까지는 9월18일을 철도의 날로 기념해 왔다.

o. 2018년 5월8일, 정부는 문재인 대통령 주재하의 국무회의에서 「각종 기념일 등에 관한 규정」을 개정하고 철도의 날을 9월18일에서 6월28일로 변경하였다, 이것이 현재의 철도의 날이다.

3, 정부가 철도의 날을 변경하게된 경위.

o 손길신 관장이 철도박물관장 때 한 미국인이 철도박물관을 관람하고는 손 관장에게 '일본사람들이 조선철도는 모두 자기들이 건설한 것이라고 자랑하던데 과연 그렇습니까? 라고 묻더란다, 이때 손 관장은 철도박물관장을 하려면 철도역사를 꿰뚫고 있어야겠구나 생각되어 이후 철도역사를 깊이 파고들게 되었다고 회고했다,

그가 한국 철도사를 파고든 과정에서 일본 鮮交会가 1986년 발행한 「朝鮮交通史」를 손에 넣게 되었고, 거기서

-3-

조선철도의 철도의 날은 1937년 전쟁수행을 위한 철도수송체계 확립 차원에서 제정되었다는등 철도의 날 제정 동기와 그동안 우리가 알지 못하고 있던 가공할 사실들을 알게 되었다 한다

○ 손 관장은 2016년 철도역사와 문화 이야기를 담은 「기찻길」 이라는 책을 저술했는데 이책에 '철도의 날 有感' 이라는 散文을 게재하였다.

이글에서 그는 우리나라 최초의 철도의 날은 1937년 일제에 의해 9월18일 경인선 개통일로 제정되었고, 철도의 날 기념식 행사에는 神社參拜가 공식적으로 곁들여졌으며, 그리고 근래의 철도의 날 행사는 국가기관이 아닌 철도협회에서 주관하고 있어 이것이 법적으로는 가능한 일인지 모르지만 철도 당사자 직원들은 마치 素客 취급되는 주객전도 현상이 벌어지고 있는 것이 안타깝다고 썼다.

○ 손 관장의 「기찻길」 '철도의 날 有感' 을 읽은 경인일보 기자 (목동훈 기자)는 이내용을 크로즈업 시켜, 이런 일제 잔재를 그대로 이어받아 철도의 날을 기념하는 것은 문제가 있다면서 경인일보 2016년 9월 12~13일자에

'일제잔재 철도의 날 이제라도 바꾸라!' '철도의 날 신사참배 강행!', '경인선 건설은 식민지 병참기지 건설이 목적' 등의 연재기사를 실었다.

○. 이 연재기사를 읽은 조정식 의원 (더불어민주당 시흥을, 전 국토교통위원장).을 비롯 26명의 국회의원이 이에 동감하면서 정부에 '철도의 날 재지정 촉구 결의안' 을 제출하였다. 재지정 촉구결의안 제출의 사유서에서 「9월18일 철도의 날은 일제 잔재가 곁들여 있으므로 더이상 존속할 가치가 없는 것으로 판단되니 정부가 각계 각층의 의견을 수렴하여 우리나라 철도의 진정한 역사를 되새길 수 있는 기념일을 찾아 철도의 날을 새롭게 지정할 것을 촉구한다'고 하였다.

○ 정부는 철도의 날 재지정 촉구 결의안을 접수하고 여러 의견을 들은 끝에 문재인 대통령 주재하의 국무회의에서 (2018년 5월 8일) 9월 18일의 철도의 날을 6월 28일로 변경하였다.

6월 28일은 고종 31년 6曹의 議政府 內閣조직을

8衙門(아문)으로 확대 개편하면서 공무아문 산하에 鐵道局을 설치하는 것을 고종 황제가 제가한 날이었다, 1894년 갑오경장 때의 일이다.

o. 당시까지는 음력을 썼기 때문에 그때의 음력 날짜를 그대로 철도의 날 기념일로 정한 것이다. 양력으로 환산하면 그날이 7월30일이므로 왜 7월30일로 정하지 않았느냐는 의견도 있으나, 이점은 국무회의에서도 응분의 토론을 거쳐 그렇게 정한 것으로 알고 있다.

4, 鮮交会의 「朝鮮交通史」에 실린 '철도기념일 제정' 내용,

1986년 9월18일 일본 鮮交会가 발행한 「朝鮮交通史」에 당시 '철도기념일 제정'에 관한 내용이 실렸다. 손 관장은 이것을 입수하여 그의 「기찻길」 책자의 '철도의 날 有感'에 그것을 전재하였다, 번역문을 그대로 옮긴다.

「 1937년 이후 시국이 중차대하게 변해가고 있는 상황에서 철도의 사명은 막중하며, 종사원의 기강해이는 잠시도 용서할 수 없는 상황에 이르렀다. 종사원의 정신무장은 막중하며 시국의 급변에 대응할수 있어야 한다. 이를 위하여 '철도기념일의 제정'은 조선철도 창설의 뜻을 명백히 하고 사명 달성을 위하여 1899년 9월18일 경인철도회사가 인천-노량진간 조선 최초의 철도운영을 개시한 날인 9월18일을 철도기념일로 정한다, 이날은 京城지방에 있는 철도국 본국과 건설、개량 각사무소의 전직원, 공장·역·사무소·호텔·식당의 대표가 열을 지어 朝鮮神宮에 참배를 하고, 지방에 소재한 철도건설、개량사무소; 공장、역·사무소가 다 함께 각 소재지의 神社에 참배하는 행사를 하므로서 철도정신의 앙양에 노력한다, 철도직원의 정신무장을 위하여 '철도창설 기념일'을 '철도국 기념일'로 정했다」고 썼다,

鮮交会(센코가이)는 일제 때 한국(당시는조선)에 와서 조선철도국에 근무했던 종사자들이 종전후 일본으로 귀국한 뒤 일본에서 구성한 친목단체로 우리의 철우회와 같은 성격의 기구이다. 동경역전 마루노우찌(丸ノ內)에 있으며, 필자도 1968년 신간선건설 기술연수 때 초청되어 조선철도에서의 여러가지 경험담을 들은바 있다.(필자 註),

5, 9월18일 철도의 날을 그대로 존속해서는 안되는 이유、
(9월18일 철도의 날은 일제잔재의 이미지를 풍고 있다),

○. 당초 조정은 경인선 부설권을 미국인 사업가 모어스에게 주었다, 모어스가 공사를 한창 진행하고 있을 때 일본은 모어스를 회유하여 부설권을 매수, 일본자금으로 일사천리로 건설·개통하였다. 그러므로 당시 상황으로는 경인선은 일본이 조선땅에 일본철도를 부설하였다는 것을 뜻하며, 이것은 일본의 조선침탈 및 대륙진출을 위한 군수송로를 건설하였음을 의미한다.

그러므로 9월18일 철도의 날은 철도종사원의 노고를 위로하는 날이라기 보다는 일제의 한국침탈용 철도건설을 기념하는 날이라는 이미지를 풍고 있다. 이런 이면사를 알고도 9월18일 철도의 날을 그대로 지속해야 할 것인가?,

○. 경인선 개통일은 1899년 9월18일인데, 일제의 철도의 날 제정은 개통 38년 되던 1937년1월19일 이였다. 철도기념일을 정하려면 개통 다음해에 하던가 아니면 그 몇년 내에 정해야지, 개통후 38년이나 가만히 있다가 새삼스럽게 갑작히 정한 것은 또 무엇인가?

이때는 일본이 중국본토에서 中·日 전쟁을 치루고 있었으므로 일본으로서는 조선에서의 철도수송체계를 확립할 필요성이 컸기 때문이었다. 다시말하면 전쟁수행을 위한 철도수송 다지기 (독려)차원이였다, 그러므로 9월18일 철도의 날은 철도종사원의 노고를 위로하기 위해서가 아니라 일제의 전쟁수행 다지기의 한 대목이였다. 이부분은 손관장의 '철도의 날 유감'에서도 역역히 지적하고 있다.

이런 秘史가 있는데도 이부분은 제쳐두고 다만 경인선 개통에만 의의를 두려하는가?.

○. 일제때의 철도의 날은 대체로 神社參拜 하는날, 皇軍의 武運長久 비는 날, 皇国臣民 宣誓 하는 날, 天皇陛下 万歳 三唱 하는 날 이였음이 알려졌다.

일본 鮮交会의 朝鮮交通史와 당시 동아일보 기사가 이를 立證 하고 있다. 아무리 경인선 개통일에 의의를 두고싶다 하더라도 기념일 행사 내용이 이랬했다는 것을 알게되었는

-8-

나는 손 관장에게 다른사람이 못하는 좋은일을 해서 칭찬받을 일을 했는데 무엇이 그리 곤혹스럽냐고 반문했다, 사실 생각하면 손 관장의 '기찻길'의 '철도의 날有感'이 아니었으면 한국철도의 이런 흑역사는 영구히 까마득하게 묻히고 말았을것 아닌가 싶어 손 관장을 다시 보게 된다.

마지막으로 덧붙이고 싶은것은 솔직히 우리나라로서는 경인선 개통일을 철도의 날로 정해 기념하는 것이 훨씬 의의가 있을것으로 생각된다. 그러나 일제가 先手를 쳐서 9월18일 철도의 날을 전쟁 수행 수단으로 악용하였던 것을 알게 된 이상, 이것을 알고 있으면서도 9월18일을 기념하기에는 낯뜨거운 일이라 생각한다,

그래서 정부가 철도국 창설일 (6월28일)로 변경한 것은 그 次善策이라고 생각한다, 차선책이라는 느낌은 있으나 어찌 하겠는가! 정부가 눈물을 먹음고 변경한 충정을 이해해야 되지 않겠느냐 생각한다 (끝)

2018, 9, 28. 문순경 씀,

morning glory

36 미국에서 돌아온 황소상과 경춘선 이야기

황소상과 복부에 새겨진 한자 '경춘철도기성회 기념'

철도박물관 근무 중 미국에서 기아자동차 오태현 전무를 통해 복부에 '京春鐵道期成會記念(경춘철도기성회 기념)'이라는 글이 새겨져 있는 특이한 황소상 사진을 전달받았다.

한국전에 참전한 잭 앨드리치(왼쪽)

1951년 한국전에 참전했던 미군 잭 앨드리치(Jack Aldrich)가 1953년 귀국길에 기념품으로 구입해 간 것으로, 이를 본 사람들이 한국에서는 귀중한 유물이 되겠다는 의견에 따라 다시 한국에 가져다놓겠다고 마음을 굳혔다.

어린 아들 팀과 아버지 잭

오태현 전무와 팀 앨드리치

철도박물관에서 황소상 전달

하지만 뜻을 이루지 못하고 사망함에 따라 아들 팀 앨드리치(Tim Aldrich)가 아버지의 뜻을 받들어 한국에 반환할 의사와 함께 한국의 박물관에 전시할 가치가 있는지를 물어온 것이다.

그러나 사설철도인 경춘선 관련 역사자료를 찾을 수 없어 헤매다가 한 달여 만에 옛 신문 자료에서 찾아낸 결과를 전해주고, 2010년 3월 10일 기아자동차 오태현 전무(기증인 팀 앨드리치의 기아자동차 미국 현지 딜러)를 통해 기증받아 철도박물관에 전시하고 있으며, 이를 통해 얻은 자료를 소개한다.

경춘철도 착공(1936년 7월) 이전의 옛 신문을 찾아본 결과 예상대로 1926년 2월 7일자 「동아일보」에 2월 3일 춘천번영회가 주축이 되어 경성-춘천 간 철도부설을 목적으로 경춘철도기성회[34]를 조직했다는 자그마한 기사를 찾아냈다.

34 당시에는 '○○발전 기성회' '○○헌납 기성회' '○○대학 기성회' '○○중학교 설립 기성회' 등 기성회라는 이름의 조직이 많이 구성되었다.

이어서 「동아일보」, 「조선중앙일보」 등 기사에서 "경춘철도 부설을 위하여 경춘철도기성회 진정인 대표 상경" 또는 "기성회의 적극적인 활동으로 경춘철도 부설 실현 가능" 등의 기사와 경춘철도기성회가 화천, 양구, 홍천 등으로 확산되고 있으며 1936년 5월 5일자 「조선중앙일보」에는 정거장 기지 준비용으로 토지 15만 평을 매입했다는 기사가 게재되어 있었다.

1936년 7월 21일자 「동아일보」와 「매일신보」에는 조선인 주주가 다수(1천 주 이상 소유 주주 10명) 참여한 '경춘철도주식회사' 창립 소식과 함께 "다년간 노력한 결과 경성을 기점으로 하는 최초의 사설철도를 부설하게 되었으며, 강원도의 많은 미개발 광구(鑛區) 개척에 큰 역할을 하게 되었다"라는 자평과 함께 "경춘철도기성회는 경춘철도회사 창립축하회를 대대적으로 준비한다"라는 소식을 전하는 기사를 찾아볼 수 있었다.

옛 신문 기사를 통해 경춘철도기성회 기념 황소상이 언제 어디서 누구에 의해 만들어졌는지는 밝혀내지 못했지만, 1926년 2월 3일부터 1936년 7월 20일 이전 기성회 주도로 제작되었음을 추정할 수 있게 되었다.

또한 「매일신보」는 1939년 7월 22일 거행된 경춘 철도 개통식 소개에 이어 개통 초일인 7월 24일 여객 1,400명, 수입 1,767원, 화물 111톤, 수입 555원으로 수입 합계 2,322원의 실적을 기사화했다.

1939년 7월 26일 발행된 조선총독부 관보(3754호)에 성동-춘천간 93.5km의 사설철도에 대한 7월 20일부 운수 개시 인가 내용과 함께 각 역명과 역간 키로정(km로 표시하는 거리표)이 게재되었다.

옛 성동역과 성동역 터 표지판

당시 관보에 게재된 경춘선 역은 성동역, 고상전정류소, 월곡정류소,[35] 연촌역(1963년 3월 5일 성북역으로 변경), 묵동정류소,[36] 태릉정류소(1958년 1월 1일 화랑대역으로 변경), 갈매정류소(1974년 8월 15일 폐지), 퇴계원역, 사릉간이역,[37] 금곡리역, 평내정류소, 마석역, 대성리역, 청평역, 상천간이역, 상색정류소(1978년 8월 8일 폐지), 가평역, 서천정류소(1958년 7월 10일 경강역으로 변경), 백양리역, 강촌정류소, 의암정류소(1974년 2월 5일 폐지), 신남역(2004년 12월 1일 김유정역으로 변경), 성산역(1940년 4월 1일 남춘천역으로 변경), 춘천역 등 24개 역이다.

푸러형 증기기관차

해방 전 경춘선을 이용하여 통학했던 이용구 철도 선배님의 수필 「경춘선과 아버지 그리고 해방」에서 "경춘선은 서울 동

35 성동, 고상전, 월곡역은 1971년 11월 2일 폐지됨

36 묵동은 신공덕역의 최초 명칭으로 추정되며 1906년 10월 1일 개설되어 1944년 3월 31일 폐지된 용산선 공덕리역과의 혼동을 피하기 위하여 신공덕역으로 역명을 결정한 것으로 1936년 개설된 경성제국대학 이학부의 교수와 학생들의 편의를 위하여 특별히 설치한 역이다.

37 '정류소'는 역 건물이 없고, 직원이 배치되지 않은 임시승강장을 말하며 '간이역'은 역장은 배치되지 않고 역무원만 배치된 역을 말한다.

쪽(현 제기동) 성동역을 떠나 춘천역까지 운행되었는데 단선으로 푸러형 기관차가 객차 3~4량을 끌고 다녔다. … 물자난과 정비 부족으로 연발 연착은 다반사였다”라는 표현에서 당시 상황이 어렴풋이 짐작된다.

1939년 11월 3일자 「동아일보」에 의하면 경춘철도주식회사는 400만 원 예산으로 동대문-경성 간 지하철도 부설 승인요청을 했으며, 당국에서는 다음 해까지 승인 여부를 검토한 사실이 있음을 확인할 수 있다.

1946년 5월 7일 발효된 재조선 미국 육군사령부 군정청 법령 제75호 ‘조선철도의 통일’ 제2조에 의해 경춘선은 국유철도로 편입되었다. 1999년 12월 복선전철화 공사가 착공되어 통일호 열차는 2004년 3월 31일 경춘선 마지막 운행을 했고, 무궁화호 열차는 2010년 12월 20일을 끝으로 운행을 종료했으며, 2010년 12월 21일부터 복선 전철 운행이 개시되었다.

경춘선 복선전철 노선 약도

37 인클라인, 스위치백 철도

인클라인(Incline)과 스위치백(Switch-Back) 철도라면 아는 사람은 곧바로 영동선의 동백산-도계 간을 떠올리게 되지만, 모르는 사람이 더 많아 철도박물관 관람객이 자주 질문하는 대상이었기에 옛 기록들을 찾아 짚어본다.

강삭철도(鋼索鐵道)와 전향선(轉向線)이라는 용어가 있지만, 많은 사람이 '인클라인'과 '스위치백'이라는 용어에 익숙해 있어 영문 표기를 사용하기로 한다.

1937년 건축한 삼척개발사택(등록문화재)

지금은 '영동선'이라 불리지만 본래는 철암선 구간이었다. 일제강점기에 삼척개발주식회사가 삼척탄좌 개발을 목적으로 1936년 3월부터 공사를 시작하여 1940년 8월 1일 개통한 묵호-철암 간 60.5km 철암선의 경사가 심한(15.45°) 해발 700m의 통리역에서 해발 1,100m의 심포리역 구간(1.1km)에 설치한 것이 인클라인 철도다.

또한 심포리-나한정역 간의 경우 심한 표고 차이와 깊은 계곡으로 직접 열차 운행이 불가능하다. 그래서 심포리역을 출발하여 흥전역에 도착한 열차는 1.5km 거리에 있는 다음 역인 나한정역까지는 앞에서 끌던 기관차가 열차를 뒤로 밀면서 퇴행 운전하여 나한정역에 도착한 다음, 다시 앞으로 정상 운행하는 흥전-나한정 구간은 스위치백 구간이다.

물론 반대 행로의 경우 나한정역까지 진행했다가 나한정역에서 흥전역까지 퇴행하여 흥전역에서 진행하게 된다.

인클라인 철도는 통리역에 450마력과 750마력의 전동기 2대를 설치하여 화차 1량씩 끌어 올리고 내리도록 했으며, 끌어올리는 최대 하중 48톤, 내려보내는 최대 하중 35톤으로 석탄 수송을 위해 건설된 노선이었다.

통리(왼쪽), 심포리(오른쪽)에서 본 인클라인, 걸어 올라가는 사람(원 내)

그렇기 때문에 삼척, 묵호 방면으로 가는 여객은 통리역이 종착역이고 심포리역까지 도보로 이동하여 심포리역에서 다시 열차를 이용했다. 또 영주 방면으로 향하는 여객은 심포리역이 종착역이고 심포리역에서 도보로 통리역까지 이동하여 통리역에서 다시 열차를 이용할 수밖에 없는 형편이었다.

1955년 말 태백준령을 뚫고 영주-철암 간 영암선을 개통했지만, 인클라인은 엄청난 수송 제한 구간으로 이를 개량하기 위해 불과 1.1km의 짧은 구간을 8.5km의 우회선로(황지 본선)로 1963년 5월 20일 완공함으로써 불필요한 인클라인은 철거되어 역사 속으로 사라졌다.

이에 따라 1963년 5월 27일 철암선은 영암선과 동해북부선(묵호-강릉 간 1962년 10월 31일 개통) 및 통리-심포리 간 황지 본선을 통합하여 영동선으로 명명함으로써 철암선, 영암선, 동해북부선, 황지선 등의 명칭이 인클라인과 함께 역사 속으로 사라졌다.

심포리역

흥전역

나한정역

스위치백 구간 철도 운행 당시는 이 구간을 운행하는 모든 열차가 진행하다가 퇴행한 후 다시 진행 운전을 했는데, 여객열차의 경우 승무원이 안내방송을 하지만 사전 지식 없이 안내방송을 듣지 못한 여객이 놀라는 경우가 발생하기도 했다.

이러한 수송상의 장애 요건을 개선하기 위해 2001년 7월 동백산역에서 도계역까지 연화산에 루프식 터널 공사를 착공하여 2006년 12월 7일 입구와 출구의 높이 차이가 387m에 이르며 길이 16.24km로 국내에서 가장 긴 솔안터널이 관통되었다. 선로부설 등 공사가 2012년 6월 27일 개통되어 스위치백 구간에 있던 통리역 기능은 동백산역으로 이전되었다가 폐역된 후 2014년 10월 개장된 추추파크 레일바이크 시발역으로 이용되고 있으며, 심포리, 흥전, 나한정역은 솔안터널 내 무인 신호장인 솔안역으로 통폐합되어 역사 속으로 사라졌다.

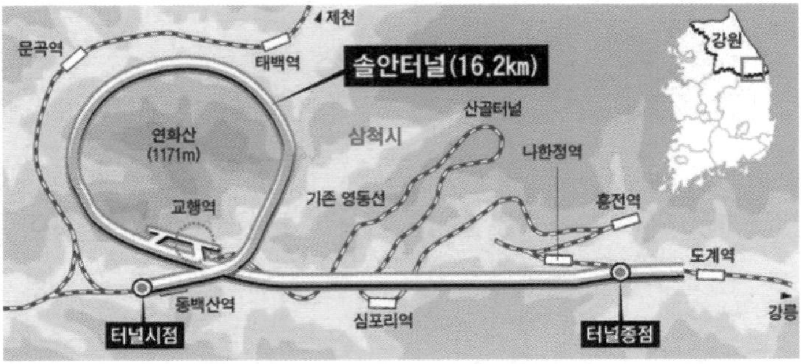

솔안터널 노선 약도

38 빛바랜 기차표에서 찾아본 역사 이야기

기차표는 금속으로 만든 기차표부터 시작하여 100년 이상 전 세계에서 널리 사용된 에드몬슨식 승차권(현재도 많은 국가에서 사용되고 있음)에 이어 한국에서 세계 최초로 사용되기 시작한 RF 칩을 활용한 기차표, 바코드를 활용한 기차표 등 인류 문명의 발달과 함께 진화를 거듭하고 있다. 이러한 기차표를 수집하는 사람은 생각보다 훨씬 많다.

필자는 언젠가 뜻밖의 전화를 받은 기억이 있다. 아버지께서 생전에 평생 모으셨던 기차표철을 분실하여 제사상에 올릴 수 없다며 옛날 기차표를 구해달라는 내용이었다. 그리고 지난 9월에는 서울에 사는 김용환 씨로부터 선친 고 김연수 씨(1941년부터 5년간 경전선 보성역 근무)가 시멘트 포대 종이에 풀칠하여 모아둔 기차표를 기증받아 복원작업을 하면서 기차표의 발역과 착역을 찾다가 재미있는 역사 이야기를 접할 수 있게 되어 몇 가지를 소개한다.

일본 규슈철도 초사역에서 한국 경전선 보성역까지

이 승차권은 1941년 10월 20일 발행된 것으로, 일본 가고시마현 아이라군에 소재한 닛포혼센(日豊本線) 초사(帖佐)역을 출발하여 시모노세키(下関)역에서 내려 배를 타고 한국 여수항에 도착하여 여수역에

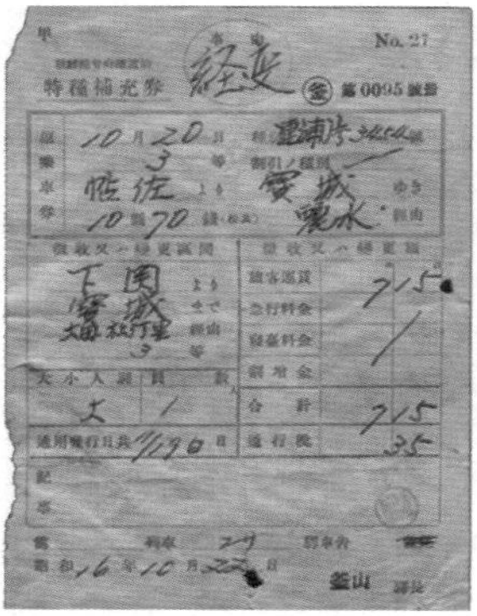

No. 27

特種補充券

釜山

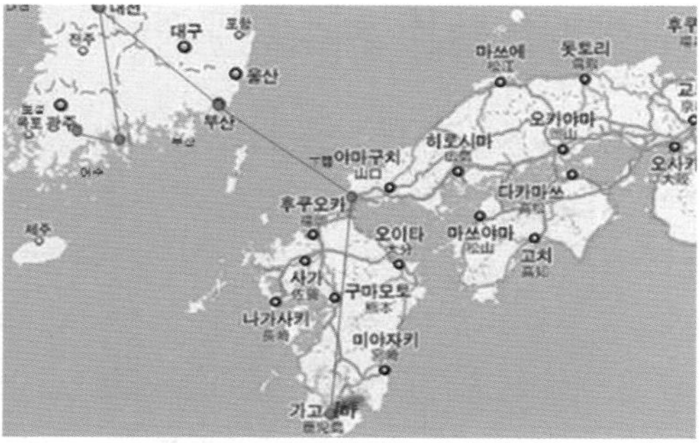

일본(초사)-한국(보성) 간 이동경로

일본 초사→보성 승차권

서 보성역까지 가는 일본-한국 간 국제승차권이다. 이틀 후인 10월 22일 부산역에서 경로변경 취급을 해준 승차권으로, 일본 초사-시모노세키 간 철도 이용은 생략하고 시모노세키에서 부관페리호를 이용하여 곧바로 부산역에서 경부선 대전을 경유하여 호남선 송정리를 거쳐 보성역에 도착하도록 변경한 3등 차표다. 당시의 운임제도나 통용 기간을 살펴볼 수 있으며, 일본 시모노세키항-한국 여수항 간 정기 여객선이 운행되었다는 사실을 추정할 수 있다.

대만에서 일본을 경유하여 한국까지의 국제승차권

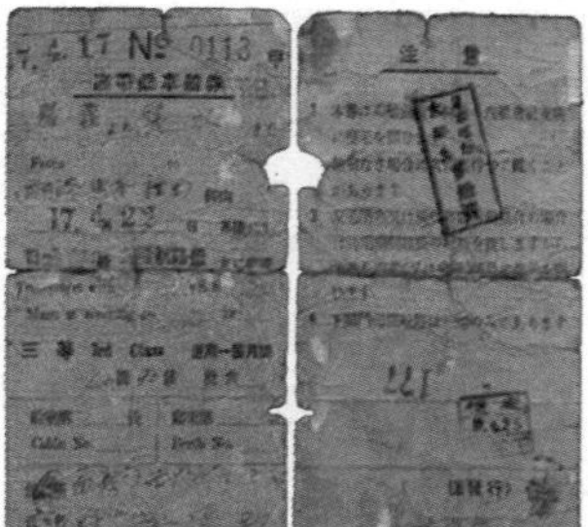

대만→일본→부산→대전→여수

배와 기차를 이용할 수 있는 연대 승차선권으로, 대만의 자이(嘉義)역을 출발하여 지룽(基隆)에서 선박을 이용해 일본 모지(門司)항 경유, 시모노세키항에서 부관페리호 이용, 부산에서 경부선 대전 경유, 호남선 이리(지금의 익산)역을 경유하

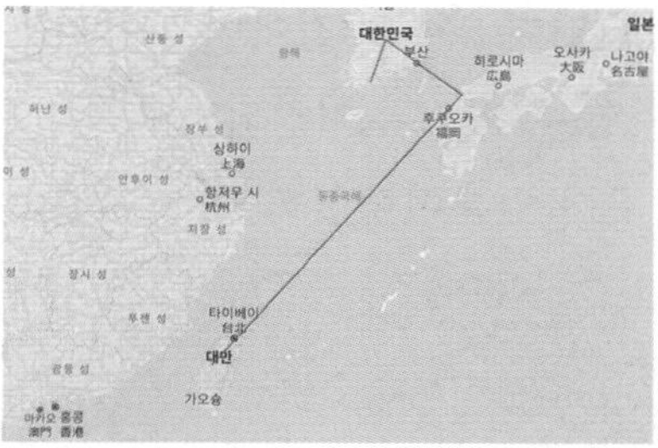

대만(자이-지룽) → 下関 → 부산 → 대전 → 여수

여 여수역에 도착하는 3등 국제 승차·승선권이다. 1942년 4월 17일 대만 자이역에서 발매되었으며, 대만(嘉義市 西問所 ...)에 주소를 둔 林敦淳(임돈순) 씨가 40원 80전을 지불했으므로 당시 시모노세키-부산 간 운임 8원 75전, 부산-여수 간 운임 9원 25전을 감안하면 대만 자이역부터 일본 시모노세키까지의 운임은 22원 80전이라는 계산이 가능하다. 대만에서부터 한국까지 하나의 차표로 여행했다는 사실을 확인할 수 있다.

뒷면에 집표인 등의 날인이 있으나 낡고 종이에 풀칠하여 붙인 차표로 식별하기 어려웠다. 자세히 살펴본 바 뒷면의 주의사항에는 첫째 본 승선권을 선박회사에 제시하고 승선을 요청하도록 했으며, 둘째 승선 좌석이 없으면 다음 편을 이용하도록 했고, 셋째 교통이 막히거나 만원으로 이용이 불가능한 경우 승차권을 제시하고 통용기간을 연장하도록 했고, 일본 시모노세키-모지항 간에는 3등 객실만 있다는 내용을 알 수 있었다.

역이 아닌 백화점에서 발매된 국제승차권

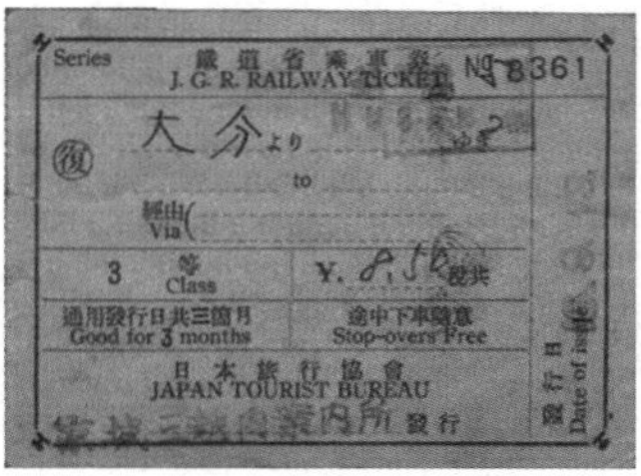

1941년 백화점에서 발행된 국제승차권

일본 철도성 승차권으로, 1941년 9월 13일 발행된 일본 오이타(大分)역 출발 시모노세키역 도착, 부관페리호를 이용하여 부산(HUSAN: 당시에는 FUSAN 또는 HUSAN으로 표기함)에 도착하는 3등 왕복 승차권 중 복편 승차권이다. 2할 할인되어 8원 50전이며 통용기간은 3개월이고, 도중에 어디서나 하차할 수 있도록 지정되었다.

이 승차권을 살펴보면 발행한 곳이 일본여행협회 京城三越內案內所(경성삼월내안내소)로 되어 있다. 미쓰코시(三越)는 일본의 에도시대인 1673년 설립된 백화점으로, 현재도 일본 여행 중 자주 볼 수 있는 국제적인 체인망을 가진 백화점이다. 한국에는 1906년 출장소로 시작하여 1929년 백화점으로 승격되어 1930년 10월 24일 지하 1층, 지상 4층의 대규모 백화점(신세계백화점의 전신)으로 시작한 한국 최초의 백화점이다. (박흥식의 화신백화점은 1931년 개점한 것으로, 한국인이 운영한 최초의 백화점이다.)

미쓰코시백화점 경성지점

필자는 이 승차권을 처음 보았을 때, 1893년 대전지방철도청 여객과장 시절 대전 소재 유성호텔에 승차권 대매소를 개설하고는 '호텔 기차표 매표소는 획기적인 사건이 아닐까?' 하며 스스로 만족해한 기억을 떠올렸다.

조선총독부 철도국 시절의 단체승차권

1942년 5월 4일 남광주역에서 발행한 3등 단체승차권이다.

남광주역(南光州驛)은 본래 1930년 12월 25일 신광주역으로 영업을 개시한 후 1938년 4월 1일 남광주역으로 개명된 역으로, 경전선이 광주시 외곽으로 이설됨에 따라 2000년 8월 10일 폐지되고

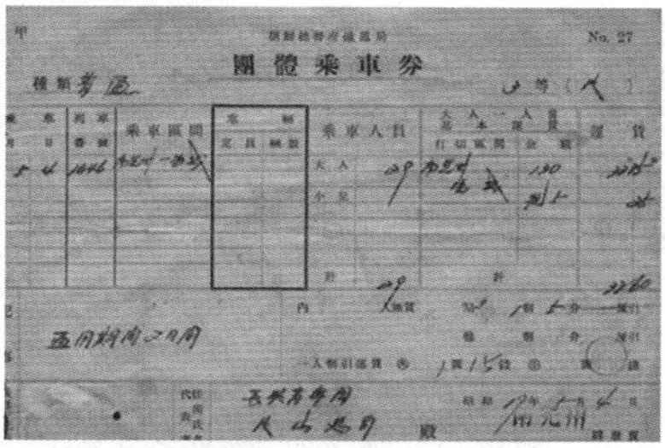

장흥청년단이 구입한 단체 승차권

역 기능은 신설된 서광주역으로 이전되었다.

승차권 내용을 분석해보면 이 단체는 전남 장흥에서 거주하는 일본인들로, '장흥청년단'이라는 단체를 구성하고 있었음을 알 수 있다. 승차권을 구입한 대표자는 일본인 가타야마 주시(片山忠司)로 장흥에서 가까운 보성역에서 출발하여 광주에서 용무를 마치고 돌아가면서 구입한 승차권으로 뒷면에 당일(1942년 5월 4일) 집찰(集札: 집표의 옛 용어)인이 날인되어 있다.

운임(1인당 1원 35전)에는 통행세 5전이 포함되며 15%의 단체할인이 적용되어 1인당 1원 15전으로 계산되었으며, 단체승차권의 통용기간이 2개월임을 알 수 있다.

그리고 승차권 좌측 하단에는 차내에서 승무원이 검표한 흔적(작은 펀치구멍)이 남아 있어 당시 승무원이 차내에서 검표했다는 사실도 알 수 있다.

또한 이 승차권을 통해 당시 일본인은 도회지가 아닌 시골에서도 거주했다는 사실이 확인되나 '청년단'이라는 단체의 활동 상황이 궁금해진다.

이와 같이 취미 삼아 수집한 조그만 승차권 한 장이 먼 훗날 당시의 역사를 대변할 수 있다는 사실에서 수집가들이 사회에 기여하는 단면을 엿볼 수 있기도 하다.

서대문 → 소사

일본 동경 → 경성

경성 → 영등포

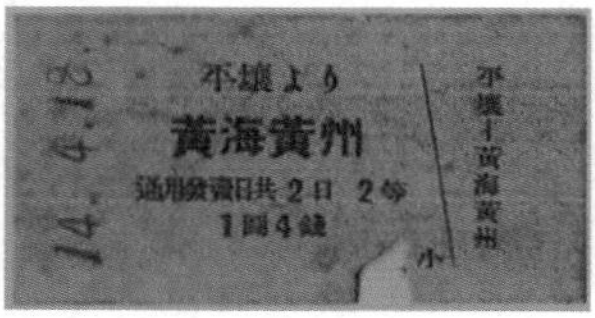

평양 → 황해도 황주

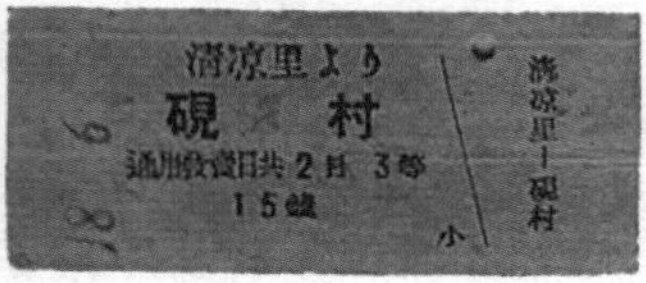

청량리 → 연촌

영등포 → 남대문

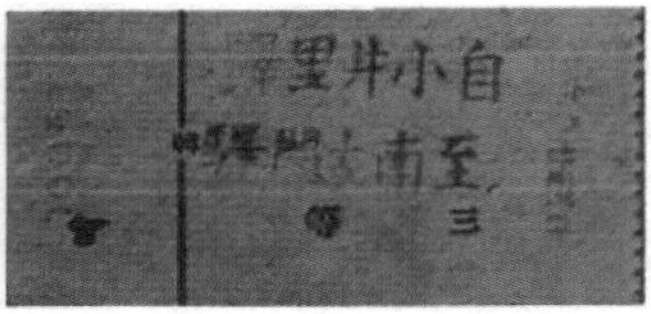
소정리 → 남대문

옛 기차표 모음(자료수집가 이형달 박사 제공)

39 태평양전쟁이 경북선 방향을 옮겨놓았다

경북선은 본래 김천-영주 간이 아니라 김천-안동 간이었다(철도 약도와 열차 시각표 참조).

조선철도회사는 1924년 10월 1일 김천-상주 간 36km, 12월 25일 상주-점촌 간 23.8km를 개통했고, 1928년 11월 1일 점촌-예천 간 25.5km를 완공함에 따라 김천-예천 간 운수 영업을 개시했으며, 1931년 10월 15일 예천-안동 간 32.8km를 개통함에 따라 김천-안동 간 총 118.1km 최초의 경북선이 개통되었다.

上り 慶北安東――金泉 (11.12.1改正)

粁程	三等賃金	驛名 \ 列車番號 / 行先	※100	2	4	6	※102	※104	8	※106
			金泉行							
0.0	0	慶北安東發	5.10	6.50	9.00	10.45	1.40	…	4.20	…
9.6	25	[illegible] 〃	5.26	7.09	9.19	11.04	1.56	…	4.39	…
17.5	44	慶北豊山 〃	5.38	7.22	9.35	11.17	2.08	…	4.52	…
23.1	60	虎鳴 〃	5.47	7.33	9.46	11.28	2.17	…	5.03	…
28.5	72	高坪 〃	5.56	7.43	9.56	11.38	2.26	…	5.13	…
32.8	83	醴泉 〃	6.04	7.57	10.10	11.53	2.35	…	5.27	7.00
38.2	97	柳川 〃	6.12	8.06	10.19	0.03	2.44	…	5.40	7.08
44.6	1.12	開浦 〃	6.22	8.16	10.29	0.13	2.54	…	5.50	7.18
51.1	1.30	龍宮 〃	6.31	8.28	10.40	0.24	3.04	…	6.01	7.29
58.3	1.47	店村着	6.41	8.38	10.50	0.34	3.14	…	6.11	7.39
		店村發	6.43	8.44	10.58	0.40	3.16	…	6.16	7.40
62.2	1.58	咸昌 〃	6.50	8.55	11.15	0.49	3.23	…	6.25	7.46
70.1	1.77	楊亭 〃	7.01	9.07	11.27	1.01	3.34	…	6.37	7.57
73.6	1.85	白元 〃	7.07	9.15	11.34	1.08	3.40	…	6.45	8.06
82.1	2.03	尙州 〃	7.20	9.40	11.54	1.27	3.53	2.40	7.04	8.20
90.9	2.32	靑里 〃	7.32	9.54	0.07	1.40	4.06	2.51	7.17	8.31
98.0	2.44	玉山 〃	7.42	1013	0.22	1.54	4.17	3.02	7.32	8.44
110.4	2.77	牙川 〃	8.03	1037	0.46	2.18	4.45	3.26	7.56	9.04
118.1	2.98	金泉着	8.14	1048	0.57	2.29	4.56	3.37	8.07	9.16

1936년 12월 1일 경북선(안동-김천) 시각표
※표는 기동차 열차, 굵은 글씨체는 오후 시간

당시 역으로는 김천, 아천, 옥산, 청리, 상주, 백원, 양정, 함창, 점촌, 용궁, 개포, 유천, 예천, 고평, 호오, 경북풍산, 오동, 경북안동 등 18개 역이 운영되었으며, 시각표에 경북풍산, 경북안동 등으로 표기한 것은 함경도의 풍산, 중국의 안동[지금의 단둥(丹東)]과 구별하여 혼동을 피하기 위한 것이다. 1940년 3월 조선총독부가 경북선을 매

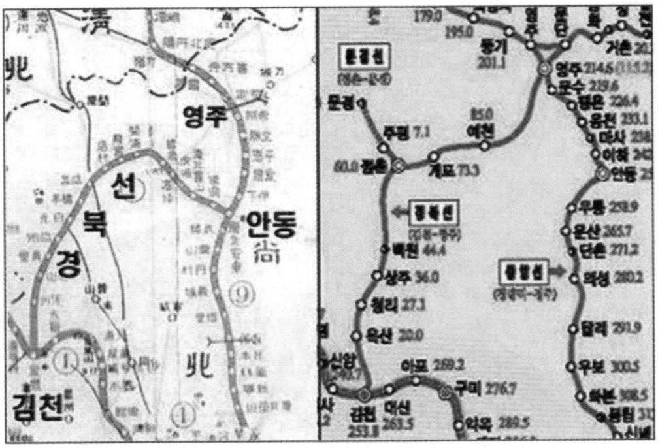

최초 경북선(왼쪽)과 노선이 변경된 경북선(오른쪽)

수하여 직영하기 시작했다.

그러나 1941년 12월 진주만 공격을 시작으로 태평양전쟁을 일으킨 일제는 전쟁의 장기화로 심각한 자원 부족에 직면하게 되자 군수물자 조달책의 일환으로 금강산철도 등 일부 전쟁 수행에 시급하지 않은 철길을 철거하여 군수물자로 충당하게 되었다. 이러한 과정에서 경북선의 점촌-안동 구간 58.3km도 철거대상이 되어 1943년부터 1944년 9월 사이에 철거되어 부족한 군수물자 충당에 사용되었다.

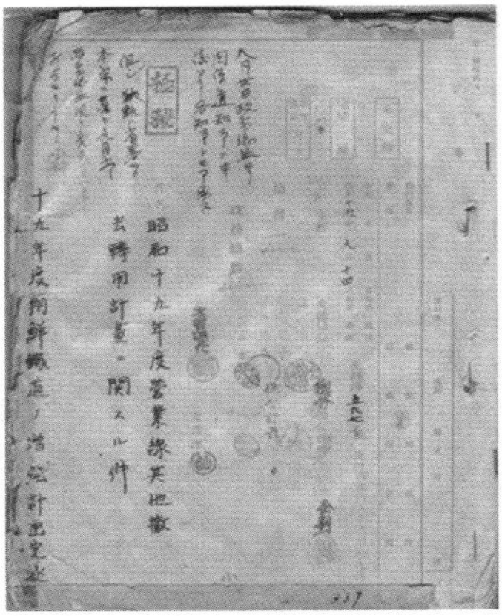
선로철거계획(극비문서)

조선총독부 철도국의 극비문서에 의하면 전쟁 수행 중 군수물자 수송을 위한 선로 보강 및 부설이 급박하지만, 모든 물자가 부족한 상황에서 철도부설 자재도 턱없이 부족했다. 이를 위한 궁여지책으로 전쟁 수행에 필수적이지 않은 노선의 선로를 철거하여 긴급한 선로의 부설 및 보강에 전용한다는 기발한 아이디어를 실행에 옮긴 것이다. 그 구체적인 계획을 살펴보면, 철거 대상 선로는 총 281.5km였다.

〈국유철도〉

○ 광궤선

- 광주선: 광주-담양 간 21.5km
- 경북선: 점촌-경북안동 간 58.2km

〈사설철도〉

○ 광궤선

- 금강산전철선: 창도-내금강 간 49km
- 경남철도 소유 경기선: 안성-장호원 간 41.4km
- 경남철도 소유 충남선: 홍성-장항, 판교 간 81.6km

○ 협궤선

- 함평궤도: 함평-학교 간 6.1km
- 수(壽)중공업 전용철도: 유명-보산 간 21.4km
- 신흥철도 소유 송흥선: 풍상-장풍 간 2.3km

이들 중 실제 철거된 선로는 광주선 광주-담양 간, 경북선 점촌-안동 간 국유철도와 금강산선 창도-내금강 간, 경기선 안성-장호원 간 사설철도 등이었다. 이렇게 철거된 선로의 사용 계획은 다음과 같이 부설용 자재로 사용하는 것이었다.

1. 경부·경의선 복선관계 1.5km
2. 부산, 수색, 평양 각 조차장선 71.1km
3. 영주춘양선 영주-춘양 간 46km
4. 청라선 청진-청암 간 13km
5. 울산선 울산-울산항 간 13km

6. 간리장산리선 간리-장산리 간 13km

7. 안주탄광선 만성-안주탄광 간 12km

8. 삼정비행기공장선 1.5km

9. 조선전공선 2.5km

10. 진남포리연인입선 6km

11. 조선제철선 1.2km

12. 동해선 배양-북평 간 105.7km

극비문건 제4항은 '철거선로 사설철도의 보상'이 계획되었다가 문건에서와 같이 결재과정에서 모두 삭제되고 말미에 "금일 철거 예정선 중 사설철도에 대하여는 별도로 나라에서 보상조치를 강구한다"라는 막연한 문구를 삽입하고 종결지었음을 볼 수 있다.

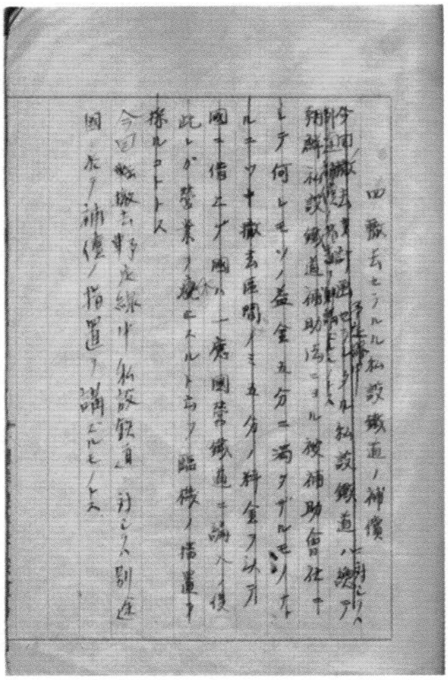
四 撤去セラルル私設鉄道ノ補償

今回撤去予定線中私設鉄道ニ対シテハ別途国ニ於テ補償ノ措置ヲ講ズルモノトス

철거선로 사설철도의 보상 문건

이후 대한민국 정부가 태평양전쟁으로 철거된 점촌-안동 간 구 노선은 폐지하고 점촌-예천-영주를 연결하는 새로운 경북선 노선을 설정하여 1962년 5월 10일 착공한 뒤 1966년 1월 27일 점촌-예천 간 28.9km를 개통했으며, 10월 10일 예천-영주 간 29.7km를 완공함에 따라 김천-영주 간 115.2km의 새로운 경북선이 탄생했다.

1966년 11월 9일 박정희 대통령이 참석한 가운데 성대한 개

개통기념 스파이크를 박는 박정희 대통령

통식이 거행되었으며, 당시 박정희 대통령은 치사에서 "수송난은 빠른 경제성장을 반증하는 것이며 경북선은 제1차 경제개발 5개년 계획사업의 산업철도로서 태백산 일대의 종합개발 및 지역사회 발전에 이바지할 것임"을 강조했다.

당시 경북선은 경부선과 중앙선을 연결하는 중요한 노선이었으며, 특히 점촌역에서 분기된 가은선[38]과 문경선[39] 지구 탄광에서 생산된 석탄 수송에 중요한 역할을 했다. 현재 가은선·문경선은 열차 운행이 중단되었고, 가은역은 2006년 12월 4일 등록문화재 제304호, 불정역은 2007년 4월 30일 등록문화재 제326호로 지정되어 보전되고 있으며 열차 펜션과 레일바이크가 운영되어 관광지로 각광을 받고 있다.

1966년 김천-영주 간 두 번째 경북선 개통 당시 총 26개 역이 운영되었으나, 많은 역이 폐지 또는 역원 무배치 간이역으로 격하되다 보니 김천역을 출발한 열차가 다음 옥산역까지 무려 20km로 20분 이상을 달려야 첫 정차 역을 만나게 된다.

---

38 1955년 9월 15일 개통 당시는 '문경선'이라 했으나 진남신호소-문경 간 문경선 개통으로 '가은선'이라 변경했으며, 2004년 3월 31일 폐지되었다.

39 1969년 6월 20일 진남신호소-문경 간 10.6km가 개통되었으나 2005년 4월 1일 이후 열차 운행이 중단되었다.

경북선 영업계수[40]가 1,000을 넘어서고 있어 수입보다 지출이 10배나 많은 형편이다. 철도 경영자 입장에서는 공익을 고려한다 해도 열차를 운행하면 할수록 적자가 증가하여 적자 역은 폐지를 검토할 수밖에 없게 되겠지만, 필자의 소견으로는 공익과 국가 균형발전을 위해서는 결코 바람직하지 않다는 생각이다. 적자운영에 따른 철도노선 또는 역의 존폐는 철도 경영문제 차원을 넘어 국가적인 차원에서 중앙정부 또는 지방정부에서 고민하고 그 대책을 수립하는 것이 현명한 국가 백년대계(百年大計)가 아닐까 하는 생각을 해본다.

1924년 12월 영업을 시작한 옛 백원역사

40 영업계수는 '지출÷수입×100'이라는 수식으로 산출된다. 영업계수 100 이상은 지출이 수입보다 많은 경우(적자)이며, 100 이하는 지출이 수입보다 적은 경우(흑자)다. 예: 영업계수 1,000인 경우 수입 100에 지출 1,000으로 지출이 수입의 10배가 된다.

IV

대한민국 철도사

1 대한민국 철도소사

- 1945년 9월 1일 미 군정청 교통국 발족
- 1945년 10월 27일 일본인 철도종사원 총 사직시킴
- 1946년 5월 27일 서울-부산 간 특별급행 조선해방자호 운행 개시
- 1948년 8월 15일 대한민국 정부 수립으로 교통부 설치
- 1949년 4월 8일 영암선 영주-철암 간 86.4km 착공
- 1950년 6월 25일 한국전쟁 발발
- 1950년 7월 3일 UN기 적군 남하 지연작전으로 한강철교 폭파
- 1950년 7월 11일 UN기 환영 철도원 오폭 54명 순직 및 300여 명 중경상
- 1950년 8월 3일 UN군 적군 남하 지연작전으로 왜관 낙동강철교 폭파
- 1950년 8월 18일 교통부 부산으로 이동
- 1950년 10월 4일 북한군 후퇴하며 UN군 북진 저지를 위해 임진강철교 폭파
- 1950년 11월 8일 UN군 적군 남하 지연 위해 압록강철교 폭파
- 1950년 12월 4일 UN군 중공군 남하 저지 위해 대동강철교 폭파
- 1951월 7월 15일 UN군 디젤전기기관차 35량 군용으로 반입

- 1954년 4월 디젤전기기관차 UN군에서 4대 인수(ICA 원조)
- 1955년 8월 15일 서울-부산 간 특급열차 통일호 운행 개시
- 1955년 9월 15일 문경선(점촌-가은 간 22.5km) 개통
- 1955년 12월 31일 영암선(영주-철암) 86.4km 개통
- 1958년 5월 15일 충북선(조치원-봉양 129.2km), 강경선(5.8km) 개통
- 1961년 6월 16일 객차 내에 선풍기 설치
- 1963년 8월 1일 반도호텔, 조선호텔 관광공사로 이관
- 1963년 8월 20일 서울교외선(의정부-능곡 간 31.8km) 개통
- 1963년 9월 1일 철도청 발족
- 1963년 10월 30일 영동선(동해-경포대 간 50.9km) 개통
- 1964년 11월 26일 철도의 날 제정
- 1966년 10월 10일 경북선(점촌-영주 간 57.5km) 개통
- 1967년 8월 31일 증기기관차 종운식 거행
- 1968년 2월 7일 경전선(진주-순천 간 80.5km) 개통
- 1969년 9월 경인선(서울-인천 간) 복선 개통
- 1971년 5월 21일 정선선(정선-여량 간 15.8km) 개통
- 1972년 3월 17일 전기기관차 최초 도입
- 1972년 3월 31일 수원-여주 간 수여선 폐선
- 1972년 9월 18일 컨테이너화물 수송 개시
- 1973년 6월 20일 중앙선 청량리-제천 간 155.2km 전철 개통
- 1974년 6월 20일 태백선 제천-고한 간 80.1km 전철 개통
- 1974년 8월 15일 수도권 전철 서울-인천·수원, 용산-성북 간 개통
- 1975년 12월 5일 영동·태백선 고한-동해 간 85.5km 전철 개통

- 1977년 11월 11일 이리역 화약적재화차 폭발 사망 59명 및 1,300여 명 부상
- 1978년 3월 30일 호남선 서대전-이리 간 88.6km 복선 개통
- 1980년 10월 17일 충북선 조치원-봉양 간 113.2km 복선 개통
- 1980년 10월 31일 서울지하철 순환노선 2호선 개통
- 1981년 12월 23일 영등포-수원 간 32.3km 복복선 전철화 개통
- 1985년 4월 20일 경원선 성북-창동 간 3.6km 복선 전철 개통
- 1985년 4월 20일 4호선 당고개-남태령 간 개통
- 1985년 7월 12일 3호선 지축-오금 간 개통
- 1985년 7월 19일 부산지하철 범어사-범내골 간 개통
- 1988년 10월 25일 안산선 금정-안산 간 19.5km 복선 전철 개통
- 1992년 6월 30일 경부고속철도 기공
- 1994년 4월 1일 과천선 금정-남태령 간 8.9km 복선 전철 개통
- 1994년 5월 1일 분당선 수서-오리 간 18.5km 복선 전철 개통
- 1995년 11월 15일 5호선 방화-상일동, 마천 간 개통
- 1995년 12월 31일 수원-남인천 간 수인선 폐선
- 1996년 1월 30일 일산선 지축-대화 간 19.2km 복선 전철 개통
- 1996년 10월 11일 7호선 장암-부평구청 간 개통
- 1996년 11월 23일 8호선 암사-모란 간 개통
- 1997년 3월 28일 영동선 영주-철암 간 87km 전철화
- 1997년 11월 26일 대구지하철 진천-중앙로 간 개통
- 1998년 7월 31일 철도청 정부대전청사로 이전
- 1999년 1월 29일 경인선 구로-부평 간 14.9km 2복선 전철 개통
- 1999년 3월 1일 RF 교통카드 승차권 사용 개시(세계 최초)

- 1999년 10월 6일 인천지하철 계양-국제업무지구 간 개통
- 2000년 8월 7일 6호선 응암-신내 간 개통
- 2000년 9월 18일 경의선 남북 철도연결공사 착공
- 2002년 3월 15일 경인선 부평-주안 간 5.6km 2복선 전철 개통
- 2003년 9월 3일 분당선 수서-선릉 간 6.6km 연장 개통
- 2004년 4월 1일 고속철도 경부선, 호남선 개통
- 2004년 4월 28일 광주지하철 소태-상무 간 개통
- 2004년 11월 20일 에드몬슨식 승차권 사용 종료
- 2005년 1월 1일 한국철도공사 출범
- 2005년 12월 16일 중앙선 용산-지평 간 전철 개통
- 2006년 3월 16일 대전 지하철 판암-정부청사 간 개통
- 2007년 5월 17일 남북철도 연결 시험 운행
- 2007년 12월 10일 경의선 문산-봉동 간 화물열차 운행 개시
- 2007년 12월 28일 장항선 장항-군산선 경유 익산까지 연결
- 2008년 12월 1일 경의선 문산-봉동 간 화물열차 운행 중단
- 2009년 7월 1일 경의선 서울-문산 간 전철 개통
- 2009년 7월 24일 9호선 개화-중앙보훈병원 간 개통
- 2010년 11월 1일 경부고속철도 2단계 개통(서울-부산 2시간 18분 소요)
- 2010년 11월 5일 전라선 고속철도 익산-여수 간 180.3km 개통
- 2010년 12월 21일 경춘선 복선 전철 개통(기존 열차 폐지)
- 2014년 6월 30일 고속철도 인천공항역까지 연장 운행
- 2016년 12월 9일 수서고속철도(SRT) 운행 개시
- 2017년 9월 2일 우이신설선 우이-신설동 간 경전철 개통

- 2017년 12월 22일 서울-강릉 간 고속철도 운행 개시
- 2018년 5월 8일 철도의 날 9월 18일을 6월 28일로 변경
- 2018년 6월 7일 국제철도협력기구(OSJD) 회원 가입
- 2018년 6월 16일 서해선 소사-원사 간 개통
- 2018년 11월 30일 남북철도 현지 공동조사(12월 17일까지)
- 2019년 4월 8일 OSJD사장단회의 개최, 2023 51차 장관회의 유치
- 2020년 9월 12일 수인선 오이도-수원 간 전철 개통

2 광복 후 첫 서울역장

「비 오는 서울역」 기증(우측 기증인)

창설 112년을 맞는 대한민국 철도역사를 아무리 찾아보아도 철도에 공헌한 철도인으로 지칭된 이름은 찾아볼 수 없다. 그러한 아쉬움을 해결하려면 직접 찾아보는 방법밖에 없는 것 같다.

우연한 기회에 철도를 사랑하는 정의순 님(극동방송포럼 이사장)으로부터 30여 년 전 구입하여 소장했던 이철주 님의 작품 「비오는 서울역」[1]을 기증받으면서 서울역 이야기를 하는 중에 고(故) 이종림 초대 서울역장님 이야기를 듣게 되었다. 기증인 정의순 님이 초대 서울역장님은 물론 그분의 가족과도 가까운 사이임을 알게 된 필자는 가족 면담을 부탁하여 80세의 고령에도 환자 진료를 계속 중인 원로 의료인인 장남 이승호 박사[2] 자

1 「비 오는 서울역」은 40호 규격의 동양화로, 중앙대학교 예술대학장을 역임한 현대미술계의 중진작가 이철주 님의 작품이다. 정의순 님이 30여 년 전 구입하여 소장하고 있다가 한국철도공사 허준영 사장에게 적당한 기증처를 의논하여 지난 11월 25일 철도박물관에 기증하여 현재 철도박물관 서울역 그릴비품 코너에 전시되어 있다.

2 고 이종림 장관의 6남 2녀 중 장남으로 동생들은 미국에 살고 있으며 서울시 중구 묵정동에 소재한 '제일병원' 원장을 역임했다. 현재도 제일병원 원로 의료인으로 활동 중이다.

택을 방문하여 철도역사 자료도 수집하고 증언을 녹취할 수 있는 행운을 얻었기에 내용을 정리하여 소개한다.

미리 약속은 했지만 휴일 이른 아침 시간인데도 처음 소개해준 정의순 님도 미리 오셔서 함께 반갑게 맞아주시니 한결 마음이 가벼웠다. 현관문을 들어서며 맨 먼저 눈에 띄는 흉상의 모습이 낯이 익었다. 사진에서만 보았던 이종림 초대 서울역장님 모습 그대로였다.

이종림(현, 철도박물관 소장)

1980년대 고려대학교 미술대학 교수가 존경하는 선배님의 흉상을 제작하여 기증한 작품이라고 한다.

1933년 보성전문학교(고려대학교 전신)를 졸업한 청년 이종림은 조선총독부 철도국에 입문하여 역무원을 거쳐 여객전무로 국내는 물론 국제열차를 8년 8개월 동안 승무했다. 승무했던 열차는 부산-봉천(중국) 간 급행열차 히까리(빛)호, 노조미(희망)호, 부산-서울 간 급행열차 아까쓰끼(새벽)호, 부산-베이징 간 대륙(大陸)호, 흥아(興亞)호 등 역사자료에서만 접할 수 있었던 열차 이름으로, 당시 한국인 여객전무가 승무했다는 것은 처음 알게 된 사실이다.

장남 이승호 박사는 할아버지[李容圭]께서 초창기 경인철도 설계 업무를 담당했다는 말을 아버지에게서 전해 들었다고 증언했지만, 확인할 자료를 찾지 못해 아쉬웠다. 하지만 이 자료도 꼭 찾아보고 싶은 마음이다. 그런데 이승호 박사 또한 군 복무 시절 RTO(Railway Transportation Office: 미군 철도수송대)에서 근무했으며, 당시 사상역에서 많

장남 이승호 박사의 증언을 청취 중인 필자

은 고생을 했다는 말을 듣고 보니 3대가 철도와 인연을 맺은 아주 특별한 가족이었다.

이종림 여객전무가 어느 날 승무 중 1등 독실(compartment: 칸막이 객실) 승차권 검표를 하던 중 한 일본인 승객이 침대에 누운 채 승차권을 발가락에 꽂아 발을 내밀었다. 이종림 전무는 아무 말 없이 열차원에게 식당차에 가서 나무젓가락을 가져오라고 지시했다. 열차원은 왜 젓가락을 가져오라 하는지 알 수 없어 고개를 갸우뚱거리며 지시에 따랐고, 이종림 전무는 가져온 젓가락으로 승차권을 받아 아무 일 없다는 듯이 검표한 후 다시 일본인의 발가락에 꽂아주어 더러운 것에는 손을 대지 않는다는 의사표시를 한 것이다.

말없이 한국인 여객전무를 무시한 일본인 승객을 말 없는 행동으로 반격을 가한 사건이었다. 얼굴이 붉어지며 눈 둘 곳을 몰라하던 일본인 승객이 참패한 결과였고, 당시 열차원의 입을 통해 전해져 화젯거리가 되었으며, 한국인 청년 이종림의 지혜롭고 강한 민족의식을 엿볼 수 있는 일화였다.

서울역 사무조역(지금의 부역장급)으로 근무 중 해방을 맞게 된 그의 책임은 막중했다. 당시 700여 명의 서울역 직원 가운데 한국인 300여 명 중 유일한 간부였으며, 최고 책임자인 이종림은 서울역 재산과 각종 설비 보호, 열차의 안전·정상 운행 등 모든 분야를 지휘해야 했기 때문이다.

1980년대 모 일간지와의 인터뷰에서 이종림 씨는 “8.15 그날부터 며칠 사이의 이야기는 한 권의 책이 될 만해요. 그 혼란을 표현하기에는 말로는 부족합니다”라는 대답으로 당시를 표현했다고 이승호 박사는 기억하고 있었다.

서울역은 해방 정국에 격동의 물결이 집결되는 중심지였으며, 시시각각 무질서하게 넘쳐나는 감격을 억제해야 했다. 쫓겨가는 일본인을 무사하게 수송해야 했으며, 건준(建準: 조선건국준비위원회) 등의 근거도 없는 지시로부터 철도를 보호해야 했다. 일례로 서울역 귀빈실은 황족(皇族)이 사용하는 특별실이었는데, 소련군이 원산을 출발하여 서울로 진군 중이니 귀빈실을 사용케 하라는 건준의 지시가 있었다. 그렇게는 할 수 없으니 일반 집찰구(집표구)를 사용토록 하겠다고 거절하고 내심 걱정했지만, 다행히도 소련군은 오지 않았다고 한다.

해방 후 10여 일간은 서울-평양 간 열차가 운행되었는데, 당시 38선 접경 청단(靑丹)역을 통해 쏟아져 들어오는 월남 난민으로 대혼란을 빚었으며 대합실(맞이방)은 난민의 숙소로 변했다. 이종림 조역은 모교인 배재학교 학생들의 봉사활동 지원을 받아 역 구내 청소를 할 수 있었다 한다.

광복 직후 평양발 열차의 월남 난민들

미군이 진주하고 RTO가 한국철도를 장악하면서 1945년 9월 미군정 교통국장으로 취임한 워드 해밀턴(Word L. Hamilton) 미군 중령은 통역을 대동하고 서울역을 시

이종림 초대 서울역장

찰하게 되었고, 이종림 조역은 업무보고 시 통역이 서툰 영어로 제대로 전달하지 못하자 직접 영어로 업무보고를 하게 되었는데, 이 일은 그가 한국인 최초의 서울역장으로 임명되는 계기가 되었다.

해밀턴은 서울역장 적임자로 이모 씨를 추천받았지만 거절하고 1945년 11월 25일 젊은 이종림을 서울역장으로 임명했는데, 이때 그의 나이 35세였다.

고 이종림 씨를 초대 서울역장이라고 소개한 이유를 알기 위해 서울역 탄생의 연혁을 잠시 짚어본다. 1899년 9월 18일 인천-노량진 간 임시 개통 후 1900년 7월 한강철교 준공과 함께 용산, 남대문, 경성역이 추가되어 1900년 7월 8일 경인선 전 구간이 개통되었다. 그 후 1905년 3월 24일 경성역이 서대문역으로 개칭되어 운용되다가 1919년 3월 31일 폐지되었고, 1923년 1월 1일 남대문역이 경성역으로 개칭되었다. 이때는 지금의 구 서울역사가 착공되어 신축공사가 진행 중이었다. 물론 서양인은 경성역을 'Seoul Station'으로 불렀지만, 경성역이 공식적으로 서울역으로 이름이 바뀐 것은 1947년 11월 1일이었다.

1950년 서울철도국장 시절 6월 25일 북한의 남침이 시작되었고, 6월 26일에는 야크기(소련제 북한 전투기)의 철도국 청사 폭격으로 직원 1명이 순직했다. 6월 27일 새벽에는 경무대(지금의 청와대) 비서진의 긴급 연락을 받고 객차 1량 앞뒤에 기관차를 연결한 특별열차를 편성케 한 후 "워커 장군이 급히 사용할 열차인데 의정부로 갈지, 아니면 개성 쪽으로 갈지는 잘 모르겠다"라고 뜬소문을 내놓고 잠시 후 용산역을 무사히 출발하는 이승만 대통령을 향해 "안녕히 가십시오" 하며 절을 했다고 한다.

제4대 교통부 장관(윤성순)은 현직 국회의원으로 교통부의 핵심 업무인 철도 분야를 잘 알지 못하여 철도 전문가가 필요함에 따라 이종림 씨를 1953년 4월 24일 교통부 차관으로 영입하게 되었다. 서울철도국장 임명 제의를 받았을 때나 교통부 차관 제의를 받았을 때도 이종림은 나이도 젊고 좀 더 오래 근무하며 슬하의 6남 2녀를 교육시키고 출가시켜야 한다며 사양했지만, 그때마다 본인 의사와는 관계없이 발령이 났다고 한다.

「이별의 부산정거장」 레코드판

흘러간 가요에서도 이종림의 체취를 느껴볼 수 있다.

"서울 가는 십이열차에 기대앉은 젊은 나그네" 1953년 호동아 작사, 박시춘 작곡, 남인수가 부른 노래「이별의 부산정거장」 제2절 가사 일부다. 요즈음도 가끔 들을 수 있는 그 유명한 12열차에 얽힌 사연도 처음 알게 되었다. 전시 상태인 당시로서는 교통부 차관 지위에서도 열차 하나 뜻대로 편성할 입장이 되지 못했다고 한다. 부산으로 피난 내려간 시민을 환도시켜야 했지만, 오로지 기차 외에는 이동 교통수단이 전무한 상태였다.

그렇지만 전쟁 중인 당시 상황으로 민간열차 운행은 불가능하여 이종림 차관은 미군 수송책임자를 직접 찾아가 국민의 상황을 설명하고 민간열차 운행의 필요성을 설득하여 객차 9량을 할애받아 최초로 부산-서울 간 민간인 환도 열차인 제12열차를 운행하기에 이른 것이다.

장남 이승호 박사가 들려준 녹음 테이프에서는 1956년 1월 16일 당시 영암선 동점역 구내에서 거행된 영암선 전통 기념식에서 이종림 장관의 육성을 들을 수 있었다.

영암선은 대한민국 정부 수립 이후 최초로 착공(1949년 4월)된 철도로, 땔감으로 나무를 모두 베어 민둥산이 된 산림 보호를 위해 나무 대신 철암지구의 무진장한 무연탄을 수송하기 위한 중요한 철도 부설 공사였지만, 한국전쟁으로 중단되었다.

영암선의 중요성을 잘 알고 있던 이종림 차관이 1953년 9월 무리수를 써가며 재착공한 것이다. 당시 모든 공사는 총공사비의 10%를 보증금으로 예치해야 공사에 착수할 수 있었지만, 영세한 기업들에는 꿈같은 이야기였다. 이에 이종림 차관은 모든 책임은 자신이 지겠다며 일단 보증금이 예치된 것으로 행정처리 하도록 하고 공사를 재개시켰다.

1954년 2월 10일에는 교통행정의 최고책임자인 제5대 교통부 장관에 취임했고, 1955년 말 영동선을 개통시킴으로써 산업과 가정 연료에 혁명적인 변화를 가져올 수 있도록 했다. 이로써 우리나

영암선 개통식장

영암선 개통기념비 현지 심사

라 연료사에 이때부터 구공탄 시대가 시작되었고, 대한민국 정부 수립 이후 우리 손으로 만든 최초의 철도 개통으로 당시 이승만 대통령의 휘호 '榮岩線開通記念'을 새겨 넣은 기념비가 지금도 승부역에 남아 있다. 지금은 영동선에 합병되어 '영암선'이라는 선명조차 사라졌지만, 한국철도사에 길이 남을 쾌거가 아닐 수 없다. 이 기념비는 2013년 2월 등록문화재 제540호로 지정되었으며, 문화재 지정 심의위원회에 참석했던 필자는 영암선의 역사적 가치와 초대 대통령 친필의 중요성을 역설했던 기억이 새롭다.

당시 석탄은 묵호항에서 선적하여 인천항에 하역하여 다시 서울로 운반하는 과정을 거쳐야 했으므로 1개월 이상의 수송기간이 필요했던 시기에 영암선의 개통은 석탄 수급의 혁명적인 변화를 가져왔으며 대한민국 근대사에 큰 획을 그을 수 있는 효과를 가져왔다.

디젤전기기관차 도입

또한 증기기관차의 운용효율은 디젤전기기관차에 크게 못 미쳐 소요 비용이 8배에 달했고, 증기기관차로 서울에서 부산까지 직통 운행하려면 기관차를 3번이나 교체해야 하는 불편을

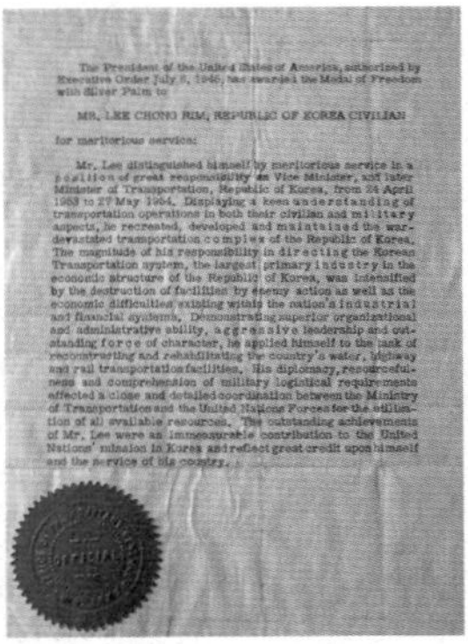

The President of the United States of America, authorized by Executive Order July 6, 1945, has awarded the Medal of Freedom with Silver Palm to

MR. LEE CHONG RIM, REPUBLIC OF KOREA CIVILIAN

for meritorious service:

Mr. Lee distinguished himself by meritorious service in a position of great responsibility as Vice Minister, and later Minister of Transportation, Republic of Korea, from 24 April 1953 to 27 May 1954. Displaying a keen understanding of transportation operations in both their civilian and military aspects, he recreated, developed and maintained the war-devastated transportation complex of the Republic of Korea. The magnitude of his responsibility in directing the Korean Transportation system, the largest primary industry in the economic structure of the Republic of Korea, was intensified by the destruction of facilities by enemy action as well as the economic difficulties existing within the nation's industrial and financial systems. Demonstrating superior organizational and administrative ability, aggressive leadership and outstanding force of character, he applied himself to the task of reconstructing and rehabilitating the country's water, highway and rail transportation facilities. His diplomacy, resourcefulness and comprehension of military logistical requirements effected a close and detailed coordination between the Ministry of Transportation and the United Nations Forces for the utilization of all available resources. The outstanding achievements of Mr. Lee were an immeasurable contribution to the United Nations' mission in Korea and reflect great credit upon himself and the service of his country.

미국 정부 자유훈장

해소하기 위해서는 디젤전기기관차의 도입이 꼭 필요했다. "교통부 장관이 국내 석탄업자를 죽여가며 비싼 외국 기름을 쓰는 디젤전기기관차를 들여오려 한다"라는 모략이 오히려 대통령을 독대할 기회를 마련케 하여 통일을 위해서는 디젤전기기관차를 들여와야 한다며 대통령을 설득하여 디젤전기기관차 도입의 물꼬를 터준 장본인도 바로 이종림 장관이었다.

1955년 대한뉴스(제51호)

그리고 집안의 보물이라며 보여준 영문 액자는 1955년 미국 대통령(아들이 한국전쟁에 참전했던 아이젠하워 대통령)이 교통부 차관 시절부터 군수물자 수송에 기여한 공로를 인정하고 수여한 미국 정부의 은성 자유훈장이었다. 유족들이 가문의 영광으로 자랑스러워하는 귀한 유물이었다.

24년이라는 짧은(?) 기간 중 역무원에서 장관까지 역임하면서 국가와 민족을 위해 많은 공헌을 했고, 과도기의 철도 발전에도 크게 기여한 영원한 철도인 이종림 선배님을 취재하며 특이하게도 미국 정부 자유훈장 외에는 더 이상의 수상 기록을 찾아볼 수 없었다. 필자의 마음 같아서는 우리 후배 철도인의 마음을 담은 훈장이라도 만들어 드리고 싶어진다.

3 조선해방자호 열차

해방을 맞은 민중의 함성
왼쪽부터 서울역 광장, 서울역-남대문 간, 서대문형무소 앞, 전남 광주 시내

해마다 우리는 광복절을 맞으며 일제강점기를 생각해본다. 광복절은 숱한 사연이 많지만, 우리 철도역사에도 남아 있는 것 중의 하나가 조선해방자호 열차다.

조선해방자호

해마다 광복절을 맞으면 각 신문, 방송사들은 이 열차와 관련된 기사나 방송을 내보내곤 한다. 대부분 사람이 막연하게 광복을 맞아 경부선 서울-부산 간 조선해방자호 열차를 운행했다고 알고 있지만, 경부선만이 아니라 서울-목포 간 호남선에도 '서부해방자호'라는 이름으로 운행되었다는 사실은 거의 알려지지 않았다. 필자는 당시의

신문 기사에서 찾아낸 자료를 정리하여 조선해방자호와 관련된 이야기를 소개한다.

> 朱紅線(주홍선) 그은 경쾌한 철마 신록의 천리평야를 驀進(맥진)
> 시운전 성공한 특급 조선해방자호
>
> 해방 후 모든 건국사업이 아직도 그 궤도 위에 오르지 못하고 혼란한 중에 간신히 그 명맥만을 보전하고 있는 이때 3만 6천여 명 조선의 동맥을 지키고 있는 철도종업원은 꾸준한 노력과 과학적 연구를 계속한 보람이 있어 드디어 서울 부산간 450키로의 특급열차를 운전하게 되었다. … 지난 4일, 5일 서울-부산 간 왕복 특급열차 시운전은 예정시간대로 보기좋게 성공하여 … 8.15 직전에 쓰던 기관차 「패시픽」 외에 소화물차, 보통차(3등차), 2등차(침대차 1등차), 1등차, 식당차, 전망차 등 모두 10대를 달았는데 … 450키로를 9시간 36분에 달렸다는 것은 … 왜정시대 '아까쓰끼'가 6시간 반에 달렸던 것에 손색이 없지도 않으나 해방 후 모든 조건이 불리한 중에 그 만한 기록은 앞으로 끊임없는 노력으로 미국 뉴욕-워싱톤 간 450키로를 3시간 반에 달리는 것과 같은 발전을 기대…

위 1946년 5월 7일자 「자유신문」 기사를 통해 첫 시운전 열차는 파시형 기관차가 견인하고 객차 10량을 편성하여 서울-부산 간 9시간 36분이 소요되었음을 알 수 있다.

5월 20일 첫 운행을 앞두고 5월 19일 서울역에서 '경부특급 조선해방자호' 전시회가 개최되었음이 1946년 5월 20일자 「동아일보」에 소개되었다.

동 기사 내용에 의하면 역 광장 특설 식장에서 당시 미군정청 최고사령관이던 하지(John Reed Hodge) 중장의 "조선사람의 손으로 만들어진 해방자는 세계 어느 나라에 내어놓아도 손색이 없을 줄 안다. 이것만 보아도 조선사람은 어떠한 과학에도 성공할 것을 나는 믿고 있다"라는 인사말에 당시 운수부 민희식(초대 교통부 장관) 고문의 답사에 이어 미 군악대의 조선 애국가, 미국 국가의 연주가 있은 다음 민희식 씨의 부인 전부귀 씨의 테이프 커팅으로 전시가 시작되었다.

1946년 5월 18일자 「자유신문」에 의하면 차내에 우리나라의 광복을 위해 왜구에게 독립선언을 한 충렬의 33인 사진을 호화찬란하게 장식했다고 소개했다.

서울시립대학교박물관에 소장된 당시의 편지 봉투에는 첫 운행일 소인이 날인된 우표와는 별도로 영문으로 만든 기념 스탬프가 날인되어 당시의 축제 분위기가 어렴풋이 짐작된다.

10전짜리 우표에는 '해방조선'이라는 문구가 새겨져 있으며 '조선해방자호' 열차 첫 운행일인 1946년 5월 20일 일부인이 선명하게 찍혀 있다.

'조선해방자호' 첫 운행 영문 스탬프가 날인됨.

조선해방자호 첫 운행 기념 스탬프가 찍힌 편지봉투

1946년 5월 20일자

전망차와 내부 모습

및 21일자 「자유신문」 기사에 의하면 차표는 조선여행사에서 7일 전부터 예약을 받고, 승차권 발매도 하며, 열차 편성은 정원 8명의 전망차 1량, 정원 72명의 우등 칸 2량, 정원 72명의 1등 칸 5량과 식당차 등 9량 편성에 승차 정원은 총 512명이었다. 급행료를 포함한 운임(당시 승차권은 기본운임 승차권과 별도의 급행권으로 구성되었다)은 서울-부산 간 전망차 811원, 우등 611원, 1등 436원으로 초호화 열차였음을 알 수 있다.

이러한 사유로 당시 모든 열차가 초만원 상태임에도 5월 20일 최초의 조선해방자호열차 승객은 단 29명(전망 1명, 우등 2명, 1등 26명)뿐이었다. 5월 21일자 「자유신문」은 "살인적 승차난에 역행하는 공차 운전의 '해방자호'는 그 이름부터 일반의 호감을 사지 못하더니 이름 외에도 여러 가지로 일반의 비난이 자못 크다"라는 기사를 게재했다.

1946년 8월 16일자 「자유신문」은 요금이 비싸서 이용자가 적은 관계로 당분간 운행을 중지하고 운임을 개정하여 다시 운행한다는 기사를 실었다. 1947년 4월 16일자 「자유신문」은 1등 15명, 2등 110명, 3등 360명 등 485명으로 정원을 조정하여 5월 1일부터 운행을 재개한다는 기사에 이어 5월 3일자 신문에서는 조선해방자호 운행이 재개된 5월 1일 제1 열차(경성 10시발 부산행)에 90명, 제2

열차(부산 09시발 경성행)에 250명이 승차한 실적을 보도하여 1등차 이상으로만 편성했을 때보다 이용객이 증가하고 있음을 소개했다.

1948년 8월 25일자 「동아일보」의 '서부해방자호 열차'인 제31, 32열차 정차역에 시흥, 평택, 신태인, 장성, 영산포역 등 5개 역이 추가 지정되었다는 기사를 보면 경부선의 조선해방자호뿐만 아니라 이미 서울[3]-목포 간 호남선에도 '서부해방자호 열차'가 명명되어 운행되었음이 확인되나 언제부터 운행했는지는 근거를 찾지 못했다.

같은 해 9월 16일자 「서울신문」 기사에 의하면 9월 14일 오후 7시 35분 경부선 내판역 구내에 고장으로 정차 중인 '조선해방자호(제2 열차)'를 '서부해방자호 열차(제32 열차)'가 추돌하여 미군 150명 등 191명의 사상자가 발생했다는 안타까운 소식이 있는데, 당시 정부 수립 이후 정치·사상적으로 혼란했던 시절 적색분자의 인위적인 사고였다는 기사도 눈에 띈다.

그리고 1949년 8월 13일자 「경향신문」에 의하면 대한민국 수립 1주년을 맞아 8월 15일부터 '조선해방자호(서울-부산 간 1, 2열차)'를 '삼천리호'로, '서부해방자호(서울-목포 간 31, 32열차)'를 '무궁화호'로 각각 개명하여 운행한다는 기사가 게재되었다.

이들 보도자료를 참고하여 정리해보면 1945년 8월 15일 광복 후 1개월도 안 된 9월 11일 남북 간 철도 운행이 중단되었고, 11월 25일까지 일본인 철도종사원 전원을 해고했다. 남한의 철도인이 '조선해방자호'라는 고급 특급열차를 만들어 1946년 5월 20일 운행 개시에 앞서 서울역에서 열차 전시회를 개최했으며, 1등 칸 이상

---

3 1947년11월 1일 경성역을 서울역으로 개명했다.

의 고등급 차량으로 편성되어 운임이 비싸 초창기에는 이용객이 적었으나 2, 3등 객차를 혼합 편성함에 따라 이용객이 증가했음을 알 수 있다.

아울러 호남선 서울-목포 간에는 '서부해방자호' 열차가 운행되었고, 최초의 열차 이름[4]은 '조선해방자호'와 '서부해방자호'였으며, 그 뒤를 이어 '삼천리호'와 '무궁화호'라는 열차명이 있었음이 확인되었다.

필자는 아무리 사소한 일이라도 먼 훗날 중요한 역사자료가 됨을 인식하고 모든 사건의 자료와 기록은 정확히 보존되어야 함을 강조해본다.

---

4 1908년 부산-신의주 간 '융희호'가 있었으나 이는 일제가 조선인의 환심을 얻기 위해 당시 순종황제 연호인 '융희'를 인용하여 상행열차를 '융호'라 하고 하행열차를 '희호'라 했던 것으로 우리가 지은 열차 이름은 아니었다.

4 대한민국 철도 최초의 CEO

우리나라 철도의 시작은 '조선(朝鮮)' 시대부터였다. 조선 시대의 철도 관련 사건을 살펴보면 다음과 같다.

- 1877년 2월 일본 수신사로 갔던 김기수가 『일동기유』를 통해 처음으로 철도 소개
- 1882년 영국, 일본 등이 철도 부설 허가 요구
- 1889년 주미 대리공사 이하영이 움직이는 철도모형을 들여와 철도의 필요성 건의
- 1892년 3월 미국인 제임스 모스가 조선에 초청되었으나 철도 부설 협의 실패
- 1894년 7월 내각 공무아문에 최초의 철도기구 '철도국' 설치
- 1896년 3월 미국인 제임스 모스에게 경인철도 부설 특허
- 1896년 7월 프랑스 피브릴(Fives Lille)사 대표 그릴(Grille)에게 경의철도 부설 특허
- 1897년 3월 22일 미국인 제임스 모스의 경인철도 기공식을 시작으로 한 철도부설 공사

1897년 10월 12일 '조선'왕국의 고종은 국호를 '대한제국

(大韓帝國)'으로 선포하고 황제에 즉위했으며, 대한제국은 일제강점기가 시작되기 전 1910년 8월 29일까지 지속되었다. 1945년 8월 15일 광복 후 동년 9월 8일부터 1948년 8월 15일 대한민국 정부가 수립되기 전까지는 미군정(美軍政) 기간이었다. 1948년 8월 15일 대한민국 정부 수립 이후 역사를 보면 철도의 CEO라 할 수 있는 교통부의 초대장관 민희식(閔熙植) 님의 재임기간은 1948년 8월 15일부터 10월 4일까지로 1개월 20일에 불과했다.

초대 교통부 장관 민희식

'왜 이렇게 '대한민국 철도 최초의 CEO'의 재임 기간이 짧았을까?' 하는 것이 필자에게는 풀리지 않는 의문이었다.

우연한 기회에 장남 민병화(David P. Min) 박사가 미국에서 의사로 활동하고 있다는 정보를 사촌동생 민병선 씨를 통해 입수하고 연락을 취했지만, 회신이 없어 아쉬워하던 차에 얼마 전 역시 미국에서 변호사로 활동 중인 차남 민병수(William P. Min)[5] 씨가 사촌 민병선 씨의 안내로 철도박물관을 방문했다.

형님은 연세가 너무 많아 활동이 자유롭지 못하다며 선친 민희식 님은 해방 직후 운수부장(미 군정기 교통부 장관급)을 지냈고, 장관 퇴임 후 초대 미국 로스앤젤레스 총영사 임명을 받고 도미하여 로스앤젤

5 미주 한인 이민사에 관심을 갖고 초기 이민자 묘역 확인 작업, 한인타운 설립 초등학교에 초창기 이민자인 찰스 호 김의 이름을 따 '찰스 호 김 초등학교'로, LA의 버몬트 인근 신설 중학교를 제2차 세계대전부터 한국전쟁에 이르기까지 민주주의를 수호한 전쟁 영웅 김영옥 대령의 이름을 따서 '김영옥중학교'라 명명케 하는 등 한국인의 긍지를 높이는 데 주력하고 있으며, 재외동포 최초로 대한민국 법률대상을 받기도 했다.

레스 총영사관을 개설하셨다는 말을 듣고 짧은 재임 기간에 대한 의문이 풀리면서 초대 철도 CEO의 연구를 시작하게 되었다.

국사편찬위원회 자료에 의하면 민희식 님은 1908년부터 1911년까지 중국 연대명법학당 재학 중 귀국했다가 1915년 9월 도미하여 1918년 콜로라도 골든 하이스쿨 졸업 후 1922년 5월 광산학교에 입학했다가 9월 네바다주립대학 경제과로 전학하여 1924년 졸업했다. 1925년 8월 미국인 요청에 의해 교통국에 재취직[6]한 후 1945년 12월 운수부장 고문[미군정청 초대 운수부장 워드 해밀턴 중령 및 2대 아서 코넬슨(Arthur J. Connelson) 중령] 및 1947년 2월 운수부장 취임의 기록이 있어 정부 수립 이전부터 사실상 철도의 CEO였음을 알 수 있다. 그렇다면 이 기간에 무슨 일이 있었을까? 특별한 기록이 남아 있지 않아 당시의 신문 기사를 참조하여 살펴보았다.

1946년 9월 25일자 「자유신문」에 의하면 "철도종업원 총파업, 남조선의 대동맥 정지"라는 제하의 기사는 파업의 이유를 '처우개선 요구'이며, "다시 직장으로 돌아와 경제계에 미치는 영향을 생각해 다시 손잡고 일하자"라는 민 운수부장의 말을 인용한 기사에 이어 「자유신문」 1947년 1월 29일자 보도기사 중 미군정의 중앙경제위원에 운수부 민희식 위원, 2월 13일자 '대한운수협회' 발족 명예회장 민희식 등 기사 내용을 통해 운수부 고문이지만 실질적인 운수부장으로서의 활동을 엿볼 수 있다.

광복 이후 운수부장 고문, 운수부장 등 실질적인 철도의 최고 책임자였던 그가 1948년 8월 15일 대한민국 초대 교통부 장관 취임

6 조선총독부 직원록 자료에 의하면 1927년과 1928년에 조선총독부 직속기관인 철도국의 철도종사원양성소 교유(教諭: 교사) 4등급의 기록이 있다.

장남 민병화 씨가 보관 중인 초대 교통부 장관 명패

이후 불과 한 달 20일 만에 그만두어야 했던 사유는 끊임없이 계속된 사상 갈등에 의한 파업에 이어 1946년 11월 13일 사망 38명, 부상자 26명을 낸 영등포역 구내 열차 충돌사고, 석탄 부족에 의한 열차 운행 마비 상태(1947년 11월 14일자 동아일보), 1948년 3월 22일 중앙선 팔당-덕소 간 통근열차 전복 탈선사고, 8월 6일 중앙선 도농역 열차 전복 탈선사고에 의한 사망 8명, 중경상 210여 명 발생, 8월 26일 중앙선 양평역 부근 화물열차 탈선사고, 9월 14일 경부선 부강-내판 간 열차 충돌사고로 다수의 미군 사상자가 발생하는 등 끊임없이 발생하는 크고 작은 열차 사고, 석탄 등 자재 부족, 기술 부족, 종업원 대우 문제 등의 압박으로 스스로 사직할 수밖에 없었던 것이 당시의 상황이었다.

한국철도 운영을 총괄하던 일본이 패망하여 쫓겨가고 사상과 이념의 대결로 남북이 대결상태였던 정부 수립 이전의 과도기부터 철도 운행을 정상화하는 주역을 맡았으며, 1946년 5월 20일에는 서울-부산 간 특별급행 제1, 2 열차 '조선해방자호'를 운행케 했고, 1947년 2월 1일 전국열차시간표를 개정 정비하여 열차운행을 정상화했고, 1947년 11월 1일 그동안 경성역으로 불리던 서울역을 최초로 '서울역'으로 개칭했으며, 1947년 8월 23일자 「자유신문」에 의하면 대일배상(對日賠償) 조사위원으로 선정되어 활동하기도 했다.

1949년 9월 20일자 「자유신문」에는 1949년 8월 15일 대한민국 정부 수립 1주년을 맞아 미국 로스앤젤레스 민희식 초대 총영사가 'LA시청 옥상에 감격의 태극기 게양' 소식을 사진과 함께 게재하여 대한민국의 생생한 자태를 보여주었다는 감격스런 기사가 게재되었다.

경험으로 보아 어떤 일을 최초로 계획을 세우고 스스로 결정하여 시행하는 것은 선례를 답습하는 업무처리보다 훨씬 어려울 뿐만 아니라 많은 시행착오를 가져온다.

그럼에도 민희식 님은 대한민국 철도 최초의 CEO로서 오늘날의 발전한 철도의 초석을 마련했을 뿐만 아니라 외국에 나가 최초의 영사관 개설까지 성공적으로 수행한 업적 등 개척정신이 투철한 자랑스러운 철도인임에도 한 달 20일간의 재임기록만 남아 있음은 너무도 아쉬운 역사기록이다.

美羅府市廳屋上에
感激의太極旗揭揚

1949년 9월 20일자 「자유신문」

5 녹색경영(綠色經營) 선두주자는 영암선(嶺岩線) 철도

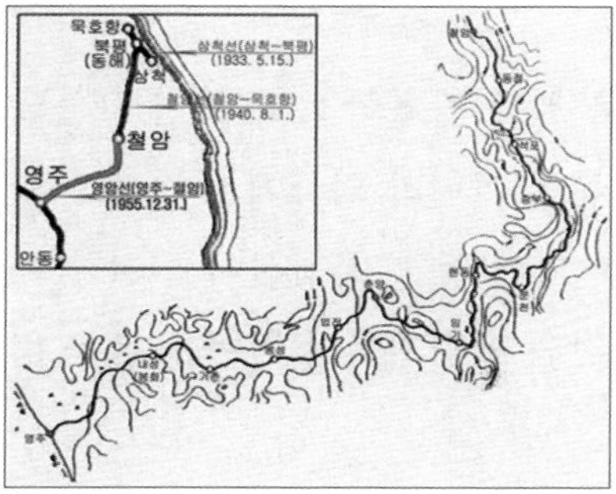

영암선(영주-철암)

녹색경영은 지구를 살리는 세계의 공통적인 과제라는 사실은 지구상의 그 누구도 부인할 수 없는 명제다. 지난 런던올림픽에서 위대한 대한민국의 국력을 전 세계에 과시한 것을 우리 모든 국민은 흐뭇한 마음으로 자랑스러워했다. (오래전 쓴 원고여서 당시 런던올림픽에서 대한민국이 5위를 기록한 2012년 내용이 포함되었다.)

글을 쓰며 필자는 철도인으로서 좀 다른 생각을 하게 되었다. '만약 우리가 대한민국 수립 후 첫 사업으로 고귀한 24명의 순직자를 내면서까지 영암선 철도를 부설하지 않았다면 오늘날의 한국이 가능했을까?' 하는 생각이었다.

일제강점기 한국의 산림(山林)은 철도부설 등 전쟁을 위한 물자와 땔감으로 벌목되어 광복을 맞았지만, 산들은 벌거숭이 민둥산으로 변하여 자연재해에 무방비 상태였다. 당시 모든 가정의 취사와 난방을 위한 수단은 거의 대부분 산의 나무를 베어 만든 장작이었으며, 가정의 필수품인 연료는 하루도 중단할 수 없는 생존의 필수품으로 산의 나무를 계속 벨 수밖에 없는 현실에서 탈출구를 만든 것이 바로 영암선 건설이었다.

영암선 건설현장

우리의 기억에서 멀어져가고 있지만, 조국의 근대화에 크게 기여한 영암선의 역할을 되새겨보려 한다.

철도건설 군 지원 병력

일제강점기의 철도국 조직은 광복 후 군정시대(1945.8.15 ~1948.8.15) 운수부 조직을 거쳐 1948년 8월 15일 대한민국 정부 수립과 함께 교통부 조직으로 출발했다. 1949년 1월 미국의 원조를 받아 영암선, 함백선, 문경선 등 3대 산업철도 건설계획을 세우고 4월 8일 그 첫 번째 사업으로 영주-철암 간 86.4km의 영암선 건설공사에 착수했다.

갱목수송 지원군

영암선 건설의 목적은 1940년 이미 개통된 철암-묵호항 간의 철암선과 연결함으로써 그동안 모든 철도가 일본의 대륙침략 정책으로 남북 방향의 철도만 부설되었으나 동서 방향의 철도를 건설함으로써 국토를 동서남북으로 연결했다. 또한 이를 통해 매장 추정량 3억 톤 이상이나 되는 무연탄의 수도권 반입과 태백산맥의 풍부한 중석·망간·형석·자철광·몰리브덴·금·구리·아연 등 지하자원의 개발이었다.

그러나 육로도 개설되지 않아 차량 출입도 불가능한 험준한 지형조건 하에서 교량 55개(연 2,843m)를 만들고, 터널 33개(연 8,312m)를 뚫어서 철도를 부설한다는 것은 아무리 미국의 원조를 받는다고 해도 신생 독립국인 대한민국의 힘으로는 너무 버거운 공사였다.

그렇기 때문에 미국 극동사령부는 우려를 표명했고, 당시 일본 NHK 가고시마 방송은 전혀 가능성이 없는 공사를 무모하게 추진한다며 야유조의 방송을 내보내기도 했다고 한다.

그럼에도 반드시 성공해야 할 공사였기에 공사 시작 10개월 만인 1950년 2월 1일 대한민국 수립 후 최초의 철도 영암선의 첫 구간인 영주-내성(지금의 봉화) 간 14.1km를 개통시켰지만, 1950년 6월 25일 북한의 남침으로 공사는 중단할 수밖에 없었다.

1953년 7월 27일 한국전쟁 휴전이 성립된 후 미국 FOA (Foreign Operation Administration: 1953년 상호안전보장본부의 후신으로 발족하여 미국의 대외원조계획을 관할하던 행정기관으로, 1955년 폐지) 원조로 1953년 9월 28일 재착공했다. 3년여 공사를 중단함에 따라 이미 시공된 구간도 피해가 심했고, 자금지원 또한 원활치 못했다. 특히 당시 국회의원 정문흠[7] 씨에 의해 '억지춘양'이라는 신조어가 만들어졌다고 전해지는 춘양역의 경우 해발 450m의 고지대에 법전-춘양 간 738m의 춘양터널과 춘양-임기 간 971m의 임기 제1터널 등은 난공사 구간이었다.

소요 자재는 육로수송 외에도 부산항에 반입된 물자는 묵호항

7 정문흠(鄭文欽, 1893~1976): 경북 봉화 출신으로 1919년 3.1운동 후 만주에서 독립운동을 했으며, 1950년, 1954년 및 1958년 봉화에서 제2, 3, 4대 민의원에 당선되었고, 1959년에는 자유당 총무, 1966년에는 자유당 정책심의회 회장을 역임했다.

으로 해상운송되어 묵호항역에서 삼척을 거쳐 인클라인 구간을 경유하여 철암역으로 운반하여 투입하는 등 모든 여건이 어려운 상태였다. 당시 영암선 건설공사는 UN에서도 관심을 갖는 대내외적으로 중시되는 철도부설공사로 25개의 시공회사는 물론 육군공병대 제210건설공병대와 철도운영대 수송대의 트럭, 중장비 등과 병력 투입 지원을 받았으며, 교통부 철도건설국장이 현지에 주재하면서 진두지휘하고 수백 명의 선로원이 동원되는 등 민·관·군이 혼연일체가 된 공사였다.

1955년 12월 25일을 전 구간 개통일로 목표를 정하고 전력투구했지만, 지질이 불량하여 아치와 측벽을 특별히 보강 시공하여 준공한 동점-철암 간 동점터널에서 치명적인 낙반 사고가 발생했다. 터널을 완공하여 1955년 11월 18일 터널 내 궤도를 부설할 계획이었지만, 약 1주일 동안 계속된 강우 끝에 11월 17일 밤 1차 낙반 사고에 이어 12월 3일 복구작업에 여념이 없던 낮 시간 2차 낙반 사고, 12월 7일 3차, 12월 9일 4차 낙반 사고로 이어졌다. 이 사고는 철도 터널 공사에 많은 시사점을 제시하여 기술향상에는 크게 기여했지만, 많은 사상자를 발생시켰다. 많은 우여곡절 끝에 1955년 12월 31일 영암선 전 구간이 준공되었다.

영암선 개통 시운전 열차

1956년 1월 4일자 「동아일보」에는 당시 이승만 대통령이 영암

험준한 영암선 지형

영암선 공사현장 모습

선 개통 소식을 듣고 “새해에 가장 기쁜 소식”이라는 담화를 발표했으며, 이에 앞서 이승만 대통령의 ‘영암선개통기념(嶺岩線開通記念)’이라는 친필을 새긴 기념비를 1955년 12월 30일 제작하여 건설공사 중 가장 어려움이 많았던 승부역에 건립하기도 했다.[8] 1956년 1월 11일자 「동아일보」에 의하면 영암선 개통 기념행사에 앞서 1월 14일 영암선 공사에서 순직한 산업전사 24인의 위령제를 거행하고 교통부에서 유족에게 위문금을 전달한다는 기사가 눈에 띈다.

이로써 개통식이 거행된 1956년 1월 16일은 철암의 무연탄

8 코레일 경북본부(본부장 박복규)는 2011년 봉화군 지원을 받아 노후된 기념비를 보수하여 이 곳을 찾는 많은 철도 관광객에게 역사적으로 의미 있는 볼거리를 제공하고 있다.

을 실은 첫 열차가 우리 손으로 부설한 영암선을 달려 수도권으로 운송되는 길이 열림에 따라 1960년 기준 무연탄 해상운송비 톤당 2,328환을 260환으로 낮춤으로써 연료 혁명을 가져와 오늘날의 울창한 나무숲을 만들 수 있는 계기를 마련했다. 영암선은 1963년 5월 27일 철암선, 동해북부선과 함께 영동선으로 통합되었다.

6 역사 속의 철도교량(鐵道橋梁)

강주아오대교

세계에서 가장 긴 다리는 2009년 말 착공하여 우리 돈으로 20조 7천억 원의 건설비가 투입되어 2018년 10월 개통된 홍콩과 중국 주하이, 마카오를 잇는 총 길이 55km의 '강주아오(港珠澳)대교'다. 인공 섬 4개를 포함하여 중국 내 9개 도시와 홍콩, 마카오 등 총 11개 도시가 이 다리로 연결되며, 홍콩과 마카오 간 육로 이동이 3시간에서 30분으로 줄어들었다. 중국에서 홍콩 방향으로 29.6km는 해상대교, 이후 6.7km는 해저터널, 다시 이후 구간은 해상대교로 이어진다.

세토대교

세계에서 가장 긴 철도교량은 1998년 4월 개통된 일본의 세토대교(瀨戶大橋)다. 일본 혼슈와 시코쿠를 잇는 연육교로, 세토 내해 5개의 섬을 징검

다리 삼아 6개의 다리로 연결된 13.1km의 교량이다. 위층은 도로교이고 아래층이 철도교다. 현재 JR 세토대교선이 운행 중인데, 4개의 선로를 수용할 수 있도록 노반이 확보되어 있어 시코쿠까지 고속선로 부설을 계획했지만 실현되지 못한 상황이다.

우리나라의 경우 2008년 말 현재 철도교량은 2,601개소에 연장거리가 302.85km다. 우리 역사 속의 철도교량 중에는 왜관낙동강철교, 제1·제2 금강철교, 한강철교, 임진강철교, 제1·제2 대동강철교, 대령강철교, 청천강철교, 압록강철교 등이 있다. 이 중 길이가 1km 전후인 청천강철교, 한강철교, 압록강철교를 3대 교량으로 분류하며 사용된 보(girder), 트러스(truss)는 모두 미국(American Bridge Company)에서 제작된 것이다.

한강철교

근대문화유산으로 지정된 등록문화재 제250호인 한강철교는 한강 최초의 다리다. 1900년 7월 5일 준공 당시 "노량철교는 미국이 제작한 최신공법이며, 천하에 드문 교량으로 마치 길이 3천 척의 긴 무지개가 하늘에 걸린 것 같다"라는 경인철도 합작회사의 표현대로 자재뿐만 아니라 공법 역시 미국 공법이었다.

공사 중인 한강철교(1900)

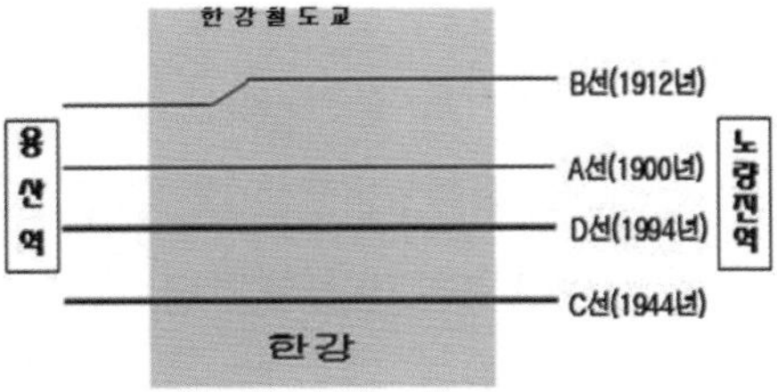

한강철교 철도노선

본래 미국인 제임스 모스가 부설 허가를 받은 조건에는 한강철교 우측에 4자 폭(약 1.2m)의 인도를 함께 설치하도록 되어 있어 모스는 다리 양쪽 끝의 받침[橋臺]과 1개의 교각(橋脚)을 가설했다. 하지만 1899년 4월 26일부터 공사를 인계받은 일본은 이미 설치된 시설 중 양끝 교대(橋臺)는 그대로 활용하고 1개의 교각과 인도 설치계획을 폐기하고 재시공했다. 1900년 7월 5일 1,113m의 제1 한강철도교량(그림 A선)을 단선으로 준공함에 따라 그동안 인천-노량진까지만 운행하던 경인선이 1900년 7월 8일 경성(당시 서대문역)까지 완전히 개통되었다.

한강 인도교는 그로부터 17년이 지난 1917년 10월에야 준공되어 그 이전 한강을 건너기 위해서는 기차를 타거나 나룻배를 이용해야 가능했다.

1905년 경부선이 개통됨에 따라 통행량 증가로 철도교량의 추가 건설이 필요하여 제2 한강철도교(그림 B선)를 역시 단선으로 1911년 7월 착공하여 1912년 9월 개통시켰으며, 1944년 6월에는 다시 제3 한강철도교(그림 C선)를 건설했고, 1994년 12월에는 제4 한강철도교(그림 D선)가 건설되었다.

A선과 B선은 단선, C선과 D선은 복선이며, 현재 한강철도교 선로는 A선은 경인선 급행, 경부선 용산-천안 간 급행, 경원·용산선 용산 방향 화물열차가 운행되고, B선은 경인선 급행, 경부선 서울-천안 간 급행, 경원·용산선 노량진 방향 화물열차 운행, C선은 경부·호남·전라·장항선 및 KTX, 새마을호, 무궁화호, 경부선 급행과 일부 화물열차가 운행되며, D선은 광역전철 1호선 보통열차 운행에 이용되고 있다.

청천강철교

청천강철교 시운전

경의선 청천강역과 신안주역(1952년 12월 신안주청년역으로 개칭) 사이를 흐르는 청천강에 1906년 2월 25일 최초로 준공되었으며, 이때 기초공사에서 처음 시도된 뉴매틱케이슨 공법(Pneumatic caisson method)[9]은 그 성과가 좋아 압록강철교 기초공사에도 사용되었다. 교통량 증가와 노후로 1940년 8월 20일 신설된 1,198m의 철교(하행선)로 대체되었으며, 경의선 복선화 공사의 일환으로 1945년 6월 1일 1,196m의 철교(상행선)가 추가로 준공되어 오늘에 이르고 있다. 처음부터 전쟁에 대비하여 제작된 내폭(耐爆) 교량으로 제2차 세계대전 중인 1945년 7월 미군 전투기의 폭격이 하행선 철교에 명중했으나 파손이 경미했고, 1950년 한국전쟁 중 폭격에도 큰 파손이 없었다고 한다.

압록강철교

1905년 4월 28일 용산-신의주 간 경의선이 개통되어 연락운전이

9 뉴매틱케이슨 기초공법은 '공기잠함공법'이라고도 하며, 잠함 밑에 작업실을 만들고 그 속에 압축공기를 보내서 물을 배제하여 대기 속에서와 같은 상태에서 굴착하는 특수한 공법이다. 물속에 잠함기초를 만들 경우, 우선 잠함을 육지에서 제작하고 배처럼 물에 뜨게 만들어 기초를 만들 곳에 예항하여 콘크리트를 채워 넣고 물 밑에 가라앉힌다. 이 경우 잠함을 '부잠함(浮潛函)'이라고 한다. 이 공법은 압록강철교 건설공사에서도 사용되었으며, 2000년 11월 준공된 영종대교 현수교 구간 주탑부 기초공사에도 채택되었다.

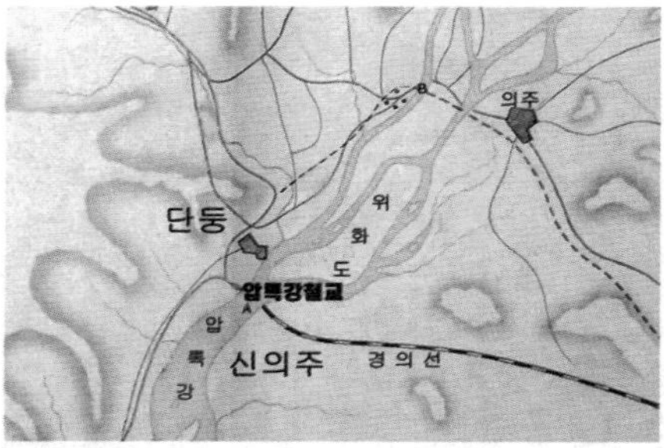

압록강철교 위치도

자재·장비 운반용 가선로

개방된 압록강철교

시작되었고, 12월 22일 대령강철교가 준공되고 1906년 2월 25일 청천강철교가 준공됨에 따라 4월 3일 경의선 전 구간 직통운전이 시작되었다. 압록강철교는 1904년 3월 12일 경의선 부설공사 착공과 함께 계획되어 1904년 6월 일본 공병 대위를 현지 파견하여 조사케 했다. 1905년 2월 인도교를 병설하는 설계를 하여 10월에는 예산계획을 수립하고 가교 설치지점 부근의 수위 변화와 온도 변화를 측정하는 등 준비를 거쳐 1909년 8월 신의주 쪽에서 먼저 공사를 시작했다. 1910년 4월에는 중국(청)과 협의를 거쳐 5월 안동(지금의 단둥) 쪽에서도 공사에 착수하여 1911년 10월 말 944.2m의 압록강철교(당시 'Yalu River Bridge'로 외국에까지 알려졌던 교량)가 완공되어 11월 1일 개통식을 거행하고 경의선 각 열차를 안동역까지 연장 운행했다. 이로써 남대문-신징(新京: 지금의 長春) 간 주 3회 직통 급행열차 운행이 시작되었다.

압록강철교(왼쪽)와 조중우의교(오른쪽)

영국의 구축함 항해에 지장이 있다는 항의에 급히 설계를 변경하여 중간지점 교각을 90° 회전시킬 수 있는 개폐식으로 변경했으며, 1934년 교각의 안전과 개폐의 필요성이 없어져 개폐를 중지했다. 수송수요의 증가에 따라 경부·경의선의 복선화 공사가 1936년 수원-군포 간, 사상-구포 간 등 부분적으로 하다가 1937년 전면적으로 공사를 시작하여 1943년 5월 부산-신의주 간 전 구간 복선화와 함께 압록강철교 상류 쪽에 제2의 압록강철교도 개통되었다.

최초의 압록강철교는 1950년 11월 미군의 폭격으로 남쪽 부분이 폭파되었고, 북쪽 잔여분은 중국에서 관광지로 활용하고 있으며, 상류 쪽의 제2 압록강철교는 1990년 '조중우의교(朝中友誼橋)'로 개칭하여 철도와 도로가 운행되고 있다.

완벽한 시공에도 불운하게도 우연 때문에 어이없이 붕괴되어버린 미국의 타코마 내로 브리지(Tacoma Narrows Bridge)는 공기역학으로 무너진 다리로 유명하다.

바람에 무너지는 타코마 내로 브리지

1937년 워싱턴주 타코마해협에 당시 최신 공법이던 현수교로 가설되어 설계풍속 53m/s로 토네이도에도 견딜 수 있도록 설계되었으나 1940년 11월 7일

19m/s의 바람에 어이없이 무너지고 말았다.

우연히 다리의 고유진동수와 바람의 강제진동수가 일치하는 공진(resonance)현상이 일어나 다리의 진동이 점점 커져서 무너진 것이다.

보통 다리의 고유진동수만큼 큰 진동수를 가진 바람은 불지 않는데, 좀 더 가볍고 날렵한 현수교를 만들기 위해 기존의 트러스 보강형 대신 플레이트거더 보강형을 사용한 것이 화근이었다. 그 때문에 보강형의 강성은 줄어든 대신 교각 사이 길이인 경간이 길게 설계되어 고유진동수가 작아졌고, 때마침 이 진동수와 비슷한 바람이 불어와 공진현상이 일어났다. 많은 인명의 안전이 걸린 철도교량 건설에는 모든 가능성의 검토가 필수적인 것 같다.

등록문화재 제112호 금강산전기철도교

등록문화재 406호 왜관철도교

등록문화재 제579호 만경강철도교

등록문화재 제250호 한강철교

7 전쟁과 철도인

6월이 되면 많은 사람이 전국 각지의 현충원 등을 찾아 호국영령 앞에 참배한다.

필자는 1970년대 장항선에서 역장으로 재직 시 현충일이 되면 충남 보령시 남포면 옥서리 이어니재에 있는 철도경찰의 묘역을 찾곤 했다.

전사 철도경찰이 안장된 경찰묘역

이어니재 바로 아래편 사현터널에서 한국전쟁 중 적의 철도 침공을 막기 위해 끝까지 저항하다가 순직한 영령을 안치한 묘역으로 자그마한 비석 하나와 영령들을 합장한 묘소 하나만 있던 곳에 어느 때부터인가 경찰이 성역화 공사를 하고 있었다.

당시 현장에서 사연을 묻는 필자에게 경찰 관계자는 철도경찰은 한국경찰의 원조라 할 수 있어 당연히 경찰에서 모셔야 한다는 대답에 누구든 그분들을 기억해주고 성역화하는 모습이 무척 고마웠던 기억이 있다.

요즈음도 승용차편으로 이곳을 지나칠 때는 잠시 들러 묘역을 한 바퀴 돌아보는 습관이 생겼다.

철도박물관에 근무하면서 현충일이면 철도인의 묘역 가운데 가장 가까운 동작동 국립묘지를 찾아 1950년 한국전쟁 중 27세의 젊은 나이에 적군의 흉탄에 희생된 고 김재현 기관사의 묘소를 찾아 헌화하는 습관이 생겼고, 동행하는 박물관 직원들이 뿌듯해하는 모습을 볼 때마다 기분이 좋아짐을 느끼곤 했다. 특히 20대에 청상이 되어 자녀를 혼자 힘으로 키우며 63년을 저승과 이승으로 헤어졌던 부인 이규현 님이 돌아가셔서 합장행사가 거행되었다. 이제 현충일에는 두 분의 영령을 위해 명복을 빌어야겠다.

고 김재현 기관사 배위 합장 행사

고 김재현 기관사는 1950년 7월 19일 당시 미 제24사단장 윌리엄 딘 소장 구출작전 중 순직했으며(1953년 12월 24일 교통부 발행『한국교통동란사』, 158-160쪽), 12년이 지난 1962년 대전-세천 간 선로변에 순직기념비가 세워졌고, 1983년 당시 철도청장 최기덕 님의 지시에 따라 국립묘지 안장 대상 지정을 요청하여 국방부가 승인함에 따라 순직 후 33년이 지난 1983년 10월 28일 동작동 소재 국립현충원 장교묘역에 안장되었다.

2011년 당시 코레일 사장 허준영 님이 주한 미군 사령관에게 쓴 편지로 인해 순직 62년 만에 미국 정부의 공로훈장도 받게 되었다. 또한 2013년 코레일 사장 정창영 님의 지시에 따라 국립대전현충원에 호국철도전시장을 조성하고 이곳에 당시 고 김재현 기관사가 조종했던 증기기관차 미카 3-129호(2008년 10월 17일 등록문화재 제129호로 등록)를 전시함으로써 많은 사람에게 전쟁 중 철도인의 역할을 알

미국 정부 훈장 전달식(위)과 대전현충원
호국철도 전시장(아래)

려주는 계기가 되었다는 생각이다. 전쟁 중 희생된 철도인의 영령은 아마 알려지지 않은 곳에도 묘역들이 있으리라 추정된다.

물론 철도인이 전쟁 중 총을 들고 싸우는 것은 아니다. 군수물자나 병력의 수송은 물론 피난민 수송의 책임도 철도인의 몫이며, 전쟁 중 철도는 적의 제1 공격목표이기도 하고, 파괴된 철도의 복구 또한 철도인의 몫이다.

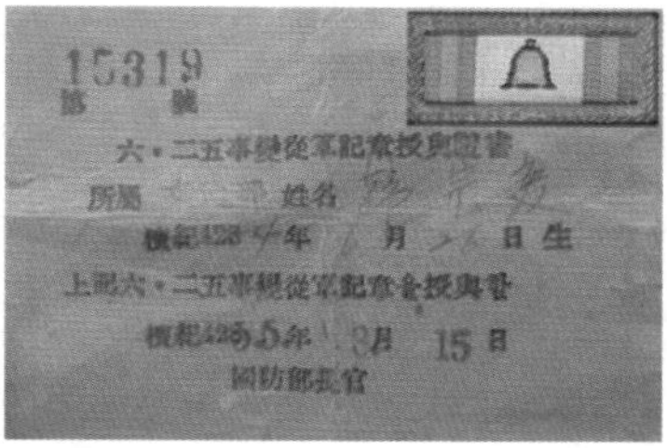

6.25사변 종군기장과 수여증서

전쟁 발발로 모든 국민이 피난길에 나섰지만, 전시수송체제로 전환된 철도인에게는 비번자, 휴무자까지 동원하여 비상대기 명령이 하달된 상황에서 모든 철도인이 본인 의사와 관계없이 전쟁에 참여하게 된 것이다.

피난 열차를 기다리는 시민

당시 근무한 모든 철도인에게는 종군기장이 수여되었고, 국립대전현충원 호국철도전시장 객차에 마련된 전시관에는 한국전쟁 중 순직자 155명의 명단이 전시되어 있다.

화차나 적재화물 위에도 올라탄 피난민 행렬

폭파된 한강철교를 보수 중인 철도원

교통부에서 발행한 『한국교통동란기』에 전해지는 순직철도인 155명은 남한 쪽에서 파악된 순직자일 뿐이며, 적 치하에서 희생된 철도인은 포함되어 있지 않아 더 많은 철도인이 전쟁 중 순직했음을 알 수 있다.

1950년 한국전쟁 중 우리 철도인에게는 어떤 일이 있었으며, 희생된 분들은 어떤 분들이었나 하는 궁금증에서 『한국교통동란기』에 소개된 내용을 소개하고자 한다.

1950년 6월 25일 긴급국무회의에 참석했던 김석관 교통부 장관은 25일 11시 긴급국장회의를 소집하여 종사원의 비상동원과 여행 중지, 군용품 및 양곡 이외 화물수탁 중지, 전 소속의 갑종경비(비상경비), 비번자 및 휴무자 동원 대기 등을 결정하고 전 철도인이 전쟁에 참여했다.

『한국교통동란기』에 기재된 순직자 155명을 분석해 부서별·연령별·직종별로 분석한 결과는 다음과 같다.

부서별로는 교통부본부 1명, 서울철도국 18명, 대전철도국 74명, 부산철도국 27명, 순천철도국 16명, 안동철도국 11명, 서울공작창 1명, 부산공작창 3명, 중앙철도건설국 2명, 삼척운수국 2명이다.

연령별로 보면 19세부터 44세까지 154명, 55세 1명으로 평균 나이는 28세였다.

직종별로는 운전 분야가 87명으로 가장 많았고, 다음으로 보선 분야 28명, 운수역무 분야 22명, 전기 분야 8명, 공작창 4명, 행정 분야 4명, 건설 분야 2명 순이었다.

철도인은 1950년 경험한 전쟁만이 아니라 모든 국가비상사태 하에서 개인의 입장을 떠나 국가의 필수적인 인력자원이 된다는 사실을 새삼 떠올려보았다.

2015년 대전역 동광장에 건립된 미 제24사단장인 윌리엄 딘 소장 구출작전에 투입됐다가 전사한 김재현 기관사와 황남호, 현재영 두 부기관사의 기념 동상 뒷면에는 한국전쟁 당시 군 수송작전에 투입되었다가 전사한 철도인 287명의 이름이 새겨져 있다.

8 철마는 달리고 싶다

비무장지대 장단역 기관차

"철마는 달리고 싶다"라는 구호는 남북 분단의 아픈 상처를 잘 표현해주는 구호이면서 실체이기도 하고, 지금도 진행되고 있는 우리 민족의 아픈 역사이며 현실이다.

1945년 8월 15일 일제의 침략을 벗어나 광복을 맞은 대한민국은 광복의 기쁨을 누릴 사이도 없이 남북 분단의 아픈 역사가 시작되었고, 부산에서 출발하여 중국 북경까지 달리던 우리 열차는 1945년 9월 11일 남북 간 철도 운행이 중지되고 말았다.

당시 6,362km의 영업키로(route length)와 762개 역, 직원 10만 527명의 철도는 남북 분단으로 영업키로 2,642km, 300개 역에 철도직원은 5만 5,960명이 남쪽 관할로 남게 되었다.

1947년 8월 9일 러시아 열차에 객차 2량을 연결하여 서울-평양 간 2회 운행 기록은 남북한이 철도를 따로 운영했지만, 열차는 남과 북을 운행할 수 있었음을 알 수 있다.

휴전선 비무장지대 장단역에서 "철마는 달리고 싶다!"라는 구호와 함께 반세기 이상을 기다려온 녹슨 증기기관차를 마지막으로 운전했으며, 철도청에서 기관사로 정년을 맞으셨다는 한준기 옹을 철도박물관 재직 중 만나 각 언론에 소개할 수 있었다.

철도창설 106주년 기념 인터뷰에서 한준기 씨는 "1950년 연합군이 서울 수복과 함께 북한 소유의 이 기관차에 군수물자를 싣고 북진 중 경의선 한포역(황해도 평산군)에 도착했을 때 중공군의 개입으로 연합군이 후퇴하면서 이 기관차의 방향을 남쪽으로 돌려 개성역에서 25량의 화물차량을 연결해 남하하던 중 장단역에 도착했을 때 군의 명령으로 현 위치에 세워뒀다"라고 말했다. 이어 "1950년 12월 31일 밤 10시경 연합군이 퇴각하면서 적군이 증기기관차를 사용하지 못하도록 총기를 난사하여 파괴시켰다"라고 증언했다.

당시 역사를 살펴보면 1948년 5월 14일 북쪽은 남쪽에 대한 송전을 중단해버렸고, 남쪽은 8월 15일 대한민국 정부를 수립했으며, 북쪽은 9월 9일 조선민주주의인민공화국을 수립했다.

1950년 6월 25일 북한 공산군이 38선을 돌파하여 남침함으로써 우리 정부는 대전으로, 7월 16일은 대구로, 다시 8월 18일은 부산으로 이전해야 했다.

9월 15일 유엔군의 인천상륙작전으로 9월 26일 서울을 탈환했고, 10월 19일 평양을 점령했으나 중공군의 개입으로 12월 4일 다

철도박물관에 전시되었던 장단역 증기기관차 모형

증기기관차 모형 설명판

시 남쪽으로 철수를 시작했다. 1951년 1월 4일 우리 정부는 다시 부산으로 이전한 후 3월 14일 서울을 재수복했으며, 7월 10일 개성에서 휴전회담이 시작되어 1953년 7월 27일 휴전협정이 조인되었다. 한 기관사는 이 기관차를 마터형 증기기관차로 기억하고 있었다.

『한국철도차량 100년사』에 의하면 마터(Mountain)형은 1939년 12월부터 1940년 1월까지 일본 기차회사 한국 경성공장에서 구배선 및 고속여객열차용으로 2대가 제작되었으며, 최대 견인력은 1만 8,450㎏이었다.

반세기를 넘어 더 이상 기다릴 수 없을 정도로 부식되고 있을 즈음 2004년 2월 6일 문화재청은 이 기관차를 '근대문화유산 제78호'로 지정했다. 2005년 9월 14일 (주)포스코는 문화재청과 '1문화재 1지킴이' 협약식을 갖고, 과거 민족분단의 상징이던 장단역 증기기관차가 국민에게 화해와 평화의 상징으로 인식될 수 있도록 보존 작업에 적극적으로 나서기로 했다고 설명했다.

우선 문화재·금속보존처리 전문가 등으로 자문위원 및 실무위원회를 구성하고, 부식 정도에 대한 정밀조사 분석, 보호각 설치 검토, 보존 및 부식예방 처리를 할 계획이었다.

'1문화재 1지킴이 운동'은 문화재 보존·관리·소개 등의 활동을 펼치는 범국민 운동으로 2004년부터 문화재청이 소중한 문화유산을 보호하고 후손에게 물려주기 위해 개인, 기업, 단체 등과 참여 협약을 맺고 추진한 사업이었다.

한편 (주)포스코는 이와 관련하여 약 5천여만 원을 투입하여 기업 이미지 홍보를 위한 모형을 제작하여 TV 홍보자료로 사용하고 있음을 MBC를 통해 알게 되었다. 필자는 이 모형을 철도박물관에 전시하여 관람객에게 우리 민족의 아픈 역사의 한 단면을 보여주고 싶은 생각에 (주)포스코에 기증해줄 것을 MBC와 함께 요청하여 운반과 설치까지 협조를 받아 전시 중인데, 제작업체에 따르면 오래 보존하기 위해서는 방수 및 에폭시코팅 등 보완처리가 요구되었지만 예산 문제로 폐기처분할 수밖에 없었다.

9 전쟁이 남긴 철도문화재

1980년대 모습(비무장지대)

한국전쟁이 발발한 6월을 맞아 전쟁과 관련된 철도문화재를 찾아본다. 문화재라 하면 국보, 보물, 사적, 명승, 천연기념물, 중요무형문화재, 중요민속문화재 등 국가지정문화재와 시·도지정문화재로 유형문화재, 무형문화재, 기념물, 민속자료 등과 등록문화재가 있다. 이러한 문화재 범주에 속한 문화재로서 철도와 관련된 문화재는 국가지정문화재 사적 284호인 구 서울역사와 전라남도기념물 183호 나주역사 및 등록문화재 63점 등 65점이 현재 선정되어 있다.

이들 중 전쟁과 관련된 문화재는 미군 제24사단장을 구출하기 위해 적진으로 돌진했던 증기기관차(미카 3-129)를 비롯하여 전쟁으로 파괴된 금강산전기철도교, 전쟁 중 폐허가 된 장단역지와 장단역 죽음의 다리, 많은 양민이 학살된 노근리 쌍굴다리, 그리고 전쟁을 위해 최초로 도입되었던 디젤전기기관차(2001호)와 비무장지대에 남아 있던 장단역 증기기관차 등을 꼽을 수 있다.

임진각에 전시되고 있는 '장단역 증기기관차'는 관리주체인 경기관광공사 측에 의하면 연간 방문객이 500여만 명이나 되어 전단지(leaflet) 제작도 부담스러운 형편이라 한다. 많은 방문객의 시선이 집중되고 있는 장단역 증기기관차와 관련된 내용을 정리해 본다.

1950년 6월 25일 한국전쟁이 발발함에 따라 모든 철도직원은 군 수송사령부에 배속되어 철도 운행은 군 작전수행의 일부가 되었으며, 1953년 당시 교통부에서 발행한 『한국교통동란기』에 등재된 순직자(전사자)의 명단만도 155명에 달한다. 전쟁 발발 후 유엔군이 참전하여 평양까지 탈환했지만, 중공군의 개입으로 후퇴할 수밖에 없었다.

경의선 마지막 기관사로 알려진 고 한준기 옹(1927~2011)의 증언에 따르면 군 수송계획에 따라 1950년 12월 31일 개성에서 남하하던 중 미군의 지시에 따라 장단역에서 운행을 중단했으며, 더

임시보존처리장

파괴된 차륜

복원 최초 공개

목업 철도박물관 전시기념

이상 남쪽으로 운행하는 것이 불가능하다고 판단한 군은 기관사를 하차시킨 후 적군의 이용을 막기 위해 기관차에 총격을 가하여 파괴했다.

휴전이 성립되어 장단역이 비무장지대에 포함됨에 따라 50년 이상 “철마는 달리고 싶다”라는 구호만이 붙여져 안타까운 통일의 열망을 담은 채 방치되어 있었다.

2000년 남북정상회담에서 경의선을 복원하기로 합의하면서 이 비운의 기관차가 사람들의 관심을 받기 시작했다.

문화재청 주선으로 2004년 2월 6일 장단역터(등록문화재 제77호) 및 장단역 죽음의 다리(등록문화재 제79호)와 함께 등록문화재 제78호로 등록되어 문화재 반열에 오르게 되었다. 2006년 ‘1문화재 1지킴이 운동’의 일환으로 문화재청과 (주)포스코 간의 협약에 따라 비무장지대에서 임진각 임시보존처리장으로 옮겨 당시 약 8억 원을 투입하여 녹 제거 및 부식방지 처리작업을 진행했다. (주)포스코는 홍보용으로 목업(mock-up)을

공개기념행사 이모저모

제작하여 철도박물관에 기증하여 몇 년간 관람객의 관심을 받았지만, 너무 낡아서 결국 폐기했다.

보존조치 작업을 완료하고 2009년 6월 26일 성대한 공개 기념행사와 함께 일반에게 전시되었다. 이날 기념행사에는 이 기관차를 마지막으로 운전한 고 한준기 기관사와 경기도지사를 비롯하여 국회의원, 지역 인사 및 주민은 물론 관련 부대의 미군, 한국군, 그리고 한국철도공사 관련 인사 등이 대거 참석했다. '어떤 문화재가 이렇게 성대한 행사의 주역이 될 수 있을까?' 하는 생각이 들 정도였다.

유물부품 보존 군부대 방문

부품 복원

그 후 2009년 11월 필자는 문화재청의 협조 요청을 받고 군이 비무장지대에서 수집한 각종 자료가 보존된 멸공관의 물품 중 이 기관차에서 유실된 부품으로 추정되지만 부정적인 견해도 있어 확인차 육군 ○사단을 방문했다.

증기기관차 상부에 사통(砂桶)과 증기 돔 등 2개의 돔이 있어야 했지만 사통만 있을 뿐 증기 돔은 유실되고 없었는데, 바로 이곳에서 수집 보관하고 있었음을 필자가 확인했으며, 군 부대의 협조로 증기 돔을 원래의 위치에 복원시킬 수 있었다.

이 기관차를 마지막으로 운전했던 한준기 옹은 '경의선 마지막 기관사'라는 대명사로 매스컴을 통해 유명인사가 되어 2007년 5월

북한 철도원과 경의선 마지막 기관사였던 고 한준기 옹과의 만남

보호각 설치

17일 남북철도연결 열차 시험 운행 100인의 국민대표 중 한 사람으로 선정되어 북쪽 철도원의 환영을 받기도 했지만, 2011년 10월 15일 노환으로 작고하셨다.

또한 이 기관차를 관리하는 경기관광공사는 최근 문화재청과 파주시의 협조로 약 2억 원의 예산을 투입하여 보호각 설치를 완료했고, 최근 약 2억 4천여만 원을 추가 투입하여 경의선 장단역 증기기관차 전시 진입 공간 환경 개선공사를 추진 중이다. 지금은 교각만 남은 옛 철교 '독개다리' 위에 스카이 워킹 코스를 개발하고 철도박물관에서 운영 중인 '철도박물관학교'처럼 철도체험 학습터를 조성하는 계획을 추진하고 있어 철도사랑 확산에 도움이 될 것으로 기대된다.

구 장단역 터(등록문화재 제77호)

죽음의 다리(등록문화재 제79호)

10「철도의 노래」의 변천

필자는 문화재청의 협조 요청에 따라 동아대학교에 소장된 '전차'의 등록문화재 지정을 위한 현지조사 준비 중 부산의 기독교선교박물관 관장(안대영)으로부터 옛날「교통부 부가(部歌)」레코드판을 소장하고 있는데 가사를 알고 싶다는 요청을 받았다. 마침 부산 출장계획이 있어 방문하겠다는 약속을 한 후 동아대학교 현지조사를 마치고 기독교선교박물관을 운영하는 동래중앙교회를 찾았다. 많은 전시품 중에 금이 간 낡은「교통부 부가」레코드판과 기념품으로 만든 철도 스파이크 3점이 함께 전시되어 있었다.

「교통부가」레코드판

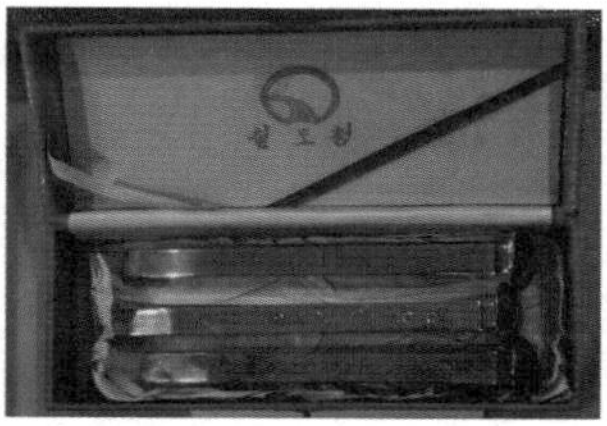

기념 스파이크

사연인즉「교통부 부가」작사자(作詞者)인 이득룡(李得龍) 씨의 부인이 제공한 것이라는 말을 듣고 레코드판을 빌려가지고 돌아와 전문업체에 의뢰하여 CD로 제작했다. 금이 간 낡은 레코드판으로 제작하여 잡음은 있지만 들을 만했다.

소장인과의 약속대로 가사와 악보를 찾기 위해 관련 문헌과

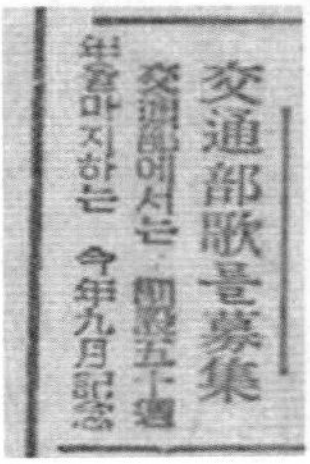
交通部歌를募集
交通部에서는 創設五十週
年을마지하는 今年九月記念

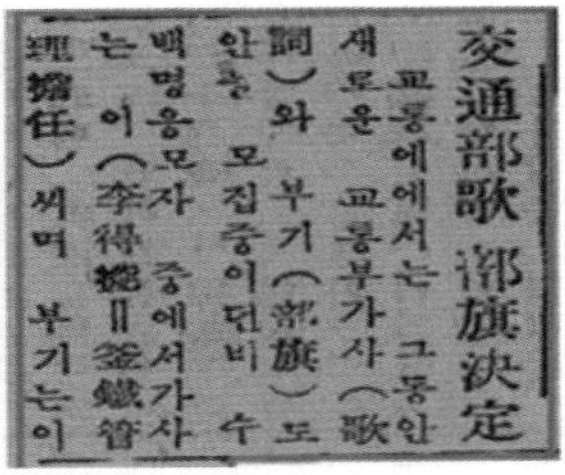
交通部歌 部旗決定
교통에에서는 그동안
새로운 교통부가사(歌
詞)와 부기(部旗)도
안을 모집중이던바 수
백명응모자 중에서 가사
는 이(李得龍=釜鐵管
理擔任)씨며 부기는 이

왼쪽: 동아일보(1949년 6월 25일자)
오른쪽: 경향신문(1952년 6월 4일자)

1950년대 전후의 신문 기사에서 특별한 사연을 알게 되었다.

1949년 6월 25일자 「동아일보」에 1948년 8월 15일 대한민국 정부 수립으로 시작한 교통부에서 철도창설 50주년 기념으로 교통부 부가 가사를 모집하는데, 1등 당첨자에게는 1만 5천 원, 2등에게는 5천 원을 지급한다는 내용을 찾을 수 있었지만, 그 후 한국전쟁 때문이었는지 결과를 찾을 수 없었다.

그런데 3년이 지난 1952년 6월 4일자 「경향신문」에서 '교통부 부가' 가사 모집 1등에 이득룡 씨가 선정되었다는 내용을 찾았다. 당시 이득룡 씨는 교통부 부산철도국 관리담임이었으며 후에 철도청 차장까지 역임하신 분이다.

서울에 거주하는 따님 이호신 씨에 의하면 어린 시절 아버님께서 「가고파」 작가 이은상 씨와 겨뤄서 선정되었음을 무척 자랑스러워하셨다고 한다.

이은상 시인은 다음에 나온 「철도의 노래」 작사자이기도 하다. 필자는 「철도의 노래」 변천사가 궁금해져 찾아낸 자료를 소개한다.

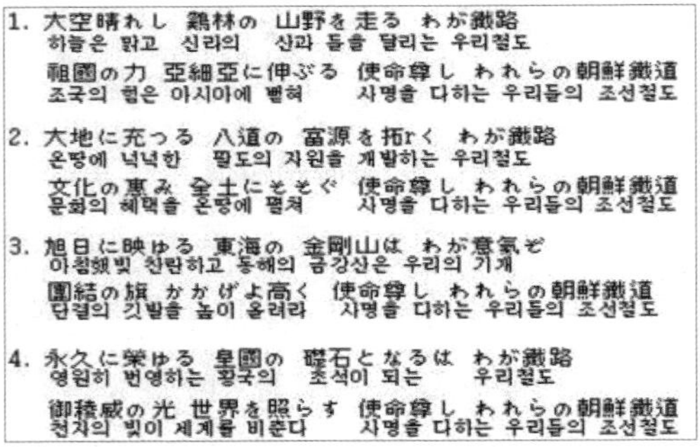
1. 大空晴れし 鷄林の 山野を走る わが鐵路
하늘은 맑고 신라의 산과 들을 달리는 우리철도
祖國の力 亞細亞に伸ぶる 使命尊し われらの朝鮮鐵道
조국의 힘은 아시아에 뻗혀 사명을 다하는 우리들의 조선철도

2. 大地に充つる 八道の 富源を拓rく わが鐵路
온땅에 넉넉한 팔도의 자원을 개발하는 우리철도
文化の惠み 全土にそそぐ 使命尊し われらの朝鮮鐵道
문화의 혜택을 온땅에 펼쳐 사명을 다하는 우리들의 조선철도

3. 旭日に映ゆる 東海の 金剛山は わが意氣ぞ
아침햇빛 찬란하고 동해의 금강산은 우리의 기개
團結の旗 かかげよ高く 使命尊し われらの朝鮮鐵道
단결의 깃발을 높이 올려라 사명을 다하는 우리들의 조선철도

4. 永久に榮ゆる 皇國の 礎石となるは わが鐵路
영원히 번영하는 황국의 초석이 되는 우리철도
御稜威の光 世界を照らす 使命尊し われらの朝鮮鐵道
천자의 빛이 세계를 비춘다 사명을 다하는 우리들의 조선철도

철도국 국가 가사

「철도의 노래」는

1908년 발표된 육당 최남선 님의 '경부철도가'를 비롯하여 '경인철도가', '호남철도가', '경의철도가' 등을 말하는 사람도 있지만, 이들은 곡(曲)이 있는 것도 아니고 사람들에게 노래로 불린 것도 아니며, 장문(長文)의 '시조(時調)'로 분류함이 적합하리라 생각된다.

기관에서 채택한 공식적인 「철도의 노래」 제1호는 일제강점기에 만들어진 「철도국가(鐵道局歌)」다. 일제는 1917년 7월 31일부터 한국철도 경영을 남만주철도주식회사에 위탁했다가 1925년 4월 1일 위탁경영을 해제하고 조선총독부에서 직영을 시작한 후 1935년 조선철도 직영 10주년 기념사업으로 철도박물관 개관과 함께 철도국 국가(局歌) 가사를 공개모집했다.

조선총독부 철도국 국가

총 응모작 1,037편 중 철도국 서무과에 근무하던 사토 에이시(佐藤榮枝) 작품을 선정했으며, 당시 선정 기준은 다음과 같았다.

① 조선에 있는 국유철도종사원이 사명의 중대성을 자각할 수 있도록 하고, ② 철도애호 정신을 함양하며, ③ 단체정신의 앙양에 중점을 두었다.

선정된 작품을 약간 수정하여 동경음악학교에 작곡을 의뢰하여 이듬해 3월에 최종 완성되었다.

일제는 이 노래를 철도국의 공식적인 행사와 종사원의 공적 모임 또는 사적 모임에서까지 즐겨 부르도록 하여 철도 정신의 앙양에

「교통부 부가」

「철도의 노래」

크게 기여했다고 스스로 평하고 있다. 그런데 당시의 4절에 이르는 가사 내용을 보면 일제는 한국을 자기들의 나라로 생각하고 한국철도 또한 자기들의 것으로 확신하고 있었음이 느껴진다.

뒤를 이어 나온 「철도의 노래」가 앞에서 소개한 「교통부 부가」다. 당시는 노랫말에서 느낄 수 있는 것처럼 교통부의 주 업무가 철도였으므로 「교통부 부가」는 바로 공식적인 철도의 노래였다. 작곡자가 김동진 님인 것을 보면 작곡은 유명 작곡가에게 의뢰한 것으로 추정된다.

다음을 이은 것은 1966년 7월 27일 철도청 훈령 제1433호로 발표된 「철도의 노래」다. 작사 이은상 님, 작곡 김동진 님으로 앞에서의 「철도국 국가」나 「교통부 부가」처럼 노랫말을 공모한 것이 아니라 유명한 시인과 작곡가에게 의뢰하여 제작한 것으로 판단된다.

1963년부터 철도인이었던 필자는 각종 행사에서 「철도의 노래」를 합창했던 기억이 남아 있다.

그러나 언제부터인가 우리의 기억에서 멀어져갔다. 필자가 박물관 재직 시 옛 기억을 되살리고자 철도박물관에서 개관 및 퇴관

직전 시간에 「철도의 노래」를 앰프로 방송해보았다.

「Oh! Glory Korail」

2010년 7월 코레일 작사 및 작곡으로 된 한국철도공사 사가 「Oh! Glory Korail」이 발표되어 철도인이 각종 행사에서 즐겨 부르는 '철도의 노래'가 되었다. 또한 「Oh! Glory Korail」은 인터넷 시대에 걸맞게 철도 홍보 또는 철도 관련 각종 계몽 동영상과 함께 소개되어 철도를 사랑하는 사람들이 많이 활용하고 있으며, 철우회에서도 각종 행사에 활용하고 있다.

필자는 철도박물관에 재직하면서 새로 발표된 「Oh! Glory Korail」과 옛 「철도의 노래」를 번갈아가며 방송하여 박물관 주변에서는 방송에 맞추어 두 곡을 흥얼거리며 함께 불러주는 사람들이 있어 보람을 느끼기도 했다.

11 「교통부 부가」 노랫말을 쓴 이득룡(李得龍)은 누구인가?

앞에 소개한 「교통부 부가」 작사자 이득룡 님과 관련된 사항을 찾아보다가 흥미로운 점을 발견했다. 조선총독부 철도국 시절인 1937년 밀양역 역무원으로 철도에 입문하여 차장, 조역(부역장), 역장(남창역) 등을 거쳐 1952년 사무관 임관 후 1960년 6월 23일 서기관으로 승진, 부산철도국 운수과장, 교통부 총무과장을 거쳐 1962년 1월 부산철도국장에 임명되었고, 교통부 육운국장을 거쳐 1963년 9월 1일 철도청이 발족하면서 기획조정관 부임 3개월여 만인 1963년 12월 23일 철도청 차장 직무대리를 거쳐 1964년 6월 철도청 차장(행정관리관)으로 취임했다.

요즈음의 공무원 제도에서는 상상할 수 없는 초고속 승진이다. 물론 초고속 승진 때문에 이 글을 쓰는 것은 아니다.

이득룡 님의 행적과 남겨진 글들은 50여 년이 지난 오늘날의 철도인도 한 번쯤 관심을 가져볼 가치가 있다는 생각에 여기에 간추려 소개한다.

열차원[10] 완장을 착용하고 있는 사진처럼 현업의 말단 직원이던

10 차장 또는 여객전무와 함께 열차에 승무하면서 업무를 보조해주는 요즈음의 열차 안내원 같은 직위로, 사진은 광복 이전 조선총독부 철도국 부산열차구(지금의 열차승무사업소) 열차원 재직 중 모습이다.

그는 사무관 때인 1958년 1월 ICA(International Cooperation Administration: 지금의 AID)의 개발도상국 경제·정치적 안정을 기하고 경제개발 촉진 및 산업시설 현대화 촉진을 위한 계획의 일환으로 약 5개월간 미국철도 연수를 다녀왔다.

승무원(열차원) 시절

연수 기간 중 고국에 보내온 통신문에 의하면 그는 의사소통이 가능할 정도의 영어 실력을 갖추고 있어 많은 지방의 많은 철도회사를 방문하면서 견문을 넓히는가 하면 홈스테이를 통해 미국인 가정의 문화체험을 했으며, 국회의사당을 방문했다가 당시 닉슨 부통령과 인사를 나누기도 했는데, 지역에 따라서는 그의 방미 연수 사실이 사진과 함께 신문 기사화했음을 볼 수 있다.

또한 필자가 놀랐던 사실은 54년 전에 이미 미국철도는 자동차 운송과 치열한 경쟁에서 문전(門前) 수송을 위한 Piggy-Back 수송체계가 거의 모든 철도회사에 보편화되어 있었으며, 최초의 시작은 1926년부터라고 한다. 우리나라에는 1983년 경기도 의왕시에 최초의 컨테이너 화물기지가 준공되었다.

미국연수 중 홈스테이

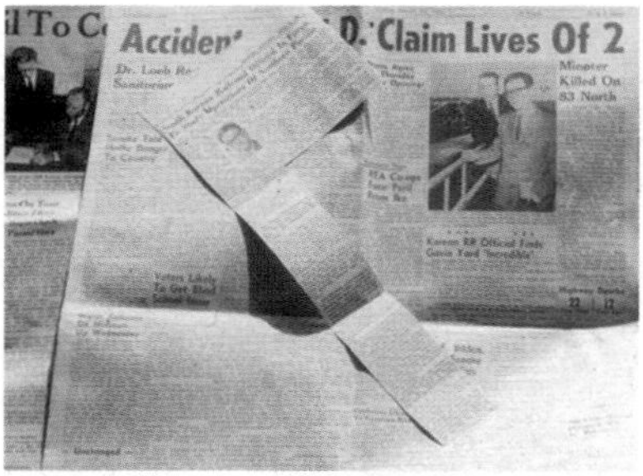

연수 중 현지 신문보도(1958.3)

1958년 Piggy-Back 수송체계(위: 냉장 컨테이너, 아래: 화물역)

각종 문헌 조사를 통해 습득한 기고문에 남겨진 그의 주장을 간추려 소개한다.

1961년 교통부 총무과장 재임 시 철도인의 책임의식을 강조했고, 교통공무원훈련소(지금의 인재개발원)를 개설하고 공무원 교육훈련의 필요성을 강조했다. 1962년 부산철도국장 재임 중 ECAFE(Economic Commission for Asia and the Far East: 아시아 및 극동경제사회위원회로, 1974년 ESCAP로 개칭) 내륙수송위원회에 다녀와서는 미국은 물론 동남아 여러 나라가 철도발전을 위해 총력을 기울이고 있는데, 우리는 현장의 당면과제로 반복되는 문제가 “무찰(무표) 단속, 잡상인 단속, 거스름돈 지불 철저”라는 사실에 안타까운 심정을 토로했다.

1963년 교통부 육운국장 재임 중에는 교통부의 체질개선과 수송원가를 도외시한 철도운임정책의 개선을 주장하며 철도청 발족(1963년 9월 1일)에 대비하여 산업선의 보강과 유효장 확장, 역 증설 및 일부 노선의 복선화 필요, 각종 차량의 도입과 정비 및 방대한 재원 확보의 시급성을 주장했다.

철도청 차장 재임 중인 1964년에는 논설을 통해 철도 애호심 앙양의 필요성, 철도사고 방지를 위한 협조, 차내 질서유지 협조와 사회에 대해 철도직원의 인격적인 대우를 호소했다. 1965년에는 철도수송이 국민경제에 미치는 영향을 분석하고 여객 및 화물수송수요의 변화에 따른 개선대책으로 여객 분야에서는 지역시장의 특성에 따른 차별운임제 도입 등 여객 운임제도의 개선과 예매제도와 차량설비의 개선, 화물 분야에서는 비효율적인 소급화물제도의 개선과 창고업을 결합한 일관수송제 도입을 주장했다.

차장 재임 시 현장 방문

1965년 10월 그가 남긴 마지막 논설에서는 "한국철도 근대화의 현황과 전망"이라는 주제로 경제사회적 모든 여건이 철도의 현상유지와 당면과제 수행에도 벅찬 현실에서 거대한 투자사업 수행을 위해서는 투자재원이 가장 큰 문제이며, 이의 해결책으로 수익자부담 원칙이 적용되도록 운임제도의 개선을 주장했다. 또한 동력차를 개혁하기 위해 운용비가 디젤기관차의 3배에 이르는 증기기관차를 디젤기관차로 대체, 객화차 정비, 특히 화차를 응급 개조하여 사용 중인 대용 객차의 폐지와 부족 객·화차의 도입 및 제작 그리고 목침목의 PC 침목 대체와 CTC 장치, 자동신호 및 경보장치의 개량과 열차 고속화를 위한 레일의 장대화 및 중량화, 그리고 경북·정선·진삼·경전·광주선 등 철도건설의 차질 없는 수행을 위해서는 적절 요율의 조정, 과중 부담의 완화, 소비성의 억제, 운용의 경제성 파악, 시장의 개척 등이 신중히 연구되어야 함을 역설했다.

이렇게 선구자적인 능력과 사고방식을 가진 그가 좀 더 철도 분야에 남아 있었다면 철도발전에 많은 기여를 했을 텐데, 아쉽게도 1966년 초 철도를 떠나게 되었다.

퇴임 후 일본 도쿄 히토쓰바시(一橋)대학에서 교통경영학 석사학위를 취득한 후 동의대학교 교수 및 도서관장을 역임했으며, 1983년 64세로 짧은 생을 마감했다.

12 귀빈차(貴賓車)

앞에서 한국 최초의 귀빈차라 할 수 있는 1900년 11월에 들여온 고종황제의 어차(御車)를 소개했지만, 고종황제가 이용한 기록은 찾지 못했다.

궁정열차 수행원[供奉員] 승차증 견본

다만 1907년 7월 즉위한 순종황제가 1909년 1월 7일부터 27일까지, 1월 27일부터 2월 3일까지 열차를 이용하여 전국을 행차한 기록을 당시 한국통감부에서 발행한 기념엽서를 통해 궁정열차(宮廷列車)의 운행 행로를 찾아볼 수 있다.

황제폐하 행차 기념엽서 모음

한국 황제폐하 행차 기념엽서(韓國皇帝陛下行幸紀念はがき)에 의하면 1909년 1월 7일 오전 8시 10분 남대문역을 출발하여 대구, 부산, 마산을 거쳐 1월 13일 남대문역으로 돌아오는 일정으로 남쪽 지방 순행을 마친다.

2주 후 다시 지방 행차가 시

순종황제 지방 행차(1909년 2월 3일 개성역)

작되어 1월 27일 오전 8시 남대문역을 출발하여 평양, 신의주, 개성을 돌아본 후 2월 3일 오후 3시 10분 남대문역에 도착하는 일정으로 2월 3일 개성역 승강장에서 열차를 승차하기 위해 행차하는 모습이 사진으로 남아 있다.

또한 황제의 지방 행차 일정은 남쪽의 경우 남대문역-대구역 간, 대구역-부산역 간, 부산역-마산역 간, 마산역-대구역 간, 대구역-남대문역 간 및 북쪽 지방 행차 전 일정 등 상세한 궁정열차 운행 시간을 기록한 6매의 기념엽서로 발행되었다.

일본의 경우 우리의 귀빈차와 같은 고료샤(御料車) 1호는 1877년 일본철도 개통 시 천황이 승차한 객차로 '중요문화재·철도기념물'로 지정되어 있으며, 2호 고료샤는 독일에서 수입한 객차를 1902년 메이지(明治)천황 전용으로 개조한 객차로 '철도기념물'로 지정되어 있다.

위 사진이나 기념엽서 등 자료를 통해 남쪽 지방 행차 시 궁정열차가 성환역, 대전역, 추풍령역에서 각각 5분간 정차 시간이 포함된 것으로 미루어 급수탑이 설치된 3개 역에서 증기기관차에 급수했다는 사실 등 당시의 상황을 엿볼 수 있다.

아쉽게도 그 후 귀빈차 이용실적 자료는 전해진 것이 없어 여기

대통령 전용 귀빈차

주한 유엔군 사령관 전용 귀빈차

에서 소개할 수 없지만, 지금의 대통령 전용 특별동차와는 다른 옛날의 귀빈차를 간략히 소개한다.

귀빈차 회의실

철도박물관에는 대통령 전용으로 사용된 객차(등록문화재 제419호)와 주한 유엔군 사령관 전용 객차로 미국의 대통령이 이용한 기록이 남아 있는 객차(등록문화재 제420호) 등 2량의 귀빈차가 보존 전시되고 있다.

대통령 전용 귀빈차 식당

대통령 전용 귀빈차는 1927년 일본에서 제작되어 전망·침대차로 사용되던 차량을 1955년 서울공작창에서 대통령 전용 귀빈차로 개조하여 초대 이승만 대통령부터 박정희 대통령까지 이용한 차량이다. 내부에는 황금빛 천으로 장식한 고급스러운 의자가 배치된 회의실과 식당, 주방, 침실, 샤워실 등이 갖추어져 있으며 선풍기와 미국제 소형

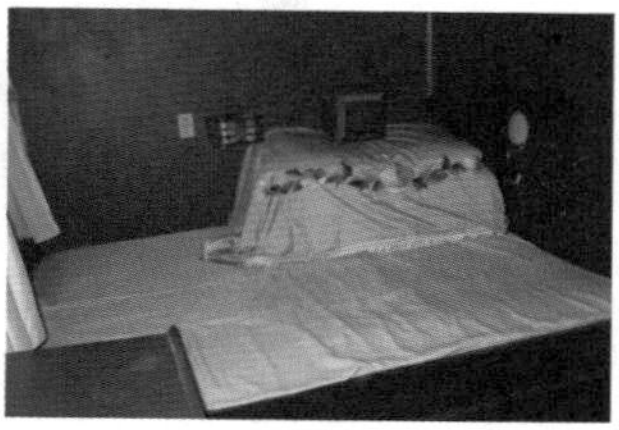

대통령 전용 귀빈차 침실

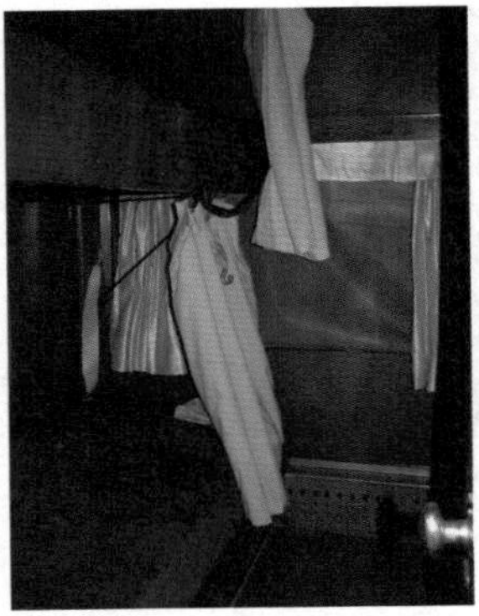

수행원 침실

에어컨도 설치되어 있고, 대통령 좌석 옆에는 탁자와 자그마한 철제 금고도 배치되어 있다. 로비, 창틀 등 각 부분의 공간에는 대통령을 상징하는 봉황문양이 새겨져 있다. 유엔군 사령관 전용객차(등록문화재 제420호)의 경우 1936년 일본에서 제작되어 2등 전망·침대차로 사용되던 객차를 1958년 주한 유엔군 사령관 전용차로 개조하여 사용했다.

1966년 한국을 방문한 미국 제36대 대통령 린든 존슨(Lyndon B. Johnson)은 당시 태안평야를 방문함으로써 한국 농업현장을 최초로 순시한 미국 대통령으로 기록이 남아 있는데, 이때도 귀빈차가 이용되었고, 당시 기념승차권이 발행되어 역사의 한 모서리를 채워주고 있기도 하다.

린든 존슨 대통령 방한 기념 승차권

13 또 하나의 귀빈차(貴賓車)

귀빈차(대통령 전용 객차) 외관, 오른쪽 위에서 시계 방향으로 회의실, 식탁, 로비, 침실, 주방

철도박물관에서는 대통령 전용 객차를 '귀빈차'라고 부른다. 옛 서울역의 황실 전용으로 사용되던 귀빈실과 연관이 있는 이름이다.

지금은 철도박물관에 전시되고 있는 시흥차량사업소에 보존되었던 대통령 전용 열차의 활용 문제가 거론되고 있을 당시 이야기를 간추려보려 한다.

청도군 새마을운동 성역화사업 준공식(2011.8.27)

행사 준비를 함께한 청도군수와 필자

2008년 10월 17일 근대문화유산 등록문화재 제419호 대통령 전용 객차로 등록된 귀빈차는 본래 일제강점기인 1927년 장거리 운행을 위한 1등 전망 침대차로 제작되어 대륙직통 급행열차 등에 연결되어 운행되던 객차였다.

1955년 서울공작창에서 이 1등 전망 침대차를 전망대, 회의실, 침실, 샤워실, 수행원 침실, 식당, 주방 등을 갖춘 대통령 전용차로 개조하여 초대 이승만 대통령부터 1960년대 말 박정희 대통령에 이르기까지 지방 순행 시 이용했다.

1966년 11월 미국 존슨 대통령이 내한했을 때는 한국과 미국의 대통령이 함께 이용하기도 했으며, 1988년 1월 26일 철도박물관 개관 시 이전하여 현재까지 보존 전시되고 있다.

이 귀빈차를 경상북도 청도읍 신도리 소재 경부선 신거역 옆에 자리 잡은 '청도 새마을운동발상지기념관' 앞에서도 볼 수 있다.

본래 1970년대 신거역 부근에서 마을 사람들이 공동 작업하는 모습을 당시 박정희 대통령이 열차(대통령 전용 특별동차)를 세우고 보면서 새마을운동을 구상했다고 하여 이곳을 '새마을운동 발상지'라 하며, 청도군에서는 전시효과를 상승시키기 위해 박정희 대통령이 지방 순행 시 이용한 바 있는 귀빈차를 복제하여 전시하고 있다.

철도박물관에서는 귀빈차의 보존을 위해 평일은 내부 출입을 금지했지만, 매주 토요일 관람객을 위해 1시간씩 개방한 후 문화재 보존 차원에서 재검토가 필요한 단계에 이르러 지금은 내부 출입을 다시 통제하고 있다.

다행히 당시 철도공사 사장(정창영)이 철도문화에 크게 관심을 두어 철도문화재 보존을 위한 예산상 배려로 야외전시 차량의 도색작업에 이어 귀빈차의 관람대 설치와 내부 조명 설비 등이 계획되어 귀빈차 보존처리 작업이 이루어지게 되었다.

여기서 일본의 철도박물관 귀빈차량 전시 방법을 살펴보면 우리와 같이 황실 전용 객차(御料車)를 철도기념물로 지정하여 철도박물관에 보존 전시하고 있지만, 박물관 개관 시부터 내부 출입은 금지되어 있다. 또 밖에서 내부를 관람할 수 있도록 조명 설비를 하고 외부에 관람대를 설치하여 효율적인 유물 보존이 이루어지고 있으며, 연대별로 여러 량(輛)의 황실 전용 객차가 전시되어 시대별로 변화된

시흥차량사업소 보존 시 대통령 전용 동차(앞 2량) 및 수행원 동차(뒤 2량)

특색을 비교 관찰할 수 있도록 하고 있다.

비공개 보완작업

우리나라의 경우 철도박물관에 보존된 대통령 전용 객차 다음으로 1970년대에 제작된 대통령 전용 특별동차(일명 특동)는 폐차 처리되었고, 1980년대에 제작되어 사용되었던 대통령특별동차는 현재 시흥차량사업소에 대통령 전용 2량 편성과 수행원 전용 2량 편성 등 2개 편성 4량이 보존되어 여러 해 철도박물관으로 이전을 추진한 결과 2014년 5월 26일 철도박물관으로 이전되어 1년여 동안 보완작업 후 2015년 어린이날을 맞아 공개되었다.

2014년 5월 26일 시흥차량사업소에서 철도박물관으로 이송되어 설치한 작업 과정을 소개한다.

시흥차량사업소→의왕역 이송(2014.5.26)

트럭에 적재

철도박물관으로 이송

미리 준비한 선호에 대차 설치

선로에 대차 고정(주인 잃은 새알이 함께)

대차 위에 차량 안치

이전작업 완료

2015년 어린이날 공개

14 창경원을 누빈 꼬마열차 삼천리호

터우형 기관차 종단 모형(철도대학)

요즈음은 각종 철도차량 모형이 만들어져 완구에서부터 장식용 또는 실험용 등 그 수를 헤아릴 수도 없다. 그런 중에도 철도의 역사와 관련되어 보존 가치가 있는 모형 기차와 관련된 이야기들을 모아 소개한다.

먼저 소개할 기관차 모형은 현재 한국교통대학교 철도대학에 전시되어 있는 터우형 증기기관차다.

이와 관련되어 1986년 재단법인 선교회(鮮交會) 발행『조선교통사』[11]에 1935년 설립한 철도박물관 자료 소개 중 'テンホイール型機關車縱斷模型(터우형 기관차 종단 모형)'이 포함되어 있으며, 당시

11 일제강점기 한국철도에서 근무했던 일본인이 조직한 단체(선교회)에서 1899년부터 1945년까지 그들이 모은 방대한 자료를 바탕으로 정리한 1,140쪽에 이르는 역사 서적으로, 한국철도사 연구에 많은 도움을 주고 있다.

1935년 12월 15일자 「동아일보」의 '철도박물관에 기관차 분해 비치'라는 제목으로 "…일직부터 기관차실을 분해하여 각 부분의 활동을 일목요연하게 제작 중인데 거의 공작이 되어감으로 근일 중에 레일을 깔아서 운반하리라 한다"라는 기사 내용에서 그 역사를 추정할 수 있게 해준다.

미카 3-129호 모형(철도박물관)

대전현충원 미카 3-129호

교통고등학교 운전과를 졸업하고 철도청 안전담당관을 역임한 바 있는 김한태(1941년생) 씨의 증언에 의하면 용산 소재 교통고등학교에 증기기관차 내부 모습을 보여주기 위해 전시되었던 모형일 뿐 다른 역할이나 용도는 없었다고 한다.

또한 철도박물관에는 미카 3-129호 증기기관차 모형이 있는데 관람객이 접근하면 옛날 증기기관차의 기적소리와 함께 힘차게 달리는 소리를 내어 처음 방문하는 사람을 깜짝 놀라게 하기도 한다.

이 기관차는 한국전쟁 중 고 김재현 기관사[12]가 적군의 포로가 된 미 제24사단장 윌리엄 F. 딘 소장을 구출하기 위해 미군 특전단 33명과 함께 적진을 향해 돌진했다가 특전단원들과 함께 전사한 역

12 1950년 7월 19일 당시 28세의 젊은 기관사로 적진을 향한 기관차운전을 자원하여 작전수행에 참하였다가 전사하였고, 지금은 서울 동작동 국립묘지 서울현충원 장교묘역(제7묘역 57호)에 안장되어있으며, 대전현충원 호국철도전시관에는 그의 공적이 소개되고 있다. 또한 2012년 미국정부의 특별공로훈장이 뒤늦게 추서되기도 하였다.

사를 품고 있는 역사적인 기관차다. 등록문화재 제415호로 등록되어 있으며, 실물은 국립대전현충원 호국철도전시장에 전시되어 있고, 위 모형은 1988년 1월 26일 개관된 철도박물관에 전시하기 위해 제작된 것이다.

파시 1형 모형

철도박물관 실내 전시관에 들어서면 맨 먼저 눈에 들어오는 전시물은 중앙홀의 파시형 증기기관차 모형이다.

모형 앞에는 1930년 5월 10일 파시 1형 증기기관차 제작 기념으로 실물 크기의 1/5로 축소 제작한 것으로 실제 운행이 가능했다는 설명판이 있을 뿐 실제 이 모형과 관련된 기록이나 자료는 전혀 보존되어 있지 않아 관람객에게 안내하면서도 근거자료를 본 적이 없어 전해 내려오는 이야기를 들려주는 정도의 소극적인 안내가 될 수밖에 없었다. 그러던 차에 서울지방철도청장과 철우회 부회장을 역임하신 손병훈 선배(1937년생)로부터 뜻밖의 이야기를 들었다.

교통고등학교 학생 시절 창경원에 파견되어 이 꼬마열차의 여객전무를 한 적이 있었다는 것이다. 이 조그만 기관차가 끄는 열차의 여객전무라니 좀 황당한 이야기 같지만, 선배님의 실제 경험담을 뒷받침할 증거자료를 찾는 일은 박물관장의 기본적인 책무일 수밖에 없다.

아무런 근거도 없이 막연한 이야기의 증거자료를 찾기란 생각보다 어려운 일이었다. 각종 역사자료와 보도자료들을 뒤적이던 중

1955년 10월 15일자 「대한뉴스」 68호에서 꼬마열차의 생생한 영상자료를 찾아냈다.

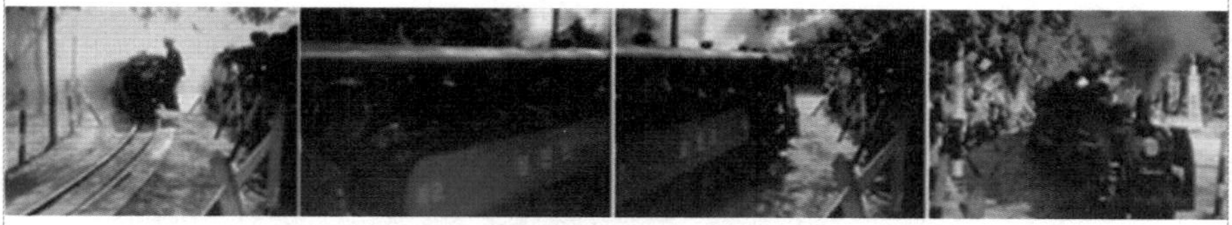

1955년 10월 1일 개최 해방 10주년 경축 산업박람회장(창경원) 운행 꼬마열차(대한뉴스 68호)

그림에서 보는 것처럼 창경원[13]에서 기관차에 소형 객차 4량을 연결하여 어린이들이 승차하고 맨 뒤에는 여객전무 역할의 교통고등학교 학생이 매달려가는 모습이 보이며, 꼬마열차 삼천리호가 소년소녀들의 많은 인기를 끌었다는 멘트가 있다. 이때의 객차 행방은 알 수 없고, 기관차만 철도박물관에 보존되어 있다.

이 자료를 찾는 과정에서 1935년 8월 6일자 「경성일보」에서 1899년 한국 최초의 모갈 증기기관차가 그때까지 입환기관차로 사용되다가 철도박물관으로 이전 전시된다는 기사를 찾았지만, 실제 철도박물관으로 이전된 기록이나 증거는 없다.

비록 실물은 없어졌지만, 한국 최초의 기관차인 모갈 증기기관

---

13 성종 14년인 1483년부터 건립을 시작하여 1484년 완공한 창경궁에 순종 3년인 1909년 일제에 의해 동물원과 식물원을 설치하고, 1911년 '창경원'으로 명칭을 변경하여 놀이공원으로 만들어 폭발적인 인기를 끌었다. 1963년 1월 18일 사적 제123호로 지정되었고, 1976년 정부는 임금이 살던 궁궐의 위엄을 훼손한 동물원 이전 검토를 시작한 바 있으며(1976년 11월 6일자 경향신문), 1979년 5월 당시 박정희 대통령은 고궁 보존을 지시하기도 했다(1979년 5월 9일자 동아일보). 1983년 7월 1일 복원공사를 위해 공개가 폐지되었고, 1983년 10월 동물원과 식물원을 남서울대공원(현 서울대공원)에 인계했으며, 1983년 12월 30일 명칭을 '창경궁'으로 환원했다.

차의 모형만은 지금이라도 제작하여 보존 전시되었으면 하는 것이 철도박물관장으로서의 가장 큰 바람이다.

경성일보에 소개된 모갈 증기기관차

15 철도 사보(社報)의 역사를 찾아

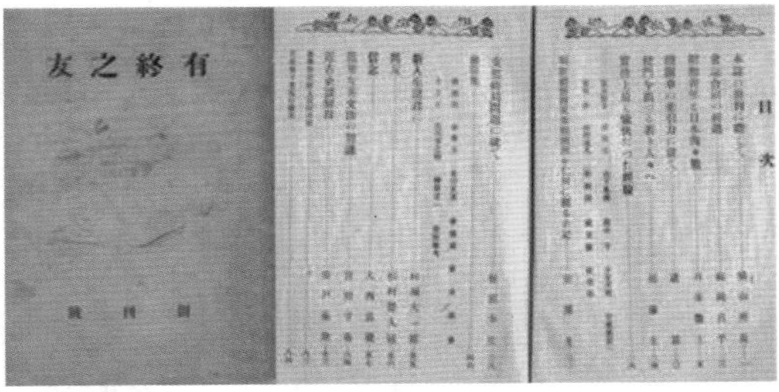

『유종지우』

철도박물관에 소장된 사보 관련 자료 중 가장 오래된 자료는 1928년 7월에 발간된 『유종지우(有終之友)』 창간호다.

『유종지우』는 당시 조선총독부 철도국 시절이니 일본어판으로 철도학교 전신인 '철도종사원양성소'에서 발행된 책자다. 철도종사원양성소장의 발간사에 의하면, 이 책 이전에 이미 유종회에서 『유종(有終)』, 학우회에서 『학우(學友)』라는 책자를 발행 중이었으며, 양 단체의 협의에 의해 2개의 책자를 통합하여 창간한 것이 『유종지우』라 했다.

유종회는 철도종사원양성소 수료자 모임이며, 학우회는 재학생 조직이었다. 기고자는 대부분 일본인이지만, 한국인의 이름도 일부 찾아볼 수 있다. 특히 말미에 기록된 회비 납부자 명단에 의하면 부산·대구·대전·목포·경성·평양·정주·원산·청진지부에 각각 한국인의 이름이 함께 기록되어 있음을 찾아볼 수 있다.

1934년 발행된 『철도의 벗(鐵道の友)』 9월호(제9권 제9호)는 조선총

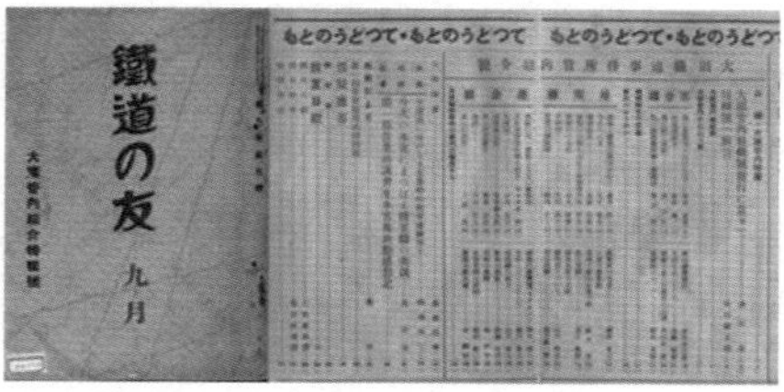

『철도의 벗』

독부 철도종사원양성소에서 발행했으나, 1943년 9월호에는 '운수계 종사원 교양지'라 표기되어 있고, 『유종지우』는 비매품이었지만 『철도의 벗』은 정가 20전의 유가지(有價誌)였다.

투고처가 '철도국 영업과 서무실 내 철도의 벗 편집계'로 기록된 것으로 보아 철도종사원양성소의 책이 아닌 철도국의 공식적인 사보(社報)였음을 추정할 수 있다.

편집 내용은 철도 관련 교양, 선별·역별·사무소별 현장 소개, 문예작품들로 역시 기고자는 대부분 일본인이며, 한국인의 이름도 간혹 발견된다.

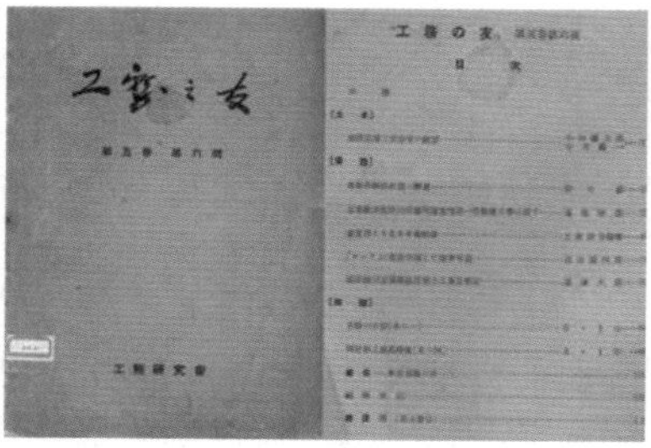

『공무지우(工務之友)』

다음 자료는 1935년 11월 '공무(工務)연구회'의 『공무지우(工務之友)』 제5권 제6호다. 조선총독부 철도국 공무과 발행으로 정가 20전인 유가지이나 구독 또는 기고처가 철도국 공무과로 되어 있어 공무, 즉 지금의 시설계통 사보임을 알 수 있다.

내용은 토목, 보선, 전기, 건축, 사무 관련 교양 자료 등이며, 문예작품이 포함되어 있고, 기고자는 모두 일본인이었다.

위의 자료들은 일제강점기 조선총독부 시절 발행된 책자들이며, 광복 이후 자료는 1952년 1월 운전협회에서 발행한『운협(運協)』이 있다.

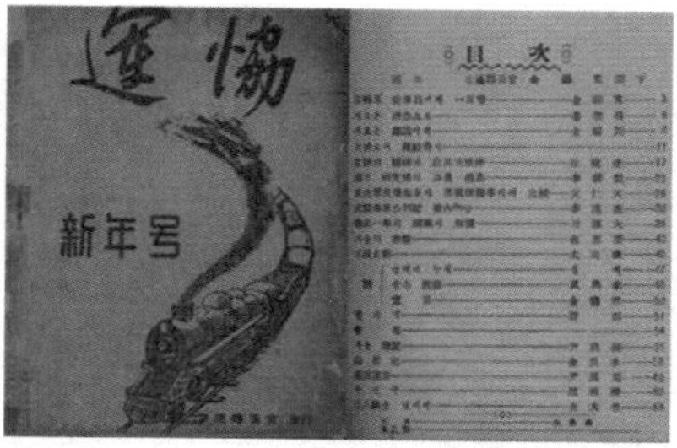

『운협(運協)』

신년호의 경우 통권 제20호로 '축 속간(祝續刊)' 광고와 중단된 지 2년 만에 발행한다는 편집후기로 보아 광복 후 발행되어 한국전쟁으로 인해 중단되었다가 속간되었음을 알 수 있으며, 발행처가 '교통부 육운국 운전과내 운전협회'로 되어 있어 운전계통의 사보임을 밝히고 있다.

그리고 맨 앞에 소개된 운전협회 회칙 제2조에는 "교통부 철도운전계 종사원으로 발령과 동시에 회원이 된다" 하여 운전계통의 모든 직원이 운전협회 회원임을 알 수 있다.

다음으로는 1952년 5월 교통부 육운국 영업과에서 발행한『운수(運輸)』창간호다.

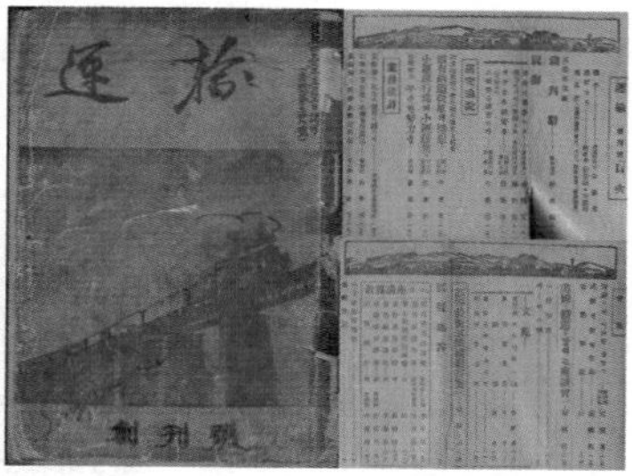

『운수(運輸)』

창간사를 살펴보면 7천 운수종사원의 교양지로서 운수업무에 대한 사회적인 이해와 협력을 증진시키는 한편, 운수종사원들 공사생활의 문화적 도표(道標)가 될 수 있는 간행물이 되어줄 것을 요구하고 있으며, 먼저 창간한『운협』지의 협조가 있었음을 밝힌 무가지(비매품)다.

다음을 이은 사보는 1953년 6월 '교통부 육운국 감리과 내 육

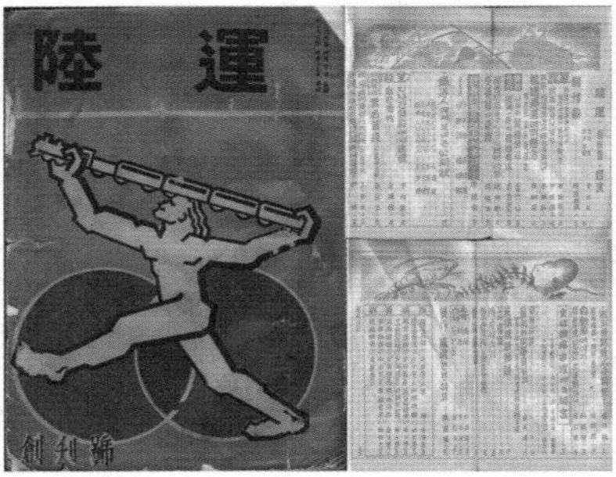

『육운(陸運)』

운회'가 발행한 『육운(陸運)』 창간호다.

이 책자는 교통부 육운국 내 운전회가 발행하던 『운협』과 운수회가 발행하던 『운수』를 하나로 통합한 교양지로서, 창간 축사에 당시 국회의장인 신익희 민의원 의장의 축사와 윤성순 교통부 장관 및 이종림 차관의 축사가 게재된 것으로 보아 당시 철도인의 사회적 지위가 어느 정도였는지 짐작할 수 있게 해준다.

교통부 진병호 육운국장의 캐나다철도 시찰기에 이어 주한 미국 후방기지 사령부 공보과 로버트 엘킨스(Robert. M. Elkins)의 특별 기고문(부흥일로의 한국철도)이 영문과 한글로 게재되어 눈길을 끈다.

분야별로 발행되던 책자가 통합된 것은 1954년 12월 창간호가 발행된 『월간 교통』이다.

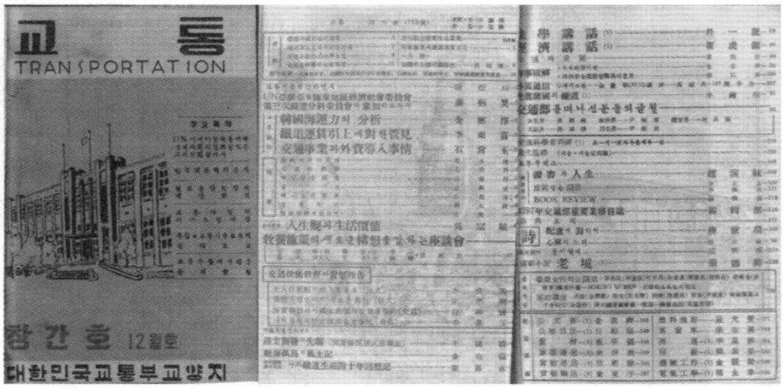

『교통』

물론 당시 교통부는 해운업무와 항공업무를 함께 취급했지만, 주 업무가 철도였으므로 사보 역시 철도 위주의 내용이 주를 이루고 있었다.

이 책에 게재된 기고문 중 서울공작창 선반공장장 최기영 씨의

"나의 철도생활 40년 회상기"에서 필자는 새삼 철도역사의 단면을 볼 수 있었다.

1917년 3월부터 철도원이 된 분의 생생한 증언을 들어볼 수 있는 것은 바로 사보(社報)만의 매력이라고나 할까? 일제의 한국인에 대한 승진 및 승급 차별, 그리고 일자리를 대부분 일본인이 차지한 결과 패전 후 빠져나간 일본인의 빈자리를 채워줄 한국인 기술인력이 심각하게 부족했던 사실, 일제강점기보다 더 동료를 괴롭힌 공산주의자(全平)[14]들의 횡포 사실을 처음 알았기 때문이다.

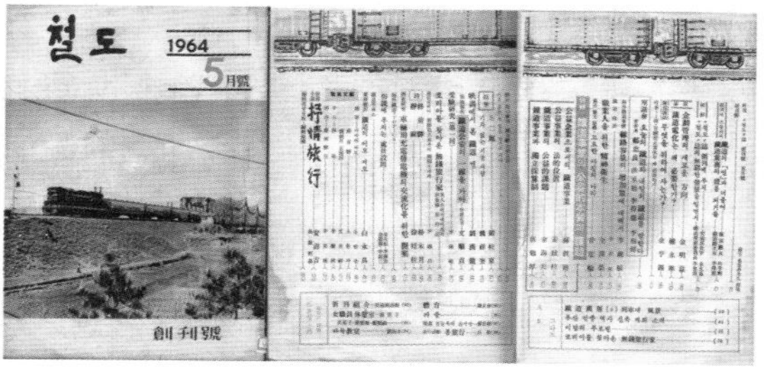

『철도』

1963년 9월 1일 교통부 외청으로 철도청이 발족했고, 이에 따라 철도만의 사보인 월간 『철도』지가 1964년 4월 25일 창간 5월호로 세상에 태어났다.

특집기사 '철도사업의 공익적 본질과 과제'에서는 서울대 소진덕 교수의 '공익기업으로서의 철도사업', 중앙대 강민주 교수의

14 전평(조선노동조합전국평의회)은 일제강점기 모스크바공산대학을 졸업하고 노동운동을 하다가 5년간 복역했던 함북 성진 출신 허성택에 의해 1945년 11월 5일 세워진 남로당, 좌파 계열 노동조합으로 산하에 금속, 섬유, 토건, 철도, 전기, 출판, 식료, 광산, 목재, 조선업, 어업, 일반월급생활자, 교통, 운수 등 16개 산업별 노조가 참여했다. 전국 11개 도시에 지방평의회를 조직했으며, 인민공화국 제창 및 신탁통치 찬성으로 민족주의 진영으로부터 반발을 샀다. 미 군정이 1947년 좌익 노동운동단체를 불법화함에 따라 지하로 숨어들었고, 1948년 8월 15일 대한민국 정부 출범으로 완전히 소멸했다.

‘공익사업의 법적 위치’, 고려대 김해천 교수의 ‘철도사업의 공익적 과제’ 등 기고문을 실어 철도사업의 본질을 학술적 측면에서 규명했다.

필자가 우리 사보에 처음 매력을 느낀 것은 1989년 석사논문 준비과정에서였다. 당시 자료를 찾기 위해 국회도서관의 ‘논문 제목 목록집’을 찾아보다가 깜짝 놀란 일이 있었다.

바로 내가 쓴 글의 제목들 옆에 내 이름들이 목록집에 올라 있었기 때문이다. 당시 가끔 사보에 투고한 적이 있었으며, 국회도서관에서 우리 사보를 분야별로 분류하여 목록집을 만들고 있음을 처음 알았다.

요즈음도 필자는 자료를 찾기 위해 국회도서관을 이용하는 경우가 가끔 있다. 철도공사 전환 후의 사보도 이전과 같이 분류되어 정리되고 있음을 보았다.

필자는 철도인이 사보에 좋은 글을 많이 투고하여 국회도서관에 영구 보존되고 철도를 연구하는 사람들에게도 도움이 되어 줄 수 있기를 희망해본다.

국회도서관

16 조국 근대화에 크게 기여한 철도인 안경모

고(故) 안경모 님

필자는 현직에 있을 당시 30여 회에 걸쳐 열차 관광객 1만 5천여 명을 안내했던 충주댐을 찾아 '충주댐 물문화관'에 들렀다가 '건설 참여자 명단'이 기록된 기념탑에서 '사장 안경모'라 새겨진 이름을 보면서 오래전 시드니에서 오페라하우스를 보러 갔던 생각이 갑자기 떠올랐다.

교통카드 도입 검토 중 마스터카드 시험 현장을 벤치마킹하려 들렀다가 틈을 낸 우리 일행 가이드는 "오페라하우스를 건설한 회사가 철도회사인데. 그 흔적을 찾아보라"라며 재미있는 문제를 내주었다.

물문화관 건설 참여자 명단 기념비

이때 무심코 입구 계단을 오르면서 계단의 층마다 고무판이 깔려 있음을 발견하고 "바로 이거다!"라고 대답하여 일행을 놀라게 한 적이 있다. 선로 침목과 레일 사이의 고무패킹이 연상되었기 때문이다.

마침 주변을 지나가는 유람선에도 철도회사 깃발이 휘날리는 것을 보고 철도회사가 많은 사업을 하고 있다고 생각했던 기억이 댐 건설 참여자 명단에서 전직 교통부 장관, 그보다 앞서 철도인이던 안경모 님의 이름을 보고 떠오른 생각이었다.

2010년 8월 타계하신 안경모 님은 많은 사람이 최장수 교통부 장관[15]으로, 또는 최장수 공기업 사장[16]으로 기억하고, 공직에 재직하면서 소양강·안동·대청다목적댐을 건설하고 여천, 창원, 온산, 구미 등 산업단지를 조성하여 국가 기간산업 발전의 토대를 마련한 분으로 기억하지만, 필자는 조국 근대화에 크게 기여한 철도인으로 기억하고 싶다.

1917년 4월 7일생인 강사(江史) 안경모 님은 일본 도쿠시마대학의 전신인 도쿠시마고공(德島高工) 토목공학과를 졸업한 후 1939년 3월 조선총독부 철도국 개량과 기수로 철도에 입문하여 1960년 5월까지 운수부(교통부 전신) 건설과, 서울보선사무소, 교통부 시설국 등에 근무하면서 광복 직후 중견 철도인이 부족한 상황에서 철도의 정상 운행에 크게 기여했다. 1950년 한국전쟁으로 폐허가 된 한국철도의 건설과장과 보선과장으로 근무하면서 전쟁 중 파괴된 한강철교, 금강철교, 낙동강철교 등의 복구에도 크게 기여했다.

특히 영암선, 영동선, 함백선, 문경선 등 산업철도 건설을 통해 자원개발에 기여하는 한편, 장작을 주 연료로 사용함으로써 삼림 황폐화의 원인을 제공했던 수도권에 석탄 공급으로 연료 혁명을 이루는 데 크게 기여했다.

1955년 2월 15일 교통부 시설국 보선과장 시절 교통부 기관

15 1964년 7월 8일부터 1967년 10월 2일까지 교통부 장관 역임

16 1967년 12월 18일부터 1983년 1월 31일까지 한국수자원공사 및 산업기지개발공사 사장 역임

한강철교 복구공사 현장

지 『교통』에 투고한 "한국경제부흥책의 검토와 전망"에서 한국경제의 현황을 분석하고 경제 부흥책을 검토하면서 인간이 이용할 수 있는 세 가지 힘인 원자력, 수력, 풍력을 잘 이용하는 것이 국가 고도발전의 지름길임을 지적하고 미국에서 성공한 TVA(Tennesse Valley Authority)와 당시 캘리포니아에서 시행 중인 CVP(Central Valley Project)를 예시하며 자원과 에너지의 개발과 저장과학을 강조하며 근대국토개발계획의 방향을 제시한 사실은 이미 교통의 카테고리를 벗어나 국토개발계획에 몰두해 있었음을 찾아볼 수 있었다.

1960년 5월 철도를 떠난 철도인 안경모 님은 건설부로 자리를 옮겨 1962년 '울산개발계획본부장'으로 제1차 경제개발 5개년계획의 선두사업인 울산공업기지 건설을 지휘했고, 1964년 7월 건설부 차관에서 교통부 장관으로 취임하여 '국가기간고속도로계획 조사단장'으로 경부고속도로와 호남고속도로 기본계획을 수립하여 고속도로의 발판을 마련했다.

경북선 개통 기념 스파이크를 박는 박정희 대통령을 지켜보고 있는 안경모 장관

1967년 12월에는 한국수자원개발공사 사장으로 취임하여 한국 최초의 다목적댐인 소양강댐과 국내 최초의 양수 겸용 수력발전소인 안동다목적댐을 건설했고, 산업기지개발공사 사장으로 국내

유일의 복합댐인 대청다목적댐과 충주다목적댐을 건설하여 홍수 예방은 물론 농·공 생활용수 공급과 관광 및 위락시설의 입지를 제공했다.

또한 산업기지개발공사 사장으로 재직 중 여천석유화학공업기지, 창원종합기계공업단지, 온산비철금속기지, 구미전자공업단지, 익산수출자유지역공업단지 등 중화학공업단지를 조성했고, 우리나라 최초의 신도시인 안산신도시와 우리나라 최초의 과학기술연구도시인 대덕전문연구단지를 조성했으며, 한강유역, 금강유역, 대청, 낙동강계통, 남강 및 태백의 광역상수도망을 정비하기도 한 안경모 님에게는 많은 일화와 함께 별명도 많았다.

장관 시절 현장을 누빌 때는 물론 고위층을 면담할 때, 심지어 국무회의에도 작업복과 작업화 차림이어서 '작업복 장관'으로 불리는가 하면, '건설 국보', '물 박사', '한국 지도를 바꿔놓은 사람' 등으로 불리기도 했다.

조국 근대화에 크게 기여한 안경모 님은 사후에도 그 공로를 인

1968년 대통령 공로표창

고 안경모 님 대전국립현충원 안장식

정받아 지금은 대전국립현충원에서 영면 중이시다.

오래전 모든 공직에서 은퇴하고 대전에 거주하실 때 철도청 현직에 근무하던 필자는 선배님들과 함께 인사차 자택을 방문한 적이 있는데, 평범하고 검소한 선배님으로 기억된다.

무엇보다 필자는 철도인이 국가발전에 크게 기여했다는 사실이 왠지 자랑스럽고 뿌듯하며 많은 철도인이 다시 한번 기억해주었으면 하는 마음으로 원고를 정리했다.

원고 자료수집에 협조해주신 차남 안희도 박사(한국해양연구원)께 감사드린다.

17 역사 속에 묻힌 옛 서해안선(西海岸線)

우리 철도건설 역사를 신문보도 자료를 통해 살펴보면 다음과 같다.

1965년 6월 1일자 「동아일보」 보도 내용에 따르면 교통부는 경포대-거진 간 동해북부선, 포항-삼척 간 동해중부선, 정선-구절-회동 간 정선선, 여량-강릉 간 정강선, 고한리-황지 간 태백선, 진해-행암 간 진해선, 서천-비인 간 비인선, 김천-진주 간 김삼선, 함백-남원 간 영호선, 김제-학교 간 서해안선, 안성-동화 간 경기선, 대구-마산 간 구마선, 장항-군산 간 장항선, 불정-문경 간 문경선, 논산-부여 간 부여선, 우암-동래-우암 간 부산순환선, 오류동-왕십리 간 서울남부순환선 등 18개 철도를 부설하는 7개년 계획을 수립한 바 있으며, 1978년 6월 2일자 「경향신문」에 의하면 당시 경기도 의왕역(현 오봉역)에서 중앙선 도농역 간의 남부순환선 계획도 있었다.

이 중에는 완공되어 역할을 마치고 폐지된 노선과 개통되어 지금도 운용되고 있는 노선이 있는가 하면, 착공은 했지만 여러 가지 사정으로 인해 도중에 사라져버린 노선들도 있다.

1966년 4월 29일 기공식이 거행된 서천-비인 간 비인선, 1966년 11월 9일 기공식이 거행된 김천-진주 간 김삼선, 1966년 11월 21일 기공식이 거행된 논산-부여 간 충남선(최초 계획 노선명은 부여선이었다), 1967년 4월 12일 기공식이 거행된 김제-학교 간 서해안선 등이 역사에 묻혀간 철도건설 계획이었다.

물론 당시 언론 보도자료 등에 의하면 1967년 5월 3일 치러진 제6대 대통령선거의 영향으로 많은 철도의 기공식이 이루어졌다고 하며, 특히 서해안선 철도의 경우 여야의 공방이 심했다고 한다. 1967년 4월 13일자 「동아일보」에 의하면 김제중앙초등학교 교정에서 거행된 서해안선철도 기공식은 박정희 대통령 주도하에 읍내 3, 4개 중학교 학생, 공무원, 군민 등 1만여 명이 참석하여 성대하게 거행되었다.

비인선 기공식(1966.4.29)

김삼선 기공식(1966.11.9)

충남선 기공식(1966.11.21)

본래 서해안선 건설은 1964년부터 논의되어 1965년 철도청에서 계획을 수립한 후 계획노선에 대한 전문기관의 연구를 거쳐 확정되었던 노선이다.

호남선 김제역에서 분기하여 서해안을 따라 죽산·부안·우덕·외포·줄포·석교·신림·고창·아산·무장·공음·법성·월곡·영광·상리·불갑·신광·용정·함평역을 신설하고, 호남선 학교역으로 이어지는 124km의 본선과 도중 부안역에서 호남선 신태인역까지 연결되

1965년 서해안선 계획노선

는 지선을 부설하고, 도중 백산역과 마항역을 설치하도록 했고, 줄포역에서 호남선 정읍역까지 연결되는 지선을 부설하고 중간에 고부역과 만수역을 설치하는 2개의 지선이 함께 계획된 노선으로 당해 연도 전 공정의 4.3%를 진행하여 1976년 완공 예정으로 추진되었다.

1970년 2월 26일자 「매일경제신문」은 비인선, 김삼선, 충남선과 함께 공사 중단 상태인 철도건설을 고속화도로 시설로 전환할 방침을 마련했다는 내용을 보도했다.

1972년 1월 19일자 「경향신문」은 박정희 대통령이 교통부 순시에서 "기공식은 거창하게 했는데 열차가 다니고 있냐며, 이러한 무계획적인 사업은 절대로 없도록 하라는 지시를 하였다"라고 보도했다.

서해안 계획노선의 많은 지역에 서해안고속도로가 개설되

어 있지만, 아직도 최초 공사 구간의 노반이나 하천의 교각 등 당시의 흔적이 남아 있어 최초의 철도건설 계획이 추진되었더라면 하는 아쉬움이 남기도 한다.

국토교통부 2015년도 주요 정책과제 추진계획과 한국철도시설공단 보도자료에 의하면 경기도 화성(송산)에서 충남 홍성에 이르는 90.01km의 서해안선 복선 전철에 3조 8,280억 원을 투입하여 시속 200~250km/h의 준고속철도 수준으로 2015년 4월 착공하여 2018년 완공될 예정이며, 서해안선은 송산에서 경의선과 연결되며, 홍성에서 장항선과 호남선 및 전라선과 연결되어 서해안 철도 시대가 열릴 것을 예측했다.

현 서해안선 노선도

1967년 4월 12일 서해안선 철도 기공식

1967년 기공식을 한 서해안선과 완전히 다른 구간인 경기도 고양시 대곡역과 충남 홍성군 홍성역을 잇는 서해선 복선 전철이 2015년 5월 22일 기공식과 함께 착공되었는데, 이미 2011년 착공하여 2018년 6월 16일 개통된 소사-원시 간 원시선을 포함하여 '서해선'으로 변경했으며, 2022년 전 구간 개통을 목표로 공사가 진행되고 있다.

2015년 5월 22일 서해선 복선 전철 기공식

18 사설철도로 시작한 충북선

광복 이전 한국에는 많은 사설철도 노선이 부설되었다. 일본은 자원 수탈과 대륙진출을 위해 한국에 많은 철도노선 건설이 필요했지만, 국가 재정에 한계가 있어 이에 대한 대책으로 일본 민간자본을 끌어들여 사설철도를 부설할 계획을 세웠다. 그 때문에 조선총독부는 직원을 각지에 파견하여 철도부설 예정 노선과 교통경제상황 등을 조사하고 그 정보를 일본 기업인들에게 제공했으며, 1914년부터는 사설철도 보조금 지급을 제도화했다.

특히 제1차 세계대전 이후 일본의 경제가 호황기에 접어들면서 일본 자본가들은 한국 내 철도건설에 관심을 집중했고, 1918년부터는 종전 6%의 보조금을 7%로, 1919년부터는 8%로 인상하여 지급하는 등 사설철도 건설 참여율을 높였다.

충북선 최초 계획 시 부강-청주 간 철도부설

충북선의 경우 1920년 3월 일제강점기 사설철도로 조치원에서 건설이 시작되어 1928년 12월 충주까지 개통되었으며, 1946년 5월 국유화[17]되었다. 충주-봉양 간은 1958년

---

17 1956년 5월 7일 재조선 미국 육군사령부 군정청 법령 제75호 '조선철도의 통일'에 의거하여 국유화됨

5월 개통됨으로써 사설철도로 시작된 충북선은 대한민국 정부의 국철로 조치원-봉양 간 총 129.2km 전 구간이 개통된 특이한 역사를 지닌 철도노선이다.

본래 충북선은 1912년 충청북도의 부강-청주 간 도로가 개설되면서부터 청주와 부강에 살던 일본인과 몇몇 조선인이 충청북도의 지원을 받아 개설된 도로를 따라 부강-청주 간 경편철도 부설계획을 세우고 허가 신청을 했으나 조선총독부는 도로 폭이 5.4m에 불과하다는 이유로 신청서를 반려했다. 이에 '충북경편철도주식회사'를 설립하고 부강-충주 간과 충주-제천 간을 2기로 나누어 부설계획을 세우고 조선총독부에 다시 허가 신청을 했다.

당시 충북선 철도에 관심이 많았던 조선경편철도주식회사는 충북경편철도주식회사의 충북선 철도건설 허가 신청 사실을 알고, 1916년 충청남도의 지원을 받아 충남 조치원-충북 충주 간 및 조치원-공주 간 추가건설 허가를 신청함에 따라 충북선 건설에 2개사의 경쟁이 치열했으나 조선총독부는 1917년 8월 조치원-청주-충주 노선 및 조치원-공주 추가노선을 허가했다.

1919년 9월 조선경편철도주식회사는 '조선중앙철도주식회사'[18]로 회사명을 변경하고 1920년 3월 착공하여 1921년 11월 1일 충북선 최

청주역(원내는 1960년대 이전 모습)

18 1923년 9월 경제 불황으로 당국이 사설철도회사의 합병을 추진함에 따라 서선식산(주), 남조선철도(주), 조선산업(주), 조선삼림(주), 양강청림(주) 등과 함께 조선철도주식회사로 합병되었다.

1927년 충북선 열차 시각표 및 1926년 수송실적(명·톤)									
역별	열차 시각표(출발 시각, 종착역 도착 시각)							승강인원	화물
조치원	07:10	09:00	11:25	14:00	17:35	19:35	22:20	32,627	11,387
오송	19	09	-	09	44	44	29	19,162	-
월곡	26	16	40	16	51	51	36	18,061	-
정봉	33	23	47	25	18:00	56	43	12,662	203
송정	41	31	55	33	10	20:06	51	12,556	-
청주	08:00	51	12:16	57	30	20:17	23:02	190,245	28,111
정하	08	59	24	15:05	38			20,516	3
오근장	15	10:06	32	13	45			29,878	329
내수	26	17	44	25	58			45,851	3,844
청안	08:38	10:29	12:56	15:37	19:10			96,167	27,268

초의 조치원-청주 간 22.7km 구간이 개통되어 1일 4개 열차가 왕복 운행되었다. 당시 경제상황이 좋지 않았음에도 청주지역만은 철도공사로 호황을 이루었으며 지역발전에도 크게 기여했지만, 조치원-공주 간은 착공이 지연되어 건설허가 효력이 상실되었다.

이어서 1922년 5월 청주-청안(지금의 증평) 간 공사가 시작되어 1923년 5월 청주-청안 간 23.9km가 개통됨에 따라 조치원-청안 간 10개 역(조치원-오송-월곡-정봉-송정-청주-정하-오근장-내수-청안)이 영업을 개시했으며, 위 표의 수송실적은 당시 청주가 중심이었음을 보여준다.

1923년 9월 충주번영회를 중심으로 충북 및 강원지역의 유지들이 충북선 속성공사 운동을 전개했고, 음성, 충주, 단양, 제천, 괴산 등 5개 군민이 모여 '충북선철도기성동맹회'를 조직하여 당국에 진정 및 충북선 속성 건설을 위한 각종 활동을 전개했다.

충주군은 충주역 부지 3만 평을 무상으로 제공하여 각종 편의를 제공키로 결의했고, 음성군민의 경우 음성역이 음성읍에서 멀리 떨어질 경우 음성 존폐의 중대한 문제라 하여 역을 읍 부근에 설치할 것을 강력히 주장하는가 하면, 충남 공주에서는 1926년 조치원-공주-청양-부여-보령 노선의 철도부설을 위해 임시철도기성회를 준비하기도 했다.

지지부진하던 청안이원의 연장공사는 지역주민의 진정과 성원 등으로 1926년 12월 2단계 공사가 시작되어 1928년 12월 청안-충주 간 47.4km가 개통되었다.

그 후 충북의 인사들은 충북선을 제천까지 연장하여 서해안과 동해안을 잇는 횡단철도로 발전시켜 지역개발과 산업을 진흥시키고자 충북선 연장운동을 전개하여 1934년 11월에는 '충북선연장기성회'를, 1935년 5월에는 충북, 충남, 전북의 대표들이 모여 '중부조선횡단철도부설기성회'를 조직하기도 했으나 이 꿈은 대한민국 정부가 이어받게 된다.

1956년 11월 충주-목행 구간이 착공되어 1956년 4월 11일 개통되었고, 목행-봉양 구간은 1957년 3월 착공하여 1958년 말 완공되어 1959년 1월 1일 조치원-봉양 간 129.2km 전 구간 영업이 개시되었다. 이어 1980년 10월 17일 복선화 공사가 완공되면서 113.2km로 단축되었고, 2005년 3월 말 전 구간 전철화 공사가 완료되었다.

오송역 조감도(원내는 현 역사)

이제 오송역은 고속철도 분기역으로 거듭났고, 청주공항역까지 광역전철을 연장 운행할 계획이 추진되고 있다.

국보 '중원고구려비' 등 주

중원고구려비

변에 많은 문화유산이 보존되어 있는 충북선은 산업선 중심의 철도에서 관광과 비즈니스 중심의 철도로 변모하여 지역민의 오랜 꿈이 실현되는 것은 물론 국가발전에 크게 기여하는 교통의 허브 역할이 기대되는 철도노선이다.

19 규정 준수에 얽힌 생과 사의 갈림길

1977년 11월 11일 오후 9시 15분 익산역(당시 이리역) 구내에서 천지를 뒤흔드는 엄청난 폭발사고가 발생했다. 이 사고로 59명이 사망했고, 1,343명의 중·경상자가 발생했다. 역 주변 500m 내에 있던 건물들은 형체를 알아볼 수 없을 정도로 파괴되었고, 반경 4km 내의 건물은 폭발 충격파로 모든 유리창이 산산조각 났다.

당시 한국화약에서 생산된 화약을 적재하여 광주로 향하던 화차에서 폭발사고가 발생한 것이다. 화약을 적재한 화차에는 호송인이 승차하게 되어 있으며 호송인은 성냥이나 라이터 등을 휴대할 수 없었지만, 당시 호송인은 촛불을 켜둔 채 잠이 들었다가 촛불이 넘어져 덮고 있던 침낭에 불이 붙자 당황하여 줄행랑을 친 사이 적재된 화약에 점화되어 대폭발이 발생한 것이다.

당시 폭발 현장에는 깊이 10m, 직경 30m의 웅덩이가 파였으며, 현장에서 100여 m 떨어진 길을 지나던 행인이 날아온 파편을 맞고 사망했는가 하면, 인근 극장에서 가수 하춘화 씨 리사이틀이 진행되고 있었는데 2층 천장이 내려앉아 5명이 숨지고 100여 명이 중경상을 입기도 했다. 당시 익산시는 전쟁이 휩쓸고 간 폐허를 방불케 했다.

당시에는 밝혀지지 않은 철도 운행 비화가 있어 소개한다.

폭발사고가 발생한 1977년 11월 11일 오후 9시 15분 그 시각에는 바로 옆 선로에 군산선의 군산발 익산 착 비둘기호 여객열차가 도착할 예정이었다.

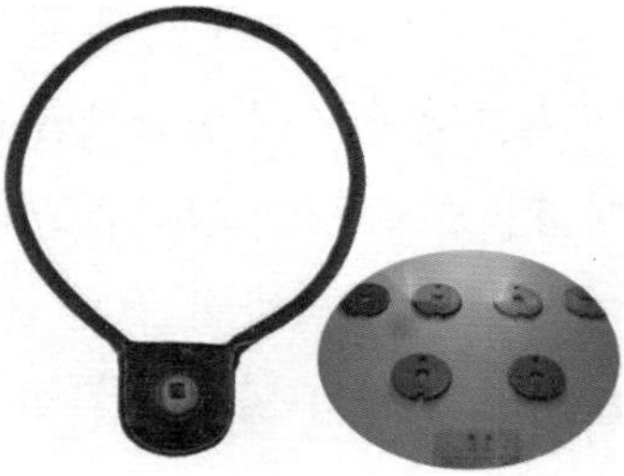

왼쪽: 통표 휴대기, 오른쪽: 각종 통표

만약 정해진 시각에 도착했다면 승객 수백 명은 폭발사고를 피할 수 없는 상황이었다.

그런데 열차는 그 시각에 도착하지 않았다. 왜 그랬을까?

지금은 역과 역 사이에 자동폐색장치로 신호에 의해 열차가 운행되지만, 당시 군산선은 대부분의 다른 구간과 같이 역과 역 사이에 1개 열차만 운행을 허가하여 열차 안전운행을 확보하는 통표폐색방식을 사용하는 구간이었다. 역과 역 사이를 운행하려면 '통표'라는 운행허가증을 휴대해야만 운행할 수 있었다.

① 기관사가 착역에 통표 반납

② 반납 통표 도착역 회수

③ 발역 통표 수여기에 꽂아두면

④ 발역 통표 기관사가 받아감

기관사가 그림 ①과 같이 발역에서 받아온 통표(운전허가증)를 착역 통표 수취기에 반납하면 착역에서 이를 회수하고, 다음 역까지의 통표를 그림 ③과 같이 통표 수여기에 꽂아두면 기관사가 그림 ④와 같이 받아가는 방법이다. 철도청 운전 규정은 운행 중인 열차의 기관사는 반드시 해당 구간의 통표를 휴대해야 하며, 만약 분실 시에는 열차를 세우고 찾아가도록 규정하고 있었다.

그런데 당시 기관사는 익산역 바로 전 역인 임피역(전 오산역은 운전 간이역으로 운전 취급 제외 역)에서 출발한 후 통표 수여기에서 통표를 가져오는 것을 깜박 잊었음을 깨닫고 열차를 멈추었다. 그리고 임피역 통표 수여기까지 퇴행하여 통표를 수취하고 다시 출발함으로써 열차를 지연 운행하게 되어 익산역 폭발사고가 발생한 후에 도착하여 대참사를 모면한 것이다.

이리(익산)역 폭발사고 현장

인명은 재천이라는 말이 있다. 어쩌면 죽을 운명이 아닌 사람들이 타고 있었기에 기관사가 좀처럼 범하지 않는 실수를 범했고, 또 실수를 곧 발견한 후 정해진 규정에 따라 실수를 시정했기에 수백 명의 참사를 막았다는 생각을 해본다.

20 섬으로 간 기차

제주도로 간 기차는 아는 사람이 많지만, 흑산도로 간 기차를 아는 사람은 별로 많지 않다.

세상이 이렇게 급격하게 발전하리라고는 생각지 못하던 1978년 "섬에 사는 어린이들은 평생 기차를 보지 못하겠다'라는 박정희 대통령의 말씀에 당시 철도청은 제주도와 흑산도에 기차를 보내기로 결정했다.

흑산도로 간 기차

흑산도 예리항에 협궤철도용 기찻길을 깔고 협궤증기기관차 '혀기 8호'와 협궤 객차 1량을 운반하여 기찻길 위에 설치하는 공사를 마치고, 제56회 어린이날인 1978년 5월 5일 흑산초등학교 학생들의 열렬한 환영 속에서 박정희 대통령이 참석한 가운데 성대한 개막행사를 했다.

1978년 어린이날 흑산초등학교 기차 환영행사

기차를 난생처음 본 학생들은 신기하기만 한 기차를 서로서로 만

난생처음 보는 신기한 기차를 만져보는 어린이들

져보며 즐거워했다.

필자는 세월이 많이 지난 1990년대 말 여행 중 흑산도 예리항에 도착하여 오랫동안 비바람으로 기차가 너무 훼손되었으며, 처음 도착한 여행객은 섬의 기차를 보고 신기해했지만 그곳 주민은 항상 보는 기차에 별 관심이 없음을 느낄 수 있었다.

여행을 마치고 당시 철도청장님께 흑산도 기차가 너무 낡아서 우리가 페인트칠이라도 해야 할 것 같다는 말씀을 드렸던 기억이 있다.

1990년대 말 흑산도 예리항의 모습

2007년 철도박물관 재직 중 문화재청으로부터 '근대문화유산 교통(철도) 분야 목록화 조사' 용역을 받아 수행하면서 오래전 보았던 흑산도 기차를 조사 대상에 포함하기 위해 신안군청에 확인한 결과 해풍으로 철이 모두 삭아서 폐기처분 했다는 말을 듣고, 그동안 무관심했던 것이 몹시 후회스러웠지만 아쉬움만 남았을 뿐이다.

제주도로 간 기차

철도청은 흑산도와 같이 제주시 삼무공원에 기찻길을 깔고 제주항에 도착한 증기기관차 미카 3-304호와 객차 1량을 삼무공원까지

1978년 어린이날 제주기차 환영행사장

이동하는 데 무척 어려움을 겪었다는 이야기를 들은 기억이 있다.

제주도에서도 제56회 어린이날인 1978년 5월 5일 많은 초등학교 학생들이 참석한 가운데 제주도 최초의 기차 공개 환영행사를 했고, 이곳 학생들도 흑산도 학생들과 다름없이 처음 보는 기차를 신기해하며 기뻐했다.

제주시는 2년 주기로 도색하는 등 철저한 관리로 필자가 '근대문화유산 교통(철도) 분야 목록화 조사보고' 용역 수행을 위해 30여 년이 지난 2007년 방문 시 기차보다 낮았던 수목은 기차의 두 배 정도 자랐지만 잘 보존되고 있었으며, 2008년 전문위원 심사를 거쳐 근대문화유산 등록문화재 제414호로 등록되어 제주도 주민보다는 여행객의 사랑을 더 많이 받는 형편이었다.

2007년 제주 기차

또한 2011년에는 전반적인 정비작업을 거쳐 지붕(canopy) 및 관람대를 설치하고, 객차는 어린이 도서관으로 활용하고 있다.

2018년 제주 기차

21 기찻길 자전거

선로전환기

1978년 장항선 간치역장으로 부임한 필자는 역 운영에 어려운 여건을 맞게 되었다. 당시만 해도 철도 장비가 기계식이어서 단선 운행되는 모든 역에서는 열차 착발 시마다 사무실에서 100여 m 거리에 설치된 선로전환기에 출장하여 선로전환기를 조작해야 했으며, 열차 교행 시는 상하 양쪽 선로전환기에 한 사람씩 출장하는 작업이 부담이 되었다. 대개는 기찻길 옆길로 자전거를 이용하던 시절에 역 구내 용량 확장 공사로 양측 선로전환기까지 거리가 400m까지 멀어졌는데, 공사 과정에서 자전거 이용 통로마저 없어져 직원들도 어려웠지만 인력 운용 또한 난감하게 되었다.

1978년 간치역 기찻길 자전거

간치-웅천역 간 왕복 시승

고심 끝에 헌 자전거 2대와 쇠 파이프를 구입하여 그림과 같은 기찻길용 자전거를 만들어 인근 웅천역까지 왕복 7.2km를 시험운전해 본 후 한동안 직원들이 편리하게 일할 수 있게 되었지만, 사고위험을 지적한 상급기관의 사용금지 명령으로 갈등을 겪은 기억도 남아 있다.

철도박물관을 찾은 팀 모리아티

필자는 철도박물관 재직 중 매년 정기적으로 방문한 미국인 철도 마니아 친구에게 이때 사진을 보여주며 "1978년이었으니 어쩌면 내가 최초로 레일바이크를 만든 것이 아닐까?" 하며 자랑 아닌 자랑을 했는데, 이 친구가 다음 해 방문했을 때 내가 만든 기찻길 자전거와 너무도 흡사한 사진을 보여주면서 미국철도의 100년 전 사진이라며 함께 웃었던 기억이 새롭다.

100년 전 미국의 레일바이크 사진

미국인 철도 마니아 팀 모리아티(Tim Moriarty)가 기념으로 제공한 그림엽서. 1958년 한국 정부가 미국 정부에 제공하여 그곳 박물관에 보존 중인 증기기관차 소리 2-101호 사진을 그림엽서로 제작한 것으로 한국에는 소리형 증기기관차가 남아 있지 않다.

22 추억 속의 열차 이름들

그간 우리는 많은 열차 이름과 함께 살았고, 각자 나름대로 열차 이름에 얽힌 많은 추억이 있으리라 생각된다.

필자는 1960년대 서울역 근무 중 친구들 모임에 참석하기 위해 당시 호남선 특급 '태극호'를 타고 정읍까지 내려간 적이 있다. 친구들이 '태극호'를 타고 내려온 나를 어찌나 부러워하던지 나도 모르게 으스댔던 기억이 생각난다.

당시 서민에게 특급열차는 그림의 떡과 같았던 시절이었으니 그럴 수밖에 없었다. 물론 지금은 이해하기 어려운 옛날이야기지만 말이다.

모갈, 미카, 파시 등 기관차 이름을 열차 이름으로 잘못 아는 사람들을 가끔 만나기도 한다. 그뿐만 아니라 제대로 된 열차 이름의 변천 기록이 없다 보니 인터넷 또는 각종 매체를 통해 정확지 않은 자료들이 난무하고 있어 바로잡을 필요가 있음을 느꼈다. 철우회에서 철도박물관 운영을 담당하던 기간에 관장업무를 수행하면서 각종 고문헌과 자료를 검토하여 찾아낸 우리의 열차 이름들을 정리해 보았다.

융희(隆熙)**호**: 1908년 4월 1일 부산-신의주 간 운행된 열차 이름이다. 쇼와 11년(1936) 발행된 에구치 간지(江口寬治: 한국철도에 근무한 일본인)의 『조선철도 야화』에 의하면 부산-서대문 간 운행하던 열차를 신의주까지 연장운행 계획을 세우고 철도국 간부들이 열차 이름을 고심한 끝에 한국 사람들에게 호감을 얻기 위해 당시 대한제국 연호인 '융희'로 결정했고, 부산발 북행은 '융호', 신의주발 남행은 '희호'라 한 기록이 남아 있다.

히까리(光)**호**: '히까리'는 '빛'이라는 뜻의 일본어로 1933년 4월 1일 운행 개시한 부산-봉천[지금의 중국 선양(瀋陽)] 간 특급 제1, 2열차로 부산잔교(棧橋) 07:20 출발, 경성 15:05, 봉천은 다음날 04:20에 도착했다.

히까리호

노조미(望)**호**: '희망'을 뜻하는 일본어로 1934년 11월 1일 부산-봉천 간 추가로 운행을 시작한 열차 이름이다.

노조미호

아까쓰끼(曉)**호**: '새벽'을 뜻하는 일본어로 1936년 12월 1일 부산-경성 간 특급열차로 부산에서 06:50에 출발하여 대구역과 대전역을 각각 4분 정차 후 13:35 경성역에 도착하는 열차였다.

아까쓰끼호

대륙(大陸)호: 1939년 11월 1일 운행 개시한 부산-북경 간 특급열차로 부산잔교 07:20 출발, 삼랑진·대구·대전·용산·경성을 거쳐 북경에 이틀 후 22:50에 도착하는 열차였다.

대륙호

흥아(興亞)호: 대륙호와 함께 1939년 11월 1일 운행을 시작한 부산-북경 간 특급열차로 부산잔교 19:20 출발, 삼랑진·대구·김천·대전·천안·용산·경성을 거쳐 북경에는 이틀 후 12:50에 도착하는 열차였으며 히까리·노조미·아까쓰끼·대륙·흥아호 모두 부관페리호 승객을 접속받아 부산잔교를 출발하여 부산역을 통과한 열차였다.

부산잔교

조선해방자호: 1946년 5월 20일 서울-부산 간 특급 제1, 2 열차로 광복 후 순수 우리 기술로 최초 조립에 성공하여 1945년 12월 27일 영등포-수원 간 시운전에 이어 운행을 시작했다. 5월 7일자 「자유신문」에 의하면 시운전 열차는 파시형 기관차에 객차 10량을 편성하여 서울-부산 간 9시간 36분 소요되었으며, 차내에 독립선언을 한 충렬의 33인 사진을 호화찬란하게 장식했다고 한다. 5월

20일자 「동아일보」에 의하면 5월 19일 서울역에서 '경부특급 조선해방자호' 전시회가 개최되었는데, 역광장 특설 식장에서 당시 미 군정청 최고사령관 하지(John Reed Hodge) 중장은 "한국사람 손으로 만든 해방자호는 세계 어디 내어놓아도 손색이 없어 어떠한 과학에도 성공할 것을 믿는다"라는 축사에 운수부 민희식(초대 교통부 장관) 고문의 답사에 이어 미군악대의 애국가와 미국국가 연주 후 민희식 부장의 부인 전부귀 씨의 테이프 커팅으로 전시가 시작되었다고 한다.

우리 기술로 최초 기관차 조립에 환호하는 인파와 조선해방자호

무궁화호: 1946년 9월 1일부터 운행한 서울-부산 간 특급열차. 서울 21:30 출발하여 부산 익일 09:30 도착하는 제3열차와 부산 19:00 출발하여 서울 익일 07:00에 도착하는 열차명을 '무궁화호 열차'라 했다.

삼천리호: 1946년 9월 1일부터 운행한 서울-목포 간 특급열차인 제31, 32열차. 서울 22:00 출발, 목포 익일 09:35 도착하는 제31열차와 목포 17:20 출발, 서울 익일 05:30 도착하는 열차를 '삼천리호'라 했다. 1955년 10월 1일부터 11월 30일까지 창경원(지금의 창경궁)에서 개최된 '해방 10주년 기념 산업박람회'에서는 '삼천리호'라

는 이름의 꼬마열차를 철도학교 학생들이 어린이들을 태우고 운행하기도 했으며, 당시 운행된 축소형 기관차는 철도박물관 중앙홀에 전시되고 있다.

창경원의 꼬마열차 삼천리호

서부해방자호: 1948년 6월 30일부터 운행을 시작한 호남선 특급 열차. 6월 27일 및 7월 4일자 「경향신문」에 의하면 운휴 중인 삼천리호 열차를 종래의 2등 객차 2량을 제외한 모든 객차를 용산 철도 차량공장에서 우리 손으로 개조하고 새로 단장하여 열차 이름을 '서부해방자호'로 변경하고, 6월 26일 서울역 구내에서 딘 군정장관을 비롯한 관민이 다수 참석한 가운데 전시회를 개최하고 6월 28일 서울-천안 간 시운전 후 6월 30일 09:00 서울역을 처음 출발했다.

통일호: 1954년 8월 15일 운행을 시작한 서울-부산 간 특급열차. 8월 14일자 「동아일보」에 의하면 서울 10:30 발, 부산 20:00 착, 부산 10:30 발, 서울 20:00 착 열차였다.

통일호

태극호: 1954년 11월 1일 운행을 시작한 서울-목포 간 특급열차. 11월 1일자 「동아일보」에 의하면 객차 8량 편성으로 10월 31일 시승식 후 11월

태극호

1일부터 운행을 시작했다.

화랑호: 1954년 12월 13일 서울-부산진 간 운행을 개시한 군용열차. 「동아일보」에 의하면 오전 10:00 서울역에서 관계자 다수가 참석한 가운데 명명식이 거행되었다고 한다.

상무호: 1955년 8월 25일 호남선 용산-목포 간 군용열차. 전남 장성의 육군병과학교 상무대(尙武臺)에서 따온 이름으로, 8월 26일자 「경향신문」에 의하면 용산역 구내에서 교통부 장관, 육군참모총장, 미 군사고문단장 등 다수의 군 장성이 참석하여 명명식을 거행했다.

상무호

재건호: 1962년 5월 15일 운행을 시작한 서울-부산 간 특급열차. 5월 16일자 「동아일보」에 의하면 5.16 1주년 기념으로 운행을 시작한 열차로, 당시 범국가적으로 추진된 국가재건국민운동에서 따온 이름이다. 서울-부산 간 6시간 10분이 소요된 당시 철도사상 최고속도의 열차였다. 운행 첫날 2등 1량 64석은 다른 특급열차인 무궁화호와 같이 7,900환이었는데, 하루 전에 모두 예매되었다. 3등 객차

재건호

(인천공작창 제작) 운임 3,950환 7량 500석도 당일 매진되었으며, 식당차 1량도 함께 편성되었다고 한다.

약진호: 1963년 3월 1일 서울-부산 간 특급 동차 제15, 16 열차로 서울 14:00 발, 부산 20:00 착, 부산 07:40 발, 서울 13:40 도착하여 재건호보다 10분 단축된 6시간 만에 서울-부산 간을 주파한 열차로 속도 면에서 약진한 열차 이름이었다.

풍년호: 1963년 8월 12일 서울-여수 간 특급 제41, 42 열차로 서울 12:40 발, 여수 21:40 착, 여수 10:25 발, 서울 19:15 도착하는 열차였다.

수출호: 1966년 3월 21일부터 서울-부산 간 특급 화물 제57 열차로 매달 2일부터 말일까지 운행했으며, 서울 21:50 발, 부산진역 익일 18:24 착 열차로 화물취급 역은 서울·영등포·조치원·대전·영동·황간·김천·대구역이었다. 3월 22일자 「경향신문」에 의하면 첫날 운송한 수출물자는 소뼈, 맥주, 면사 등 9량, 조치원 광석 20량, 영동 흑연 1량, 김천 주석 1량 등 총 31량이었다.

건설호: 1966년 4월 1일 중앙선 직통 화물 제92 열차로 고한 09:27 발, 청량리 19:55 착 열차로 태백산지구에서 생산되는 연간 250만 톤의 지하자원 중 40만 톤 수송을 담당키 위해 전용화차 24량을

건설호

배정했다.

증산호: 1966년 4월 1일 목포 10:47 발, 서울 03:00 착, 직통 화물 제2502 열차로 호남 곡창지대의 연간 143만 톤의 화물 중 32만 톤을 수송하기 위해 전용화차 30량을 배정했다.

증산호

맹호호: 1966년 7월 21일 서울-부산 간 특급열차로, 1965년 월남전에 한국역사상 최초로 해외 파병한 전투부대인 맹호부대의 이름을 열차 이름으로 사용한 것이다.

맹호호

백마호: 1966년 11월 21일 서울-광주 간 특급 동차열차로, 1966년 미국과 월남 정부의 요청으로 파병한 육군 제9사단의 별칭인 백마부대 이름이다.

백마호

청룡호: 1966년 11월 21일 서울-대전 간 특급열차로, 1966년 10월 월남에 파병한 해병 제2여단의 별칭인 청룡부대 이름이다.

청룡호

갈매기호: 1967년 7월 16일부터 8월 20일까지 운행한 서울-부산진 간 특급 피서열차로, 서울 07:45 발, 부산진 13:50 착, 부산진 08:15 발, 서울 14:20 도착하는 열차였다.

대천호

대천호: 1967년 7월 16일부터 8월 20일까지 운행한 서울-대천 간 준급행 피서열차로, 서울 08:15 발, 대천 12:30 착, 대천 17:50 발, 서울 21:50 도착하는 열차였다.

비둘기호 명명호

비둘기호: 1967년 9월 1일부터 서울-부산진 간 운행한 특급 제3, 4 열차로, 1965년 2월 파월 비전투 지원부대 이름으로 서울, 부산역 각 10:00 발, 15:45 도착했다.

십자성호

십자성호: 1968년 4월 1일 서울-강릉 간 보통급행 제51, 52 열차 동해호를 1965년 파월된 십자성부대 이름을 따라 변경한 것이며, 십자성부대는 파월 전투부대의 군수 지원업무를 수행한 제100군수사령부의 별칭이다.

파도호: 1968년 7월 16일 서울-부산진 간 특급 피서열차 제2101,

파도호

2102 열차로 7월 11일자 「동아일보」에 의하면 7월 16일부터 8월 20일까지 경부·장항·중앙·교외·경춘·대구·동해남부선 등 전국 7개 선에 30개 피서열차를 임시 운행했으며, 서울 07:30 발, 부산진 13:35 착, 부산진 14:00 발, 서울 20:00 도착이었다.

관광호

관광호: 1969년 2월 10일 서울-부산 간 대전·동대구역만 정차하는 초특급열차로, 당시로서는 혁명적이라 할 수 있는 120km/h의 속도로 서울-부산 간을 4시간 45분 만에 주파했다. 초특급·호화 열차답게 당시 고속버스가 1,600원, 경부선 일반특급열차가 1,700원 정도였으나 관광호의 운임은 4,700원이었고, 특1등차와 1등차, 그리고 '살롱카'라고 불린 식당차와 전망차가 편성되었다.

그 외에도 최초 운행 일자는 확인하지 못했으나 1968년 서울-남원 간 평화호, 경부선 야간 보통급행 여명호, 호남선 보통급행 해남호, 경부선 야간 보통급행 은하호, 전라선 보통급행 동백호, 1970년 서울-울산 간 운행한 특급 신라호가 있었다.

계룡호

계룡호: 1971년 2월 10일 운행을 개시한 서울-대전 간 특급열차로 공주, 논산, 대전에 걸친 계룡산에서 따온 열차 이름

이다.

충무호: 1971년 3월 15일 서울-진주 간 특급 제27, 28 열차로 서울 12:00 발, 진주 19:40 착, 진주 09:10 발, 서울 17:00 도착하는 열차였다.

상록호: 1927년부터 45년간 철도에 봉직 후 정년 퇴임하는 철도기술연구소장 이병익 철도기감의 1972년 2월 20일 정년퇴임을 기념하여 경부선 특급 통일3호 열차 이름을 '상록호'로 변경하여 1974년 8월 15일까지 운행했다.

상록호 개통 테이프 커팅과 이병익 기감(원내)

새마을호: 1974년 8월 15일 경부선 초특급열차 관광호를 1970년부터 시작된 범국민적인 지역사회 개발운동인 '새마을운동'에서 따온 이름으로 변경한 것이며, 이때부터 특정 열차 이름이 아닌 열차 종별, 선별로 이름을 통합했다.

새마을호

또한 이날 각 선별 열차 이름을 경부선의 특급열차 상록·비둘기·통일·은하호는 통일호로, 호남선의 특급열차 태극·백마호는 풍년호로, 중앙선의 특급열차 십자성호는 약진호로, 서울-진주 간 특급열차 충무호·을지호는 협동호로 통합하고, 장항선의 특급열차는 부흥호로 정했다.

1977년 8월 13일 서울-동대구 간 운행한 열차를 특급열차보다 상위계급 열차로 정하고, 그 이름을 우등열차로 정했다.

1984년 1월 1일 모든 열차의 이름을 열차의 종별로 구분하여 모든 초특급열차는 새마을호 열차로, 모든 우등열차는 무궁화호열차로, 모든 특급열차는 통일호 열차로, 모든 보통열차는 비둘기호열차로 통합했다.

필자는 이미 사용한 열차 이름을 재사용한 경우는 검토대상에서 제외했으며, 위에 나열한 열차 이름 외에 경부선 보통급행 열차였던 계명호와 부산-강릉 간 운행한 부강호의 운행내역은 찾아내지 못했으며, 그 외에 아예 찾아내지 못한 열차 이름이 더 존재했을 것으로 추정된다. 다만 위 열차의 이름들은 역사기록 또는 당시의 시각표와 신문기사 등을 근거로 조사한 자료임을 밝혀둔다.

KTX: 2004년 4월 1일부터 서울-부산 간 경부선 및 서울-목포 간 운행을 개시한 한국고속철도의 영문 명칭인 Korea Train Express의 머리글자 K와 T 및 Express의 X를 따서 만든 약칭으로, '고속철도'라는 뜻으로 통용된다.

KTX

KTX산천

KTX산천: 2010년 국내에서 제작된 고속철도 차량으로 개발 당시는 'KTX Ⅱ'라 했으나, 토종 물고기 '산천어'와 닮았다 하여 지어진 고속철도 차량의 이름이다.

SRT

SRT: 2016년 12월 (주)SR이 수서-부산 간 운행을 시작한 고속철도의 약칭으로, 수서-목포 간 및 수서-여수엑스포 간도 운행한다.

ITX청춘

ITX청춘: 한국철도공사가 2012년 2월 28일부터 경춘선에서 운영하고 있는 좌석급행전철 열차로 Intercity Train eXpress의 머리글자에 '청춘(靑春)'을 붙여 만든 이름이다.

23 가까운 명학역 운임이 더 먼 금정역보다 비싸다?

1호선 명학 다음 금정역

1990년대 전철 운영을 담당하던 시절, 많은 민원사항 중 특별히 필자를 긴장시킨 내용이 있었다.

"왜 서울역에서 가까운 명학역 운임이 먼 금정역보다 비싸냐?"라는 것이었다. 분명히 1호선을 타면 명학역 다음이 금정역인데, 오히려 명학역이 비싸다는 불합리한 사실은 즉시 검토가 필요한 내용이었다.

당시의 정확한 운임은 기억하지 못하나 확인 결과 금정역보다 명학역이 100원 더 비싼 것이 사실이었다. 운임 계산은 컴퓨터에 의해 목적지까지 가장 가까운 경로의 거리를 계산하여 산출되므로 1호선 서울역-명학역 간 26.1km가 4호선 서울역-금정역 간 25.8km보다 멀기 때문에 운임에 차이가 날 수밖에 없었다.

당시 고심 끝에 특례를 만들어 서울-명학 간 운임을 서울-금정 간과 동일하게 처리했던 기억이 있다.

사람의 기억이나 판단은 많은 오류를 범하고 시행착오를 일으키곤 한다. 필자는 철도의 역사적인 사실들이 잘못 알려지거나 근거 없는 판단 또는 추정 등으로 인한 오해가 사실이나 진실을 오히려

경성역(서대문역)

매몰시키는 안타까운 사례들을 종종 접했다.

예를 들면 본래 서울역은 풍수지리설에 의해 용산에 위치할 예정이었지만, 남산의 기를 꺾기 위해 지금의 자리로 옮겼다고 주장하는 분들은 최초 경인선을 설계하고 착공한 사람이 동양인이 아닌 풍수지리설과 거리가 먼 미국인이라는 사실을 간과한 듯하다.

지금의 서울역은 최초의 서울역(당시 경성역으로 외국인은 'Seoul Station'이라 지칭)이 아니라 남대문역이었으며, 지금은 흔적조차 사라진 서대문역이 최초의 서울역(경성역)이었다. 1905년 3월 27일 경성역은 서대문역으로 개칭되었으며, 이 서대문역은 기미년(1919) 3.1 만세운동의 집결지였다. 이어 3월 5일 만세운동의 2차 집결지가 됨에 따라 경의선 선형 변경을 앞당겨 3월 31일 폐지했다는 사실을 기억하는 사람은 거의 없다. 1923년 1월 1일 경성역(1947년 11월 1일 서울역으로 개칭)으로 개칭된 남대문역을 최초의 서울역으로 잘못 아는 경우가 많다.

당시 서대문역을 건설한 미국인 콜브랜(Henry Collbran)이 1899년 5월 4일 최초로 운행된 전차를 도입했다는 사실만 기억할 뿐 전차 설비를 일본인에게 매도하고 당시 공동 투자했던 고종황제의 투자금은 정산도 하지 않고 귀국하여 고종황제와 소송이 진행되었던 사실 등은 세인의 관심 밖으로 밀려나 버려 더 알아보기도 어렵게 되었다.

그뿐만이 아니다. 한국의 철도는 처음부터 미개한 조선에 선진국 일본이 부설한 것으로 잘못 알고 있지만, 조선의 황제 고종은 1892년 3월 25일 미국인(제임스 모스)을 초청하여 경부선 철도부설을 협의한 바 있다(대신들의 반대로 무산). 한국 최초의 철도인 경인선도 1896년 3월 29일 미국인에게 부설을 특허함에 따라 1897년 3월 22일 인천 우각동역 터에서 착공했다. 동양에서 가장 아름다운 나라 조선에 미국인이 철도를 부설하고 있음을 자랑스럽게 여기며(1898년 1월 29일 뉴욕 발행 Harper's Weekly) 총 30개월의 경인선 부설공사 중 25개월을 수행했지만, 일본의 끊임없는 방해와 술수로 완공을 5개월 남겨두고 일본에 넘긴 사실에는 별로 관심을 두지 않아 아쉬움을 금할 길 없다.

심지어 2013년 제114주년 철도의 날 기념식에서 철도 관련 기업의 대표라는 분의 인사 말씀 중에 "지금부터 114년 전 순수한 민간 회사인 경인철도주식회사에서 최초로 철도를 개통했다" 라고 하시는데 아연실색하지 않을 수 없었다.

철도의 날 114주년 기념식

철도 전문인을 자처하는 사람의 철도역사 인식이 이 정도라면 너무 심각한 문제가 아닐 수 없다. 철도의 날 이야기가 나왔으니 몇 가지 짚고 넘어가고 싶다. 1963년 9월 1일 교통부에서 철도 분야가 분리되어 철도청이 발족되었고, 1964년 11월 26일 대통령령 제1992호로 철도의 날이 제정되었다. 또한 1973년 3월 30일 및 2010년 12월 27일 각종 기념일 등에 관한 규정에서 "철도의 날은 교통부(국토교통부) 주관으로 기간 교통수단으로서 철도의 의의를 높이고 종사원의 노고를 위로하는 행사를 한다"라고 규정했음에도 정작 철도의 날 표창을 받고 위로를 받는 사람 중 철도종사원을 찾아보기는 어려운 행사로 변질되었다.

아픈 마음으로 사무실에 돌아와 마침 배달된 철도 전문기관의 사보(Vol. 52)를 펼쳐보다가 청도 와인터널 탐방 기사를 보고 또 한 번 실망하고 말았다.

청도 와인터널은 본래 경부선을 부설하면서 도로도 없는 터널 공사 현장에 자재공급을 위해 한국 최초로 스위치백 철도를 부설하여 자재를 운반하는 등 난공사 지역이었으며, 경부선 이설에 따라 용도 폐기된 철도터널을 와인숙성 터널로 활용하여 많은 관광객을 유치하고 있는 곳이다.

그런데 이곳을 소개하는 글에서 "공성천대(功成天代)라는 글귀가 … 현판은 당시 일본의 수장이 스스로를 '代'라 칭하며 본인의 공적을 과시하기 위하여 만든 …"이라는 너무도 어이없는 내용을 보았다.

와인터널 입구

현판은 우측부터 좌측으로 새긴 글로 '공성천대'가 아니라 '대천성공(代天成功)'이며, 분명히 그 좌측에는 '메이지 37년(1904)'이라는 연도 표시까지 되어 있는데, 어떻게 글을 거꾸로 읽을 수 있는지? 그리고 그 내용은 천황을 대리하여 어려운 공사를 해냈다는 뜻임에도 공사 수장이 자기를 과시하기 위해 쓴 글로 해석하는 것은 철도 전문기관의 편집인이 할 수 있는 실수라고 지나치기에는 너무도 안타까움을 금하기 어렵다.

또 다른 예를 든다면 우리나라 최초의 철도인 경인선 인천-노량진 간에서 당시 인천항을 '제물포항'이라 했고, 인천을 제물포라고도 하여 최초의 경인철도 구간을 제물포-노량진 간이라고 표현하는 경우도 많았지만, 1959년 7월 1일 경인선에 제물포역이 생기면서 (1959.06.30 교통부고시 560호) 지금의 제물포역을 철도 시발지로 잘못 이해하는 해프닝은 충분히 이해할 수 있다.

이를 시정하기 위해서는 가능하면 최초의 경인철도 개통구간을 '제물포-노량진'이 아닌 '인천-노량진'으로 표현해야 한다는 답이 나올 수 있지만, 최소한 전문인만이라도 역사인식에 소홀해서는 안 되겠다는 생각이다.

그 일환으로 철도 전문교육기관의 커리큘럼에 철도사(鐵道史) 과목이 추가되어야 한다는 평소 나의 생각이 맞는 것이라고 되뇌어본다.

노량진역은 1899년 9월 18일 인천-노량진 간 경인철도 가(假)개통 당시 역으로 '철도시발지'로 보기에는 적합지 못한 곳임에도 이곳에 '철도시발지' 기념비가 세워져 있다.

24 우리의 도시철도

1994년 당시 필자는 철도청에서 도시철도 관련 업무를 담당하기 시작하면서 우리나라 도시철도와 관련하여 많은 경험을 할 수 있었다. 특히 외국의 도시철도와 우리나라의 도시철도 간 비교 문제에서 안타까운 사실을 발견했다.

'왜 우리는 우리 것의 우수성을 모르고 자꾸 비판만 하는 걸까?', '왜 우리는 남의 것만 좋은 줄 알까?' 하는 안타까움과 '우리 언론들은 이러한 사실을 왜 국민에게 알리지 않을까?' 하는 아쉬움이었는데, 많은 세월이 지난 지금도 별로 변하지 않았음을 느끼게 된다. 아래의 내용은 운영을 담당했던 필자가 직접 경험했던 일들이다.

일본의 도시철도와 우리의 도시철도

철도청 전철 운영을 담당했던 필자는 당시 수도권전철의 여성 전용칸 운용과 관련하여 시대에 뒤떨어진 발상이라는 등 많은 언론인의 성토를 받던 중 뜻밖의 인터뷰 요청을 받았다.

일본 NHK방송에서 한국의 여성 전용칸 운용과 관련하여 배워 가고 싶다는 것이었다. 당시 일본은 지하철 내 잦은 성추행 사건으로 골머리를 앓고 있다며, 일본에 한국의 '여성 전용칸' 제도 도입을 추천하고 싶다는 것이었다.

이 제도를 도입하게 된 동기와 운용실태 및 성과들을 사무실과 현장에서 인터뷰 촬영을 해 갔다.

일본 도시철도의 여성 전용칸

필자의 인터뷰 내용은 당시 NHK 1시간 특집방송에 많은 부분을 차지했고, 이 특집방송은 일본 도시철도에 여성 전용칸 운용을 이끌어냈다.

이 사실은 필자가 『도시철도』 집필을 위해 일본에 갔다가 직접 확인할 수 있었으며, 이 일로 인해 필자는 여성 전용칸 운용과 관련한 시달림에서 벗어날 수 있었다.

2001년 명예퇴직 후 일본 JR에서 철도청을 방문한 직원들 안내를 부탁받고 수도권전철과 관련한 현장 견학과 안내를 맡았을 때의 일이다.

JR 직원의 질문 중에 한국은 철도청, 서울지하철, 서울도시철도, 인천지하철 등 명칭이 다른 지하철 운영회사가 있지만, 운영 주체는 하나인 것 같다는 것이다.

필자는 질문 내용이 이상해서 왜 그러한 질문을 하는지 되묻자, 운영하는 주체가 하나가 아니면 승차권 한 장으로 다른 주체가 운영하는 노선에는 승차할 수 없을 텐데 한국에서는 승차권 한 장으로 어느 노선이나 이용이 가능한 것을 발견했다는 것이다.

사실 필자가 일본에서 겪은 불편이었다. 다시 말해 노선마다 승차권을 다시 구입해야 했던 불편이 생각난 것이다.

필자는 운영사별로 운임을 정산하고 있다고 자세히 설명해주었지만, 잘 이해가 되지 않는 듯했다.

하드웨어 분야는 일본이 앞서는 부분이 많이 있겠지만, 운용 측면인 소프트웨어는 우리 도시철도가 앞선 예라 하겠다.

또 한 가지 짚고 넘어갈 이야기는 역시 필자가 쓴 『도시철도』 집필 자료 수집차 일본을 방문했을 때, 신주쿠역(新宿驛) 계단 위에 서서 약 30분간 승객의 이동행태를 관찰한 바 있다. 당시 우리나라에서는 에스컬레이터의 좌측을 바쁜 사람에게 비워주고 우측에 승차하고 계단은 우측통행을 해야 하는데, 지키지 않는 사람이 많다는 기사가 가끔 신문의 한쪽을 차지하고 있어 '일본은 얼마나 잘 지킬까?' 하는 호기심에서 관찰했지만, 그들이 우리보다 질서를 잘 지키고 있는 모습은 전혀 찾아볼 수 없었다. 우리 언론이 지나치게 내국인에게는 낮은 점수를 주고 외국인에게는 높은 점수를 주고 있다는 생각을 떨쳐버릴 수 없었다.

파리와 베를린의 도시철도와 우리의 도시철도

앞에서 말한 도시철도 운영 주체 간 효율적인 운임의 정산 방안을 도출하기 위해 1994년 파리와 베를린에 간 적이 있다. 파리의 지하철에서 대뜸 나는 일행에게 "여기 사람들 서울에 가서 지하철을 타보면 여기는 21세기 지하철인가?" 하며 놀라겠다고 말한 적이 있다. 물론 우리보다 오랜 역사를 가지고 있어 낡아서라고 하겠지만, 서울에서는 상상도 할 수 없는 구닥다리 장비들이 사용되고 있었다.

이 이야기는 당시 철도대학 강의 중 학생들에게도 말한 적이 있는데, 몇 년 후 당시 강의를 들었던 학생이 찾아와 교수님이 엉터리

강의를 한다고 생각했는데 직접 파리 지하철을 타보니 교수님 생각이 갑자기 떠올랐다는 것이다.

베를린 지하철에도 경로석이 있었다. 특히 임산부에게 좌석을 양보해달라는 내용의 문구가 있었던 것으로 기억된다.

당시 서울에서는 경로석에 젊은이들이 앉아 어르신들에게 양보하지 않는다는 말이 많았던 시기여서 필자에게는 관심사항이었다. 하지만 젊은이들이 차지하고 앉아 노인은 물론 배부른 임산부에게도 양보할 의사가 전혀 보이지 않았다.

이때 필자는 혼자서 속으로 '역시 한국은 동방예의지국이구나' 하며 쓴웃음을 지었던 기억이 있다.

하이델베르크역 이용객의 자전거로 가득 찬 역광장

시드니의 교통카드와 한국의 교통카드

수도권전철에 RF(Radio Frequency) 교통카드 제도를 도입하기 위해 당시 세계 최초로 마스터 신용카드를 이용하여 시내버스에 시범 운용 중인 시드니를 찾은 적이 있다.

연구실에는 패스트푸드 자판기와 극장 입장권 등에 RF카드를 활용하기 위한 시뮬레이션 등 연구를 진행하고 있었지만, 시민의 호응도가 낮아 연구를 진행할 의욕을 상실한 상태였다.

그럼에도 우리는 한국에서 도시철도 승차권과 서울 시내버스 승차권을 대체할 수 있는 교통카드 제도를 성공적으로 출발시켰고, 국내는 물론 미국과 유럽 등에서 특허를 받는 등 세계 각국으로 기술을 전파하는 RF카드 활용 선진국이 되었다. RF카드는 승차권뿐만 아니라 다양한 분야에서 인류의 생활 편익에 크게 기여하고 있다.

홍콩 도시철도에서 있었던 일

몇 년 전 홍콩을 여행하던 중 홍콩에서 중국 선전(深圳)까지 도시철도를 이용한 적이 있었다. 마침 우리 일행이 승차한 전동차가 우리나라에서는 볼 수 없는 스타일의 전동차였다.

일행 중 한 사람이 "야, 이 차 멋있다. 왜 우리는 이렇게 못 만들지?" 하고 말했다. 필자는 그에게 전동차 끝을 가리키며 다녀오라고 하자, 왜냐고 되묻기에 출입구 위쪽의 로고를 보고 오라 했다. 고개를 갸웃거리며 다녀온 그 친구는 어설프게 웃으면서 "한국에서 만든 차네!" 하며 멋쩍어했다. 다름 아닌 한국에서 제작하여 수출한 전동차였다.

그런데 전동차 내에 진풍경이 또 하나 있었다. 승객 거의 모든 사람이 휴대전화를 귀에 대고 고래고래 소리 질러 옆 사람과의 대화도 어려울 정도였다. 주위가 소란스러우니 목소리는 점점 더 고성이 되고 우리 수준에서 보면 악을 쓰는 정도였다. 서울의 전동차 내부는 양반 중의 양반인데도 시끄럽다며 예의가 없느니 공중질서를 지키지 않는다는 등 신문 기사로까지 오르내리는 사실이 좀 어처구니 없다는 생각이 들었다.

오래전 TV에서 미국 뉴욕의 도시철도에 쥐가 많이 출몰한다는 뉴스를 보았다. 우리의 도시철도에서는 상상도 할 수 없는 일이다.

'남의 것만 부러워하지 말고 이제 우리 것을 자랑해야 하는 것이 아닌가?' 하는 생각이 든다.

KTX나 도시철도가 고장을 일으키면 거의 전 국민이 걱정할 정도로 크게 화젯거리가 되곤 하는데, '이제는 KTX나 도시철도 운영사 측에서도 철도 선진국답게 고장 발생률을 최대한 극소화하여 명실공히 철도 선진국으로서 입지를 굳혀야겠고, 고객인 국민도 이제는 좀 어른스럽게 여유를 부릴 때가 되지 않을까?' 하고 생각해본다.

25 세계 최초로 교통카드를 탄생시킨 이야기

최초의 기차표는 쇠붙이로 만들어졌다. 영국의 토머스 에드몬슨(Thomas Edmondson)이 1839년 에드몬슨식 승차권을 고안하여 세계 각국의 철도가 사용하여 받게 된 특허료로 엄청난 부자가 되기도 했다.

이 승차권 대신 대한민국의 작은 중소기업이 세계 최초로 교통카드를 탄생시켰고, 이제 교통카드는 세계 곳곳에서 필수품처럼 생활의 한 부분을 차지해나가고 있다. 이 교통카드가 태어나기까지 묻힌 숱한 이야기들 가운데 기억되는 부분들을 모아 정리해본다.

1995년 대통령 직속기관인 '국가경쟁력강화위원회'의 전자화폐 도입 필요성 주장에 따라 기업들은 전자지갑을 구상하고 이를 활용한 지하철 승차권 구입 관련 연구들이 진행되었으며, 당시 철도청 전철 운영을 담당했던 필자는 많은 제안서를 접했다. 이 중 특이하게 관심을 끈 것이 바로 'RF카드'의 승차권 대용 제안이었다.

당시 지하철역 출퇴근 시간 지하철 매표소 앞은 승차권 구입 여객으로 수십 미터씩 줄을 서 장사진을 이루는 아주 불편한 상황에서 승차권을 구입하지 않고 주머니 속의 카드로 열차에 승차할 수 있다니 너무도 매력적인 제안이었다.

RF(Radio Frequency)카드시스템은 전용 단말기를 전철의 기존 게

이트에 부가 설치하여 비접촉 무선인식 방법으로 인식 거리(약 10㎝) 내에 들어온 이용 승객의 RF 승차권(신용카드 등 Smart Card에 RF 방식의 IC 칩을 내장시켜 만든 카드)을 판독하여 승객의 출입 허가 여부를 판단한 다음 게이트를 구동시켜 승객의 출입을 통제하며, 이용금액을 표시하여 징수하는 장치다. 본 장치의 주요 특징은 비접촉에 의한 무선인식, 게이트 제어, RS-485 방식에 의한 집계시스템과의 데이터 통신, 신용카드 블랙리스트 검색 기능이다. 당시 선불 분야는 인텍크사, 후불 분야는 씨앤씨엔터프라이즈사에서 담당하고, 카드는 국민카드사에서 담당키로 하고 3사가 컨소시엄으로 제안한 내용을 채택하기 위해 검토했다. 그 결과 운영기관 측면에서는 고객 서비스가 향상되고, 고가인 승차권 자동발권기 및 자동발매기 등 구입비가 절감되며, 승차권 제작비용이 절감될 뿐만 아니라 정액승차권 최종 잔액에 관계 없이 1회 사용을 허용함에 따른 손실액(당시 철도청만의 손실액이 연간 100억 원에 이르는 수준) 보전과 인력 절감 효과가 예상되었다.

하지만 노동시장 축소를 우려하여 개발 자체를 반대하는 의견으로 채택에 악영향이 예상되어 '인력 절감 효과'는 내세우지 않기로 했다.

또한 이용자 측면에서도 줄을 서서 승차권을 구입하는 불편이 해소되며, 승차권 구입을 위한 현금 소지 불편도 해소되고, 개표와 집표 시간이 단축되는 등의 효과가 예상되었다.

관계자의 동의를 얻기 위해 철도청 간부는 물론 IT 관련 업체 관계자를 초청하여 철도청 강당에서 성공리에 시연회를 개최했다.

구체적인 채택 검토과정에서 선불카드는 정액승차권과 크게 다를 바 없으니 우선 후불 분야를 도입해보자는 의견에 따라 인텍크사는 서울시버스조합과 버스카드 개발을 위해 분리되었고, 씨엔씨엔터프라이즈사와 국민카드사가 공동으로 제출한 제안서를 1995년 9월 2일 접수받아 계속적인 내부 토론과 검토를 거쳐 다음 해인 1996년 1월 10일 철도청 RF카드시스템 도입을 공식적으로 확정했다.

그러나 철도청 단독 채택은 불가능한 프로젝트로 당시 지하철 운영기관인 서울지하철공사와 지하철 5호선 개통을 준비 중이던 서울도시철도공사 관계자와 공동 협의를 진행하여 1월 25일 운영기관인 철도청, 서울지하철공사, 서울도시철도공사와 제안사인 씨엔씨엔터프라이즈㈜ 및 국민카드㈜의 운영담당자와 전자통신시스템 담당자가 참여하는 '승차권제도개선추진위원회'를 구성하여 필자가 간사를 맡게 되었다.

철도청은 단독 의사결정이 가능했으나 서울지하철공사는 서울시의 승인이 필요하므로 매사를 철도청이 선행할 수밖에 없는 실정이어서 1996년 3월 4일 철도청은 제안사와 운영계약을 체결했고 서울지하철공사는 3월 27일 계약을 체결했다.

외국의 실태를 조사한바 호주 시드니에서 RF카드를 시험 중이라는 정보를 얻어 현지를 방문해보니 시드니의 시험실에는 패스트푸드 밴딩머신, 극장 입장권, 버스와 택시 승차 등 모형에 RF카드시스템을 설치하여 시범 운영 중이었다. 시드니 서부의 일부 버스에 시스템을 장착했으나 호응도가 극히 낮아 채택 전망이 없어 보였지만, 필자는 여기서 시민의 호응도보다는 시스템의 실용화 가능성을 확인할 수 있었다.

1996년 4월 2일 철도청은 용산에 있는 중앙중정비분소, 서울지하철공사는 뚝섬역에 시험시스템을 설치했고, 8월 17일 현장 시험 운용을 위해 철도청의 용산·성북·부평역, 서울지하철공사의 지하서울·명동·역삼역을 시범 역으로 선정하여 시스템과 통신망을 설치하기에 이르렀다.

인텍크사의 버스카드와 씨엔씨사의 지하철카드가 실용화단계에 이름에 따라 세인의 관심이 집중되면서 상호호환 운영 문제가 대두되어 협의했으나 서울시의 선불카드 옹호론과 철도청의 후불카드 옹호론이 맞서 결론을 낼 수 없어 각자 개발하여 별도로 운영키로 하고 당시 감독관청인 건설교통부에서도 별도 개발 및 운영을 공식화했다.

그러나 이 문제는 사회적인 여론을 타고 국회에서까지 논의되어 통합운영 또는 호환운영을 해야 한다는 사회적 결론이 형성되었고, 이에 건설교통부는 1996년 10월 1일 서울시, 철도청, 서울지하철공사 등 관계자를 소집하여 지하철카드와 버스카드의 상호호환 사용을 결정하고 호환사용 업무추진을 서울시에서 담당토록 했다.

그 후 여러 가지 주변 환경에 따른 이유로 추진이 지연되었지만, 철도청이나 서울지하철공사의 내부적인 추진과 승차권제도개선 추진회의가 계속 진행되어 이듬해인 1997년 6월 16일 전철 및 버스카드 상호호환을 위한 기술자문위원회를 구성했다. 당시 서울대학교 컴퓨터공학과 전주식 교수가 위원장을 맡고, 위원으로 한국전자통신연구원(ETRI)의 강창구 박사, 서울대학교 컴퓨터신기술공동연구소의 탁승호 박사, 한양대 제어계측공학과의 최명렬 교수, 서울시정개발연구원의 황기연 박사가 참여했다.

호환 스펙 개발을 위해 필자는 한 달 이상 서울대학교 컴퓨터

신기술연구소를 찾아야 했으며, 1997년 10월 6일 서울시 AFC 자문위원단 교통카드 호환규격 최종(안)이 제시되었다. 이 연구 결과는 공동 소유이므로 아무도 특허 신청을 하지 말자는 서울시교통기획관의 제안을 받아들이기로 했지만, 그 후 비슷한 내용이 관련 중소기업에 특허되어 법정 다툼이 일어나기도 했다.

1997년 10월 16일 철도청 관할 96개 역에 RF카드 자동운임징수시스템 단말기 847세트를 설치 완료했으나 전 구간 운영 확대는 관계기관의 협의 부진으로 지지부진했다. 1998년 1월 21일 철도청은 시범운영 구간 32개 역을 전역으로 확대 시행했고, 1998년 2월 7일 후발기관인 서울도시철도공사에서도 8개 역을 지정하여 시범운영에 참여했다. 그러다가 1998년 6월 22일 드디어 시범운영을 수도권전철 전 구간으로 확대 시행하기에 이르렀다.

그러나 서울지하철공사 담당 부장은 이 프로젝트와 관련한 서울시 방침에 따라 징계를 받았으며, 감사원에서는 철도청에 출장감사를 나왔다. 이와 관련하여 국회와 청와대(필자는 39년여의 공무원 생활 중 교통카드 때문에 청와대를 방문할 수 있었다)에도 여러 차례 방문하여 설명한 바 있고, 1997년에도 며칠 동안 감사원 감사를 수감했음에도 또다시 받게 되어 그 이유를 묻는 필자에게 담당 감사관은 서울시에서 보낸 철도청 담당자 감사 요구 공문을 보여주었다.

많은 분야에서 서울시와 의견이 대립했고, 서울시 산하의 지하철공사나 도시철도공사는 서울시에서 지적하는 문제들을 철도청을 핑계로 하고 있으니 그러한 요구가 나올법도 했지만, 어떤 분야에서든 개혁에는 이 정도의 어려움은 따를 것이라는 생각이 들었다. 물론 며칠 동안 진행된 감사원의 감사 결과는 아무런 통보가 없었으니 잘못은 없었던 것 같다.

1999년 3월 1일 제안서를 접수한 지 3년 6개월 만에 수도권전철 및 서울시지하철 전 구간에서 상업운영이 개시되었다.

결국 꿈이 이루어진 것이다. 이 프로젝트를 추진하면서 많은 오해와 압력을 받았다. 30년 이상 성실하게 근무한 공직에서 몰아내겠다는 압력도 받았고 많이 시달렸지만, 누가 뭐래도 내 인생 최대의 업적으로 생각한다.

추진과정에서 많은 걸림돌로 작용한 서울시였지만, 시장님이 결과를 잘 활용하여 시민의 호감을 많이 얻은 사업이며 그다음 시장님께도 보탬이 되는 업적으로 진행되었다.

이 프로젝트로 서울시 공무원이 정부 포상도 받았다는 말을 전해 들었으며, 당시 필자에게 서울시장의 표창을 주겠다는 제의를 거절한 기억이 있다.

버스와 지하철의 호환사용 시스템을 개발하여 설치했으나 버스조합의 공공기관 보증 문제가 협의되지 않아 버스카드는 버스만, 지하철카드는 지하철만 탈 수밖에 없는 실정이었다. 그러다가 서울시장과 철도청장 간의 대화와 협의에 따라 2000년 1월 20일 버스카드를 수도권전철 구간에서도 사용할 수 있게 되었고, 4월 8일에는 인천지하철에서도 RF교통카드를 사용할 수 있게 되었다. 4월 24일에는 휴대폰에 RF교통카드 칩을 장착하여 사용하는 교통폰이 개발되었고, 6월 5일 지하철카드를 서울버스 전 노선에서 사용할 수 있게 됨에 따라 오늘날의 교통카드가 탄생한 것이다.

또 한 가지 짚고 넘어갈 내용은 RF카드시스템의 특허 관련 이야기다. 1996년 3월 14일 공동으로 국내 특허를 출원하여 약 5년

이 지난 2001년 1월 19일 국내 특허를 등록했다.

그러나 국내 출원 이후에 출원한 호주 특허는 1998년 2월, 미국 특허는 1998년 10월, 뉴질랜드 특허는 1999년 3월, 캐나다 특허는 1999년 10월, 유럽연합인 EPO 특허는 2000년 9월에 등록을 마쳤다.

그뿐만 아니라 국내 특허는 이해관계자들의 특허무효소송 등에 따라 법적 다툼의 대상이 되고 있다는 사실은 우리 같은 비전문인에게는 이해하기 어려운 부분이었다.

그 후 국내 특허는 소송에서 무효화되었고, 대기업들로부터 특허료를 받던 개발 중소기업회사는 이 업무에서 물러나게 되었다. 하지만 교통 분야에서 대한민국의 교통카드 개발은 세계적인 업적이며, 현대인에게 엄청난 혜택을 주고 있다는 생각에는 지금도 변함이 없다.

교통카드 사용 모습

26 과거를 잊을 수는 있어도 지우지는 못한다

이 글은 2011년 기고했던 내용임을 밝혀둔다.

우리는 최근 일본인 때문에 마음이 많이 상해 있다. 쓰나미가 휩쓰는 안타까운 영상을 보고 우리 국민은 너도 나도 구호의 손길을 내밀었다. 하지만 우리에게 돌아온 대답은 멀쩡한 우리 땅 독도를 자기네 것이라고 우겨대는 생떼거리였고, 우리 항공기가 우리 땅을 돌아왔는데 자기네 땅 위를 침범했다고 억지를 부리다 못해 우리 땅에 와서 시위를 벌이겠다니 멱살을 잡아 동해에 내동댕이치지 못한 것이 아쉽기만 하다. 도둑이 거꾸로 몽둥이를 드는 것을 적반하장(賊反荷杖)이라 했던가?

'이러한 일본인의 근성은 무엇일까?' 하는 생각으로 우리 철도와 관련된 그들의 패악질을 되돌아봄으로써 우리의 상식과는 차원이 다른 그들의 지워지지 않는 근성을 알아보려 한다.

먼저 1906년 호머 헐버트(Homer B. Hulbert)[19]의 『대한제국 멸망사

19 고종황제의 초청으로 1886년 7월 한국에 들어와 신교육기관인 육영공원(育英公院)에서 수학, 자연과학, 역사, 정치학을 가르쳤지만, 전통과 풍습의 차이와 부패한 관리의 자녀들인 생도들에게 환멸을 느끼고 1891년 12월 귀국 후 아펜젤러(H. G Appenzeller) 목사의 권유로 1893년 9월 재입국하여 삼문출판사(Trilingual Press)를 운영하며 월간지 「The Korea Review」의 편집을 주관하며 한국에 관한 글을 계속 발표했다. 대한민국 정부수립 이후 이승만 대통령의 초청으로 1949년 7월 29일 방한했지만, 86세의 고령에 오랜 선박여행으로 몸이 쇠약해져 일주일 만에 영면하여 생전 소망에 따라 양화진 외국인 묘지(서울외국인묘지공원)에 안장되었다.

(The Passing of Korea)』에 수록된 내용 일부를 인용한다. 저자는 제14장 '한국 안의 일본인('The Japanese in Korea)'에서 일본인의 행태 소개에 앞서 "다음에 기록된 것은 나와 서울 및 조선 각지에 살고 있는 미국인이 관찰한 사건들로서 이에 대해서는 충분한 증거를 명시할 수 있는 것들이다"라는 전제를 달고 글을 썼다. 번역된 내용 일부를 전재한다.

『대한제국 멸망사(The Passing of Korea)』 책자

어느 미국인 한 사람이 역 승강장에 서 있었고, 20여 명의 일본인들 또한 기차를 기다리고 있었다. 이때 나이 많은 한국인 노인 한 분이 지팡이에 몸을 의지하고 승강장으로 걸어오면서 신기한 듯 사방을 살펴보는 모양이 기차를 처음 타보려는 사람으로 보였다.

이때 반벌거숭이의 일본인 노동자 하나가 그 노인의 수염을 움켜잡아 승강장에 사정없이 내동댕이쳤다. 그 노인은 간신히 일어나 지팡이를 짚자 그 일본인은 지팡이를 빼앗아 멀리 선로 위로 던져버리며 너털웃음을 웃자 주위에 있던 일본인들 모두가 함께 웃었다. 이러한 모습을 단순히 웃음거리로 보지 않았던 일본인은 분명히 한 사람도 없었다. 그 노인은 너무도 심하게 다쳐서 일어나지도 못하자 그의 일행으로 보이는 한국인 몇 사람이 와서 그를 부축하여 데리고 갔다.

그렇다면 그 미국인은 왜 가만히 보고만 있었을까 하고 독자들이 의심하게 될 것이다. 그러나 거기에 참견하다가는 자기의 목숨을 잃게 되리라는 사실을 그 미국인은 잘 알고 있었기 때문이다. 만약 그가 그 노인을 보호하기 위해 손가락 하나만이라도 까딱했다면 죽지 않고 살아 돌아갈 희망은 전혀 없었던 것이다.

어느 역에는 한국인들의 통행이 금지된 길이 있다. 그렇다고 해서 어떤 표시가 있는 것도 아니다. 그런 사실을 모르는 한국인 한 사람이 이 길로 걸어서 나오다가 즉시 서너 명의 일본인들에게 잡혀 의식을 잃을 정도로 구타당했다. 그는 하루가 지나서야 겨우 의식을 회복했지만 몇 주일 동안 문밖 출입을 할 수 없었다고 한다.

일본인들은 한국인들을 합법적인 그들의 노리개로 생각하며 이에 대하여 한국인들은 그들의 권리를 구제받을 수 있는 적절한 법원이 없었기 때문에 보복한다는 것은 꿈에도 생각할 수 없는 일이다. 만약 그들이 자기네 나라 법정에 이러한 사실을 제소한다면 담당관들은 겁에 질려 손을 내저으면서 '내가 도대체 어떻게 일본인들의 털끝 하나를 건드릴 수 있겠느냐'고 반문할 것이며 그렇다고 일본인 법정에 제소했다가는 말도 해보지 못하고 쫓겨나는 것이 보통이다. 믿기 어려운 일이지만 사실이 그렇다.

철도를 부설하면서 한국인을 고용하면 일본인 노동자 임금의 1/3만 지급하면 된다. 물론 고위층에서는 일을 하청주면서 한국인에게도 정당한 보수를 지급하라고 명령하지만 이는 명목상의 명령일 뿐이다.

토지 강탈에 항의한 한국인 처형 장면

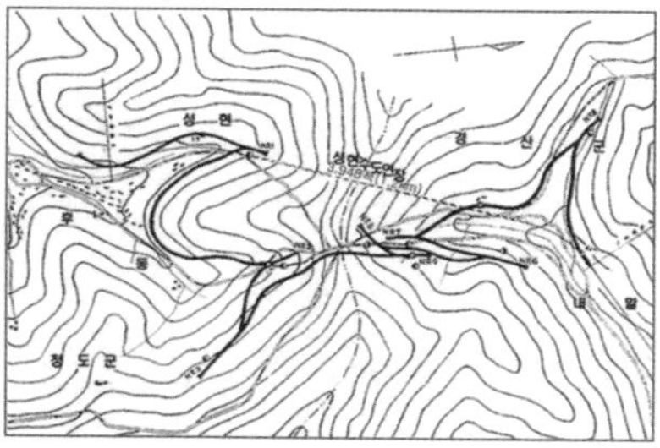

성현 스위치백 평면도

오른쪽 사진은 "군법—일본인은 보상도 없는 토지 강탈에 항의하여 선로를 훼손한 한국인 3명을 총살형에 처했다"라는 설명문과 함께 책에 실린 것이다.

1999년 철도청 발행『한국 철도 100년사』제2장 '일제의 철도 건설과 한국인의 저항운동' 편에도 인면수심(人面獸心)의 일본인의 행태가 적나라하게 소개되고 있다.

특히 최초의 스위치백(switch-back) 철도공사 구간인 경북 청도군 성현지방에서는 난공사 구간인 만큼 일본인의 횡포는 극에 달했다.

일본인 노동자들은 떼로 몰려다니면서 행패를 부렸는데, 1903년 2월 일본인 호리 간지(堀閑治)는 민가에 난입하여 부녀를 겁간하려는 것을 남편 이춘상이 제지하자 총을 쏘아 허벅지를 관통시키고 열세 살의 아들을 총을 쏘아 살해했다. 부인에게는 칼을 휘둘러 낙태케 하여 보다 못한 동네 사람들이 격투 끝에 붙잡았지만, 동료들이 떼거리로 몰려와 구출해갔다. 한국 정부는 일본 공사에게 범인의 중벌을 요구했지만, 일본은 그에게 금고 5개월에 처했을 뿐이다.

이 밖에도 이해성 금산군수, 연기군수 등 각지의 군수들이 몰매

1906년 『대한제국 멸망사』에 소개된 남대문 모습

를 맞는 사건들이 벌어졌고, 경부철도 연선에서 일본인의 한국인 살해 사건이 빈발했으며, 당시 이러한 일본인의 비행은 미국 대통령도 경고했을 정도로 잔인했다는 내용 등이 수록되어 있다.

이러한 일본인의 근성을 착하기만 한 한국 국민은 지나간 이야기로 잊어가고 있지만, 아직도 그들의 근성은 지워지지 않았음을 반드시 기억해야 한다는 것이 필자의 생각이다.

지난해 해외 박물관 답사여행에 참여했을 때 현지 가이드의 말이 새삼 떠오른다.

처음 몇 년 동안 일본인에게서 한국인이라는 이유로 기분 나쁠 정도로 무시당하며 살았는데, 지금은 한류 덕분에 사람대우를 받는다고 했다.

필자가 철도청 여객과장 재직 시 우리의 제도나 관습을 잘 알지도 못하는 재한 일본인 교수가 사사건건 이의를 제기하며 각 신문의 독자투고란에 글을 올려 힘들었던 기억이 난다.

당시 필자는 그를 초대하여 오해를 풀어주고 사과를 받긴 했어도 찜찜한 기분은 어쩔 수 없었다.

아무리 생각해봐도 우리 민족은 너무 온정적이고 과거의 아픈 상처를 잊으려고 노력하는 반면, 그들은 한때 우리 민족을 유린하고 횡포를 부렸던 지워지지 않은 과거의 기억을 자랑스럽게 간직하고, 이러한 근성을 후세로 이어가기 위해 교과서까지 왜곡하여 제작하고 있음을 모든 국민이 냉철하게 되새겨봐야 한다는 생각으로 몇 가지 사례를 되짚어보았다.

27 일본 철도박물관 탐방

철도박물관 재직 시 철도 관련 유물의 수집, 보관, 관리 및 전시를 주로 했는데, 해외 박물관 탐방을 통해 좀 더 새로운 전시 및 운영방안을 모색하고자 당시 철도청 홍보실장 외 1명, 한국철도산업연구원장 등 4명 한 팀이 2004년 12월 8일부터 11일까지 일본 오사카 소재 '교통과학박물관', 교토 소재 '우메코지1증기기관차박물관' 및 도쿄의 '교통박물관' 탐방자료를 소개한다.

박물관은 유물전시 및 보관이라는 고정관념을 가지고 일본의 철도 관련 박물관 세 곳을 탐방한 결과를 간략히 나열하면 다음과 같다.

첫째, 박물관 설립과 운영에 충분한 예산을 투입한다.

- 옥외 전시 차량 등은 별도의 보호시설과 관람시설이 갖추어졌고, 분야별 전문 인력확보는 물론 인턴 학예사 등의 활용으로 예비 전문 인력 양성
- 도서 열람실을 갖추어 관심 있는 교수, 학생은 물론 동호인들이 값지게 활용
- 영화관에서 철도 관련 드라마, 다큐멘터리, 홍보자료 상영
- 회의실을 일반인에게 대여하여 각종 세미나 개최는 물론 계절

에 따른 이벤트 장소로 활용
- 휴게실을 2~3개소씩 설치하여 휴식과 단체관람객 식사 장소 등으로 이용

둘째, 유물은 계속적인 정비와 시운전 등을 통해 본래의 기능을 유지한다.
- 증기기관차와 각종 장비의 정비 및 시운전 등 시행

셋째, 유물을 직접 가동하거나 모형을 제작하여 가동시킴으로써 가동 원리를 보고, 듣고, 느낄 수 있도록 했다.
- 차량 종류별로 모의운전 시뮬레이터 설비를 갖추어 관람객이 체험할 수 있도록 하고, 가동교량 모형을 조작하여 그 원리를 보여주며, 해저터널 모형의 단면을 이동 조작하여 해저로 운행되는 열차 모형을 볼 수 있도록 장치

넷째, 대부분의 전시물마다 그림과 설명을 보여주는 동영상 시스템을 구비하고 있다.
- 오래된 유물들은 당시 사회상 등을 동영상으로 함께 볼 수 있으며, 작동원리 또는 제작과정 등을 상세히 소개

다섯째, 미래관의 자기부상열차는 실제 원리에 따른 모형 차량을 제작하여 실제처럼 운행하고 있다.

여섯째, 현재 운행되는 객차의 좌석을 통로 등 여백에 설치하여

전시는 물론 쉼터로도 활용한다.

일곱째, 각종 차량, 시설, 장비 및 건물 등을 철도기념물·준철도기념물·중요문화재·유형문화재 등으로 지정하여 관리한다.

황실객차 보존을 위하여 객실 내부 조명에 의해 통로에서 창문으로 관람

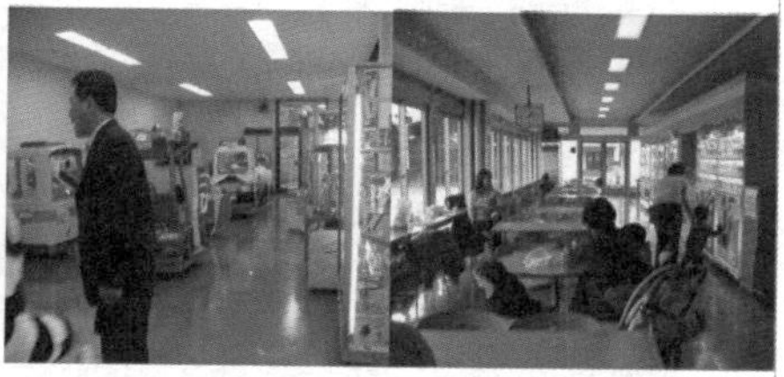

유아를 위한 놀이시설과 휴게실을 3~4개소 운영

〈관련 사진자료〉

박물관 입장권 자동발매 설비

학예사가 매일 모든 전시물 현황 점검

주 고객은 유치원과 초등학생

우메고치박물관 부관장과 대담을 나누는 일행

운행 중인 의자에 앉아보거나 쉼터로 활용

연대별 객차 의자를 앉아볼 수 있도록 설치

기념품매점은 관람객에게 꼭 필요한 곳으로 특성 있는 기념품 개발이 요구된다.

◇ **교통과학박물관**(Modern Transportation Museum)

○ 개관: 1962.1.21(재단법인 일본교통공사 운영 수탁)

○ 조직: 관장 산하에 총무부, 학예부, 사업부

○ 면적: 14,374.5m^2(본관, 수장고, 옥외전시장, 주차장)

○ 건물: 9,033.3m^2(본관, 제2차량 전시장, 2층 홀, 1층 기획전시실, 기기실, 제2~5 수장고)

○ 개관 시간: 10:00~17:30(입장은 17:00까지)

○ 입장료: 어른(고교생 이상) 400엔, 소인(4세 이상) 100엔

[단체] 어른(고교생 이상) 320엔, 소인(3세 이상) 80엔

※ 단체는 15인 이상으로 사전 예약

○ 휴관일: 월요일, 12월 29일부터 1월 2일까지

○ 특별개관: 국민축일(설, 5성인의 날, 건국기념일, 춘분, 녹색의 날, 쇼와천황 탄생일,

어린이날, 경로의 날, 추분, 체육의 날, 근로감사의 날, 현 천황 탄생일), 경축일이 일요일과 겹쳐 다음날 휴일이 되는 월요일, 춘계 휴가 기간, 하계 휴가 기간

○ 이용자 현황(2003년 기준)

- 입관자: 279,810명(유료 264,435, 무료 15,375),
  대인-161,806명(개인 157,078, 단체 4,728),
  소인-102,629명(개인 65,996, 단체 36,633)
- 도서관(자료실) 이용자: 1,171명(일반 1,037, 대학생 525, 중·고생 87, 소학생 68)
- 회의실: 각종 단체모임(철우회, 레이디클럽, 관서학생철도연구회연맹, 모형동우회, 노면전차동우회, JORC관서, 내셔널 트라스트, 메리크린HO클럽 등)

○ 특별활동 실적(2003년)

- 기획전: 추억의 철제 완구전, 움직이는 완구전(7~8월), 하계 어린이 세미나, 플랫트홈 플라자 메리 크리스마스, 플랫트홈 극장
- 자료전: 그림엽서전, 철도사진전, 철도회화전, 옛날 여행부터 오사카 신사참배까지, 옛날 도쿄·오사카·고베역·오사카 사진첩
- 홀 행사: 음악·영화클럽 행사
- 외부 발표전: 서일본JR 버스 '도림호' 전시회, 긴키대학 철도연구회 철도전, 모형동우회 작품전
- 기타 활동: 교토여자대학 외 3개 대학 실습생 수용

안내판(기독교인이 극히 적은 국가인데, 곳곳에 크리스마스 분위기 연출)

시계종(1874년 개업한 오사카역에서 열차 출발 5분 전 울려주던 종으로, 철도기념물로 지정)

철도건설 기점(1870년 철도건설을 시작하여 1872년 10월 최초 개통 당시 사용했던 철도 기점 표지판)

옛날 정거장(좌측 역무실에는 통표 폐색기, 우측 대합실 좌측은 매표구, 정면은 개표구)

221계 전차의 시뮬레이터 내부

세계의 창(실물 크기의 객차 모형 창을 통해 세계 각국의 풍경을 보며 철도여행을 즐길 수 있도록 설치되어 있다)

승차권의 변천(에드몬슨식 승차권 인쇄기와 함께 승차권이 연대별로 정리되어 있다)

옥외 차량 전시장(옥외 차량 지붕 설비 및 차량 외부 관람대 설치)

◇ 우메코지증기기관차관

(梅小路蒸氣機關車館: Umekoji Steam Locomotive Museum)

○ 개관: 1972.10.10(일본국철 100주년 기념사업으로 일부 철도노선 고가화에 따라 교토시 지정 유형문화재인 옛 역사를 철거치 않고 원형 그대로 이전하여 박물관으로 활용)

구 역사 이전 박물관으로 활용

○ 조직: 1996년 4월 1일부터 교통문화진흥재단에 박물관 업무(전시관리·입장·안내·판매 등) 위탁운영, 차량관리(정비·운행)는 우메코지운전사무소 철도직원이 직접 담당

전차대 활용 기관차 유치

○ 개관 시간: 09:30~17:00(입장 16:30까지)

○ 입장료: 어른(고교생 이상) 400엔, 단체(15인 이상) 320엔, 소인(4세 이상) 100엔, 단체 80엔

유치원 원아들의 관람

○ 스팀기관차열차 승차료(왕복 1km): 어른(고교생 이상) 200엔, 소인(4세 이상) 100엔

○ 휴관일: 매주 월요일(축일과 겹치거나 봄, 여름 학교 휴가 기간은 개관), 연말연시(12.29~1.3)

투탄(증기기관차 화실 석탄공급) 연습기

SL증기기관차열차 왕복 1km 하루 3회 운행

※ 우메코지증기기관차관은 2016년 4월 교통과학박물관과 통합하여 '교토철도박물관'으로 개관했다.

◇ **교통박물관**(交通博物館: Transportation Museum)

○ 개관: 일본국철은 1872년 신바시-요코하마 간 최초의 철도가 개통된 후1921년 철도개통 50주년 기념으로 철도박물관을 도쿄역 북측에 개관했으나, 1923년 도쿄 대지진으로 소실되어 1936년 현 위치에 재개관했다. 1946년부터 (재)일본교통공사에 위탁운영하고 있으며, 일본교통공사는 도로, 해운, 항공 등 교통의 종합박물관인 교통문화박물관(1948년 교통박물관으로 개칭)으로 변경했다. 지금은 복잡한 도심지를 벗어나 교외로 이전계획 추진 중(2007년 10월 14일 사이타마시 오미야종합차량센터로 이전하여 명칭을 '철도박물관'으로 변경하여 개관)

○ 조직: 관장, 부관장, 학예사 7명, 인턴 학예사 1명 등 20명(경비 및 청소원 외)

○ 입장료: 어른(고교생 이상) 310엔, 단체(20인 이상) 250엔,
소인(4세 이상) 150엔, 단체(3세 이상) 120엔

○ 개관 시간 및 휴관일은 우메코지증기기관차관과 동일하나 연간 6회의 특별개관 기간 운영

○ 특별개관: 1월 3~7일, 봄 휴가 기간(3.26~4.6)
Golden Week(4.29~5.5), 여름 휴가 기간(7.21~8.31),
도쿄 도민의 날(10.1), 철도순간(鐵道旬間: 10.11~20)

○ 이용자: 연간 20~30만 명(주 관람객: 소아)

※ 한국철도박물관과 비슷한 수준임

중요문화재 황실용 객차와 내부(일본은 중요문화재·철도기념물·준철도기념물로 문화재 구분)

해저터널을 통과하는 열차 모형

가동철교(철교 중간 부분을 위로 이동시켜 선박의 통행이 가능토록 하는 장치)

인차(사람이 밀어 운행하는 철도, 1900년경~1910년대 운행)

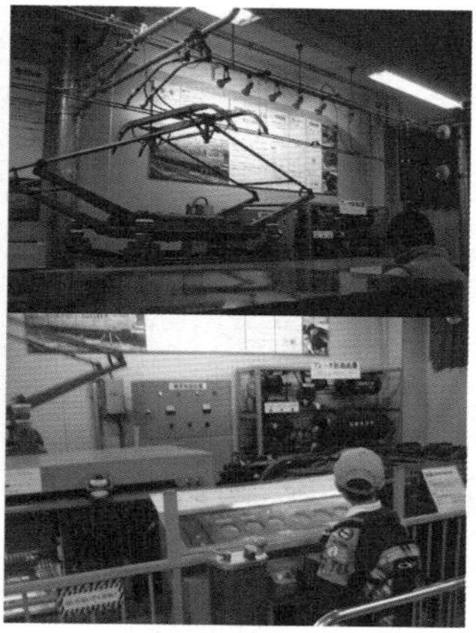

전동차 집전 체험 장치(관람객이 직접 조작하여 팬터그래프 가동, 차륜 회전 및 속도조절 가능)

28 금강(錦江)을 건너간 장항선(長項線) 기차

1937년 열차 시각표에 게재된
대천해수욕장과 온양온천 신정관(여관) 광고

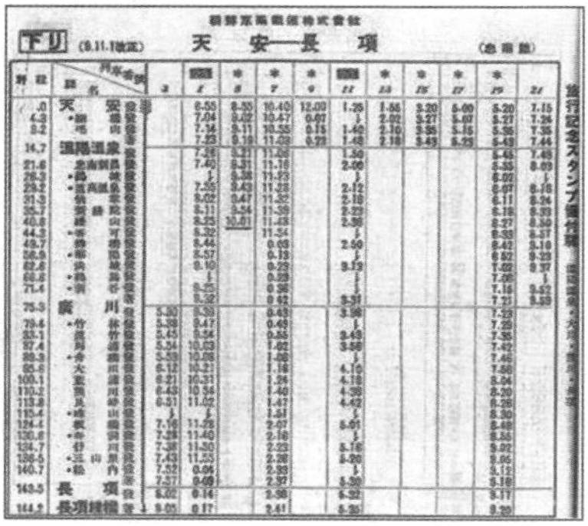

1934년 11월 1일 현재 충남선 하행 시각표

'장항선' 하면 떠오르는 것은 지금은 대부분 해외 신혼여행을 선호하지만, 예전에는 단골 신혼여행지로 유명했던 온양온천이 있는 곳, 여름이면 유명한 대천해수욕장을 비롯하여 무창포, 만리포, 천리포, 춘장대 해수욕장 등 서해의 해수욕장이 줄지어 있는 곳, 대중가요 「수덕사의 여승」 모델로 알려진 일엽스님 때문에 더 유명했던 수덕사가 있는 곳, 고려 말기 최영 장군, 독립운동가 만해 한용운 님, 김좌진 장군의 넋이 서린 곳이기도 하다.

이러한 장항선의 본래 이름은 충남선(忠南線)이었다. 조선경남철도주식회사에서 부설한 사설철도로 1922년 6월 천안-온양온천 간 개통을 시작으로 1931년

8월 1일 천안-장항 간 143.5km 전 구간이 개통되었다.

1933년 10월 10일 금강을 사이에 둔 장항-군산 간은 연락선으로 연결하여 서천군 및 부여군 일부의 많은 사람이 금강을 건너 군산으로 통학 또는 통근하는 사례가 많았으며, 열차의 종착지는 장항역이 아니라 도선장 바로 옆 잔교(棧橋)까지(0.7km) 선로를 연장하여 여객 취급을 했으며, 금강 건너 군산선 역시 군산 도선장 옆 군산항까지(1.7km) 선로를 연장하여 여객을 취급했다.

장항-군산 간 연락선

특히 당시 사철 운영자들은 연락선 또는 자동차 등 연계 교통수단을 함께 운영하여 시각 안내도 하며 여행의 편의를 제공했다.

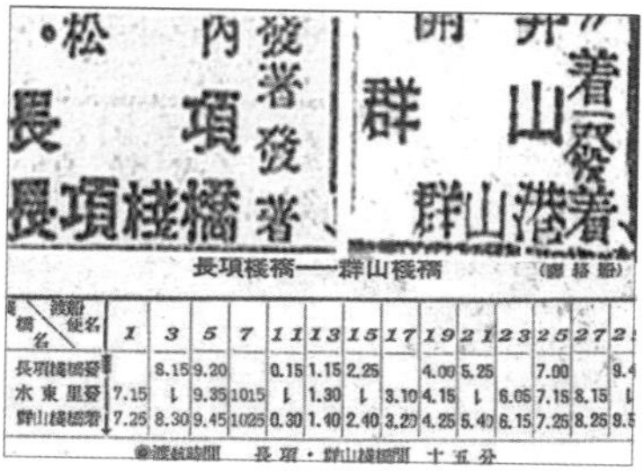

長項 發著
長項棧橋 著

群山 着發
群山港 着

長項棧橋—群山棧橋

棧橋名 \ 渡船便名	1	3	5	7	11	13	15	17	19	21	23	25	27	2[illegible]
長項棧橋發		8.15	9.20		0.15	1.15	2.25		4.00	5.25		7.00		9.4
水東里發	7.15	↓	9.35	1015	↓	1.30	↓	3.10	4.15	↓	6.05	7.15	8.15	↓
群山棧橋着	7.25	8.30	9.45	1025	0.30	1.40	2.40	3.20	4.25	5.40	6.15	7.25	8.25	9.5

長項・群山棧橋間 十五分

장항 발 장항잔교 착, 군산 발 군산항 착(위), 장항잔교-군산진-고간 도선 시각표(아래)

'장항선'은 일제강점기부터 광복 이후까지 '충남선'으로 불리다가 1956년 6월 14일 '장항선'으로 명칭이 변경되었다.

변경 사유를 살펴보면 당시로서는 장항이 종착역이기도 했지만, 1936년 설립된 남한 유일의 동판(銅板)을 생산하는 장항제련소의 영향도 있지 않았나 생각되기도 한다. 1960년대 이전까지는 교과서에 수록될 정도로 산업화를 대변하는 명물이었다.

장항제련소 전용 선로와 제련소 굴뚝

특히 장항제련소가 유명했던 또 하나의 이유는 해발 210m의 바위산 위에 110m의 높이로 우뚝 선 남한 최고 높이의 굴뚝이었으며, 이 굴뚝을 보기 위해 많은 학교에서 소풍을 갈 정도로 유명했다(1989년 공해 등의 문제로 용광로가 폐쇄되어 사용 중지). 또한 장항항은 인근 군산항과 함께 수출입 물자를 적재한 외항선이 접안되는 항구로 산업 또는 경제적으로 주요 입지 조건을 구비한 곳이었다.

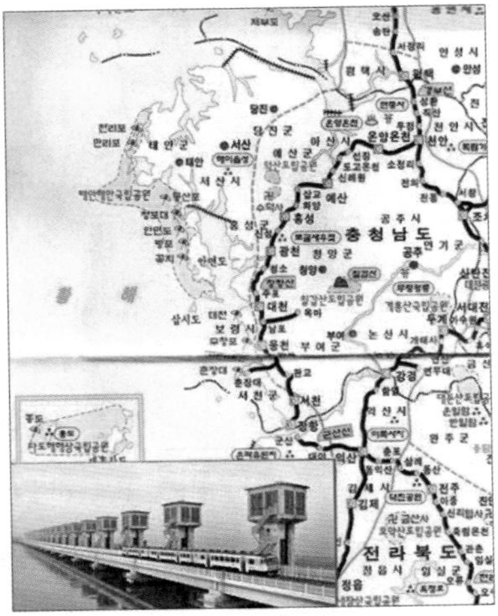

장항선 열차 노선과 금강을 건너는 장항선 열차

장항제련소에서 생산된 동판은 전기전자제품의 필수 기본 자재로 전기제품의 선두주자였던 금성사, 대한전선 등은 원자재(동판) 수송을 장항선 화물열차에 의존했다.

또한 동 제련과정에서 부산물로 순금(純金)이 생산되었는데, 우리나라에서 유일하게 순금을 소화물로 수송한 노선이 장항선이었다. 순금은 장항역에서 귀중품취급 소화물로 발송되어 서울역에서 바로 한국은행으로 운반되었으며, 금이 수송될 때는 무장경찰이 호송원으로 동승했다.

장항-군산 간 금강을 건너는 교량은 필자가 어릴 적부터 기공식을 여러 번 거행했던 교량이다. 특히 선거철에는 연례행사처럼 기공식이 거행되었지만 실행되지 못했던 곳인데, 1998년 10월 30일 고속도로 개통에 이어 2007년 12월 28일 철도가 연결되어 장항선열차는 금강을 건너갔다.

숱한 사람들의 애환이 서려 있던 장항-군산 간 연락선도 2009년 10월 31일을 끝으로 운행이 중단되었다.

이제 '장항선'이라는 선명(線名)도 역사 속으로 은퇴하고 동쪽의 '동해안선'처럼 새 환경에 적합한 새로운 노선 이름이 탄생해야 하지 않을까 하는 생각이 든다.

29 역사 속으로 찾아간 철도 CEO

한 세기를 넘는 긴 세월의 철도역사 속에는 많은 사연이 묻혀 있고 우리의 기억 속에서 사라져간다. 철도박물관 재직 시 이야기다.

역사 속에 묻어두고 잊기에는 너무 아쉽고, 가능하다면 영원히 기억해야 할 사연들이 많다.

하지만 다람쥐 쳇바퀴 돌듯 정신없이 돌아가는 일상생활은 흘러간 역사 속을 들여다볼 여유를 허락지 않는 것 같다.

지난 2009년 한국철도공사 CEO로 부임한 허준영 사장은 철도박물관을 방문하여 한국전쟁 중 포로가 된 UN군 미 제24사단장 윌리엄 딘 소장을 구출하기 위해 미군 특공대원 33명을 기관차에 태우고 적진을 향해 돌진했다가 함께 전사

고 김재현 기관사 유품과 기관차 모형

고 김재현 기관사가 운전했던 기관차
(등록문화재 제415호 국립대전현충원 전시 중)

기관사 김재현 순직비를 찾은
허준영 사장(허준영의 레일스토리
『바르고 부드럽게』에서)

한 고 김재현 기관사 전시 코너에 많은 관심을 보였다. 박물관에 전시된 증기기관차(미카 3-129호) 모형 코너에서는 등록문화재로 등록되어 대전철도차량관리단에 보존되어 있는 미카 3-129호의 실물에 관한 설명을 추가하여 보완하면 좋겠다는 의견을 제시해주셔서 보완조치 후 결과 보고를 했던 기억이 남아 있다.

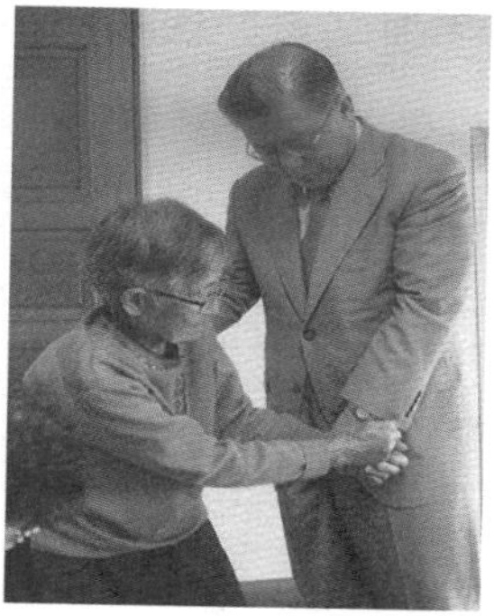
고 김재현 기관사 부인(92)과 자택을 방문한 허준영 사장

지난해 홍보실 배은선 차장에게서 허준영 사장의 고 김재현 기관사 유족방문 소식을 듣고 철도인으로서 고마움이 느껴졌으며, 미망인께서 아직 생존해 계신다는 말을 듣고 만감이 교차했다.

젊은 나이에 하늘 같은 부군을 잃고 얼마나 고생하며 살았을까 하는 연민이 스쳐 지나갔다. 그리고 또 잊고 있다가 작년 말 출판기념식장에서 받은 책『바르고 부드럽게』를 읽으면서 철도 CEO가 우리의 기억 속에서 사라져가는 철도의 역사 속으로 찾아간 상황을 알 수 있었으며, 정말 철도를 사랑할 줄 아는 분이었구나 하는 생각이 들었다.

국방일보
국군의 날 철도 기관사 고귀한 넋 기린다

2011년 9월 26일자 국방일보

미국 정부 특별공로훈장 추서

허준영 사장의 고 김재현 기관사 유족방문은 그냥 의례적인 방문만으로 그친 것이 아니었다. 방문 후 당시 주한 미군 사령

관 월터 샤프(Walter L. Sharp) 대장[20]에게 직접 편지를 써서 미국 정부 차원의 위로를 건의했고, 또한 우리 정부에 포상을 요구했다는 사실을 자서전을 통해 알았다.

2012년 6월 25일 미국 정부는 특별공로훈장을 추서하여 고 김재현 기관사의 딸 김재권 씨에게 전달했다.

또한 2011년 9월 「국방일보」에 고 김재현 기관사의 특집기사가 게재된 사실과 계룡대 국군의 날 행사에 유족이 특별 초청된 것 또한 허준영 사장이 힘쓴 노력의 결과였다는 사실이 너무 고마웠다.

2011년 9월 24일 국군방송에서 인터뷰 중인 필자

그러고 보니 2011년 9월 24일 16시부터 1시간 동안 필자가 국군방송에 출연하여 철도의 날 특집 인터뷰 방송을 했던 사실도 우연이 아니었다는 생각이 든다.

대부분의 철도인이 알고 있는 사실이지만, 고 김재현 기관사 관련 역사 속으로 함께 들어가 보자.

1950년 6월 25일 북한의 남침으로 발발한 한국전쟁은 대부분 철도직원이 전시군사수송본부에 배속되어 군인 아닌 군인으로 복무했으며, 당시 많은 철도직원이 전사하는 결과를 가져왔다.

당시 미 제24사단장인 윌리엄 딘 소장이 적의 포로가 되어 대전에 있다는 정보를 습득한 미군 특전단원 33명이 사단장 구출작전

20 월터 샤프 대장은 2011년 7월 14일 후임 제임스 서먼(James D. Thurman) 대장에게 주한 미군 사령관직을 인계하고 귀국하여 2011년 9월 1일 퇴역했으며, 필자는 허준영 사장의 편지에 대해 그가 어떠한 조처를 취했는지는 확인치 못하고 있음을 밝혀둔다.

을 자원하고 나섰으며, 이들을 태우고 적진을 향해 돌진할 기관차를 조종할 기관사로 당시 28세의 김재현 기관사가 자원했지만, 미군 특전단원 전원과 함께 전사했다.

경부선 상·하행 철길 가운데 세워진 순직비

1962년 12월 당시 교통부 대전철도국 동료들이 성금을 모아 경부선 대전-세천 간 상·하행 선로 가운데 순직비를 건립했으며, 1983년 국가로부터 공적을 인정받아 고향 충남 논산의 묘지에서 동작동 국립현충원으로 이장되어 영관급 묘역에 안장되었다.

철도박물관 재직 중 현충일 헌화

당시 구출에 실패한 윌리엄 딘 소장은 1953년 9월 포로 교환으로 귀환했고, 당시 동원되었던 증기기관차는 동승했던 기관조사 황남호 씨에 의해 적진을 벗어났다. 전쟁 종료 후 전국을 누비며 수송임무를 다하고 퇴역했으며, 2008년 10월 17일 근대문화유산 등록문화재 제415호로 등록되어 2012년 코레일 정창영 사장 재임 시절에 전 철도차량정비창에서 국립대전현충원으로 이전하여 2013년 '호국철도 기념관'으로 개관했다.

순직비 건립 당시는 대부분 열차가 저속 완행열차로 달려 차내에서도 볼 수 있었지만, 지금은 열차속도가 빨라 아무도 알아볼 수 없는 선로 가운데 위치하여 양측 선로에 고속열차가 계속 운행되어 찾아가기도 위험한 위치에 있어 이전을 검토함이 어떨까 하는 생각을 해본다.

호국철도 기념과 전시 현황

30 해저터널 이야기

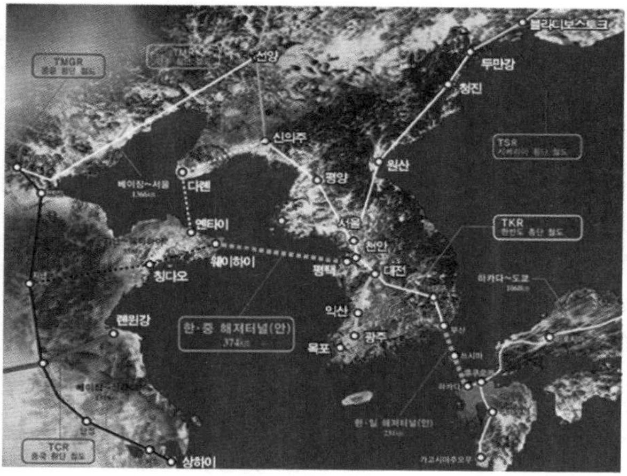

한·중, 한·일 해저터널 구상안

우리나라에는 580개소의 철도터널이 있고 연장거리가 360km에 달해 총 철도 영업거리의 10%를 초과하며, 터널은 지상뿐만 아니라 물밑에도 있다.

일제강점기부터 구상되었다고 하는 한·일 해저터널은 KTX가 일본의 홋카이도까지, 신칸센이 대륙으로 진출할 수 있는 철길이 만들어지게 되어 긍정적 또

통영해저터널

는 부정적 견해를 불러오고 있다. 또한 목포-제주 간 해저터널 건설 또는 한·중 해저터널 건설 문제 역시 많은 찬·반 의견이 엇갈리면서도 전문가들은 다각적인 검토와 연구를 진행하고 있어 언젠가는 우리나라에서도 어느 구간이 선정될지는 모르지만 해저터널을 이용한 열차 운행이 현실화될 가능성이 있다는 생각으로 해저터널 이야기를 정리해본다.

우리나라에 있는 물밑의 철도터널은 해저(海底)가 아닌 하저(河底) 터널이다. 지하철 5호선 여의나루-마포 간 및 광나루-천호 간, 부산지하철 2호선 민락-센텀시티 간 및 부산지하철 3호선 금사사거리-반여농산물시장 간, 대구지하철 2호선 경산연장선 등 한강, 수영강, 금호강 해저터널 등이 있다.

우리나라에도 해저터널이 있으며, 건설 중인 해저터널도 있다. 이미 사용 중인 통영해저터널은 당동-미륵도 간 483m의 바다 밑 터널로 1931년 착공하여 1년 4개월 만에 완공했다. 1967년 이전까지는 사람, 우마차는 물론 차량 통행이 가능했으나 1967년 충무교가 개통되면서 차량 운행은 중지되었다. 이 터널은 양측에 제방을 쌓아 물을 막고 물밑 바닥을 굴착하여 터널 구조물을 설치하여 만들어진 해저터널로 2005년 근대문화유산인 등록문화재(제201호)로 지정되기도 했다.

그리고 만 6년의 공사 끝에 2010년 12월 개통된 거가대로(巨加大路)는 거가대교(3.5km), 가덕해저터널(3.7km), 육상교량(1km) 등으로 구성되었으며, 부산 가덕

거가대교

침매터널 모형

세이칸 터널

도와 중죽도 사이를 연결하는 가덕해저터널은 국내 최초이면서 세계에서 가장 긴 침매(沈埋:가라앉혀 묻음)터널이다. 육상에서 제작한 함체(구조물)를 바다 밑에 가라앉혀 차례로 연결하는 방식이다.

해외의 주요 해저터널로는 일본 세이칸(青函) 철도터널과 영국-프랑스 간 도버해협을 가로지르는 유로터널(Eurotunnel), 홍콩 이스턴 하버(Eastern Harbour) 및 웨스턴 하버(Western Harbour) 터널, 미국 링컨터널(Lincoln Tunnel) 등이 있으며, 건설을 검토 중인 해저터널로는 미국과 러시아의 베링해협 해저터널, 스페인과 모로코의 아프리카-유럽 해저터널 등이 있다.

일본의 세이칸 철도터널은 쓰가루해협을 사이에 두고 있는 혼슈(本州)의 북단 아오모리와 홋카이도의 하코다테를 연결하는 총연장 53.85km로 현재 세계에서 가장 긴 해저 철도 전용 터널이다. 해저터널 내 홋카이도 쪽에 요시오카 해저역과 혼슈 쪽에 탓피 해저역을 설치하여 승객이 내려서 기념관을 관람하도록 하여 관광 상품으로 활용하고 있다.

이 터널은 제2차 세계대전 중 구상하여 1949년 본격적인 조

유로터널

사를 실시했다. 1954년 태풍으로 쓰가루해협에서 선박 5척과 1,430명의 인명피해가 발생함에 따라 1964년 착공 10년 후 완공을 목표로 했지만, 공사 중 바닷물 유입으로 33명의 인명피해가 발생하는 등 예기치 못한 사고로 공사가 지연되어 25년 만인 1988년 완공했다. 현재는 일반철도인 가이쿄선과 고속철도 홋카이도 신칸센이 운행된다.

영국과 프랑스 간의 도버해협을 연결한 해저터널인 유로터널의 최초 구상은 나폴레옹 시대까지 거슬러 올라간다. 최초 영국의 토목기술자 존 호크쇼(John Hawkshaw)가 사우스 웨스턴 레일웨이(South Eastern Railway)와 유대계 국제적 금융자본가인 로스차일드(Rothschild)가의 재정지원을 받아 1865년부터 1866년까지 해저 지질조사를 한 결과 터널 굴착이 가능하다고 판단하여 영국은 1872년, 프랑스에서는 1875년 터널회사를 설립하고 굴착공사에 착수했으나 국방상 또는 기타 반대 의견으로 중단되었다. 그러다가 제2차 세계대전 이후 1966년 영국과 프랑스가 터널 건설의 원칙적인 합의를 했지만, 1987년 말에야 착공하여 1994년 5월에 완공한 49.94km의 해저터널이다. 영국의 포크스턴(Folkestone)과 프랑스의 칼레(Calais)를 연결하여 영국과 프랑스 및 벨기에를 잇는 여객열차 전용터널과 화물차와 승용차를 운송하는 셔틀열차용 터널 및 환기와 예비용 터널 등 3개의 터널을 만들었다.

이 터널의 본래 이름은 채널터널(Channel Tunnel: 프랑스어 Le tunnel

sous la Manche)이며, 유로터널은 터널을 건설하고 관리하는 민간 회사의 이름으로 1987년부터 55년간 터널 관리를 위임받아 2042년에는 양국에 소유권을 이양하게 된다.

해저터널 내에서 고장을 일으킨 유로스타

2009년 12월 18일 유로스타 5편이 유로터널 내에서 고장이 발생하여 승객 2천여 명이 터널에 갇힌 채 10시간 넘게 공포에 떨었다는 뉴스와 몇 년 전 1월 7일 유로스타 1편이 또 해저터널에서 멈춰 섰다는 뉴스가 있었다. 물론 이상 기후에 의한 강추위로 전기 공급 시스템이 문제를 일으켰다는 뉴스 등은 간과해서는 안 될 해저터널의 문제점으로 기억되어야 할 것 같다.

31 철도의 품을 떠난 철도문화재 ‘옛 서울역사’

옛 서울역사

옛 서울역사(驛舍)는 1900년 7월 8일 경인철도 용산역과 경성역[21] 사이에 ‘남대문역’으로 영업을 개시한 후 1917년 7월 31일부터 한국철도 위탁운영을 시작한 ‘남만주철도주식회사’에서 1922년 6월 1일 남대문역사 신축공사로 시작한 후 1923년 1월 1일 경성역으로 역명을 변경했고, 1925년 4월 1일 위탁운영이 해제되고 조선총독부가 한국철도를 직영했으며 그해 10월 15일 준공된 역사(驛舍)다.

1981년 9월 25일 문화재보호법[22]에 따라 ‘사적(史蹟) 제284호’

---

21 최초의 경성역은 1900년 7월 8일 경인선 개통과 함께 영업을 개시한 후 1905년 3월 27일 서대문역으로 역명이 변경되었으며, 1919년 3월 1일 및 3월 5일의 만세운동 집결지였던 서대문역은 1919년 3월 31일 폐지되어 흔적이 남아 있지 않다.

22 제4장(국가지정문화재) 제25조(사적, 명승, 천연기념물의 지정) ① 문화재청장은 문화재위원회의 심의를 거쳐 기념물 중 중요한 것을 사적, 명승 또는 천연기념물로 지정할 수 있다.

로 지정되어 당시 철도 분야의 유일한 국가지정문화재가 되었다. 일본 도쿄대학 쓰카모토 야스시(塚本靖) 교수 설계로 지어진 건물로 보는 사람에 따라 유럽의 비잔틴건축 양식의 건물, 도쿄(東京)역과 닮은 건물, 스위스 루체른(Luzern)역과 닮은 건물 등으로 추정하지만 남만주철도(주) 본사가 있던 중국 다롄(大連)에는 비슷한 건물이 지금도 남아 있다.

1997년 4월 1일부터 2003년 말까지는 철도박물관 서울역관을 개관하여 많은 여행객의 사랑을 받아왔으나 2003년 말 서울역 기능이 신역사로 옮겨짐에 따라 철도박물관 전시품은 의왕시에 자리 잡은 철도박물관으로 이전되었다. 폐쇄된 서울역사는 철도공사에서 설립한 '철도문화재단'에서 시네마테크를 비롯한 문화시설로 용도변경을 추진했으나, 사적으로 지정된 서울역사를 한국철도공사가 소유하는 것은 부당하다며 원형보존을 내세운 문화재청의 요구로 2006년 소유권

산마르코 성당

도쿄(東京)역

옛 스위스 루체른역

중국은행 다롄지점

이 문화재청으로 이전되었다. 2007년 7월 문화관광부(지금의 문화체육관광부)가 복합문화공간으로 전환한다는 발표와 함께 많은 예산을 투입하여 원형복원공사를 마치고 2011년 8월 9일 '문화역사서울 284'라는 이름으로 개방되었다.

애당초 문화재청이 원형복원을 주장하여 그렇게 알고 기대했지만, 문화재청은 뒤로 물러서고 문화체육관광부에서 원형복원이라기보다는 리모델링을 한 것으로 보인다. 일제에 의해 건설되어 우리 민족과 영욕을 함께해온 서울역에 뜻밖에 강강수월래를 형상화한 스테인드글라스를 설치하고, 대한제국 당시 황실용으로 사용되던 귀빈실은 한국전쟁 당시 남하하는 소련군 영접 장소로 준비시켜 달라는 요구를 했다가 당시 역장(이종림)으로부터 거절당했다는 일화가 전해지는데, 조그만 안내지에 이승만 대통령과 박정희 대통령이 지방 출장 시 사용했던 귀빈실로 실제와는 좀 거리감이 느껴지는 설명이 기록되어 있고, 벽에는 웬 '우리는 모두 여행자'라는 문구가 붙어 있어 옛날을 기억하는 사람들을 어리둥절케 했다.

"1층 중앙홀에 과거에는 소화물 접수처가 있었다"라는 안내지 문구는 너무 잘못된 해설이다. 소화물 취급소는 중앙홀 밑 지하층에 있어 역 우측 통로를 이용했으며, 1층 중앙홀은 여객의 주된 통로였다. 실제 사용했던 사람의 도움 없이 도면만으로 추측하다 보니 그런 오류를 범한 듯하다. 그리고 건축 당시는 '서울역 대식당'이었지만, 그보다는 '서울역그릴'로 알려진 식당의 경우 한국 최초의 양식당이었다고 전해진다. 당시 쓰였던 집기들은 현재 철도박물관에 보존 전시되고 있지만, 옛 모습을 보여줄 계획은 전혀 고려되지 않은 듯하다.

옛 서울역사를 돌아보며 유명한 프랑스의 오르세미술관(Orsay Museum) 흉내를 내려는 듯한 느낌을 떨쳐버릴 수 없었다. 하지만 1900년에 건축된 오르세역은 쓸모가 없어 철거하려던 옛 역사를 재활용한 것이며, 우리의 옛 서울역사는 철거대상이 아닌 대한민국의 국가지정문화재다. 여유 공간을 전시 공간으로 활용한다 해도 사적으로 지정된 본래의 취지는 무시할 수 없다는 생각인데, 옛 서울역의 내음을 전혀 맡아볼 수 없도록 탈바꿈한 것은 문화재 보호 측면에서도 많이 이탈된 느낌을 지울 수 없다.

오르세미술관

서울역 광장에 세워진 강우규 동상

또 광장에 건립된 강우규 님의 동상을 보고는 정말 놀라움을 금할 수 없었다. 서울역 광장은 세종로 광장만큼이나 중요한 위치라는 판단이다. 한동안 강 의사님 후손의 서울역광장 동상 건립 요구가 받아들여지지 않았던 것은 안타깝지만, 국민의 인지도나 기여도 측면에서도 거절한 것이 정당한 판단이라 생각했다. 뜻밖에 어느 부서에서 동상 건립을 결정했는지 모르겠지만, 재고의 여지가 있다는 생각이 든다.

수십 년 전부터 최근까지 서울역에 근무했거나 관련 부서 근무 또는 잦은 이용으로 옛 서울역사를 잘 기억하고, 잊을 수 없는 추억들을 간직한 많은 사람의 의견이 복원공사 과정에 참여한 흔적을 찾아볼 수 없는 점이 50여 년 전 서울역 역무원으로, 그리고 2층에 자리 잡은 서울열차사무소 승무원으로 근무한 적이 있는 필자로서는 아쉽기 그지없다.

개인적인 욕심이라면 많은 사람이 아쉬워하는 뜻을 모아 철도박물관을 옛 서울역사로 이전했으면 하는 생각도 있지만, 어려운 일이라면 다른 많은 공간은 전시 공간 등으로 활용하더라도 '출찰구'로 안내되어 있는 매표실, 역장실, 귀빈실 정도는 옛 모습으로 복원하고, 대식당 옆의 소식당에는 한국 최초의 양식당 모습을 재현하여 옛 서울역을 추억하며 엿볼 수 있도록 추가 공사가 이루어졌으면 하는 바람을 가져본다.

아직도 문화재청 국가지정문화재로 지정된 명칭은 '서울역사(驛舍)'임에도 이를 '문화역서울 284'로 개명한 것은 아무리 공모 작품이라 하나 사적(史蹟) 본래의 이름을 바꿀 수 있는 것인지, 그리고 많은 문화재의 지정 또는 등록번호는 특별한 의미를 내포하지 않은 숫자일 뿐인데 유독 서울역사에는 국민이 뜻을 알 수도 없는 지정번호를 사용해야 하는지 모르겠다. 그리고 어떤 연유에서인지는 모르나 소유자가 철도공사에서 문화재청으로 변경되었다 해도 그 운용은 최소한 철도 전문 분야만이라도 전문기관인 철도공사의 참여가 반드시 필요하다는 판단이다.

32 세계 속의 철도박물관

세계철도박물관 회의장 입구

2013년 11월 6일부터 8일까지 일본철도박물관에서 주관한 '제1회 세계 철도박물관 회의'에 참가했다.

주최국인 일본의 4개 철도박물관, 영국국립철도박물관, 프랑스철도박물관, 미국 볼티모어·오하이오철도박물관, 독일철도박물관, 스위스교통박물관, 그리고 한국철도박물관 등 7개국 10개 관의 관장이 참가했다. 우리는 박효진 학예실장과 코레일 홍보실 배은선 차장이 동행했다.

6일 주최 측에서 마련한 도쿄스테이션호텔에 숙소를 정한 후 철도 전문잡지 「레일러」의 신근섭 편집장과 이한수 기자의 안내로 일본철도의 발상지인 신바시(新橋)역에 들러 광장에 전시된 증기기관차와 일본 최초(1872)의 구 역사를 발굴 복원하여 전시관으로 활용 중인 구 신바시역을 둘러보았다. 이후 저녁 환영만찬장에는 동일본철도 사장을 비롯한 재단이사장 등 일본철도 간부들이 대거 참석했고, 국제적인 철도인 사교의 장으로 손색이 없었다. 모든 참석자에게는 개인 통역을 배정해 의사소통에 큰 지장이 없는 좋은 교류 시간이었다.

7일 신칸센 편으로 사이타마시 오미야역에 위치한 일본철도박물관으로 이동 시 기관차 앞부분의 유선형 설계로 좌석 감소에 의한 영업상 손실을 보완하기 위해 항공기 비즈니스석과 유사한 고급 좌석으로 기본운임에 5천 엔이 추가되는 특별석(그랑클라스)에 승차했다. 남다른 영업 마인드에 의한 발상과 설계, 운용 등이 돋보였으며, 완벽한 서비스는 추가 지불금에 대한 보상 수단으로 충분했다.

유선형 신칸센 차량

확인되지는 않았지만, 전날 저녁 리셉션에서 운영 상태에 대한 나의 질문에 동일본철도는 서일본철도와 달리 연간 4조 엔의 영업이익 중 적자 노선에 2조 엔을 지원하고 2조 엔의 흑자를 내고 있다는 관계자 대답의 증거를 체험하는 기분이었다.

오미야역 직원들의 환영

우리는 인력 절감으로 기관사, 차장 등 단독 승무에 열차 승강장 진입 시 철도직원은 찾아볼 수 없는 데 비해 기관사, 차장 모두 복수 승무에 열차 착발 때마다 직원들이 승강장에 출장하여 안내하는 등 안전과 사람 중심의 철도 운영이 왠지 부러웠다. 오미야역에 도착했을 때는 제복 차림의 역 직원 20여 명이 환영 현수막을 들고 나와 우리 일행을 맞아주었다.

오전에 박물관 견학을 마치고 오후에는 각 관장의 발표와 질의

응답이 진행되었다. 연간 약 600만 명이 방문한다는 일본철도박물관은 전·현직 철도인 100여 명이 매일 자원봉사자로 참여하고 있다고 한다. 교토의 우메코지증기기관차 관장을 겸무하는 오사카의 교통과학관장은 2014년 4월 50주년을 맞는 교통과학관을 폐관하고 우메코지증기기관차관에 통합하여 2016년 봄 새롭게 철도박물관으로 개관한다고 했고, 2003년 개관한 규슈(九州)철도기념관은 건립시 상당 금액을 기타큐슈(北九州)시가 투자했으며, 시가 운영비를 부담하는 조건으로 위탁운영 중이라 했다.

2011년 개관한 나고야시의 리니아철도관은 일본철도 141년역사를 담고 있으며, 하루 평균 2,650명의 방문객 중 75%가 성인이라 한다. 이어 필자가 발표한 내용을 요약하면 다음과 같다.

발표 중인 필자

몇 년 전 한국박물관협회 관장 40여 명이 해외 답사 차 이곳을 방문했을 때 우리 일행은 철도박물관이 이렇게 멋있고 가치 있는 곳인 줄 몰랐다며 철도박물관의 특수성에 모두 공감했고, 반드시 필요한 박물관임을 새삼 느끼게 해주는 기회였다.

나는 철도박물관이 발전할 방안으로 상호 교류가 가장 효율적이라 생각한다. 서로 방문 및 교류전 등을 추진함으로써 많은 것을 배우고, 관람객에게 새로운 자료를 관람시킴으로써 새로운 문화에 대한 관심을 이끌어내는 것이 철도박물관의 위상을 향상시키는 일이라 생각한다.

최근 한국 대통령이 유럽 방문 중에 "세계 여러 국가와 문화교류의 폭을 넓혀 문화융성의 길을 닦는 것이 중요한 목표 중 하나"라고 말했듯이 한국에서는 문화융성이라는 이슈가 크게 대두되고 있으며, 한국철도박물관의 운영자인 한국철도공사 CEO 역시 철도역을 문화의 향기가 피어나는 문화 플랫폼으로 조성하여 모두가 행복한 생활문화공간으로 만들겠다는 의지를 가지고 있어 우리 철도박물관이 해야 할 일도 많으며 그 성과들을 기대해도 좋을 듯하다.

이러한 내용의 발표에 이어 우리 박물관을 소개하자 한국박물관장 단체가 방문해준 것에 고마움을 느끼며, 기능별로 구분하여 짜임새 있게 전시한 것이 부럽다는 말을 듣기도 했다.

1899년 개관한 뉘른베르크 소재 독일철도박물관은 세계에서 가장 오래된 철도박물관임을 자랑하며 철도직원 출신 30만 명이 회원으로 가입하여 박물관 운영을 지원하고 있다고 한다. 이어 1953년 개관한 미국의 볼티모어·오하이오철도박물관은 연간 운영비 1천만 달러 중 1/3은 입장료로 충당하고, 1/3은 기관 보조금, 나머지 1/3은 기부금으로 충당한다고 하여 기부문화의 활성화를 자랑했다. 1951년 개관한 스위스교통박물관은 스위스 인구의 10%가

방문하고 있으며, 운영예산 10%를 정부에서 보조하고, 50%는 입장료로 충당하며, 나머지는 기업의 지원을 받아 운영한다고 한다.

1971년 철도경영인협회에서 설립하여 프랑스 국철의 문화유산을 위탁 관리하는 프랑스철도박물관은 역사적인 철도차량 100여 대를 전시하고 있는 유럽 최대의 철도박물관임을 자랑했고, 연간 100만 유로의 수익금으로는 47만 유로가 부족하여 국철과 지자체의 지원을 받고 있다 한다. 1975년 개관한 영국국립철도박물관은 런던에 부지가 없어 요크에 설립했으며, 연간 700만 명이 방문하고 있으나 운영 자금난을 겪고 있지만, 세계에서 가장 오래된 기관차를 보유하고 있음을 자랑했다.

만찬 후 기념촬영

이날 저녁 만찬에서 사이타마시의 시미즈 하야토(清水勇人) 시장이 2년 전 우리 철도박물관을 방문한 적이 있다 하기에 왜 관장을 찾지 않았느냐는 질문에 철도박물관이 소재한 시의 시장으로서 혼자서 열심히 관찰하고 싶어 2시간을 살펴보고 갔다는 것이다. 동일본여객철도 세이노 사토시(清野智) 회장은 철도박물관 건립 예산 1천억 엔 중 25억 엔은 시에서 투자해주었다고 소개했다. 역시 철도나 박물관 운영에 지자체의 협조가 중요하다는 사실을 새삼 느낄 수 있었다. JR 오미야차량센터 마쓰다 아키라(松田明) 소장은 보존용으로 증기기관차 6량을 운행이 가능하도록 복원했다며 자랑을 늘어놓았다.

2015년 2차 회의는 독일철도박물관에서 개최할 것을 결의하고 주요 공동 테마로 ① 차량의 전시 방법 ② 자원봉사자의 활용 ③ 관람객 확충방안 ④ 철도박물관의 미래 ⑤ 재정문제 해결방안 ⑥ 미래철도 발전방안 ⑦ 홍보에 소셜미디어 활용 등 7개 과제를 선정했다.

일본 귀빈실 설명판

8일 닛코(日光) 관광 때 방문한 시골의 작은 닛코역에는 1899년 다이쇼(大正) 천황이 황태자 시절 휴양 차 왔다가 역에 들러 앉았던 의자 등 집기와 함께 '귀빈실'이라는 이름을 붙여 역사적인 유물로 보존하고 있는 것이 좋아 보였다.

이번 행사를 일본의 철도회사는 물론 정부까지 협력하여 지원하는 모습을 지켜보면서 한국철도박물관이 세계 속의 철도박물관으로 거듭나려면 범국가적인 관심과 지원이 절실히 필요하다는 생각이었으며, 이를 위한 구체적인 추진방안은 풀기 어려운 과제로 남겨졌다.

33 50년 만에 찾아본 나의 첫 근무지 수인선 어천역

옛 어천역

1963년 8월 17일은 필자가 철도에 처음 입문한 날이고, 첫 근무를 시작한 곳이 바로 수인선 어천역(漁川驛)이었다. 협궤선에 관한 지식이 없었기에 부임하던 길에 타고 가던 버스 옆을 지나는 조그만 화물열차를 보고 근처에 광산이 있나 보다고 생각했다가 정작 어천역에 도착해 있던 협궤열차를 보고 너무 놀라고 신기해했던 50년 전 일이 생생하게 떠오른다.

수인선은 이미 폐선되었지만 어천역은 아직도 남아 있다는 철도 마니아들의 이야기를 듣고 찾아보았다.

필자는 1937년 건축된 역에서 근무했고, 지금 남아 있는 역사는 1975년 새로 건축한 역사다. 옛날 역사와 구조나 위치가 같고, 역 광장 향나무가 옛날 그 위치에 그대로 남아 있어 조금도 낯설지 않았다.

철길 건너 보이던 매송면사무소도 그대로 보였고, 근무하던 중 신설된 별정우체국은 옛 모습 그대로 운영되고 있었으며, 휴무일 낚

시를 즐겼던 어천저수지 위를 KTX가 달리고 있어 세상이 많이 변했음이 새삼 느껴졌다.

어천저수지 위를 달리는 KTX

필자가 근무했던 50년 전의 어천역 사무실에는 전기가 들어왔지만, 신호기에는 전기가설이 되어 있지 않아 저녁마다 깨끗이 정비하고 기름을 채운 석유램프를 들고 사다리를 타고 올라가 장착하고 불을 켰다. 물론 아침이면 램프를 꺼내 저녁을 위한 준비를 해야 했다.

석유등을 장착하는 장내 신호기

전철기(선로전환기)는 '스프링-포인트(발조전철기)'라 열차 통과 시 차륜이 선로전환기 첨단을 가르고 나가면 자동으로 복귀되어 일반적인 역처럼 열차가 통과할 때마다 직원이 출장하는 불편은 없었다.[23] 역 근무 인원은 역장님과 역무원 3명, 그리고 구내에 건널목이 있어 건널목 안내원 1명을 포함하여 전 직원 5명에 급사 1명[24]이 있었다.

특수일근체제의 근무 형태로 주 1회 휴일이 주어졌고, 역장님 휴일에는 다른 역의 조역(오늘날의 부역

---

23 단선역의 경우 열차는 선로전환기 21호로 진입하여 51호로 진출, 또는 51호로 진입하여 21호로 진출하며, 선로전환기 정위로 진입하여 반위로 진출하고, 선로전환기는 항상 정위를 유지해야 하므로 열차 진출입 때마다 21호 또는 51호, 교행 시는 두 곳 모두에 출장하여 선로전환기를 전환해야 했다.

24 당시 거의 모든 역에 급사가 있었으며, 급사의 급여는 직원들이 급여에서 공동 부담했던 것으로 기억되는데, 액수는 기억나지 않는다.

장)이 출장 와서 근무해주었다.[25]

당시 매일 여객일지와 화물일지 및 수소화물일지를 작성했는데, 모든 일지가 보고용지와 얇은 습자지로 된 보존용지여서 그 사이에 먹지를 삽입하고 골필로 쓸 때마다 위 습자지가 자주 찢어졌다. 이를 방지하기 위해 담뱃갑 겉 포장지인 셀로판지를 위에 덮고 썼는데, 담배를 피우지 않는 사람은 버리는 담뱃갑을 열심히 모으는 습관이 생기기도 했다.

뒤늦게 '볼펜'이라는 희한한 필기도구가 나와 골필을 대신하여 얼마나 편리했는지 모른다. 볼펜은 쇠구슬이 구르는 방식이어서 골필처럼 종이가 찢어지는 경우가 별로 발생하지 않았으며, 셀로판지(담뱃갑 겉 포장지)가 없어도 일지를 쓸 수 있었다.

당시 필자는 5급을류(지금의 9급) 공무원으로 월 급여는 4천 원에서 5천 원 사이였다. 적은 월급에 어쩌다 한 번씩 특별보너스로 밀가루 한 포씩이 배급되기도 했으며, 밀가루를 배급받는 날은 모두가 행복했던 것으로 기억된다.

그러면서도 역에 근무하는 아저씨들은 동네 사람들로부터 특별대우를 받았다. 모든 잔치에 꼬박꼬박 초대되었고, 농사철에는 주변에 논과 밭이 많이 있어 점심이나 새참이 오면 역 직원들을 꼭 불러서 같이 먹었는데, 아예 집에서 음식을 내올 때 역 직원 몫을 함께 차려오는 듯했다.

하긴 총각직원들이 초임발령을 받은 지역의 여인과 결혼하게 되어 많은 철도직원의 처가가 같은 마을 또는 인근 마을에 집중되어

---

25 당시 수인선의 경우 조역은 주요 역에만 배치되어 다른 역의 역장 휴무일에 출장하여 대무하도록 설정되어 주중 1일만 소속 역에서 근무하고 항상 타역 출장 근무를 했다.

있는 재미있는 지방도 있다.

주간에만 근무했지만, 김장철을 앞둔 초가을에는 어김없이 야간 근무를 했다. 인근 남동·소래역에서 생산되는 소금을 전국 각지로 수송했기 때문이다.

역 구내 소금화차

협궤선의 하중 15톤의 조그만 화차로 수원역까지 수송하여 수원역에서 일반화차에 환적하게 되며, 당시 전국 소금 소비량의 70% 정도를 소래지구에서 생산했다니 그럴 수밖에 없었다.

경인일보에 소개된 협궤열차 내부 모습

차내 통로는 언제나 농산물 또는 수산물 바구니가 차지하기 마련이었다. 마주 보게 설비된 긴 의자 양편에 앉은 사람이 앞으로 나와 손을 뻗으면 닿을 정도로 좁은 차내였다. 차내를 순회하는 차장의 허리춤에는 항상 수갑이 덜렁거렸다. 당시 차장에게는 사법경찰권이 주어졌고, 법 집행을 위해 수갑이 지급되었다.

1963년 9월 철도청이 발족되면서 적자 운행의 협궤선 대책이 논의되기 시작했으며, 1972년 3월 말 수여선이 먼저 폐선되었다. 1995년 12월 말 수인선도 폐지되었지만, 2012년 6월 안산선의 오이도역부터 송도역까지 옛 수인선 일부가 복선 전철로 개통되었다. 2015년에는 송도-수원 간이 개통되어 옛 어천역은 다시 소생된다고 한다. 그때 다시 찾을 것을 다짐하며 소래철교를 찾아보았다.

많은 사람이 재미있어하며 소래철교를 걷는 모습과 위쪽 옆으로 새로 건설된 신(新) 소래철교 위를 전동차가 달리는 모습이 대조적이어서 더욱더 재미있어 보인다.

옛 소래철교와 전동차가 운행 중인 신 소래철교

34 광주(光州) 철도 100년을 돌아보며

2013년 10월 1일은 광주 송정역(구 송정리역) 영업개시 100년을 맞는 날이었으며, 제22회 광산구민의 날이기도 하여 이날 오후 4시 40분부터 광산문예회관에서는 강운태 시장님과 국회의원, 주민 등 700여 명이 참석한 기념식에 이어 각종 공연 등 푸짐한 잔치가 펼쳐졌다고 한다.

광주철도 100주년 기념식장

광주송정역 광장 릴레이 콘서트 개최

그뿐 아니라 광주송정역 광장에서는 5월부터 10월까지 광주철도 100주년 기념 릴레이 콘서트가 진행되기도 했다.

당시 대전-정읍 간 및 나주-목포 간 호남선 부설 공사가 이미 개통된 상태였으며, 미개통 구간인 정읍-나주 간 중 송정리-나주 간 14km가 1913년 10월 1일 개통됨에 따라 광주광역시에 철도가 처음 개통된 그날부터 100년째 날을 맞았다.

정읍-송정리 간 57.1km가 1914년 1월 11일 개통되어 호남선

전 구간이 개통되었으며, 목포시와 방송사 등의 자료 협조 요구와 인터뷰 요청 등으로 보아 2014년 호남선 개통 100주년 행사 준비가 한창임을 알 수 있게 한다.

1일 개통식을 거행하는 호남선 중 송정리역 전경(1913.10.1)

1913년 9월 18일자 「매일신보」에 의하면 송정리역 개통 축하회를 위해 광주시와 철도국에서 비용을 준비 중이라 했으며, 개통일인 10월 1일자 「매일신보」에는 송정리역 전경 사진이 신문 중앙에 커다랗게 게재되어 있어 당시 송정리역이 차지하는 비중이 작지 않음을 짐작게 한다.

1927년 3월 12일자 「매일신보」에 의하면 도의회는 "송정리역은 대전-목포 간 중요한 역으로 전년도 통계를 인용하여 총 이용 인원 423,828명, 화물 45,000톤을 수송하는 역으로 송정리역 개축 건의안을 제출하였음"을 보도했으며, 1928년 10월 10일자 동 신문에 의하면 "송정리역 개축은 20,000여 원을 투입하여 공사 중임으로 늦어도 이달 하순에는 준공될 것"이라 하여 도의회 건의안이 받아들여져 개축공사를 진행하고 있음을 알 수 있다.

역사(驛舍)의 개축 준공에 대한 역사적 기록은 찾을 수 없지만, 남아 있는 설계 도면에 의하면 건평 442m^{2}의 목조건물 역사와 여러 동의 관사 및 공동 목욕탕 등 부대 건물 10여 동이 함께 있고, 역사에는 교환실[26]이 포함되어 있으며, 승무원합숙소[27] 등이 있어 중요한 거점역임을 증명하고 있다.

1917년 발간된 광주역사 기록에 의하면 "송정리는 철도에 의하여 탄생한 도시로 철도에 의하여 발전하는 추세가 동서고금에 그 유래를 찾아볼 수 없을 정도로 신속히 이루어지고 있다"라고 표현하고 있다.

그러나 시내 중심지와 12km나 떨어져 있어 1922년 7월 광주역이 영업을 개시하기 전까지 광주시민이 호남선을 이용하기에는 불편했다.

최근 광주시가지가 확장되어 2009년 4월 1일 송정리역은 광주송정역으로 변경되었지만, 바로 앞 지하철역 명칭이 송정리역이어서 외지에서 온 여행객이 착각하기도 한다.

광주송정역의 변천

필자에게 인터뷰를 요청했던 기자는 광주와 호남선의 효율적인 발전을 위해서는 광주역 역할을 광주송정역으로 대체할 필요가 있다는 의견을 제시했다.

어쩌면 도시철도 노선 경유지에서 광주역을 제외한 결정도 같은 맥락이었다는 생각이 든다.

---

26 1980년대 자동교환기가 설치되기 전까지는 10여 개 역마다 주요 역에 교환실이 있어 전화교환원이 일일이 상대와 접속시켜줌으로써 통화를 할 수 있는 시스템이었다.

27 오늘날의 승무원 숙사를 말하며, 기관차 및 열차의 승무원이 승무 출장지에서 숙박 및 휴식을 위해 필요한 곳에 설치한 숙사를 말한다.

광주송정역은 호남 고속철도선 개통에 맞추어 2015년 2월 17일 신축 선상 역사로 이전했다.

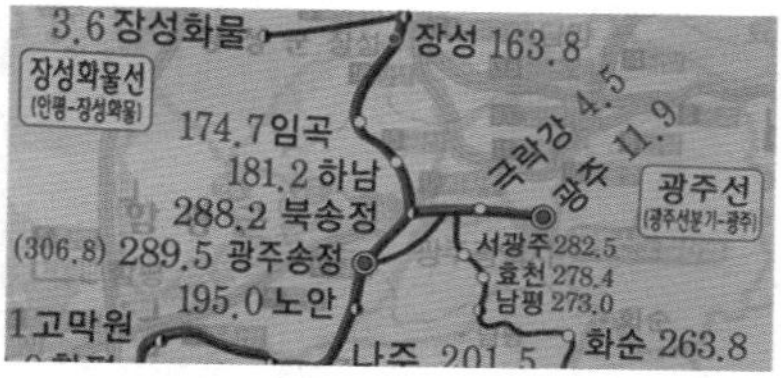

광주역은 고속열차 외 일반열차만 취급한다.

다만 광주역 역세권 주민의 동의를 끌어내기는 쉽지 않은 발상이라 생각되지만, 신축 중인 광주송정역사가 완공되고 대규모 복합 환승센터가 완공된 후에는 많은 변화가 예상된다.

근래 많은 지방자치단체와 주민이 역 위치와 역명 및 역 운영에 대해 관심이 커지고 있다는 판단에 필자는 엉뚱한 발상을 해본다.

지금까지는 철도기관이 철도를 건설하고 역 운영을 담당해왔지만, 앞으로는 역 건설[28]이나 운영에 지방자치단체가 함께 참여한다면 좀 더 지역 실정에 적합한 역사 건설과 함께 단순한 역 기능에 주민자치센터 업무 등을 동시에 수행하는 복합 행정센터 역할과 주민 참여에 의한 역 운영의 활성화에도 도움이 되지 않을까 하는 생각이다.

28 분당선 서현역, 안산선 수리산역 등 역 건설비를 지방자치단체에서 분담한 사례가 있다.

35 기찻길

기차가 달리기 위한 길을 기찻길이라고 하지만, 사람들의 정서는 기찻길을 단순히 기차가 달리기 위한 길로만 한정하지는 않는다. 사람에 따라 추억과 그리움, 미움과 아쉬움, 그리고 기다림과 꿈이 담기기도 한다.

기찻길의 시작은 처음부터 기차가 달리도록 만든 길은 아니었다. 처음에는 나무로 만든 마찻길이었고, 이어서 쇠[鐵]로 만든 마찻길로 개선되어 기찻길로 발전했다는 것이 상식처럼 되어 있다. 이러한 철길의 진보는 광산에서 이루어졌다.

광차

광산에서 사용되는 광차(鑛車: 광석, 자재 등 운반 소형화차 일명 토로코)에 광석이나 자재를 싣고 레일 위로 밀고 다녔지만, 레일이 자주 깨져 사고를 유발하곤 했다.

그 원인은 레일에 사용한 철의 문제였다. 당시 사용한 주철(鑄鐵)은 탄소 함유량(1.7% 이상)이 많아 잘 부서지는 특성을 가졌기 때문이다.

리처드 트레시빅(Richard Trevithick)이 1804년 최초로 증기기관차를 발명했지만, 실패한 이유도 바로 주철로 만든 기찻길이 깨졌기 때문이다. 당시 세계 최초의 증기기관차 페니다렌(Penydaren)호의 시험운전은 신문에서도 열광적으로 다루어졌지만, 주철로 만든 기찻길은 기관차의 중량이 5톤을 넘으면 파손되어 실용적인 가치가 없었다.

그 후 1808년 트레시빅은 시속 5km/h의 페니다렌보다 훨씬 개량된 시속 19km/h로 달릴 수 있는 'Catch me who can(누가 나를 따라잡으랴)'이라는 재미있는 이름을 붙인 증기기관차를 다시 만들어 성공적으로 달렸지만, 여기서도 기찻길에 문제가 발생했다.

'Catch me who can' 시운전 모습

당시 비가 많이 내려 노반이 약해지면서 기찻길이 무너져 버린 것이다. 주철로 만든 레일이 자주 깨지는 문제는 탄소 함유량을 0.3% 이하로 낮춘 연철(鍊鐵)을 사용하고 1820년대부터는 압연기를 사용하여 레일을 만들면서 해결되었다.

기찻길의 또 다른 문제는 궤간이다. 세계 표준궤간이 1,435mm로 정해져 있지만, 나라마다 형편에 따라 다양한 궤간이 사용되며 같은 국가 내에서도 궤간이 통일되지 않은 경우가 있다.

호주 시드니-퍼스 간 기찻길인 '인도태평양철도'도 애초에는 궤간이 1,435mm 2개 구간, 1,600mm 1개 구간, 1,067mm 3개 구간이 있어 다섯 차례나 궤간이 변경되어 직통노선은 아니었다.

인도태평양철도

그래도 다행스러운 것은 1886년 스위스의 베른국제회의에서 철도표준궤간을 정했다는 사실이다.

호주 당국은 이 문제를 해결하는 방법으로 전 구간을 표준궤간으로 통일해야 한다는 계획을 수립하고 1960년대부터 공사를 시작하여 1970년대에 전 구간을 표준궤간으로 통일함으로써 479km의 세계 최장 직선 기찻길이라는 명물을 탄생시켰다.

소래역 소금 적재 모습(안산어촌박물관)

물론 궤간이 다른 기찻길로 인한 불편은 우리나라에서도 종종 발생한 일이다. 1995년 말 수인선이 폐지되면서 이러한 문제는 사라졌지만, 궤간 762mm의 협궤철도 수인선이 운행되던 당시 수인선의 각 역과 표준궤간이 적용된 각 역 간에 운송되는 화차는 수원역에서 일단 화물을 내려 도착역으로 운행이 가능한 궤간의 화차에 다시 적재해야 했다. 특히 공로 운송이 발달하지 않았던 시절에는 전국 소금 소비량의 대부분을 생산했던 소래에는 협궤철도 수인선이 운행되고 있어 소래역에서 출발한 소금 적재 화차는 수원역까지만 운행이 가능하여(1972년 말까지는 수원-여주 간 수여선 운행) 수원역에서 일단 화물을 내렸다가 표준궤간 화차에 다시 적재하는 불편을 겪어야 했다.

지금 우리에게 가장 큰 궤간 문제는 남북철도 연결 후 시베리아 횡단철도에 진입할 경우 러시아의 기찻길은 1,524mm로 한국이나 중국의 표준궤간 1,435mm와 호환이 안 되는 문제다. 그렇다고 어느 한쪽을 다른 한쪽과 같은 궤간으로 통일하기란 불가능하다.

물론 지금은 대차(臺車)를 교환하는 방식 등으로 문제를 해결할 수 있다지만 쉬운 일은 아니다. 두 가닥의 기찻길 안에 또 한 가닥의 기찻길을 깔아 해결할 수도 있겠지만, 역시 쉬운 일은 아니다.

'과학문명의 발달로 지금은 미처 생각하지 못하는 획기적인 방안이 마련될 수 있지 않을까?' 하는 기대도 품어본다.

예전에는 외침(外侵)이 두려워 길 닦는 것을 경계했다지만 지금은 서로 통할 수 있는 길이 있어야 교역도 하고, 정(情)도 주고받을 수 있는 세상이다.

자동찻길은 동서남북으로 계속 신설·확장되고 있지만, 자동차에서 배출되는 공해로 인해 지구가 병들어가고 있다. 지구를 살리고 인류의 건강을 위하는 길은 이제 기찻길이다.

수년 전 필자는 러시아와 중국 국경도시에 위치한 그라제꼬보역을 방문한 적이 있다. 이곳에서는 광궤인 러시아 철길과 표준궤인 중국 철길이 나란히 있어 양측 각자의 선로에 화차를 세우

러시아-중국 국경도시 그라제꼬보역 구내

고, 상대의 화차에 적재된 화물을 서로 교환 적재하는 방법으로 궤간 불일치 문제를 해결한다고 한다. 방문 당시 무장 경비병이 통제하고 있어 사진촬영을 제한하여 무척 아쉬웠다.

2중 레일 설치

바퀴 폭을 넓히고 좁히는 가변대차

차량과 대차(바퀴 부분)를 분리하여 궤간에 맞는 대차로 교체

36 철도역사 연구에 도움을 준 미국인 친구 이야기

앞에서 소개한 미국인 철도 마니아 팀의 글을 먼저 소개한다.

Military railroading and Korea have been part of my life since my first year in the Army. When I arrived at Fort Eustis, Virginia, in early 1975 as a new soldier in railway training, the newest railway equipment had been purchased during the Korean War, and this was true for the next 15 years. After training ended I went to Germany and spent the rest of my three-year enlistment there.

나의 첫 군 복무 시절부터 군용철도와 한국은 내 인생의 한 부분이 되었다. 1975년 초 철도훈련과정의 초년병으로 버지니아주 포트유스티스[29]에 도착했을 때 한국전쟁 중 구매한 철도시설이 최신 장비였고, 추가 구매가 없어 이후 15년 동안 그 장비가 계속 사용되었다. 훈련을 마친 후 독일로 가서 나머지 3년의 병무생활을 거기에서 보냈다.

29 1950년 설립된 포트유스티스는 철도 전문병사를 양성하기 위해 50㎞의 철도와 점검설비, 세척설비 등 부대설비와 각종 차량을 갖추고 철도 부설부터 운전, 정비 등을 교육하는 야전수송학교 역할을 한다.

Later I became an Army Reserve paratrooper and then an Air Force officer. I went back to Germany for a second time and October 1987 I went to Taiwan to make a parachute jump with the Nationalist Chinese paratroopers. On my way back to Germany I visited Korea for a few days and went to Imjingang, where I saw a Japanese-made steam locomotive on display along the route of the railway line had once gone further north into North Korea. I became interested in Korean railway history but at that time didn't know of any source for such information.
이후 나는 낙하산부대 공군 장교가 되어 두 번째 독일로 가서 1987년 10월 중국 낙하산부대와 함께 낙하 훈련을 하기 위해 대만으로 갔다. 독일로 가는 길에 며칠간 한국을 방문했을 때 임진강에서 일제강점기에 제작된 증기기관차가 북한 쪽으로 더 이상 갈 수 없는 철길에 전시되어 있는 것을 보았다. 그때 나는 한국철도 역사에 관심을 갖게 되었지만, 당시에는 한국철도 역사와 관련한 아무 자료도 알아낼 수 없었다.

When I returned to Germany a new person in my unit was Yi Sohee, who had just finished two years at an air base in the United Kingdom. She had been born and raised in Seoul and had come to the USA as an adult. We soon became friends and, when I returned to the USA a year later, we stayed in contact.

독일로 돌아왔을 때 부대에서 이소희라는 여성을 만났는데, 그녀는 영국 공군기지에서 2년간 복무를 마치고 왔다. 그녀는 서울에서 태어났고, 성인이 되어 미국으로 건너갔다. 우리는 곧 친구가 되었으며, 1년 후 나는 미국으로 돌아왔지만 우리는 계속 연락을 주고받았다.

I left the Air Force at the end of 1992 and in 1994 joined an Army Reserve railway unit. Under a different designation (729th Transportation Railway Operating Battalion) and structure, the unit had been mobilized during the Korean War and served as a training unit for railway soldiers going to Korea, which again sparked my interest in Korean railroads.
1992년 말, 나는 미 공군을 떠났다. 그리고 1994년 군용철도부대인 제729철도수송대대에 들어갔다. 이 부대는 한국전쟁 중 군용철도 기관사를 위한 훈련기관으로 참전했던 부대였으며, 이것은 한국철도에 대한 나의 관심을 다시 한번 더 불러일으킨 계기가 되었다.

Sohee and I got married in 1998 and in October 1999 she was sent to Osan Air Base, Korea, for a year. Before I came over to visit her for several weeks during the middle of her tour, she saw an advertisement for the Korean Railroad Museum in Uiwang and thought I would like to see it.
1998년 소희와 나는 결혼을 했고, 1999년 10월 그녀는 한국의 오산공군기지에서 1년간 근무했다. 내가 한국으로 가서 그녀를 방문하기 전, 그녀는 의왕시에 소재한 한국철도박물관 광고를 보았고, 아마도 내가 그 광고를 보고 싶어 할 것이라 생각했다.

필자의 추가요청으로 받은 결혼사진

I enjoyed our visit to the museum very much and I was happy to see some pictures of US Army military railway equipment on display. We returned to the museum during each of our subsequent trips to Korea in 2002, 2005, 2009, 2011, 2013, and 2015, and during one of those visits we met Director Son Gil-sin.

사실 나는 그 박물관에 방문하는 것을 무척이나 좋아했고, 그곳에 미군 철도시설이 전시된 것을 보고 무척 행복했다. 우리는 2002년, 2005년, 2009년, 2011년, 2013년, 2015년 한국으로 여행 갈 때마다 그 박물관에 방문했고, 그곳에서 우리는 손길신 관장을 만났다.

He asked for assistance in researching some aspects of Korean railroad history and I was happy to oblige. Since I

live outside of Washington, DC, fortunately I am in a position to be of great help because I have access to the US Army Center of Military History, the Library of Congress, and the National Archives in nearby suburban Maryland.
그는 한국철도 역사를 연구하는 데 도움을 요청했고, 나는 기꺼이 도울 수 있었다. 다행스럽게도 나는 워싱턴 D.C. 근처에 거주하는 동안 국회도서관에 위치한 미군중앙역사센터와 메릴랜드 근교 외곽에 위치한 국립보존기록관에 출입할 수 있었다.

I also have friends who share my interest in military railro- ad history and who have pr- ovided invaluable information, such as a roster of all 41 of the US Army's EMD SW8 loc- omotives and their disposit- ions after the war.

낙동강철교 복구 후 제712부대 시운전 열차(1952년 4월 30일 이승만 대통령 동승)

Additionally, I became an associate member of the 712th Transportation Railway Operating Battalion Association, a group of veterans of a railway unit that had served in Korea, and this allowed me to tap into their knowledge and recollections of operating railways during the war.

또한 나는 군용철도 역사에 대한 관심을 공유할 수 있는 친구들이 있었고, 그들로부터 매우 귀중한 정보들, 즉 미군 EMD SW8 증기기관차의 기관사 41명의 명단과 전후 배치에 대한 정보를 얻을 수 있었다. 또한 한국전쟁에 참전한 제712철도수송부대 재향군인그룹으로 구성된 수송철도부대협회를 조직했는데, 이를 통해 나는 한국전쟁 중 운영된 철도 관련 기억과 지식에도 접근할 수 있었다.

During our visit to Seoul in 2017 I was able to bring to Director Son numerous rare color pictures of military locomotives and railway cars taken shortly after the end of the war by an unknown Army photographer. I was able to find them at a train show earlier this year, and I look forward to locating even more pictures and documents to help Director Son enhance his collection of historical information on the Korea Railroad and perhaps find answers to historical questions that have yet to be answered.
Sincerely, Tim Moriarty
2017년에도 서울을 방문하여 지금은 은퇴한 손 박물관장을 만나 군용증기기관차의 컬러사진과 무명작가가 한국전쟁 종전 당시 촬영한 철도차(railway cars) 사진을 전달할 수 있었다. 그 사진들은 올초 기차전시회에서 구했으며, 이 사진들을 통해 손 박물관장이 한국철도 역사에 관한 역사적 정보와 자료를 모으는 데 도움을 줄 수 있을 것으로 기대하며, 나아가 아직까지 답변하지 못한 역사적인 질문에 대한 대답을 찾는 데 도움을 주었기를 기대해본다.

안녕, 팀 모리아티

부인(이소희 여사)이 한국인이어서 의사소통이 원활했다(2013).

팀이 전해준 몇 가지 사진자료를 소개한다.

연합군의 1950년 11월 서울역 진입 작전과 진입 후 지붕이 날아간 승강장에서 휴식을 취하는 미 해병대

전쟁 중 폐허가 된 수여선 화성역 구내와 휴전 후 통학생들이 매달린 대용객차로 편성된 열차 모습

1951년 한국 최초로 반입된 SW-8형 디젤전기기관차 양륙 장면과 휴전 후 반출된 후 다른 전쟁터로 이전했다가 사용 완료 후 전시장으로 수송되는 모습

그리고 매년 여름 한국외국어대학교 특강 차 방문하던 미국 휘트워스대학의 노먼 소프 교수는 1900년 이전 주한 미국 알렌 공사의 본국 보고서 등 많은 자료를 지원해주면서 2009년 한국박물관 100주년, 한국철도 110주년 기념 특별기획전에 사진자료를 지원해주었는데, 당시 보내준 축하의 글을 소개한다.

Congratulatory Remarks

I sincerely congratulate Director Sohn Gilshin of the Korea Railroad Museum on the occasion of the museum's special exhibition, which commemorates the 100th anniversary of museums in Korea, and 110 years since the establishment of the Korean railroad.

As one who enjoys researching historic materials relating to the development of modern Korea, when I have come to Korea to give seasonal lectures at Hankuk University of Foreign Studies, I have enjoyed helping Director Sohn, who has worked hard to discover new materials that confirm details about the opening of railroads in Korea.

In particular, since the railroad was begun by an American, I have spent quite a few hours looking at historic documents and materials in the United States to find new information about the beginning of the railroad.

I was fortunate to find a little new information, and I can still remember how, when I showed something to Director Sohn, he excitedly exclaimed, "We didn't know that existed!" There's a certain joy and rewarding feeling when a researcher discovers something that someone else can appreciate.

I expect that the materials that Director Sohn has been collecting and is displaying in this exhibition will stimulate people to have more interest in the railroad's history both early and recent and I think it is a worthwhile effort to uncover accurate historical details of the Korean railroad.

I am honored to share my wishes for a successful exhibition and the future success of the Korea Railroad Museum.

Norman Thorpe, Adjunct Faculty
Departments of Politics and History
Whitworth University
Spokane, Washington State, USA

축하의 글

한국박물관 100주년과 한국철도 창설 110주년 기념으로 한국철도박물관 손길신 관장의 전시회를 진심으로 축하합니다. 나는 현대 한국의 발달과 관련 있는 역사자료 연구를 즐기는 사람으로, 한국외국어대학 계절학기 강의를 위해 한국을 방문하면 한국철도의 초창기 자료 발굴을 위해 아주 열심히 노력하고 있는 손 관장 돕는 것을 즐깁니다.

특히 미국인에 의해 철도가 시작되었으므로 나는 초창기 철도와 관련된 새로운 정보를 찾기 위해 미국 정부의 역사적인 문서들과 관련자료를 찾아보는 데 꽤 많은 시간을 보냈습니다.

나는 운 좋게도 약간의 새로운 정보를 찾아낼 수 있었고, 이것들을 손 관장에게 보여주었을 때 "이런 일이 있었구나!" 하며 흥분하고 기뻐하며 외치던 모습을 기억합니다. 그리고 이러한 나의 연구를 다른 사람에게서 인정받은 사실을 발견하고 기쁨과 보람을 느낍니다.

손 관장이 열심히 수집한 자료의 전시가 많은 사람에게 철도 역사에 대한 관심과 흥미를 가질 수 있도록 자극하기를 기대하며, 한국철도의 역사적인 사실을 재발견할 수 있는 기회가 되기를 희망합니다.

한국철도박물관의 성공적인 전시와 성공적인 미래를 기원합니다.

미국 워싱턴주 스포캔시 휘트워스대학 정치·역사학 교수
노먼 소프

노먼 교수가 어렵게 구입해준 뉴욕 발행 주간지 「하퍼스 위클리」 1898년 1월 29일자에 게재된 경인철도 부설 관련 기사 내용을 전시용으로 확대 제작한 패널 앞에서 함께 촬영한 기념사진

노먼 교수가 수집에 도움을 준 몇 장의 사진을 소개한다.

미국 뉴욕에서 발행된 주간지 「하퍼스 위클리」 1898년 1월 29일자에 경인철도 부설 관련 상세한 기사 게재

초헌(軺軒 : 조선시대 종2품 이상 벼슬아치의 수레)

경성역(1905년 서대문역) 구내

한국전쟁 중 원산역 구내 폭격 장면(1953)

1950년 10월 19일 한강철교 기복구 개통

1901년 8월 20일 경부선 북부(영등포) 기공식장

37 25년 만에 다시 개업한 수인선 어천역의 57년 전 이야기

어천역 근무 시 필자(1963.10)

2020년 9월 12일 옛 수인선이 개통된다는 뉴스를 보고 57년 전 (1963년 8월 17일) 역무원으로 근무했던 어천역을 찾았다. 그리고 생각나는 옛 이야기를 정리해본다.

1961년 5.16군사쿠데타 이후 공무원 공개채용시험제도가 생겨 필자는 1962년 두 번째 5급

객차 비교

기관차 비교
중량: 112t(좌)
중량: 42t(우)

선로 비교
궤간: 1,435mm
궤간: 762mm

속도 비교
특사5형 최고속도:
110km/h(위)
협궤기관차 최고속도:
39km/h(아래)

광궤선(표준궤간) 철도와 협궤선 철도의 비교

옛 협궤선 열차(위)와 현 전동열차(아래)

(지금의 9급) 공무원 임용고시를 거쳐 1963년 교통부로 배정되었다. 10일간의 신입부원교육을 마친 후 수인선 어천역 역무원으로 발령을 받고 수원에서 버스를 타고 어천역으로 향하던 중 멀리 조그마한 기차가 보여 근처에 광산이 있나 보다고 생각하고 어천역에 도착했는데, 좀전에 보았던 조그마한 열차가 정차하여 승객이 타고내리는 모습을 보고 깜짝 놀랐다. 한 번도 들어보지 못한 협궤선 꼬마열차를 처음 보았기 때문이다.

수인선은 경동철도회사가 수원-여주 간 광궤선(표준궤간 1,435mm) 부설 허가를 받은 후 자금 부족으로 협궤선으로 변경하여 부설한 뒤 1937년 수원-인천항 간 수인선도 협궤선으로 부설한 선로다. 선로 궤간이 광궤선의 절반 수준인 762mm의 좁은 선로와 기관차는 크기나 속도가 거의 1/3 수준이며, 객차는 광궤선 72석에 비해 거의 절반 수준인 38석 정원이었으며, 1995년 말 폐선된 철도노선이다.

옛 어천역(위)과 현재 어천역(아래)

수인선 어천역에서 시작한 철도 초임 시절, 매일 작성하여 보고

옛 신호기와 석유램프

하는 일보를 포함하여 거의 모든 장표가 얇은 습자지로 된 보존 편과 보고용 일반용지가 한 세트로 되어 있었다. 사이에 먹지를 끼우고 그 밑에는 다음 페이지에 영향이 없도록 책받침을 받친 후 골필로 작성하여 먹지로 복사된 보고 편을 떼어서 매일 열차 편을 이용하여 서울로 보고했다. 골필로 그냥 쓰면 얇은 보존 편이 자주 찢어져 그 위에 투명 셀로판지를 덮고 써야 했으며, 셀로판지는 당시 담뱃갑 겉 포장지에서 쉽게 얻을 수 있기에 일보 작성에 필요한 셀로판지를 얻기 위해 담배를 피우기 시작했다. 당시 급여는 월 4천 원 정도로 기억한다.

매표·개집표구의 예전(위)과 현재 모습(아래)

그 후 부친이 구해준 미제 볼펜(당시 국산 볼펜은 없었음)은 셀로판지가 없어도 얇은 종이가 찢어지지 않는 신기한 필기구였으며, 같이 근무하던 선배님들도 신기한 볼펜을 무척이나 부러워했던 기억이 지금도 생생하다. 당시 양쪽의 높은 신호기에는 전등이 설치되어 있지 않아 매일 해지기 전 불을 켠 석유램프를 들고 신호기 사다리를 타고 올라가 장착한다. 그리고 아침에 해가 뜨면 다시 올라가 석유램프를 가

옛 승강장(위)과 현재의 승강장(아래)

옛날(위)과 현재(아래)의 객차 내 모습

져와서 깨끗이 청소하고, 기름을 채우는 등 정비하여 역장님의 검사(심지에 불을 켠 후 힘껏 휘둘러서 불꽃이 흔들리지 않아야 함)를 받은 후 보관했다가 저녁에 다시 사용했다.

어천역 근무 중 잊을 수 없는 것은 주민분들과의 관계다. 언제나 한 가족처럼 친근하게 대해주었는데, 역 직원들은 마을의 모든 행사에 초대받았다. 농사철에는 가까운 들에서 일하다가 새참을 먹을 때마다 불러주셨는데, 열차 시간 때문에 갈 수 없을 때는 음식을 사무실까지 보내주시는 바람에 우리는 미안해서라도 시간이 나면 들에 나가 함께 새참을 먹기도 했다.

당시 어천역을 이용하는 승객은 수원이 가까워서 출퇴근하는 직장인과 통학생이 주를 이루었고, 시골 농산물을 수원에 내다 팔기 위해 나가는 부녀자들이 대부분이었다. 특수일근지로 1일 4왕복 8개 열차여서 아침 6시 첫차부터 시작하여 저녁 7시 40분이면 막차가 떠나 업무정리를 하면 9시 이전에는 숙직 담당자 1명을 제외하고 퇴근했다. 매일 18시에는 전일 18시 이후부터 당일 18시까지의 여객과 화물 수송량을 수원역 전신 취급자에게 구두로 보고하면 전신 취급자는 각 역 보고사항을 종합하여 전신기를 이용해 모스 부호로 본부에 보고하는 시스템이었다.

10월에는 전국 소금의 70% 정도를 생산하는 소래와 남동의 소금수송 열차가 밤새 운행되었다. 하중 20여 톤의 협궤선 소금 적재 화차는 수원역에서 하중 40~50톤의 광궤선 화차에 환적하여 전국 각지로 수송되었으며, 사진에서 보는 바와 같이 객차 내부는 양쪽에서 발을 뻗으면 서로 닿을 정도로 좁아서 농산물을 이고 진 사람들이 승차하면 통행이 불편할 정도였다.

좀 특이한 것은 열차 차장에게 사법권이 주어졌던 때여서 열차를 승무하는 차장의 옆구리에는 항상 수갑이 매달려 있어 마치 경찰관이 근무하는 모습 같았다.

어천역에 부임하여 7개월가량 근무했을 때 서울철도국장님이 모터카 편으로 현장 순시를 나와 이야기를 나누던 중 애로사항은 없냐는 질문에 역장님은 "그런 일은 없습니다"라고 답변하셨는데, 갑자기 내가 나서서 "저의 애로사항은 작은 역에서 배울 건 다 배웠으니 큰 곳으로 보내주십시오"라고 하여 모두를 당황케 했다. 나중에 역장님께 꾸중을 들었지만, 국장님이 웃으며 돌아가신 일주일 후 서울역으로 발령이 나서 어천역을 떠나게 되었다.

38 해저(海底)터널의 철도

최근 뉴스에 등장한 해저터널 이야기가 예전 철도박물관 근무 시절 한·일 해저터널 관련 상설 전시관 설치 협의차 방문했던 '한일터널 연구회' 사무국 차장 일행과 이야기를 나누었던 옛 기억을 떠올리게 하여, 기억에 남은 옛 이야기와 함께 바다 밑 터널을 달리는 철도와 관련된 이야기를 정리해본다. 우리나라에는 하저(河底), 즉 강 밑의 터널을 달리는 철도는 있지만 아직 바다 밑의 터널을 달리는 철도는 없다. 언젠가는 기차를 타고 바다 밑 터널을 지나 여행하는 날이 오지 않을까 하는 생각이 든다.

가장 먼저 바다 밑으로 열차가 달린 해저터널은 일본의 혼슈(本州)와 홋카이도(北海道) 사이의 쓰가루해협을 관통하여 아오모리현(青森県) 히가시쓰가루군(東津軽郡) 이마베쓰정(今別町)과 홋카이도 가미이소군(上磯郡) 시리우치정(知内町)을 잇는 세이칸(青函) 터널로 1961년 3월 23일 착공 후 27년 만인 1988년 3월 13일 터널 총길이 53.85km 중 해저구간 23.3km가 개통되었다. 개통 당시는 협궤선인 가이쿄선(海峡線) 2개 선로만 설치되었지만, 2005년 신칸센(新幹線)열차도 운행할 수 있는 1,435mm의 표준궤간 선로 추가공사를 시작하여 2016년 3월 26일 완공했다. 3개의 선로가 부설된 후 열차 교행 시 발생하는 풍압(風壓) 등의 문제로 고속열차 운행을 하지 못했으나 복선선로 사이 방풍벽 설치 등으로 2019년 3월부터 시속 160km로 증속되었다. 2020년 9월부터 일부 편성과 시간대에 따라 210km/h 운행을 시작했으며 2021년 이후 전 열차 고속운행을 계획하고 있다.

세이칸 터널의 신칸센

다음으로 대륙의 프랑스와 섬나라 영국 간 '유로터널'로 불리는 채널터널(Channel Tunnel)을 달리는 유로스타 열차가 있다. 이 터널은 1802년 프랑스의 엔지니어 알베르 파비에르(Albert Mathieu Favier)가 바다 밑으로 마차가 다니는 터널 건설을 제안한 후 영국 토목기술자 존 호크쇼(John Hawkshow)가 사우스 이스턴 철도회사(South Eastern Railway)와 로스차일드가(Rothschild Family)의 재정지원을 받아 1865~1866년 해저지질조사 결과 터널 굴착이 가능하다는 판단에 따라 1872년, 프랑스는 1875년에 터널회사를 설립하고 공사를 시작했으나 영국에서 안보상 이유로 반대운동이 일어나 1883년 공사가 중단되었다.

그로부터 80여 년이 지난 1966년 양국은 터널건설 원칙에 합의했고, 1984년 영국 대처(Margaret Hilda Thatcher) 총리와 프랑스 미테랑(Francois Maurice Adrien Marie Mitterrand) 대통령이 조약을 체결하여 1986년 5월 영국 체리

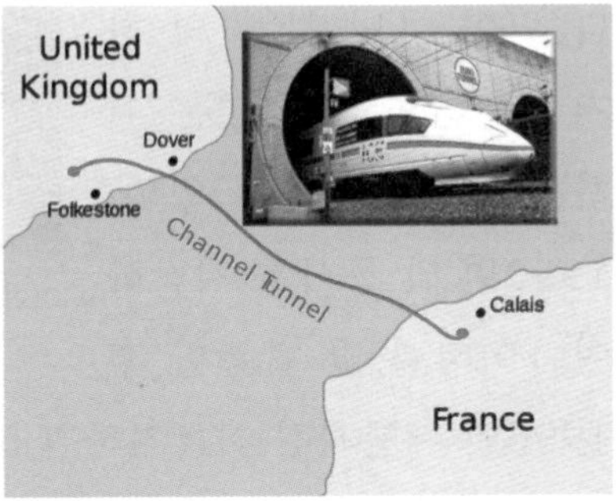

채널터널을 달리는 독일 ICE 열차와 영·불 해저터널 약도

튼(Cheriton)과 프랑스 칼레(Calais)에서 공사를 시작하여 1990년 10월 30일 관통에 성공했다. 1994년 5월 6일 개통된 채널터널은 총연장 50.45km 중 해저구간 37.9km로 세계에서 해저구간이 가장 긴 터널이며, 철도는 여객열차용과 화물차와 승용차를 실어 나르는 셔틀 열차용이다.

다음은 1994년 6월 착공하여 2000년 7월 1일 완공된 덴마크의 셀란(Sjaelland)섬과 퓐(Fyn)섬을 연결하는 그레이트 벨트 스토레 벨트 터널(Great Belt Storebaelt Tunnel)로 해저구간이 8km에 이른다. 또한 복선철도와 4차선 자동차도로 건설을 위해 2017년 착공된 덴마크 롤란(Lolland)섬과 독일 페마른(Fehmarn)섬을 잇는 19km의 해저터널은 2021년 개통 예정이었으나 건설비용 증가 등으로 2024년 완공될 예정이다.

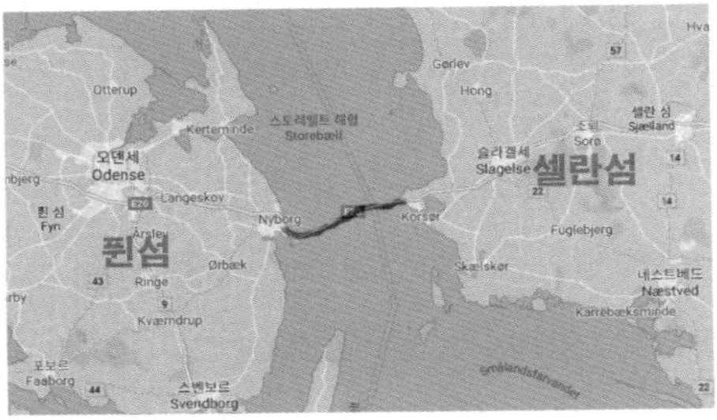

셀란섬과 핀섬 연결 교량 및 터널노선

현재 우리나라에는 바다 밑이 아닌 강 밑의 하저(河底)터널을 달리는 지하철도가 운행되고 있다. 1990년 말 공사를 시작하여 1994년 말 관통한 후 1996년 개통시킨 서울지하철 5호선 마포-여의도 간 1.288km의 한강 하저터널을 비롯하여 2000년 11월 굴착을 시작하여 2002년

여의도-마포 간 하저터널

2월 4일 관통시킨 부산지하철 2호선 민락-수영 간 2.32km의 수영강 하저터널, 2006년 5월부터 시작하여 2009년 8월 관통한 분당선 성수-청담 간 1.27km의 한강 하저터널이 있다. 또한 2019년 말 시작된 서울지하철 8호선 연장 구간인 별내선의 서울시 선사역과 구리시 토평역 간 1.279km의 한강 하저터널 공사는 2023년 9월 완공 예정으로 진행되고 있다.

필자의 오래전 기억에 남은 한·일 간 해저터널 이야기는 1982년 5월 일본에서 설립된 한일터널연구회 사무국 히라노 차장이 한국인 고문과 함께 한·일 간 해저터널 열차운행 전시관 개설을 협의하기 위해 2005년 철도박물관을 방문한 적이 있었다. 당시 정부기관이 아닌 민간단체가 주축이 되어 추진하는 이유를 일본 정부가 추진하면 한국인의 반일감정을 부추겨 성사될 수 없기 때문이라고 했으며, 전시관 설치 문제는 비용과 홍보효과 등을 이유로 더 이상 진행되지는 않았으나 "한·일 간 해저터널만으로는 경제성이 없고, 동북아 및 유라시아 공동체 형성과 평화와 복지 등에 대한 기여를 고려할 경우에만 타당성이 있다"라는 그들의 연구 자료를 보면서 '어쩌면 옛날 일본이 한국을 침략하며 내세웠던 이유도 이와 닮은 꼴이 아니었을까?' 하는 생각이 들기도 했다.

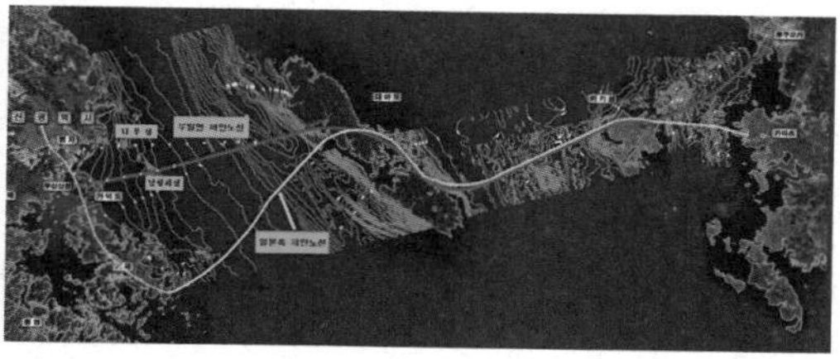
한일터널연구회 자료

그보다 목포-제주 간 해저터널 철도부설 의견에 해저철도를 연장하여 제주도 순환철도까지 함께 건설한다면 최상의 환상적인 여

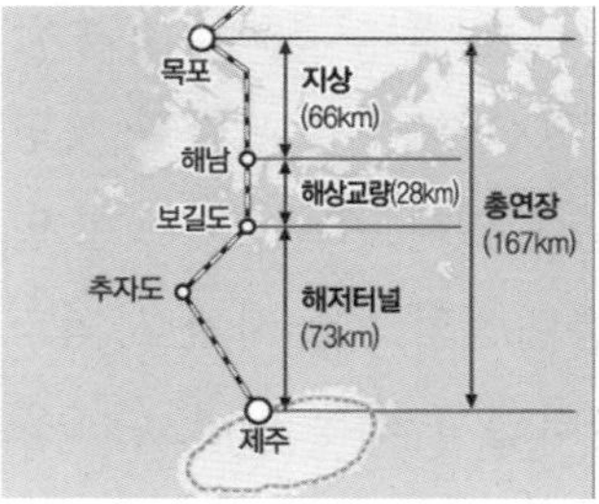

제주 해저터널 철도 가상도

6,927m의 보령해저터널 조감도

행코스가 될 것이며, 이를 통해 산업과 기술의 발전은 물론 일자리 창출에도 기여할 수 있으리라는 생각과 나아가 울릉도와 독도까지도 기차를 타고 여행할 때를 기대해보는 것이 나 혼자만의 꿈은 아닐 것이라는 생각이 든다.

우리는 철도부설은 안 되었지만 2011년 개통된 부산-거제 간 가덕해저터널과 터널 길이 7km로 세계에서 다섯 번째로 길다는 보령해저터널을 2019년 관통하여 2021년 개통을 앞둔 저력 있는 나라이기 때문이다.

39 철도사(鐵道史)에서 찾아본 억지춘양(春陽)

우리 속담에 '억지춘향'이라는 말과 '억지춘양'이라는 말이 있다. 전자 '억지춘향'은 고전소설 『춘향전』에 뿌리를 둔 속담으로 1920년대 신문에도 가끔 인용되었고, 1931년 발행된 월간지 「삼천리」 제3권 9호의 '춤 잘 추는 서도기생 소리 잘 하는 남도기생'에서도 "…사라저가는 키 적은 남도기생들의 추는 춤은 '억지춘향'같이…"라며 인용되고 있어 예부터 일상적으로 사용된 용어임을 알 수 있다.

후자 ' 억지춘양'은 1948년 8월 15일 대한민국 정부 수립 후 1949년 4월 8일 최초로 영주-철암 간 철도부설 공사가 시작된 후 6.25전쟁으로 중단되었다가 1953년 9월 28일 다시 시작하여 공사가 90% 이상 진전된 상황에서 춘양면 출신 3대 국회의원으로 당시 자유당 원내총무였던 ○○○ 의원이 법전-녹동 간 직선 연결 계획이던 철도를 춘양면 소재지로 돌아가게 하여 춘양역이 탄생하면서 '억지춘양'이라는 말이 탄생했다는 이야기가 전해지고 있어 그 사실 여부를 철도역사에서 찾아본 결과를 정리해본다.

영춘선과 영암선

먼저 경전선 춘양역의 역사를 살펴보면 1930년 12월 25일 남조선철도주식회사가 여수항-전남광주 간 경전선을 개통시키면서 전남 화순군 춘양면 화림리 이양-능주 사이에 설치된 춘양역(春陽驛)은 1944년 6월 15일 영업이 폐지되었다가 1953년 12월 25일 다시 영업이 시작된 후 1955년 7월 1일자로 석정리역(石亭里驛)으로 역명이 변경되었다. 그리고 영암선 춘양역은 조선철도주식회사가 1944년 10월 16일 영주-춘양 간 35.2km에 궤간 1,435mm의 철도부설을 허가받았으며(1944.11.01. 관보 5324호), 『조선철도사』에 소개된 1945년 8월 15일 현재 '조선철도일현표'에는 영춘선 영주-내성 간 14.3km가 개업선으로, '조선철도약도'에는 내성-춘양 간은 미개업선으로 기록되어 영춘선 공사가 진행 도중 중단된 사실을 확인할 수 있다.

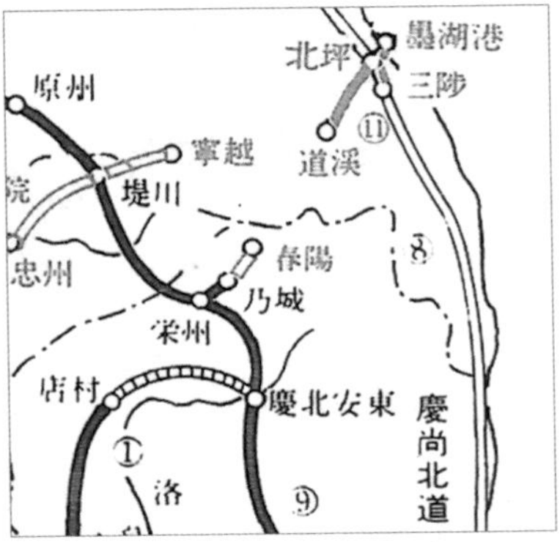

1945년 8월 15일 현재 영춘선

영암선 부설공사가 시작되기 전 1948년 12월 28일자 「동아일보」에 당시 교통부 총무과장 및 건설과장과 함께 사전에 현지를 답사한 김진섭 특파원의 보도기사 중 "영주역을 중심으로 내성을 거쳐 춘양까지는 불과 38.3km이며, 영주를 기점으로 철암까지 90km 구간에 광궤철도를 건설하는 것인데 응방산과 왕석산을 횡단하는 약 7km가 가장 어려워 약 3개년을 필요로 하지만 영주-내성 간은 일제 시부터 약 9할가량의 궤도부설까지 준공되었던 것이 1946년도 홍수로 약 4km가 유실되었고, 내성-춘양 간은 70%가량 공사가

1948.12.28. 동아일보

現地踏查

埋藏炭量數億噸

丹陽, 寧越等鐵道敷設時急

1948년 12월 28일자 「동아일보」

진척되어 있으나 아직 대도와 교량의 미착수 부분이 있을 뿐이다"라는 내용에서 춘양을 경유치 않고 법전-녹동 간으로 직결하려는 계획은 아예 존재하지 않았음이 확인된다.

1999년 철도청 발행 『한국철도100년사』에 의하면 6.25전쟁 후 미 극동사령부와 일본 매스컴들은 한국이 공사를 성공시키는 것은 현실적으로 불가능하다고 우려하는 중에 유엔식량농업기구(FAO)의 원조를 받아 1953년 9월 28일 공사를 재개하면서 총연장 86.4km를 25개 공구로 분할하여 25개 토건회사 공사 감독을 위해 영주, 봉성, 춘양, 임기, 분천, 승부, 동점 등 7개소에 공사 사무소를 설치하여 교량 55개소, 터널 33개소, 급수시설 2개소 등 공사에 교통부원 연 57,681명, 공병대 1개 대대 연 30,000명, 노무인력 연 4,722,610명이 투입되어 영주-내성 간 14.1km는 6.25전쟁 전인 1950년 2월 1일 이미 완공되었고, 내성-거촌 간 5.5km는 1954년 2월 1일, 거촌-봉성 간 5.5km가 개통되었고, 1954년 6월 30일 춘양역사가 준공되고, 1955년 2월 1일, 봉성-춘양 간 12.1km, 1955년 7월 1일, 춘양-철암 간 49.2km는 1955년 12월 30일 준공되어 영주-철암 간 86.4km 전 구간을 개통시켰다.

1954년 6월 30일 준공된 구 춘양역사

특히 교각 높이 20.7m의 춘양곡천교량, 해발 450m에 위치

1955년 7월 1일 봉성-춘양 간 개통식 모습

한 춘양-현동 간 임기1터널과 춘양터널 및 급커브에 암석 질이 조악한 봉성-춘양 간 풍정터널 공사 등은 특히 어려웠다. 정부에서 영암선 건설을 국가의 지상과제로 설정하고 공사기간의 최대한 단축을 요청하면서 육군 제210공병대와 철도운영대 및 철도수송대의 트럭과 중장비의 지원과 병력지원이 크게 도움이 되었다. 하지만 애석하게도 터널 낙반사고 등으로 24명의 고귀한 인명이 희생된 영암선 건설공사 과정에서 '억지춘양'이라 할 만한 사연은 전혀 찾아볼 수 없었다. 이용 면에서도 1992년 영암선 11개 역 중 시·종착역을 제외하면 1일 승강 인원이 가장 많은 507명의 주요 역으로 처음부터 설계된 역이어서 공사 도중에 억지로 추가 설치한 역은 아니었지만, 춘양역이라는 이름에서 그 사연을 찾아낼 수 있었다.

역은 같은 이름을 사용치 않는다. 1931년 개통된 경북선 '풍산역'은 1917년 개통된 함북선에 풍산역이 있어 '경북풍산역'으로, '안동역'은 중국철도에 '안동역'(1965년 단둥역으로 변경)이 있어 '경북안동역'으로 역명을 결정한 사례가 있다. 따라서 '춘양역(春陽驛)'은 이미 경전선에 있어 사용할 수 없었음에도 1955년 6월 28일 교통부고시 제416호로 "7월 1일부터 영암선 '춘양역' 영업을 개시한다"라는 발표를 한 바로 다음날인 6월 29일 교통부고시 제417호로 수십 년간

1955년 1월 16일 영암선 전 구간 개통식에 참석한 지원군부대원

춘양역으로 이용되던 "경전선 춘양역을 7월 1일부터 '석정리역'으로 개정한다"는 고시를 한 것에 대해 춘양역 이름을 억지로 변경하고, 또 억지로 사용하게 된 것을 탓하는 의미의 '억지춘양'이라 했을 당시의 속어가 많은 세월이 지나면서 엉뚱하게도 지역 정치인의 치적을 자랑하는 의미로 변질된 것이라 판단된다. 아무리 혼란했던 시기라지만 국회의원 한 사람의 힘으로 공사가 진행 중인 철도노선의 변경은 불가능해도 이름을 바꿀 정도의 압력은 가능했으리라 추정된다.

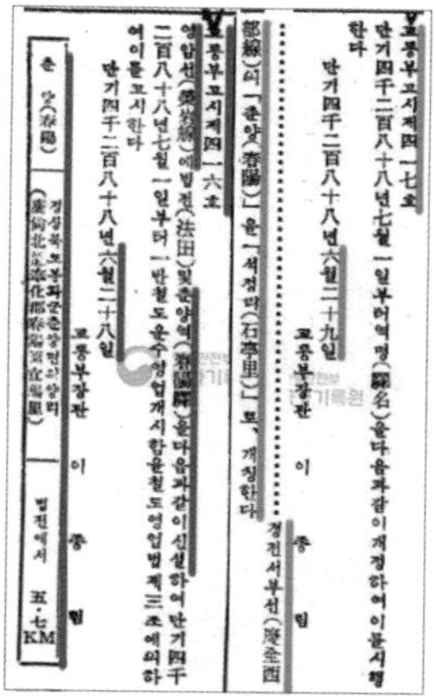

교통부고시제四一七호
단기四千二百八十八년七월一일부터역명(驛名)을다음과같이개정하여이를시행한다
단기四千二百八十八년六월二十九일
교통부장관 이 종 림
경전서부선(慶全西部線)의「춘양(春陽)」을「석정리(石亭里)」로, 개정한다

교통부고시제四一六호
영암선(榮岩線)에법전(法田)및춘양역(春陽驛)을다음과같이신설하여단기四千二百八十八년七월一일부터一반철도운수영업개시함을철도영업법제三조에의하여이를고시한다
단기四千二百八十八년六월二十八일
교통부장관 이 종 림

춘양(春陽)	경상북도봉화군춘양면의양리(慶尙北道奉化郡春陽面義陽里)	법전에서 五·七KM

1955년 6월 28일 제2의 춘양역 신설 다음 날 본래 춘양역명을 변경한 관보

40 내가 겪은 세계 속의 한국철도

최근(2021.5) 필자가 참여하는 모임인 '철도사 연구회'가 코로나19로 인한 비대면 모임에서 ZOOM을 통해 나누었던 이야기다.

1936년 베를린 올림픽 마라톤에서 금메달을 딴 손기정과 동메달을 딴 남승룡 선수의
도쿄-베를린 간 철도여행 경로와 당시 사용된 승차권

1936년 도쿄에서 훈련을 마친 마라톤 손기정, 남승룡 선수가 베를린 올림픽에 참가하기 위해 부산으로 와서 열차로 베를린까지 이동한 경로에서 세계 속 한국철도의 위치를 가늠해본다.

필자는 2014년 5월 39년간의 철도인 생활을 접고, 아내와 미국 서부지역을 여행했다. 콜로라도에서 라스베이거스로 버스로 이동하는 도중 휴게소에서 저 멀리 사막을 달리는 화물열차 편성이 너무 길어 연결된 화차 수를 세어보다가 일행의 재촉을 받은 적이 있었는데, 기관차와 화차 수가 100량이 넘었다. 역의 유효장, 열차장 등을 아는 철도인으로서 도저히 이해하기 어려운 열차편성이었지만, 끝내 사연은 알아보지 못했다. 철도와 영원히 작별한다더니 열흘도 넘기지 못하고 철도에 또 빠졌느냐는 아내의 핀잔만 듣고 말았다.

1995년 철도청 수도권 전철 운영을 담당하면서 서울지하철공사 및 서울도시철도공사와의 승차권 호환 사용에 따른 운영기관 간 운임 정산의 합리적인 방안을 찾을 겸 해외 사례를 벤치마킹하기 위해 유럽철도를 들러보았다. 당시 우리는 직원이 승강 장 입구에서 개표하던 시절이었는데, 여객 스스로 개표하는 개표기만 세워져 있었다. 무표 여객은 태스크포스(Task Force)팀의 수시 암행 단속에 적발된 사람은 반드시 본인이 교통공사에 출석하여 30배의 부가금을 납부해야 했다. 3회 이상 적발된 외국인은 강제출국 명령을 받아 제도를 잘 모르는 외국 유학생들이 학업을 중단하고 귀국하는 사례가 발생한다는데, 필자가 교통공사에 방문했을 때도 수십 명이 부가금을 납부하려고 길게 줄 선 모습을 볼 수 있었다.

사막을 달리는 미국 화물열차

승차권 개표기

차에 매달린 조차원과 발차전호를 하는 차장

그리고 우리는 남자 철도원이 입환작업과 열차의 출발전호를 하는 운전 차장의 업무를 독일에서는 여성 조차원과 여성 차장이 담당하는 모습이 이색적이었다.

서울지하철이 개통되면서 모든 역 인근에 증명사진 촬영 박스가 설치되어 그 용도가 몹시 궁금했는데, 파리 지하철에도 같은 박스가 있었다. 마침 아가씨 3명이 박스에서 나오며 서로의 사진을 비교하면서 재미있게 떠들고 있어 안내인을 통해 사유를 알아본즉 지하철 정기승차권(파리의 오렌지카드) 발행 시 부착할 사진을 찍었다는 말을 듣고 만약 한국에서 정기승차권에 사진을 부착해야 한다면 불평과 민원이 쇄도할 것인데 이해하기 어려웠다.

서울과 파리의 지하철역 구내 증명사진 촬영박스

파리교통공사 방문 시 그곳의 오렌지(Orange)카드에 대해 알아보니 인구 3만 이상 도시의 종업원 9인 이상 기업은 종업원 급여의 0.5~2.2%의 금액을 교통세로 교통공사에 의무납부하고, 종업원에게는 값싸게 지하철과 버스를 이용할 수 있는 오렌지카드가 발급되며, 이때 발생하는 교통 운영기관의 손실은 교통세로 보상하는 시스템임을 알았다. 귀국 후 당시 지하철 승차권 구입과 개표 확인을 받기 위해 수십 명씩 줄을 서는 문제점을 해결하기 위한 지하철 운영기관 담당자들이 소집된 대책 회의에서 유학 시절에 본 프랑스의 값싼 오렌지카드제도를 도입하라는 당국자의 제안에 한국에서는 시행하기 어려운 제도임을 설명했던 기억이 있다.

파리의 오렌지카드

지하철 매표와 개표구 줄서기로 애로를 겪던 중 1995년 8월 'RF카드를 이용한 전철 자동운임징수시스템' 제안서를 받고 지하철공사와 도시철도공사 관계자가 모여 협의를 거쳐 1996년 4월 이미 RF카드시스템 개발에 성공한 시드니를 방문하여 자판기, 시내버스, 극장 입장권 등으로 활용 가능한 카드시스템을 개발했으나 시민 호응도가 낮아 실패했음을 확인했다. 귀국길에 일본철도 운영기관과 현업을 방문했

지하철 매표구와 개표구

시드니 회의

세계 최초의 한국 교통카드

지만 역시 부정적인 대답을 듣고, "외상이면 소도 잡아먹는다"라는 우리 속담에 명운을 걸고 추진하기로 결정했다.

많은 어려움과 시행착오를 겪으면서 3년 6개월 만인 1999년 3월 1일 세계 최초의 교통카드를 탄생시켰으며, 미국, 캐나다, 뉴질랜드, 유럽 등 국제특허도 획득하는 쾌거를 이루어냈다.

전철의 여성 전용칸 이야기는 1950년대 통학생 시절 추억이 먼저 떠오른다. 어쩌면 우리 조상님들의 '남녀 7세 부동석'이라는 가르침에서 시작되지 않았나 하는 생각이 든다. 당시 필자의 통학생 시절, 전쟁 이후 객차는 화차를 개조하여 만든 대용 객차로 객차 사이의 통로 없이 타고 내리는 출입문만 있었으며, 통학 열차는 남학생 칸과 여학생 칸으로 구분되었다. 그런데 어느 날 뒤늦게 출발하는 열차에 겨우 타고 보니 여학생 칸이어서 다음역까지 한쪽 구석에 얼굴을 묻고 곤욕을 치른 기억이 아직도 생생하다.

1950년대 여객열차

서울의 전철 여성 전용칸 운

용은 1992년 12월 1일부터 시작되었는데, 1997년 5월 일본 NHK방송에서 일본 지하철의 성추행 문제가 심각하여 한국의 여성 전용칸 운용을 일본에서 도입할 수 있도록 소개하는 인터뷰 요청을 받고, 현장을 함께 돌아보며 취재한 내용을 종일 방송한 결과 호응이 좋아 일본에서도 채택될 것 같다며 방송내용 CD를 보내왔다.

1990년대 여성 전용칸

필자는 2002년 『도시철도』 출간을 준비하면서 일본 신주쿠역(新宿驛)에서 여성 전용칸이 잘 운용되고 있음을 확인하고 책의 내용에도 포함했다. 서울 전철의 여성 전용칸 제도는 성 역차별 등의 문제 제기로 2000년대 중반에 폐지되었지만, 분명히 일본이 우리 제도를 배워갔음에도 2016년 부산지하철에서 '여성 배려칸' 제도를 추진하면서 한국에서는 시도하다가 실패했는데 일본은 여러 도시에서 시행되고 있다

필자의 저서

2002년 신주쿠역에서 촬영

는 논리를 발표하여 안타까운 마음이었다.

홍콩지하철과 차량제작사 마크

2001년 홍콩-심천 간 지하철 객실 가득히 승차한 중국인 승객 거의 모두가 휴대전화를 사용 중이었고, 서로가 원활한 통화를 위해 목청을 돋우다 보니 마치 아우성 경연대회 같았다. 서울의 지하철이 시끄럽다고 하지만 이곳에 비하면 천국이라는 생각을 하던 중 일행 하나가 지하철 차량이 참 멋있다며, 왜 우리는 이렇게 못 만드는지 모르겠다는 말을 들은 나는 그의 손을 잡아끌고 차량 입구에 새겨진 제작사 마크를 가리키자 "어! 대우에서 만들었네?" 하며 멋쩍어하던 모습이 아직도 생각난다.

한국철도박물관을 방문한 일본철도인 단체

2004년 한국을 방문했던 일본 철도인들이 필자에게 "왜 한국은 철도청, 서울지하철공사, 서울도시철도공사가 한 기업이면서 왜 분리해서 운영하느냐?"라는 질문에 왜 그렇게 생각하는지 되묻자, 승차권 하나로 모든 구간을 이용하는 것은 모두 같은 기업이 아니냐는 말에 "현재 하드웨어 측면에서는 일본이 앞서 있으나 소프

트웨어 측면에서는 한국이 앞서 있기 때문임을 알면 답을 얻을 수 있다"라는 말로 대답을 대신한 적이 있다.

한일 해저터널 구상도

2005년 8월 한일터널연구회 사무국 히라노 아쓰시 차장이 한·일 간 해저터널 열차 운행추진 전시방안 협의차 방문했을 때 국가 간의 중대한 사안임에도 민간단체가 추진하는 이유를 묻는 필자의 질문에 "한국민의 반일 감정이 높아 일본 정부가 추진하면 오히려 역효과가 예상되어 오래전부터 민간단체가 추진한다"라는 대답을 들은 기억이 아직도 생생하다. 아마 지금도 한국을 경유하여 대륙에 진출하고 싶은 것이 일본철도의 꿈이라는 생각이 든다.

2006년 대만국립박물관에 보존 전시된 1891년 대만 최초의 철도 증기기관차를 보면서 한국 최초의 증기기관차는 남아 있지 않으나 최초의 디젤전기기관차는 보존되어 있지만, 박물관이나 러시아 블라디보스토크역 승강장에 전시된 것처럼 공개된 장소가 아닌 부산철도차량본부에 보존되어 있음이 안타깝다.

대만국립박물관에 보존된 증기기관차

블라디보스토크역 증기기관차

한국 최초 디젤전기기관차

방문기념비

2008년 등록문화재 등록 심의차 부산철도차량본부에 방문하여 6.25전쟁 중이던 1951년부터 1955년까지 이곳에 파견근무를 했던 미군과 그 가족 등 22명의 방문 기념비를 발견하고 감동을 받았던 기억이 남아 있다.

그리고 시베리아횡단열차의 여승무원이 안내와 객실 청소, 정차 중 화장실 사용통제 및 운전 취급까지 담당하는 모습이 이채롭게 눈에 띄었다.

객실 청소와 운전 취급까지 담당하는 여승무원 모습

중국 하얼빈역 승강장 바닥에는 안중근 항일의병장이 1906년

피격지점 ◇ 표시 / 저격지점 Δ 표시

10월 26일 이토 히로부미를 저격했던 지점에는 Δ 표시, 피격당한 지점에는 ◇ 표시를 하여 역사의 흔적을 보존하고 있다. 또한 일본 영사관이 있었던 시내 100년이 넘은 옛 건물의 벽에 부착된 건물표지판에는 1906년 10월 26일부터 11월 1일까지 안중근 의사가 이토 히로부미를 사살한 후 체포되었던 장소라는 기록이 남아 있다.

안중근 의사가 잡혀 있던 유적 표시

2011년 일본철도박물관장과 협의했던 세계철도박물관 콘퍼런

제1회 세계철도박물관 회의에서 발표하는 필자(상)와 참가자 기념촬영(하)

스는 일본 도호쿠지방의 대지진(쓰나미)으로 인해 2013년 제1회 대회가 열렸다. 일본철도박물관 주최로 미국, 영국, 프랑스, 독일, 스위스, 한국 등 7개국 철도박물관이 참여하여 각기 박물관 소개와 향후 2년마다 정기적으로 개최키로 하고, 2회는 독일철도박물관이 개최키로 했다. 그러던 중 필자는 2014년 말 퇴임했고, 2015년 2차 대회부터 한국철도박물관은 참여하지 않아 아쉬움을 남겼다.

2015년 철도를 사랑하는 사람들의 모임인 '한국철도교통문화협회'에서는 오산비행장 근무 중인 미군과 가족을 초대하여 한·미 친선 문화행사로 철도박물관 견학 행사를 통해 한국과 미국 간 철도로 맺어졌던 역사 이야기로 꽃을 피우면서 한국에 머무는 외국인들에게 한국의 역사와 문화를 소개하는 프로그램이 필요함을 느꼈다.

'철도사연구회'는 철도를 사랑하고, 철도역사를 연구하는 사람들의 모임으로 한국철도공사 배은선 박사가 회장, 철도박물관 최은

미 님이 총무를 맡아 수고하고 있으며, 우송대학교 이용상 교수, 김한태 전 철도청 운전과장, 서울대학교 허우긍 명예교수, 송달호 전 철도기술연구원장, 한국철도기술연구원 이경철 책임연구원, 남서울대학교 신예경 교수, 네이버철도동호회(N-Rail) 임병국 운영자, 평화통일교육문화센터 임재근 교육연구팀장, 철도박물관 박효진 학예사, 한국철도공사 송상헌·김구현 님이 함께 모여 자료를 공유하고, 각자 연구자료 등을 발표하고 토론하는 모임이다. 요즈음은 코로나19로 인해 ZOOM을 통한 비대면으로 발표와 토론을 이어가고 있다.

41 열차 이름 및 속도의 변천

열차 이름	연대	구간	소요	비고
	1899.9.18	노량진-인천	01:40	최초 열차
	1905.1	서대문-초량	17:04	
	1905.5	서대문-초량	13:45	
융 희	1908.4.1	서대문-초량	11:00	상: 융호, 하: 희호
히 까 리	1935.4	서울-부산	07:45	급행
노 조 미	1935.4	서울-부산	07:50	급행
아 까 쓰 끼	1936.12.1	서울-부산	06:45	특급
흥 아	1944.2	서울-부산	11.20	북경 야간급행
히 까 리	1944.2	서울-부산	09:45	야간급행
해 방 자	1946.5.26	서울-부산	09:00	조선해방자호
통 일	1955.8.15	서울-부산	09:00	특급
통 일	1957.8.30	서울-부산	07:00	운행 시간 단축
상 무	1955.8.25	용산-목포		군용열차
무 궁 화	1960.2	서울-부산	06:40	
재 건	1962.5.15	서울-부산	06:10	재건운동
태 극	1962	서울-목포	08:10	
맹 호	1966.7.21	서울-부산	05:45	월남파병
건 설	1966.7.21	중앙선		화물열차
증 산	1966.7.21	호남선		화물열차
백 마	1966.11.21	서울-광주	06:10	
청 룡	1966.11.21	서울-대전	02:20	
갈 매 기	1967.7.16	서울-부산		피서열차
대 천	1967.7.16	장항선		준급행

열차 이름	연대	구간	소요	비고
비 둘 기	1967.8.13	서울-부산		특급
관 광	1969.6.10	서울-부산	04:45	
신 라	1971.1.20	대구-울산		
계 룡	1971.2.10	서울-대전		
충 무	1971.3.15	서울-진주		
새 마 을	1974.8.15	서울-부산	04:50	관광호
새 마 을	1983.7.1	서울-부산	04:40	
새 마 을	1985.11.16	서울-부산	04:10	
통 일	1974.8.15	서울-부산		특급
풍 년	1974.8.15	호남선		
증 산	1974.8.15	전라선		
약 진	1974.8.15	중앙선		십자성호
부 흥	1974.8.15	장항선		열차명 신설
무 궁 화	1984.1.1	전 구간		우등열차
통 일	1984.1.1	전 구간		모든 특급
비 둘 기	1984.1.1	전 구간		보통열차
K T X	2004.4.1	서울-부산	03:00	고속철도
	2010.11.1	서울-부산	02:18	경부고속 2단계
I T X 청 춘	2012.2.28	용산-춘천	01:10	도시 간 급행열차
S R T	2016.12.9	수서-부산	02:13	수서고속철도
		수서-목포	02:07	
경강선KTX	2017.12.22	서울-강릉	01:57	

※ 융희: 1907년(순종) 연호를 '광무'에서 '융희'로 변경

※ 히까리: 빛, 노조미: 소망, 아까쓰끼: 여명

42 철도기관 로고의 변천

경인철도합자회사
(1899.5.15~
1903.11.1)

경부철도주식회사
(1901.6.25~
1906.6.30)

임시군용철도감부
(1904.2.21~
1906.8.31)

통감부 철도관리국
(1906.7.1~
1909.12.5)

철도원 철도관리국
(1909.12.16~
1910.9.30)

조선총독부 철도국
(1910.1.1~
1917.7.30)

·남만주철도 경성관리국
(1919.7.31~
1925.5.31)

조선총독부 철도국
(1925.4.1~
1935.5.31)

조선총독부 철도국
(1935.6.1~
1946.2.6)

군정청 운수부
(1946.2.7~
1947.7.13)

교통부
(1947.7.14~
1952.6.30)

교통부
(1952.7.1~
1963.12.30)

철도청
(1963.12.31~
1996.12.31)

철도청
(1995.2.1~
2003.1.23)

철도청
(2003.1.24~
2004.12.31)

한국철도공사
(2005.1.1~)

한국철도시설공단
(2004.01.01~
2020.9.9)

국가철도공단
(2020.09.10~)

㈜SR
(2014.01.10~)

서울교통공사
(1974.8.15~)

부산교통공사
(1981.01.01~)

대구도시철도공사
(1991.12.07~)

인천교통공사
(1992.06.30~)

서울특별시
도시철도공사
(1994.03.15~
2017.5.30)

광주광역시
도시철도공사
(2002.11.02~)

대전광역시
도시철도공사
(2005.01.01~)

저자 손길신(孫吉信)

1963년 교통부 어천역 역무원
철도청 대천역 외 8개 역 역장
대전지방철도청 운수국 여객과장
교통공무원교육원 교수
철도청 운수국 전철운영 담당
철도청 영업국 여객과장
철도청 영업본부 영업계획과장
철도청 수도권전철운영단장
2001년 명예퇴직
C&C엔터프라이즈(주) 부회장
한국철도대학 초빙교수
한국철도산업연구원 연구위원
철도박물관장
경기도박물관협회 이사
한국철도공사 문화재심의위원
(주)Torah Ware 경영고문
한국철도교통문화협회 명예회장
국토발전전시관 운영자문위원

나 좀
봐줘 !

대구광역시 교육청 책 쓰기 프로젝트

나 좀 봐줘!

율원중학교 책 쓰기 동아리
나의 꿈 이야기

차례

1부_땡땡이치는 생각

2부_방탄소년단

차례

차례

차례

5부_ 24시간이 모자라

추천의 글

1부

땡땡이치는 생각

학창시절의 끝

김나현

16살인 지금
아무것도 모르고
아까운 시간들을
그냥 보내고 있을 때
수업시간에 멍 때리고 있을 때
엎드려 잠자고 있을 때
문득문득
많은 생각들이 난다.
지겨우면서도 즐거운
'이 학창시절의 끝은 언젤까?'
어릴 땐 마냥
어른이 되고 싶었고 지금은
아직 이 시간에
머무르고 싶다.

기상 시간 07:00

김소윤

24시간 중 가장 고통스러운 시각

매번 수도 없이 인내심을 자극하고
정신력을 시험당하는 시각

다 내팽개치고 잠들어버리고 싶다.
앞날을 위해 정신을 차려야 한다.

이성과 본능이 저울질 당하는 시각

진짜 싫다.

급식실 가는 길

김시현

‘아 배고파.’
‘아 3분이나 남았어.’
‘아 좀 있으면 죽을 거 같아.’
‘아 1분 남았어.’
‘아 빨리 시간아 가라.’

‘야 급식먹자.’

교복

김혜원

똑같은 옷을 입고
똑같은 얼굴을 하며
똑같은 곳에 간다

교복과 같은 일상
사복을 입는 날이 올 때까지

오늘도 간다

시험

박시은

또 망했다.
계획도 열심히
세웠는데……

벼락치기 했다.
이번엔 한 달 전부터
열심히 하려고 했는데……

시험지에 비는 그치고
내 얼굴엔 밝은 해
뜰 수 있도록.

왕재수

유가은

먼저 시비를 건다.
나는 무시하다가 맞받아친다.

먼저 수학 못한다고 놀린다.
나는 무시하다가 내신 성적으로 까분다.

먼저 약을 올린다.
나는 무시하다가 도망간다.

이주영 보고 있냐 태어날 때부터 원수
내가 언젠가 너 이길 거다.

땡땡이치는 생각

유지수

점심시간만 기다리던 오전 수업이
지나고 나면
맛있는 걸 먹을 수 있는 점심시간이
지나고 나면
재미없는 오후 수업만이 남았다.
그냥 너와 함께 저 교문을 나가
시내에 가서
노래방을 갈 수 있다면
쇼핑을 하러 다닐 수 있다면
얼마나 좋을까
오늘도 땡땡이치는 생각만 한다.

매정한 시간

이동희

저벅저벅 내가
걷는 동안에도
새근새근 자는 동안에도
시간은 흐른다

내가 힘들고 지쳐
쉬고 있을 때도
매정하게
시간은 흐른다

담임선생님

이수빈

청소를 하라십니다.
분필가루도 닦으래요.

제가 학교에 봉사하러 왔나요?
선생님은 우리 반의 공부 분위기 조성을 위해
무얼 하시나요?

대구문학관 가는 길

이은서

신기역에서 중앙로역까지 지하철 타고 간다.
전일제라서 금요일인데 학교 대신
문학관에 간다.

몇 번 와 본 곳이라서 아무 생각이 없다.

교문

이주영

아침에 일찍 일어나
준비를 다하고
밥을 먹으면
가야하는 그 곳
걷고 걸어
신호등까지 가면
보이는 교문
교문에 들어가는 순간
머릿속에 스치는 생각
아, 집에 가고 싶다.

수행평가

정예리

아, 수행평가 시즌이 돌아왔다.
수행평가… 수행평가… 수행평가…

누구를 위한 것일까?

비밀

조혜승

이번 시간은 수학 성적
다음 시간은 영어 성적
그 다음은 사회
그 다음은 역사

성적이 하나씩 나올 때마다
하나씩 하나씩 늘어나는 비밀들
아이들이 "너 몇 점이야?" 할 때마다
어색하게 웃으며 회피하는 게 기본

집에 가는 길에
평균 곱씹어 보며
한숨만 푹푹

별

황나영

별은 외롭다.
옆에 아무도 없이
맨날 혼자
우주를 떠도니까.

2부

방탄소년단

그림자의 두 얼굴

김나현

걸어가면 따라오고
도망가면 쫓아오듯
어릴 적 함께 놀던 그림자가
두 얼굴에 감춰진 그림자가
나를 더 무섭게 만든다.
그림자 잡기 놀이하던 때의 얼굴과
그림자가 어두우니까 삶도 기분도
어두워진 얼굴 위로
빨리 밝은 해가 뜨길.

목주머니

김소윤

사람들은 목에 주머니를 하나씩 달고 산다.

상황에 어울리지 않는 말,
차마 꺼낼 수 없는 말,
하고 싶어도 하지 못하는 말,
그런 말을 차곡차곡 모아두는 곳이 목주머니
이 목주머니가 무거워질수록
사람들은 힘들어하고 괴로워한다.

그리고 마침내 목주머니가 가득 차버리면….

오늘은 내가 내일은 니가

김시현

오늘도 너랑 싸웠어.
매번 내가 한 발자국
물러섰지만
오늘은 안 되겠어.

그러다 너랑 나랑
뒤틀리게 되고
그런 게 너무 싫은 나는
또 한 발자국 물러서게 되었어.

그런 이유로 너랑
멀어지기 싫었어.

피자

김혜원

내가 제일 좋아하는 건
웃음꽃 피자

무슨 피자가 올까

계속 생각하는 시간
그냥 피자가 먹고 싶다

무슨 피자가 올까

내가 제일 좋아하는 건
웃음꽃 피자

집으로 가는 길

박시은

온몸에 피곤함을 묻히고
바람 빠진 풍선처럼
걸어간다.

도라에몽이 있었다면
어디로든 문을 꺼내
단숨에 집에 갈 텐데.

나는 그런 사람입니다

유가은

누군가는 돌아오기를 두려워합니다.
그런데 그 사람은 날 위해 돌아와 주었습니다.

누군가는 일을 하고 나면 굉장히 힘들어 합니다.
그런데 그 사람은 날 보면 힘이 난다고 했습니다.

누군가는 시작이 겁이 난다고 합니다.
그런데 그 사람을 위해 할 수 있는 일은 묵묵히 기다려주는 것 뿐입니다.

나는, 내가 생각하는 것보다 더 대단한 사람입니다.

네 편

유지수

힘들었던 하루를 마치고
집으로 돌아가는 너에게
은은한 달이 되어
환한 가로등이 되어

너를 비춰줄게
네 편이 되어줄게

모두 자기 할 일에 바빠
너를 챙겨주지 못할 때
너를 서운하게 할 때

내가 챙겨줄게
내가 다독여줄게

내가 네 편 해줄게

일자리

이동희

"안녕하세요?"
언제나 면접을 볼 때
"경력직만 뽑습니다."
그 말에
청년들의 불은
점점 꺼져간다.

계단

이수빈

안녕, 계단아
너의 키가 높지 않았으면 좋겠어
너의 머리까지 올라오면
거친 숨소리가 들려.

안녕, 계단아
너의 머리, 어깨, 무릎, 발까지
거쳐서 오면
너의 발끝에서
움찔하는 사람들이 많아.

안녕, 계단아
너의 머리까지 오면
희열감을 느껴
옆에 너의 친구를 보면
앞날이 걱정 돼.

피자를 못 먹은 이유

이은서

대회를 앞두고 있어서
치킨, 피자 등 탄수화물을 많이 못 먹는다.
체중관리를 위해 먹고 싶은 걸 참는다.
대회가 끝나면 막 먹어버리겠다.

일상

이주영

일찍 일어나
씻고 나와 밥을 먹는다!
이를 닦고 학교로 간다!
지루한 수업이 다 끝나면
집에 온다!
조금 쉬었다가
학원으로 간다!
어려운 수업이 끝나면
집에 간다!
다시 씻고 밥을 먹는다!
오늘 받은 숙제를 한다!
이를 닦고 잠을 잔다!
반복되는 일상이
재미가 없다!

좋은 곳 싫은 곳

정예리

아침 6시 30분에 일어나는 것은
너무 피곤하고 힘들지만

막상 학교에 가면
재미있는 친구들과 재잘재잘 떠들고

맛있는 급식도 먹으면
하루의 절반 이상이 지나가있다.

학교는 좋은 곳일까, 나쁜 곳일까?

이상한 기분

조혜승

무거운 가방을 들고
끊어질 것 같은 어깨를 겨우 붙들고
집에 가던 중에
왜인지 모를 불안함에
눈물이 날 것 같았다.

방탄소년단

황나영

처음에는 어색했지만
조금씩 조금씩
익숙해지면서

나의 일상을 채워준 존재
참 고마운 존재

3부

우울한 완두콩

이해

김나현

이기적인 사람이 싫다.
하지만 내가 그런 사람이다.
감정들을 상대에게
다 보임으로써
상처만 준다.
모두 상처가 되지 않으려면
이해라는 약을 구해야 한다.
남에게 약을 권유하기 전에
나부터 한 알 삼키자.

이유

김소윤

정신없이 흘러가는 바람을 보라.
줏대 없이 하루를 흘려 보내는 너에게 이유를 쥐여줄 것이다.

쉴 새 없이 쏘다니는 벌떼를 보라.
허망하게 하루를 흘려보내는 너에게 이유를 안겨줄 것이다.

숨 가쁘게 나다니는 거리의 사람들을 보라.
매 순간을 개탄하는 너에게 이유를 찾아줄 것이다.

속마음

김시현

오늘도 혼자서
이야기를 한다.

내일도 혼자서
이야기를 하겠지?

왜 혼자서 이야기 하냐고?

친구들에게 상처 주기 싫어서
선뜻 악한 말을 못해 주거든.

그래서 나는
항상 혼자서 이야기를 해.

커피 냄새

김혜원

향긋한 커피 냄새
맡고 있으면 덩달아
기분이 좋아진다.

어른도 아닌데
무슨 커피가 좋다니.

어른은 아니지만
커피 냄새처럼
변함없는 나.

어른이 되면
변해 있을까?

거짓말

박시은

거짓말을 할 때면
나의 양심이 콕콕 찔려온다

엄마가 전화 와서
“공부는 하고 있니?”
라고 물었을 땐
공부를 하지 않고 있지만
“응”이라 대답해버린다

옆 반 아이가 찾아와
“리코더 좀 빌려주라.” 했을 땐
별로 친하지 않아서
“미안, 집에 두고 왔어.”
라고 대답해버린다

나 좋자고 한 거짓말
결국 내 양심에 금이 가게 만든다.

엄마는 왜 내가 사준 양말 안 신어?

유가은

엄마에게 생신이라고 양말을 사드렸다.
그리고 흐뭇하게 받고서는 신으시지 않는다.

엄마에게 결혼기념일이라고 양말을 사드렸다.
그리고 행복하게 받고서는 신으시지 않는다.

엄마에게 크리스마스라고 양말을 사드렸다.
그리고 웃으시며 받고서는 신으시지 않는다.

시간이 흘러 알게 된,
엄마가 양말을 소중히 생각하시는 마음

이제야 이렇게 답을 드려요. 감사합니다!

엄마

유지수

고기 먹고 싶다는
나의 말에
아빠랑 동생이랑
먹으러 가라는 우리 엄마.

바빠서
다음에 가자하면
내가 토라질까봐
얼른 가라는 우리 엄마.

내가 먹고 싶다는 거엔
돈 아낄 생각 없다며
끝까지
우리 생각하는 엄마.

우울한 완두콩

이동희

자랄 때부터 함께였던
완두콩 세 개
언제나 함껜 줄 알던
완두콩 세 개

어느 날 완두콩이
두 개가 되었다
다음날 완두콩이
한 개가 되었다

남은 콩 하나는
매일매일 우울했다
언제 사라질지
어떻게 될지

남은 콩은 싹을 틔우고
점점 자라갔다
사라진 콩들도 다 자라
서로 높은 곳에서 만났다

이수빈

이수빈

누구보다 위대한 나
누구보다 소중한 나
누구보다 아름다운 나

인정하니?

사진

이은서

대구문학관에 왔다.

전에 왔을 때
사진을 많이 찍어서

오늘은 안 찍을 거다.

날씨

이주영

오늘은 동아리 전일제
아침에 준비를 하고 나갔더니,
너무 더워 바로 집에 가고 싶어진다.
나가자마자 되돌아가고 싶어지는 날씨
너무 덥다!

누나

정예리

누나라는 말이 이렇게 좋은지 몰랐네.
입모양부터 소리까지 안 이쁜 게 하나도 없네.

살면서 수백 번 수천 번 들었는데
들을 때마다 새로운 그 말

네가 불러주면
힘내서 뭐든지 다 할 수 있을 것 같아.

네가 불러도 모른 척 하고 싶어.
네가 한 번 더 불러 주기를 원하거든.

퍼즐

조혜승

마구 흩어져 있다
이 속에 너도 있을까

하지만 너는 잘 보이지 않는다
너를 찾으려
하나하나 채워가며 너를 부른다

마침내 저 곳에서 네가 보인다
애타게 기다리던 네가 여기에 있다

존재

황나영

나는 누구에게
어떠한 존재인가?

나도 누군가에게
소중한 존재가 되고 싶다.

4부

내 친구 이름은 안경

웃음

김나현

마치 다른 사람처럼 감춰진 모습

별

김소윤

내가 바라보는 하늘 속 별 하나
네가 바라보는 하늘 속 별 하나
너와 내가 바라보는 별 하나가 같은 별일까?
너와 내가 바라보고 싶은 것은 같은 것일까?

종이 하나

김시현

나는 종이에 무언가를 적어
벽에 붙인다.

친구가 종이에 무언가를 적어
벽에 붙인다.

이번에는 다함께 모여서
종이에 무언가를 적는다.

그리고는 또 벽에 붙인다.
나란히 붙인 종이를 보니

좋았던 우리들의 추억이
생각난다.

단발머리

김혜원

난 단발머리가 좋아.
웨이브 탄 파마머리가 좋아.
색깔 입힌 머리가 좋아.

잔뜩 멋 낸 머리가 좋아.
예뻐 보이는 머리가 좋아.

그래도 제일 좋은 건
내 옆에 있는 너의 단발머리.

맞춤법

박시은

너 정말 어의없다. 어떡게 나한데 그럴수가 잇니?
너 그럭해 하는거 정말 임신공격하는거야
너 나 지금 시럽계라고 만만하게 보는거야?
너 그러다가 큰 코 닥쳐

숨바꼭질

유가은

날 찾아보세요
사실 난 여기 있어요

날 찾아주세요
사실 난 여기 있어요

날 찾지 마세요
사실 날 찾아주세요

조잘조잘

유지수

아침을 알린답시고
짹짹대는 참새처럼
아침부터 시끄럽게
조잘대는 우리 둘.

수업시간 45분
못 본 거 가지고
쉬는 시간 10분 내내
조잘대는 우리 둘.

시간 장소 가리지 않고
서로 얼굴만 보면
조잘대는 우리 둘.

장난기 많은 수다쟁이 우리 둘.

때로는 내 친구

이동희

때로는 같이 웃으며
때로는 같이 울지만
그런 친구도
등을 돌릴 때가 있다

돈

이수빈

육천 원짜리 물건 사고
만 원 냈대
사천 원을 받았대
사천 원이 생겼대

사천 원이 생긴 게 아니라
육천 원을 잃은 거겠지
바보야

운동화

이은서

나현이는 스니커즈라고 하고
소윤이는 찍찍이 신발이라고 한다.

나는 그냥 회색 신발이라고 생각한다.

유가은

이주영

학교에서 가장 심한 공주병이다.
맨날 나만 보면 이쁜 척을 한다.
수업시간 쉬는 시간 점심시간
볼 때마다 그렇다.
정말 한 대 때리고 싶을 정도다.
언제쯤 자기가 한 짓을
후회할지 의문이 든다.

내 친구 이름은 안경

정예리

안경은 내 친구다.
친구처럼 언제든지 같이 다닌다.

안경은 소중한 내 친구,
언제든 함께 다니고 내 눈을 도와주고

정말 착한 내 친구,
내 친구 이름은 김안경이다.

줄다리기

조혜승

난 이쪽으로 가는데
왜 넌 저 쪽으로 가고 있니

그래서 내가 그 쪽으로 갔는데
왜 넌 다른 쪽으로 가는 거니

우린 왜 항상 엇갈리는 걸까

넌 아니야

황나영

좋은 친구
고마운 친구

오랜 친구
영원한 친구

내가 원하는 친구
하지만 넌 아니야

5부

24시간이 모자라

금요일

김나현

듣기만 해도 설레는 그 이름
금요일
설렘과 동시에 불안한 느낌이 들어
너를 이틀 놓치면
다시 보고 싶지 않은
월요일이 기다리고 있어
7일 뒤 니가 올 거란 걸 알지만
그래도 나와 오랫동안 있어주면 안 되겠니?

달

김소윤

달 보고 싶다
초승달 보고 싶다
상현달 보고 싶다
그믐달 보고 싶다
삭 보고 싶다
보름달 보고 싶다

24시간이 모자라

김시현

하루에 사용하는 시간이
24시간이 된다고?

멍 때리는 것에
엄청 많이 쓸 거 같은데

친구도 생각하여야 하고
밥도 생각하여야 하고
공부도 생각하여야 하고
이런저런 생각을 하다보면
지쳐서 잠들어버린다.

그래서 나는
24시간이 모자란다.

포스터잇

김혜원

많은 글씨들이 모여
벽지가 된다.

그 글씨들은 누군가의
귀에 들어가

마음을 기쁘게 해주리.

티켓팅

박시은

3...2...1
이때다! 하고 광속 클릭을 했더니
홈페이지에서 튕겼다.

당황하지 않고 다시 접속하여
남은 좌석을 클릭하니
이선좌, "이미 선택된 좌석입니다."가 떴다.

결국 오늘도 광탈 당했다.

우리 아빠

유가은

이분은 공부를 좋아하십니다.
때로는 저보다 더 유치하게 회사가기 싫다고 하시구요.

이분은 운전을 잘하십니다.
때로는 무면허인 저에게 운전비법을 전수해주시구요.

이분은 가을을 좋아하십니다.
때로는 과일을 깎으셔서 저를 놀리시기도 하시구요.

지우개

유지수

안녕! 난 지우개야.
할 말이 있어서 왔어.

나는 종이와 책상과 불이 나게 부딪히며
내 한 몸 까맣게 태워가며
너의 실수를 지워주는데

너는 왜,
나를 자로 칼로 반 동강 내는 거야?
나를 공 삼아 던지는 거야?

자꾸 그러면
나도 니 실수를 지워주지 않을 테야.

죄와 벌

이동희

죄에는 벌이 따른다

죄인지도 모르는 사람
죄를 아는 사람
죄를 좋아했던 사람
죄를 싫어하는 사람

죄는 누가 정하는 걸까

사람들의 기준과
신의 기준은 다를 텐데
사람들은 죄를 짓고
신이 벌을 해야 하지 않을까

죄를 왜 지을까

으앙

이수빈

'쿵'
꽃피는 소리
부여잡고 울었다.
주저앉아 울었다.

새끼발가락이
부러졌나봐.

스마트폰

이은서

안 해야지 하면서도
하고 있는 것

하면 할수록 무서운 것
하지만 하게 되는 것

공부하려고 던져놓으면
어느 순간 손에 들려 있는 것

슬플 때나 기쁠 때나
내 곁에 있는 것

시간

이주영

시간은 공평하게 흐른다.
하지만 하는 일에 따라
빠를 때도 느릴 때도 있다.
공부할 땐 한 시간이 매우 길다.
반면 게임이나 놀고 있을 때는
한 시간을 매우 짧게 느낀다.
시간이 공부할 땐 빨리 가고
놀 때는 오래가면 좋겠다.

나 좀 봐줘!

정예리

애들아, 나 좀 봐줘!

앞쪽만 보지 말고
뒤쪽에 있는 나도 좀 봐줘!

앞쪽만큼 여러 가지 정보와
소식이 가득 담겨있어.

내 속마음을 아니?
내가 누구인지 아니?

난 학교 교실 뒤쪽에 있는
정보 게시판이야.

너희들이 앞만 볼 때 나는 좀 서운했어.
앞으로 나도 자주 봐주겠다고 약속하면
화는 내지 않을게.

나를 꼭 봐줘!

유연성

조혜승

내가 손을 뻗으려 할 때
내게서 멀어지는 너

드디어 다 온 걸까 싶은데
다시 달아나버리는 너

언젠가 닿을 수 있을까?

네 시 –방탄소년단 노래 中

황나영

“어느 날 달에게
길고 긴 편지를….”

나는 이 노래를 들을 때마다
눈물이 난다, 아무 이유 없이.

|추천의 글|

시 두레박에 담긴 물맛, 어땠나요?

권용혜

여러분! 시를 쓰면서 이쁘고 다정하면서도 실망스러운 여러 얼굴의 마음이라는 친구를 만났을 거예요.

먼저 시를 쓰려면 내 마음의 우물을 들여다보고 두레박을 내려야 해요. 시 두레박에 담긴 물맛은 어땠나요? 달았나요? 새콤했나요? 아마 다양한 맛을 느꼈을 거예요. 그래요. 우리들 삶은 단맛이나 쓴맛만 있지 않아요. 시고 달고 쓰고 매운 여러 맛을 지니고 있어요. 그래서 눈물 나다가 금방 미소가 떠오르기도 하지요.

우리 모두 처음 살아보는 거라 서투르고 힘들어요. 부족하고 못나 보인다고 '그것 밖에 안 되냐' 고 너무 질책 마세요. 힘들고 기운 없는 이 친구 잘 위로하고 쓰다듬으면 그 위로에 힘을 내어 잘 할 거예요. 잘 살 거예요. 시를 쓰며 알게 된 내 마음. 그림자처럼 여러분과 함께 있음을 알고 다정한 길동무되어 격려하며 뚜벅뚜벅 걸어가기 바랍니다. 그리고 힘이 생기면 아파하고 힘들어 하는 주변 가족과 친구, 이웃도 돌보아 주세요. 그들도 힘을 내어 웃을 거예요.

시 쓰기 동아리를 시작하면서 스스로 마음 살펴보고 위로 받고 이해하는 친구로 삼으면 좋겠다는 마음에서 씨앗을 뿌렸는데 어느 새 꽃이 피고 열매를 맺었네요. 이 열매는 따뜻하고 쾌청한 날이 도움 되었지만 비바람과 추위, 천둥도 꼭 필요한 거름이 아니었을까요? 앞으로 살아가면서 비바람치고 천둥치는 날이 있을 겁니다. 그런 날도 훗날 탐스런 열매에 꼭 필요한 거름임을 알고 두려워 말고 당당히 맞이할 수 있는 사람 되기를 바래요. 자! 우리 모두 힘내요!

이 열매 맺기에 큰 도움주신 송원선 교장선생님, 여러 선생님들의 지원과 격려에 감사와 존경을 보냅니다.

고맙습니다.

반짝 반짝, 별처럼

현경미

학교에 한 그루 있는 모과나무가 막 꽃을 피웠을 무렵이었습니다. 글쓰기 동아리 제안을 받고 덜컥 겁이 났습니다. 글쓰기라면 남다른 이야기꺼리가 있고 앞으로도 쭉 함께 가야할 벗 같은 존재지만 흔히 말하는 창작의 고통이란 걸 알고 있기 때문은 아닐까싶었습니다.

아이들 자신의 이야기를 글로 표현하고 힘든 마음을 위로 받기도 한다면 더할 나위없겠다 싶었습니다. 생각을 바꾸자 오히려 설레고 기대가 되었습니다. 아이들은 물론 나도 이 시간들을 통해 자기 자신에게 좀 더 다가갈 수 있기를 바랐습니다.

방과 후 남아서 시를 썼고 고치고 또 고치기를 되풀이해도 아쉬움은 남았습니다. 더운 날 대구문학관에 모여 글 이야기를 나누던 기억도 납니다. 유독 쓰기를 어려워했던 친구도 있었고 평소에도 시 쓰기를 좋아해서 완성된 작품을 많이 가지고 있다는 친구도 있었습니다.

14명의 친구들이 작품을 만들어내는 동안 모과 꽃자리에는 주먹보다 큰 모과가 달려 익어 가고 있습니다. 힘든 시간들을 잘 견뎌 열매가 된 모과처럼 더러 힘겨웠을 순간들을 이기고 잘 따라 준 한 명 한 명 아이들, 고마운 이름들을 불러봅니다.

나현, 소윤, 시현, 혜원, 시은, 가은, 지수, 예리, 동희, 수빈, 은서, 주영, 혜승, 나영
반짝 반짝,
빛나기 시작합니다.

나 좀 봐줘!

율원중학교 책 쓰기 동아리 나의 꿈 이야기

2017년 11월 20일 초판 1쇄 발행

지은이 김나현, 김소윤, 김시현, 김혜원, 박시은, 유가은, 유지수,
이동희, 이수빈, 이은서, 이주영, 정예리, 조혜승, 황나영

펴낸이 김성민

펴낸곳 도서출판 브로콜리숲

출판등록 제25100-2017-3호

주소 42699 대구광역시 달서구 문화회관길 165
장기동 대구출판산업지원센터 603호

전화 053-589-3733 / 010-2505-6996

팩스 053-581-6997

홈페이지 www.broccoliwood.com

페이스북 broccoliwood

전자우편 gwangin@hanmail.net

ISBN 979-11-961217-2-3 43810 : ₩12000

*책값은 뒤표지에 표시되어 있습니다.

*이 도서의 국립중앙도서관 출판예정도서목록(CIP)은 서지정보유통지원시스템 홈페이지(http://seoji.nl.go.kr)와 국가자료공동목록시스템(http://www.nl.go.kr/kolisnet)에서 이용하실 수 있습니다.

(CIP제어번호 : 2017027397)